D1875003

Christa Laas
wurde 1946 in Hamburg geboren. Sie ist ausgebildete Diplombibliothekarin und lebt mit ihrem Mann und ihren Kindern als freie Schriftstellerin in Hamburg. Schon als Kind war sie eine leidenschaftliche Leserin und Geschichtenerfinderin.

Ruth Scholte van Mast
wurde 1964 in Vreden an der holländischen Grenze geboren und ist ausgebildete Fotogravur-Zeichnerin. Sie absolvierte ein Grafikstudium an der Fachhochschule Münster und arbeitet heute als freie Illustratorin.

Christa Laas

Cornelia Sommer
Privatdetektivin

2 Fälle in einem Band

Illustrationen von Ruth Scholte von Mast

UEBERREUTER

Die Deutsche Bibliothek – CIP-Einheitsaufnahme

Laas, Christa:
Cornelia Sommer - Privatdetektivin : 2 Fälle in einem Band / Christa Laas. -
Wien : Ueberreuter, 2003
ISBN 3-8000-2066-1

Alle Urheberrechte, insbesondere das Recht der Vervielfältigung,
Verbreitung und öffentlichen Wiedergabe in jeder Form,
einschließlich einer Verwertung in elektronischen Medien,
der reprografischen Vervielfältigung, einer digitalen Verbreitung
und der Aufnahme in Datenbanken, ausdrücklich vorbehalten.
Umschlag- und Innenillustrationen von Ruth Scholte van Mast
Umschlaggestaltung von Zembsch' Werkstatt, München
Copyright © 1995, 1997, 2003 by Verlag Carl Ueberreuter, Wien
Druck: Ueberreuter Print
1 3 5 7 6 4 2

Ueberreuter im Internet: www.ueberreuter.at

Cornelia Sommer – Privatdetektivin 9

Keine Ferien für Detektive 93

Cornelia Sommer – Privatdetektivin

Hin und wieder haben meine Eltern Besuch. Und dann kann es vorkommen, dass mir plötzlich irgendein Erwachsener die Hand auf den Kopf legt und lächelnd fragt: »Na, mein Kind, was willst du denn einmal werden, wenn du groß bist?«

Früher wusste ich nie, was ich darauf antworten sollte. Vielleicht hätte ich eher sagen können, was ich ganz bestimmt *nicht* werden will. Lehrerin zum Beispiel. Da muss man ja sein Leben lang in die Schule gehen. Und ich kann mir Besseres vorstellen, ehrlich. Also bis kurz nach den Herbstferien hatte ich wirklich keinen blassen Schimmer, was ich später mal werden will.

Bei meinem Freund Pitt ist das ganz anders. Der hat alle naslang 'ne neue Idee. Tönt er am Montag lautstark in der Schule, dass er Pilot werden will – man kann dann sicher sein, dass seine Familie einen Sonntagsausflug zum Flughafen gemacht hat –, ist dienstags schon keine Rede mehr davon. Nein, am Dienstag schwört mein Freund Stein und Bein, dass es überhaupt nur einen einzigen Beruf für ihn gäbe: Verkehrspolizist. Alle Autos müssten dann auf sein Handzeichen anhalten, Spitze, was?

Aber jede Wette, am Mittwoch ist auch das vergessen. Dann plant Pitt vielleicht, Politiker zu werden. Weil man als Politiker über alles bestimmen und die ollen Autos abschaffen kann.

Doch auch dieser Plan ist nicht von Dauer. Hat Pitt dann nachmittags ein leckeres Stück Torte auf dem Teller, muss man nämlich damit rechnen, dass er blitzschnell auf Konditor umsattelt. So ist Pitt.

Früher habe ich ihn oft geneckt deswegen. Ich ahnte ja noch nicht, was für Fähigkeiten in mir schlummerten. Das wurde mir erst klar durch diesen Freitag kurz nach den Herbstferien. Da ist nämlich eine ganz merkwürdige Geschichte passiert ...

Eigentlich war es ein ganz gewöhnlicher Freitag. Nichts deutete auf etwas Besonderes hin. Freitags macht Mama immer früher Schluss im Büro, ich hole sie nach der Schule ab und wir gehen einkaufen. Wochenendgroßeinkauf war angesagt an dem Tag. Und ich habe neue Turnschuhe gekriegt. Blaue mit weißen Streifen. Dann haben wir am Imbiss Würstchen gegessen und danach im Supermarkt Lebensmittel eingekauft. Schwer bepackt kamen wir zu Hause an.

Schon im Treppenhaus hörten wir unser Telefon läuten. Wir hasteten die Stufen hoch. Vor unserer Wohnungstür musste Mama erst alle Taschen absetzen und ihren Schlüsselbund hervorkramen.

»Das wird Papa sein«, sagte sie und stocherte ungeduldig im Schlüsselloch herum. »Geh mal schnell ran, Nelli. Sag ihm, er soll ein bisschen früher kommen. Wir wollen doch ins Kino.« Sie stieß die Tür auf.

Ich schlüpfte an ihr vorbei und rannte ins Wohnzimmer. Aber als ich den Hörer abnahm, war niemand mehr dran.

»Der ruft bestimmt gleich wieder an«, sagte Mama. Sie wuchtete die schweren Einkaufstaschen auf den Küchentisch und begann auszupacken. Ich hockte mich neben sie auf die Eckbank und lauerte auf die Tüte mit den Schokoriegeln.

Richtig! Da klingelte das Telefon schon. Ich sprang auf und rannte hin. Ob Papa sich wieder einen Scherz für mich ausgedacht hatte?

Mein Papa ist nämlich ein Witzbold. Wenn ich ans Telefon gehe, meldet er sich immer mit verstellter Stimme. »Hier Männerbadeanstalt, Abteilung Heißdusche«, trompetet er in den Hörer. Oder er lispelt: »Flohzirkus Hüpfeschnell. Wo juckt's denn?« Er hat wirklich ulkige Einfälle.

Wenn er aus der Firma anruft, behandelt er mich manchmal wie eine Kundin. Eine ganze Ladung Elefanten hat er mir neulich angeboten. Und gestern hat er gefragt, wann ich meine Reise an die Holladria antreten will.

Ich war also auf alles Mögliche gefasst, als ich mich am Telefon meldete: »Cornelia Sommer.«

»Hallo«, krächzte es in mein Ohr. »Ihr habt einen Vogel?«

»Na klar!« Ich kicherte. Papa wollte mich wohl auf den Arm nehmen. Deshalb fügte ich schnell hinzu: »In dieser Familie hat doch jeder einen!«

Stille. »Wie bitte? Ach so, nein. Spaß beiseite.« Jetzt klang die Stimme ein bisschen ärgerlich. »Ich rufe wegen –« Plötzlich polterte es laut im Hintergrund und die Stimme schnarrte entsetzt: »Um Himmels willen –« Es knackte und die Leitung war tot.

Ich nahm den Hörer vom Ohr und betrachtete ihn mit gerunzelter Stirn. Komisch. Nach Papa hatte das nicht geklungen.

»Kommt er?«, wollte Mama wissen, als ich wieder in der Küche war. Ich schüttelte stumm den Kopf und schaute zu, wie sie eine Packung Tiefkühllasagne in den Backofen schob. »Es war gar nicht Papa«, sagte ich zögernd.

»Wer denn?«

Aber darauf wusste ich keine Antwort. Mama fragte auch nicht weiter nach. Sie band sich eine Schürze um und fing an, Tomaten klein zu schneiden.

Aber selbst bei der Arbeit hat Mama ihre Augen überall. »Nellikind, doch nichts Süßes vor dem Essen!«, rief sie vorwurfsvoll und schnappte mir die Tüte mit den Schokoriegeln weg. Kopfschüttelnd verstaute sie die Tüte im Küchenschrank, ganz hinten, hinter dem Zucker und Mehl. Als ob ich dieses Versteck nicht längst gekannt hätte ...

Da! Das Telefon. Ich wetzte hin. Doch als ich den Hörer abnahm, merkte ich gleich: Das war wieder nicht Papa. Ein fremdes Kind war dran. Es klang sehr aufgeregt. »Es ist mein Vogel. Mein Chico«, sprudelte es hastig hervor. »Bestimmt. Du musst ihn gleich herbringen, hörst du? Mama kann nämlich nicht weg. Sie muss sich um Oma kümmern. Und allein darf ich nicht. Oh, da kommt sie –« Zack. Aufgelegt.

Na, so was! Ratlos kratzte ich mich hinterm Ohr.

Aus diesen Anrufen war nicht schlau zu werden. »Bei denen piept's wohl!«, murmelte ich, zuckte die Achseln und ging aufs Klo.

Kaum hatte ich die Tür hinter mir zugemacht, läutete wieder das Telefon. Wenn das auch so ein komischer Anruf war, würde sich Mama aber wundern! Ich konnte hören, wie sie sich meldete. Jetzt hielt ich es vor Neugierde nicht mehr aus. Schnell zog ich die Spülung. Aber ich kriegte meinen blöden Hosenknopf nicht zu!

Als ich aus dem Badezimmer kam, war Mama schon wieder in der Küche. Beim Zwiebelschneiden. »Ein Telefonstreich«, sagte sie und zwinkerte mir zu. »Ist wohl die neue Mode bei euch, was?« Sie lachte und dabei kullerte eine dicke Zwiebelträne über ihre Backe. Das sah komisch aus.

Telefonstreich? Von wegen. Mit Telefonstreichen kannte ich mich aus. Schließlich hatte ich selber schon oft mit meinem Freund Pitt ... Aber das gehört nicht hierher.

Bei Telefonstreichen kichern Kinder immer. Das wusste ich zufällig genau. Oder sie spielen Musik. Oder sie fragen, in wen man verliebt ist. Wenn das vorhin ein Telefonstreich gewesen war, heiße ich Emil. Wie Pitts Goldhamster. Nein, hier ging etwas

Merkwürdiges vor. Aber was? Vergeblich zerbrach ich mir den Kopf.

Dann kam Papa nach Hause. Er war bester Laune und ich habe ihm gleich meine neuen Turnschuhe gezeigt und von der Schule erzählt. Als ich gerade von den seltsamen Anrufen berichten wollte, rief uns Mama zum Essen. Und da hatten Mama und Papa etwas zu bereden.

Später habe ich geholfen, den Tisch abzuräumen. Ja, und dann klingelte das Telefon! Mama war unter der Dusche und Papa spülte in der Küche das Geschirr. Gespannt hob ich den Hörer ab.

Diesmal war ein Mann am Apparat, das erkannte ich gleich. »Schröder hier. Gerade hat's mir meine Frau vorgelesen. Wir sind ja so froh, dass unsere Fritzi bei Ihnen gelandet ist.« Er räusperte sich und fuhr dann hastig fort: »Sie ist doch hoffentlich gesund und munter? Wissen Sie, sie ist so ein zartes Geschöpf. Wir haben uns große Sorgen gemacht. Hallo – sind Sie noch dran?«

»Doch. Ja«, murmelte ich verwirrt. Ich kannte gar keine Fritzi.

»Ach so.« Der Mann lachte. »Entschuldige. Da rede und rede ich. Du bist ein Kind. Gib mir doch mal deine Mutter, ja?«

Ich nickte. Aber dann fiel mir ein, dass der Mann das nicht sehen konnte. »Augenblick, bitte«, sagte ich, denn meistens bin ich ziemlich höflich. Im Badezimmer rauschte noch immer die Dusche. Also holte ich Papa aus der Küche.

Papa trocknete sich rasch die Hände an der

Schürze ab und nahm den Hörer. »Hallo? Wer?« Er zog die Augenbrauen hoch. »Ich verstehe nicht.« Dann lauschte er eine Weile. Ungeduldig wippte ich auf den Zehenspitzen hin und her. »Nein. Tut mir Leid«, sagte Papa endlich. »Da müssen Sie die falsche Nummer haben. Nein. Wirklich nicht. Wiederhören.« Er legte auf und lachte. »Wir haben keinen Vogel, oder? Das wüsste ich doch, Nelli!« Er boxte mich freundschaftlich in die Seite und verschwand wieder in der Küche.

Ein Vogel? Genau wie vorhin. Seltsam. Das konnte doch kein Zufall sein. Langsam folgte ich Papa in die Küche. Ich musste mit ihm darüber reden.

Aber Papa hatte keine Zeit, mir zuzuhören. Er drehte den Wasserhahn ab und hängte die Schürze an den Haken. »Ich muss mich schnell umziehen, Nelli. Mama mag nicht zu spät ins Kino kommen, das weißt du doch.« Papa fasste mich um die Schulter und schob mich aus der Küche.

Na ja, wahrscheinlich hatte er recht. Mama legt großen Wert auf Pünktlichkeit. Ich schnappte mir meinen Ranzen von der Garderobe und trottete in mein Zimmer.

Dort holte ich mein Diktatheft heraus. Eigentlich

haben wir übers Wochenende keine Hausaufgaben auf. Aber ich musste noch die Verbesserung machen. Ich schlug das Heft auf und fing an.

Mein Freund geht zum – Mist! Ich hatte *Artzt* statt *Arzt* geschrieben. Ich radierte. Aber jetzt war alles verschmiert. Das sah hässlich aus. Wetten, Frau Walter würde meckern? Man muss immer ganz sauber schreiben bei ihr.

Ich legte den Zeigefinger an die Nase und starrte aus dem Fenster. Diese Anrufe gingen mir nicht aus dem Kopf. Ich grübelte und grübelte. Aber ich konnte mir keinen Reim darauf machen.

Da entdeckte ich draußen etwas! Auf dem Fenstersims saß eine dicke graue Taube und äugte zu mir herein. Nanu, ein Vogel ... Hatte das was zu bedeuten?

Unsinn! Tauben gibt's bei uns doch jede Menge. Aber diese hier plinkerte mich mit ihren roten Augen an und ruckte dazu mit dem Kopf. Ich schob den Stuhl zurück und trat ans Fenster. Die Gardine bewegte sich und die Taube flatterte mit den Flügeln und flog davon.

Ich hockte mich wieder an den Schreibtisch. Doch mit den Gedanken war ich ganz woanders. Besonders schön war meine Schrift jedenfalls nicht.

Als ich gerade einen Punkt hinter das letzte Wort gesetzt hatte, steckte Mama den Kopf zur Tür herein. »Wir gehen jetzt, mein Schatz. So gegen zehn sind wir zurück!« Sie spitzte die Lippen und schmatzte einen Kuss in die Luft. »Tschüss. Bleib nicht so lange auf, hörst du?«

Ich schnupperte. Es roch nach Mamas Parfüm. Auf einmal hatte ich ein komisches Gefühl im Magen. Fast hätte ich Mama gebeten dazubleiben.

Ach was! Schließlich war ich kein Baby mehr. »Viel Spaß!«, brüllte ich hinter ihr her. Da fiel die Wohnungstür schon ins Schloss. Fast gleichzeitig begann das Telefon zu läuten. Langsam ging ich ins Wohnzimmer.

Es war dieselbe Stimme wie beim ersten Anruf. Eine Frau und schon ziemlich alt, dachte ich sofort. Denn die Stimme klang brüchig. »Ich rufe noch mal wegen des Vogels an. Wir sind vorhin unterbrochen worden.« Sie hüstelte. »Ich hatte die Handwerker im Haus. Und da ist ein Missgeschick passiert. Na ja, kann vorkommen. Aber nun sag mir mal schnell eure Adresse!«

»Lerchenstieg neun«, rutschte mir prompt heraus. Im selben Augenblick durchzuckte es mich und ich schlug erschrocken die Hand vor den Mund.

Wie oft predigt mir Mama, ich solle Fremden gegenüber vorsichtig sein. Und nun hatte ich unsere Adresse ausgeplaudert. Einfach so.

»Danke«, schnarrte die Frauenstimme. »Ich komme vorbei. Auf Wiederhören.«

»Nein. Warten Sie«, wollte ich rufen. Aber es war schon zu spät. Die Verbindung war unterbrochen.

Warum wollte die Frau zu uns kommen? Und was war das für ein Vogel, den sie bei uns vermutete? Auf keine der Fragen wusste ich eine Antwort.

Mit einem Plumps ließ ich mich in den nächsten Sessel fallen. »Du darfst nicht die Haustür öffnen, wenn du allein zu Hause bist«, hatten mir die Eltern eingeschärft. Würde die fremde Frau nun gleich vor der Tür stehen? Was sollte ich bloß tun? Mein Herz pochte heftig.

Da! Schon wieder das Telefon! Ich rührte mich nicht vom Fleck. Ich starrte den Apparat an und zählte langsam bis zehn. Vielleicht würde das Klingeln gleich aufhören? Aber das tat es nicht. Im Zeitlupentempo näherte ich mich dem Telefon. Ich hob den Hörer so vorsichtig ab, als könnte ich mich an ihm verbrennen.

»Na endlich!«, bellte eine Stimme in mein Ohr. »Hier ist Iwan!«

Iwan? Was für ein Iwan? Um Himmels willen! Ich erschrak. Das konnte bloß Iwan der Schreckliche sein. Seit kurzem starrten mich seine brennenden schwarzen Augen von jeder Plakatwand an. Iwan der Schreckliche war kein Bösewicht aus dem Film. Iwan war schreckliche Wirklichkeit!

»Nein, nein!«, schrie ich entsetzt. Mit beiden Händen drückte ich den Hörer auf die Gabel. Ich rannte in mein Zimmer, als wäre der Teufel hinter mir her. Mit einem gewaltigen Satz hopste ich ins Bett und zog mir die Decke über den Kopf.

Trotzdem hörte ich es: das Telefon läutete. Einmal, zweimal, dreimal. Ich hielt mir die Ohren zu. Und die Augen habe ich auch ganz fest zusammengekniffen. Aber nicht lange.

Ganz vorsichtig machte ich erst das eine Auge auf und dann das andere. Schließlich nahm ich auch die Hände von den Ohren. Stille! Mir fiel ein Stein vom Herzen.

Ich holte tief Luft, knipste die Leselampe an und langte mir mein Lieblingsbuch vom Regal. Wäre doch gelacht, wenn ich mich ins Bockshorn jagen ließe! Wenn mir etwas angst macht, versuche ich meistens, einfach nicht daran zu denken. Das ist ein alter Trick von mir. Auch diesmal ließ er mich nicht im Stich.

Eine ganze Weile las ich und dachte fast gar nicht mehr ans Telefon. Bis – ja, bis es plötzlich an der Haustür läutete. Nein, was sage ich, es klingelte Sturm!

Ich setzte mich kerzengerade im Bett auf und

horchte. Da wollte jemand zu mir herein. Das war nicht zu überhören. Ich traute mich nicht, zur Tür zu gehen. Ich kauerte im Bett und hoffte inständig, das Klingeln würde bald aufhören.

Endlich! Aber komisch. Nun war mir die Stille unheimlich. Knackte es nicht im Wohnzimmer? Ich lauschte mit angehaltenem Atem.

Schließlich fasste ich mir ein Herz, schlich auf Zehenspitzen in den Flur und spähte ins Wohnzimmer. Friedlich stand das Telefon an seinem Platz. Entschlossen machte ich die Wohnzimmertür zu und auch die Tür von meinem Zimmer.

Dann schaltete ich meinen Kassettenrekorder an und legte mich aufs Bett. Ich hörte mir den Elefantentanz an und auch noch andere Lieder. Ziemlich laut und ziemlich lange. Irgendwann muss ich dabei eingeschlafen sein.

Als ich aufwachte, schien die Sonne hell ins Zimmer. Mama stand im Bademantel neben meinem Bett. »Was war denn bloß los mit dir?«, fragte sie besorgt. »Kaum waren wir aus dem Kino zurück, rief Yvonne an. Ob bei uns etwas passiert wäre, wollte sie wissen. Du hättest dich so merkwürdig am Telefon benommen.« Mama beugte sich über mich und fasste mich beim Kinn, um mir in die Augen zu sehen. »Dabei solltest du mir bloß ausrichten, dass sie wegen ihrer Erkältung heute nicht mit mir zum Schwimmen gehen kann. Weiter nichts. Aber du hast plötzlich geschrien und den Hörer auf die Gabel geknallt. Und später bist du gar nicht mehr an den Apparat gegangen. Yvonne hat sich Sorgen gemacht und ist hergekommen. Hast du denn das Klingeln gar nicht gehört?« Mama runzelte die Stirn.

Yvonne? Mamas Freundin? Ich richtete mich langsam auf und starrte Mama verdattert an. Plötzlich fiel es mir wie Schuppen von den Augen: Yvonne war Iwan der Schreckliche! Wegen der Erkältung hatte ihre Stimme so rau geklungen.

Ich schluckte. »Nö. Nichts ist passiert«, murmelte ich. »Ich hab bloß Musik gehört.«

»Ja, und bist dabei eingeschlafen.« Mama lachte. »Wir haben dich angezogen auf dem Bett vorgefunden.« Mit einem Ruck zog sie mir die Decke weg. Jetzt hatte ich meinen Schlafanzug an. Die Eltern mussten mich ausgezogen haben.

»Was hast du dir bloß dabei gedacht.« Mama schüttelte den Kopf. »Der armen Yvonne einen solchen Schrecken einzujagen.«

Von wegen. Wer hatte wohl wem einen Schrecken eingejagt? Aber erklär das mal Mama! Zwecklos. Die kapiert so was nicht. »Deiner Mutter mangelt es an Fantasie«, behauptet Papa immer. Wo er Recht hat, hat er Recht. Nein, ich hielt wohl besser den Mund.

Zum Glück roch es plötzlich nach Kaffee und Mama verschwand in Richtung Küche. Ich rollte mich aus dem Bett und folgte ihr.

Papa hatte schon Brötchen geholt und den Frühstückstisch gedeckt. Das Samstagsfrühstück ist immer sehr gemütlich bei uns. Alle haben Zeit füreinander und wir klönen und schmieden Pläne fürs Wochenende.

Ich angelte mir ein Sesambrötchen aus dem Brotkorb. »Wie war's denn im Kino?«, fragte ich, hauptsächlich, um von der Geschichte mit Yvonne abzulenken.

Papa bestrich sich ein Brötchen mit Honig. »Oh, ganz gut. In dem Film war alles doppelt, weißt du.« Er grinste. »Ein Zwillingspaar heiratet ein anderes Zwillingspaar. Und beide Paare kriegen auch noch Zwillinge. Aber dann verliebt sich die eine Frau in den Bruder ihres Mannes. Und plötzlich gibt es zwei Leichen.«

»Auch zwei Mörder?«, wollte ich wissen.

Papa wiegte den Kopf. »Irgendwie schon. Denn die Frau hat den Mann zum Mord angestiftet.«

»Dann war's ein Krimi«, schloss ich messerscharf.

Papa zuckte mit den Schultern. »Ja und nein. Sie haben eigentlich die meiste Zeit geredet. Über Probleme und so. Die Probleme waren auch doppelt.« Er trank einen Schluck Kaffee. »Aber wie ich höre, hast du hier zu Hause einen Krimi erlebt!« Er blinzelte mir zu.

Ich biss schnell in mein Brötchen. Sollte ich jetzt die Geschichte von gestern Abend erzählen? Ich überlegte. Mama kann es überhaupt nicht leiden, wenn ich herumspinne, wie sie es nennt. Und für die seltsamen Anrufe hatte ich keine Erklärung. Nein, ich musste erst mal allein herausfinden, was dahinter steckte.

Also nuschelte ich bloß mit vollem Mund: »Quatsch mit Soße.« Rasch spülte ich den Bissen mit einem Schluck Kakao hinunter. »Da hat doch gestern jemand wegen eines Vogels angerufen, Papa ...«, sagte ich vorsichtig.

Papa goss sich die dritte Tasse Kaffee ein. »Ach, den meinst du.« Er hob die dampfende Tasse an die Lippen und blies hinein. »Der hat nach einem

Wellensittich gefragt. War aber falsch verbunden.« Papa stutzte und setzte die Tasse ab. »Na, Nelli, soll das ein Wink mit dem Zaunpfahl sein?«, fragte er und lächelte verschmitzt. »Wünschst du dir jetzt einen Vogel? Vielleicht zu Weihnachten?«

Natürlich musste Mama auch gleich ihren Senf dazugeben. »Du weißt genau, wie ich darüber denke. Ein Haustier bekommst du, wenn du vernünftig genug bist, allein dafür zu sorgen.« Energisch fegte sie ein paar Krümel von ihrem Schoß. »Stell dir bloß mal vor, du lässt deinen Vogel im Wohnzimmer fliegen und hast vergessen, die Balkontür zu schließen. Wie es so deine Art ist. Husch, ist der Vogel fort.«

Ich starrte Mama mit offenem Mund an. Das war's! Natürlich. Das musste hinter den geheimnisvollen Anrufen stecken! Wieso war ich nicht eher draufgekommen?

Bei allen dreien war ein Vogel entflogen! Das Kind wollte seinen Chico wiederhaben und der Mann hatte gemeint, seine Fritzi sei bei uns gelandet. Es passte alles zusammen. Auch die alte Frau hatte bloß nach unserer Adresse gefragt, um ihren Vogel abzuholen. Logisch!

Aber wie kamen die auf unsere Telefonnummer?

Bei uns gab's doch gar keinen Vogel! Dieses Rätsel musste ich lösen.

»Du isst ja gar nichts. Und dein Kakao ist auch schon kalt«, sagte Mama vorwurfsvoll.

Ich hörte kaum hin. Mir war plötzlich ein Gedanke gekommen. Bei uns in der Gegend kleben oft Zettel an den Laternenpfählen. Da steht dann drauf: *Schwarzer Kater entlaufen* oder so was Ähnliches. Oft wird auch eine Wohnung gesucht und eine hohe Belohnung dafür versprochen. Unten sind kleine Zettel zum Abreißen dran – mit der Telefonnummer!

Die Sache hatte bloß einen Haken: Wir hatten keinen Zettel geschrieben! Trotzdem wurde ich das Gefühl nicht los, der Lösung ganz nahe zu sein.

Grübelnd starrte ich in meinen Becher. Auf meinem Kakao hatte sich eine Haut gebildet. Brrr! Mit spitzen Fingern zog ich sie heraus und schnipste sie ins Spülbecken.

Mama hatte das zum Glück nicht gesehen. Sie hatte sich mit Papa die Morgenzeitung geteilt und blätterte raschelnd um. Plötzlich lachte sie auf. »Hört doch mal. In Bremen ist was Seltsames passiert«, rief sie. »Eine Frau ging nichts ahnend in ihr Wohnzimmer und was kam ihr da entgegen? Eine wütend zischende Schlange!« Mama schüttelte sich. »Die Schlange gehörte den Mietern der Wohnung über ihr. Das wusste die Frau aber nicht. Durch eine Öffnung neben den Heizungsrohren hatte sich das Tier nach unten geschlängelt. Eine hübsche Überraschung, was?« Mama schaute von mir zu Papa. »Stellt euch das mal vor! Ich wüsste gar nicht, wohin mit so einem Tier!«

»Oh, nichts leichter als das!« Schmunzelnd rieb sich Papa das unrasierte Kinn. »Man gibt einfach eine Anzeige in der Zeitung auf. Rubrik Vermischtes: Schwarzgrün gemusterte Schlange zugelaufen. Hört auf den Namen Amanda. Abzuholen bei ...« Er lachte schallend.

Eine Zeitungsanzeige! Na klar. Das konnte die Lösung des Rätsels sein. Auf einmal wurde ich ganz aufgeregt. »Wo ist die Zeitung von gestern?«, rief ich und sprang auf.

»Im Wohnzimmer ...« Mama und Papa schauten sich verwundert an.

Wie ein geölter Blitz sauste ich ins Wohnzimmer. Da lag die Zeitung. Schnell hatte ich den Anzeigenteil gefunden. Automarkt, Heiratswünsche – Vermischtes. Mein Finger glitt die Spalte entlang. Nichts. Dann die nächste – da!

Ich stieß einen Pfiff aus. *Wellensittich zugeflogen, Tel. 48 32 00.* Tatsächlich. Unsere Telefonnummer! Halt. Ich schaute noch mal genauer hin. Die letzte Ziffer war nicht gut zu lesen. Das hätte vielleicht auch eine 8 sein können. Wahnsinn! Ich fasste mich an den Kopf. Das Geheimnis war gelüftet.

Jetzt konnte ich die Geschichte nicht länger für mich behalten. Ich stürmte in die Küche. »Guck mal!« Triumphierend hielt ich Papa die Zeitung unter die Nase.

Papa überflog rasch die Zeilen. Dann fragte er verblüfft: »Wie hast du das denn ausgetüftelt, Nelli? Du bist ja die geborene Detektivin!« Seine Stimme war voller Bewunderung.

Ich nickte stolz. »Und wundert euch nicht, wenn es klingelt und eine alte Frau ihren Vogel abholen will. Ich hatte nämlich gestern noch ein paar Anrufe, müsst ihr wissen.« Nun habe ich alles haarklein erzählt. Die Eltern haben vielleicht Augen gemacht!

»Also doch ein Krimi«, sagte Papa zufrieden und schraubte das Honigglas zu. »Und du hast den Fall gelöst, Nelli, ganz allein.« Vergnügt begann er zu pfeifen. Ich kannte das Lied: »Kommt ein Vogel geflogen ...«

Von dem Tag an stand für mich fest: Wenn ich groß bin, werde ich Detektivin. Eine ganz berühmte natürlich. So eine, die im Lexikon steht. War mein Scharfsinn nicht heute schon verblüffend? Klar, ich musste ihn trainieren. Das tat ich nun täglich. Aber zunächst erzählte ich niemandem davon.

Stundenlang lungerte ich auf der Straße herum, um Leute zu beobachten. Beschatten nennt man das in der Detektivsprache. Der kleine Imbiss gegenüber von uns bot mir reichlich Gelegenheit dazu.

Ich übte, aufmerksam hinzuschauen. Hatte der große dicke Mann mit Brille, der gerade aus dem Imbiss kam, nicht einen Hut aufgehabt, als er vorhin hineinging? Richtig. Jetzt machte er auf dem Absatz kehrt und holte seinen Hut. Oh, mir entging so leicht nichts!

Auch zu Hause trainierte ich fleißig. Und ab und zu gelang mir ein Volltreffer! Einmal war Yvonne bei uns zu Besuch und ich habe ihr auf den Kopf zugesagt, dass sie nicht mit dem Auto gekommen sei, sondern mit dem Bus.

Woher ich das wusste? Na ja, neben unserer Bushaltestelle wurde gebaut. Man hatte da ein tiefes Loch in die Erde gebuddelt. Der ganze Weg war mit Lehmklumpen übersät. Ein Blick auf die hochhackigen Schuhe von Mamas Freundin genügte. Ich wusste Bescheid.

Yvonne hat's glatt die Sprache verschlagen! Sie hat den Mund auf- und wieder zugeklappt wie ein Fisch im Aquarium. Dann hat sie erklärt, dass ihr Wagen in der Werkstatt sei. Und dass ich ein unglaublich pfiffiges Mädchen wäre! Eigentlich hätte sie das ja schon lange merken können!

Wenn mich nun jemand fragt, was ich später mal werden will, sage ich prompt: Detektivin. In Gedanken sehe ich bereits das blanke Messingschild an meiner Haustür:

Cornelia Sommer

Privatdetektivin

Privat bedeutet: Ich arbeite nicht für die Polizei, sondern jage die Verbrecher auf eigene Faust. Gegen Bezahlung, versteht sich. Natürlich übernehme ich nur die schwierigsten Fälle. Denn ich bin ja sehr berühmt.

Aber gerade deswegen gab es Streit, als Pitt von meinem Plan erfuhr. Mein Freund war nicht die Spur begeistert. »Nelli«, hat er düster gesagt, »vergiss es. Berühmte Detektive sind immer nur Männer.« Nennen konnte er mir dann freilich nur einen: Sherlock Holmes. Aber der steht wirklich im Lexikon. Wir haben nachgeschlagen.

Damit gab sich Pitt jedoch nicht zufrieden. »Denk mal an die Fernsehkrimis, Nelli. Wer klärt da Verbrechen auf? Doch Männer!« Er nickte gönnerhaft und tat sehr überlegen.

Nun reichte es mir langsam. »Du spinnst ja. Und was ist mit Miss Marple?«, habe ich ihm zornig entgegengehalten. »Die ist sogar besser als jeder Mann!«

Da schnappte Pitt ein. Er rannte aus dem Zimmer und knallte die Tür zu. Von dem Tag an redeten wir kein Wort mehr miteinander. Puh!

In der Schule sitzt Pitt neben mir. Und es war nicht leicht, kein Wort miteinander zu wechseln. Stumm schob er mir sein Lineal herüber, als ich meins vergessen hatte. Ein Friedensangebot? Keine Spur. Zwischen uns herrschte Funkstille.

Die Einzige, die sich über unser Schweigen freute, war Frau Walter, unsere Lehrerin. Zugegeben, sonst hatten wir ziemlich viel miteinander gequasselt.

Am schlimmsten fand ich die Pausen. Da tobte Pitt mit den anderen Jungen herum und ärgerte uns Mädchen. Besonders auf mich hatten sie es abgesehen. Am ärgsten trieb es Jan. Pitt hatte Jan eigentlich nie leiden können. Aber plötzlich schienen die beiden dicke Freunde zu sein. Das wurmte mich.

Wie gern hätte ich Pitt ins Gesicht geschleudert: »Du bist ein Blödmann!« Aber wir redeten ja nicht miteinander. Und sollte ich etwa den ersten Schritt tun? Nie und nimmer. Da konnte er warten, bis er schwarz wurde. Nicht einmal zu meinem Geburtstag würde ich ihn einladen! Das stand für mich fest.

Dann kam Weihnachten – das mir leider weder einen Wellensittich noch sonst was Lebendiges bescherte – und gleich zu Beginn des neuen Jahres machten wir einen Schulausflug ins Museum. Da gab's eine Ausstellung über fremde Völker.

In einem Raum hingen viele Fotos. Auf dem einen war ein Mädchen abgebildet, das einen Ring in der Nase trug. Auch an den Armen und Beinen hatte sie viele Ringe. Sonst war sie nackt.

Plötzlich hat Jan mit dem Finger auf das Bild gezeigt und ganz laut gesagt: »Guckt mal, die sieht genauso aus wie Nelli!« Und er hat höhnisch gelacht dazu. Alle haben auf mich geschaut und gekichert. Ich wäre am liebsten im Erdboden versunken.

Auf einmal stand Pitt neben mir. »Na, und?«, hat er gesagt und Jan ganz fest angeguckt. Jan hat nichts mehr gesagt. Pitt hat mir die Hand auf die Schulter gelegt und da wusste ich, dass alles wieder in Ordnung war.

»Kommst du zu meiner Geburtstagsfeier?«, habe ich ihn schnell gefragt.

»Logo!«, sagte Pitt und grinste. Leider habe ich erst im April Geburtstag. Aber das tat nichts zur Sache. Hauptsache, Pitt und ich waren wieder Freunde.

Seit dieser Geschichte necken uns die Kinder aus unserer Klasse oft. Sie behaupten, wir wären ineinander verknallt. Manchmal nervt das. Dann strecken wir ihnen einfach die Zunge heraus. Meistens kümmern wir uns aber gar nicht darum. Die sind bloß neidisch. Auf Pitt kann ich mich hundertprozentig verlassen. Und er sich auf mich. Logisch.

Manchmal träume ich sogar nachts davon, Ganoven zu jagen. Mit Pitt rede ich allerdings nicht darüber. Er hat die Sache auch mit keiner Silbe mehr erwähnt. Eigentlich schade. Wenn er wüsste! Eine Privatdetektivin hat nämlich ein aufregendes Leben ...

Gerade bin ich wieder einem gerissenen Gauner auf der Spur. Er hat sich als Kellner getarnt und klaut den Gästen Brieftaschen und Geldbörsen. Ich ertappe ihn auf frischer Tat und packe ihn am Kragen! Er will fliehen. Sein voll beladenes Tablett segelt durch die Luft. Pommes mit Ketschup fliegen mir um die Ohren. Er reißt sich los und stürmt davon. Eine wilde Verfolgungsjagd beginnt. Die Gäste stieben kreischend auseinander. Ich bin dem Ganoven dicht auf den Fersen. Aber immer, wenn ich ihn fassen will, schlägt er einen Haken und ich greife ins Leere. Da schrillt eine Alarmglocke!

Blinzelnd öffne ich die Augen. Ist das etwa schon mein Wecker? Nein, das Klingeln kommt aus dem Wohnzimmer. Das Telefon. Wieso eigentlich? Es ist doch erst sieben!

Sofort bin ich putzmunter. Mein Scharfsinn ist gefragt: Wer ruft uns so früh an? Ich überlege. Klar. Die Schule fällt aus! Bestimmt steckt Mama gleich ihren Kopf zur Tür herein. Prima, einfach weiterschlafen! Ich mache die Augen zu und warte. Nichts passiert. Schade. Na ja, hellsehen kann auch eine berühmte Detektivin nicht! Doch nun bin ich neugierig und hüpfe aus dem Bett.

Als ich in die Küche komme, sagt Mama: »Nelli, meine Kollegin hat angerufen. Sie hat die Grippe. Ich muss Überstunden machen. Im Kühlschrank steht noch Essen von gestern. Machst du dir das warm?« Sie wartet meine Antwort gar nicht ab, sondern lässt die Brotschneidemaschine aufjaulen.

Ich ziehe eine Schnute. »Nö«, sage ich und schiebe meinen Becher zu Mama rüber, damit sie mir Kakao eingießt. »Lieber geh ich nach der Schule zu Pitt!«

Mama runzelt die Stirn. Ich weiß schon warum. Bärbel, Pitts Mutter, ist nämlich schwanger. Bald wird Pitt noch eine Schwester oder einen Bruder bekommen. Eine Schwester hat er schon, die Jule. Sie ist fünf und geht in die Vorschulklasse.

Mama meint, Bärbel müsse sich jetzt schonen. »Pitts Mutter braucht Ruhe und keinen Kindergarten zu Hause, verstehst du.« Energisch rührt Mama im Kakaotopf herum.

Aber das weiß ich besser. Mama täuscht sich. Bestimmt. Sie kennt Bärbel eben nicht so gut wie ich. »Kinder kann man gar nicht genug haben«, sagt Bärbel immer. Und dabei schlingt sie lachend die Arme um ihren dicken Bauch, als ob sie das Baby darin umarmen möchte.

Ich lasse nicht locker. »Ach bitte, Mama. Wir stören Bärbel gar nicht. Und wenn etwas auf den Boden fällt, können wir es für sie aufheben.« Das Bücken fällt Bärbel jetzt schwer. Das weiß ich.

Mama gießt meinen Becher randvoll mit Kakao. Als sie wieder hochguckt, lächelt sie. »Na gut, ich kann ja mal anrufen«, gibt sie nach. »Aber seid nicht so wild, ja?« Sie streicht mir die Haare aus der Stirn.

Ich lege feierlich die Hand aufs Herz und verspreche, dass ich lammfromm sein werde. Das muss man bei Bärbel aber gar nicht. Die rümpft nie die Nase. Man kann noch so schmutzig oder laut sein. »Kinder muss man hören. Und das Duschen muss sich lohnen«, ist einer ihrer Lieblingssprüche. Manchmal beneide ich Pitt richtig. Meine Mutter denkt darüber ganz anders. Leider.

Mama geht zum Telefon und wählt Pitts Nummer. Die kann ich auswendig. Ob es wohl klappt? Ich lasse mein angebissenes Brot auf dem Teller liegen und pirsche mich von hinten an Mama heran. Gespannt lauere ich auf Bärbels Antwort.

Da legt Mama schon den Hörer auf und dreht sich zu mir um. »Bärbel freut sich, dass du kommst«, sagt sie. Ich reiße die Arme hoch und mache einen Luftsprung. Fast werfe ich Papa um, der sich vor dem Flurspiegel seinen Schlips bindet. »Na, der Tag fängt ja stürmisch an«, sagt Papa lachend.

Es ist wie jeden Morgen. Mama treibt uns zur Eile an. Ich halte den Geschwindigkeitsrekord im Duschen und Anziehen: knappe vier Minuten. Dann steht Mama in der Küche und schmiert Pausenbrote, während Papa das Frühstücksgeschirr spült.

Ich suche meinen Turnbeutel. Verflixt noch mal. Wer versteckt den bloß immer? Wütend krame ich zwischen Mänteln und Jacken herum. Aber da ist kein Turnbeutel. Halt! Hier hilft nur scharfes Nachdenken! Ich lege den Zeigefinger an die Nase. Natürlich! Der Turnbeutel steckt im Ranzen. Weil ich nämlich gestern nach der Schule mit Pitt auf Sperrmüllsuche war. Da musste ich beide Hände freihaben. Nun aber nichts wie los!

Zum Glück habe ich keinen weiten Schulweg. Wenn ich renne, schaffe ich ihn in drei Minuten. Vor der Pforte zum Pausenhof treffe ich Frau Krüger, die Moritz spazieren führt. Moritz ist der süßeste kleine Pudel, den ich kenne. Es hilft nichts, ich muss stehen bleiben und ihn streicheln. Sonst ist er beleidigt.

Fröhlich kläffend springt Moritz an mir hoch und wedelt mit dem Stummelschwänzchen. Er will spielen. Schade, dafür ist jetzt keine Zeit. Die Schulglocke läutet. Energisch zieht Frau Krüger an Moritz' Leine. Klar, sie hat's auch eilig. Sie muss gleich ihren Zeitungsladen öffnen.

Ich bin mal wieder die Letzte in der Klasse! Alle sitzen schon auf ihren Plätzen. Pitt zappelt ungeduldig auf seinem Stuhl herum. »Na endlich, Nelli!« stöhnt er.

Vor ihm auf dem Tisch liegt ein aufgeschlagenes Mickymausheft. »Guck mal, was da steht!« Er tippt auf eine dicke Überschrift.

Ich schiebe meinen Ranzen unter den Tisch und schaue über Pitts Schulter. *Wir gründen einen Detektivklub*, lese ich. Na, so was! Verdutzt mustere ich meinen Freund.

»Was meinst du als Fachmann dazu?«, fragt Pitt, ohne mich anzuschauen.

»Fachfrau«, verbessere ich ihn streng. In solchen Dingen bin ich kleinlich. Aber meine Meinung behalte ich nun für mich. Frau Walter kommt näm-

lich zur Tür herein. Wir müssen das Mickymausheft wegpacken und unsere Rechenkartei vornehmen. Als ob es nicht wichtigere Dinge auf der Welt gäbe!

Ich habe gar keine Lust zu rechnen. Ein Detektivklub, überlege ich. Das ist keine schlechte Idee. Wir könnten gemeinsam auf Spurensuche gehen. Ein Erkennungszeichen müsste man haben ...

Natürlich kann ich meinen Mund nicht halten. Ich flüstere mit Pitt. Der ist sofort Feuer und Flamme. Die Rechenaufgaben sind vergessen. Wir schmieden Pläne.

Doch das gefällt Frau Walter nicht. Dreimal hat sie uns schon ermahnt. Nun baut sie sich drohend vor unserem Tisch auf und stemmt die Hände in die Hüften. »Nelli und Pitt. Hier ist kein Kaffeeklatsch. Was gibt es denn so Wichtiges zu bereden? Heraus mit der Sprache!«

Wir geben unser Geheimnis preis. Gegen Frau Walter hat man keine Chance. Doch dafür macht sie einen prima Vorschlag. Jetzt müssen wir zwar bis zum Läuten mit Volldampf rechnen, aber in der nächsten Stunde dürfen wir drucken. Unseren eigenen Text.

Wir drucken Handzettel für die ganze Klasse. Das ist ein tüchtiges Stück Arbeit und wir geraten gehörig ins Schwitzen dabei. Doch als es zur großen Pause läutet, liegen alle Zettel fertig zum Trocknen auf den Tischen. Glänzend von frischer Druckerschwärze. Und nun gibt's Gedrängel. Denn jeder will als Erster lesen, was da steht:

Wir gründen einen Detektivklub.
Wer macht mit?
Wir treffen uns heute um 3 Uhr auf dem
Spielplatz Heckenrosenweg.
Bitte mitbringen:
Notizblock mit Stift
Trillerpfeife
Lupe
Kreide

Nelli und Pitt

In unserer Klasse summt es wie im Bienenstock. Fast alle wollen mitmachen. Nur Jan sucht mal wieder Streit.

»Ph, ein Detektivklub«, sagt er und schnaubt verächtlich. »Ist doch Babykram. Einen richtigen Fall müsstet ihr lösen.« Und da kommt für Jan nur ein Mordfall in Frage. »Im Fernsehen wird's auch erst bei Mord so richtig spannend«, meint er großspurig. Der tut mal wieder so, als ob er jeden Fernsehkrimi sehen dürfte!

Wir lassen den Angeber stehen und rennen auf den Pausenhof. Es gibt noch viel zu besprechen. Wenn doch bloß schon Nachmittag wäre! Aber erst müssen wir noch turnen und lesen.

Wie die Wiesel wetzen Pitt und ich nach Hause, als die Schule aus ist. Völlig außer Puste stürmen wir in die Wohnung. Bärbel steht in der Küche am Herd. Man sieht deutlich, dass sie ein Baby kriegt. Ihre Schürze passt kaum noch um den runden Bauch. Jule hockt auf einem Stuhl daneben und rührt eifrig in einem Topf.

Während wir unsere Ranzen und Jacken ablegen, erzählen wir von unserem Detektivklub. Jule vergisst zu rühren und fuchtelt aufgeregt mit dem Kochlöffel in der Luft herum. »Ich möchte auch Dektivin sein«, ruft sie.

Doch erst mal gibt's Erbsensuppe mit Würstchen. Ich sitze neben Bärbel auf der Küchenbank. Plötzlich greift sie nach meiner Hand und legt sie auf ihren Bauch. »Pass mal auf, Frau Detektivin. Spürst du was?« Sie lächelt glücklich.

Tatsächlich. Ich fühle, wie etwas kräftig gegen meine Handfläche boxt. Komisch, das Baby kann man noch nicht sehen, aber man kann spüren, wie es strampelt. Ist das nicht wunderbar?

Ich seufze aus tiefstem Herzen. Wie gern hätte ich auch ein kleines Geschwister. Aber erzähl das mal Mama! Die hebt bloß abwehrend die Hände und sagt: »Und mein Beruf, Nelli? Jetzt sind wir gerade aus dem Gröbsten heraus. Sollen wir etwa wieder von vorne anfangen?« Nein, meine Eltern wollen keine Kinder mehr. Da kann man nichts machen.

»Aufwachen, Nelli!« Pitt knufft mich. Er hat seinen Teller schon leer gegessen und deutet auffordernd mit dem Kopf in Richtung Tür.

Ich verstehe. Wir beide müssen noch einiges vorbereiten. Schnell schlinge ich den letzten Bissen Wurst hinunter.

»Können wir Opas Leselupe haben?«, fragt Pitt und schiebt seinen Stuhl zurück. Bärbel nickt.

Im Nu haben wir unsere Ausrüstung beisammen: Für jeden einen Schreibblock und Bleistift, damit wir uns Notizen machen können. Dann eine

Schachtel mit bunter Kreide zum Markieren von Spuren. Trillerpfeifen haben wir gleich drei Stück. Jetzt fehlt nur noch Opas Leselupe. Pitt geht sie suchen.

Ich hole inzwischen Emil, Pitts kleinen Goldhamster, aus seinem Käfig und spiele mit ihm. Er ist wirklich goldig.

Als Pitt nach einer Weile zurückkommt, bleibt mir vor Staunen der Mund offen stehen. Mein Freund hat sich mit Baseballkappe, Schal und Pfeife ausstaffiert. »Seh ich nicht aus wie Sherlock Holmes?« Er breitet die Arme aus und dreht sich auf dem Absatz um. Unternehmungslustig wippt die Pfeife in seinem Mundwinkel.

Ich kraule den Hamster hinterm Ohr. »Schau dir das an, Emil! Ist er nicht perfekt, der Meisterdetektiv?«, spotte ich. »Dabei wollte der Herr gestern noch Kapitän werden.« Vorsichtig setze ich Emil in den Käfig zurück.

Pitt nimmt die Pfeife aus dem Mund und grinst breit. »Hier, Frau Oberdetektivin.« Er zieht eine Lupe aus der Hosentasche und drückt sie mir in die Hand.

Ich nicke geschmeichelt und schaue mir die Lupe gründlich an. Sie ist ziemlich schwer und vergrößert stark. Staunend betrachte ich meine Fingerkuppe durch das Glas. Die feinen Rillen kann man mit bloßem Auge nicht erkennen. Aber gerade die machen ja jeden Fingerabdruck einzigartig!

Ich halte Pitt meinen Zeigefinger unter die Nase. »Weißt du, dass kein Fingerabdruck auf der ganzen

Welt dem andern gleicht? Deshalb nimmt man Fingerabdrücke als Beweismittel.« Stolz werfe ich den Kopf in den Nacken. Wetten, Pitt ist beeindruckt von meinem Wissen?

Das scheint aber nicht der Fall. Ungerührt nimmt mir mein Freund die Lupe aus der Hand und hält sie sich vors Gesicht. Jetzt hat er ein riesengroßes Auge, mit dem er mich gefährlich anstarrt. »Nelli, uns bleibt nichts mehr verborgen«, jubelt er. »Alle Verbrecher in der Gegend können einpacken. Bald ist es aus und vorbei mit ihnen.« Er reißt sich die Kappe vom Kopf und schwenkt sie begeistert hin und her.

Ich muss lachen. Irgendwann packt das Detektivfieber wohl jeden. Pitt hat es voll erwischt. Das kenne ich.

Es klingelt an der Haustür. Draußen warten Tina und Sandra, zwei Mädchen aus unserer Klasse. Sie wollen uns abholen. Sind die aber früh dran! Es ist doch erst kurz nach halb drei. Macht nichts, wir sind ja fertig. Wir schlüpfen in unsere Jacken und rennen los.

Schon von weitem sehen wir an der Ecke Heckenrosenweg Frau Krüger vor ihrem Laden stehen. Sie hat eine Hand über die Augen gelegt und späht angestrengt die Straße hinauf und hinunter.

Die hält bestimmt nach jemandem Ausschau, denke ich. Und richtig, da ruft uns Frau Krüger schon zu: »Habt ihr meinen Moritz gesehen?«

Wir bleiben stehen und schauen uns an. Nein, keiner von uns hat Moritz gesehen. Wie auf Kommando schütteln alle die Köpfe. Dann setzen wir uns wieder in Trab.

Als wir um die Ecke biegen, ruft uns Frau Krüger nach: »Haltet die Augen offen nach dem Stromer!« Doch wir haben jetzt anderes im Kopf.

Auf dem Spielplatz ist schon die halbe Klasse versammelt: Steffi und Kai, Kitti und Ayse, Sven, Mirko und die Zwillinge Jette und Karen. Und oben auf dem Kletterhäuschen hocken unsere beiden Unzertrennlichen, Timo und Jens. Die sind immer und überall dabei.

Alle scharen sich erwartungsvoll um uns. Detektive brauchen einen *Fall*. Das ist klar. Und in meinen Träumen ist das immer ganz einfach. Die berühmte Privatdetektivin Cornelia Sommer kann sich nicht retten vor spannenden Aufträgen! Aber in Wirklichkeit? Ich seufze. Bei uns in der Gegend ist doch nie was los. Da passiert nicht das kleinste Verbrechen, ehrlich!

Also müssen wir uns was einfallen lassen. Wir stecken die Köpfe zusammen. Jeder will einen Vorschlag machen. Jette und Karen sind dafür, Autonummern zu notieren. Autos gibt's hier jede Menge. Sie parken rechts und links am Fahrbahnrand, dicht bei dicht, so dass man sich kaum hindurchzwängen kann. Bestimmt erwischen wir ein paar Falschparker!

Sven und Kai wollen lieber in den Supermarkt. Kann ja sein, dass da jemand lange Finger macht. Auf jeden Fall können wir dort Leute beobachten.

Aber davon will Kitti nichts wissen. »Bestimmt gibt's da einen erwachsenen Kaufhausdetektiv«, winkt sie ab. »Und der soll gefälligst selbst die Leute schnappen, die was mopsen.« Das finde ich auch.

»Außerdem werden da Kinder rausgejagt, wenn sie nichts kaufen.« Wer weiß das besser als Timo und Jens!

Nun ist guter Rat teuer. Ich hocke mich auf den Rand der Sandkiste und lege den Zeigefinger an die Nase. Das hilft beim Nachdenken.

»Moritz, Moritz!«, höre ich von fern Frau Krügers

Stimme. Sucht die etwa immer noch nach Moritz?, denke ich und da kommt mir eine Idee. Ich springe auf und rufe: »Hört mal alle her! Sieht so aus, als ob Moritz weg ist. Den *Fall* übernehmen wir.«

»Ja, klar!« – »Mal gucken, was da los ist!« Alle schreien durcheinander.

Im Galopp rennen wir zu Frau Krügers Laden. Es stimmt. Moritz ist spurlos verschwunden. »Wie vom Erdboden verschluckt«, jammert Frau Krüger. »So was macht mein Moritz sonst nie. Über 'ne halbe Stunde ist er schon weg. Da stimmt doch was nicht!« Bekümmert schüttelt sie den Kopf. »Es wird ihm doch hoffentlich nichts passiert sein?«

Frau Krüger tut mir Leid. Ich muss sie einfach beruhigen! Ich sage ihr, dass sie großes Glück hat: Hier stehen vierzehn frisch gebackene, tatendurstige Detektive. Und alle brennen darauf, mit der Spurensuche zu beginnen.

»Nein, so was!«, sagt Frau Krüger und schlägt erstaunt die Hände zusammen. »Das kommt ja wie gerufen.« Sie sieht richtig erleichtert drein. »Ihr tut mir einen großen Gefallen, wenn ihr nach Moritz sucht. Ich kann doch meinen Laden nicht im Stich lassen. Und euer Schaden soll es nicht sein«, fügt sie mit einem Augenzwinkern hinzu. Das lässt sich hören.

Natürlich brauchen wir ein paar Auskünfte von

Frau Krüger. »Wann haben Sie Moritz das letzte Mal gesehen?

Wer war bci Ihnen im Laden?

Haben Sie etwas Verdächtiges bemerkt?«

Meine Fragen kommen wie aus der Pistole geschossen.

Und Pitt zückt eifrig den Bleistift.

»Personenbeschreibung bitte ...«

Verwirrt schaut Frau Krüger von einem zum andern. Dann überlegt sie: »Also, um zwei Uhr hab ich den Laden wieder aufgemacht. Und Moritz lag in seinem Körbchen. Um die Zeit macht er gern ein Nickerchen, müsst ihr wissen.« Sie schnieft gerührt. »Dann kamen ein paar Kunden. Wartet mal. Ja, ich hab Zeitschriften und Zigaretten verkauft. Und weil's so stickig war im Laden, hab ich die Tür aufgemacht.« Sie zeigt auf die Ladentür, die sie mit einem Holzklotz festgesetzt hat.

»Mit Frau Lehmann hab ich ein Schwätzchen gehalten«, fährt sie dann fort. »Da war Moritz bestimmt noch da. Und auch noch, als ich den Wasserkessel aufgesetzt hab, um mir einen Kaffee aufzubrühen. Beschwören könnte ich das allerdings nicht.« Sie macht eine Pause und reibt sich nachdenklich die Nase. »Dann kam Herr Sievers und ich hatte seinen Pfeifentabak nicht da. Natürlich hat er geschimpft. Und ich hab mich gewundert, dass Moritz gar nicht bellt. Der mag nämlich nicht, wenn jemand laut wird im Laden.«

Frau Krüger kommt einen Schritt näher und flüstert hinter vorgehaltener Hand: »Unter uns gesagt, den Herrn Sievers kann mein Moritz gar nicht leiden.«

Wir stoßen uns mit den Ellbogen an und nicken voller Verständnis. Herrn Sievers begegnet keiner gern. Wenn er uns an der Straßenecke stehen sieht, droht er oft schon von weitem mit seinem Stock und ruft: »He, ihr da. Was heckt ihr wieder aus, ihr Rasselbande? Klingelstreiche, was? Eines Tages erwisch ich euch, verlasst euch drauf!« So ist Herr Sievers.

Ich runzle die Stirn. »War da Moritz schon weg?«, frage ich.

Frau Krüger hebt unschlüssig die Hände. »Ich glaub schon. Aber ich hab nicht drauf geachtet«, sagt sie. »Moritz macht ja manchmal einen kleinen Ausflug nach draußen. Das dauert höchstens ein paar Minuten. Als ich ihn dann vermisste, hab ich immer wieder rausgeguckt. Zwischendurch musste ich natürlich Kundschaft bedienen. Und dann hab ich angefangen, mir Sorgen zu machen.« Sie zieht ein Taschentuch heraus und schnäuzt sich geräuschvoll.

Ich merke schon, die andern wollen mit der Suche beginnen. Sie scharren ungeduldig mit den Füßen. Ehe wir noch einen Plan gefasst haben, flitzen Timo und Jens davon und dann auch alle andern. »Moritz, Moritz!«, brüllen sie.

Soll das ordentliche Detektivarbeit sein? Entrüstet schauen Pitt und ich uns an. Nur Frau Krüger scheint ganz zufrieden. Sie nickt uns freundlich zu und verschwindet in ihrem Laden.

»Halt, halt!« Pitt und ich rennen hinter den andern her und fuchteln wild mit den Armen. »Alles auf den Spielplatz!«, rufen wir. Unser Detektivklub braucht ein Hauptquartier zur Fallbesprechung. Ist doch klar.

Wir versammeln uns an der Sandkiste. Ich hole den Notizblock heraus und schreibe oben auf die erste Seite:

Fall: MORITZ.

Dann knabbere ich am Bleistift und überlege.

»Hat einer von euch 'ne Idee, wo Moritz stecken könnte?«, frage ich.

»Vielleicht hat er sich bloß verlaufen«, meint Kai, dem das auch schon passiert ist.

»Quatsch!«, protestiert Sandra und tippt sich an die Stirn. »So 'n Hund findet immer nach Hause. Der macht das mit der Nase. Weißt du das nicht?« Verlaufen kommt also nicht in Frage. Ich male ein großes Fragezeichen auf den Zettel.

»Glaubt ihr, es könnte ihm was passiert sein?«, fragt Steffi ängstlich. »Hoffentlich ist er nicht überfahren worden!« Sie hat schon mal gesehen, wie ein Hund von einem Auto angefahren wurde. »Schrecklich war das!«, stöhnt sie.

Überfahren? Ich beiße heftig auf den Bleistift. Nein, das glaube ich nicht. Bei einem Unfall wäre sicher ein Streifenwagen gekommen. Mit Blaulicht und Sirene. Das hätte man gehört ...

Ich schrecke auf, als Pitt mich anstößt. »Guck mal, wer da kommt«, zischt er und deutet mit dem Daumen nach hinten.

Ich traue meinen Augen nicht! Dahinten kommt Jan angeschlendert mit seinem kleinen Bruder Nick im Schlepptau. Wollen die etwa bei uns mitmachen? Das kann ja heiter werden. Pitt und ich tauschen einen Blick. Wenn Jan kommt, gibt's Ärger!

Breitbeinig baut sich Jan vor uns auf, die Hände tief in den Hosentaschen vergraben. »Na, wo sind

die Verbrecher, die wir fangen sollen?«, fragt er und spuckt in hohem Bogen auf den Boden.

»Ja, wo sind die Verbrecher?«, echot sein kleiner Bruder Nick. Er bewundert Jan und ahmt ihn in allem nach.

Alle schauen auf mich. »Verbrecher. Wieso Verbrecher?«, frage ich böse.

Pitt will mir beispringen. »Wir suchen jemanden, der verschwunden ist. Äh, also genau genommen ist es der Moritz von Frau Krüger«, fügt er etwas lahm hinzu.

Jan verdreht die Augen und stöhnt: »Mann, das ist doch öde, so ’n verschwundener Köter.« Er hat sich ganz was anderes ausgedacht. Banküberfall will er spielen. Und ebenso klar ist, dass er bestimmt, wer Räuber und wer Detektiv ist. Plötzlich hält er eine Spielzeugpistole in der Hand und fuchtelt damit in der Luft herum.

Ich bin so wütend, dass ich Jan am liebsten ins Gesicht springen würde! Hoffentlich lassen sich die andern nicht ins Bockshorn jagen.

Ich hole tief Luft. Mich schüchtert Jan nicht ein! »Okay«, sage ich ruhig. »Wenn du aufhörst, hier den wilden Mann zu spielen, können wir ja darüber abstimmen, was wir machen.«

Jan ist einverstanden. Er gibt sich siegesgewiss. Aus seiner Hosentasche kramt er einen Strumpf hervor, den er sich über den Kopf zieht. Bestimmt glaubt er, dass ihn nun alle bewundern.

Aber das muss er sich schleunigst abschminken. Außer Nick will nämlich keiner Banküberfall spielen. Wir sind uns alle einig. Moritz ist unser Fall. Niemand will sich von Jan kommandieren lassen. Mir fällt ein Stein vom Herzen!

Jan steht da wie ein begossener Pudel. Einen Augenblick lang sieht es so aus, als ob er beleidigt abdampfen will. Aber dann nimmt er bloß einen Anlauf und kickt so heftig gegen eine leere Coladose am Boden, dass die quer über den Spielplatz trudelt. Es scheppert laut. Nun schlendert Jan zum Kletterhäuschen rüber, steigt auf die Leiter und balanciert freihändig auf der obersten Stufe.

»Angeber!«, schnaube ich verächtlich.

»Lass doch, der stört uns nicht«, murmelt Pitt. Wir drehen Jan den Rücken zu und beratschlagen weiter.

Da hören wir plötzlich hinter uns einen überraschten Pfiff. »Ej, kommt mal schnell her«, ruft Jan. Widerwillig drehen wir uns um.

Was hat er bloß? Mit einer Hand winkt er aufgeregt, mit der andern hält er sich an der Wand des Kletterhäuschens fest. Die ist von oben bis unten mit Sprüchen bemalt.

»Hier!« Jan tippt mit dem Finger auf einen Spruch. Ich muss näher gehen, damit ich es lesen kann. Da steht doch echt:

Moritz steckt in der Klemme.

Verblüfft schauen wir uns an. Was hat das zu bedeuten?

»Ich sag euch, da sind Gangster am Werk!« Mit einem zufriedenen Grunzen springt Jan von der Leiter.

»Ja, vielleicht ist Moritz geklaut worden«, sagt Kitti schnell.

Ich muss schlucken. Habe ich nicht oft gesagt, Moritz wäre zum Klauen süß? Den Spruch habe ich von Mama. Und natürlich war er nie ernst gemeint. Wer klaut denn einen Hund?

»Glaub ich nicht«, sagt Jens und schüttelt den Kopf. »So 'n Hund hat doch ein Halsband um mit 'ner Hundemarke dran. So einfach stehlen kann den keiner.«

»Was heißt einfach«, sagt Sandra empört. »Ihr habt ja keine Ahnung, was Gangster für Tricks draufhaben!«

Ich nehme meinen Notizblock und schreibe *geklaut* neben das Fragezeichen. Da schnalzt Mirko plötzlich mit den Fingern. »Ej, und wenn er nun entführt worden ist?«, schreit er laut.

Dass ich daran nicht gedacht habe! Natürlich. Das würde sein spurloses Verschwinden erklären. Je länger ich darüber nachdenke, desto klarer scheint mir der Fall. Moritz ist Frau Krügers ein und alles. Das weiß hier jeder. Und ein Gangster kann sich ausrechnen, dass sie jedes Lösegeld für ihn bezahlen wird.

Wie viel er wohl für Moritz verlangt? 50 Euro oder vielleicht sogar 500? Bestimmt meldet sich der Täter bald. Das ist in den Fernsehkrimis auch immer so. Meistens rufen die Gangster an. Und die Polizei hört das Telefon ab.

Jetzt arbeitet mein Gehirn wie ein Computer. »Los, wir müssen zum Laden! Vielleicht hat der Entführer ja schon angerufen«, stoße ich hastig hervor.

»Meinst du wirklich?«, stottert Sven erschrocken.

»Und ob!« Mir ist die Sache inzwischen sonnenklar. Wir müssen handeln. Allen voran stürme ich zum Laden. Die Tür steht sperrangelweit offen. Es ist kein Kunde im Laden. Und was tut Frau Krüger?

Ich bleibe wie angewurzelt stehen. Frau Krüger telefoniert! Tatsächlich. Ob da schon von Lösegeld die Rede ist? Frau Krüger spricht schnell und leise, so dass man nichts versteht. Und nun hält sie die Sprechmuschel zu und schaut uns erwartungsvoll an. »Na, habt ihr was rausgefunden?«, fragt sie.

Ich spüre ein Kribbeln im Bauch. Stumm schüttle ich den Kopf. Dann versuche ich, Frau Krüger ein Zeichen zu machen. Vielleicht kann sie ja den Entführer ein bisschen hinhalten? Verschwörerisch kneife ich ein Auge zu.

Aber Frau Krüger kapiert nichts. »Ist noch was?«, fragt sie und dann posaunt sie laut in den Hörer: »Also bis später, Erna. Ich geb dir Bescheid.«

Ach so! Sie hat gar nicht den Entführer an der Strippe. Ich ziehe ein langes Gesicht. Aber natürlich geht in so einem Fall nicht immer alles glatt, das kenne ich schon.

Vielleicht ruft der Entführer gar nicht an, sondern schickt einen Brief? Auch das soll vorkommen. So ein Brief ist meistens aus Zeitungsbuchstaben zusammengesetzt, damit er den Täter nicht verrät. Eine berühmte Privatdetektivin ist natürlich auf alles gefasst!

Entschlossen zücke ich den Bleistift. *Entführt* schreibe ich auf den Notizblock und diesmal kommt ein dickes Ausrufungszeichen dahinter!

Jetzt sind die andern nicht mehr zu bremsen. Alle wollen auf Gangsterjagd gehen! »Los, schnappen wir uns die Entführer!«, brüllt Jan. Immer muss er sich aufspielen.

»Halt! Bevor ihr jetzt alle wegrennt, müssen wir einen Erkennungspfiff ausmachen«, sage ich schnell. Dafür haben wir ja unsere Trillerpfeifen! Wir verabreden zwei verschiedene Signale. Ein langer Pfiff bedeutet: Wir haben eine Spur. Zwei kurze Pfiffe: Sofort alle herkommen. Ich mache es vor.

»Und einer muss hier beim Laden Wache schieben. Falls ein Brief oder Anruf kommt«, überlege ich laut. Wetten, das bleibt an mir hängen? Na logisch! Schon rennen die andern davon.

Bloß Pitt nicht. »Ich bleib bei dir«, sagt er und haut mir kräftig auf die Schulter. Auf Pitt ist Verlass. Sag ich doch immer. Er hat sogar einen Kaugummi für mich. Einträchtig hocken wir uns auf die Türschwelle und machen Kaugummiblasen. Pitt ist Meister darin.

Da! Ein langer Pfiff! Wir recken die Hälse. Vom andern Ende der Straße kommen Timo und Jens angeflitzt.

»Fehlanzeige!«, japst Jens. »Timo hat in einem parkenden Auto einen Hund entdeckt. Das war aber kein Pudel!« Jens grinst und Timo kriegt rote Ohren.

In diesem Augenblick biegt ein roter Sportwagen mit quietschenden Reifen um die Ecke. Er fährt mit offenem Verdeck, obwohl es dafür noch zu kühl ist. Jetzt bremst der Wagen scharf und kommt direkt vorm Laden zum Stehen.

Drei schwarzhaarige junge Männer sitzen drin. Sie haben spiegelnde Sonnenbrillen auf der Nase. Ohne die Tür zu öffnen schwingt sich der Beifahrer aus dem Auto und kommt mit langen Schritten auf uns zu.

In Gedanken notiere ich rasch: Mittelgroß, schwarzes lockiges Haar, Schnurrbart und Sonnenbrille. Wie der sich umguckt, bevor er im Laden verschwindet. Höchst verdächtig! Pitt und ich tauschen einen langen Blick.

»Meint ihr, das sind die Entführer?«, flüstern Timo und Jens aufgeregt.

Warnend lege ich den Zeigefinger auf die Lippen. Die Ganoven dürfen auf keinen Fall merken, dass wir sie beobachten. Ich mache Pitt ein Zeichen, dass er in den Laden gehen soll. Dann ziehe ich ein Stück Kreide aus der Tasche und male unser Lieblingshüpfspiel, Himmel und Hölle, auf die Fliesen vom Gehweg. Zur Tarnung, versteht sich. Dabei behalte ich den offenen Sportwagen fest im Auge.

Die beiden jungen Männer im Auto schauen sich gelangweilt um. Sie haben das Radio auf volle Lautstärke gedreht und der Typ am Steuer trommelt im Rhythmus der Musik aufs Lenkrad. Guckt

der andere etwa zu uns her? Ich senke rasch den Kopf und hüpfe von Kästchen zu Kästchen.

Es dauert eine Ewigkeit, bis der dritte Typ wieder aus dem Laden kommt. Er hat eine Packung Zigaretten in der Hand, reißt sie auf, nimmt sich eine Zigarette heraus und zündet sie an. Dann schiebt er die Schachtel lässig in die Brusttasche seiner Jacke, bläst eine Rauchwolke in die Luft und geht an uns vorbei zum Auto.

Jetzt müsste man den Ganoven eine Falle stellen! Aber wie? Ich habe feuchte Hände vor Aufregung. Auf Zehenspitzen schleiche ich hinter dem Kerl her. Vielleicht kann ich ja was aufschnappen von Lösegeldübergabe oder so. Ich spitze die Ohren.

Da dreht sich der Typ plötzlich zu mir um. Oje, er greift hinten an seine Hosentasche! Mein Herz steht still vor Schreck. Zieht er jetzt etwa eine Knarre? Ich glaube, ich werde ohnmächtig!

Aber nein! Der Ganove hält bloß einen Kamm in der Hand und fährt sich damit durchs Haar. »Na, habt wohl noch nie so 'n tollen Schlitten gesehen, was?«, sagt er und steigt lachend ins Auto.

Meine Beine fühlen sich wie Wackelpudding an. Puh! Das war knapp. Glaubt der wirklich, wir bewundern seine Karre? Mit aufheulendem Motor jagt der Wagen davon.

Ich starre noch hinter ihm her, als Pitt neben mir auftaucht. »Der Typ hat bloß Zigaretten gekauft«, sagt er. »Ich hab genau aufgepasst. Er hat mit 'nem Hunderter bezahlt. Frau Krüger musste ihr ganzes Kleingeld zusammenkratzen.«

Und kein Wort von Lösegeld? Komisch. Wenn ich bloß wüsste, was die drei im Schilde führten! Zu dumm, jetzt sind sie über alle Berge. Wir müssen mit den andern reden! Ich ziehe die Trillerpfeife aus der Tasche und pfeife zweimal.

Nach und nach kommen alle angetrabt. »Habt ihr ihn? Was ist los?«, wollen sie wissen. Wir müssen erzählen.

Der rote Sportwagen ist nicht nur uns aufgefallen. Jan und Timo streiten sich über die Automarke. Alle machen große Augen, als sie von unserem Verdacht hören.

Ayse wird plötzlich ganz aufgeregt. Sie stützt die Hände in die Hüften und ruft: »Wie kommt ihr bloß darauf, dass die drei Ganoven waren?« Ihre Stimme zittert vor Empörung. »Weil sie schwarze Haare hatten und dunkle Sonnenbrillen? Ich sag euch was. Das sind Freunde meiner Brüder! Sie sind Türken wie wir. Ihr glaubt doch nicht im Ernst, die haben Moritz entführt? Ihr seid ja beknackt!« Mensch, Ayse hat ja Tränen in den Augen! Betreten senken wir die Köpfe. Plötzlich fällt die ganze Entführungsgeschichte wie ein Kartenhaus zusammen.

»War wohl 'ne falsche Fährte«, murmle ich kleinlaut. Auch eine berühmte Privatdetektivin kann sich ja mal irren! Ich ziehe meinen Notizblock hervor und mache entschlossen einen dicken Strich durch das Wort *entführt*.

»Wir finden schon die richtigen Gangster. Verlass dich drauf!«, tönt Jan großspurig. Der nervt mit seinen ewigen Gangstergeschichten!

Ich lege den Zeigefinger an die Nase, weil ich nachdenken muss. »Eins ist sicher. Moritz ist von hier verschwunden«, sage ich langsam.

Und dann fällt mir plötzlich etwas ein. »Vielleicht hat ihn jemand gesehen!«, rufe ich und strecke den Zeigefinger in die Luft. »Wir müssen Leute befragen.«

Na logisch. Das machen schließlich alle Detektive. Wir fangen gleich damit an.

Um diese Zeit ist nicht viel los auf der Straße. Nur eine alte Frau zieht ihren Einkaufswagen über den Gehweg. Ihr ist kein Hund begegnet, sagt sie.

Als Nächstes nehmen wir uns die Bäckerei schräg gegenüber vor. Unsere ganze Meute stürmt hinein. Zum Glück ist kein Kunde im Laden. Hinter der Theke mit leckeren Sahneschnitten und Türmen von Streusel- und Butterkuchen steht Frau Bohde, die Bäckersfrau. Sie hat die Arme über ihrem dicken Busen verschränkt und schaut uns misstrauisch an. »Na, was wollt ihr?«, brummt sie. Alle reden durcheinander.

»Ein Hund?« Frau Bohde winkt empört ab. »Nein.

Hier dürfen keine Hunde rein. Und gesehen hab ich auch nichts. Ich kann doch nicht auf fremder Leute Hunde achten. Raus mit euch.« Sie scheucht uns hinaus.

»Und bei der kauf ich immer unsere Samstagsbrötchen«, sagt Sven böse, als wir wieder abziehen.

»Steig auf Müsli um«, schlage ich lachend vor. An der nächsten Straßenecke ist eine Litfaßsäule. Da steht ein Mann auf einer Leiter und klebt neue Plakate an. Während er gleichmäßig mit dem Pinsel auf und ab streicht, pfeift er ein Lied. Wir bleiben neugierig stehen.

Nun sehe ich, wen er da einpinselt: Das ist ja Iwan der Schreckliche mit seinem schwarzen Umhang und dem langen Bart! Timo hat ihn auch entdeckt.

»Muss 'n toller Film sein«, sagt er. »Ist aber leider ab zwölf. Ich wollte mit meinem Bruder hin. Die haben mich aber nicht reingelassen!« Enttäuscht schüttelt er den Kopf.

Einen kurzen Moment lang spüre ich noch Iwans bohrenden Blick, dann verschwindet er hinter einer neuen Computerreklame.

Wir fragen den Mann auf der Leiter, ob er einen schwarzen Pudel gesehen hat. »Einen Pudel? Nee,

nicht dass ich wüsste«, sagt er, ohne seine Arbeit zu unterbrechen. »Allerdings achte ich nicht auf Hunde.« Er guckt kurz auf uns runter und grinst. »Solange sie nicht an meiner Leiter das Bein heben ...«

Flink pappt er ein neues Plakat neben die Computerreklame.

Steffi und Kitti verstecken sich hinter der Säule. Plötzlich quieken sie: »Guckt mal, eine Liebeserklärung an Moritz!«

Das müssen wir sehen! Tatsächlich, auf der andern Seite der Säule steht in riesengroßen leuchtenden Neonbuchstaben:

Moritz, wir lieben dich!
Susen und Britta

Ich muss schnell noch mal hinschauen, denn daneben stehen ein paar ganz unanständige Wörter.

»Damit ist ja wohl kaum unser Moritz gemeint«, sagt Kai und grinst.

»Bestimmt nicht.« Jette und Karen kichern. Sie kennen auch einen Jungen, der Moritz heißt. »In den ist Karen total verschossen«, stichelt Jette und kicherte wieder. Karen wird puterrot und knufft die Schwester.

Im nächsten Häuserblock putzt eine Frau im Erdgeschoss die Fensterscheiben. Ob sie den Moritz von Frau Krüger kennt? Wir haben Glück. Sie antwortet freundlich auf unsere Frage. »Ja, ich glaub, Moritz hab ich vorhin gesehen«, sagt sie und wringt den Lederlappen gründlich aus. Mensch, sind wir froh. Endlich eine Spur!

»Wartet mal. Ich hab mich noch gewundert, dass er ganz allein unterwegs ist«, sagt die Frau und wienert wieder auf der Scheibe herum. »Er ist hier um die Ecke gesaust.« Die Hand mit dem Lederlappen deutet in Richtung Straßenecke. »Ist aber schon 'ne ganze Weile her. Sollt ihr Moritz ausführen?«, fragt sie neugierig.

Schnell erzählen wir, dass Moritz vermisst wird. Die Frau schüttelt den Kopf. Nein, mehr kann sie uns leider nicht sagen. »Aber hier ist Moritz nicht wieder vorbeigekommen, bestimmt nicht.«

Also ist die Richtung klar, in der wir weitersuchen müssen. Wir stürmen um die Ecke. In dieser Straße ist der Supermarkt. »Da können wir Leute fragen«, sagt Pitt. Und dann muss er lachen, denn die Leute, die uns gerade vom Supermarkt entgegenkommen, kennt er. Nur zu gut. Das sind ja seine Schwester Jule und Rolf, sein Papa!

Rolf schleppt viele schwere Einkaufstaschen und Jule kräht vergnügt: »Ich hab man Schokoküsse, ganz viele. Und du man nicht, ätsch!«

»Her damit, ich brauch 'ne Stärkung«, brüllt Pitt.

Rolf schüttelt den Kopf. »Reicht nicht für alle«, sagt er knapp. »Hier, nehmt euch 'ne Banane.« Er hält uns eine offene Einkaufstasche unter die Nase.

»Ich bin doch kein Affe«, knurrt Pitt, reißt sich aber doch eine Frucht vom Büschel ab. Ich nehme mir auch eine. Als wir nach Moritz fragen, zuckt Rolf bloß die Achseln. »Vorm Supermarkt ist ein Boxer angeleint. Vielleicht fragt ihr den mal«, sagt er und zwinkert uns zu.

Auf dem freien Platz vor dem Supermarkt, wo Tina und ich manchmal Rollschuh laufen, fahren ein paar große Jungen Skateboard. Sie tragen bunte Baseballkappen. Einige haben die Schirme nach hinten gedreht.

Timo kennt die Clique. »So ein Mist. Mit Kiki hab ich Zoff«, knurrt er und zeigt auf einen langen, schlaksigen Jungen, der gerade auf sein Skateboard springt. Ob der uns schon entdeckt hat? Mit halsbrecherischer Geschwindigkeit rast er knapp an uns vorbei direkt auf die Straße zu. Kurz vor der Fahrbahn bremst er scharf und stellt sein Skateboard senkrecht. Triumphierend schaut er sich um. Wir machen vorsichtshalber einen großen Bogen um die Clique.

Vorm Supermarkt ist kein Hund angeleint. Neben der Ladentür hockt Matze, ein Freund von Sven. Er hat eine Wolldecke auf dem Boden ausgebreitet und bietet alte Mickymaushefte, Kassetten und Puzzles zum Verkauf an. Neugierig umringen wir ihn. Erst ist Matze ja enttäuscht, dass wir gar nichts kaufen wollen. Aber als wir ihn dann nach Moritz fragen, wird er plötzlich lebhaft. »Ein schwarzer Pudel? Ja, hier war einer«, sagt er. »Eigentlich waren es zwei Pudel.«

Ich kratze mich am Kopf. Wieso zwei?

»Den einen kannte ich«, erzählt Matze nun. »Das ist so 'n kleiner grauer Pudel, heißt Lissy und gehört Herrn Petersen, der in die Wohnung unter uns eingezogen ist. Herr Petersen war vorhin hier. Da hat er Lissy angebunden!« Matze zeigt auf den eisernen Ring vor der Ladentür. »Und dann hat er gefragt, ob ich mal kurz auf sie aufpassen kann, und ist in den Laden gegangen. Aber ich hatte Kundschaft. Und plötzlich war dieser schwarze Pudel da! Der hat mit Lissy rumgetobt und beide haben laut gebellt. Und dann kam Herr Petersen aus dem Laden. Als der die beiden zusammen sah, war vielleicht was los.« Matze hält sich die Hand vor den Mund, weil er losprusten muss.

»Der hat gewütet wie Rumpelstilzchen. Lissy!, hat er gebrüllt. Er wollte die beiden Hunde auseinander bringen, das klappte aber nicht. Schließlich hat er die Leine zu fassen gekriegt und Lissy weggezerrt. Aber der schwarze Pudel war den beiden dicht auf den Fersen. Das sah vielleicht komisch aus, als Herr Petersen abstampfte. Der ist so 'n kleiner Dicker, müsst ihr wissen, und trägt 'nen ulkigen Jägerhut auf dem Kopf!« Matze steht auf und macht mit rudernden Armbewegungen Herrn Petersen nach.

Ob er eine Ahnung hat, wo Herr Petersen hinwollte?

Matze legt die Stirn in Denkerfalten. »Ich glaub nicht, dass Herr Petersen nach Haus gegangen ist«, sagt er. »Nee, sah so aus, als ob er einen Spaziergang machen wollte. Bestimmt in die Kleingärten. Da treff ich ihn immer, wenn ich vom Training komme!« Er deutet mit dem Kopf die Straße hinunter. »Aber wartet mal. Den schwarzen Pudel hat Herr Petersen weggejagt. Ich hab genau gesehen, wie er nach ihm getreten hat. Fies, was?« Empört schüttelt Matze den Kopf.

»Und wo ist der hingelaufen?«

»Keine Ahnung«, sagt Matze und zieht die Schultern hoch. »Hat sich wohl dünngemacht. Ich glaube, die großen Jungs haben ihn verfolgt.« Kiki und seine Clique?

»Typisch!« sagt Timo und spuckt aus. »Kiki ist alles zuzutrauen!« Wir drehen uns um. Nanu. Die Clique ist von der Bildfläche verschwunden. Haben die großen Jungen etwa ihre Finger im Spiel?

Timo nickt düster. »Ich wette, Kiki und die Jungs haben sich Moritz geschnappt«, sagt er. »Die machen so was. Nur so zum Spaß. Und wenn die rauskriegen, dass wir hinter Moritz her sind, dann gute Nacht.« Er verdreht die Augen.

Und wo finden wir die Clique jetzt?

Timo überlegt. »Vielleicht sind sie in ihrem Klubhaus«, sagt er zögernd. »Ich weiß, wo das ist. Die dürfen uns bloß nicht erwischen!« Mann, hat der die Hosen voll.

Wir laufen los. Hinter dem Supermarkt ist ein Grünstreifen mit Bänken zum Ausruhen. Im Sommer findet man hier kaum einen Platz. Aber jetzt sitzt nur ein einsamer Mann auf einer Bank. Er hat den Mantelkragen hochgestellt und blinzelt in die Sonne. Neben ihm steht griffbereit eine Bierflasche. Der Mann ist ziemlich rot im Gesicht. Ob er betrunken ist?

Jens steuert schon auf ihn zu. »Den kenn ich«, sagt er. »Das ist Kurt.« Und dann, grinsend: »Du, Kurt, sind hier vorhin große Jungs vorbeigekommen? Und war 'n schwarzer Pudel dabei?«

Nachdenklich krault sich Kurt seine grauen Bartstoppeln. »Hinter wem seid ihr her, hinter den Jungs oder dem Pudel?«, fragt er dann mit einem listigen Lächeln.

»Hinter dem Pudel«, antworte ich schnell.

Kurt nickt, nimmt einen Schluck aus der Flasche

und wischt sich bedächtig mit dem Handrücken über den Mund. »Hunde sieht man hier 'ne Menge«, sagt er dann. »Eben lief grad so 'n grimmiger Boxer vorbei mit seinem Herrn, der genauso grimmig dreinschaute. Ist euch schon mal aufgefallen, wie ähnlich sich oft Herr und Hund sind?« Er kichert.

»Wir suchen aber einen Pudel«, erinnere ich ihn.

»Alles klar! Pudel waren auch welche da«, besinnt sich Kurt. »Eine silbergraue Pudeldame! Die stolziert hier seit kurzem jeden Nachmittag mit ihrem Herrchen vorbei. Ziemlich eingebildet, die beiden.« Kurt nimmt noch einen Schluck aus der Flasche und rülpst laut. »Heute hatten sie einen Pudel im Schlepptau. Der arme Kerl hatte bei der Schönen wohl nichts zu melden. Ja, ja, ich sag's ja immer.« Lächelnd wiegt er den Kopf und summt eine Melodie vor sich hin. »Die Liebe, die Liebe ist eine Himmelsmacht.«

Jan tippt sich viel sagend an die Stirn. »Kommt Leute, das bringt doch nichts«, stöhnt er. »Der Alte ist doch total bekloppt.« Ich schüttle unwillig den Kopf und will was sagen, aber Jan fällt mir ins Wort. »Wer ist dafür, dass wir jetzt dem Klubhaus einen Besuch abstatten?«, ruft er und ballt die Fäuste. »Wir sind doch keine Feiglinge, oder?«

Timo verzieht das Gesicht, als ob er Zahnschmerzen hätte. »Das Klubhaus ist in den Gärten«, sagt er. »Aber passt auf! Die haben Baseballschläger.«

Ich lege den Zeigefinger an die Nase. Noch mal lasse ich mich nicht aufs Glatteis führen, denke ich. Dann muss ich plötzlich lachen. Verdutzt schauen mich die andern an. Nur Pitt hat was gemerkt. »Ich glaub, Nelli hat einen Verdacht«, sagt er. »Rück raus mit der Sprache!«

Ich nicke. »Vielen Dank für den Tipp«, sage ich höflich zu Kurt und zu den andern: »Worauf wartet ihr? Ihr wolltet doch in die Gärten! Wetten, das ist 'ne heiße Spur.«

In den Kleingärten ist weit und breit kein Mensch zu sehen. Verlassen liegen die Holzhäuschen hinter den niedrigen Hecken. Während die andern vorausrennen, bleibe ich zurück und schaue mich um.

Und richtig, da entdecken meine scharfen Augen etwas! Neben einer Gartenlaube stehen zwei Männer und unterhalten sich. Der eine, ein langer Dünner, hat Arbeitskleidung und feste Handschuhe an. Der andere ist klein und dick und trägt ein Jägerhütchen auf dem Kopf! Ich bleibe stehen.

»Komm, Nelli!«, ruft Pitt ungeduldig. Ich laufe weiter, schaue aber dauernd über die Schulter zurück.

Das Klubhaus der Clique liegt am Ende des Wegs. Es ist ein ganz normales Gartenhaus, mit vielen bunten Wimpeln geschmückt. Vorm Eingang flattert eine schwarzweißblaue Fahne: Die Jungs sind Fußballfans! Ein paar leere Bierflaschen liegen auf der Terrasse verstreut. Doch von der Clique ist niemand zu sehen.

Die andern stehen ratlos vor der Gartenpforte. »Von wegen heiße Spur«, murrt Jan.

Jetzt muss ich was riskieren! Ich hole tief Luft. »Kommt mal mit«, sage ich. »Ich habe da hinten was entdeckt!« Mehr will ich nicht verraten.

Ich laufe vor bis zu dem Garten, wo die beiden Männer sind. Als wir näher kommen, lege ich den Zeigefinger auf die Lippen und schleiche mich geduckt an. Gespannt folgen mir die andern.

Hinter der Hecke versteckt beobachten wir die Männer. Aha, der kleine Dicke hat eine Hundeleine in der Hand! »Auf den Dicken passt Matzes Beschreibung von Herrn Petersen«, flüstere ich Pitt zu. »Aber wo steckt der Pudel?«

Als Jan das hört, macht er ein dummes Gesicht. »Ich versteh nur Bahnhof«, murmelt er. »Was hat denn der mit der Sache zu tun? Der hat doch schon 'nen Hund.« Die andern kichern nervös.

Die beiden Männer sind so ins Gespräch vertieft, dass sie uns gar nicht bemerken. Jetzt zeigt der Dicke zum Dach hoch und sagt laut: »Ich sag's Ihnen, Sie müssen Teerpappe nehmen. Hab ich auch immer gemacht. Dann regnet es nie wieder rein!«

Der andere lacht gutmütig und winkt ab. »Hab

ich alles schon probiert. Hilft nichts. Nee, hier muss ’n Fachmann ran.«

Der Dicke zuckt beleidigt mit den Schultern. »Wenn Sie meinen. Ist ja Ihr Haus. Ich muss los«, sagt er mit einem Blick auf die Uhr. »Lissy?« Er schaut sich suchend im Garten um.

Das ist Herr Petersen! Jetzt dämmert es auch den andern. Aufgeregt flüstern wir miteinander. Was ist mit dem Hund? Wir linsen durch die Hecke. Von Lissy keine Spur! Auf dem Rasen vorm Haus stehen bloß ein paar Gartenzwerge stramm.

»Wo steckt das Biest bloß wieder?«, brummt Herr Petersen, lüftet den Hut und kratzt sich darunter. Auf einmal entdeckt er uns hinter der Hecke und kommt misstrauisch näher. »Lissy«, brüllt er so laut, dass wir vor Schreck zusammenfahren.

Da zwängt sich plötzlich etwas Kleines, Graues durch den Zaun des Nachbargartens und springt an Herrn Petersen hoch. »Na, da bist du ja«, schnauzt der und nimmt Lissy an die Leine. »Hast wohl wieder ’ne Ratte gejagt, was?« Er tippt zum Abschied an den Hut und stapft mit großen Schritten davon. Lissy zockelt brav hinterher.

Ich runzle die Stirn und betrachte den Zaun, durch den Lissy geschlüpft ist. Sollte vielleicht ...

Energisch packe ich Pitt am Ärmel und ziehe ihn hinter mir her. Die andern folgen neugierig. Wir laufen an der Hecke entlang und schauen um die nächste Ecke.

Und wer steht da – mitten auf dem Weg, hat eine Pfote angehoben und den Kopf schräg gelegt? Moritz! Er sieht drein, als wolle er sagen: »Na, ist was?«

Jubelnd stürzen wir uns auf ihn und halten ihn am Halsband fest. »Das gibt's nicht«, rufen die Zwillinge. »War Moritz etwa die ganze Zeit hinter Lissy her? Woher wusstest du das, Nelli?«

Für eine berühmte Privatdetektivin ist so was reine Routine, denke ich. Und laut sage ich: »Kurt hat mich auf die richtige Spur gebracht.«

»Ja, und dann sind die Kidnapper gekommen und haben Moritz weggeschnappt«, kräht der kleine Nick vergnügt und grapscht mit beiden Händen in die Luft.

»Quatsch doch nicht so dämlich«, knurrt Jan und stößt seinem Bruder den Ellbogen in die Rippen.

Im Triumphzug bringen wir den Ausreißer zum Laden zurück. Frau Krüger weint fast vor Freude. Immer wieder drückt sie Moritz an sich. Und Frau Schmidt, die gerade im Laden steht, meint gerührt: »Sie sind ein Glückspilz, Frau Krüger, dass Sie so tüchtige Helfer haben.«

»O ja!« Frau Krüger strahlt. »Und die jungen Leute sind vom Fach, Frau Schmidt. Lauter Nachwuchsdetektive!«

»Was Sie nicht sagen«, staunt Frau Schmidt.

Frau Krüger nimmt das große Bonbonglas vom Tresen und bietet es reihum an. Wir tauschen zu-

friedene Blicke. Und ich habe nun die Qual der Wahl. Soll ich mir eine Lakritzschnecke genehmigen oder einen Brausewürfel oder doch lieber eine Mini-Schokoladentafel? Ich entscheide mich für die Schokolade. Nuss. Meine Lieblingssorte.

»Das habt ihr euch redlich verdient«, sagt Frau

Schmidt. »Und vielen Dank auch für den Tipp, Frau Krüger.« An der Tür dreht sie sich noch mal um. »Man weiß ja nie, wann man ein paar gute Detektive nötig hat.« Sie legt die Geldbörse oben auf den Einkaufskorb und schon ist sie draußen.

Ich muss lachen. Bei so viel Leichtsinn wird der nächste Auftrag nicht lange auf sich warten lassen!

Frau Krüger reicht noch einmal das Bonbonglas herum. Dann müssen wir ihr die ganze Geschichte erzählen. Von Anfang an. Immer wieder schüttelt sie den Kopf und zum Schluss droht sie Moritz mit dem Finger. »Du Strolch! Mir einen solchen Schrecken einzujagen. Das nächste Mal sagst du Bescheid, wenn du auf Freiersfüßen gehst, verstanden?«

Moritz schaut drein, als könne er kein Wässerchen trüben. Frau Krüger streichelt liebevoll sein wolliges Fell. »Eine silberhaarige Pudeldame und neu in der Gegend? Davon hatte ich keine Ahnung«, sagt sie nachdenklich. »Bestimmt ist die läufig.«

»Läufig?«, wiederhole ich gedehnt. Und nun fällt bei mir der Groschen. So ein Fall ist ja wie ein Puzzle, plötzlich passt eins zum andern. Wie sagt Papa immer, wenn ihm ein Licht aufgeht? Ja, genau: »Das also war des Pudels Kern.« Moritz und Lissy haben sich bestimmt gepaart! Jetzt weiß ich Bescheid.

Und dann – ich verschlucke mich fast vor Aufregung – gibt es irgendwann kleine, süße Pudelbabys. Hurra! Davon wünsche ich mir eins, unbedingt. Ob uns Herr Petersen eins abgibt?

Mama muss es einsehen: Wenn ich schon keine Geschwister kriege, will ich wenigstens einen Hund! Ich versorge ihn auch ganz allein und gehe morgens und abends mit ihm spazieren, das schwöre ich. Schließlich bin ich fast neun! Und einen Namen weiß ich auch schon für mein Pudelbaby: Ricky soll es heißen! Ich beuge mich über Moritz und flüstere es ihm ins Ohr.

Moritz legt den Kopf zwischen die Pfoten und schaut mich an. So richtig verschmitzt, von unten herauf aus blanken schwarzen Knopfaugen. Man könnte denken, er lächelt. Wirklich wahr.

Keine Ferien für Detektive

Eigentlich wollten wir in diesen Sommerferien ans Meer fahren. Ich hatte mich riesig darauf gefreut. Den ganzen Tag am Strand spielen, baden und Muscheln sammeln – das ist genau das Richtige für mich. Und einen Bauernhof mit vielen Tieren sollte es auch in der Nähe geben. Aber dann hat Mama einen besseren Job bekommen und unsere Reise ist ins Wasser gefallen. Einfach so. Mein Traum vom Schwimmen und Ponyreiten zerplatzte wie eine Seifenblase! Leute, die Kinder haben, sollten keine Karriere machen, finde ich. Und das habe ich Mama auch gesagt.

»So, so«, meinte Mama lächelnd. Natürlich wusste sie genau, dass ich später mal eine berühmte Privatdetektivin werden will. Dann schaute sie mich so komisch von der Seite an und fragte: »Möchtest du Kinder haben, Nelli?« Da hätte ich eigentlich merken müssen, dass sie mich aufs Glatteis führen wollte.

Zwei Kinder müssten schon sein, sagte ich,

nachdem ich eine Weile nachgedacht hatte. Mindestens. Ich bin nämlich ein Einzelkind.

»So, so«, sagte Mama wieder, immer noch lächelnd. »Nimm mal an, du bist auf Verbrecherjagd, Nelli, und deine lieben Kleinen wollen ans Meer fahren oder in den Zoo gehen. Lässt du die Verbrecher dann laufen?«

»Niemals!«, rief ich empört. »Das könnte denen so passen.«

»Siehste!«, triumphierte Mama. Da kapierte ich, dass sie mich reingelegt hatte.

Aber so schnell gab ich mich nicht geschlagen. »Meine Kinder wollen gar nicht in den Zoo«, behauptete ich und schaute Mama herausfordernd an. »Die dürfen nämlich zu Hause Tiere haben: Hamster und Wellensittiche und sogar einen Hund!«

Einen Hund wünsche ich mir schon lange, das weiß Mama auch. »Wenn ich einen Hund bekäme, wären Ferien zu Hause gar nicht schlimm«, sagte ich. Am liebsten hätte ich einen kleinen, wolligen Pudel, aber es dürfte natürlich auch ein größerer sein. So ein Schäferhund wie der Kommissar Rex aus dem Fernsehen wäre als Spürhund ideal. Doch das erlaubt Mama nie im Leben!

Mama schüttelte auch prompt den Kopf und sagte, ich sei schließlich erst neun und könne die Verantwortung für so ein Tier noch gar nicht tragen. Und Papa und sie hätten keine Zeit, sich um irgendwelche Viecher zu kümmern. Ehrlich, sie hat Viecher gesagt. Das machte mich wütend.

Jetzt sind die Ferien da und ich habe weder einen kleinen noch einen großen Hund bekommen! Die Sonne strahlt vom Himmel, aber was nützt mir das? Ich möchte am Meer sein! Stattdessen hocke ich oben auf unserem Müllcontainerhäuschen und warte auf meinen Freund Pitt. Wenigstens fährt der auch nicht weg! Ich lasse die Beine baumeln und beobachte, was auf der Straße passiert.

Gerade kommt unsere Postbotin mit ihrem gelben Karren. Sie bleibt stehen und lächelt zu mir hoch. »Na, wann werden die Koffer gepackt?«, fragt sie.

Ich bin sonst ein höflicher Mensch, bestimmt, aber jetzt würde ich der Frau am liebsten die Zunge herausstrecken. Ich kann mich gerade noch bremsen!

Eine Antwort kriegt sie jedenfalls nicht. Zum Glück fragt sie nicht weiter nach, sondern sortiert einen Stapel Briefe und nun höre ich das Klappern der Briefkastendeckel. Dann lächelt sie mir noch mal zu – beleidigt ist sie offenbar nicht – und schiebt ihren Karren zum nächsten Hauseingang weiter.

Jetzt kommt Frau Schmidt, die unten bei uns im Haus wohnt, vom Einkaufen zurück. Frau Schmidt ist bekannt für ihre Gesprächigkeit, und als sie ihre schwere Tasche vor der Haustür abstellt, ahne ich schon, was mir blüht.

»Du hast es gut, Cornelia«, sagt sie und beschattet die Augen mit der Hand, damit sie besser zu mir hochgucken kann. »Sechs Wochen Ferien! Richtig neidisch kann man werden. Wohin soll denn die Reise gehen?«

Als ich antworten will, winkt sie ab und sagt: »Ich weiß schon, ihr fahrt gar nicht weg. Deine Mutter hat's mir erzählt. Sie ist Abteilungsleiterin geworden, nicht? Da bist du sicher mächtig stolz auf sie. Jetzt verdient sie eine Stange Geld und kauft dir lauter schöne Sachen!«

Geld! Haben denn Erwachsene nichts anderes im Kopf? Ich seufze. Es ist so gemein! Alle verreisen. Jette und Karen fahren in den Bayerischen Wald, Ayse besucht ihre Großeltern in der Türkei und Jens darf mit Timo an die Ostsee fahren. Er hat dafür extra ein neues Schlauchboot bekommen.

»Nun lass mal den Kopf nicht hängen, Mädel«, tröstet mich Frau Schmidt. »Ich bin früher nie verreist. Meine Mutter sagte immer: Wir fahren nach *Balkonien*, weil wir die Ferien auf dem Balkon verbrachten, anstatt uns am Strand zu aalen. Aber schön war's doch.« Sie bückt sich und zieht eine Tüte Kirschen aus ihrer Einkaufstasche. »Da, nimm«, sagt sie und hält sie mir hin.

Ich suche mir zwei schöne Paare mit zusammengewachsenen Stielen aus und baumele sie über meine Ohren. Natürlich vergesse ich nicht, danke schön zu sagen. Frau Schmidt nickt mir freundlich zu und verschwindet im Haus.

Wo Pitt bloß bleibt? Ich schaue die Straße hinunter. Na endlich! Da kommt er um die Ecke gesaust. »Bei uns war die Hölle los«, keucht er, als er sich mit Schwung zu mir hochzieht. »Sei froh, dass du keine Geschwister hast.«

Zugegeben, seine kleine Schwester Jule kann ganz schön nerven. Aber sein Brüderchen Max ist gerade mal vier Wochen alt! »Schläft so 'n Baby nicht den ganzen Tag?«, frage ich.

»Hast du 'ne Ahnung«, sagt Pitt. »Mäxchen brüllt

wie ein Weltmeister. Wenn Mama ihn stillt, werde ich durch die Wohnung gescheucht. Pitt, hol dies – Pitt, hol das. Und Jule lutscht am Daumen und plärrt bei jeder Kleinigkeit los. Wenn wir wenigstens wegfahren könnten!« Wütend trommelt Pitt mit den Fersen gegen die Metalltür des Containerhäuschens – das wummert so schön.

Komisch – auf einmal erscheint mir mein eigenes Schicksal bloß noch halb so schlimm. Mitleidig betrachte ich meinen Freund. »Komm doch einfach zu mir«, schlage ich vor. »Meine Eltern sind den ganzen Tag fort.« Ich überlege kurz und füge dann hinzu: »Wir können ja mal wieder Detektive sein. Was meinst du?« Wie gut, dass mir das eingefallen ist. Unser Detektivklub hat schon ziemlich lange keinen Fall mehr gelöst.

Prompt sieht Pitt viel fröhlicher drein. Doch jetzt kommt Jan, der Angeber unserer Klasse, von der andern Straßenseite auf uns zu und brüllt: »Hej, wisst ihr schon das Neueste? Wir fliegen morgen nach Mallorca. Und was macht ihr?« Breitbeinig baut er sich vor uns auf.

Bevor Pitt den Mund aufmachen kann, sage ich schnell: »Pitt und ich fahren nach Balkonien.« Ich grinse verschmitzt. »Wetten, du weißt nicht, wo das liegt!«

»Balkonien?«, fragt Jan gedehnt. »Klar kenn ich das.« Er spuckt im hohen Bogen aus. »Das liegt doch bei Albanien.«

Wir können uns das Lachen kaum noch verkneifen. Zum Glück merkt Jan nichts. Er stellt sich auf die Zehenspitzen und fragt leise: »Soll ich euch ein Geheimnis verraten?«

Für Geheimnisse sind wir immer zu haben.

Jan guckt sich um, bevor er weiterredet. »Seht ihr den Jungen da drüben vorm Imbiss? Den kenn ich.« Er macht eine bedeutungsvolle Pause und sagt dann: »Seine Mutter ist eine berühmte Filmschauspielerin.«

Das sieht man dem Jungen gar nicht an. Er ist ziemlich dick, trägt Shorts und Turnschuhe und futtert mit enormer Geschwindigkeit irgendetwas aus einer Tüte.

»Woher weißt 'n das?«, fragt Pitt argwöhnisch.

»Hat er mir selbst erzählt.« Jan macht ein wichtiges Gesicht. »Er ist zu Besuch bei seiner Tante. Die wohnt bei uns im Haus.«

»Und wie heißt seine Mutter?«, will ich wissen. Vielleicht kann man ein Autogramm von ihr bekommen.

»Na, hör mal«, sagt Jan entrüstet. »Das ist natürlich streng geheim. Malle ist inkognito hier. Was meinst du, was sonst los wäre mit all den Reportern und so?«

»Hm«, macht Pitt zweifelnd.

»Brauchst mir ja nicht zu glauben.« Jan ist beleidigt. Plötzlich blitzt es in seinen Augen und er sagt: »Frag ihn doch selbst. Kommt mit.« Das lassen wir uns nicht zweimal sagen.

Natürlich muss Jan gleich mit der Tür ins Haus fallen. »Pitt und Nelli wollen mir nicht glauben, dass du inkognito hier bist«, sagt er.

Der Junge zuckt mit den Schultern und hält uns eine klebrige Tüte mit Marshmallows hin. »Ich heiße Marcel«, sagt er kauend. »Werde aber Malle genannt.«

Malle ist ungefähr so groß wie ich, hat dickes, rotblondes Haar und eine Menge Sommersprossen im Gesicht.

»Nun sag schon«, drängelt Jan. »Deine Mutter ist beim Film und dein Vater war früher mal Boxer, stimmt's?« Er guckt uns herausfordernd an.

Malle nickt verlegen.

»Und du kannst immer umsonst ins Kino gehen, nicht?«, fährt Jan triumphierend fort. »Sogar in Filme ab zwölf!«

Malle nickt wieder und stopft sich noch einen Marshmallow in den Mund.

Pitt mustert ihn abschätzig. »Hast du gar keine

Angst vor Kidnappern?«, fragt er plötzlich. »Nelli und ich haben einen Detektivklub gegründet. Wenn du was Verdächtiges siehst, sag bloß Bescheid.« Verstohlen blinzelt er mir zu.

»Einen Detektivklub? Echt?« Malle hört auf zu kauen. »Ist ja sensationell!«

»Ja, das muss ich dir unbedingt erzählen«, mischt sich jetzt Jan ein. »Wir haben nämlich ...« Er packt Malle am Arm und zieht ihn mit sich fort.

Kopfschüttelnd schaut Pitt hinter den beiden her. »Die wollten uns wohl 'nen Bären aufbinden, was?«, sagt er empört.

»Hm«, mache ich bloß und lege den Zeigefinger an die Nase. So einfach ist die Geschichte wohl nicht.

»Nichts Verdächtiges zu bemerken«, stellt Pitt fest, als wir unseren Platz auf dem Müllcontainerhäuschen wieder einnehmen. »Immer dasselbe hier.«

Leider hat er recht. Raub und Mord sind bei uns nicht an der Tagesordnung. Bloß die Zeitungen sind voll davon – *Handtaschenraub im Stadtpark – Rentnerin überfallen – Einbruchdiebstahl im Juwelierladen* – jeden Tag eine neue Überschrift. Den erwachsenen Detektiven fliegen offenbar die Fälle wie die gebratenen Tauben ins Maul. Es ist einfach ungerecht!

Ja, wenn die Leute wüssten, dass hier zwei prima Spürnasen sitzen ... Hoppla, ich glaub, ich hab's! Aufgeregt frage ich Pitt: »Weißt du noch, wie Kittis Schwester zu ihrem Job als Babysitter gekommen ist?« Aber das weiß Pitt nicht mehr. »Sie hat Zettel geschrieben«, sage ich. »Darauf stand: *Suchen Sie einen Babysitter für Ihr Kind?* So was sollten wir auch machen!«

»Was? Babysitter werden?« Pitt starrt mich mit offenem Mund an.

»Ach Quatsch!«, sage ich lachend. »Wir bieten uns natürlich als Detektive an.«

Gesagt, getan. Wir stürmen zu mir nach oben und holen Stifte und Papier. Im Handumdrehen haben wir zwei Zettel fertig.

Detektive suchen Arbeit!!!!!
Wir übernehmen jeden Fall.
Hund oder Katze verschwunden?
Schlüsselbund (oder was anderes) weg?
Bitte melden bei: Cornelia Sommer,
Lerchenstieg 9 oder
Pitt Andersen, Holunderweg 20

Zufrieden betrachten wir unser Werk. »Hoffentlich kriegen wir bald einen Auftrag«, sagt Pitt. »Sonst langweilen wir uns noch zu Tode.«

Natürlich sollen viele Leute unsere Zettel lesen. Einen kleben wir gut sichtbar an den nächsten Laternenpfahl. Mit dem zweiten laufen wir zum Zeitungsladen an der Ecke. Bestimmt erlaubt uns Frau Krüger, den Zettel an ihre Pinnwand zu heften. Vor der Tür stoßen wir fast mit Malle zusammen, der mit einem Eis in der Hand aus dem Laden kommt. Ich lächle ihm zu, aber Pitt behandelt ihn wie Luft.

Frau Krüger freut sich über unseren Besuch. »Wenn man vom Teufel spricht ...«, sagt sie und lacht. »Gerade habe ich Malle erzählt, wie ihr meinen Moritz wieder gefunden habt.« Sie bückt sich und krault den kleinen Pudel, der in seinem Körbchen neben dem Ladentisch liegt. »Malle konnte gar nicht genug davon hören. Ach Gott, der Junge tut mir Leid.« Sie seufzt. »Er ist so allein. Und jetzt hat ihn seine Tante auch noch auf Diät gesetzt. Sie posaunt das überall herum, selbst wenn der arme Kerl danebensteht. Kein Wunder, dass er sein Taschengeld für Süßigkeiten ausgibt. Viel Spaß hat der bestimmt nicht in den Ferien.« Sie schüttelt traurig den Kopf. »Na ja, zu Hause sitzt er auch bloß im Kino herum«, sagt sie dann. »Wo er alle Filme umsonst sehen kann!«

Also ist doch was dran an der Geschichte! Pitt und ich tauschen rasch einen Blick. Frau Krüger versteht das wohl falsch, denn sie sagt beschwichtigend: »Oh, ich hab nichts gegen ’nen guten Film. Aber Abenteuer im wirklichen Leben sind spannender, stimmt’s?« Das finden wir auch.

Nun rücken wir mit unserem Zettel heraus. Frau Krüger ist begeistert von unserer Idee und heftet ihn gleich an ihre Pinnwand. »Ich hör mich um«, verspricht sie. »Schaut bald mal wieder bei mir rein.«

Kaum sind wir draußen, sage ich zu Pitt: »Wollen wir nicht Malle in unseren Detektivklub aufnehmen? Zu dritt macht’s mehr Spaß. Und außerdem können wir rauskriegen, wer seine Mutter ist«, füge ich schnell hinzu.

Pitt schiebt die Unterlippe vor. Doch nach einer Weile nickt er und sagt: »Einverstanden.«

»Komm, wir sagen’s ihm gleich. Er ist drüben auf dem Spielplatz.« Energisch ziehe ich Pitt am Ärmel.

Malle hockt auf dem Rand der Sandkiste und zerbröselt den Rest der Eiswaffel zwischen seinen Fingern. Zwei Tauben, die vor ihm auf und ab trippeln, picken die Krumen eilig auf. Erst als Pitt und ich bei ihm stehen bleiben, guckt Malle hoch.

»Sag mal, hast du Lust, bei unserem Detektivklub

mitzumachen?«, frage ich rundheraus. Malle mustert uns misstrauisch. »Meint ihr das ernst?«

»Na klar«, sagt Pitt und hält ihm die Hand hin. Da strahlt Malle übers ganze Gesicht. »Ist ja sensationell«, sagt er und schlägt ein. »Was muss ich da tun?«

»Zum Beispiel Leute beobachten«, sagt Pitt. »Kannst du das gut?«

»Keine Ahnung.« Malle zieht die Schultern hoch.

»Werden wir gleich sehen.« Pitt lächelt überlegen. »Mach die Augen zu.«

Malle gehorcht.

»Mal angenommen, Nelli ist die verdächtige Person«, sagt Pitt. »Kannst du beschreiben, wie sie aussieht?«

»Hm.« Malle überlegt. »Sie hat blonde Haare ungefähr bis hier.« Er fährt mit der Handkante unterm Kinn entlang. »Ich würde sagen, sie ist fast so groß wie ich. Und sie hat blaue Shorts und ein weißes T-Shirt an. Ihre Augen sind ... Warte mal.« Er stöhnt. Dann blinzelt er ein bisschen.

»Hej, schummeln gilt nicht«, ruft Pitt und knufft Malle.

Ich lache. »Meine Augen sind graugrün. Und am Knie habe ich eine Narbe.« Ich hebe mein Bein hoch. »So was kann wichtig sein, verstehst du?«

Malle wird rot.

»Am besten treffen wir uns morgen früh wieder hier«, schlage ich vor. »Bring einen Notizblock und einen Stift mit.«

Malle nickt eifrig. »Sonst noch was?«

»Ja, vielleicht ’ne Lupe«, fällt Pitt ein.

»Ich weiß nicht, ob meine Tante die rausrückt«, sagt Malle. »Aber ich hab ’nen Fotoapparat. Und ein Fernglas könnte ich auch mitbringen«, fügt er stolz hinzu.

Pitt und ich staunen. »Das ist ja …«

»Sensationell, nicht?« Malle grinst.

»Was, du bist schon auf?«, sagt Papa verblüfft, als ich morgens um acht am Frühstückstisch erscheine. »Ich würd ja ausschlafen in den Ferien.« Er gähnt herzhaft.

Mama schiebt mir einen Teller mit Brötchen zu. »Hoffentlich wird dir nicht langweilig so allein, mein Schatz«, sagt sie.

»Aber ich bin doch gar nicht allein«, protestiere ich. »Pitt fährt auch nicht weg. Wir wollen …« Den Rest verschlucke ich rasch. Wenn die Eltern wüssten, dass die berühmte Privatdetektivin Cornelia Sommer ihre Arbeit wieder aufnimmt, würden sie sich Sorgen machen, wetten? Nein, Eltern müssen nicht alles wissen.

»Bei dem Wetter könnt ihr den ganzen Tag draußen spielen«, sagt Mama und schaut lächelnd zum Fenster hinaus. »Habt ihr was Schönes vor?«

Ich beiße in mein Brötchen. »Wir treffen uns auf dem Spielplatz«, sage ich mit vollem Mund. Das stimmt ja.

Mama nickt zufrieden.

Als Mama und Papa aus dem Haus sind, hocke ich mich in den Flur und warte auf Pitt. Das dauert mal wieder! Ich lehne mich gegen die Wand und horche auf die Geräusche im Treppenhaus.

Eine Tür fällt ins Schloss und dann kommt jemand die Treppe herunter. Ich wette, das ist Herr Franke, der über uns wohnt. Kein anderer stampft so. Herr Franke ist groß und breit und schiebt einen gewaltigen Bauch vor sich her. Bestimmt hat er seine Aktentasche dabei, prall gefüllt mit einer Thermosflasche und Frühstücksbroten.

Ich kann alle Nachbarn am Geräusch ihrer Schritte erkennen – identifizieren sagt man in der Detektivsprache. Eines Abends, als ich auf Mama und Papa wartete, habe ich damit angefangen und seitdem übe ich fleißig.

Herrn Meier zum Beispiel, der ganz oben im Haus wohnt, würde ich unter Hunderten heraushören. Er hat einen hüpfenden Gang. Seine Frau dagegen geht immer ganz langsam die Treppe hoch. Sie ist ein bisschen kurzatmig und schnauft beim Steigen.

Da! Es klingelt von unten. Gleich darauf höre ich Pitt die Treppe hochstürmen. Ja, das ist Pitt – hundertprozentig! Ich öffne die Tür.

»Na, musstest du Babysitter spielen?«, frage ich.

»Nee, aber um ein Haar wäre Jule mitgekommen«, stöhnt Pitt. »Sie wollte unbedingt auf den Spielplatz. Und du weißt ja, wenn Jule was will ...« Er verdreht die Augen. »Aber dann hat Bärbel Mäxchen gebadet und plötzlich wollte Jule auch in die Wanne.«

»Und da hast du dich schnell aus dem Staub gemacht«, sage ich und schaue auf die Uhr. »Wurde aber auch Zeit. Wir müssen los.«

Schon von weitem sehen wir Malle vorm Spielplatz auf und ab marschieren. Um den Hals hat er ein Fernglas und einen Fotoapparat hängen. Als wir näher kommen, tut er so, als wolle er ein Foto von uns machen.

»Moment mal«, ruft Pitt und dreht den Schirm seiner Baseballkappe nach hinten. Dann zieht er hastig eine Tabakspfeife aus der Hosentasche und klemmt sie sich zwischen die Zähne. Aha, Sherlock Holmes lässt grüßen!

Doch Malle drückt nicht auf den Auslöser. »Tut mir Leid. Der Film ist voll«, sagt er kleinlaut. »Und ich kann keinen neuen kaufen. Hab kein Taschengeld mehr.«

»Kriegst du nicht genug Geld von deiner Mutter?«, frage ich verblüfft. So eine Filmschauspielerin hat doch bestimmt massenhaft Geld.

Malle zuckt mit den Schultern. »Ich muss mir mein Taschengeld einteilen. In letzter Zeit hab ich 'n bisschen viel ausgegeben.« Er macht eine Pause und fügt dann mit vorwurfsvollem Gesicht hinzu: »Mir knurrt ja auch ewig der Magen.«

Ich habe etwas Geld dabei und Pitt klaubt auch ein paar Münzen aus den Hosentaschen. Beim Drogeriemarkt um die Ecke kaufen wir einen Film. Es bleibt sogar noch Geld übrig.

»Das reicht genau für drei Kugeln Eis«, stellt Pitt zufrieden fest, nachdem er die Münzen gezählt hat. Da leuchten Malles Augen auf.

Das beste Eis weit und breit gibt's bei Antonio in der Gärtnerstraße. Wir machen uns gleich auf den Weg. Ich darf Malles Fernglas tragen und bleibe andauernd stehen, um hindurchzuschauen. Wie nahe plötzlich alles rückt. Sogar die Reklame im Schaufenster der Sparkasse kann ich lesen. Man soll sein Geld gut anlegen, steht da. Das haben wir vor!

Antonios Eisladen
Eis · Espressobar
Kuchen · Snacks
Café

Antonios Eisladen ist gleich hinter der Sparkasse. Bei schönem Wetter stellt Antonio immer Tische und Stühle vor die Tür, aber heute kann ich keine entdecken. Und ich sehe auch gleich, warum. Vorm Laden ist eine Baustelle. Zwei Männer in blauem Arbeitszeug und orangefarbenen Westen sind dabei, eine Grube zu schaufeln. Die Platten vom Gehweg haben sie neben sich aufgereiht und rundherum ist eine rotweiße Absperrung.

Nun entdecke ich auch Antonio, der hinter der Ladentür steht und finster nach draußen starrt. Kein Wunder, dass er schlechte Laune hat. »Mamma mia, die machen mein Geschäft kaputt«, jammert er, als wir in den Laden kommen. »Rücken hier am frühen Morgen mit dem Presslufthammer an und vertreiben meine Kundschaft.« Dramatisch rollt er die Augen.

»Ach, vielleicht ist alles halb so wild«, versuche ich ihn zu trösten. »Die können doch nicht ewig buddeln. Hast du 'ne Ahnung, was da gemacht wird?«

Antonio zuckt mit den Schultern. »Was weiß ich – Kabel verlegt oder sonst was. Mir sagt doch keiner was.« Und schon beginnt er wieder zu schimpfen, diesmal auf Italienisch.

»Ich glaub, ich hab eine Idee, wie du Kunden anlocken kannst«, fällt mir da plötzlich ein. »Mach einfach ein Schild an die Tür: *Heute Eis zum halben Preis.* Sollst mal sehen, wie die deinen Laden stürmen.«

Jetzt muss Antonio lachen. »Das könnte euch so passen«, sagt er und droht mir mit dem Finger. »Aber dann bin ich bald pleite. Nein, kommt gar nicht in die Tüte.« Er nimmt drei Eiswaffeln aus dem Ständer und fragt nach unseren Wünschen. Ich bekomme Walnuss-, Pitt Erdbeer- und Malle Zitroneneis.

Dann marschieren wir wieder hinaus und Pitt steuert – hab ich's doch geahnt – geradewegs auf den Briefmarkenladen zu, der ein paar Häuser weiter ist. Malle trottet brav hinterher. Wollen die sich jetzt etwa die Auslagen im Schaufenster angucken? Das sind ja feine Detektive. Nicht auszudenken, was inzwischen alles passieren könnte!

Mal angenommen, jetzt käme ein Bankräuber – so einer mit Strumpf überm Gesicht und einer Riesenkanone –, der wäre mit seiner Beute doch über alle Berge, bevor Pitt und Malle was merken. Aber bitte, wenn man Briefmarken aufregender findet!

Ich jedenfalls halte die Augen offen. Aufmerksam mustere ich die Leute, die in die Sparkasse gehen. Der alte Mann, der sich schwer auf einen Stock stützt, sieht nicht besonders verdächtig aus, aber was ist mit dem jungen Mann, der es so furchtbar eilig hat? Fehlanzeige! Der hat ja ein kleines Kind dabei. Zugegeben, die Bankräuber lassen mal wieder auf sich warten!

Auf einmal verspüre ich große Lust, Pitt und Malle einen Streich zu spielen. Wie wär's, wenn ich mich verstecke? Die beiden Mülltonnen da in der Toreinfahrt kommen mir wie gerufen. Schnell ducke ich mich dahinter. Von hier aus habe ich die Baustelle genau im Blick. Hoffentlich kreuzen Pitt und Malle bald auf.

Wer sagt's denn, da kommt jemand. Sieht aber nicht nach Pitt und Malle aus, nein, es ist eine junge Frau. Die Absätze ihrer Stiefel klappern laut auf dem Pflaster. Sie hat einen langen Rock und ein geblümtes T-Shirt an und trägt einen Rucksack auf dem Rücken. Ihre hellblonden Haare sind streichholzkurz. Suchend schaut sie sich in der Toreinfahrt um, geht dann aber weiter.

Schon wieder kommt jemand! Ein kleiner stämmiger Mann. Er bleibt mitten auf dem Weg stehen und zündet sich eine Zigarette an. Offenbar gehört er zur Baustelle, denn jetzt schiebt er die Absperrung ein Stück beiseite und begrüßt mit lautem »Hallo« die beiden Männer, die aufgehört haben zu schaufeln.

Dann geht alles ganz schnell. »Pass auf, Ahmad«, stößt der eine Arbeiter hervor und wedelt aufgeregt mit der Hand. »Da drüben ist Polente.« Der Angeredete zuckt erschrocken zusammen und guckt sich um. Tatsächlich, jetzt sehe ich auch die weiße Mütze des Polizisten von der andern Straßenseite herüberleuchten.

»Verdammt«, flucht der Mann, der Ahmad genannt wird. Er wirft die Zigarette weg, dreht sich auf dem Absatz um und läuft davon – in dieselbe Richtung, aus der er gekommen ist. Die beiden Arbeiter stützen sich auf ihre Schaufeln und schauen hinter ihm her.

Was hatte das zu bedeuten? Verblüfft kratze ich mich am Kopf. Wenn jemand so panikartig vor der Polizei davonläuft, muss er was auf dem Kerbholz haben, denke ich und prompt erwacht die Privatdetektivin in mir. Kein Zweifel, der Mann hat was zu verbergen. Aber was? Hängt es mit der Baustelle zusammen? Die beiden Bauarbeiter sind wohl seine Komplizen, haben aber selber nichts von der Polizei zu befürchten ...

Na endlich! Da kommen Pitt und Malle angeschlendert, eifrig miteinander redend. Offenbar haben sie mich gar nicht vermisst. Ich krieche aus meinem Versteck und laufe ihnen nach.

Die beiden machen große Augen, als ich ihnen

die Geschichte erzähle. »Glaubst du, das war 'n Gangster?«, flüstert Malle andächtig. »Find ich ja sensationell.«

»Vielleicht ist an der Baustelle irgendwas faul«, überlegt Pitt und schaut über die Schulter zurück. »Das habe ich auch schon gedacht«, sage ich. »Aber wieso schaufeln die beiden andern dann seelenruhig weiter?«

»Die werden ja wohl kaum am helllichten Tag 'ne Leiche verbuddeln, oder?«, sagt Malle und stößt mich mit dem Ellbogen an.

»Nee.« Pitt grinst. »Und nach Gold graben sie mit Sicherheit auch nicht mitten auf der Gärtnerstraße.«

Gold? Unwillkürlich wandert mein Blick zum Schaufenster der Sparkasse.

An der Scheibe lehnt die junge Frau von vorhin, mit einer großen Sonnenbrille auf der Nase. Sie wartet wohl auf jemanden, denn sie dreht dauernd den Kopf hin und her und schaut auf die Uhr.

Wir bleiben stehen und Pitt zieht sein Notizbuch und einen Stift aus der Hosentasche. »Beschreib mal, wie der verdächtige Kerl aussah, Nelli.«

Wie aus der Pistole geschossen sage ich: »Mittelgroß, ziemlich kräftig, Halbglatze. Ein dunkler Typ, mit schwarzen Haaren.« Ich überlege kurz und füge dann hinzu: »Wenn mich nicht alles täuscht, hatte er 'ne beige Hose an. Beschwören könnte ich das allerdings nicht. Und er heißt Ahmad.« Pitt schreibt eifrig mit.

»Ich glaube aber nicht, dass sich der Kerl hier blicken lässt, solange das Auge des Gesetzes wacht.« Mit dem Zeigefinger deute ich auf den Polizisten, der von der andern Straßenseite herüberkommt.

»Kannst ja mal nachsehen!« Malle reicht mir das Fernglas. Als ich es vor die Augen halte, läuft die junge Frau plötzlich los. Fast hätte sie mich über den Haufen gerannt. »'tschuldigung«, ruft sie über die Schulter zurück. Anscheinend will sie den Bus noch erreichen, der an der Verkehrsinsel hält. Ich verfolge sie durchs Fernglas bis zur Haltestelle.

Pech gehabt! Der Busfahrer hat ihr die Tür direkt vor der Nase zugemacht und fährt los, obwohl sie gegen die Scheibe klopft. Ich kann sehen, wie wütend sie ist, ihre Lippen formen das Wort »Arschloch«. Das muss ich den andern erzählen.

Wir wechseln uns mit dem Fernglas ab, doch dieser Ahmad taucht nicht mehr auf und auch sonst können wir nichts Verdächtiges entdecken. Deshalb schlage ich vor, Verstecken zu spielen. Pitt und Malle sind sofort einverstanden.

Verstecken spielen kann man am besten im Hof hinter unserem Haus, wo viele Büsche stehen. Pitt und ich kennen da jeden Winkel und der arme Malle muss sehr lange nach uns suchen.

Als er mich endlich im Gebüsch hinter der Teppichstange aufstöbert, kann ich mir nicht verkneifen, ihn zu necken. »Mann, ich war kurz vorm Verschimmeln«, stöhne ich und recke die steifen Glieder. »Ich dachte schon, du wärst zum Mittagessen gegangen.« Plötzlich fällt mir Malles brauner Oberlippenbart auf und ich frage grinsend: »Sag mal, hast du heimlich Schokolade gefuttert?«

»Ich?« Malle reißt die Augen weit auf. »Nee, wie kommst du denn darauf!« Und er wischt schnell mit dem Handrücken über seinen Mund. Dabei guckt er so schuldbewusst, dass er mir richtig Leid tut. Eigentlich geht's mich ja nichts an, wenn er Schokolade nascht.

»Ach du Schreck, das Mittagessen hab ich ganz vergessen«, ruft Pitt und fasst sich an die Stirn. »Ich glaub, ich muss dringend nach Hause!« Und er macht sich Richtung Kellereingang davon.

»Ich hab auch Hunger«, sage ich zu Malle. »Und du?«

Malle kickt wütend einen Stein weg. »Ich pfeif

aufs Mittagessen«, knurrt er. »Bei meiner Tante gibt's bloß Mohrrüben und Weizenkeime.« Aber dann macht er sich doch auf den Heimweg. Malles Tante wird sich wundern, denke ich, als ich gleich darauf bei uns am Küchentisch sitze und meine Suppe löffle. Wetten, ihre Diät schlägt nicht an?

Meistens schlafe ich abends schnell ein, aber heute klappt es nicht. Ich drehe mich auf die rechte Seite, ich drehe mich auf die linke Seite – verdammt, ich muss immerzu an diesen Ahmad von der Baustelle denken. Warum zum Teufel hatte der Angst vor der Polizei? Und die beiden Männer mit den Schaufeln – »Nach Gold graben die mit Sicherheit nicht«, höre ich Pitt sagen.

Halt! Da war doch was. Ich muss mich bloß erinnern.

Die Sparkasse! Jetzt weiß ich's wieder. Mama hat es neulich beim Frühstück aus der Zeitung vorgelesen: *Tunnelgangster raubten Sparkasse aus ...* Ja, genau, so war's. Die Gangster haben einen unterirdischen Gang zur Sparkasse gegraben und sind dann mit dem ganzen Geld getürmt.

Könnte so was dahinter stecken? Na klar! Plötzlich fällt es mir wie Schuppen von den Augen.

Diese Männer da graben in aller Seelenruhe einen Tunnel zur Sparkasse. Kein Mensch ahnt was Böses, man denkt ja, da werden Kabel verlegt oder Rohre. Aber in Wirklichkeit haben die es auf den Tresor der Sparkasse abgesehen!

Wetten, dieser Ahmad ist ein gesuchter Tresorknacker? Womöglich ist er sogar aus dem Gefängnis ausgebrochen! Kein Wunder, dass er vor der

Polizei davonläuft. Ich bin einer ganz großen Sache auf der Spur!

Was Pitt und Malle wohl dazu sagen? Unruhig wälze ich mich im Bett herum. Wenn doch bloß schon morgen wäre!

Ich habe verschlafen. Und draußen trommeln Regentropfen gegen die Scheiben. Auch das noch! Auf dem Frühstückstisch liegt ein Zettel von Mama. Ich soll nicht vergessen, die Regenjacke anzuziehen. Essen steht im Kühlschrank. Ein Brötchen hat sie mir auch gestrichen. Der Kakao ist natürlich kalt. Ich bin gerade fertig mit dem Frühstücken, da klingelt es schon und Pitt will mich abholen.

Als wir am Zeitungsladen vorbeilaufen, steckt Frau Krüger den Kopf zur Tür heraus. »Ihr sollt mal bei Frau Schmidt reinschauen«, sagt sie und zwinkert mir zu. »Ich glaube, sie hat Arbeit für euch.«

Doch das verschieben wir auf später. Beim Spielplatz wartet Malle schon auf uns und nun rücke ich mit den Neuigkeiten heraus.

Malle gerät ganz aus dem Häuschen. »Glaubst du wirklich, die wollen die Sparkasse ausrauben?«, ruft er. »Ist ja ’n Ding! Und was machen wir jetzt? Gehen wir zur Polizei?«

Das hatte ich eigentlich nicht vor. »Polizei?«, wiederhole ich gedehnt. »Nee, was sollen wir denen denn sagen – die Baustelle da ist verdächtig, verhaften Sie die Männer? Die lachen uns doch aus.« Und außerdem lässt sich eine Privatdetektivin nicht gern ins Handwerk pfuschen, füge ich in Gedanken hinzu. Schon gar nicht von der Polizei.

Pitt nickt. »Nelli hat recht. Die Polizei lassen wir besser aus dem Spiel. Die glauben uns sowieso nicht.«

»Ist doch mal wieder typisch«, sage ich. »Ich wette, die Polizei jagt die Gangster erst, wenn sie mit dem Geld getürmt sind. Aber wir wissen jetzt schon Bescheid.«

»Wahnsinn!« Pitt fischt einen Kaugummi aus der Hosentasche, wickelt ihn aus und schiebt ihn in den Mund. »Ich möchte bloß wissen, wie sie das mit dem Tunnel machen«, sagt er nachdenklich.

»Na, dann lasst uns die Baustelle mal unter die Lupe nehmen«, sage ich und laufe auch gleich los, denn jetzt hat mich das Detektivfieber gepackt. Dies ist ein Fall, ein richtiger Fall, und ich, ich ganz allein, bin dem Geheimnis auf die Spur gekommen! Mir wird ganz kribbelig zumute.

Auf der Gärtnerstraße ist heute Morgen nicht viel

los. Es regnet immer noch und Pitt und Malle tappen durch alle Pfützen, um sich gegenseitig nass zu spritzen. Deshalb entdecke ich auch als Erste das Zelt hinter der Absperrung! Ich stoße einen Pfiff aus. »Guckt euch das an«, sage ich. »Wozu brauchen die ein Zelt?«

Als wir näher kommen, sehen wir, dass die Zeltplane einen Teil der Baugrube verdeckt, und zwar auf der zur Sparkasse gelegenen Seite. Vielleicht steht das Zelt ja zur Tarnung da ...

Die Grube ist ungefähr drei Meter lang, mannstief und an den Seiten mit Balken abgestützt. Am Boden laufen schwarze Rohre entlang. Die beiden Arbeiter haben sich unters Zeltdach verkrochen. Sie tragen gelbe Regenjacken über ihrer blauen Arbeitskluft und der eine hat eine riesige Schutzbrille vorm Gesicht. Wie weit sie wohl mit dem Tunnelgraben sind? Ich bücke mich, um unter die Zeltplane zu gucken. Doch in dem Moment steckt der eine Arbeiter den Kopf zum Zelt heraus und mustert uns misstrauisch.

»Los, unauffällig weitergehen«, flüstere ich den Jungen zu.

Aber Malle hat eine bessere Idee. »Ich lade euch zum Eis ein«, sagt er, zieht einen Zehnmarkschein aus der Tasche und wedelt damit hin und her. »Den hat mir nämlich gestern meine Mutter geschickt. Als ob sie geahnt hätte, dass ich blank bin.«

»Nett von deiner Mutter«, sage ich schnell. »Was schreibt sie denn so? Gibt's einen neuen Film?« Wäre doch gelacht, wenn ich nicht mehr über die Dame erfahre.

Doch daraus wird nichts. »So fragt man Leute aus«, sagt Malle bloß und hält mir die Tür zu Antonios Laden auf. An der Theke sitzt als einziger Gast eine junge Frau mit streichholzkurzen blonden Haaren. Sie hat uns den Rücken zugewandt und trinkt einen Espresso. Als sie sich flüchtig nach uns umschaut, sehe ich, dass es die junge Frau von der Bushaltestelle ist.

Wir nehmen an einem Fenstertisch Platz und bestellen einen großen Eisbecher mit drei Löffeln. Im Handumdrehen serviert uns Antonio ein Prachtexemplar von Eisbecher, garniert mit drei Schirmchen. »Für jeden eins. Damit ihr nachher nicht nass werdet«, scherzt er.

Pitt und Malle löffeln um die Wette, aber ich probiere erst mal von jeder Sorte ein bisschen. Das mache ich immer so. Ob das grüne Eis nach Waldmeister, Pistazie oder Pfefferminz schmeckt? Ich tippe auf Pistazie – richtig! Genießerisch schließe ich die Augen.

Als ich sie wieder öffne, fällt mein Blick zufällig nach draußen und da hätte ich mich fast am Eis verschluckt. »Da, da ist er«, stottere ich aufgeregt und deute mit dem Löffelstiel hinaus.

»Wer?«

»Na, Ahmad natürlich!«

Es ist wirklich Ahmad. Ich habe ihn sofort erkannt, obwohl er heute einen blauen Regenmantel trägt und einen schwarzen Aktenkoffer bei sich hat, der irgendwie nicht zu ihm passt. Die beiden Arbeiter klettern aus der Grube und schütteln ihm die Hand.

Dann klappt Ahmad den Koffer auf, zieht ein Papier heraus und alle drei beugen sich darüber. Anscheinend erklärt Ahmad etwas, immer wieder fährt er mit dem Finger über das Papier und die Männer nicken dazu. Schade, dass man nicht hören kann, was er sagt!

Malle, der schon wieder vom Eis schleckt, lässt plötzlich den Löffel sinken. »Ich glaube, es hat aufgehört zu regnen«, sagt er und steht auf.

»Was hast du vor?« Gespannt beuge ich mich vor.

Malle gibt keine Antwort. Er hängt sich seinen

Fotoapparat um, wirft einen bedauernden Blick auf den Eisbecher und verschwindet nach draußen.

»Also jetzt schlägt's dreizehn«, murmelt Pitt. »Will der jetzt Ahmad verhaften oder was?«

»Pst«, zische ich, denn die junge Frau kommt von der Theke auf uns zu. Sie bleibt neben unserem

Tisch stehen und sagt: »Darf ich euch mal was fragen?« Als wir keine Antwort geben, fährt sie fort: »Mich würde interessieren, was ihr in den Schulferien so macht. Erzählt doch mal.«

Verdutzt wechseln Pitt und ich einen Blick. Hat die etwa irgendwas spitzgekriegt? »Wir? Ach, nichts Besonderes.« Pitt nimmt ein Schirmchen vom Eisbecher und spielt damit herum. »Wir wollten gerade ...« Ich trete ihm gegen das Schienbein, damit er nicht zu viel verrät.

»Eis essen, das sehen Sie doch«, sage ich schnell. »Und danach Verstecken spielen.« Ich schaue die junge Frau nicht gerade freundlich an. »Wozu wollen Sie das wissen?«

»Schon gut.« Sie nickt verständnisvoll. »Tut mir Leid, wenn ich euch gestört habe. Mein Interesse ist rein beruflich. Vielleicht ein anderes Mal, ja?« Lächelnd schultert sie ihren Rucksack und geht davon.

Ich spähe durch die Scheibe. Malle ist nicht mehr zu sehen. Ob er in der Toreinfahrt steckt, um die Männer zu belauschen? Das ist keine schlechte Idee.

Jetzt klappt Ahmad den Aktenkoffer zu und die drei Männer schütteln sich die Hände. Die beiden

Arbeiter klettern in die Baugrube zurück und Ahmad zündet sich eine Zigarette an und geht weg.

Nach einer Weile kommt Malle hereingestürmt. »Ratet mal, was ich im Kasten hab«, stößt er atemlos hervor und tippt auf den Fotoapparat, der vor seiner Brust baumelt. Sollte er etwa ... »Ja, ich hab Ahmad fotografiert!« Malle strahlt. »Jetzt bringen wir den Film zum Entwickeln und dann kriegen wir erstklassige Fahndungsfotos. Na, was sagt ihr?«

Über den leeren Eisbecher hinweg tauschen Pitt und ich einen Blick. »Ist ja sensationell«, sagen wir beide wie aus einem Mund.

»Ob man eine Belohnung kriegt, wenn man Ahmad schnappt?«, fragt Malle, als wir aus dem Drogeriemarkt kommen.

»Na logo!«, ruft Pitt. »Und in der Zeitung steht's bestimmt auch. Wie gefällt euch die Überschrift: *Junge Detektive fangen Bankräuber?«* Begeistert breitet er die Arme aus. Ich wette, er sieht sich schon im Sherlock-Holmes-Look auf der Titelseite!

»Dazu müssen wir die Kerle erst mal fassen«, sage ich trocken.

»Ja genau, wir müssen sie auf frischer Tat ertappen. Am besten, wenn sie die Geldkoffer raustragen!« Malle ist ganz zappelig vor Aufregung.

»Damit sie uns über den Haufen schießen, was? Du spinnst ja.« Ich tippe mir mit dem Zeigefinger an die Stirn. »Nee, da müssen wir uns was anderes einfallen lassen.«

Aber Pitt und Malle träumen wohl schon von einer wilden Schießerei. Als wir beim Spielplatz sind, suchen sie sich Stöcke und zielen mit lautem »Peng-peng«-Geschrei aufeinander.

»Los, geh in Deckung, Nelli«, brüllt Pitt. Schon schießt Malle eine Salve auf mich ab. Mit einem gewaltigen Satz bringe ich mich hinterm Kletterhäuschen in Sicherheit.

Ich kapiere nicht, was Jungen an so einer Ballerei finden! Außerdem habe ich jetzt Wichtigeres zu tun. Ich muss über unseren Fall nachdenken, der ja ziemlich ungewöhnlich ist. Normalerweise geschieht zuerst das Verbrechen und hinterher sucht man die Täter. In diesem Fall ist aber noch gar kein Verbrechen passiert! Bloß wie die Geschichte enden soll, ist klar. Die Gangster müssen geschnappt und hinter Gitter gebracht werden.

Doch wie fangen wir das an? Schließlich können wir die Baustelle nicht pausenlos überwachen.

Und gefährlich ist es obendrein! Ich seufze tief. Wenn ich bloß wüsste, wie lange es dauert, so einen Tunnel zu graben – Tage oder sogar Wochen?

Plötzlich fallen ein paar dicke Regentropfen und dann prasselt der Regen wieder richtig los. Schönes Ferienwetter! Mit dem Draußenspielen ist es erst mal vorbei. Wir setzen die Kapuzen auf und rennen nach Hause.

Als ich in unserem Treppenhaus bin, fällt mir Frau Schmidt wieder ein. Kurz entschlossen klingele ich an ihrer Tür.

»Hallo, Cornelia. Komm rein.« Frau Schmidt nimmt mir die nasse Regenjacke ab und führt mich in die Küche, die fast genauso aussieht wie unsere. »Setz dich doch«, sagt sie und deutet auf die Küchenbank. »Möchtest du was trinken?« Sie holt eine Flasche Orangensaft aus dem Kühlschrank und gießt mir ein Glas ein.

»Ich hab gehört, ihr seid tüchtige Detektive«, sagt sie dann. »Vielleicht könnt ihr mir helfen. Bei mir passieren merkwürdige Dinge in letzter Zeit.« Sie nimmt mir gegenüber Platz, faltet die Hände vorm Bauch und beginnt zu erzählen. »Angefangen hat's am Montag. Da wollte meine Freundin Elfriede zum Nachmittagskaffee kommen und ich hab Zitronenschnitten gebacken. Sie sind auch richtig gut gelungen, mit viel Zuckerguss obendrauf, so wie Elfriede sie mag.« Frau Schmidt lächelt zufrieden und mir läuft das Wasser im Mund zusammen.

»Das Backblech mit den Zitronenschnitten hab ich ins offene Fenster gestellt, damit der Guss schneller trocknet«, fährt sie fort. »Und dann bin ich in die Stube gegangen, um den Kaffeetisch zu decken. Natürlich mit dem guten geblümten Porzellan. Ein bisschen aufgeräumt hab ich auch noch, bis es schließlich Zeit wurde, die Kaffeemaschine anzustellen. Als ich dann in die Küche kam, traute ich meinen Augen nicht. Da fehlten doch tatsächlich zwei Zitronenschnitten!« Empört schüttelt Frau Schmidt den Kopf.

Ich stehe auf, um mir den Tatort genauer anzugucken. Die Fensterscheibe ist blind von den Regentropfen, aber ich weiß auch so, was man draußen sieht. Wir befinden uns im Erdgeschoss und das Fenster geht zur Straße hinaus. Jeder, der so groß ist wie ich, reicht bequem ans Fensterbrett heran. Das haben Pitt und ich schon probiert. »Haben Sie einen Verdacht?«, frage ich.

»Eben nicht.« Frau Schmidt hebt ratlos die Hände. »Wer stiehlt denn Kuchen, Cornelia? Ich bitte dich!«

»Vielleicht jemand, der Hunger hat«, sage ich nachdenklich.

Frau Schmidt macht ein ernstes Gesicht. »Du hast Recht. Man soll niemanden in Versuchung führen«, sagt sie. »Deshalb hab ich auch gestern meinen Schokoladenpudding ins Schlafzimmerfenster gestellt.« Beifallheischend schaut sie mich an. Natürlich weiß ich, dass das Schlafzimmerfenster zum Hof hinausgeht. »Ich dachte, da könnte nichts passieren. Aber von wegen!« Frau Schmidt stemmt die Hände in die Hüften und lacht grimmig. »Der Dieb hat wieder zugeschlagen. Als ich den Pudding holen wollte, war die Schüssel ratzekahl leer gegessen. Was sagst du dazu?«

»Hm«, mache ich und lege den Zeigefinger an die Nase. »Sie glauben also, dass es jemand aus unserem Hof war?«

Frau Schmidt zuckt mit den Schultern. »Was soll ich sagen? Ich kann doch meine Nachbarn nicht verdächtigen. Zuerst hab ich ja gedacht, es sei eine Katze gewesen. Aber dann habe ich das hier neben der Schüssel gefunden!« Sie kramt in ihrer Schürzentasche und holt einen kleinen roten Plastiklöffel hervor. »Sieht nicht nach Katze aus, oder?«, sagt sie und hält ihn lächelnd hoch.

»Darf ich mal?« Mit spitzen Fingern greife ich nach dem Löffel. »Das ist ein Beweisstück«, sage ich feierlich. »Vielleicht sind Fingerabdrücke drauf.«

»Ach je!« Frau Schmidt hält erschrocken die Hand vor den Mund. »Ich hab das Ding aus Versehen abgewaschen. Tut mir Leid.«

Da kann man nichts machen. Ich stecke den Löffel trotzdem ein. Frau Schmidt nickt mir aufmunternd zu und sagt: »Hoffentlich findet ihr den Täter bald. Man traut sich ja kaum noch das Fenster zu öffnen.«

Keine Sorge, Frau Schmidt, denke ich. Für jemanden, der Bankräuber jagt, ist so ein Puddingdieb schließlich nur ein kleiner Fisch! Aber das behalte ich lieber für mich. Ich verspreche, die Augen offen zu halten, und verabschiede mich von Frau Schmidt.

Zu Hause sehe ich mir das Löffelchen genauer an. Es ist eins von der Sorte, die man beim Kauf von Eisbechern dazubekommt. Davon gibt es Tausende. Über den Täter verrät es leider nichts. Na ja, immerhin muss er ein Schleckermaul sein. Schließlich liebt er Kuchen, Eis und – Schokoladenpudding. Aber den mögen ja viele. Zum Beispiel ich. Und ich komme ja wohl als Täter kaum in Frage!

Nein, einfach ist die Sache nicht. Meine Gedanken kreisen immerzu um den Schokoladenpudding. Mir ist so, als ob ich mich an etwas erinnern müsste. Den ganzen Nachmittag zerbreche ich mir den Kopf, doch es will und will mir nicht einfallen.

Am Donnerstagmorgen regnet es immer noch. Und als wäre das nicht schon schlimm genug, klingelt das Telefon und ein ziemlich aufgeregter Pitt ist am andern Ende der Leitung. »Nelli, ich kann heute nicht kommen. Wir fahren zu unserer Oma. Ich muss ...« Es knistert und rauscht im Hörer und dann kräht Jules Stimme in mein Ohr: »Nelliiii! Ich hab 'ne Schultüte gekriegt, eine ganz große ...«

»Hau ab«, brüllt Pitt dazwischen.

»Nein, lass mich!« Man hört Jule kreischen, es knackt in der Leitung und dann ist Stille.

»Kombiniere, Pitt und Jule liegen sich in den Haaren«, erkläre ich meinem Spiegelbild im Flur. Manchmal finde ich es ganz gut, ein Einzelkind zu sein. Ich schnappe mir meine Regenjacke und mache mich auf den Weg zum Spielplatz. Jetzt fehlt bloß noch, dass Malle mich auch im Stich lässt!

Als ich an der Ecke beim Zeitungsladen bin, fängt mich Frau Krüger ab. »Komm mal kurz rein, Nelli.« Fröhlich kläffend springt Moritz an mir hoch. Er will natürlich gestreichelt werden.

»Ich soll dir einen schönen Gruß von Malle be-

stellen«, sagt Frau Krüger und geht wieder hinter ihren Ladentisch. »Er muss mit seiner Tante Besorgungen machen und kommt erst heute Abend zurück. Ihr sollt die Verbrecher auf keinen Fall ohne ihn fangen ...«

Sie hält inne, weil Moritz bellend zur Tür rennt. »Der Strolch will wohl auch auf Gangsterjagd gehen.« Lachend droht sie ihm mit dem Zeigefinger. »Lass ihn bloß nicht raus in den Regen. Davon gibt's Schnupfen, Nelli.« Was Erwachsene immer haben!

Also trabe ich allein los. Einer muss schließlich aufpassen. Auf der Baustelle sieht's genauso aus wie gestern, nur die Arbeiter kann ich nirgends entdecken. Wo mögen die bloß stecken? Plötzlich durchzuckt mich ein heißer Schreck. Sollten die das Ding bereits gedreht haben? Mit zusammengekniffenen Augen spähe ich unters Zeltdach. Vergeblich! Man kann nichts erkennen.

Ob Antonio was weiß? Ich stecke meine Nase durch die Ladentür. Antonio steht hinter der Theke und liest Zeitung. »Hast du 'ne Ahnung, wo die Bauarbeiter sind?«, frage ich.

»Ja.« Antonio guckt von der Zeitung hoch und nickt. »Ich glaube, denen fehlten irgendwelche

Rohre. Der eine hat vorhin telefoniert deswegen.« Er stutzt. »Wieso interessiert dich das?«, fragt er dann.

»Ach nur so«, sage ich und schlendere langsam zur Theke. »War sonst was los?«

»Was soll schon los sein.« Antonio lässt seinen Blick über die leeren Tische wandern und fügt dann mit einem traurigen Lächeln hinzu: »Du siehst ja, ich muss bald wegen Überfüllung schließen.«

»Es könnte ja draußen was passiert sein«, sage ich schnell. »Bei der Sparkasse oder so.« Antonio lacht und zeigt seine schönen weißen Zähne. »Mädchen, Mädchen. Du guckst dir zu oft Krimis an. Hier bei uns passieren keine Verbrechen. Da kannste lange warten!«

Ph! Wenn der wüsste, was direkt vor seiner Nase abläuft! Ich kann mir ein Kichern nicht verkneifen.

Prüfend schaut mich Antonio von der Seite an. »Du hast doch was«, sagt er. »Ein Geheimnis? Mir kannst du es ruhig verraten. Ich kann schweigen wie ein Grab.« Beteuernd legt er die Hand aufs Herz.

»Was du dir einbildest«, sage ich und mache ein möglichst unschuldiges Gesicht. »Ich glaube, du langweilst dich, Antonio.«

»Ja, die Geschäfte gehen schlecht.« Antonio zieht eine Grimasse. »Wenn das so bleibt, muss ich 'ne Bank knacken, um meine Familie zu ernähren.«

»Dann ist doch endlich mal was los hier«, sage ich und gehe zur Tür. »Tschau, Antonio.«

Als ich vor der Baustelle stehe, ist die Straße menschenleer. Das ist die Gelegenheit, schnell mal nachzuschauen, was sich unter der Zeltplane tut! Ob ich das riskieren kann? Ich gucke nach links, ich gucke nach rechts, keiner kommt. Schnell klettere ich unter der Absperrung hindurch und stecke meinen Kopf ins Zelt.

Aha! In der Grube liegen Werkzeuge herum, auch zwei Schaufeln. Und da, wo die Rohre in der Erde verschwinden, ist offenbar gebuddelt worden ...

Achtung, jetzt kommt jemand! Laut klappern Absätze auf dem Pflaster. Das Geräusch habe ich schon mal gehört. Richtig! Ich kenne die Frau, die da kommt. Sie hat streichholzkurze blonde Haare. Neugierig reckt sie den Hals nach mir.

Bloß schnell weg hier! Sonst stellt sie mir noch dumme Fragen. Auf allen vieren krieche ich unter der Absperrung hindurch und laufe die Straße hinunter. Tak-tak-tak macht es hinter mir. Verfolgt sie mich etwa?

Ich fange an zu rennen, werde immer schneller und biege keuchend in unsere Straße ein. Habe ich meine Verfolgerin abschütteln können? Ich höre keine Schritte mehr, wage aber nicht, mich umzudrehen. Erst als ich bei uns im Treppenhaus bin, atme ich auf.

Zum Mittagessen koche ich Spagetti und danach gucke ich mir einen Film an. Doch ich bin nicht bei der Sache. Die blonde Frau spukt in meinem Kopf herum. Ständig kreuzt sie in unserer Nähe auf. Ob sie uns nachspioniert? Plötzlich fällt mir ein, sie könnte ja Detektivin sein. Wer weiß, vielleicht ist sie auch hinter jemandem her ...

Am späten Nachmittag entschließe ich mich, noch mal loszugehen. Als ich auf der Gärtnerstraße bin, fängt es wieder an zu gießen. Ich schaffe es gerade noch bis zur Sparkasse, wo ich mich unterstellen kann. Vor meinen Füßen trommeln die Regentropfen auf die Fliesen.

Donnerstags ist die Sparkasse länger geöffnet, im Schalterraum herrscht reger Betrieb. Während ich noch überlege, ob ich hineingehen soll, kommt

ein Mann angerannt. Ich glaube wenigstens, es ist ein Mann, denn ich sehe von ihm bloß die grauen Hosenbeine, alles andere ist von einem großen schwarzen Regenschirm verdeckt. Vor der Glastür klappt der Mann den Schirm zusammen und schüttelt ihn, dass die Tropfen fliegen. Dann dreht er mir sein Gesicht zu.

Ich traue meinen Augen nicht. Es ist Ahmad! Nein. Doch! Er sieht bloß anders aus, weil er einen feinen grauen Anzug und einen roten Schlips trägt. Aber er hat denselben schwarzen Aktenkoffer wie gestern dabei! Ohne lange zu überlegen, folge ich ihm in die Sparkasse.

Ahmad bleibt einen Augenblick unschlüssig stehen, bevor er an einen Schalter tritt, hinter dem eine große, rothaarige Frau steht. Die beiden wechseln ein paar Worte miteinander und gehen dann zu der Treppe, die – das weiß ich von Mama – zum Tresorraum hinunterführt. Ahmad guckt sich unauffällig um, bevor er die Stufen hinabsteigt.

Mit klopfendem Herzen bleibe ich neben der Treppe stehen. Wenn ich bloß wüsste, was Ahmad vorhat. Ob er den Tresorraum ausspionieren will? Der Mann hat vielleicht Nerven!

Es dauert eine Ewigkeit, bis ich Schritte auf der Treppe höre. Zuerst kommt die Frau nach oben, Ahmad folgt ihr auf dem Fuße. Er scheint ziemlich nervös zu sein. Als er an mir vorbeigeht, zieht er ein Taschentuch aus der Hosentasche und betupft sich damit die Stirn. Dabei fällt ihm eine kleine weiße Karte herunter. Ahmad geht achtlos weiter und auch sonst hat es niemand bemerkt. Bloß ich!

Wie hypnotisiert starre ich auf den Boden, wo die Karte liegt. Dann mache ich einen Schritt und noch einen und setze vorsichtig den Fuß darauf. So, das wäre geschafft. Jetzt brauche ich nur noch so zu tun, als müsste ich mein Schuhband neu knoten, und schon halte ich die Karte in der Hand. Gut gemacht! Ich seufze erleichtert.

Dann schaue ich mir meine Beute an. Es ist eine Visitenkarte, auf der in großen, schnörkeligen Buchstaben zu lesen ist:

Hussein Ashraf

Orientteppiche

Resedastr. 2

Als ich wieder hochgucke, steht die große, rothaarige Frau wieder hinter ihrem Schalter und Ahmad ist verschwunden.

Da mache ich mich auch aus dem Staub, die Visitenkarte fest in der Faust. Ich möchte wissen, was Ahmad mit diesem Teppichhändler zu schaffen hat. Wir müssen das herausfinden. Gleich morgen.

Heute ist Freitag, der dreizehnte. Man sagt ja,

dass das Unglück bringt. Aber daran glaube ich nicht. Die Sonne scheint endlich wieder und darüber bin ich froh.

Pitt und Malle sind pünktlich zur Stelle und Malle zeigt stolz die Fotos von Ahmad herum. Ein Meisterfotograf ist er ja nicht gerade. Auf einem Foto hat er Ahmad von hinten erwischt und auf dem nächsten kann man nur seine Glatze erkennen, geglückt ist eigentlich bloß das letzte Bild, auf dem man Ahmad von vorne sieht. »Wenigstens hat er nicht gemerkt, dass ich ihn fotografiere«, verteidigt sich Malle.

»Die Fotos können wir gut gebrauchen«, sage ich und nehme Malle das Bild aus der Hand. Dann erzähle ich, was gestern in der Sparkasse passiert ist.

Pitt und Malle wollen dem Teppichhändler sofort einen Besuch abstatten. »Wir halten ihm einfach Ahmads Foto unter die Nase, dann kriegen wir schon raus, ob die beiden unter einer Decke stecken«, sagt Pitt großspurig und rennt los in Richtung Resedastraße.

Als wir jedoch beim Teppichladen ankommen, traut sich keiner, als Erster in den Laden zu gehen. Wir bleiben vorm Schaufenster stehen und gucke uns die ausgestellten Teppiche an.

»Der da ist hübsch«, sage ich und zeige auf einen gemusterten Teppich in leuchtenden Farben. *Echt persischer Kelim* steht auf einem Schild.

»Geh doch rein und frag, was er kostet«, schlägt Malle vor.

»Für meine Mama zum Geburtstag, was? Das glaubt mir doch keiner. Hast du gesehen, wie teuer die sind?« Ich deute auf ein Preisschild, auf dem 900 Euro steht.

Plötzlich sagt Malle: »Seht mal, da hinten ist jemand.«

Wir drücken alle drei die Nasen an der Fensterscheibe platt. Der Laden ist nicht sehr groß und bis auf den letzten Winkel mit Teppichen voll gestopft. Sogar die Wände sind mit Teppichen behängt. Im hinteren Teil des Ladens ist ein kleiner Büroraum. Dort sieht man durch eine offene Tür einen Mann an einem Schreibtisch sitzen. Das muss der Teppichhändler sein! Am besten beobachten wir ihn erst mal insgeheim! Aber wie kommen wir unbemerkt in den Laden hinein?

Während ich mir noch den Kopf darüber zerbreche, hält hinter uns ein Auto am Straßenrand. Ein großer, dicker Mann steigt aus und steuert direkt auf die Ladentür zu. Als er sie aufstößt, macht der

Türgong laut ding-dong. Ich packe die Gelegenheit beim Schopfe und husche hinter dem Mann durch die Tür. Bevor sie wieder zufallen kann, schlüpfen auch Pitt und Malle herein.

Zum Glück merkt der Mann nichts, sondern stampft geradewegs auf den Büroraum zu. »Tag, Herr Ashraf«, dröhnt seine Stimme durch den Laden.

Hastig schaue ich mich nach einem Versteck für uns um. Da! Über zwei Stapeln Teppichrollen liegen Läufer ausgebreitet. In der Höhle darunter ist bestimmt Platz für uns drei. Ich mache den Jungen ein Zeichen und wir kriechen einer hinter dem andern hinein, ich als Letzte. Vorsichtig ziehe ich an einem Läufer, bis er den Eingang zu unserem Versteck verdeckt. Nur ein kleiner Spalt zum Hindurchspähen bleibt. Puh! Das wäre geschafft.

Hier drinnen ist es dunkel und es riecht merkwürdig. Gedämpft hört man die Stimmen der Männer. »Da haben Sie sich ein besonders schönes Stück ausgesucht.« Das wird die Stimme des Teppichhändlers sein. »Warten Sie, die Farben müssen Sie bei Tageslicht sehen.« Die Stimme kommt näher. »Na, wie gefällt er Ihnen?«

Ich linse durch den Spalt. Hinter mir drängeln

sich Pitt und Malle, die auch was sehen wollen. Der große, dicke Mann hat uns den Rücken zugewandt und beugt sich über einen ausgebreiteten Teppich. Und daneben – nein, das darf nicht wahr sein – daneben steht Ahmad! Der Teppichhändler ist Ahmad. Damit habe ich nicht gerechnet.

»Ui«, stöhnt Malle hinter mir und erntet dafür einen Puff von Pitt. Ich halte die Luft an. Wenn Ahmad uns hier erwischt, können wir einpacken!

Doch Ahmad ist vollauf mit seinem Kunden beschäftigt. Lauthals preist er die Vorzüge des Teppichs, bis der dicke Mann sich zum Kauf entschließt. »Können Sie ihn am Montag liefern?«, fragt er.

»Moment, ich muss nachsehen.« Eilig verschwindet Ahmad in Richtung Büro. Der Dicke trottet hinterdrein.

»Das geht in Ordnung«, ertönt gleich darauf Ahmads Stimme. »Ich brauche dann noch Ihre Anschrift. Darf ich Ihnen inzwischen einen Kaffee anbieten?« Man hört Geschirr klappern und dann sagt Ahmad: »Nein, danke. Ich rauche nicht. Hat mir der Arzt verboten.« Er räuspert sich.

»Schwindler«, flüstert Malle an meinem Ohr.

Er hat Recht. Auf der Baustelle hat Ahmad geraucht wie ein Schlot. Irgendwas stimmt hier nicht. Außerdem frage ich mich, wie der Mann

wohl in Wirklichkeit heißt. Ahmad, Hussein oder womöglich noch anders? Gangster wechseln ja bekanntlich die Namen wie andere Leute die Hemden.

»Achtung! Sie kommen«, raunt Pitt mir zu.

Ahmad begleitet den Kunden zur Tür. »Besten Dank und auf Wiedersehen«, sagt er und verbeugt sich. Dann macht es zweimal ding-dong und der Dicke ist draußen. Ahmad läuft zurück ins Büro. Da klingelt nämlich das Telefon!

»Ach, du bist's. Ja, natürlich, läuft alles wie geplant.« Etwas leiser fährt Ahmad fort: »Die Sache steigt am Dienstag. Ja, kannst dich drauf verlassen. Wenn ich's doch sage.«

Am Dienstag! Ist ja wohl klar, wovon die Rede ist. Mein Herz klopft zum Zerspringen. »Habt ihr das gehört, Leute?«, flüstert Malle aufgeregt.

»Pst«, zische ich, denn in diesem Moment erscheint Ahmad wieder auf der Bildfläche. Er rollt den ausgebreiteten Teppich zusammen, dreht sich dann um und – schaut in unsere Richtung. Hat er etwa was gemerkt? Mir stockt der Atem.

Aber nein! Ahmads Blick ist in die Ferne gerichtet, nachdenklich krault er seine Glatze. Als sei ihm plötzlich etwas eingefallen, zieht er einen Schlüsselbund aus der Hosentasche und geht zur Tür. Ding-dong, ding-dong. Draußen ist er. Und nun dreht sich der Schlüssel im Schloss. Wir sitzen in der Falle!

»Nein, o nein«, ruft Malle erschrocken. »Wie kommen wir denn jetzt wieder raus?«

Mir wird ganz heiß in unserem Versteck. Vorsichtig lüfte ich einen Zipfel des Läufers. Ob ich mal zur Tür renne? Nein, lieber nicht. Ahmad könnte zurückkommen ...

»Und wenn er nun nicht wiederkommt?«, fragt Pitt, als hätte er meine Gedanken erraten.

Ich muss schlucken. Heute ist Freitag, überlege ich. Da macht keiner so früh Ladenschluss. »Ach Quatsch, der ist gleich wieder da«, behaupte ich mit fester Stimme.

»Vielleicht ist er Mittagessen gegangen.« Die Idee stammt natürlich von Malle.

Das könnte stimmen. Frau Krüger macht ihren Laden auch über Mittag dicht. »Wir rühren uns einfach nicht vom Fleck, bis der Kerl hier wieder auftaucht«, sage ich. »Dann hauen wir ab.«

»Ja, was denn sonst?«, knurrt Pitt. »Dachtest du, wir wollten hier Wurzeln schlagen?«

»Wenn er uns bloß nicht erwischt«, jammert

Malle. »Meine Tante ist sowieso schlecht auf mich zu sprechen. Wenn was passiert, ruft sie bestimmt meine Mutter an.«

Das ist die Gelegenheit, Malle auf den Zahn zu fühlen! »Wär das denn so schlimm?«, frage ich möglichst harmlos.

»Mmh, ich hab doch versprochen, keinen Ärger zu machen«, murmelt Malle kleinlaut. »Meine Mutter hatte in letzter Zeit genug Ärger am Hals.«

»Mach dir bloß nicht ins Hemd«, platzt Pitt heraus. »Wenn meine Mutter 'ne berühmte Filmschauspielerin wäre ...«

»Aber das ist sie ja gar nicht«, fällt ihm Malle ins Wort. »War doch bloß ein Missverständnis. Alles wegen Jan. Der hat so furchtbar aufgeschnitten und da habe ich ihm erzählt, dass ich umsonst ins Kino gehen kann. Und dann ...«

»Ach, so war das!« Nun geht mir ein Licht auf. »Du, das ist typisch Jan«, sage ich. »Der macht aus jeder Mücke 'nen Elefanten.«

»Und wieso kommst du umsonst ins Kino?«, fragt Pitt neugierig.

Doch den Grund erfahren wir nicht mehr, denn jetzt hört man jemanden an der Tür. Ahmad kommt zurück! In einer Hand hält er einen Pappteller, der mit Alufolie abgedeckt ist. Schnuppernd ziehe ich die Nase kraus. Es riecht nach Hähnchen und Pommes!

Vergnügt pfeifend verzieht sich Ahmad ins Büro. Der ist jetzt erst mal mit Essen beschäftigt! »Los, Abmarsch«, zische ich den Jungen zu. Vorsichtig kriechen wir aus unserem Versteck und schleichen auf Zehenspitzen zur Tür. Pitt reißt sie weit auf und wir stolpern ins Freie. Wir laufen und laufen, als sei der Teufel hinter uns her. Erst als wir in der Gärtnerstraße sind, bleiben wir keuchend stehen und schauen uns um. Es ist uns niemand gefolgt. Wir sind in Sicherheit!

Von der Baustelle, nicht weit von uns, hört man geschäftiges Hämmern. Tatsächlich, die Arbeiter sind wieder in der Baugrube tätig! Wenn die wüssten, was wir wissen. Wir tauschen viel sagende Blicke. »Leute, das wird ein aufregender Dienstag«, sage ich.

Bei Antonio steht die Ladentür sperrangelweit offen. Da können wir nicht einfach vorbeigehen! »Wollt ihr auch ein Eis?«, fragt Pitt und durchwühlt seine Hosentaschen nach Geld.

Als wir dann mit unseren Eiswaffeln in der Hand aus dem Laden kommen, stößt Pitt Malle mit dem

Ellbogen an und sagt: »Erzähl mal, wieso du umsonst ins Kino kommst!«

»Ganz einfach«, sagt Malle und leckt ausgiebig an seiner Kugel Schokoladeneis. »Weil meine Mutter an der Kinokasse sitzt.«

»Mann, hast du ein Glück«, entfährt es Pitt.

Malle verzieht den Mund zu einem breiten Grinsen. Das sieht witzig aus, weil er einen Schokoladenbart auf der Oberlippe hat. Genau wie neulich im Hof, denke ich. Im Hof? Und da fällt bei mir der Groschen!

Ich zupfe an Malles T-Shirt und sage leise: »Du, Malle. Ich glaub, ich hab ein Hühnchen mit dir zu rupfen ...«

So ein Wochenende kann lang sein! Am liebsten wäre ich mit Pitt und Malle ins Schwimmbad gegangen, doch leider haben wir Tantenbesuch bekommen und da musste ich zu Hause bleiben.

Gleich nach dem Kaffeetrinken habe ich mich in mein Zimmer verzogen. Nun hocke ich auf meinem Bett und knuddele mein Kuschelkissen, weil ich so am besten nachdenken kann ...

Ich glaube ja nicht, dass die Gangster den Tresor am helllichten Tag ausrauben. Nein, die warten sicher, bis die Sparkasse dichtgemacht wird. Wenn sie nun aber erst um Mitternacht zuschlagen? Was dann? Wir können schließlich nicht die ganze Nacht auf der Lauer liegen.

Ich boxe kräftig ins Kissen, während ich überlege, wie man die Gangster am besten aufhalten kann. Plötzlich fällt mir ein, dass sogar Miss Marple manchmal mit der Polizei zusammenarbeitet. Zugegeben, die Polizisten stellen sich ziemlich trottelig an, aber zum Verhaften reicht es. Man könnte ja der Polizei mit einem anonymen Tipp auf die Sprünge helfen ...

In dem Fall hätte Ahmad keine Chance. Ich sehe das direkt vor mir: Wenn die Gangster, schwer beladen mit den Geldkoffern, aus der Baugrube klettern, leuchten plötzlich von allen Seiten Scheinwerfer auf. »Achtung, hier spricht die Polizei«, ertönt eine Stimme durch ein Megafon. »Werfen Sie die Waffen weg und kommen Sie mit erhobenen Händen heraus!«

Ob Ahmad eine Pistole hat? Ich habe solche Angst, dass es zu einer Schießerei kommt! Verdammt noch mal, wieso muss dieser Kerl 'ne Sparkasse ausrauben? Warum bloß?

Ich muss daran denken, was Antonio gesagt hat:

»Wenn die Geschäfte weiter so schlecht gehen, muss ich 'ne Bank knacken, um meine Familie zu ernähren ...«

Ich wette, Ahmad hat Schulden gemacht. Die will er jetzt auf einen Schlag loswerden. Er kann ja nicht ahnen, dass er direkt in sein Unglück rennt.

Das kann ich nicht zulassen! Irgendjemand müsste Ahmad warnen. »Lass die Finger von der Sache, sonst landest du im Knast.« Ob ihn das zur Vernunft bringen würde? Einen Versuch sollte man auf jeden Fall wagen ...

Plötzlich sitze ich an meinem Schreibtisch vor einem leeren Blatt Papier und kaue auf meinem Füller. Es ist nicht leicht, einen Anfang zu finden. Nach dem ersten Satz knülle ich das Blatt zusammen. Nein, das muss man anders anpacken! Ich hole Ahmads Foto aus meiner Anoraktasche. Wenn ich das mitschicke, wird er einen schönen Schrecken bekommen ...

Endlich bin ich zufrieden mit meinem Werk. Jetzt schnell damit zum Briefkasten, bevor ich's mir anders überlege.

Ich wollte Pitt und Malle gleich heute Morgen von dem Brief erzählen, Ehrenwort! Doch daraus

wurde nichts. Als wir uns beim Spielplatz trafen, hielt Malle eine Spielzeugpistole in der Hand. Er meinte, damit könne er die Gangster bluffen. Ich fand die Idee idiotisch, aber Pitt war sofort Feuer und Flamme. Die beiden fingen an, Krimi zu spielen, und überboten sich gegenseitig an Waghalsigkeit. Wie sollte ich ihnen da auf die Nase binden, dass ich Ahmad gewarnt hatte!

Inzwischen ist es fast Mittag und Malle schlägt vor, noch einmal die Baustelle zu kontrollieren. Bloß so, für alle Fälle. Meinetwegen. Schließlich warte ich immer noch auf eine günstige Gelegenheit, mit der Wahrheit herauszurücken.

Auf der Gärtnerstraße ist ordentlich was los, vielleicht, weil die Sonne so schön scheint oder weil Montag Einkaufstag ist, wer weiß. Als wir schon fast bei der Sparkasse sind, bleibt Pitt plötzlich wie angewurzelt stehen und zeigt nach vorn. »Mann, das gibt's doch nicht«, ruft er.

Jetzt sehe ich es auch: Die Baustelle ist weg! Da ist keine Baugrube mehr und kein Zelt und gar nichts. Die Fliesen vom Gehweg sind sauber gefegt und Antonio hat wieder Tische und Stühle vor den Laden gestellt. So, als wäre da nie eine Baustelle gewesen. Gerade bringt Antonio einem jungen Paar zwei Cappuccino.

»Mensch, Antonio, was ist denn hier passiert?«, rufe ich.

Antonio dreht sich zu uns um. »Die Jungs waren fertig und haben das Feld geräumt. Prima, was? Und das Wetter spielt auch mit.« Zufrieden reibt er sich die Hände.

»Aber, aber ... «, stottere ich.

»Gut, dass ich euch sehe«, sagt Antonio und rückt seine lange weiße Schürze zurecht. »Euch dreien soll ich nämlich einen schönen Gruß bestellen. Ihr seid eingeladen. Morgen Nachmittag steigt hier 'ne Feier. Nein, nein, hat nichts mit mir zu tun«, winkt er ab. »Da haben andere was zu feiern und die wollen euch unbedingt dabeihaben ...« Er zwinkert uns zu.

Das müssen wir genauer wissen. »Was für 'ne Feier? Wer lädt uns ein? Los, Antonio, rück raus mit der Sprache.«

Antonio macht ein geheimnisvolles Gesicht. »Lasst euch überraschen. Ich darf nichts verraten. Also, morgen um fünf Uhr. Nicht vergessen. Ich hab zu tun. Bis dann.« Vergnügt grinsend verschwindet er im Laden.

Jetzt beginnt ein großes Rätselraten. Wieso wurde die Baustelle heute schon geräumt? Haben die Gangster etwa kalte Füße bekommen? Und was hat diese merkwürdige Einladung zu bedeuten? Wir können uns keinen Reim darauf machen.

»Vielleicht haben die Gangster gemerkt, dass wir ihnen auf die Schliche gekommen sind«, überlegt Malle. Endlich kann ich von meinem Brief erzählen!

Malle stößt einen Pfiff aus. »Also hast du sie in die Flucht geschlagen«, sagt er. »Find ich ja sensationell.« Er denkt einen Augenblick nach und brummt dann: »Bloß schade, dass unsere Gangsterjagd jetzt im Eimer ist.«

Pitt murmelt etwas Unverständliches. Plötzlich blitzt es in seinen Augen und er ruft: »Leute, was sagt ihr dazu: Detektive verhindern Banküberfall. Klingt doch nicht übel, oder?« Er haut mir kräftig auf die Schulter.

Ich finde, Pitt übertreibt mal wieder.

Auf dem Heimweg überlegen wir, wer hinter der geheimnisvollen Einladung stecken könnte. Doch wir zerbrechen uns vergeblich die Köpfe.

»Egal, Hauptsache, wir kriegen ordentlich viel Eis«, sagt Malle, als wir uns an der Ecke Heckenrosenweg trennen. »Ich hab's so satt, immer nur Mohrrüben zu kauen.« Armer Malle!

Als ich bei uns im Treppenhaus bin, steckt Frau Schmidt den Kopf zur Tür heraus. »Schön, dass ich dich treffe, Cornelia«, sagt sie. »Ich möchte mich für deine prompte Hilfe bedanken. Magst du reinkommen und einen Teller Rharbarbergrütze essen?« Und ob ich mag!

Während ich die Grütze löffle, trinkt Frau

Schmidt eine Tasse Kaffee und erzählt dabei. »Stell dir vor, am Samstag habe ich einen Brief bekommen. Er steckte im Küchenfenster, das einen Spalt offen stand. Kannst du dir denken, von wem der Brief war?« Sie lächelt verschmitzt. »Von dem, der den Kuchen und Pudding geklaut hat«, fährt sie dann fort. »Er hat sich entschuldigt und versprochen, es bestimmt nicht wieder zu tun. Seinen Namen hat er natürlich nicht genannt. Den muss ich auch nicht wissen. Für mich ist der Fall damit erledigt!« Sie schiebt die leere Kaffeetasse beiseite und verschränkt die Arme vor der Brust. »Die Grütze habe ich heute Morgen wieder ins Fenster gestellt«, sagt sie schmunzelnd. »So bin ich's halt gewohnt. Du hast wirklich gute Arbeit geleistet, Cornelia. Ich werde dich weiterempfehlen.«

Zufrieden mache ich mich über den letzten Rest Grütze her.

Am Dienstag kriecht der Uhrzeiger im Schneckentempo dahin. Endlich ist es Nachmittag und wir machen uns auf den Weg zu Antonios Laden. Wir sind mächtig gespannt, was uns da erwartet.

Wir sind ein bisschen zu früh dran, doch Antonio, der gerade beim Gläserspülen ist, winkt uns herein. »Eure Gastgeber kommen sicher bald«, sagt er. »Bis dahin könnt ihr mir beim Tischdecken helfen.«

»Mit wie vielen Leuten rechnest du denn?«, frage ich, während ich mit Pitt zusammen Gläser von der Theke hole.

»Keine Ahnung, aber je mehr, desto besser«, antwortet Antonio fröhlich und deutet dann zur Tür. »Ich glaube, da sind die Ersten schon im Anmarsch.«

Eine Frau, die einen dunkellockigen kleinen Jungen an der Hand hält, kommt herein. Ich kenne die beiden nicht, aber hinter ihnen taucht noch jemand auf und das Gesicht kenne ich. Ob man's glaubt oder nicht, dieser Jemand ist Ahmad! Er sieht elegant aus, trägt einen dunklen Blazer zur beigefarbenen Hose und eine rote Fliege. Strahlend eilt er auf Antonio zu und schüttelt ihm die Hand. Seine Begleiter stellt er als seine Frau und seinen Sohn vor.

Mir ist unbehaglich zumute. Was haben wir bloß zu erwarten, wenn Ahmad hinter der Einladung steckt? Am liebsten würde ich das Weite suchen. Ich schaue zur Tür.

Und jetzt haut's mich um. In der Tür steht Ahmad

Numero zwei! Ahmad im feinen grauen Anzug mit rotem Schlips. Das darf nicht wahr sein. Flink wandern meine Augen zwischen den beiden Männern hin und her. Sie gleichen sich wie ein Ei dem andern.

Das sind Zwillingsbrüder!, schießt es mir durch den Kopf. Der in der beigen Hose ist bestimmt der richtige Ahmad, der von der Baustelle. Und der andere ist natürlich Hussein, der Teppichhändler! Ja, so muss es sein.

Hussein hat seine Frau und seine beiden Töchter mitgebracht. Und nun beginnt ein allgemeines Händeschütteln und Umarmen. Die Jungen und ich stehen daneben und schauen zu. Uns hat's die Sprache verschlagen.

»Und jetzt sollt ihr meine Freunde vom Detektivklub kennen lernen, denen ihr euer Wiedersehen verdankt«, sagt Antonio da plötzlich und zeigt auf uns.

Ich verstehe zwar nicht ganz, was das heißen soll, doch bevor ich nachfragen kann, kommt Hussein schon auf uns zu und sagt: »Ihr glaubt gar nicht, wie überrascht ich war, als ich euren Brief mit dem Foto von meinem Bruder bekam!« Er schlägt die Hände zusammen. »Aber kommt, set-

zen wir uns doch und stoßen auf das glückliche Wiedersehen an. Wir haben uns viel zu erzählen.«

Antonio hat ein paar Tische zusammengerückt, sodass wir alle miteinander Platz finden. Ahmad und Hussein wollen unsere Namen wissen und danach stellen sich auch die anderen vor. Neben Hussein sitzen seine Frau Fatemeh und die Töchter Yasmin und Saloumeh. An Ahmads Seite haben seine Frau Carola und der kleine Tito Platz genommen.

Als wir alle mit Getränken versorgt sind, beginnt Hussein zu erzählen. »Ahmad und ich kamen als Zwillinge in Teheran zur Welt, vor fast vierzig Jahren. Unsere Mutter starb kurz nach unserer Geburt, unser Vater war unbekannt. Wir kamen ins Waisenhaus und wurden schon als Babys getrennt.«

»Ich wurde von einer deutschen Familie adoptiert«, wirft Ahmad ein. »Stellt euch vor, bis gestern wusste ich überhaupt nicht, dass ich einen Zwillingsbruder habe.«

»Ich wusste es«, sagt Hussein. »Meine Pflegemutter hat es mir gesagt, als ich zehn Jahre alt war. Ich habe viel an meinen Bruder gedacht und wollte ihn immer suchen. Doch erst als Erwachsener konnte ich Nachforschungen anstellen. Leider waren die Papiere verloren gegangen, sodass ich die Suche aufgeben musste. Nach Deutschland hat's mich vor ein paar Jahren verschlagen, als mein Onkel starb. Ich habe seinen Teppichhandel übernommen. Natürlich hatte ich keine Ahnung, dass mein Bruder hier lebt.«

Ahmad nickt. »In einer Großstadt läuft man sich ja nicht so leicht über den Weg«, sagt er. »Ich bin als Bauleiter viel unterwegs, aber wir wären uns sicher nicht begegnet, wenn ihr nicht nachgeholfen hättet.«

Hussein schüttelt lachend den Kopf und sagt: »Mit eurem Brief konnte ich zuerst gar nichts anfangen. *Wir wissen Bescheid über Sie,* stand da. *Dieses Foto haben wir an der Baustelle Gärtnerstraße gemacht.* Als ich das Foto dann anschaute, ging mir ein Licht auf. Das konnte nur mein Bruder sein! Ich habe meinen Laden dichtgemacht und bin schnurstracks in die Gärtnerstraße gerannt.«

»Und der Zufall wollte es, dass ich gerade an der Baustelle war«, fällt Ahmad jetzt ein. »Ich musste gestern nämlich die fertige Arbeit kontrollieren. Als Hussein plötzlich vor mir stand, dachte ich, mich trifft der Schlag. Es ist schon ein komisches Gefühl, sich selbst zu begegnen.«

»Wir sind dann bei Antonio eingekehrt, um unser Wiedersehen zu begießen«, fährt Hussein fort. »Und wir haben Antonio gefragt, ob er wüsste, wer das Foto von Ahmad gemacht hat.«

Antonio schmunzelt. »Als Hussein von dem Brief erzählte, ahnte ich schon, wer dahinter steckt. Schließlich hatte sich Nelli bei mir nach den Bauarbeiten erkundigt und dabei so eine merkwürdige Andeutung gemacht. Und der da«, Antonio zeigt auf Malle, »lief ja mit einem Fotoapparat herum. Unsereins hat eben auch ein bisschen Talent zum Detektiv.« Stolz wirft er sich in die Brust.

»Ja«, sagt Ahmad strahlend. »Und so können wir nun diesen Tag mit euch zusammen feiern. Bring uns Eis, Antonio!« Er zieht eine Schachtel Zigaretten aus der Tasche und bietet sie Hussein an.

Hussein hebt abwehrend die Hände. »Nicht für mich. Habe ich das nicht schon gestern gesagt? Das Rauchen musste ich mir abgewöhnen. Aus gesundheitlichen Gründen«, erklärt er. Als ob wir das nicht wüssten! Die Jungen und ich tauschen viel sagende Blicke.

Seufzend legt Ahmad die Zigarettenschachtel vor sich auf den Tisch. »Da sollte ich als guter Zwilling wohl deinem Beispiel folgen. Wenn's auch schwer fällt«, sagt er.

Jetzt kann ich meine Neugierde nicht mehr bezähmen und frage Ahmad nach der Baustelle aus.

»Wir haben Stromleitungen verlegt«, erzählt Ahmad bereitwillig. »Leider hatten wir nicht genug Rohre und die Firma konnte nicht liefern, deshalb lag die Arbeit kurze Zeit still.« Er mustert uns nachdenklich und fragt dann: »Sagt mal, warum habt ihr eigentlich die Baustelle beobachtet?«

Verlegen senken wir die Köpfe. Nach einer Weile platze ich dann doch mit der Wahrheit heraus. »Ich habe gesehen, wie Sie vorigen Montag vor der Polizei davongelaufen sind!«

Ahmad stutzt, dann fängt er plötzlich an zu lachen. »Meine Güte, wie leicht man sich verdächtig macht.« Verwundert schüttelt er den Kopf. »Zugegeben, ich bin ein alter Sünder«, gesteht er. »Ich stand mal wieder im Parkverbot, als die Polizei im Anmarsch war. Einen Augenblick später hätten die mein Auto abgeschleppt.«

Ein Parksünder! Ist das alles? Wir ziehen lange Gesichter.

»Tut mir Leid.« Ahmad grinst, als er unsere Enttäuschung bemerkt. »Mehr habe ich nicht auf dem Kerbholz. Aber vor euch muss man sich hüten. Ihr passt auf wie die Schießhunde. Bei welcher Schandtat habt ihr denn den armen Hussein erwischt?«

Zum Glück bringt Antonio gerade die Eisbecher,

sodass wir nicht gleich antworten müssen. Wir löffeln unser Eis, bis Hussein noch mal nachhakt. »Wann habt ihr mich aufgespürt? Und woher habt ihr meine Adresse?«, will er wissen. Statt einer Antwort ziehe ich lässig seine Visitenkarte aus der Hosentasche. Einen Augenblick lang herrscht verblüfftes Schweigen am Tisch. »Natürlich haben wir Sie für Ahmad gehalten«, sage ich.

»Donnerwetter! Da habt ihr uns die ganze Zeit beschattet und wir haben es überhaupt nicht gemerkt«, staunt Ahmad.

Klar, dass wir jetzt von unserem Abenteuer im Teppichladen berichten müssen. Hussein kann sich gar nicht wieder beruhigen. »Ich Trottel habe euch eingeschlossen«, stöhnt er. »Könnt ihr mir noch mal verzeihen?«

»Ach, das war halb so schlimm«, sage ich wegwerfend. Und in Gedanken füge ich hinzu: Für eine berühmte Privatdetektivin ist so was reine Routine.

In diesem Augenblick fährt draußen ein Streifenwagen mit Blaulicht und Sirene vorbei. »Ich tippe auf Sparkassenüberfall«, flüstert Pitt mir zu. »Was meinst du, Nelli, kümmern wir uns um den Fall?«

Jetzt müssen wir alle drei lachen. »Hör bloß auf«, sage ich und knuffe Pitt.

Antonio geht mit einem großen Krug herum und schenkt Orangensaft nach. »Ich habe übrigens noch jemanden eingeladen«, sagt er und lächelt der jungen Frau zu, die gerade zur Tür hereinkommt.

Vor Staunen kriege ich den Mund nicht wieder zu. Das ist ja die blonde junge Frau, die mich verfolgt hat! Antonio stellt sie uns vor. »Angela ist von der Presse und findet eure Geschichte interessant. Seid ihr damit einverstanden, dass sie einen Artikel über euch schreibt?« Fragend guckt er in die Runde. Ahmad und Hussein, die gerade in Erinnerungen schwelgen, nicken zustimmend.

»Siehste, wir werden doch noch berühmt«, sagt Pitt triumphierend, als Angela jetzt einen Fotoapparat aus dem Rucksack holt und wir uns alle für ein Gruppenfoto aufstellen müssen.

Danach klappt Angela ihren Notizblock auf und zückt einen Bleistift. Und nun müssen wir erzählen. Von Anfang an. »Das gibt 'ne tolle Story«, sagt sie zum Schluss und reibt sich vergnügt die Hände. *»Wiedersehen nach vierzig Jahren. Junge Spürnasen führen Zwillinge zusammen.* Würde euch die Überschrift gefallen?«

»Na klar«, sage ich. »Ist doch die beste Reklame für unseren Detektivklub. Ich sag euch, bei uns wird's hinterher Aufträge hageln. Gut, dass wir noch Ferien haben.«

Malle lässt traurig den Kopf hängen. »Schade, ich

muss übermorgen abreisen«, sagt er. »Bei uns fängt die Schule wieder an.«

»Vielleicht kannst du ja in den Herbstferien wiederkommen«, schlage ich vor. »Sag deiner Mutter, es hätte dir bei deiner Tante so gut gefallen. Sie kocht doch so gut, nicht?« Kichernd stoße ich Malle den Ellbogen in die Rippen.

»Ach, ich hab's ja überlebt.« Malle macht eine wegwerfende Handbewegung. Dann fragt er mit leiser Stimme: »Wollt ihr wirklich, dass ich wiederkomme?«

»Na logisch«, sage ich schnell. »Wenn wir einen ganz schwierigen Fall am Wickel haben, brauchen wir dich doch.« Und Pitt nickt bekräftigend dazu.

Da strahlt Malle übers ganze Gesicht. »Klar komm ich wieder«, sagt er. »Ich freu mich jetzt schon auf die Herbstferien. Wetten, das wird sensationell!«

D1936794

Rupert Riedl **Biologie der Erkenntnis**

Biologie der Erkenntnis

Die stammesgeschichtlichen Grundlagen der Vernunft

Von Professor Dr. Rupert Riedl Zoologisches Institut
unter Mitarbeit von Robert Kaspar der Universität Wien

Dritte, durchgesehene Auflage 1981 · Mit sechzig Abbildungen von Smoky Riedl

Verlag Paul Parey · Berlin und Hamburg

Adressen der Autoren:

Prof. Dr. Rupert Riedl
Zoologisches Institut
der Universität Wien,
Währingerstr. 17/VI
A-1090 Wien

Robert Kaspar
Zoologisches Institut
der Universität Wien,
Währingerstr. 17/VI
A-1090 Wien

1. Auflage Oktober 1979
2. Auflage November 1979
3. Auflage Februar 1981

CIP-Kurztitelaufnahme der Deutschen Bibliothek

Riedl, Rupert:
Biologie der Erkenntnis: d. stammesgeschichtl. Grundlagen d. Vernunft / von Rupert Riedl. Unter Mitarb. von Robert Kaspar. – 3., durchgesehene Aufl. – Berlin, Hamburg: Parey, 1981.
ISBN 3-489-61034-2

Einband: Christian Honig BDG, Neuwied/Rhein, unter Verwendung einer Abbildung von Smoky Riedl (Abb. 29)

Das Werk ist urheberrechtlich geschützt. Die dadurch begründeten Rechte, insbesondere die der Übersetzung, des Nachdrucks, des Vortrages, der Entnahme von Abbildungen, der Funksendung, der Wiedergabe auf photomechanischem oder ähnlichem Wege und der Speicherung in Datenverarbeitungsanlagen, bleiben, auch bei nur auszugsweiser Verwertung, vorbehalten. Werden einzelne Vervielfältigungsstücke in dem nach § 54 Abs. 1 UrhG zulässigen Umfang für gewerbliche Zwecke hergestellt, ist an den Verlag die nach § 54 Abs. 2 UrhG zu zahlende Vergütung zu entrichten, über deren Höhe der Verlag Auskunft gibt.

© 1981 Verlag Paul Parey, Berlin und Hamburg
Anschriften: D-1000 Berlin 61, Lindenstr. 44–47, D-2000 Hamburg 1, Spitalerstr. 12

Gesetzt aus der Korpus Sabon
Satz: IBV Lichtsatz KG, D-1000 Berlin 62
Druck: Druckerei Jürgen Kleindienst, D-1000 Berlin 61
Bindung: Lüderitz & Bauer Buchgewerbe GmbH., D-1000 Berlin 61

ISBN 3-489-61034-2 · Printed in Germany

Für *Konrad Lorenz*
und unser Altenberger Seminar

Vorwort

Unsere Betrachtung des stammesgeschichtlichen Werdens der Organismen erfolgt unter dem Gesichtspunkt, daß jeder erfolgreiche Schritt der Anpassung einem Zuwachs an Information über jenes Milieu entspricht, das für sie von Bedeutung ist. Wir beschreiben die Evolution als einen erkenntnisgewinnenden Prozeß. Dabei wird ›Erkenntnis‹ nicht als philosophischer Fachausdruck verstanden, sondern in dem allgemeinen Sinne, als die lebenden Systeme durch ihre allmähliche Anpassung aus dieser Welt Gesetzlichkeit extrahieren; wie etwa unser Auge die Gesetze der Optik wiedergebildet hat. Durch diesen biologischen Standpunkt wird der Erforschung des Erkenntnis-Phänomens jene Einschränkung genommen, die der philosophischen Untersuchung anhaftet. Es wird aus der Beschränkung auf die rationale Vernunft gelöst und zu einem Gegenstand der Evolution selbst.

Unsere Position unterscheidet sich also insoferne grundsätzlich von der, welche die philosophische Erkenntnistheorie einnimmt, als die Grundlagen der Vernunft nicht nur aus ihren eigenen Prinzipien erschlossen werden, sondern durch eine vergleichend stammesgeschichtliche Erforschung eben aller Erkenntnisprozesse. Damit ist der Gegenstand der Untersuchung nicht mehr mit dem erkennenden Subjekt ›identisch‹, sondern befindet sich in der Hauptsache außerhalb desselben; und die Methode bleibt die der vergleichenden Naturwissenschaft. Auf diese Weise wird jene Beschränkung vermieden, die entstehen muß, wenn sich die rationale Vernunft aus sich allein begründen soll.

Das Anliegen der Untersuchung ist die Lösung der Frage, unter welchen Entwicklungsbedingungen jene Mechanismen entstanden sind, von welchen wir annehmen müssen, daß sie die funktionellen Vorbedingungen der Entstehung unserer Vernunft darstellen; welche Funktionen sie enthalten und wie sie sich selbst weiter differenzieren. Die Gesamtheit dieser vor-bewußten Erkenntnisleistungen wird als der ›ratiomorphe Apparat‹ bezeichnet und reicht bis zum gesunden, unreflektierten Hausverstand. Nach der einen Seite ist er die Vorbedingung aller rationalen Reflexion, nach der anderen lassen sich die in ihm enthaltenen Erkenntnisweisen aus der ganzen Tiefe der Stammesgeschichte entwickeln. Somit gewinnen wir ein Gesamtbild jener Prinzipien, mit deren Hilfe alles Lebendige Kenntnis von dieser Welt gewinnt.

Die Geschichte unserer Fragestellung ist nicht sehr alt. FREUD und JUNG fragten als erste nach dem Nicht-Bewußten. Erweitert wurde der Gegenstand durch PIAGET, durch BRUNSWIK und CHOMSKY, zu einer Naturwissenschaft durch KONRAD LORENZ. Von ihm wirkte er auf die Psychologie in Amerika und von DONALD CAMPBELL zurück auf die Philosophie KARL POPPERS in Europa. Hier hat GERHARD VOLLMER dieser Entwicklung einen ersten Rahmen gezogen zu einer ›evolutionären Erkenntnistheorie‹; und man erwartet, daß derselbe nun von empirisch prüfbaren Hypothesen gefüllt werde. Dies ist die spezielle Aufgabe unseres Buches.

Die Lösungen, welche diese ›evolutionäre Erkenntnistheorie‹ bietet, stehen also auf der Grundlage der empirischen Prüfbarkeit. Sie betreffen die alten Probleme der *Apriori,* des induktiven, generalisierenden Schließens und der Realität, im einzelnen die der Gewißheit, des Vergleichens, der Kausalität und Finalität und zusammen das Trilemma der erkenntnistheoretischen Begründung der rationalen Vernunft. Zudem zeigt diese Methode, daß alle Erkenntnismechanismen nur für jenen Umweltbereich richtig sein können, für welchen sie selektiert wurden, und daß die Art, wie sie unseren Erkenntnisgewinn anleiten, jenseits dieser Grenzen völlig falsch wird.

Die Grenzen des Erkenntnisvermögens folgen daraus. Und wir werden zeigen, auf welchem Wege die unreflektierte und reflektierte Vernunft diese Schranken, jenseits derer sie uns in die Irre leiten, gemeinsam überwinden können. Und da gerade im heutigen Milieu des Menschen die Grenzen jener wohladaptierten Anleitung weit überschritten sind, mag es von Nutzen sein, das Unvernünftige vom Vernünftigen in unserem Denken in objektiver Weise zu scheiden.

Mein Dank gilt der Geduld meiner Familie und meiner Freunde; besonders meinen Freunden KONRAD LORENZ und ERHARD OESER und den Getreuen unseres Altenberger Seminars. Ohne jenen wäre die evolutionäre Erkenntnislehre nicht entstanden, ohne diesen ohne Bezug geblieben auf die Wissenschaftstheorie von heute. Ich danke wieder meiner lieben Frau für die einfühlsame Illustration, meinem Schüler ROBERT KASPAR für die Meisterung der mühevollsten Teile unserer Arbeit, Frau Dr. ANNEMARIE ILLSINGER für die sorgliche Betreuung der Texte. Und ich danke wieder dem Verlagshaus ›Paul Parey‹, insbesondere den Herren Doktoren FRIEDRICH und RUDOLF GEORGI für die gediegene Förderung dieses Buches.

Wien, im Sommer 1979 — Rupert Riedl

Unser Dank gilt nun auch schon unserem Leserkreis. Denn wir legen bereits sechzehn Monate nach dem Erscheinen der ersten, die dritte, durchgesehene Auflage vor. Diesen raschen Absatz der beiden ersten Auflagen deuten wir als ein beredtes Zeichen für die Umsicht unserer Leser, die offensichtlich vor Augen haben, daß eine tiefere Einsicht in die Struktur unserer Vernunft uns allen von Nutzen sein kann.

Wien, im Herbst 1980 — Rupert Riedl

Inhalt

Vorwort *7*

Einführung *11*

1 *Von Biologie und Erkenntnis* *15*

Das Dilemma der Vernunft 16
Ist Leben vernünftiger als Vernunft? 23
Ein Schichtenbau von Hypothesen 30

2 *Die Hypothese vom anscheinend Wahren* *38*

Wann das Mögliche gewiß wäre 39
Das Vorurteil der Wahrscheinlichkeits-Erwartung 41
Die Ökonomie der Wahrscheinlichkeits-Erwartung 45
Vom Sinn und Unsinn der Wahrscheinlichkeits-Erwartung 70

3 *Die Hypothese vom Ver-Gleichbaren* *80*

Wann das Ungleiche gleich wäre 81
Die Erwartungen in der Datenverrechnung des Lebendigen 83
Die Ökonomie der Erwartungen 93
Vom Sinn und Unsinn der Struktur-Erwartung 110

4 *Die Hypothese von der Ur-Sache* *118*

Wann das Gleiche dasselbe wäre 119
Das Vorurteil der Reflexe und Reflexionen 122
Die Ökonomie der Vermutungen 128
Vom Sinn und Unsinn der Vermutungen 140

5 Die Hypothese vom Zweckvollen *148*

Wann das Zwecklose einen Zweck erhält 149
Das Vorurteil über die Bedingungen 151
Eine Ökonomie der Seele 157
Vom Sinn und Unsinn der Zwecke 170

6 Von den Lösungen und deren Konsequenzen *175*

Was die Biologie zu lösen vermag 176
Was die Konsequenzen der Lösungen sind 184

Anhang *193*

Anmerkungen 193
Glossar 209
Literaturverzeichnis 215
Autorenregister 223
Sachregister 226

Einführung

»Leben selbst ist ein erkenntnisgewinnender Prozeß.«
KONRAD LORENZ[1]

Ein Leser, der es sich zumutet, etwas über die Grundlagen seiner Vernunft zu erfahren, hat Ansprüche anzumelden. Er will, bevor das Dickicht der Fakten und Argumente beginnt, seine Bewegung zu behindern, erfahren, woran er ist. Und das ist um so legitimer, als uns heute Sachbücher hin und her führen durch jene wunderbar gekrümmten Spiegelkabinette unserer Reflexionen über eine Welt, die an sich schon wunderlich genug geworden ist.

Der Autor, so ist anzugeben, zählt sich zur Zunft der Biologen. Und das sind, wie jeder weiß, Leute, die mittels der Methoden der Naturwissenschaften Neues über Strukturen und Prozesse des Lebens ermitteln wollen. Sein Mitarbeiter ist sein Schüler; dabei enthält dieses besitzanzeigende Fürwort wohl schon der starken Vereinfachungen eine.

Der Autor also ist kein Philosoph. Und dies ist eine Meinung, die, wenn auch nicht von allen Biologen, so doch, und das ist maßgeblich, von allen mit ihm befreundeten Philosophen geteilt wird. Man kann dies freilich mit der im Fache verbreiteten Ansicht verbinden, daß man gar nicht so leicht wissen könne, was Philosophie eigentlich sei[2]. Die ›Liebe zur Weisheit‹ jedoch, die ihr Name enthält, wünschte man mit ihr zu teilen.

Wir werden also nicht bereit sein, die Methode der Naturwissenschaft zu verlassen; und zwar deshalb, weil lediglich »in der Wissenschaft (im Gegensatz zur Philosophie) nur jene Theorien überleben, die sich an der Erfahrung bewähren.«[3] Dies ist wichtig. Denn einige der Konsequenzen, die wir aus unseren Untersuchungen werden ziehen müssen, sind einschneidend. Ihre objektive Prüfbarkeit muß daher Teil des Ethos sein, mit dem wir an die Sache herangehen. So werden manche Konsequenzen über die Biologie im traditionellen Sinn hinausgehen. Aber die Begründung der Biologie selbst liegt ja schon außerhalb ihres Rahmens, nämlich im Methodensystem der Wissenschaft schlechthin; und dieses ruht in den Mitteln unseres Erkenntnisvermögens. Kurz: Biologie und Erkenntnis werden uns eine Einheit der Methode liefern.

Der biologische Erwerb von Kenntnis

Die vorliegende ›Biologie der Erkenntnis‹ soll dabei nicht nur zeigen, wie man in der Biologie zu Erkenntnissen gelangt. Das, so wünschte man, sollte Sache der ›Einführungen in die Biologie‹ sein. Hier geht es vielmehr um den biologischen Vorgang des Erkenntnis-Gewinns. Es soll gezeigt werden, wie Organismen zur Wahrnehmung ihrer Lebensprobleme gelangen, welche Algorithmen, das heißt, welche Verrechnungs-Verfahren sich für die Daten aus ihrem Milieu und aus ihrem Betrieb bewährt haben, und wie diese in den Organismen verankert werden. Dieser Versuch ist höchst naheliegend, weil man sich von den an Weisheit grenzenden Erbmechanismen, welche den Organismen helfen, ihre Probleme zu lösen, durch Beobachtung und Experiment jederzeit überzeugen kann. Die ganze Verhaltenslehre orientiert sich an diesem Gegenstand, sofern sie das komplexe Geschehen nicht umgeht. Wir werden diese Leistungen als die angeborenen Mechanismen möglicher Erfahrung[4] kennenlernen.

Der Vorgang der Evolution

Als nächstes ist zu untersuchen, welche Entwicklung zu diesen Mechanismen führte. Dies ist wieder eine Frage der Biologie; sie betrifft den Vorgang der Evolution. Das Evolutions-Theorem hat zwar schon in die Bereiche der Chemie, der Psychologie, der Sprach- und Kulturwissenschaften, der Technik wie der Wissenschafts-Theorie weitergegriffen[5]; aber man orientiert sich nach wie vor an der Biologie. Denn in der Biologie hat das Evolutions-Konzept seit LAMARCK, LYELL und DARWIN[6] schon zweieinhalb Jahrhunderte der Prüfung bestanden. Man kann nun sagen, daß wir uns mit der Evolutions-Theorie bereits auf theoretisches Gebiet begeben. Dies ist zwar richtig, aber auch nur eine bloße Sache der Konvention; denn längst handelt es sich um eine Theorie von an Gewißheit grenzender Wahrscheinlichkeit. Der Vorgang der Evolution ist dabei insofern theoretisch, als zwar die Vorgänge der Mikro- oder Intraspezifischen Evolution dem Experiment zugänglich werden, die Makroevolution, also die Transspezifischen Evolutionsvorgänge[7] aber nur der Beobachtung. Ähnlich wie wir die Theorie der Gravitation in der irdischen Mechanik prüfen, in der Himmelsmechanik aber nur beobachten können. Dennoch gibt es wenige, die sich ob der experimentellen Unprüfbarkeit, ob die Sonne morgen aufgehen werde, beunruhigen. Aber es hat sie gegeben[8]. Diese mögen also meinen, daß schon hier das Unüberprüfbare begänne.

Die Evolution der Erkenntnis-Mechanismen

Unprüfbarem begegnen wir aber auch in der dritten Voraussetzung unserer Untersuchung noch nicht, in der wir die beiden ersten vereinen. Es ist dies die Lehre von der Evolution der Erkenntnis-Mechanismen, der Kern unseres Gegenstandes. Sie bezieht ihre Fakten bereits aus mehreren unabhängigen Quellen.

Erstens ist es die biologische Verhaltensforschung. Sie hat einen stufenweisen Aufbau von Mechanismen nachgewiesen, deren Auflage es ist, den Organismen erfolgreiche Programme zur Entscheidungsfindung gegenüber immer komplexeren Zuständen und Ereignissen in ihrer Umwelt zu applizieren. »Leben selbst«, folgert KONRAD LORENZ, »ist ein erkenntnisgewinnender Prozeß.«[9] Schon unser Auge zum Beispiel bildet die Gesetze der Optik nach. Dabei erweist es sich, daß in der Datenverarbeitung und Reizleitung die höheren Lösungsverfahren die niederen zur Voraussetzung haben, also auch deren Algorithmen fortsetzen. Wir können uns hier besonders kurz fassen, denn aus dieser Quelle[10] wird noch ergiebig zu schöpfen sein.

Zweitens sind es die Systembedingungen der Evolution, die eine weitere Grundlage liefern. Da es sich zeigt, daß die Verrechnungsweisen der Daten nicht nur im Gehirn der Tiere, sondern auch in dem des Menschen zu denselben normativen und interdependenten, hierarchischen und tradierenden Lösungs-Mustern gelangen, wurde ein altes Rätsel wieder aktuell. Die Frage, ob nicht unsere Denkmuster die Ursache jener Muster sind, mit welchen wir die Natur beschreiben; ob wir nicht unser Ordnungsverständnis in die Natur projizierten, weil wir sie anders nicht denken können. Durch das Auffinden der Systembedingungen der Evolution konnte dargelegt werden, warum ›Die Ordnung des Lebendigen‹[11] in all ihren Strukturen jene Muster annimmt. Und da diese ungleich älter sind als die Methoden, sie wahrzunehmen und zu verrechnen, können nur die Naturmuster die Ursache der Denkmuster sein[12]. Die ihnen gemäßesten Verrechnungen mußte die Selektion ausgelesen haben. Die Ordnung der realen Welt ist die Voraussetzung, von ihr lernen zu können.

Drittens ist es das Kontinuum der Evolution, das unsere These stützt. Dieses Forschungsgebiet reicht heute von der Evolution der Moleküle bis zu jener der Zivilisation. Schon im Präbiotischen besteht die Strategie im Einfangen des Zufalls und in der Bewahrung der daraus resultierenden Strukturgesetze, wie MANFRED EIGEN zeigte[13]. Dieses ›Order-on-Order‹-Prinzip reicht, wie es schon ERWIN SCHRÖDINGER voraussah[14], durch die ganze Evolution der Organismen; und es setzt sich nach PIAGET[15] in der Entwicklung des Kindes, nach LORENZ und EIBL-EIBESFELDT im Verhalten des Erwachsenen[16], nach CHOMSKY und LENNEBERG in den Vorbedingungen der Sprache[17], und nach OTTO KOENIG im Phänomen der Tradierung kultureller Muster fort[18]. Die Einheit dieser ›Strategie der Genesis‹[19] ist heute wohlbegründet.

Viertens ist es das Kontinuum des Erkenntnis-Vorgangs selbst, das die Einheit untermauert. Was FREUD und JUNG ahnten[20], nämlich die Hintergründe vorbewußter Verrechnung, was der Psychologe EGON BRUNSWIK den vernunftähnlichen, ›ratiomorphen Apparat‹ nannte[21], wurde naturwissenschaftlich faßbar. Die Grundvoraussetzungen der Vernunft erweisen sich damit als angeboren. Das hat wieder KONRAD LORENZ als erster[22] gesehen; und in unmittelbarer Folge wurden durch DONALD CAMPBELL in der Psychologie des Erkenntnisvorgangs[23], durch KARL POPPER in den Prozessen der Theorienbildung[24] und durch ERHARD OESER in der Entwicklung der Wissenschaften selbst[25] die entsprechenden evolutiven Mechanismen deutlich. Der gesamte Prozeß der Evolution der Erkenntnis ist damit der Wissenschaft zugänglich. Das sind nun Materialien für

die evolutionäre Theorie der Erkenntnis

Und an dieser wollen wir fortsetzen. Zu ihren Postulaten zählt die Ansicht, daß unser bewußtes Erkenntnisvermögen der jüngste Überbau ist über einem Kontinuum von Erkenntnisprozessen, das so alt ist wie das Leben auf diesem Planeten; daß es ferner als die jüngste Schichte der erkenntnisgewinnenden Prozesse noch die geringste Prüfung und Läuterung an der realen Welt erfahren hat; daß diese Vernunft ob der raschen Zunahme des Erfaßbaren und Reflektierbaren zusammen mit einem nicht minder beschleunigten Wandel der Bedingungen von Prüfung und Selektion Schwierigkeiten grundsätzlicher Art begegnen muß; daß das bewußte Erkenntnisvermögen in den Grundlagen seiner Vernunft als eine Weiterentwicklung seiner Stammesgeschichte zu verstehen wäre, wodurch – und das ist entscheidend – eine Erforschung seiner Entwicklung, seiner Grenzen und eben dieser seiner Schwierigkeiten möglich würde.

Zu den Erwartungen zählt es, daß sich dieses Konzept zu einer geschlossenen Theorie entwickeln werde. DONALD CAMPBELL hat dazu eine erste Sichtung aufbereitet[26]. Und GERHARD VOLLMER hat die Struktur einer ›Evolutionären Erkenntnistheorie‹ als erster mit dem Blick auf das Ganze entworfen. Auf dieses Werk ist ausdrücklich zu verweisen, denn es ist die Voraussetzung dafür, daß wir nun geradewegs vorangehen können, so als befänden wir uns in einer längst etablierten Disziplin. Ihr Rahmen, sagt VOLLMER[27], »sollte durch eine präzise Theorie ausgefüllt werden. Dazu gehören vor allem die Erarbeitung eines biologisch und psychologisch untermauerten Kategoriensystems menschlicher Erfahrung, die Trennung der objektiven und subjektiven Erkenntnisstrukturen, eine Präzisierung des Begriffs ›partielle Isomorphie‹ (das betrifft den Übereinstimmungsgrad zwischen den Natur- und Erfahrungsmustern)[28], die Formulierung empirisch prüfbarer Hypothesen über die angeborenen Erkenntnisstrukturen und von Hypothesen über ihre phylogenetische Entwicklung.«

Offenbar liegt diese Aufgabe so auf der Hand, daß ich ihr gleichzeitig mit VOLLMER gefolgt bin. Sie war der Gegenstand meiner Seminarien, der Skripten ROBERT KASPARS[29] und in der Folge meiner Vorlesungen der letzten Semester. Aus dieser Praxis ist das vorliegende Buch entstanden.

Die Lösung einiger Rätsel der Vernunft

Die Aufgabe dieses Buches besteht somit in der Lösung einiger Rätsel der Vernunft. Inmitten der Evolution der Erkenntnismechanismen wollen wir einen Standpunkt gewinnen, von dem aus wir nun ziemlich objektiv über unsere Vernunft reden können. Und was wir lösen wollen, das sind ungelöste Grundfragen der Erkenntnis aus eben jenem Rahmen der Theorie ihrer Evolution. Kurz, für den Kenner aufgezählt ist das das Problem der Realität, das Problem des induktiven Schließens, unserer Haltung zu Kausalität, Raum und Zeit, die KANTschen *Apriori* der reinen Vernunft und das *Apriori* der Zwecke unserer Urteilskraft. Dem Noch-nicht-Kenner werden wir sie noch sorglich erklären. Diese offenen Fragen haben aber nicht nur die Wissenschaft verunsichert und die biologische Strukturforschung an den Rand des Ruins gebracht. In ihrer Konsequenz haben sie unser Weltbild gespalten, von der Antike bis zum heutigen Tag. Sie haben die Grundlagen unseres Wissens und damit uns selber manipulierbar gemacht.

Wir werden also auch den Konsequenzen folgen. Wir werden zeigen, daß Vernunft und Erfahrung, Idee und Realität, Geist und Materie zu Unrecht und zu unserem Schaden getrennt wurden. Und wir werden warnen vor den Fallgruben der Vernunft. Und wir werden warnen vor jenen, die diese mit ihrer Vernunft gegen jede Vernunft verwenden; gegen die Humanität und gegen den Menschen.

1 Von Biologie und Erkenntnis

»Es ist der größte Skandal der Philosophie, daß, während um uns herum die Natur – und nicht nur sie – zugrunde geht, die Philosophen weiter darüber reden..., ob diese Welt existiert.«

KARL POPPER

»Mit jeder neuen wissenschaftlichen Entdeckung und jeder weiteren philosophischen Abhandlung über Induktion scheint sich die Behauptung des Philosophen C. D. BROAD *zunehmend zu bestätigen: Induktion ist der Siegeszug der Naturwissenschaft und die Schmach der Philosophie.«*

WOLFGANG STEGMÜLLER[1]

Was Biologie ist, meint man zu wissen. Erkenntnis aber scheint eine Sache der Philosophen zu sein. Und was, so kann man fragen, hätte Biologie noch mit Philosophie zu schaffen? Haben die Wissenschaften, als die Kinder der Philosophie, nicht längst ihr Erbe, alles, was eine Wissenschaft sein kann, aufgeteilt? Sind sie nicht sämtlich ausgezogen in die reale Welt und haben die Philosophen zurückgelassen in den heiligen Hainen platonischer Ideen? Noch LAMARCK hat sein System der Zoologie eine ›Philosophie Zoologique‹ genannt[2]. Diese Zeit ist vorbei.

Auch waren Philosophen einmal bereit, ehe man abschwor, den Tod zu wählen. SOKRATES hat bekanntlich den Giftbecher, GIORDANO BRUNO den Scheiterhaufen vorgezogen. Aber auch davon ist man abgekommen. »Nichts bleibt ihr«, resumiert WILL DURANT mit einem Zwinkern der Augen, »als die eisigen Höhen der Metaphysik, das kindische Rätselraten der Erkenntnislehre und die rein akademischen Dispute über eine Ethik, die jeglichen Einfluß auf die Menschheit verloren hat.«[3] Tatsächlich blühen die exakten Wissenschaften, und selbst in den meisten ihrer Lehrbücher kommt kein philosophisches Problem mehr vor.

Was uns emanzipierte Kinder der Philosophie, selbst die exaktesten unter uns exakten Naturwissenschaftlern, noch immer verbindet, das ist jedoch die Meinung, daß wir uns mit realen Dingen dieser Welt befassen: das Postulat der Objektivität der Natur; es ist sogar ein Grundpfeiler der wissenschaftlichen Methode, wie MONOD und LORENZ am Anfang ihrer Ausführungen betonen. Wir hätten uns ansonsten all die Mühe sparen und in den Lustgärten ungestrafter Gedankenflüge verbleiben können. Tatsächlich eint uns jedoch die ehrgeizige Ansicht, daß wir uns alle schrittweise auf die Wahrheit[4], also die Übereinstimmung von Gegenstand und Erfahrung, zubewegten. Das bedarf freilich der Prüfung. Nur ist es müßig, darüber zu streiten, wer wohl dazu befugt sei: beispielsweise der Biologe oder Philosoph. Entscheidend ist nur, welche Methode der Prüfung mit welchem Grad an Gewißheit zu welchem Ergebnis gelangt.

Wer von wem zu lernen hätte

Wir fragen also als Biologen, wie es zu verstehen wäre und in welcher Weise es zutreffen kann, daß wir eine objektive Natur mit zunehmender Objektivität zu erkennen vermögen. Damit geht es um die Beziehung zwischen dem erkennenden Individuum und der zu erkennenden Sache, zwischen den Möglichkeiten und den Gegenständen der Erkenntnis. Und darin sind die Lehre vom Lebendigen und die Lehre von der Erkenntnis verbunden. Und es ist wieder müßig darüber zu streiten, wer von wem zu lernen hätte: der Ahne von den Kindern oder vielmehr umgekehrt, wie uns dies jene vom Alter gelehrte Achtung vor der Weisheit des Alters gebietet.

Die Biologie der Neuzeit hat, wie das biologische Interesse der Kinder, sehr zu Recht mit Sammeln und Klassifizieren begonnen. Sie ist zu der Frage nach den Ursachen der Prozesse und der Zustände des Lebendigen weitergeschritten. Heute reicht sie darin vom Molekül über die Entstehung molekularer Information und dem ›Wissen‹ der instinktiven Regulative bis zum Werden unseres Bewußtseins. Und die weiteste Frage, die sie dann stellt, ist die, wie es zu verstehen wäre, daß sich größere Systeme von Molekülen, wie in der Form des Lesers oder des Autors, in einem Maße zu organisieren vermochten, daß sie, nach ihrer eigenen Ansicht, in die Lage kommen, selbst über Moleküle nachzudenken.

Die Erkenntnislehre der Neuzeit beginnt mit JOHN LOCKE und der Auflage, »den Ursprung, die Sicherheit und die Ausdehnung des menschlichen Wissens zu untersuchen, wie auch die Gründe und Stufen des Glaubens, der Meinung und der Zustimmung.«[5] Ihr ehemals metaphysischer Hintergrund tritt mehr und mehr zurück und in ihrer weiteren Entwicklung werden die kritischen Züge verstärkt, eine positivistische Tendenz[6] und zuletzt eine evolutionistische schließen an. Und ihre umfassendste Frage dabei ist die geworden, wie eine Beziehung zwischen Erkenntnis und realen Dingen zu verstehen wäre, wo man doch meint, daß deren Erkenntnis selbst wieder eine Erkenntnis beider voraussetzt, was sich ohne Ende fortsetzt.

Fragt also die Erkenntnislehre, wie Erkenntnis von Erkenntnis zu gewinnen sei, so fragt die Biologie, wie Erkenntnis aus sich selbst entsteht. Und dieses ist es zum mindesten, was nun die Lehre von der Erkenntnis mit der Biologie zu schaffen haben kann.

Das Dilemma der Vernunft

Das Puzzle der Erkenntnis von der Erkenntnis, woher also die Vernunft ihre Vernunft bezöge, kann jedem als ein kindliches Rätselspiel erscheinen. Jenem vor allem, welchem der Alltag, auch der wissenschaftliche, also das, was wir als ›des Lebens Ernst‹ bezeichnen, nicht mehr erlaubt, des Lebens Ganzes vor Augen zu haben. Beweist ihm doch der eigene Erfolg, gewürdigt in den Erfolgen seines Faches, wie ungestraft auf des Rätsels Lösung verzichtet werden kann. Sollte es ihm aber widerfahren, das Fundament auch nur seines Faches ausloten zu müssen, so wird er zuunterst keines finden. Er wird dann vor der Alternative stehen, entweder anerkennen zu müssen, Wissen auf keinen Grund zu häufen, oder er muß selbst mit dem Puzzle beginnen.

Zu den Eigenschaften dieses Rätsels gehört es jedoch, daß es so alt sein muß wie unser Denken über den Vorgang der Erkenntnis und daß es, kann man sich von unbegründbaren Vorurteilen lösen, bislang nicht zu lösen war. Tatsächlich ist uns seine Formulierung schon von den Vorsokratikern, aus dem Lehrgedicht des PARMENIDES bekannt[7]. Und es hat seine Form seither im Grunde nicht mehr gewechselt. Unvereinbar stehen Subjekt und Objekt mit ihren Aspekten von Denken und Sein, Idee und Realität, Geist und Materie gegeneinander. Was wechselt, das war nur die Frage, welche der beiden Seiten nun die Begründung der anderen, die Heimat der Wahrheit, enthalten müsse.

Subjekt versus Objekt

Was immer wir nun von den Objekten dieser Welt wissen können, baut notwendigerweise auf den Erlebnissen unseres Subjektes auf; gleichso unser Wollen, Denken und Handeln. Subjekt und Objekt erscheinen gleichzeitig als Gegensatz wie als Fundament aller Erkenntnis (Abb. 1). Schon da beginnen die Widersprüche. – *Subjectum* ist das erlebende, vorstellende, denkende und wollende Wesen; wörtlich ›das Daruntergeworfene‹, im Sinne eines Urgrundes, auf dem alles ruhte. *Objectum* dagegen heißt das dem Subjekt ›Entgegengeworfene‹. Sogleich aber spricht es für die Unklarheit dieser Begriffe, sagt KONRAD LORENZ, »daß sie ihre Bedeutung seit der Scholastik getauscht haben«[8] und daß im Englischen ›subject‹ auch durchaus im Sinne der deutschen Bedeutung von Objekt verwendet wird. Und selbst im Deutschen sind diese Begriffe seltsam[9].

Nun, so wird behauptet, kann man nicht wissen, wie die Objekte dieser Welt wirklich seien. Ein Apfel ist weder rot noch süß, wenn es niemanden gibt, der ihn sieht oder kostet. Er enthält dann nur bestimmte Moleküle und reflektiert aus dem Spektrum eine bestimmte Wellenlänge. Das Gewisseste, das *fundamentum* aller Erkenntnis müßte somit das Subjekt und in ihm sein Denken sein; so daß selbst die Gewißheit, daß überhaupt etwas ist, in meinem Denken steckt. *Cogito ergo sum,* definierte daher DESCARTES[10]: ›ich denke, also bin ich‹. Wann aber kann ich meines Gewissesten gewiß sein, oder wessen Gewißheit wäre am gewissesten? Zu sehr

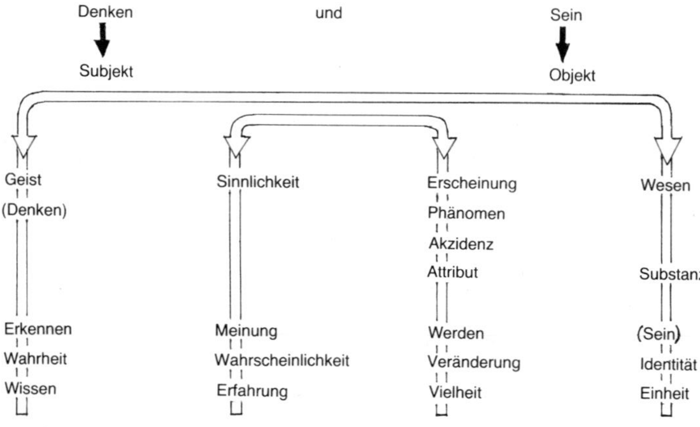

Abb. 1. *Das ›Parmenides-Modell‹* gilt als die erste philosophische Deutung des Verhältnisses von subjektiver und objektiver Welt. Dieses System der Eleatischen Schule aus dem 5. vorchristlichen Jahrhundert »ist thematisch bis zur Gegenwart gültig geblieben, insofern sich auch die heutigen Auseinandersetzungen an ihm noch grundsätzlich orientieren« (aus DIEMER und FRENZEL 1967, p. 36).

wechselt das Bild in der Seele. Ein Gläschen Rebensaft läßt sie die Welt umarmen, um sich ein andermal jammervoll in einen einzigen hohlen Zahn zurückzuziehen. Und sollte ich selbst ungewiß sein, wessen Gewißheit wäre dann verbindlich? Die des Weisen oder des Narren? Dann bliebe also Gewißheit nur, wo niemand widerspricht; die Erwartung nicht, die Sinne nicht und nicht der Nachbar. Aber alle widersprechen. Wir trauen unserer Hoffnung nicht, wir trauen unseren Sinnen nicht und schon gar nicht unseren Nachbarn.

Wir bezeichnen daher die Gewißheiten, die das Subjekt erlebt, als subjektiv; was bekanntlich nicht weniger bedeuten soll als ›voreingenommen, vorurteilsvoll und abhängig‹ von zufälligen Wertungen. Und die Verwirrung wird vollständig, da wir aus den Objekten, die wir eben nur subjektiv vorurteilsvoll erkennen können, die Eigenschaft ›objektiv‹ ableiten, was ›sachlich, vorurteilslos und tatsächlich‹ bedeutet. Der Satz von DESCARTES hilft uns aus dem Zwiespalt also keineswegs. Wir werden ihn sogar umkehren können: *Sum ergo cogito,* denn nur ›da ich bin, denke ich‹. Jedenfalls ist es ein Teufelskreis. Weder Subjekt noch Objekt trägt den Grund der Gewißheit. Die rationale Vernunft hat unser Denken nur gespalten.

Idee versus Realität

Vielleicht also geht es radikaler und der Knoten läßt sich durchschlagen. PLATON verwirft die Ansicht der Sophisten, die Sinne seien der Prüfstein der Wahrheit und ›der Mensch das Maß aller Dinge‹. Denn dann wäre jedes Schläfers oder Narren Darstellung der Welt so gut wie jede andere. Was der »lärmende Haufen der Sinne« uns vermittelt, ist ein Herakleitscher Fluß der Veränderung, der allein uns nie zur vollkommenen Wahrheit kommen ließe. Vollkommen sind nur die Ideen, *idea* oder *eidos*, von den Dingen. Jeder Einzelmensch vergeht. Nur der Begriff Mensch hat Dauer. Jedes reale Dreieck ist unvollkommen und verfällt. Nur die Idee von den Gesetzen des Dreiecks ist vollkommen und unvergänglich.

Nun klafft gegen das Sinnliche der Abgrund des Vergänglichen. Es hat höchstens an den Ideen teil. Alles Wissen des Sinnlichen, der Natur, kommt über begründetes Vermuten nicht hinaus. Daher ist alle naturwissenschaftliche Rede notwendigerweise Mythos. Die Fesseln der Prüfbarkeit sind abgestreift. Es entsteht die Metaphysik. Die Idee wird schicksalshaft für das Abendland. Sie wird bei AUGUSTINUS zum Gedanken Gottes, bei SCHELLING zur Seele der Dinge, bei HEGEL zum absolut Wahren[11]. Damit hat die Vernunft die Welt in Idee und Materie gespalten, die idealistische Philosophie entwickelt und den Grund für die Unverträglichkeiten der Ideologie gelegt.

Idealismus versus Materialismus

Der Idealismus, der richtiger Ideeismus heißen sollte, erklärt die Welt aus ihren obersten Gesetzen, End-Ursachen oder Endzwecken. Schon die Exegeten des ARISTOTELES entnehmen aus seinem weisen System der viererlei Ursachen dieser Welt[12] nur die Zweck-Ursache, die *causa finalis*, die teleologisch wie aus der Zukunft die Ereignisse auf das Endziel ihrer Vollkommenheit hinzöge. Was also dem Verständnis des menschlichen Handelns und seiner Kultur entspricht, wird zum universellen Erklärungsanspruch und führt zu unlösbaren Widersprüchen. Der Mensch sei zum Zweck des Geistes, das Leben zum Zweck der Menschen und die Materie zum Zweck des Lebens geschaffen. Der Jahrmilliarden-Reigen der Evolution wurde auf unsere menschlichen Zwecke hin getanzt. Welch beträchtliche Überheblichkeit! Und welcher Widerspruch zur Wurzel unserer Geschichte und zur fortgesetzten Quälung der Kreatur. Da ist dann noch das Problem der Teleologie; die Finalursache müßte ja aus der Zukunft in die Gegenwart wirken, was unverträglich ist mit dem, was wir über die Ursachen wissen. Ferner ist zwischen Idee und Naturgesetz nicht mehr zu unterscheiden. Der Typus, wie man seit Goethe[13] die Einheit in den Bauplänen der Organismen nennt, wird zur Idee, die Natur des Natürlichen Systems der Organismen zum Denkschema. Zwar nennt es schon Kant einen »Skandal der Philosophie«, daß ihr der »Beweis der Realität der Außenwelt« immer noch nicht gelungen sei[14]. Dagegen aber weist der Solipsismus[15] nach, daß überhaupt nur die Vorstellung eines Einzigen, sagen wir: des Lesers, existiert und daß seine Behauptung, daß alles, was um ihn erscheint, nur in seiner Vorstellung bestünde, von der Vernunft tatsächlich nicht zu widerlegen ist. »Nach meiner Auffassung«, so folgen wir Karl Popper heute, »ist es der größte Skandal der Philosophie, daß, während um uns herum die Natur – und nicht nur sie – zugrunde geht, die Philosophen weiter darüber reden – manchmal gescheit, manchmal nicht – ob diese Welt existiert.«[16]

Ist mit dem Primat der Ideen aus dem Teufelskreis des Ungewissen nicht auszubrechen, so gelingt dies vielleicht mit seinem Gegensatz, mit einer materialistischen Philosophie. Auch sie geht schon auf die Vorsokratiker zurück und beginnt mit der Renaissance, mit der Entwicklung der Naturwissenschaft, mit Galilei und Newton, aus den vier aristotelischen Ursachen nunmehr nur die Antriebs-Ursache, die *causa efficiens,* zuzulassen. Also beginnt die exakte Wissenschaft, die Welt ausschließlich aus den in der Materie nachweislichen Kräften zu erklären. Und mittels dieser Kausalität wird die Finalität zum erklärten Gegensatz und mittels der Kausalität bekämpft. Eine weitere Spaltung der Welterklärung ist geschaffen. Es entsteht der Reduktionismus, nach dem die Denkprozesse auf physiologische, diese auf molekularbiologische zurückzuführen sind und diese weiter auf die Prozesse der Chemie und der Physik. Geist existiert dann nicht oder er ist nichts anderes als eine vertrackte Reaktion der Materie; und die Vernunft wird legitimiert, die Prozesse der Lebens-Moleküle im Erbgut[17], des Lebens und des Denkens zu manipulieren. Welch neuerlich beträchtliche Überheblichkeit! Und welch ein Widerspruch zu der uns noch gar nicht faßlichen Komplexität des Lebendigen. Die Hegelsche Universal-Erklärung wird, wie Karl Marx versichert, einfach auf den Kopf gestellt, die eine halbe Wahrheit durch ihre Umkehrung bekämpft und die Unverträglichkeit der Ideologien institutionalisiert. Das heißt, gerade das, was beide halben Wahrheiten nicht erklären können, wird zur Endbestimmung der ›wahren Wahrheit‹ den Ideologen delegiert, um von diesen als die Grundlage aller Gewißheit wieder ihren Völkern auferlegt zu werden. Der Teufelskreis der Vernunft hat sich nochmals geschlossen.

Determinismus versus Indeterminismus

Unter den Randwirbeln, welche die Unverträglichkeit von Idealismus und Materialismus gegeneinander brachten, sei noch einer verdeutlicht. Der Idealismus neigt nämlich zum Gottesbeweis und zum Determinismus. Anerkennt man das Wirken letzter Zwecke, welchen die Welt entgegenstrebt, so ist sie offenbar prädestiniert, diese zu erreichen. Die Scholastik kennt sogar die *causae exemplares,* eine letzte göttliche Zweck-Ursache. Eine prästabilisierte Harmonie der Welt ist dann zu folgern, in der alles von Haus aus seinen Sinn hat. Nur die Freiheit des Individuums ist dann in Frage gestellt oder doch ein schwer lösbares Rätsel, das besonders die Kirchenväter sehr beschäftigte[18].

Auch die Naturwissenschaft begann deterministisch. Der Mensch wurde zur Maschine[19] und die Physiker erdachten einen LAPLACEschen Geist, der die Bewegung aller Teilchen kennt und damit alle Zukunft voraussehen kann. Erst die Mikrophysik entdeckte den Schlupf in der Präzision der unentrinnbaren Kausalität[20] und daß sich dieser physikalische Zufall bis in den Makrobereich verlängern kann[21]. Damit neigt der Materialismus nicht nur zur Gottesleugnung, sondern auch zum Indeterminismus. Die Welt wurde zum Zufallsprodukt und da der Zufall das Gegenteil von Plan und Ordnung ist, so war nun in dieser Welt gar keine Harmonie zu finden. Die Freiheit, auch des Menschen, schien damit garantiert; aber da alles an ihm durch die Zufälle der Mutationen entsteht, kann er keinen Sinn bekommen.

So kommt es, daß TEILHARD DE CHARDIN[22] selbst in den Kriegen einen tiefen Zweck sieht, während sein Zeitgenosse und Landsmann JACQUES MONOD die Sinnlosigkeit des Menschen unter wissenschaftliche Beweise bringt[23]. In diesem Gegeneinander der Vernunft beginnen also auch noch Sinn und Freiheit einander auszuschließen.

Vernunft versus Erfahrung

Nun sind ob dieser Unverträglichkeiten der Vernunft die lupenreinen Idealisten und Materialisten, Indeterministen und Deterministen seltener geworden, und man hat sich auf den ›wirklichen‹ Erkenntnisvorgang besonnen, der aus einer Wechselwirkung von Vernunft versus Erfahrung bestehen muß. Die Wurzel kennen wir schon. Sie reicht wieder in die Philosophie der Klassik. Denn »paradoxerweise entstand das Problem der Wahrheit erst mit der Entdeckung der Vernunft. Wissen, sagten bekanntlich die Sophisten, kommt von den Sinnen. Von jenen des Pavians, fragte PLATO, oder von jenen des Weisen? Wissen kommt also von der Vernunft; und ARISTOTELES formulierte ihre Gesetze. Wie aber weißt du, fragte PYRRHON, daß der Weise weise ist? Also, sagte EPIKUR, zurück zu den Sophisten. Aber, fragten die Skeptiker, was soll das nützen?« Erfahrung und Vernunft, keiner von beiden war zu trauen. »Nichts ist gewiß, schloß also PYRRHON; und als er starb, trauerten seine Schüler, die ihn liebten, nicht um ihn, denn sie konnten nicht gewiß sein, daß er tot war.«[24]

Rationalismus versus Empirismus

Als dann Griechenland und Rom von der Szene schmolzen, erhärteten die Positionen. Die Scholastik setzte auf die Vernunft und begründete den Rationalismus; die Naturwissenschaft seit GALILEI und BACON setzte auf die Erfahrung, und es entstand der Empirismus. Und dabei ist es im Prinzip bis heute geblieben; und nicht minder bei der Unsicherheit des Vertrauens auf jeweils ein halbes Fundament jener widersprüchlichen Bauten der Erkenntnis.

Diese Situation kritisiert man schon im Sinne PARMENIDES': »Die meisten Sterblichen haben nichts in ihrem irrenden Verstand, was nicht durch ihre irrenden Sinne hineingekommen ist.« Aber erst durch DAVID HUMES kritische Frage, ob irgend etwas von dem, was wir glauben – und wenn ja, was – mit hinreichenden Gründen gerechtfertigt werden kann, beginnt die Diskussion der Moderne[25]. Und das Zentralproblem wird gefunden. Es ist dies das Problem der Anschauungsformen von Raum und Zeit, der Induktion, der Kausalität, das der *Apriori*.

Apriori versus Aposteriori

Es ist, wie man weiß, IMMANUEL KANT gewesen, der in seinen kritischen Schriften die Grenzen der Vernunft und der Urteilskraft untersuchte[26]; und er schälte aus ihnen jene Voraussetzungen heraus, die nicht aus der Erfahrung stammen können, weil sie selbst für den elementarsten Erfahrungs-Gewinn die Voraussetzung sind. Dies sind die *Apriori* der Vernunft und der Urteilskraft. Ermutigend in KANTS Ergebnis ist nur die Präzision. Wir erfahren nun sehr genau, worin das Dilemma der Vernunft besteht. Das Problem der Vernunft aber wird anerkanntermaßen nicht gelöst, es wird präzisiert. Denn das *Apriori*, was wörtlich: ›vom früheren her‹ bedeutet, läßt sich nicht hinterfragen. Die Kette der Voraussetzungen von den Voraussetzungen kann kein Ende finden. Und damit erweist sich gerade das, worauf sich all unsere Vernunft gründen muß, durch eben diese Vernunft als durchaus unbegründbar.

Was begründete unser Vertrauen auf Wahrscheinlichkeit, die uns eine, wenn auch nur ungefähre, Voraussicht vorspiegelt, über eine Voraussicht, die wir nicht besitzen können? Wie viele weiße Schwäne müssen wir sehen, um in unserem Schluß: alle Schwäne werden weiß sein, dennoch zu irren? Wer macht uns vertrauen, daß Mehrheit Wahrheit bedeuten könnte? »Der Verrückte, der sich für ein Rührei hält«, sagt der verzweifelte BERTRAND RUSSELL, wäre dann »nur deshalb abzulehnen, weil er sich in der Minderheit befindet.«[27] Hierin liegt schon das Problem der *a-priori*-Wahrscheinlichkeit, sowie das HUME-KANT-POPPERsche Induktionsproblem, auf dem alles Schließen vom Speziellen auf das Allgemeine ruht. Ein Schluß also, mit dessen Berechtigung alle induktive Wissenschaft, das ist die ganze Naturwissenschaft, stehen oder fallen muß. Keine Gewißheit, kein zureichender Grund ist, wie RUDOLF CARNAP und WOLFGANG STEGMÜLLER zeigen[28], selbst in der modernen induktiven Logik für diesen Schluß zu finden. Und KARL POPPER erklärt ihn als einen Widerspruch in sich selbst[29].

Das Rätsel der Induktion

Das Problem profiliert sich dann weiter in den Fragen, was uns berechtigte, Ähnliches als gleich zu denken und für Gleiches dieselbe Ursache zu erwarten, da Vergleichbarkeit wie Ursache letztlich nicht aus der Erfahrung zu gewinnen, sondern wieder eine Voraussetzung jedes Erfahrungs-Gewinns sind. Wenn nun auch die empiristische Philosophie nachweist, daß die Voraussetzungen der Vernunft nicht in der Erfahrung, sondern sogar jenseits der Vernunft liegen, so steht die Frage da, wo denn das wäre. Und liegt dies ›jenseits‹ des nur Erfahrbaren, in »Fragen wie nach einem Weltengrund, nach dem Sinn im Sein und Geschehen, nach dem ›Vorher‹ vor der Geburt und menschlichem Erwachen«[30], dann finden wir uns definitionsgemäß in der Metaphysik wieder. Der Kreis hat sich wie eh und je wieder geschlossen; nur noch präziser.

Dieses Dilemma der Vernunft zieht durch zweieinhalb Jahrtausende; also durch unsere ganze Kulturgeschichte. Unsere Darstellung ist daher grob und verkürzt. Wir dürfen auch im gegebenen Rahmen nicht weiter auf seine Verzweigungen eingehen und können nur empfehlen, sie nachzuschlagen, zumal die Wissenschafts-Theorie als eine Rekonstruktion der Wissenschaftsgeschichte, wie durch ERHARD OESER, ganz neue Synthesen erlaubt[31]. Hier war nur der Umstand zu illustrieren, daß das Dilemma der Vernunft so alt und so umfassend ist, wie die schrittweise Entdeckung unserer eigenen Vernunft. Das hat zwei Konsequenzen.

Die Scheidung der Geister

Die erste Konsequenz ist ein Scheiden der Geister. Was für den Praktiker bislang noch wie eine Haarspalterei, ein Hang zum Tiefsinn erscheinen mochte, hat höchst lebensnahe Konsequenzen. Die eigentümliche Struktur unserer Vernunft hat nämlich unser Bild von der Welt gerade dort auseinandergebrochen, wo es für das Verständnis für uns selbst am empfindlichsten ist; dort, wo sich Geist und Materie berühren. KONRAD LORENZ hat das sehr deutlich gemacht[32]. Subjekt versus Objekt, Idee versus Realität, Vernunft versus Erfahrung führten zu Idealismus versus Materialismus, Determinismus versus Indeterminismus und Rationalismus versus Empirismus. Und alle diese Unverträglichkeiten sind, wie man gesehen hat, sämtlich Facetten derselben Bruchlinie. Und dieser Bruch ist auch bald nach Fakultäten institutionalisiert und gesetzlich verankert worden. Und die Verhandlungen zwischen den offenbar geistlosen Naturwissenschaften und den unnatürlichen Geisteswissenschaften wurden abgebrochen. Zwei halbe Wahrheiten sind nun zementiert.

Nun könnte man meinen, daß es sich noch immer um nicht mehr als um das übliche akademische Ränkespiel handelt – bis man gewahr wird, daß wir von ihm regiert werden. Realität, so beweist uns die Sozialpsychologie, ist eine soziale Konstruktion[33], und jede Gesellschaft bestimmt, was in ihrer Wirklichkeit wahr ist[34]. Und da nun das Wichtigste, die Voraussetzung unserer Welterkenntnis, gerade das Ungewisseste ist, muß sie um so notwendiger zur realen Wirklichkeit erhoben werden. Dies geschieht durch jene geheimen Bünde, zu welchen sich die Vorurteile des Zeitgeistes mit den jeweiligen Vorurteilen der politischen Ansprüche verbinden. Und im Kreislauf zwischen dem, was man nicht wissen kann und dem, was aber gewiß sein muß, delegieren die verunsicherten Gesellschaften die Ämter der Überzeugungsfindung hinauf in ihre Hierarchien, weil ganz oben ja einer zu wissen hat, was nach ihrer Überzeugung ihre geheiligten Rechte zu sein hätten. Ideologie wird zum Ersatz für das Fundament der Wahrheit. Und nachdem aus zwei widersprüchlichen halben Wahrheiten zweierlei Rechtsansprüche auf die ganze Wahrheit gebildet werden müssen, werden sie unverträglich und haben längst die Welt geteilt. Dies ist die höchst lebensnahe Konsequenz.

Das Trilemma der Erkenntnis

Die zweite Konsequenz enthält die Enttäuschung, daß das Dilemma der Vernunft in der eigenartigen Struktur unserer Vernunft selbst gelegen sein muß. Man wird voraussehen, daß die letzte Voraussetzung nicht gefunden werden kann, weil man voraussetzen muß, daß eine jede Voraussetzung selbst wieder eine Voraussetzung haben muß. Die Erkenntnistheoretiker haben auch herausgefunden, daß das Dilemma der Unlösbarkeit in dreierlei Formen auftreten kann. HANS ALBERT spricht darum treffend von einem Trilemma der Erkenntnis[35]. Dieses besteht darin, daß entweder ein Zirkelschluß des Schließens anerkannt werden muß; oder, daß man sich auf einen unendlichen Regreß, das heißt auf eine unendliche, daher unaufspulbare Kette der Vorbedingungen einlassen müßte; oder aber, daß man die Verhandlungen darüber überhaupt abzubrechen hat. An dieser Stelle steht heute die Verhandlung.

Auch der ermüdete Leser wird einräumen, daß ein Abbruch solcher Verhandlungen zu begrüßen wäre. Darin stimmt der Autor zu. Gleichzeitig wird aber sichtbar, daß unsere eigenen Verhandlungen erst beginnen. Dies gründet sich auf einer zweiten Enttäuschung, welche die Erkenntnistheorie erarbeitet hat. Sie macht uns klar, daß das Problem der Vernunft aus dem Innern der bloßen Vernunft prinzipiell nicht zu lösen ist. Und gerade diese Hoffnungslosigkeit macht dem Biologen Hoffnung; denn er besitzt jenen Standpunkt, der es ermöglicht, die Vernunft von außen her zu begründen. Dies ist die evolutionäre Erkenntnistheorie.

Schon die traditionelle Erkenntnislehre hat eine Rettung von der Überlegung erwartet, daß der Vorgang menschlichen Erkenntnisgewinns erfolgreich war. Nun, wir wollen in dieser Sache noch nicht urteilen. Was wir aber als Biologen unter Beweis stellen können, das ist die Tatsache, daß das Lebendige mit seinem Erkenntnisgewinn nunmehr über drei Jahrmilliarden seine Welt erfolgreich abgebildet hat. »Denn selbst«, so folgen wir KARL POPPERS Überlegung, »wenn wir annehmen (und das tue ich) [POPPER nämlich], unsere Erkenntnissuche sei bisher sehr erfolgreich gewesen, wir wüßten jetzt etwas über diese Welt, dann ist dieser Erfolg unbegreiflich unwahrscheinlich und daher unerklärlich; die Berufung auf eine endlose Folge unwahrscheinlicher Zufälle ist keine Erklärung. (Das Beste, was wir tun können, scheint mir zu sein, die fast unglaubliche Entwicklungsgeschichte dieser Zufälle zu untersuchen, von der Entstehung der Elemente bis zur Entstehung der Organismen)«[36]. Das tun wir.

Ist Leben vernünftiger als die Vernunft?

Schon der gesunde Hausverstand sagt uns: das kann nicht sein! Vernunft sei eben ein Privileg des Menschen. Hier unser vernünftiges Handeln, dort das dumme Vieh. Und es ist derselbe Hausverstand, der uns urteilen läßt, etwa über das allzumenschliche oder das tierische Verhalten eines Menschen. Wenn beispielsweise ein Hungernder stiehlt, dann nennen wir dieses Verhalten allzu menschlich. Wir können aber versichern, daß das bei jedem Tier vorkommt. Wenn aber einer seine Familie schlachtet und sich dann selbst entleibt, dann nennen wir das tierisch. Und wieder müssen wir versichern, daß dies nun bei keinem Tiere möglich ist. Man sieht: Vorsicht ist am Platze. Und, so darf noch erinnert werden: worüber lacht die Menge im Zoo? Tatsächlich, wie man beobachten möge, nur über jenes Tierverhalten, in dem wir uns selbst karikiert sehen. Wir wollen es uns auch nicht verübeln, daß wir unsere eigenen schlechten Eigenschaften in unsere Nachbarn projizieren, um uns deren Verurteilung zu erleichtern. Aber weil von Vernunft die Rede ist, bedürfen wir doch eines festeren Standpunktes.

Was also ist Vernunft? Der Begriff hat sich freilich gewandelt. Etwa in der Art, wie unsere Achtung vor der Vernunft mit dem Wachstum ihrer Ansprüche gestiegen ist. Im Alt- und Mittelhochdeutschen bezeichnet er die »Tätigkeit des Vernehmens, sinnliche Wahrnehmung, Verständnis, Einsicht«.[37] Die Scholastik unterschied dann zwischen *sensatio, ratio* und *intellectus*, was etwa Wahrnehmung, Begriffs-Fassung und Ideenbildung entspricht. ECKART übersetzte *ratio*, KANT dagegen *intellectus* als Vernunft. Heute verstehen wir darunter Besonnenheit, Einsicht, Geist und Intelligenz[38]. Kurz, wir haben nicht mehr die richtige Wahrnehmung, die Aufnahme von Meldungen, sondern die richtige, sachgemäße Reaktion auf sie im Auge.

Was das Vernünftige der Vernunft wäre

Das Vernünftige der Vernunft ist damit in der Richtigkeit, in einer sach- und problemgemäß zweckmäßigen Verarbeitung und Reaktion auf richtige Daten zu suchen. Sie muß gestellten Aufgaben entsprechen, und wenn Aussicht auf eine erfolgreiche Lösung besteht, muß sie deren Klippen oder Fallgruben umgehen und Erfolg haben. So müssen wir uns zunächst umsehen, was da nun unter Aufgaben und unter Erfolg zu verstehen wäre. Die Aufgabe wird letztlich eine Lebensaufgabe sein. Von der Wahl geeigneten Schuhwerks bis zu der des geeigneten Lebensplans. In einer zweiten Dimension können diese Aufgaben vom vorsätzlichen Betrug bis zur Selbstaufopferung reichen. Erfolg ist aber immer vorausgesetzt. Jedes gescheiterte Vorgehen, sei es mit seinem Schuhwerk, Lebensplan, Betrug oder Opfer, wird man im nachhinein als unvernünftig betrachten. Der Erfolg ist also an der Lösung der Aufgabe zu messen. Es geht daher letztlich um das Erreichen eines Zwecks[39], um die Funktion des Erfolges.

Das Vernünftige liegt also im Lebenserfolg, in einer positiven Bilanz aus Erfolg und Mißerfolg. Es ist ja, wie jeder weiß, sehr unvernünftig, nur hinter den Büchern zu sitzen oder nur Sport zu betreiben (wiewohl ein jedes für sich erfolgreich), weil doch Verdacht besteht, daß es den Lebenserfolg im Ganzen schmälern könnte. Und den Lebenserfolg fördert, was einen Gewinn an Sicherheit, Kraft und Gesundheit, Voraussicht, Wissen und Weisheit, an Reserve, Einfluß und Macht verspricht, um das eigene Leben, und was immer das bestimmen mag, das der Gruppe, Gesellschaft, Menschheit und Biosphäre, gedeihlicher oder gewisser zu machen. Es geht um Individuum, Art und Lebensraum.

Im Unbelebten erleben wir keine Vernunft. Weder erscheint es uns vernünftig, daß die Tektonik Berge errichtet, noch unvernünftig, daß die Erosion sie wieder abträgt. In unseren eigenen Produkten jedoch wünschen wir Vernunft zu sehen. Die Grenzen der Vernunft sind, wie wir sehen werden, ähnlich den Grenzen der Zwecke. Alles Lebendige jedenfalls scheint uns voll der Vernunft. Wie vernünftig ist es doch, wir können schon fast sagen: wie zweckmäßig, daß der Storch in den Süden fliegt, der Biber das Wasser staut und der Kuckuck seine Eier sorglich in fremde Nester legt. Aber projizieren wir nicht bloß unsere Vernunft in das Handeln der Tiere?

Die Vernunft entropie-mindernder Prozesse

Für ein objektives Urteil benötigen wir einen Standpunkt außerhalb der Pflanzen, der Tiere und Menschen; am besten gleich in der Physik. Und physikalisch gehört alles Leben zu den entropiemindernden Prozessen. Entropiezunahme ist dabei jene universelle Tendenz der Natur, von Ordnung in Unordnung überzugehen; so, sagt Erwin Schrödinger, wie die Gegenstände auf unserem Schreibtisch, würden wir sie nicht immer wieder ordnen[40]. Alles Lebendige hingegen erzeugt Ordnung, wo vordem keine war. Es umgeht dabei, als ein offenes System, den Entropiesatz, indem es mehr Unordnung abführen muß als es in sich Ordnung aufbauen kann. Der Vorgang dieses Ordnungsmachens ist schon in den Vorstufen des Lebendigen, wie Manfred Eigen zeigt[41], derselbe wie in aller Kreatur. Ein Zufallsgenerator ändert dabei fortgesetzt ein wenig das molekulare Gedächtnis, und das Milieu, in welchem sich die Systeme befinden, sortiert ebenso fortgesetzt, indem es den geänderten Systemen mit geringerer Eignung die identische Replikation, das heißt, die Vermehrung reduziert, die geeigneteren aber sich rascher vermehren läßt. Es hat also das Bestand, wir sagen, das überlebt, was erstens seine Änderung durch Versuch und Irrtum optimal gestaltet und damit Tempo und Art der Anpassung seiner Strukturen regelt.[42] Zweitens aber das, was gegenüber dem Milieu die geeigneteren Eigenschaften entwickelt. Das aber ist hier der springende Punkt: was sind geeignete Eigenschaften?

Man hat nämlich vermutet, daß in diesem Selektionsprinzip nach DARWIN eine Tautologie versteckt wäre[43], daß im ›Überleben der Tüchtigeren‹ nichts als ›das Überleben der Überlebenden‹ verborgen läge. Diese Vermutung, und das ist für unsere Folgerungen von Bedeutung, ist aber falsch. Was nämlich im Rahmen einer Milieukonstellation geeigneter oder tüchtiger sein wird, das läßt sich objektiv im voraus bestimmen. Geeigneter oder tüchtiger ist immer jenes System, dessen Eigenschaften den herrschenden Gesetzmäßigkeiten am besten entsprechen. Das Überleben, der Bestand der lebenden Systeme, muß daher durch Versuch und Irrtum zu einer fortschreitenden Extraktion oder Nachbildung der sie umgebenden Naturgesetze führen.

Warum das Auge sonnenhaft ist

»Leben selbst«, so können wir mit KONRAD LORENZ resumieren, »ist ein Erkenntnisprozeß«.[44] Dabei geht es bei diesem Gewinn an Erkenntnis nicht etwa um einen Drang zur Wahrheit, sondern ebenso trivial wie pragmatisch um den unmittelbaren Lebenserfolg, eine jeweils positivere Bilanz aus Erfolg und Mißerfolg. Es geht um das, was wir als Vernunft oder Zweckmäßigkeit erleben. Dabei setzt diese triviale Pragmatik dem Prozeß keine anderen Grenzen, als eben nur dasjenige als Erkenntnis zu speichern, was sich als erforderlich zeigt und bewährt. Das ist das Vernünftige an der Sache; und die erstaunlichsten Höhen und Gewißheiten der Kenntnis werden dadurch erreicht.

Dies ist der Grund, warum das Auge sonnenhaft ist. GOETHE hat das vorausgesehen[45]. Es könnte ansonsten nicht sehen. Es wurde, wie wir heute wissen, von den Mechanismen der Evolution dazu geführt, alle einschlägigen Gesetze der Optik der Natur zu extrahieren. Linse, Linsenbewegung, Blende, Blendenverstellung, Brenn-

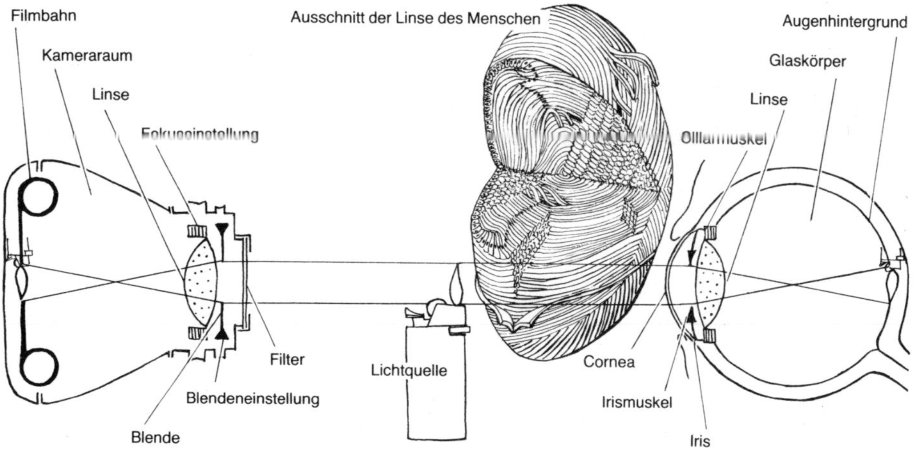

Abb. 2. *Auge und Kamera* zeigen weitgehend funktionsgleiche Bauteile in den beiden optischen Systemen. Hinzugefügt ist ein Sektionsbild der Linse zur Darstellung ihres Aufbaus aus durchsichtigen Fasern.

ebene, Abschirmung, alles wird entwickelt; wie im besten optischen Instrument, höchst vernünftig und mit Akribie (Abb. 2).

Es ist also sehr berechtigt, wie das schon KANT vorschwebte, »den vernünftigen Plan zu deuten, welchen die schaffende Natur (die man früher Vorsehung nannte) mit der Menschheit verfolgt«.[46] Und wir können getrost fragen, wo nun mehr Vernunft, mehr Lebenserfolg zu finden wäre; in der vorbewußten oder in der bewußten Vernunft. Eine Frage, die ja von vielen Denkern gestellt worden ist. ROUSSEAU[47] hielt es mit dem vorbewußten, KANT mit dem bewußten Anteil. Doch »alle Naturanlagen eines Geschöpfes«, so räumt auch KANT ein, »sind bestimmt, sich einmal vollständig und zweckmäßig zu entwickeln.«[48] So beruht alle lebendige Struktur auf einer Extraktion und strukturellen Entsprechung der für sie das Überleben fördernden Naturgesetze. Leben ist Fressen von Ordnung, sagte schon ERWIN SCHRÖDINGER[49], von Information, sagt KONRAD LORENZ[50]. Das gilt für jede Einzelstruktur, von der Körperform über alle Bauteile bis zur Position der Moleküle, und von den einfachsten bis zu den komplexesten Strukturen des Verhaltens. Die für den Lebenserfolg entscheidenden Gesetzmäßigkeiten des Milieus werden durch Versuch und Irrtum nachgebildet, dem Erbmaterial kodiert eingebaut und von dessen Aufbau- und Betriebsanleitungen in Raum- und Zeitstrukturen wieder ausgeformt. Man denke nur, mit welcher Genauigkeit die Form des Delphins die Gesetze der Hydrodynamik, die Knochenbälkchen die Gesetze der Spannungskräfte (Abb. 3) oder die Zellmembranen die Gesetze der Osmose abbilden.

Eine Selektion vernünftiger Weltbilder

Alle lebendige Struktur enthält damit gespeichertes Wissen, etwas wie ein Urteil über die Gesetze, unter welchen sie existiert. Mit der identischen Replikation, also der Vermehrung, bedeutet das ein Vorausurteil über die Gesetzmäßigkeiten, welchen die Nachfolge-Generation begegnen wird. Mit der Wiederholung der individuellen Le-

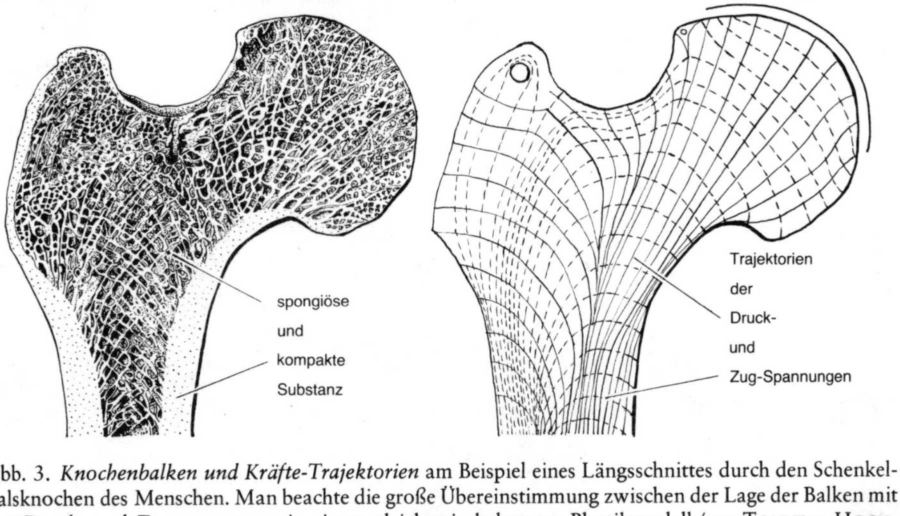

Abb. 3. *Knochenbalken und Kräfte-Trajektorien* am Beispiel eines Längsschnittes durch den Schenkelhalsknochen des Menschen. Man beachte die große Übereinstimmung zwischen der Lage der Balken mit den Druck- und Zugspannungen in einem gleichartig belasteten Plastikmodell (aus TOLDT u. HOCHSTETTER 1940, KUMMER 1959).

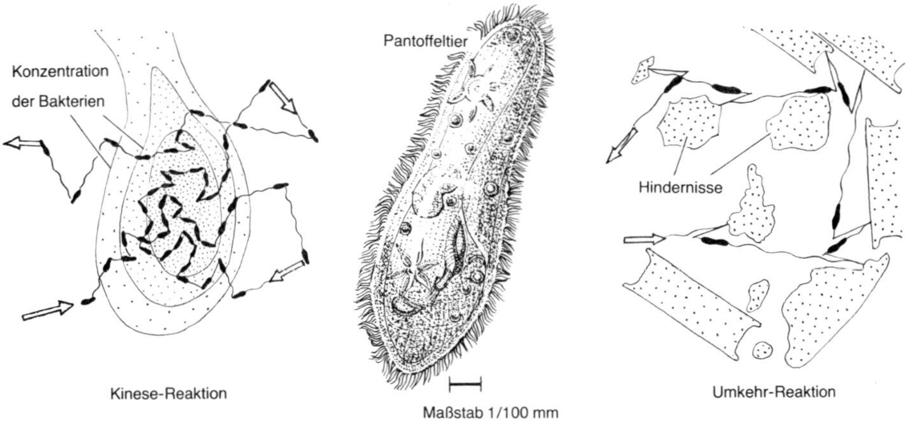

Abb. 4. *Reaktionen beim Pantoffeltier.* In der Kinese-Reaktion wird die Schwimmbewegung mit zunehmender Bakterien-Dichte automatisch verlangsamt und dadurch der Aufenthalt im Futterbereich verlängert. Die Umkehr-Reaktion wiederum führt trotz ihrer Stereotypie zum erfolgreichen Umgehen aller Hindernisse.

bensumstände bedeutet das zudem eine Permanenz präformierter Voraussichten und Urteile. Das wird besonders in den sich wiederholenden Zeitstrukturen des Verhaltens deutlich. So entsteht gewissermaßen eine Selektion vernünftiger Weltbilder, bestehend aus einem System zweckmäßiger Voraus-Urteile über den jeweils relevanten Ausschnitt der realen Welt.

Die Evolution dieser vernünftigen Weltbilder hat KONRAD LORENZ als die Entwicklung der ›Rückseite des Spiegels‹ ausführlich dargelegt[51]. Dort findet der Interessierte die Einzelheiten dokumentiert. Hier müssen wir uns auf das Prinzip beschränken. Dieses besteht darin, daß Schicht auf Schicht, mit der Entwicklung von Reizleitung, Nervensystem, Gehirn, Fernsinnesorganen und Großhirn, immer umfassendere Erbprogramme die Gesetzlichkeit immer weiterer Ausschnitte dieser Welt extrahieren, speichern und zweckvoll wiedergeben.

Zu den einfachsten Programmen gehören die Kinesis-Reaktionen; schon bei Einzellern mit festgelegten Körperenden. Hier genügt ein einziger Rezeptor, der während der ungerichteten Kreuzfahrt im Wassertropfen bei günstiger beziehungsweise ungünstiger Meldung auf eine Verlangsamung oder Beschleunigung der Fahrt schaltet (Abb. 4). Schon dadurch bleibt das Tier, wie der Pilze-Sammler, vernünftigerweise vorwiegend im fündigen Milieu. Von hier bauen die Phobien und Taxien weiter auf[52]. Eine neue Steuerungsform entsteht mit den komplexen Sinnesorganen. Es sind dies Reiz-Filter, angeborene Auslösemechanismen. Sie bestimmen, welche der Nachrichten welche Reaktionen zur vernünftigen Folge haben soll. Kinder, Eltern, Feinde sollen schon von fern und im voraus unterschieden werden. Die Folge ist, daß die Evolution nun Kinder, Eltern, Partner selbst mit Signalen versieht, um im Empfänger die richtige Entscheidungsfindung zu sichern (Abb. 20, S. 86). Hier schließen weiter die Triebhandlungen und die Prägung an[53]. Und die höchste Form dessen, was das Erbmaterial an Betriebsanleitungen lernt, äußert sich in ganzen hierarchischen Systemen von Instinktbewegungen (Abb. 37, S. 123). Schon bei einem Stichling wird erst vom Wanderzentrum auf die Reviernahme, im Revier zwischen den Alternativen

Kampf, Balz, Nisten und Brutpflege und erst unter Kampf entweder Imponieren, Biß oder Verfolgung ausgelöst. Die Logik der Programme wird umfassend.

Das Vernünftige an diesen von den Erbmaterialien erlernten Urteilen über die Welt ihrer Träger, das Vernünftige deren ›Weltbilder‹ besteht darin, daß sie alle nur Praktisches und Zutreffendes enthalten, daß sie für den Bereich, für welchen sie selektiert wurden, völlig richtig sein müssen. Nichts Unpraktisches, Fernliegendes, Ungeprüftes oder Fiktives könnte in ihnen Aufnahme finden. Denn nur die unmittelbare und fortgesetzt praktizierte Prüfung des Erfolges sorgt für den Einbau des Erfahrbaren im molekularen Gedächtnis des Erbmaterials.

Die Hürde der ersten Lernphase

dieses Lernens des genetischen Materials besteht wie bei allem Lernen in dem Verhältnis zwischen dem Lerntempo und der Richtigkeit des Erlernten. Diese äußert sich im Zutreffen der Prognosen, welche die Extrapolation des Erlernten zuläßt. Biologisch ist es das Verhältnis zwischen Anpassungstempo und selektiver Kontrolle.

Das Lernen in dieser ersten Evolution erfolgt unglaublich langsam. Mindestens einer Jahrmillion bedarf der Einbau eines erblichen Artmerkmals bei höheren Tieren[54]. Die Prüfung erfolgt also mit größter Akribie. Kurzlebige Bedingungen werden gar nicht im Lernstoff aufgenommen. Das Problem ist also das Lerntempo, da die Extrapolationen stets dem sich schneller wandelnden Milieu nachhinken und, wie noch zu zeigen sein wird[55], darum zu große Mängel beibehalten. Die Evolution mußte auf ein höheres Lerntempo drängen und mit zureichend potenten Gehirnen erreichte sie das durch die Erfindung des individuellen Lernens.

Dieses beginnt mit einer Öffnung der bisher geschlossenen Programme; mit den bedingten Reflexen. So zeigt schon die Dressur, daß das Programm, welches vernünftigerweise schon beim Anblick des Futters die Speicheldrüse fließen läßt, auch mit einem Glockenton assoziiert werden kann. Man muß die Essensglocke nur oft und regelmäßig genug läuten. Das Lerntempo wird dadurch um sieben bis neun Größenordnungen, von einer Jahrmillion auf Tage und Stunden beschleunigt; die Kontrolle aber entsprechend reduziert. Der neue Erfolg wird auch bei höheren Tieren, durch das Neugierverhalten und das Spiel, gefördert. Besonders bei den Jungtieren. Von den Lernerfolgen des Nachbarn aber wird noch auffallend wenig gelernt[56]. Für alle Fehler der Extrapolation bezahlt also nur das lernende Einzeltier. Und schließlich nimmt es alles individuell Erlernte mit in seinen Tod. Für die Art bleiben Erfolg und Risiko gering.

Dies wird erst mit dem Ausbau der Nachahmung und der Sprache an der Schwelle zum Menschen anders. Mit einer Sprache in Begriffen und noch mehr mit der Schrift entsteht ein neues Codesystem, welches gewonnene Erfahrung nun ein zweitesmal für die Art unverlierbar macht. Wir sprechen auch von einer zweiten Evolution, die allerdings die erste zur Voraussetzung hat und ihr Prinzip fortsetzt.

Die Hürde der zweiten Lernphase

liegt nun abermals in der Beziehung zwischen Lerngeschwindigkeit und Kontrolle. Das Problem aber liegt in der ungenügenden, man kann auch sagen: in der verspäteten Kontrolle der aus den Lerninhalten möglichen Extrapolationen. Nun verbreiten sich ja neue Einsichten wie ein Lauffeuer durch die Populationen. Dazu kommt, daß die Extrapolation durch das entstehende Bewußtsein noch weiter befeuert wird.

Mittels des Bewußtseins kann nun, in einem lediglich gedachten Raum, nicht nur aus dem Gelernten extrapoliert, sondern immer fort, so weit die Phantasie trägt, aus der Extrapolation wieder und wieder extrapoliert werden. Und das, wie man zugeben wird, zunächst völlig ungestraft. Was fluten doch, wenn wir genau beobachten, durch unsere Phantasien und Träume für wirre und realitätsferne Kombinationen.

Freilich baut die zweite Evolution ganz auf den Strukturen der ersten. Sie tut dies sogar viel zwangsläufiger als man das bislang für möglich hielt. Wir werden uns gerade mit diesem Umstand noch eingehend befassen. Auch wird das Prinzip der Evolutions-Mechanismen unverändert fortgesetzt. In allem schöpferischen Lernen, und nur dieses ist die direkte Fortsetzung des Evolutionsprozesses, wirken weiterhin Zufall und Notwendigkeit gegeneinander. Ein Zufallsgenerator kombiniert das Neue, nun im Gehirn, die Selektion läßt bestehen, was sich bewährt, und das Bewährte wird nun im Gedächtnis der Zivilisationen wieder kodifiziert, für die einzelnen Populationen ein unverlierbares Erbe. Selbst der Kenntniserwerb der Wissenschaften, vergleicht man die Diskussion dieses Themas durch PAUL FEYERABEND, THOMAS KUHN, ERHARD OESER und KARL POPPER scheint diesen Weg zu nehmen[57].

Der Zauberlehrling der Evolution

Dennoch ist der Prozeß allein durch seine Beschleunigung ein anderer und der Mensch zum Zauberlehrling dieser Evolution geworden. Die angeborenen, weise lenkenden Programme und Regulative werden überbaut. Der Intellekt wird über den Instinkt, die Ratio über den Hausverstand gesetzt. Die natürlichen Hemmungs-Mechanismen, wie sie die erste Evolution allen aggressiven, waffentragenden Arten einbaute[58], werden durch die Entwicklung der Fernwaffen umgangen. Die Prägbarkeit des Menschen wird da von der Werbung, dort von Ideologien manipulierbar. Sein Sammel- und Tätigkeits-Sinn wird vom exponentiellen Wachstum der Wirtschaft und der Macht fortgerissen. Und fortgesetzt findet er sich mit seinem Gemeinschafts- und Gruppen-Sinn hinter neuen Heerführern vergattert.

Nicht minder beschleunigt sich des Menschen Wirkung auf sein eigenes Milieu. Jene Kontrollfunktion, die allein das Zweckvolle vom Unsinn schied, wird nun von ihm selbst beansprucht. Seine zufälligen Machtkonstellationen dekretieren, einmal so, einmal anders, was gut und was verwerflich wäre. Er soll nun seinen Sinn selbst bestimmen und bemerkt, daß er von seinen alten Regulativen verlassen wurde. Er soll entscheiden, wie seine Welt aussehen soll und bemerkt, daß er sie zerstört. Der Zauberlehrling beginnt mit seiner Vernunft allein zu sein.

Das Unvernünftige an der Vernunft

Die Kontrollen aber sind nicht nur zurückgefallen gegenüber dem Tempo, in welchem der Zufallsgenerator der Phantasie fortgesetzt Neues schafft. Wir Menschen machen sogar die Kontrollen zurecht, damit sie unsere Phantasien bestätigen. Wir produzieren jeweils ein Milieu sozialer Selbstverständlichkeiten und Tabus, um in ihnen beliebige Blüten des Aberglaubens ungestraft wuchern zu lassen. Hingegen kann in den Weltbild-Programmen keines Tieres der reine Unsinn enthalten sein. Nur an den Grenzen des Milieus, für welches sie selektiert wurden, beginnen sie zu irren. »Reinen Unsinn zu glauben«, sagt KONRAD LORENZ, »ist ein Privileg des Menschen«.[59] Und dieser reine Unsinn kann eben überall dort ungestraft wuchern, wo er die Kontrollen abgeschafft hat. Er trennt Geist und Materie, um aus Geist Maschinen und aus Materie Geister zu machen. Er mißtraut dem, was er fortgesetzt erkennt, und vertraut sich dem an, was er nicht erkennen kann. Er zweifelt an der Realität der Welt und richtet sie gleichzeitig zugrunde. Das ist das Unvernünftige an der Vernunft.

Freilich hält die Evolution weiterhin ihre Kontrollinstanzen auch über der Zweckmäßigkeit ihrer Species *Homo sapiens* aufrecht. Wir vermochten ihre Kontrolle nur zeitweilig vor uns her- und aufzuschieben. Auch weiß man, daß der Mensch »in seinem Denken so lange irrt – oft jahrhundertelang –«, sagt FRIEDRICH DESSAUER, »bis er sich einer durch Erfahrung sich offenbarenden Vorgegebenheit anpaßt.«[60] Aber Generationen haben für solche Irrtümer zu zahlen. Und vielfach sind es unsere selbstgemachten fiktiven Vorgegebenheiten, um die erst der Streit der Geister und dann der Kampf der Mächte entbrennt. Und nur selten wird er mit Vernunft, meist wird er bekanntlich mit Pech und Schwefel ausgetragen. Und der Zufallskonstellation der neuen Mächte obliegt es dann, die neue wahre Wahrheit zu dekretieren. Das alles zählt zum Unvernünftigen der Vernunft.

Wir wollen aber auch zugeben, daß die bewußte Vernunft das weitaus jüngste und darum wohl auch am wenigsten bewährte Produkt dieser Evolution ist. Da jedoch die zweite Evolution die Produkte dieser Vernunft erblich gemacht hat, sind wir alle auch an ihren Risiken beteiligt. Die ganze Sippe hat zu haften für den kollektiven Unsinn. Und das ist der Grund, persönlich Klage zu führen.

Ist also die vorbewußte Vernunft des Lebendigen vernünftiger als die unseres Bewußtseins? Da steht wohl Meinung gegen Meinung; ROUSSEAU gegen KANT und VOLTAIRE gegen LEIBNIZ[61]. Es ist eines der Rätsel des Menschen schlechthin; und es ist tatsächlich schwierig, objektiv zu sein. Besteht das Vernünftige der Vernunft aber objektiv in der positiven Bilanz des Lebenserfolgs, in der Hebung der Überlebenschancen der Art mittels einer Sicherung ihrer Individuen und ihres Lebensraums, dann mag unsere bewußte Vernunft von der des Lebendigen lernen können. Denn da stehen drei Jahrmilliarden des Lebenserfolgs zu Buche, abgesichert in zwei Millionen erfolgreichen Arten, hier aber die Ungewißheiten der vergleichsweise mikroskopischen Lebensspannen einiger weniger unverträglicher Zivilisationen.

Und selbst wenn nichts an diesem Vergleich gerecht wäre, daß es nützlich sein kann, vom Leben zu lernen, das wird man nicht bezweifeln.

Ein Schichtenbau von Hypothesen

Wie also löst das Lebendige das Problem der Erkenntnis, in dieser Welt zureichend gesicherte Einsicht zu gewinnen? Da uns der bewußte Teil unseres Erkenntnisvorgangs in ein Dilemma von Widersprüchen und Unverträglichkeiten verwickelt hat, das Leben aber stetige Erfolge verbuchen konnte, so wird dieser Unterschied wahrscheinlich in der Methode liegen.

Die Vernunft eines Erkenntnisprozesses fanden wir nun in der geeigneten Methode gelegen, gestellte Aufgaben mit Erfolg zu lösen. Diese erwiesen sich für das Leben als die Lebensaufgaben und als der Lebenserfolg. Von der Methode aber stellten wir bislang nur fest, daß sie die Klippen umfahren und die Fallgruben umgehen müsse, welche am Weg zur Erkenntnis warten. Dies ist nun unser nächstes Thema. Und man sieht voraus, daß es sich um Berechnungs- und Entscheidungsverfahren handeln wird, um spezielle Algorithmen, wie man in der Mathematik und Logik solche Methoden nennt, die Probleme erfolgreich lösen[62]. Und man wird erwarten, daß diese Algorithmen alle mit jenem schöpferischen Lernen zu tun haben werden, das erforderlich ist, wenn es darum geht, daß das Lernende ihm selbst noch unbekannte Gesetzlichkeit aus der Natur extrahiert.

Dies setzt bereits voraus, daß es in der Natur überhaupt etwas zu lernen gibt. Es muß in der Natur also Ordnung geben, denn von Unordnung allein ist nichts zu lernen. Und Ordnung ist bei näherer Betrachtung Gesetz mal Anwendung; meist sehr oft wiederkehrende Wiederholung des Gleichen[63]. Dies ist schon wieder das Realitätsproblem, an welchem unsere bewußte Vernunft bereits Gefahr läuft, aus der Natur jene Ordnung herauszulesen, welche sie selbst in die Natur hineinprojiziert. Und das um so mehr, als wir diese Ordnung in der Tat nicht anders als in Gesetz mal Anwendung denken oder verstehen können.

Leben ist hypothetischer Realist

Tatsächlich, so bestätigen wir Bertrand Russel, »die Annahme, daß das ganze Leben ein Traum sei, in dem wir uns selber alle unsere Gegenstände schaffen, ist logisch nicht unmöglich«, ja zwingend nicht einmal zu widerlegen. »Aber es spricht auch nicht das mindeste dafür, daß diese Annahme wahr wäre.[64] Viele Indikationen sprechen zwar für die Realität der Welt; Gerhard Vollmer hat sie jüngst zusammengestellt[65]; aber nicht eine von diesen ist logisch zwingend. Die Lösung, die das Lebendige für das Realitätsproblem gefunden hat, vermeidet jedoch den zwingenden Schluß und operiert mit Wahrscheinlichkeiten. Ist die Realität zwingend logisch weder zu beweisen noch zu widerlegen, so muß eine Vernunft der Hypothesen weiterführen. Leben, so entdeckten Donald Campbell und Konrad Lorenz[66], ist eben hypothetischer Realist.

Im Hypothetischen Realismus wird angenommen, »daß es eine reale Welt gibt, daß sie gewisse Strukturen hat, und daß diese Strukturen teilweise erkennbar sind«, und wir prüfen, »wie weit wir mit diesen Hypothesen kommen«.[67] Dies ist zwar der schwächste Realismus, aber in ihm der festeste Standpunkt. Er überwindet den naiven, den kritischen und den streng kritischen Realismus. Denn keiner derselben ist für die Praxis verläßlich[68]. Der hypothetische Realismus hingegen enthält die Methode der Verbesserung in sich selbst, das Prinzip der Selbst-Organisierung, ein Grundprinzip der Evolution.

Wird nun angenommen, an hypothetisch realer Ordnung lernen zu können, so ist als nächstes nach dem Lernziel zu fragen. Dem Gegenstand nach kennen wir es schon: es geht um die Lösung von Lebensproblemen mit dem Ziel einer Optimierung der Lebensbedingungen. Dem Vorgang nach aber handelt es sich um die Prognostizierbarkeit der Lebensprobleme, um etwas, das in unserer kognitiven Welt einem Urteil über kommende Zustände entspricht, um zutreffende Urteile im voraus, also um richtige Vor-Urteile.

Dies ist ein zweites Prinzip des Lebendigen. Denn es kann ja nicht zum Lebenserfolg beitragen, wer das auch immer heute glauben mag, etwas zu lernen, selbst das Profundeste, ohne daß die Aussicht bestünde, es mit Erfolg anwenden zu können. Welches Wissen sollte auch immer nützen, enthielte es nicht die Hoffnung, aus ihm Nutzen ziehen zu können? Selbst die Befriedigung, die der Augenblick der Entdekkung vermitteln mag, daß etwa der Nachbar ein Narr ist, die Nachbarin aber eine

Schönheit, bezieht das Befriedigende, geben wir es zu, aus einer Perspektive in die Zukunft. Wissen an sich mag der philosophischen Freude an der Wahrheit dienen. Das Lebendige jedoch bedarf fortgesetzt auch des Erfolgs.

Die Notwendigkeit des Urteils im voraus

ist für den Erkenntnisprozeß des Lebendigen geradezu eine Trivialität. Was sollte beispielsweise das ›Erlernen‹ der Stromlinienform durch das Erbgut des Delphins, wäre nicht zu erwarten, daß die Bedingung erhalten und die Struktur den Nachkommen von Vorteil sein werde? Wie könnte das Erbgut einer Vogelart ein Fütterungs-Signal im Inneren des Schnabels des Jungvogels entwickeln (vergl. Abb. 20, S. 86), wäre nicht damit zu rechnen, daß auch der angeborene Auslösemechanismus in demselben Programm, nun des erwachsenen Tieres, Generation für Generation der gleiche bliebe? Selbst von dem einen Erbgut muß auf die Erhaltung des Erbgutes einer anderen Art gezählt werden. Sonst hätten die Sklavenhalter-Ameisen nicht entstehen können; denn diese machen sich Ameisen anderer Arten zu lebenslänglichen Sklaven, indem sie mit Erfolg darauf bauen, daß das schlüpfende Tier ein Leben lang jenes Individuum als Repräsentanten seiner Art anerkennen wird, das ihm beim Schlüpfen behilflich war. So stehlen sie einfach artfremde Puppen und helfen ihnen beim Schlüpfen[69].

Ein lückenloses Netz von Voraus-Urteilen ist das Ergebnis alles biologisch Erlernten. Und die Ursachen sind die hunderttausendfach gleichbleibenden Lernaufgaben, die immer wieder von demselben Pauker gestellt werden; von den Lebensproblemen des Milieus wie von jenen der eigenen Organisation.

Dessenungeachtet bleiben diese Urteile natürlich Vorurteile. Und wir verwenden mit Absicht diesen Begriff aus unserer bewußten Welt des Urteilens, weil das Mißtrauen, das wir mit ihm verbinden, nicht minder berechtigt ist. Die Richtigkeit eines Urteils im voraus kann nämlich nie gewiß sein. Immer ist es eine Extrapolation, und ein solcher Schluß ist niemals zwingend: denn er schließt vom Bekannten auf das Unbekannte. Dies ist das HUME-KANT-POPPERsche Induktionsproblem, wie man sich (von S. 21) erinnern wird. Aber wieder baut der Algorithmus des Lebendigen nicht auf den scheinbaren Widersprüchen unserer induktiven Logik, sondern auf Wahrscheinlichkeit.

Was sich von Fall zu Fall wiederholt hat, mag sich auch im nächsten Fall bestätigen. Und wenn dies auch nicht gewiß sein kann, so könnte doch nichts anderes mit größerer Wahrscheinlichkeit über den nächsten Fall vorhergesehen werden. So einfach ist wieder die probabilistische Lösung.

Freilich kann das nur unter einer bedeutenden Voraussetzung funktionieren. Diese ist die Konstanz der Natur. Für den Algorithmus des Lebendigen ist sie eine unersetzliche Hypothese. Im ›gesunden Hausverstand‹ heißt sie: ›Die Natur macht keine Sprünge‹.[70]

Der Schichtenbau des Lernens

Ein drittes Grundprinzip des Lebendigen schließt sich an: das ›order-on-order‹-Prinzip, wie es schon ERWIN SCHRÖDINGER nannte[71]. Ordnung kann nur auf Ordnung bauen. Und für den Prozeß des Wissens-Erwerbs bedeutet das, daß neues Wissen am erfolgreichsten auf der Grundlage von altem Wissen zu erwerben ist. Die Folge für den Wissenserwerb des Lebendigen ist ein Schichtenbau des Lernens. Es wird also darauf gebaut, daß bewährte Erfahrung auch dann zu berücksichtigen ist, wenn es gilt, sie zu erweitern.

Wir haben diesen Gegenstand schon im Zusammenhang mit der Evolution der Erkenntnismechanismen (S. 12) berührt und wollen ihn weiter verfolgen. Das Lernen beginnt mit dem Lernen der Baustrukturen. An seiner tiefsten Stelle ist es bereits ein Lernen der Moleküle. Ja, der Punkt, an dem das Leben entsteht, ist der, an welchem nach MANFRED EIGENS Theorie des Hyperzyklus' die noch kurzen selbstreproduzierenden Ribonucleinsäure-Ketten (die Legislative, das spätere Erbmaterial) von der Exekutive (den Eiweißen, deren Bau sie anleiten) in einem übergeordneten Kreisprozeß schützend aufgenommen werden[72]. Von hier ab werden auch alle weiteren Prozesse und Strukturen, von jenen in den Zellen bis zu jenen des Auges, des Delphins, des aufrechten Gangs, durch Versuch und Irrtum erlernt.

Dieses in den Strukturen und Funktionen der Körper gespeicherte Wissen ist die Grundlage all der die Körperfunktionen erweiternden Verhaltensweisen, von den einfachsten Kinesis-Reaktionen bis zur Hierarchie der Instinkte (vergl. Abb. 4, S. 27, u. 37, S. 123). Und sie sind nicht minder und gemeinsam die Grundlage für das Wissen, das nun in den Nah- und dann in den Fernsinnesorganen (in der Verdrahtung der unbedingten Reflexe[73]), in den angeborenen Auslösemechanismen und Signalen festgelegt wird. Und deren Wissen ist zusammen die Voraussetzung des individuellen Lernens, das mit der Öffnung oder Verknüpfung der unbedingten Reaktionen zu den bedingten Reflexen ihren Anfang nimmt. Bereits an dieser Stelle ist ein umfangreiches Wissen in Strukturen und Programmen festgelegt und damit eine gar nicht mehr übersehbare Welt möglichen Unsinns oder Mißerfolgs angeschlossen.

Es ist ganz entscheidend zu verstehen, daß eine Evolution, die darauf angewiesen ist, ausschließlich mit Hilfe des Zufalls schöpferisch zu sein, es sich nicht leisten kann, seiner Blindheit zu viel Spielraum zu lassen. Denn die Chance, das richtige Los zu ziehen, entspricht, wie in jeder Lotterie, notwendigerweise dem Kehrwert der Zahl der Lose. So einfach ist auch dieses wieder. So umfassend aber sind die Konsequenzen, die wir erst zu verstehen beginnen. Diese ›Strategie der Genesis‹ habe ich als Ganzes an anderer Stelle ausgeführt[74].

Im Zusammenhang der Lernprozesse ist davon festzuhalten, daß der ›tabula rasa‹-Standpunkt[75] keinerlei Erklärung bietet. Anzunehmen, daß ein neuer Reiz, eine neue Aufgabe, ohne jene Fülle an Vorwissen der Programme durch blindes Versuchen schon die Verdrahtung zur zweckmäßigen Reaktion und Problemlösung finden werde, ist absurd. Keine Lebensspanne, so läßt sich leicht errechnen, ließe die Aussicht, auch nur eine einzige Assoziation zweckmäßig zu treffen[76].

Die angeborenen Lehrmeister

An der Schwelle des Bewußtseins bildet also bereits alles bislang in Strukturen festgelegte Wissen des Organismus sowie eine Fülle von festen Programmen im ganzen Sinnes- und Nervensystem das, was KONRAD LORENZ die angeborenen Lehrmeister nennt. Wie das Bewußtsein entstand, wie die komplizierte Raumstruktur im Lebensraum der Baumkronen das binokuläre Sehen unserer Vorfahren, das Operieren der Hände vor den eigenen Augen, das individuelle Kennenlernen in der differenzierten Primatengruppe, die Verlängerung der Pflege der Jungen zum Werden des Bewußtseins führte, hat ebenso KONRAD LORENZ überzeugend dargestellt[77]. ›Der Geist fiel nicht vom Himmel‹[78]. Genauso, wie kein Organismus lernen wollte, sondern von

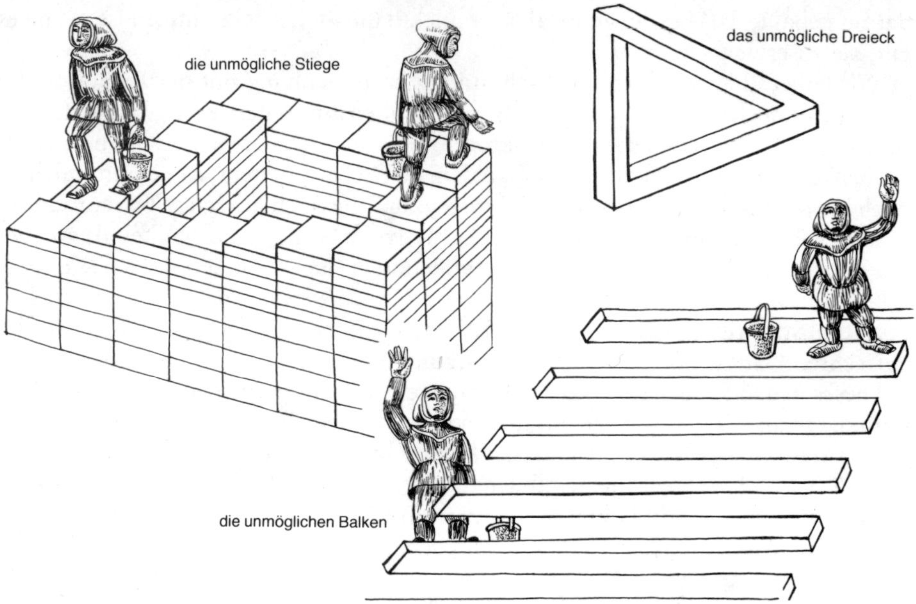

Abb. 5. *Die ›unmöglichen Figuren‹* vermögen wir infolge unserer erblichen Raum-Interpretation nicht als mögliche Gegenstände zu denken, wiewohl es sichtlich möglich ist sie zu zeichnen (vorzügliche Beispiele in ESCHER 1975).

der Evolution zum Lernen gezwungen wurde, so hat die Selektion auch das Bewußtwerden durchgesetzt. Durch die enormen Vorteile, die es bietet, nämlich einen Versuch zunächst im ›zentral repräsentierten Raum‹, im Denken, prüfen zu können, ohne bei jedem Irrtum sogleich die eigene Haut riskieren zu müssen.

Daß dieses Denken aber nicht frei sein kann von den Vorbedingungen, auf welchen es aufbaut, ist selbstverständlich. Schon die Sinnesorgane leiten ihm nur sehr begrenzte Bereiche zu; ein Kontinuum elektromagnetischer Wellen wird in Qualitäten zerteilt, da als Wärme und Kälte, dort als Spektralfarben erlebt. Mit welcher Hartnäckigkeit zwingen uns die angeborenen Lehrmeister, wie beim Blick von der Brücke in den Strom, die größere Fläche des Bildfelds, die Wasserfläche, als ruhend, die kleinere, den Brückenpfeiler, in Bewegung zu ›sehen‹. Wie sehr zwingt die Graphik zweier verbundener Quadrate, sie räumlich als Würfel[79], und zwar umspringend in beiden möglichen Perspektiven zu ›erkennen‹, in Gruppen (wie in Abb. 21, S. 87) sogar immer gemeinsam. Wir nennen Figuren ›unmöglich‹ (wie Abb. 5), obwohl wir sie eben zeichneten[80]. Wir sehen in allem Gestalten und deuten sie, gleich, ob sie uns selbst widerlegen oder ob, wie in den Sternbildern, da gar keine Gestalten sind (Abb. 6).

Die unbelehrbare Belehrung

Überall werden wir aus Voraus-Urteilen belehrt. Vielfach sind sie richtig. Dann halten wir die Leistung, meist irrtümlich, unserer rationalen Vernunft zugute. Nur wo ihr Urteil falsch ist, erkennen wir sie und finden uns ratlos vor ihrer völligen Unbelehrbarkeit. Läßt man beispielsweise einen Drahtkantenwürfel vor einem Spiegel rotieren und betrachtet ihn einäugig so, daß sich die Bilder decken, so ist es unmöglich, sie gegengleich laufen zu sehen. Immer ›nimmt‹ eine Drehrichtung den anderen Würfel mit. Und da derjenige, der sich falsch dreht, auch perspektivisch falsch sein muß, ›scheint‹ er weich zu werden und gleicht mit einem merkwürdigen Bauchtanz diesen Fehler aus. Dies ist geradezu eine Karikatur der Fehler unserer rationalen Theorienbildung[81], wo uns die einfachere Lösung, als die elegantere, auch als die richtige erscheint; während wir völlig Ungerechtfertigtes der Erscheinung hinzudenken müssen, um die Unstimmigkeiten der Theorie auszugleichen.

Der ratiomorphe Apparat

Ein ganzes System solcher Anleitungen lenkt und leitet unser rationales Denken, meist erstaunlich weise und vernünftig. Schon Egon Brunswik nannte es sehr zutreffend einen ratiomorphen Apparat[82], da er durchaus vernunftsähnlich im Vorbewußten operiert, aber nichts mit rationaler Vernunft zu tun hat, ja von dieser nicht einmal in seinen Fehlern korrigiert werden kann. Und er steht in manchen grundsätzlichen Fragen der Erkenntnis und der Algorithmen, also der Methoden der Problemlösung, man möchte fast sagen auf einem ganz anderen Standpunkt als auf jenem, welchen wir an unseren höheren Schulen vermittelt bekommen.

Er enthält Urteile über Wahrscheinlichkeiten, welchen wir rational widersprechen; läßt uns erwarten, daß beispielsweise die Sechs des Würfels eher fallen werde, wenn sie schon lange nicht mehr gefallen ist. Er läßt uns Gestalten vergleichen und von diesen auf noch nicht bekannte Gestalten schließen, obwohl wir uns sagen, daß das logisch nicht begründbar sein kann. Er läßt uns in allem, was wiederholt aufeinanderfolgt, einen Ursachen-Zusammenhang erwarten, obwohl wir rational oft gar

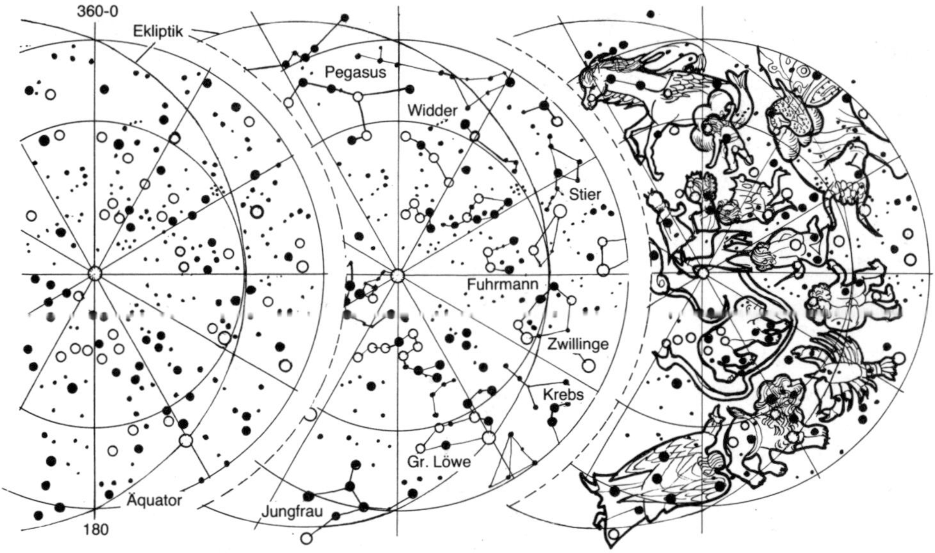

Abb. 6. *Gestalt, wo keine ist* am Beispiel eines Ausschnittes des nördlichen Sternenhimmels. Man beachte links die reale Zufallsverteilung der Sterne und ihrer Größen, in der Mitte deren Verbindung zu Sternbildern, rechts die barocke Darstellung nach dem Himmelsatlas von Andreas Cellarius, der 1708 in Amsterdam erschien. Sie ist um 90° gedreht und um die Achse 90–270° gewendet, um der heute üblichen Orientierung zu entsprechen (vergl. Störig 1972).

nicht wissen, worin dieser bestehen sollte. Er lenkt uns, oft sehr fühlbar, die Lösung eines Lebensproblems in ganz bestimmter Richtung zu suchen, ohne daß wir uns Rechenschaft darüber geben könnten, weshalb. Und fortgesetzt leitet er uns zu Annahmen, zum Prüfen und Verwerfen, zu den unzähligen, kaum reflektierten Lösungen der kleinen und kleinsten Entschlüsse und Augenblicks-Entscheidungen. Er umgibt und lenkt uns mit einem System von Hypothesen.

Er lenkt auch unser Verstehenlernen in einem Maße, daß das menschliche Kleinkind, wie wir von NOAM CHOMSKY und ERIC LENNEBERG wissen[83], nicht Sprache, sondern fast nur Vokabeln lernen muß. Er lenkt unsere Begriffsbildung und unser soziales Empfinden, so daß wir schon von Natur aus ein kulturelles Wesen sind[84]. Er lenkt damit das, was wir unseren ganz unreflektierten, aber gesunden Hausverstand nennen, der uns fortgesetzt mit Urteilen und Erwartungen in Bewegung hält; der uns ganz unaufgefordert und zu jeder Lebenssituation vorspielt, was nun wohl alles sein könnte und was von dem, was sein könnte, wiederum nicht sein würde. Und oft schließt sich etwas, was man noch kaum einen Gedanken nennen dürfte, zu einem kleinen Kreis sich selbst-wiederholender Argumentationen, der eines Willensaktes bedarf, um ob seiner Fruchtlosigkeit abgebrochen zu werden. Dann wieder schafft er ungefragt überraschende Lösungen, die wir als ›Aha-Erlebnis‹ begrüßen und wie eine Aufklärung von woandersher zur Kenntnis nehmen. Oft, so bestätigen wir CARL FRIEDRICH VON WEIZSÄCKER und KONRAD LORENZ[85], erleben wir es zu bemerken, daß wir die Lösung eines Problems haben, noch bevor wir herausgefunden haben, wie sie aussieht und zu formulieren wäre.

Für und wider den gesunden Hausverstand

Dieser unreflektierte Alltagsverstand leistet also Erstaunliches. Und niemand kann behaupten, daß das zweckmäßige Lösen von Problemen erst mit der Etablierung der Schulphilosophie oder der formalen Logik begann. Wir kennen Hochkulturen, die sich ohne jede Wissenschaft entfaltet haben; ohne das ganze Dilemma der Vernunft. Also zurück zur Natur, sagte ROUSSEAU. Nein, die Vernunft ist zu entwickeln, sagt KANT. Aber woraus, fragt KARL POPPER, aus dem Dilemma der Vernunft oder aus dem Alltagsverstand? Dies ist das Für und Wider um den gesunden Hausverstand, nun als das Problem der Erkenntnis.

Ist das Leben also tatsächlich vernünftiger als die Vernunft? Wahrscheinlich, zumal es dessen Dilemma gar nicht zu kennen scheint. Andererseits dürfte es aber über keinerlei Gewißheiten verfügen, es ist voll Vorurteilen und kommt über bloße Hypothesen nicht hinaus. Wo also wäre da für unsere Logik der sichere Halt? Wir folgen hier KARL POPPERS Lösung, denn unsere Untersuchung wird sie bestätigen: Wir sollen beim Alltagsverstand beginnen. Denn »die Erkenntnis fängt nie am Nullpunkt an, sondern immer mit einem Hintergrundswissen«. Und »wäre eine Schätzung nicht absurd«, sagt POPPER, »so würde ich sagen, 99,9 % des Wissens eines Organismus seien vererbt oder angeboren, und nur 0,1 % bestünden in Veränderungen des angeborenen Wissens; und ich glaube auch noch, daß die dazu nötige Anpassungsfähigkeit angeboren ist«.[86] Dagegen ist das, was der Hausverstand an Erkenntnistheorie enthält, »äußerst naiv und in allen ihren Formen völlig falsch« und sogar irreleitend, ja gefährlich, da »unbewußt Annahmen aus ihr immer noch einen verheerenden Einfluß« auf den Erkenntnisprozeß der Wissenschaften »besonders auf die sogenannten Behaviouristen ausüben«.[87] Denn die Vernunft des Hausverstands ist für die Umweltbedingungen der Primaten selegiert worden und nicht für die unserer wissenschaftlich technischen Welt. Hintergrund, Lösung und Irreleitung werden nun zusammen das Thema unserer folgenden Kapitel sein.

Ein System vernünftiger Hypothesen

Zudem wird sich auch aller bewußter Erkenntnisvorgang als theoriengetränkt erweisen: voll der Hypothesen. Er ähnelt auch darin seinem biologischen Hintergrund. Daher wollen wir diesen sogleich beleuchten. Das biologische Wissen enthält ein System vernünftiger Hypothesen, Voraus-Urteile, die uns im Rahmen dessen, wofür sie selektiert wurden, wie mit höchster Weisheit lenken; uns aber an dessen Grenzen vollkommen und niederträchtig in die Irre führen. Es sind das im Wesentlichen die vier Hypothesen der folgenden Kapitel; wie sie in der Evolution der Organismen eine nach der anderen entstanden und wie sie, einander voraussetzend, als Algorithmen zur Lösung von Problemen des Überlebens, stufenweise auseinanderfolgen.

Wir beziehen damit zur Erforschung des Erkenntnisprozesses einen Standpunkt außerhalb unseres eigenen Erkenntnisvorgangs; einen biologisch objektiv beschreibenden. Und wir werden in jeder der vier Hypothesen dieselben Fragen aufsuchen: (a) Welches das Problem ist, das das Leben zu lösen hat, (b) Welche Lösungsmethode das Leben entwickelte, (c) Wie diese angeborenen Lehrmeister die Entstehung der bewußten Methoden beeinflußten und (d) Was in dem von uns Menschen veränderten Milieu das Sinnvolle ist an dieser Anleitung, aber auch die Quelle des Unsinns.

Damit soll gezeigt werden, worin das Problem des natürlichen Erkenntnisvorgangs besteht, wodurch die Vernunft des Lebendigen seine Lösungen schafft, wie sich daraus das Dilemma der rationalen Vernunft erklärt, und es soll dargelegt werden, welches die biologischen Unbelehrbarkeiten sind, mit ihren objektiven Sorgen und Hoffnungen im Gefolge, die wir aus dieser erweiterten Kenntnis unserer eigentümlich strukturierten Vernunft, unserer »faulen Vernunft«, wie KANT formulierte, nicht mehr aus den Augen verlieren sollten.

Es scheint, als wäre die Wissenschaft von der Vernunft dabei, jenen ebenso leidvollen wie hoffnungsvollen Weg nochmals nachzuvollziehen, in einer nicht abreißenden Kette von Hypothesen und kollektivem Irrtum, welchen das Leben selbst durch Versuch und Selektion schon seit drei Jahrmilliarden gegangen ist. Und solange diese Kette nicht reißt, bleiben wir am Weg. Zu einer, wie wir hoffen, tieferen und humaneren Erkenntnis unserer selbst.

2 Die Hypothese vom anscheinend Wahren

»Die meisten Sterblichen haben nichts in ihrem irrenden Verstand, was nicht durch ihre irrenden Sinne hineingekommen ist.«
KARL POPPER
(nach PARMENIDES)

»...außer den Verstand selbst.«
GOTTFRIED WILHELM LEIBNIZ[1]

Sollen wir das, was wir wahrnehmen, als wahr nehmen? Wäre das Unwahre bereits vermieden, sobald niemand widerspricht; der Nachbar nicht, das Gewissen nicht und auch nicht die Sinne? Oder, wenn diese widerstreiten, wem wäre zu trauen? Mir oder der Mehrheit der Meinungen; eurer Meinung oder unserer? Oder sollte es die Vernunft sein, die aus aller Täuschung das Wahre erkennt? Wer aber entscheidet zwischen den Widersprüchen eurer und unserer Vernunft? Kurz,

Wahrheit und Lüge

der Götter, der Demagogen, der Gesellschaft und der Einbildung[2] bevölkern das ganze Welttheater, wie all die kleineren Bühnen des individuellen Bewußtseins; inmitten jener farbenfrohen Kulisse aus Offenbarung und Beschwörung, Humbug und Unverträglichkeit unserer ganzen Geschichte. Und seitdem wir Menschen schreiben können, schreiben wir diese Stücke auch nieder; von den Spekulationen des Gilgamesch-Epos[3] bis zur spekulativen Philosophie der Moderne[4].

Gewiß mag nur scheinen, daß jegliche weitere Frage, die wir an die Zustände und Ereignisse dieser Welt stellen können, erst dann einen Sinn bekommt, wenn wir ihren Gegenstand wenigstens ziemlich wahrscheinlich als wahr nehmen können. Ob wir nun nach der Vergleichbarkeit der Dinge fragen, nach ihrer Ursache oder selbst nach ihrem Sinn: die Frage ›was ist Wahrheit‹ ist die Frage aller Fragen, sagt ANATOLE FRANCE; denn welche Frage hinge nicht von ihr ab? Deshalb steht die Hypothese vom anscheinend Wahren allen anderen voran. Deshalb hat der Erkenntnisprozeß des Lebendigen wie die Verstrickung des Bewußtseins in ihr begonnen; und unsere Untersuchung des Erkenntnisprozesses muß mit ihr beginnen.

Wann das Mögliche gewiß wäre

Gewißheit zu erreichen, zählt zu den fundamentalsten Zielen des Lebensgefühls; Ratlosigkeit bewirkt ihr Gegenteil. Und dennoch wird man anerkennen, daß Gewißheit des Urteils uns ebensooft als das Zeichen einer minderen Geistesart erscheint, wie wir umgekehrt in Faust's Wissen, »daß wir nichts wissen können« und SOKRATES' »ich weiß, daß ich nichts weiß« eine höhere Weisheit vermuten[5]. Aber wiederum kann als gewiß gelten, daß keine Kreatur ohne ›Wissen‹, ohne eine zureichende Nachbildung ihrer Lebensbedingungen überleben könnte.

Wenn uns die Vernunft im ungewissen läßt

Welches Wissen aber kann es sein, wenn wir wissen, daß es die Inhalte unserer Wahrnehmung wie rot, süß und schön nicht gäbe, wenn da keiner wäre, der die elektromagnetischen Wellen sieht, die Molekülstrukturen schmeckt oder über Proprtionen reflektiert? Wie kann es möglich sein, daß alle Kreatur den Gesetzen ihrer Welt entspricht, wenn diese Welt ganz anders sein muß als alle Wahrnehmung von ihr? Und wenn alles Einzelne ungewiß bleibt, wie könnte das Ganze der Welt gewiß werden? Und wenn diese Welt ungewiß bleibt, könnte sie nicht als Ganzes ein Produkt der Einbildung sein, wie etwa der Solipsist glaubt, eine Projektion des Einzigen, der wirklich existiert; nämlich des eben hier lesenden Lesers? Und wir wissen schon (von S. 19), daß diese Auslegung, den Solipsismus, selbst unsere Logik nicht widerlegen kann[6].

Und tatsächlich ist dies zuzugeben. Wollten wir etwa den Leser widerlegen, wenn er der Ansicht wäre, daß sein Denken das einzig existierende in diesem Universum wäre, so könnten wir sagen, daß er beispielsweise nicht wisse, mit welchem Wort die Seite 186 dieses Buches beginnt. Hat er aber nachgeschlagen, dann braucht er nur zu behaupten, daß auch dies in seinem Denken vorgesehen gewesen wäre, und unser Argument wäre, wie jedes mögliche Argument, widerlegt. Dort also enden die Möglichkeiten unserer Vernunft; im Ideenreich des extremen Idealismus, der richtiger ›Ideeismus‹ heißten sollte, zwischen den ›Junghegelianern‹ der ›HEGELschen Linken‹; zu welcher auch FEUERBACH, MARX und ENGELS gehören.

Wie also könnte die Vernunft die Vermutungen, die der einzelne über diese Welt anstellt, zur Gewißheit machen? Obwohl es ihm scheinen mag, daß die Delphine schwimmen, die Spechte hämmern, die Solipsisten ihre Bücher schreiben, als ob es das Wasser gäbe, die Bäume und eine Menschheit, die lesen kann[7].

Wenn der gesunde Menschenverstand nicht gesund wäre

Aber selbst wenn wir all das als Phantasterei zurückwiesen, was schaffte uns Gewißheit? BERTRAND RUSSEL erzählt von einer alten Dame, die von einem Solipsisten belehrt wurde, daß nur ihr Denken existierte. Sie war davon so angetan, daß sie ihm sagte, es sollte von solchen Denkern wie ihm mehr auf dieser Welt geben. Lenkt uns also nur der ›gesunde Menschenverstand‹? Gerade jener Teil des Verstandes, welcher jenseits aller Gelehrsamkeit, das Aschenbrödel allen kühnen Intellekts, sich keinerlei Verdienste des Geistes rühmen kann, es sei denn der Bescheidenheit. Wiewohl zuzugeben wäre, daß uns keineswegs all jene Verstandesblüten schützten, die mit gesundem Menschenverstand wirklich nichts zu tun haben; sondern, daß es eben immer nur jener unreflektierte Hausverstand ist, der uns fast unbemerkt, in schutzengelhafter Hingabe durch all die tausend kleinen Entscheidungen steuert, die jeder einzelne Tag in den uns eingeräumten Lebensjahren von uns fordert.

Besteht die Wahrheit also in einer Übereinstimmung des Geistes mit der Sache, in der ›*adaequatio mentis et rei*‹? Aber woher käme diese, und welches der beiden wäre das Maß für das zu Messende? Oder wäre wahr, was sich bewährt, wie es WILLIAM JAMES[8] formuliert? Doch wer bestimmt das Bewährte? Hat sich das ptolemäische Weltbild nicht bewährt, jahrhundertelang, mit einer Erde im Zentrum der Kristallschalen des Himmels? Mag es dem Bewährten von heute nicht ebenso ergehen? Sind wir nicht eben dabei, unseren Planeten zu ruinieren, gerade weil wir so sehr dem Bewährten vertrauen?

Selbst also wenn diese Welt eine, wenn auch nicht näher bestimmbare, Realität besäße, woher beziehen wir jene Gewißheit, jene Voraussicht über ihre Ereignisse, deren Besitz sich immer wieder als von lebenserhaltender Bedeutung erweist? Was versichert uns, daß unser Freund morgen wieder freundschaftlich, unser Auto wieder fahren, ja, die Sonne wieder aufgehen werde? Offenbar wieder nichts. Und es sind keine minderen Denker, die über diese Ungewißheit verzweifelten[9].

Wenn man nicht weiß, was der Zufall ist

Ist es nicht merkwürdig, daß sich schon die Bewegung des Würfels, obwohl wir seine genaue Geometrie selbst gemacht haben, unserer Voraussicht entzieht, wenn wir sie der Geometrie des Würfelbechers anvertrauen? Und wiewohl er nur den Gesetzmäßigkeiten von Masse und Beschleunigung folgen kann, resultiert für unsere Wahrnehmung nichts als der Zufall. Dabei wissen wir nicht einmal sicher, was der Zufall ist, ja, ob es ihn überhaupt gibt. Wir erkennen ihn meist nur als einen Mangel: den Mangel an Gewißheit der Voraussicht. Als Realität – diese nun einmal angenommen – hat ihn die Naturwissenschaft durch HEISENBERG zunächst nur in der mikrophysikalischen Welt, in der Welt der Quanten, gefunden. Und selbst dort wollten Physiker wie EINSTEIN seine Existenz nicht anerkennen[10]. Wenn der Zufall aber im Bereich der Wahrnehmung nur ein Maß unserer Unkenntnis zu sein scheint, wie könnten wir dann zwischen Vorhersehbarem und Unvorhersehbarem mit der nötigen Gewißheit unterscheiden? Und ein Gutteil solcher Gewißheit muß von lebenserhaltender Bedeutung sein. Denn keine Kreatur könnte überleben, würde sie die Zufälle für vorhersehbar, das Notwendige aber für unvorhersehbar halten.

Aber selbst dann, wenn wir, der Lebenspraxis vertrauend, über diese fortgesetzte Demonstration unserer Ungewißheit nicht verzweifeln, sondern wenn wir, auch ohne zu wissen wie, darauf vertrauen, daß es die Erfahrung sein wird, die uns da den Zufall, dort die Notwendigkeit erwarten läßt, wie könnte diese Welt halber Gewißheiten zu einer gewissen Welt aufsummiert werden? Selbst die Wahrscheinlichkeit weist uns KANT als eine Annahme nach, welche die Vernunft zwar *a priori* voraussetzt, selbst aber nicht zu begründen vermag[11]. Ist nicht noch jegliche unserer vermeintlich fundamentalen Gewißheiten enttäuscht worden? So, wie in unserem Beispiel (vgl. S. 21) auch die Kenntnis noch so vieler weißer Schwäne, und die legitime Erwartung, daß alle Schwäne weiß wären, nur dazu führte, auch schwarze Schwäne zu entdecken[12]. Hat sich nicht so vieles Wesentliche, das wir erwarteten: die Welt als Scheibe, die Erde als Mittelpunkt, die Unveränderlichkeit der Arten, die Unteilbarkeit der Atome, die Sonderstellung des Menschen, als rundweg falsch erwiesen?

Woher dann könnte unsere Erwartung kommen, daß Mögliches unserer Vorstellung der Gewißheit nahe käme?

Obwohl wir also nichts mit Gewißheit wissen können, nicht ob diese Welt so ist wie sie scheint, ob sie überhaupt real ist, was Wahrscheinlichkeit ist, ob es den Zufall wirklich gibt, und nicht wissen, wie aus bloßen Möglichkeiten Gewißheit entstehen könnte, befinden wir uns doch offenbar hier; wir leben und lesen, wir kommen mit dieser so ungewissen Welt immerhin zurecht; ja, alle unsere Vorfahren müssen zusammen drei Jahrmilliarden der Geschichte einer für sie noch viel ungewisseren Welt gemeistert haben, sonst wären wir eben nicht da. Und zwei Millionen weitere Arten taten dasselbe, wie sie noch alle mit uns diese Welt bevölkern. Etwas vom Wahren, vom gewissen Urteil, von der Voraussicht über diese Welt müssen sie wohl alle besitzen. Sie wären ansonsten nicht mit uns; was beweist, daß das Leben den zwingenden Schluß nicht nötig hat. Es muß die Sache anders meistern.

Das Vorurteil der Wahrscheinlichkeits-Erwartung

Daß niedere Organismen, Bakterien, Amöben oder Wimperntiere etwas wie eine Gewißheit der Voraussicht über ihre Welt besitzen, scheint weit hergeholt. Tatsächlich aber verhalten sie sich so, als ob sie eine solche besäßen. Das Unglaubliche ist eine Konsequenz der Strategie der Genesis, die darin besteht, die Tummelplätze möglichen Irrtums fortgesetzt, wenn auch selbst wieder nur durch Versuch und Irrtum, einzuengen. Der Zensor der Selektion entnimmt, wie wir wissen, den ungezielten Versuchen des molekularen Gedächtnisses, jener Bau- und Betriebsanleitung, den Mutationen des Erbgutes also, die erfolgreichen Individuen. Und das sind jene, die den Bedingungen ihrer Welt am ehesten entsprechen. Ihre Evolution ist also ein Lernvorgang, wie KONRAD LORENZ feststellte, ein erkenntnisgewinnender Prozeß, der Urteile über den für die Art erforderlichen Ausschnitt der Welt in Struktur- und Verhaltensmustern abbildet und konserviert.

Was es in dieser Welt zu lernen gibt

Vorausgesetzt ist, wie (von S. 24f.) erinnerlich, daß es in dieser Welt überhaupt etwas zu lernen gibt. Und tatsächlich hätte in einer angenommenen chaotischen Welt das Leben weder entstehen, geschweige denn etwas lernen und sich entwickeln können. So zeigt schon die Tatsache der Evolution, daß diese Welt Ordnung enthält. Was dieser Ordnung extrahiert wird, das ist ihre Regelmäßigkeit, die Häufung des Zusammentreffens, die Häufung der Koinzidenzen ihrer Zustände und Ereignisse. Dabei geht es zunächst gar nicht darum, wie diese Welt wirklich wäre, sondern darum, mit welchen Reaktionen ihr am ehesten beizukommen, wir sagen: mit welchem Extrakt ihr am einfachsten und sichersten zu entsprechen wäre. Die Annäherung an ihre mögliche Wirklichkeit ist ein asymptotischer Prozeß der Optimierung, der wohl nie ein Ende finden wird; zwingende Gewißheit kann es darum auch gar keine geben.

Wir erinnern uns, mit welch scheinbarer Selbstverständlichkeit Knochenbalken die Gesetze der mechanischen Belastung, das Auge der Wirbeltiere die Gesetze der Optik dieser Welt extrahiert (Abb. 2 u. 3, S. 25 u. 26). Und wir werden sehen, daß dies kein seltsamer Zufall ist. Wann immer beispielsweise schnelle Bewegung im Wasser erforderlich ist, ein kompliziertes Auge entwickelt wird, werden dort die Gesetze der Stromlinie, da die Gesetze der Optik in Strukturen festgelegt. Natürlich gilt dasselbe für die erblichen Programme des Verhaltens, wie wir sie schon vom Pantoffeltier (Abb. 4, S. 27) kennen. Und natürlich weiß keiner dieser Organismen etwas von Spannungs-Trajektorien, vom Brennpunkt, von Hydrodynamik. Es handelt sich in jedem Falle darum, daß von der Evolution die Träger jener Zufallsänderungen, welche den Gesetzen der Lebensbedingungen näher kommen, erfolgreicher vermehrt werden und dadurch ihre Konkurrenten verdrängen. Es ist dies eine strukturelle Abbildung lebensfördernder Bedingungen, unter der ›Erwartung‹, daß diese gleichbleiben oder sich fortgesetzt wiederholen werden. Dies also ist ein Voraus-Urteil, ein Vorurteil, festgelegt in den Molekülen der Erbsubstanz, der Bau- und Betriebsanleitung der Organismen. Es hilft, nach der ›Strategie der Genesis‹[13], die Trefferchance des Suchens mit Hilfe des Zufalls wesentlich hinaufzusetzen. Denn eine Evolution, die darauf angewiesen ist, ausschließlich mit Hilfe des Zufalls schöpferisch zu sein, kann es sich eben nicht leisten, das Suchfeld des Zufalls ausufern zu lassen.

Die Herkunft des Vor-Urteils

Wir haben nun einer besonders wichtigen Eigenschaft der Ordnung dieser Welt nachzugehen: daß diese Ordnung nämlich im höchsten Maße redundant ist. Das heißt, ihre Gegenstände und Ereignisse wiederholen sich völlig gleichförmig in großer, ja unvorstellbar großer Zahl. Schon der Buchstabe ›e‹ wiederholt sich in diesem Buche in gleicher Weise rund 40000 mal. Die identischen Ziegel einer Stadt, die Individuen unserer Species 10^9, die noch häufigeren Arten 10^{12} mal. Die grauen Hirnzellen eines Menschen wiederholen sich 10^{11}, die roten Blutkörper 10^{15} mal. Und der Kosmos enthält 10^{22} Sterne und 10^{80} Quanten. Ganz ähnliche Zahlen gelten naturgemäß für die Ereignisse, die Entstehung jener großen Zahlen identischer Zellen und Individuen. Und seit das Leben auf diesem Planeten vor $3 \cdot 10^9$ Jahren entstand, muß ihm die Sonne 10^{11} mal auf- und untergegangen sein.

Man kann sich Ordnungsformen ausdenken, die nur aus Redundanz bestehen und solche, die keine Redundanz enthalten; in welchen also nur ein einziger Gegenstand immer wiederholt wird; oder in welchen sich nichts wiederholt. In beiden Fällen würde der Erkenntnisapparat, wie ihn das Leben entwickelte, keinerlei Wissen erwerben können. Sein Lernmechanismus ist auf das Trennen des Gleichen aus dem Ungleichen abgestimmt. Das Leben kann sich in der Mehrzahl der Fälle darauf verlassen, daß sich die Gegenstände wie die Ereignisse wiederholen werden. Ja, es wiederholt sie selbst, in der fortgesetzten Wiederholung der Generationen, der Reaktionen, Bewegungsabläufe, identischen Worte und zu überprüfenden Experimente. Das Zusammentreffen, die Koinzidenz eines Ereignisses mit einer bestimmten Lebensbedingung wird sich in der Regel unzählige Male wiederholen oder im explorativen Verhalten wiederholen lassen.

Die Wahrscheinlichkeit von Koinzidenzen

Dabei müssen die Koinzidenzen keineswegs zwingend sein. Der Lernvorgang hat mit zwingenden Schlüssen, wie sie seit ARISTOTELES bekannt sind und seit FREGE in den Formen unserer wissenschaftlichen Logik dominieren[14], nichts zu tun. Nicht die Notwendigkeit, sondern die Wahrscheinlichkeit von Koinzidenzen wird abgebildet. Wenn Bodenorganismen bei Trockenheit tiefer in den Boden kriechen, so bedeutet das nicht, daß es in der Tiefe deshalb feucht sein muß, weil es oben trocken wird.

Das Programm ist lediglich der Wahrscheinlichkeit nachgebaut, daß es bei Trockenheit in der einen Bodenschicht in der Regel mit zunehmender Tiefe feuchter werden wird. Es genügt, wenn das Vorurteil der Moleküle viel öfter richtig entscheidet als das wahllose Versuchen (Abb. 17, S. 78).

Daß das Verfahren aber Programme von außerordentlicher Treffsicherheit entwickeln kann, liegt auf der Hand; und dies beruht darauf, daß unter allen möglichen Koinzidenzen zwischen Meldung und Lebensumstand immer wieder die stetigste der Koinzidenzen programmiert wird.

Die Zecke beispielsweise bedarf des Blutes von einem Säugetier. Sie muß also unter allen Naturdingen die Säugetiere herausfinden, und jene Anleitung wird ihr am nützlichsten sein, welches diese Auswahl am einfachsten und verläßlichsten trifft. Sie verfügt nun über ein erbliches Programm, das sie dazu anhält, sich beim Geruch von Buttersäure aus dem Geäst fallen zu lassen und bei der Berührung eines Gegenstandes von 37° C einzubohren. Diese ›Definition‹ des Säugetiers im ›Weltbild‹ der Zecke ist weder an Einfachheit noch an Treffsicherheit zu überbieten. Ein Irrtum ist so gut wie ausgeschlossen.

Verdrahtung durch Versuch und Irrtum

Auch der Vorgang einer solchen Verknüpfung von Koinzidenzen ist uns im Prinzip bekannt. Er ähnelt einer Entwicklung fester Verdrahtungen im Apparatebau durch Versuch und Irrtum; wobei die Bauanleitungen aller errungenen Erfolge vermehrt weitergegeben, die der Mißerfolge ausgemerzt werden. Erweist sich zum Beispiel die Koinzidenz der Nachricht von einem Widerstand an der Zellenspitze eines Pantoffeltieres mit dem Folgebefehl, der das Rückwärtsschlagen der Wimpern auslöst als stets erfolgreich, so werden jene Individuen, deren Mutationen diese Koinzidenz zufällig fest verdrahteten, einen hohen Selektionsvorteil besitzen und ihre Bauanleitung schnell verbreiten (Abb. 4, S. 27). Dasselbe gilt für die Verdrahtung der Nachricht ›Trockenheit‹ mit dem Befehl ›Abwärtskriechen‹, der Nachricht ›Buttersäure‹ mit dem Befehl ›Fallenlassen‹.

Die stoffliche Grundlage der Programme

Von einem allereinfachsten Organismus, vom Coli-Bakterium, kennen wir sogar schon den molekularen Zusammenhang eines solchen Programms in der Bauanleitung selbst[15]. Jener Abschnitt im Erbmaterial, der die codierte Anleitung zur Herstellung des für die Zuckerverdauung erforderlichen Enzyms enthält, ist bei Abwesenheit von Lactose, von Milchzucker, in der Umgebung verriegelt. Diesen Riegel nennt man ein Unterdrücker- oder Repressormolekül, das durch Anlegen eines Lactose-Moleküls nicht mehr verriegeln kann (Abb. 7). Die Eingangs-Nachricht, die also in der Struktur eines Zuckermoleküls besteht, ist damit fest mit der Folge-Nachricht ›Herstellung des zuckerabbauenden Ferments‹ verbunden. – Beim Pantoffeltier wird das Programm schon vom Erbmaterial in das Zellplasma delegiert sein und bei Vielzellern, den Zecken etwa, ist es noch weiter in eine Kette spezialisierter Nervenzellen verlagert, die von den Sinnesorganen zur Koordination bereits komplizierter Verhaltensweisen führt. Und man muß erwarten, daß das ganze Heer der Regulations-, Bewegungs- und Reflexprogramme hinauf bis zu den kompliziertesten Hierarchien der Instinkte (vergl. Abb. 37, S. 123), über ein ähnliches Wiedererkennen mit Hilfe von Schaltmustern in immer kanalisierteren Bahnen programmiert ist.

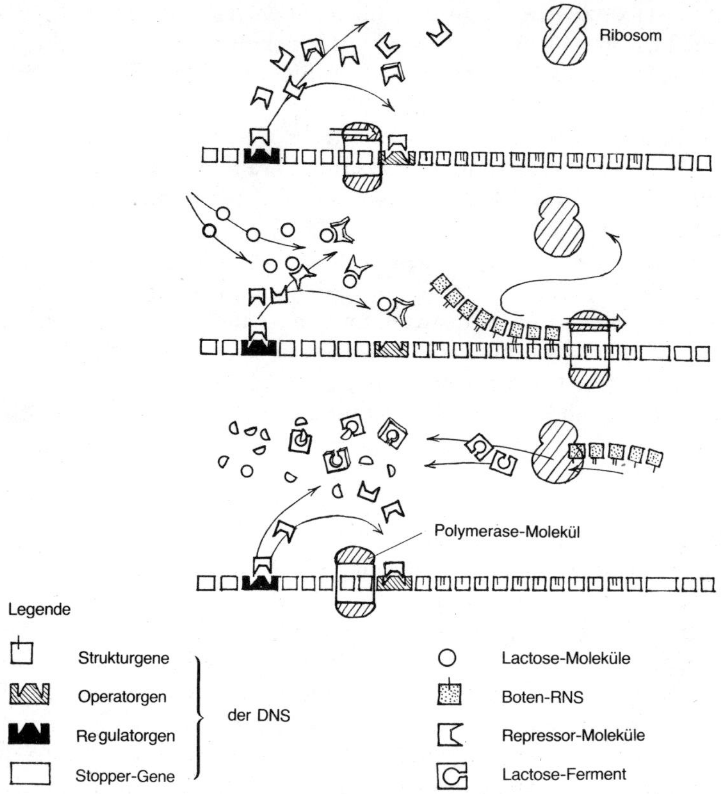

Abb. 7. *Lernprodukte im Gen-Material* am Beispiel einer Gen-Regulation beim Coli-Bakterium mit folgendem Ablauf. Oben: Das Regulator-Gen produziert Repressor-Moleküle, diese verriegeln das Operatorgen, das Polymerase-Molekül ist blockiert, die Strukturgene werden nicht abgelesen. Mitte: Lactose, der für den Stoffwechsel wichtige Zucker ist eingedrungen, die Repressor-Moleküle werden deformiert, verriegeln den Operator nicht, die Polymerase wandert und fertigt von den Strukturgenen die Abschrift der Boten-RNS an, die das Ribosom aufsucht. Unten: Die Boten-RNS wird im Ribosom in Lactose-Fermente übersetzt, diese spalten die Lactose-Moleküle, das Operator-Gen wird wieder verriegelt, die Polymerase blockiert und diese Ferment-Produktion wieder abgeschaltet (vereinfacht nach BRESCH u. HAUSMANN 1972, WATSON 1977).

Erfahrung im nachhinein, Urteil im voraus

Das Vorurteil der Moleküle jedenfalls beruht in allen Ebenen auf der festen Verknüpfung von bestimmten Nachrichten mit solchen Entscheidungen, die alles wahllose Versuchen in der Wahrscheinlichkeit richtiger Entscheidungsfindung weit übertreffen. Es entsteht immer durch Versuch und Irrtum, wie eine Erfahrung im nachhinein, enthält aber ein Urteil für die Zukunft, ein Urteil im voraus. Und es nimmt somit als ein Vorausurteil dem Organismus jene für ihn wesentlichen Entscheidungen ab, die ihm der Zufall nur unter größten Verlusten geliefert hat und nur unter größten Verlusten wieder liefern könnte. Das Vorurteil der Moleküle baut das Repertoire des Zufalls ab, reduziert die Möglichkeiten unsinniger Versuche, also von Unsinn, Chaos und Verfall. Es nimmt die sich wiederholenden Koinzidenzen in der Natur als etwas anscheinend Notwendiges. Es verwirft alle solche hypothetische

Realität im Falle von Mißerfolgen, aber es nimmt alles möglich Wahre als immer wahrscheinlicher wahr, je stetiger und öfter sich sein Vorurteil bestätigt: Wenn auch mit der Zurückhaltung der größtmöglichen Sparsamkeit des Erfahrungsgewinns[16] und unglaublicher Langsamkeit dieser Prozedur.

Die Ökonomie der Wahrscheinlichkeits-Erwartung

Die Langsamkeit des Lernens der Moleküle und die Starrheit ihrer Programme muß zu einem Grund für den großen Erfolg des individuellen Lernens geworden sein; und mit der höheren Differenzierung, vornehmlich der zusammengesetzten Sinnesorgane, wie dem Wirbeltier-Auge und der Zentral-Nervensysteme, hat es sich besonders entwickelt. So unumgänglich die lernenden Moleküle für die Evolution sind, verglichen mit der Schnelligkeit individuellen Erfahrungsgewinns wäre es katastrophal, viele Generationen lang auf die Verbesserung einer Reaktion zu warten, und diese dann wieder viele Generationen lang unverändert mitschleppen zu müssen[17]. Aber kein individuelles Lernen wäre möglich geworden, hätte es nicht schon auf einem höchst differenzierten Muster molekularer Erfahrung, die das Erbmaterial längst seiner Welt extrahierte, aufbauen können. Im Bereich des Verhaltens sind dies die Erb-Koordinationen, welche von der Einfachheit der uns schon bekannten Kinesis-Reaktion (Abb. 4, S. 27) bis zur Hierarchie der Instinkte (Abb. 37, S. 123) reichen, die wir noch erörtern werden. Und in ihrer Mitte etwa steht der ›unbedingte Reflex‹: der Lid-Reflex zum Beispiel (Abb. 8), der bei einem Luftstrahl auf die Cornea sofort das Auge schließt (Abb. 10, S. 49), oder der Patellar-Sehnen-Reflex, der bei plötzlicher Spannung in der Sehne sofort das Bein streckt.

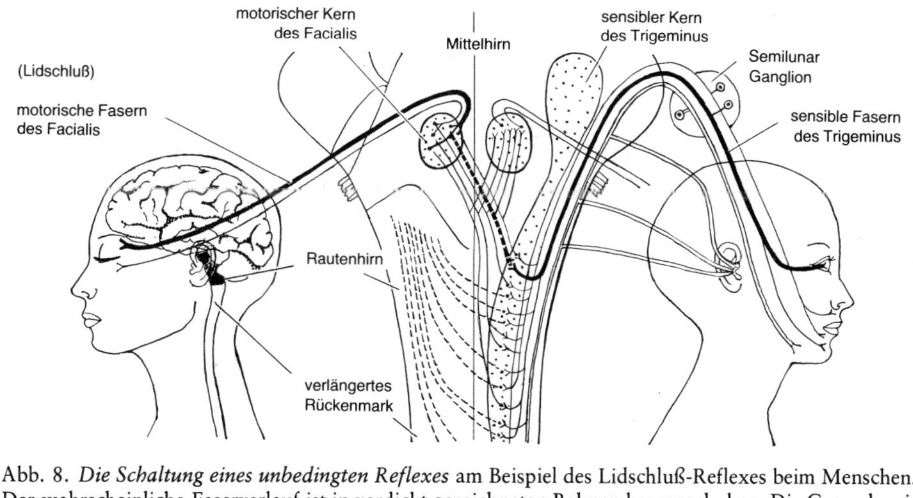

Abb. 8. *Die Schaltung eines unbedingten Reflexes* am Beispiel des Lidschluß-Reflexes beim Menschen. Der wahrscheinliche Faserverlauf ist in verdickt gezeichneten Bahnen hervorgehoben. Die Gegend zwischen Mittelhirn und verlängertem Rückenmark, in der die Verschaltung liegt, ist in der linken Figur dunkel, in der Mitte vergrößert dargestellt (nach CROSBY, HUMPHREY u. LAUER 1962).

Das individuelle Lernen

Das Lernen der Individuen beruht nunmehr auf einem Öffnen und auf einem neuen Verknüpfen oder Kombinieren der geschlossenen molekular vererbten Programme[18]. Im Zentrum einer ganzen Palette von Formen individuellen Erfahrungsgewinns steht die schon von dem russischen Physiologen PAWLOV entdeckte bedingte Reaktion. Das klassische Beispiel sind seine Hunde-Experimente[19]. Hunden trieft beim Anblick des Futters automatisch, als Folge eines molekular ererbten unbedingten Reflexes, der Speichel; nie aber beim Läuten einer Glocke. Denn Glockentöne hatten im Selektionsbereich der Hunde-Evolution nie etwas mit Futter zu tun. Läutet man ihnen aber regelmäßig zur Fütterung die Essensglocke (vergl. Abb. 22, S. 89), so trieft der Speichel bald beim Glockenton allein. Zwei Nachrichten-Kanäle werden verknüpft. Ihr Vorhandensein ist die Voraussetzung, ihre Assoziation ist das Neue. Das alte Muster ist ebenso unentbehrlich wie das neue, das durch die Beschleunigung des oft lebensentscheidenden Erfahrungsgewinns unentbehrlich wird. Das eine muß notwendig bleiben, das andere wird zur neuen Notwendigkeit. –

Der Schichtenbau der realen Welt[20] hält dabei streng an seiner Strukturierung fest. Betrachten wir hier den Zusammenhang zunächst nur von der niederen zur höheren Komplexität. Von den Gesetzen der Quanten, Atome, Moleküle, Biostrukturen reicht die Sammlung von Gesetzen jeder Schicht durch alle darüberliegenden hindurch. Welch andere Gesetze als die der Quanten sollte die Quantenverbindung zum Neuen der Atome auch enthalten; welche das Neue der Biostrukturen, denn die der Moleküle? Und dieser Bau setzt sich mit derselben Notwendigkeit in den Turmbau der Erkenntnisprozesse fort.

Das Hindurchreichen der Baugesetze

Worauf also könnte das Neue der Assoziationen zwischen Programmen beruhen, wenn nicht auf den in ihrer Unterschicht längst selektionsbewährten Programmen? Und so ist es kein Wunder mehr, sondern eine glänzende Bestätigung des Zusammenhangs der Schichten-Gesetzlichkeit in dieser Welt, daß im individuellen Erfahrungsgewinn, im Lernen der Schaltungen, dieselben Lernprinzipien wiederkehren, die wir schon vom Lernen der Moleküle kennen.

Tatsächlich sind auch diese beiden Lern-Ebenen durch Zwischenschichten verwoben. Das hat schon KONRAD LORENZ deutlich gemacht[21]. So kennt man individuelle, reversible Veränderungen in den Erbprogrammen: etwa die Gewöhnung und die Sensitivierung. Aber man kennt auch die Bildung der für das Individuum irreversiblen Assoziationen, wie Angewöhnung, Trauma und Prägung[22]. Die Prägung etwa kann man als die Komplettierung eines Erbprogrammes durch Assoziation mit einem individuellen Lernerlebnis verstehen. Sie erspart den Einbau komplizierter Information in das molekulare Gedächtnis, indem sie der Wahrscheinlichkeit vertraut, daß während einer speziellen, sensiblen Phase das Bild des Artgenossen, des Geschlechtspartners, selbst des Feindes vor Augen sein werde, um es irreversibel festzulegen. Auch in dieser Zwischengeschichte also wird charakteristischerweise nicht mit zwingender Schlüssigkeit, sondern nur mit hohen Wahrscheinlichkeiten operiert. Die Prägung wurde natürlich an den Fällen unnatürlicher, falscher Prägeobjekte entdeckt[23]; und es ist erstaunlich, wie unterschiedlich, ja absurd die Objekte der Prägung sein können (Abb. 9). Die Evolution konnte der Unwahrscheinlichkeit

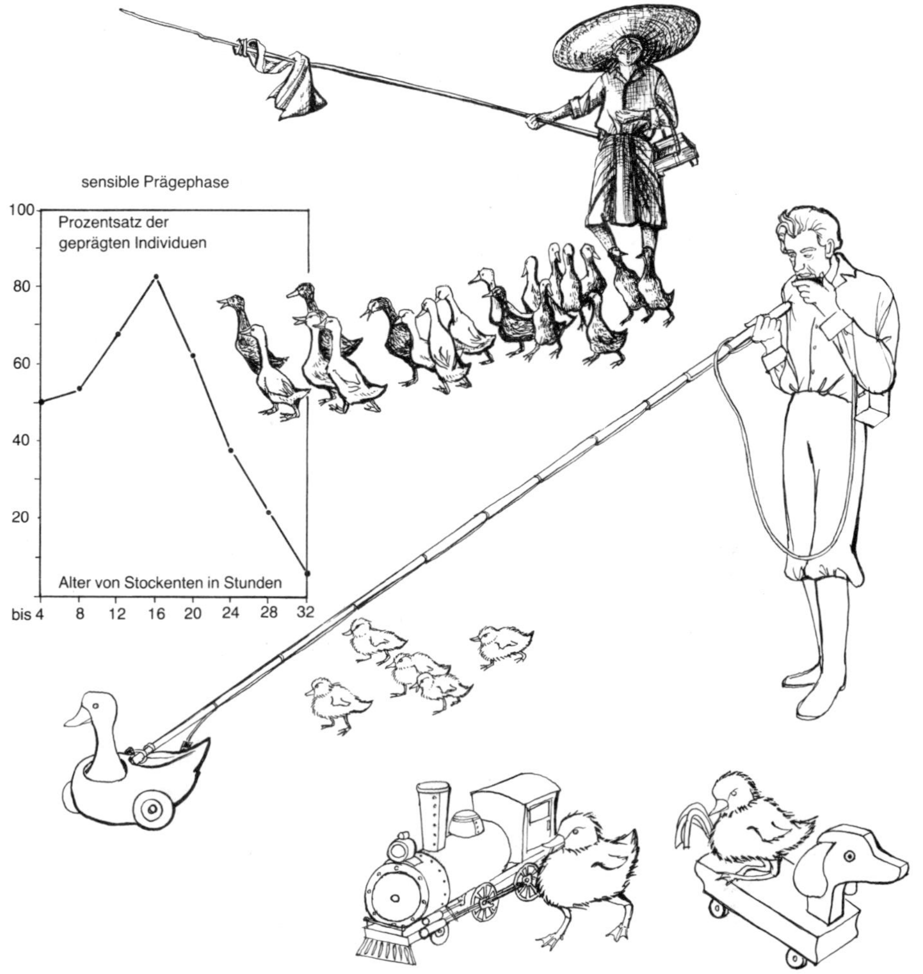

Abb. 9. *Die Prägung.* In Bali ist es längst bewährt, Gänse unter ›ihrem Fähnlein‹ zum Futterplatz und zum Stall zu führen. Erkannt wurde der Zusammenhang von KONRAD LORENZ mittels Attrappen, aus deren Lautsprecher seine eigene Stimme tönte. Heute sind die sensiblen Stunden der Prägung gut untersucht und die absurdesten Prägeobjekte bekannt, welchen die geprägten Kücken dennoch ein Leben lang folgen (nach HESSE 1959, ALLEN 1972, HEINROTH 1974 und einem Fernsehfilm von H. v. DITFURTH 1978).

der Begegnung mit ihnen in der Natur vertrauen. Der Übergang zum Wahrscheinlichkeits-Lernen der Assoziationen ist völlig gleitend.

Das assoziative Lernen des Individuums verknüpft nun in derselben Weise die Stetigkeit von Koinzidenzen zu einem Vorurteil, zu einer Prognose über das Folge-Ereignis; wobei wiederum die Bestätigung jeder einzelnen Erwartung die Prognose über die Folgeereignisse verstärkt und festigt, jede Enttäuschung oder Frustration aber an deren Auflösung wirkt.

Das Hindurchreichen der Lerngesetze

Blicken wir nochmals zurück. Der Mechanismus allen schöpferischen Lernens, wie wir es bislang für den Bereich des Vorbewußten schilderten, beruht auf zwei Grundeigenschaften oder Eigentümlichkeiten dieser Welt. Die eine ist ihr beträchtlicher Gehalt an Redundanz; die andere ihre unbestimmte Stetigkeit. Wir meinen damit den Umstand, daß zwar in den meisten Fällen mit einer wiederholten Wiederkehr derselben Ereignisse zu rechnen ist, es aber zunächst ganz offenbleibt, unter welchen Umständen und in welcher Folge mit diesen zu rechnen wäre.

Unter solchen Voraussetzungen, wie sie die ganze Umwelt der Organismen gestalten, wird ein ganz bestimmter Algorithmus zur lernenden Lösung der Lebens- und Überlebens-Probleme Erfolg haben. Ein Algorithmus, also eine auf zyklischer Wiederholung von Regeln beruhende Verrechnungsweise[24], die mit Bestätigungen unbestimmter Abfolge rechnet; mit Wahrscheinlichkeit. Dies ist das biologische Grundprinzip der Heuristik, der empirischen Methode des Auffindens neuer Erkenntnisse[25]. Ein Prinzip empirischer Mutmaßungen über Möglichkeiten, deren Voraussetzungen in der reflektierenden Vernunft schon KANT darlegt, wenn er sagt: »Nur in der empirischen Naturwissenschaft können Mutmaßungen (vermittelst der Induktion und Analogie) gelitten werden, doch so, daß wenigstens die Möglichkeit dessen, was ich annehme, völlig gewiß sein muß.«[26]

Der Biologe erkennt bereits in der Mutation jenes Suchen, welches wir reflektierend als die Mutmaßung einer Möglichkeit, nämlich einer Problemlösung, eines Lebenserfolges erleben. Und er weiß, daß es vieler Bestätigungen oder Verstärkungen bedarf, bis sich eine Mutante als definitiver Erfahrungsgewinn in der ganzen, gemeinsam lernenden Population durchsetzt; bis eine solche Lösung bei allen Vertretern in den Strukturen des Erbmaterials eingebaut ist, ob sie nun für die Strukturen der Regulative, des Körpers, der Reflexe oder Instinkte codiert. Die Bekräftigung muß die Enttäuschung überwiegen.

Es ist interssant, daß Tiere auch voneinander in dieser Weise schöpferisch lernen. Die bloße Nachahmung, die nur das Lernen in unserer Zivilisation so sehr dominiert, schließen wir hier nicht ein. So dürfen die mimetischen ›Nachahmer‹ von Gifttieren nicht zu individuenreich werden, weil ansonsten die Räuber individuell lernen, getäuscht zu werden, welcher Täuschung die Nachahmer ja ihre erblich gewordene, täuschende Ähnlichkeit verdanken. WICKLER hat dies sehr übersichtlich gemacht[27]. – Pflanzen mit eingeschlechtlichen Blüten und Insektenbestäubung wiederum können nur dann auf die Produktion von Nektar verzichten, wenn die weiblichen Blüten den männlichen äußerst ähnlich werden und deren Anzahl nicht überwiegen. Solche ›Täuschblumen‹ hat STEFAN VOGEL in vielen Einzelheiten aufgeklärt[28]. So bei Begonia-Arten, wo 70% männliche Blüten durch ihre Pollen-Gabe die sammelnden Hummeln unter zureichender Futter-Verstärkung halten. – Dasselbe in umgekehrter Dressurrichtung kennt man durch KUYTEN[29]. Die Raupe des Kaiseratlas, eines Falters in Assam, spinnt sich zur Verpuppung in die Rolle eines verwelkenden Blattes ein. Zu diesem Zweck beißt sie den Blattstiel durch und spinnt das Blatt an. Um die Vögel aber nicht auf diese ›Futter-Rolle‹ zu dressieren, werden stets mehrere Blätter durchgebissen und angesponnen, so daß etwa zwei Drittel leer bleiben.

Das Hindurchreichen des Algorithmus

Was hier wieder mit individuellem Lernen zu tun hat, nämlich mit dem individuellen Lernen der Räuber, Hummeln und Vögel, ist auf der Seite der Lehrenden noch das Lernergebnis des gelehrigen Erbmaterials. Das Prinzip von Enttäuschung und Bestärkung setzt sich also unverändert fort. Vom individuellen Lernen durch den bedingten Reflex kennen wir das schon. Und auch dieser entspricht dem heuristisch entdeckenden Lernen. Denn tatsächlich mußten die Hunde PAWLOVs den Zusammenhang zwischen Glocke und Futter erst entdecken. Beim Lidschluß-Reflex kennen wir durch GRANT und SCHIPPER[30] sogar den Umstand, daß sich die relative Häufigkeit der Verstärkung der bedingten Reaktion in der Größenordnung des Lernerfolges wiederholt. Vor den bedingten Reiz, den Luftstrahl auf die Cornea, wurde als unbedingter Reiz ein Lichtblitz gereiht. Das Maximum der positiven bedingten Reaktionen (Abb. 10) erreicht die relative Häufigkeit der Bekräftigung. Selbst das Verlernen erfolgt um so rascher, je stetiger die Bekräftigung im Lernvorgang war. So, als ob das Verschwinden des eindeutigsten Zusammenhangs auch von der entstandenen Nerven-Verbindung am eindeutigsten erkannt würde. KLAUS FOPPA danken wir die umfassendste Synthese solcher Forschungsergebnisse[31].

Alle höheren Organismen warten aber das Eintreten bestimmter Reizsituationen nicht bloß ab, sondern begeben sich, jeweils nach der Anleitung ihrer inneren Bedürfnisse und Stimmungen, auf die Suche nach denselben. So wie wir, um den Reiz des Niesens auszulösen oder den des Hungers zu stillen, in die Sonne blinzeln oder uns auf die Suche nach einem Wirtshausschilde machen. Seit CRAIG spricht man von Begehr- oder Appetenz-Verhalten[32]. Und mit diesem entsteht ein neuer Förderer des Lernens. Tatsächlich erwiesen sich PAWLOVs bedingte Reaktionen nicht als bedingte Reflexe, wie der große Physiologe meinte, sondern als bedingte Appetenzen. Wird nämlich der Hund aus der Fessel befreit, so springt er bellend und schwanzwedelnd

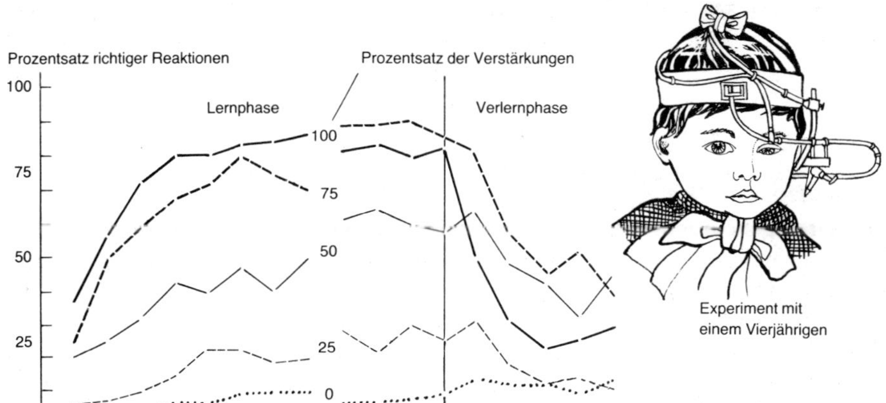

Abb. 10. *Lernen und Verlernen eines bedingten Reflexes* am Beispiel des Lidschluß-Reflexes in Abhängigkeit von der Zahl der wiederholten Versuche und vom Prozentsatz der Verstärkungen oder Bekräftigungen durch Koinzidenz des unbedingten und des bedingten Reizes; z. B. Luftstrahl und Lichtblitz. Links Versuchsergebnisse an Studenten (nach GRANT und SCHIPPER 1952), rechts Versuchsanordnung bei einem Kind (aus PICKENHAIN 1959; man vergleiche die Schaltung in Abb. 8 Seite 45).

auf die Glocke zu, und »zeigt damit«, wie BERNHARD HASSENSTEIN sagt, »als Ergebnis des Lernens sein arttypisches Appetenzverhalten, das soziale Futterbetteln«.

Die Mutmaßung der Möglichkeit von Zusammenhängen geht aber noch weiter. »Ein ursprünglich neutrales Verhalten oder Verhaltenselement«, so folgen wir wieder HASSENSTEIN, »wird in den Dienst des Appetenzverhaltens gestellt«. KARL VON FRISCH hielt einen »... Kleinpapagei in seinem Zimmer. Er ließ den Vogel immer nur dann für einige Zeit frei fliegen, wenn er beobachtet hatte, daß der Sittich gerade im Käfig ein ›Batzi‹ gemacht hatte; so blieb das Zimmer ohne ›Visitkarte‹. Der Vogel lernte nun bald um des Lohnes willen auch ohne innere Notwendigkeit winzige Mengen von Kot zu produzieren. Seine Bemühungen in dieser Hinsicht wirkten ungemein komisch. Das Drücken wurde für ihn zu einer Tat, die belohnt wurde, und er begann zuweilen auch außerhalb des Käfigs in dieser originellen Weise zu ›bitten‹, wenn er einen Leckerbissen sah oder sonst einen lebhaften Wunsch hatte.« Oder »ein weiteres Beispiel: in der Erregung hatte in einem Zoo ein kleiner Affe, der immer von den stärkeren Tieren weggedrängt worden war, auf der Stelle zu springen angefangen. Dadurch wurden Zoobesucher auf ihn aufmerksam, die ihm nun über die anderen Affen hinweg Futter zuwarfen. Damit verknüpft sich in dem Tier der Antrieb zum Nahrungserwerb mit dem ›erfolgreichen‹ Verhalten. Je größer der Hunger, desto häufiger wurde nun sein Springen auf der Stelle.«[33]

Und wir werden noch festzustellen haben, daß unser eigenes Handeln selbst in der Wiederholung wissenschaftlicher Experimente von Appetenzverhalten angeleitet wird; und daß die Mutmaßung von Möglichkeiten unter Verwendung neutraler Ersatzbeziehungen zum Aberglauben führt. Haben wir, wenn wir rechtzeitig ›toi-toi-toi‹ auf Holz klopften, nicht doch meist das Schlimmste abgewendet und wiederholen deshalb dieses seltsame Verhalten? PAUL WATZLAWICK liefert zu diesem Teil unserer ›Wirklichkeit‹ wunderbare Beispiele[34].

Der Algorithmus der Mutmaßung von Möglichkeiten ist also außerordentlich alt, im Lernen der Moleküle ist er so alt wie der Genetische Code; drei Jahrmilliarden. Aber auch das individuelle Lernen der Schaltungen muß so alt sein wie die komplexen Nervensysteme; wahrscheinlich fünfhundert Jahrmillionen[35]. Es ist fünfhundertmal so alt wie die Gattung *Homo* und fünftausendmal so alt wie der *Homo sapiens neandertalensis,* die älteste Form unserer Art.

Der ratiomorphe Apparat

In dieser ungeheuren Zeitspanne des individuellen Lernens der Schaltungen ist in den Gehirnen ein Schaltungsnetz entstanden, das, noch immer weit von jeder bewußten Reflexion entfernt, nun auf dieser Zwischenebene wieder vernunftähnliche Leistungen setzt. Man kann mit EGON BRUNSWIK von einem ratiomorphen Apparat sprechen[36]. Wir kennen seine erstaunlichen Leistungen zum Beispiel aus dem ganzen Stamm der Wirbeltiere; das heißt selbst von den Haien, deren Ahnenreihe fast schon eine halbe Jahrmilliarde von der unseren getrennt verläuft. Und schon diese verfügen über ganz entsprechende, funktionsbedingte Leistungen komplizierter, stereometrischer Verrechnungen, die es wie bei uns Menschen möglich machen, Eigenbewegung gegen Objektbewegung oder die unterschiedlichsten Netzhautbilder, die je nach Entfernung und Perspektive beträchtlich differieren, so zu verrechnen, daß sie als derselbe Partner oder derselbe Feind verläßlich und wieder im voraus zu prognostizieren sind. Und tatsächlich sind die Kalkulationen in einem Maße komplex, daß sie auch das elaborierteste Computerprogramm noch nicht nachzuvollziehen vermöchte[37]; und schon dies ist ein Hinweis darauf, daß unsere bewußte, rationale Reflexion die ratiomorphe zwar überbaut, aber durchaus nicht ersetzt hat.

Bewußtsein und bewußte Rationalität, jene bedeutenden Errungenschaften der Evolution zum Menschen, bilden zwar neben ihrer Eigengesetzlichkeit ein Regulativ, ein Kontrollorgan der nichtbewußten ratiomorphen Leistung, aber sie bilden das weitaus jüngste Organ der wissenserwerbenden Systeme des Lebendigen. Es muß sich, wie schon erwähnt, mit dem Aufrichten und dem Werkzeugerwerb unserer Vorfahren, gemeinsam mit dem Werden der Sprache und der Weitergabe von individuell Gelerntem entwickelt haben. Das war vor etwa fünf Jahrmillionen[38]; also ein Hundertstel der Zeit, die der ratiomorphe Apparat schon existierte.

Die Überschätzung des Rationalen

Wir Menschen neigen nun dazu, den Anteil des Rationalen an unseren Leistungen weit zu überschätzen. Und das ist höchst natürlich, denn es ist uns naturgemäß nur das Bewußte bewußt, und es ist die bewußte Vernunft das spezifisch Menschliche, das uns erhebend über die Tiere setzt; und nicht zuletzt macht uns, merkwürdigerweise, weniger die Tatsache Eindruck, daß wir allen Blüten der Zivilisation zum Trotz überlebten, sondern vielmehr all das, was sie technisch-organisatorisch zusammengebastelt hat. Ungeachtet dieser Bewunderung für uns selbst, also für all das, wovon wir meinen, es alleine uns selbst danken zu müssen, stehen aber die ratiomorphen Leistungen. Und diese zeigen, daß noch immer die meisten Assoziationen im Nichtbewußten geknüpft werden, daß ihr Antrieb dem Bewußtsein entzogen blieb, daß alles Schöpferische[39], wie Arthur Koestler zeigt, sich jenseits des Bewußten ereignet; und daß alles, was wir an Gedächtnisinhalten, komplexer Lösung[40], Kombinatorik, Gestalterleben[41] besitzen, wie schon Konrad Lorenz feststellt, erst aus dem Nichtbewußten hervorgeholt, ja mühsam ins Bewußtsein befördert werden muß, um nur zu leicht ins Nichtbewußte wieder zurückzusinken. Das Bewußtsein ist eine dünne Oberschicht über dem jahrmilliarden tiefen Untergrund seiner eigenen, nichtbewußten Voraussetzungen[42]. Insofern haben Freud und Jung völlig recht.

Die einfachsten ratiomorphen Operationen

Auf all das wird an den entsprechenden Stellen und im Zusammenhang mit den einzelnen Steuermechanismen zurückzukommen sein. Hier ist zunächst zu verfolgen, was dieser ratiomorphe Apparat an einfachsten Operationen enthält. Und das Voraussetzungsvollste, das sich beobachten läßt, ist wiederum sein Verrechnen von Wahrscheinlichkeit.

Da ist zunächst wieder die Wahrscheinlichkeit von der realen Existenz dieser Welt, die er, wie eine Annahme oder Hypothese, bis hinauf in unser Bewußtsein enthält. Dabei gelten wieder alle jene Koinzidenzen als wahrscheinliche Realität, über welche sich Prognosen oder Urteile im voraus durch Folgeerlebnisse im nachhinein bestätigen; und der Wahrscheinlichkeitsgrad nimmt, wie wir sehen werden, als Potenz jenes Maßes zu, in dem sich die Bestätigungen des Erwarteten widerspruchslos wiederholen. Hingegen wirkt wie beim Lernen der Moleküle jede Enttäuschung einer hypothetischen Voraussicht mindernd auf den erwarteten Grad der Wahrscheinlichkeit. Dabei ist die Menge des Vorhersehbaren, der Merkmalsreichtum, wie die Wiederholbarkeit der uns möglichen Prognosen über diese Welt so unübersehbar groß, daß schon daraus die Realität des Ganzen äußerst wahrscheinlich wird. Daß dieses Buch, öffne ich die Hände, fallen, daß der Raum um mich, blicke ich auf, wieder vorhanden, daß die Empfindung seiner Helligkeit, schließe ich die Augen, sich in eine gedachte verwandeln werde, das sind alles winzige Bausteine zu jenem riesigen Gebäude, das unsere Erwartung einer realen Welt enthält. Und unter welch anderer Annahme hätte sich jener ratiomorphe Apparat durchsetzen und seine Träger erfolgreich durch die Fährnisse ihrer Welt zu steuern vermocht? Auch er ist, wie das Leben überhaupt, hypothetischer Realist. DONALD CAMPBELL war der erste, der den Begriff des hypothetischen Realismus prägte; und er hat ihn für die ganze erkenntnistheoretische Haltung angewendet, der wir hier folgen und deren biologische Geschichte wir auflegen[43]. Tatsächlich ist es erst das Bewußtsein, wenn es seinen ratiomorphen Hintergrund mißachtet, das an der Realität der Welt zweifeln kann. Es ist das Dilemma unseres Bewußtseins, daß es seinen Hintergrund nicht unmittelbar kennt. Die ›Rückseite des Spiegels‹[44] war, wie LORENZ zeigt, erst durch einen langen Weg der Forschung zu verstehen.

Verrechnung von Zufall versus Notwendigkeit

Jene fundamentalste Verrechung, die der ratiomorphe Apparat fortgesetzt vornimmt, betrifft aber viel weniger die Scheidung des Realen vom Nichtrealen. Dies sind eher Alternativen aus der Schichte des Bewußtseins. Der ratiomorphe Apparat verrechnet vielmehr zuerst Zufälliges gegen Notwendiges. Die hypothetische Realität dieser Alternativen ist dann eine bloße Konsequenz; die Folge davon, daß die Verrechnung dazu zwingt, eine Welt von Notwendigkeiten annehmen zu müssen.

Der Mechanismus, oder besser Algorithmus[45], der dieser Verrechnung zugrunde liegt, ist wieder jener, welchen wir vom Lernen der Moleküle, der bedingten Reaktionen, ja selbst von der Prägung kennen. Er beruht wieder auf der Gegenverrechnung von Wahrscheinlichkeiten. Und da wir nun dem Bewußtsein schon so nahe sind, daß die Rechenweise in den Bereich unserer bewußten Beobachtung gehoben werden kann, so läßt sie sich auch rational, in der Form unserer Sprache und Mathematik formulieren. Und wir werden die Ergebnisse aus solcher Formulierung mit unseren vorrationalen, empfindungsgemäßen Urteilen vergleichen, um zu belegen, daß die vernünftigste Verrechnungsweise des anscheinend Wahren genau der Methode des ratiomorphen Mechanismus entspricht.

Bereits im Ansatz verhält sich die ratiomorphe Rechenweise so, als ob sich alle Ereignisse und Zustände glatt in zufällige und notwendige sortieren ließen. Schon das ist interessant, zumal gar nicht gewußt werden muß, was der Zufall ist, nicht einmal, ob es ihn im Bereiche unserer Wahrnehmung, also außerhalb der mikrophysikalischen Phänomene überhaupt gibt. Subjektiv, von der Position des Individuums gesehen, das sich entscheiden muß, ist diese Sortierung aber sehr vernünftig, weil sie die Vermutung einbezieht, daß man hinsichtlich mancher Ereignisse und Zustände eine Voraussicht über deren Wiedereintreten besitzen wird, über andere aber nicht; und daß das Problem der Orientierung in dieser Welt davon abhängt, ob man entweder Voraussicht besitzen kann oder eben dieser entbehrt. Eine dritte Alternative scheint zunächst nicht gegeben[46].

Die Hypothese vom anscheinend Wahren

Wenn wir analysieren, was in dieser Erwartung steckt, so zeigt es sich, daß sie drei Schichten von Voraussetzungen enthält: die Annahme, daß gewisse Ereignisse wahrscheinlich wieder beobachtbar wären, folglich die Annahme der Wiederkehr von Ordnungsformen in dieser Welt, und damit die Annahme einer anscheinend realen Welt. Denn *die Hypothese vom anscheinend Wahren enthält die Erwartung, daß sich manche gemachte Erfahrung unter entsprechenden Bedingungen wahrscheinlich prognostizieren, also durch Wiedereintreten bestätigen lassen werde.* Untersuchen wir zunächst, was hier unter dem Titel ›wahrscheinlich‹ zu verrechnen wäre.

Da finden wir nun die Erwartung, daß zwar nicht der Zeitpunkt oder alle Vorbedingungen, jedoch der Grad der Möglichkeit eines Ereignisses zu prognostizieren wäre. Dies entspricht der Hypothese, daß man über jenen Spielraum, den die Welt ihren Zufallskomponenten einräumte, eine Voraussicht haben könnte. Das ist noch merkwürdiger, da man gar nicht anzugeben vermöchte, woher diese Vermutung im voraus stammen könnte; denn Wahrscheinlichkeit ist uns, wenn wir reflektieren, ein Maß für den Grad der Möglichkeit eben noch unverwirklichter Zustände oder Ereignisse. Die Treffer-Wahrscheinlichkeit entspricht dabei dem Kehrwert des Repertoires des Zufalls; der Zahl der Wahlmöglichkeiten, die dem ›Spiel des Zufalls‹ eingeräumt sind. Und wie könnte man vom Ausmaß eines unbekannten Repertoires im voraus Kenntnis haben? Man kann diese Menge an Unkenntnis, über welche die Hypothese der Wahrscheinlichkeit vermeint, eine Voraussicht zu besitzen, auch als die Unkenntnis vom Repertoire des Zufalls beschreiben. Dies sei kurz illustriert. Denn es entspricht dem Kern jener drei Axiome[47], nach welchen die Wahrscheinlichkeits-Theorie heute mathematisch formuliert ist. Für den Fall, daß alle Zufallsereignisse, die im Rahmen einer Bedingung auftreten können, dieselben Chancen hätten, muß die Wahrscheinlichkeit eines jeden dem Kehrwert des in der Bedingung enthaltenen Repertoires entsprechen. Das Repertoire ist unter den bekannten Bedingungen der Münze, beim Würfel oder bei einem Paket Skat-Karten 2, 6 und 32; und folglich ist die Wahrscheinlichkeit, daß der Adler fallen, die Eins gewürfelt oder der Herz-Bube gezogen werde, $1/2$, $1/6$ und $1/32$.

Aber schon wurden verschiedene Arten des Wahrscheinlichkeits-Begriffs verwendet. In unserem Zahlenbeispiel handelt es sich um *a posteriori*-Wahrscheinlichkeit, eine Häufigkeitsinterpretation im nachhinein. Wobei uns hier erst eine unendliche Zahl von Würfen beispielsweise das Chancenverhältnis der Würfelseiten genau bestimmt. Beim schöpferischen Lernvorgang handelt es sich aber um eine *a priori*-Wahrscheinlichkeit, also um ein Urteil im voraus; und noch dazu von äußerst subjektiver Form. Denn es muß dieses Vorausurteil, wie wir wissen, von jeder Art von Unkenntnis seinen Ausgang nehmen können.

Ein subjektiver Wahrscheinlichkeitsbegriff ist in den dreißiger Jahren von Frank Ramsey und von Bruno de Finetti[48] entwickelt worden und »stellt eine Präzisierung und Idealisierung, ein rationales Modell des vorwissenschaftlichen, intuitiven Begriffs der Wahrscheinlichkeit dar, den wir im Alltag verwenden« und soll, so fährt Franz von Kutschera fort, »einen allgemeinen Rahmen für die Verknüpfung rationaler Glaubensannahmen entwickeln.«[49] Von seinen Formen sowie von dem objektiven und logischen Wahrscheinlichkeitsbegriff, den man ihm gegenüberstellt, soll erst später die Rede sein. Hier genügt es, die Übereinstimmung und die Unterscheidung des subjektiven Wahrscheinlichkeitsbegriffes, wie er dem biologischen Lernprozeß entspricht, gegenüber dem formalen, in der Literatur gebräuchlichen, festzustellen.

Die Übereinstimmung besteht in der voraussetzungslosen, aber dennoch lenkenden Funktion, im Prozeß des Wissensgewinns. Da wie dort stellen wir fest: »Die intuitive Bewertung von Ereignissen mit Wahrscheinlichkeiten dient uns in vielen praktischen Fällen zur Grundlage unseres Handelns: wo wir keine Sicherheit haben, ob ein Ereignis *E* eintreten wird oder nicht, der Erfolg unseres Handelns aber davon abhängt, werden wir uns nach der Wahrscheinlichkeit richten, die wir *E* zumessen.« Dabei ist es zunächst einerlei, worauf sich beispielsweise unsere Erwartung ›es werde nicht regnen‹ gründet: auf den Umstand, daß wir Meteorologen sind, dem Wetterbericht folgen, einer Bauernregel, weil uns das Tragen eines Schirmes lästig ist, oder weil wir keinen zur Hand haben. So grundlegend die Übereinstimmung, so grundlegend ist aber auch der Unterschied. Der formale Begriff der subjektiven Wahrscheinlichkeit, resumiert VON KUTSCHERA, »will weder den tatsächlichen Glauben irgendeiner Person wiedergeben noch die Prinzipien, die für diesen tatsächlichen Glauben gelten. Was und wie tatsächlich geglaubt wird, ist eine rein empirische Frage.«[50] Diese empirsche Frage ist die unsere. Wir haben nicht mit Logistik zu tun, sondern mit Heuristik, nicht mit Deduktion oder zwingender Ableitung, sondern mit Induktion oder möglicher Konstruktion; wir haben es in dem Kreislauf des wissenerwerbenden Prozesses, wie ihn ERHARD OESER schildert[51], nicht mit der formalwissenschaftlichen Erklärung von Beweisen, sondern mit der erfahrungswissenschaftlichen Erklärung von Erwartungen zu tun; mit einer ›heuristischen Wahrscheinlichkeit‹.

Wiewohl wir finden werden, daß die Formen der heuristischen jenen der logistischen Wahrscheinlichkeit parallel gehen, sind es doch immer nur deren spiegelbildliche Antagonisten im Kreisprozeß des Wissensgewinns von Erwartung und Erfahrung.

Woher also, müssen wir uns weiter fragen, kann die Erwartung stammen, Voraussichten über das Unbekannte, das ungewisse Spiel des Möglichen zu besitzen?

Ein Apriori der Vernunft

Tatsächlich ist kein Urteil über Gegenstände jenseits der Erfahrung rational zu begründen. Und dennoch haben wir gesehen, daß ohne Urteil im voraus gar keine Erfahrung zu machen ist. Die Erwartung von Möglichkeit oder Unmöglichkeit, Zufall oder Notwendigkeit ist eine Voraussetzung allen Erfahrungsgewinns und aus der individuellen Erfahrung jedes einzelnen von uns nicht zu begründen. Dies bestätigt bereits KANT, der die Erwartungen unter der Kategorie der Modalität zu den *Apriori* der reinen Vernunft zählt[52]. Und aus der reinen Vernunft erwiesen sie sich auch bis heute als nicht hinterfragbar. *A priori* urteilen heißt schon bei KANT, urteilen ›im voraus‹, urteilen »ohne daß der Gegenstand gegeben sein darf«, eine reine Selbsttätigkeit, die durch nichts anderes als durch sich selbst bestimmt ist. Ohne diese ursprüngliche Spontaneität würden wir nicht *a priori* erkennen[53].

Freilich blieb die Herkunft der *Apriori* ein Rätsel, wiewohl wir noch sehen werden, daß schon KANT die Lösung, sie als »eine Art Präformationssystem der reinen Vernunft« anzusehen, ahnte[54]. Für uns liegt die Lösung auf der Hand. Sie ist auch schon von KONRAD LORENZ und darauf von DONALD CAMPBELL gesehen worden[55]. Die Notwendigkeit der Mutmaßung des Möglichen ist zwar gewiß ein *Apriori* für die reine Vernunft des Individuums, aber sie ist das Lernergebnis des ratiomorphen Apparates, der auf den Lehrmeistern der Schaltungen und weiter auf jenen der Moleküle beruht; sie ist ein *Aposteriori* unseres Stammes.

Wir verstehen nun, daß, wie gering die Kenntnis einer Sache auch sein kann, jede Entscheidung von einer Erwartung getragen werden muß, die bewußt oder unbewußt von einer völlig subjektiven Wahrscheinlichkeit ausgeht. Und was nun diese Vorausannahmen rechtfertigt, das ist in unsere Ausdrucksweise übersetzt die Erfahrung, daß die Größe dieser hypothetischen Wahrscheinlichkeit nicht so wichtig ist. Sie wird durch jede Folge-Erfahrung leicht zu korrigieren sein. Entscheidend ist vielmehr, daß überhaupt mit einer Wahrscheinlichkeit gerechnet wird, daß man mit einer Erwartung, einem Vorurteil, einer Hypothese jedem Folgeereignis begegnet. Eben darauf beruht die Ökonomie des Vorurteils.

Zwei Beispiele: Ziehen wir aus gut gemischten Skat-Karten den Herz-Buben, so wird das nicht wundernehmen. Er ist ein Teil des Repertoires. Ziehen wir nach neuerlichem Mischen aber beim zweiten Mal wieder den Herz-Buben, so ist das schon merkwürdig. Wie ändert sich unsere Erwartung, wenn wir nun auch noch beim zehnten, ja beim hundertsten Versuch nichts als den Herz-Buben ziehen? Wir würden die Hypothese, es mit einem regulärem Paket Skat-Karten zu tun zu haben, aufgeben und etwa annehmen, daß das Paket überhaupt nur Herz-Buben enthält. Unsere Hypothese von seinem Repertoire wird von 32 zu 1 wechseln. Oder: Fassen wir in das Säckchen von A- und B-Lettern, das wir zur Ergänzung unseres Setzkastens erworben haben und befördern ein A zutage, so wird sich an unserer Erwartung, etwa jedes zweite Mal ein B zu fassen, nichts ändern. Fassen aber die nächsten Suchgriffe ein L, ein Y, ein D und nochmals ein L, so werden wir vermuten, irrtümlich ein ganzes Alphabet erworben zu haben. Unsere Hypothese von seinem Repertoire wird nun von 2 zu 26 wechseln. Aller Erkenntnisgewinn operiert mit Hypothesen der Erwartung, wie ERHARD OESER nachweist, hinauf bis zu den Fragestellungen der Wissenschaft. Und je genauer die Erwartung formuliert wird, um so aufschlußreicher wird die Antwort sein. Wir sagen: wer nicht fragt, kann nichts erfahren. Darauf hat schon JAKOB VON UEXKÜLL hingewiesen. Eine ›undefinierte Hypothese‹, sagt KARL POPPER, eine vage Idee kann man nicht genau prüfen, exakt weder bestätigen noch widerlegen[56].

Nur im ›unordentlichen‹ Bereich unreflektierten Alltagsbewußtseins vermeinen wir, uns ohne definierte Hypothesen zurechtzufinden. Das beruht aber nur darauf, daß uns unser ratiomorpher Apparat fortgesetzt nicht nur die Definition der Hypothese abnimmt, sondern sie auch fortgesetzt mit den Bestätigungen wie mit den Enttäuschungen seiner Erwartung verrechnet, um sie laufend umformuliert am letzten Stand zu halten. Das haben EGON BRUNSWIK vorhergesehen, KONRAD LORENZ biologisch und GERHARD VOLLMER erkenntnistheoretisch begründet[57].

Ein vernünftiger Algorithmus

Übertragen wir nun den vorbewußten Prozeß des Wissensgewinns in die rationale Ausdrucksweise, dann ergeben sich folgende Bedingungen. Die Verrechnungsweise ist zyklisch und führt in einer endlichen Zahl von Kreisläufen zur Lösung oder Entscheidung. Sie hat die Form eines Algorithmus.

Nichts ist von Haus aus gewiß. Vielmehr wird stets mit der Möglichkeit gerechnet, daß sich Ereignisse als unvorhersehbar oder als vorhersehbar, wir sagen als zufällig oder notwendig, erweisen werden. Absolut wird auch Gewißheit nie, man kann sich ihr nur weitgehend nähern; wir sagen, sie wird sich 0 oder 1 nähern. Und bei völliger Unkenntnis müssen alle Möglichkeiten gleich wahrscheinlich sein. Dies ist der Zustand höchster Ungewißheit. Höhere Grade von Gewißhheit aber werden sich aus der zyklischen Verrechnung der Folge-Erfahrungen ergeben. Dieser Kalkül ist von dem englischen Pastor THOMAS BAYES entdeckt, posthum veröffentlicht, in seiner Tragweite erst in neuerer Zeit erfaßt worden[58]. Wir selbst haben ihn unabhängig von BAYES aus dem Verhalten biologischer Systeme entwickelt[59]. Von der Erfahrung erwarten wir nun, daß sie jeweils eine der alternativen Hypothesen enttäuscht; und zwar deren Wahrscheinlichkeit jeweils exponentiell reduziert. Etwa in der Weise, wie die Physiologie heute das Verhältnis von Empfindung und Reiz, wie durch die Gesetze von WEBER und FECHNER, als eine Exponentialfunktion beschreibt[60].

Kurz, wir erwarten, daß in den alternativen Erwartungen die Zahl der Enttäuschungen als negative Potenz über der Hypothese des Repertoires stehen werde. Daß dies rational mitvollziehbar ist, das heißt, auch unserer persönlichen Erwartung entspricht, muß nun sogleich gezeigt werden.

Wenn wir uns auf ein Glücksspiel mit dem Münzwurf einlassen, so rechnen wir mit einem Zufallsrepertoire von 2, nämlich Kopf und Adler, und einer Gewinnchance von $1/2$; selbst dann, wenn stets unser Partner wirft und, sagen wir, auf Adler setzt. Fällt das erste Mal der Adler, so wird uns das als eine normale Konsequenz des Spiels erscheinen. Fällt er auch beim zweiten, ja beim dritten Wurf, so können wir dies dem Gegenspieler noch als Glück, ja als auffallendes Glück deuten. Wie oft aber, so können wir uns fragen, darf in einer ununterbrochenen Serie der Adler fallen, bevor wir unsere Hypothese, daß hier mit dem Herrschen von Zufall zu rechnen wäre, revidieren müssen, bis wir zur alternativen Annahme gezwungen werden, daß es hier eben nicht mehr mit rechten Dingen, also mit dem Zufall zuginge, sondern eben mit Notwendigkeit, mit Vorsatz, Plan oder Absicht. Die Kalkulation kann das zeigen. Die Wahrscheinlichkeit nämlich, daß der Adler zwei- und dreimal fallen werde ist $1/2 \cdot 1/2$ und $1/2 \cdot 1/2 \cdot 1/2$, also $(1/2)^2$ und $(1/2)^3$; das heißt, $1/4$ und $1/8$ und bedeutet, daß derlei durchschnittlich nur in jedem vierten bis achten Glücksspiel als das Werk des reinen Zufalls zu erwarten wäre. Was ja noch immer möglich ist. Fällt aber der Adler auch noch beim zehnten, ja beim hundertsten Wurf, so ist die Wahrscheinlichkeit, daß mein Partner nicht schwindelt, nur mehr $(1/2)^{10}$ und $(1/2)^{100}$, das ist soviel wie $1/1024$ und $1{,}3 \cdot 10^{-30}$ (im Vergleich dazu existiert das Universum erst 10^{17} Sekunden). Ein Quintillionstel gleicht einer Zufalls-Unmöglichkeit. Wir werden die Zufallshypothese längst aufgegeben haben. Wie absurd die Welt würde, wenn der Zufall derlei zuließe, zeigt TOM STOPPARD im ersten Akt von ›Rosenkranz und Güldenstern‹[61], da es den beiden trotz aller Verrenkung nicht gelingt, auch nur einmal den ›Adler‹ zu werfen. Unsere entsprechend fingierten Münzwurf-Experimente im Hörsaal dagegen bewiesen, daß schon nach dem vierten, fünften und sechsten Fallen des Adlers 80, 90 und 92% der Studenten nicht mehr an Zufall glaubten und den unerwarteten Trick lautstark unterbrachen[62] (Abb. 11). Obwohl stets einige unbeirrt an der Zufalls-Hypothese festhielten. Darauf kommen wir noch zurück.

Dasselbe gilt von der Erwartung von Notwendigkeit oder Absicht. Sind wir von Anfang an überzeugt, daß der Partner schwindelt, so sagt der erste Wurf ebenfalls noch nichts. Wird aber meine Prognose, daß doch stets der Adler fallen werde, wieder und wieder enttäuscht, so muß ich nun auch diesen Verdacht fallen lassen.

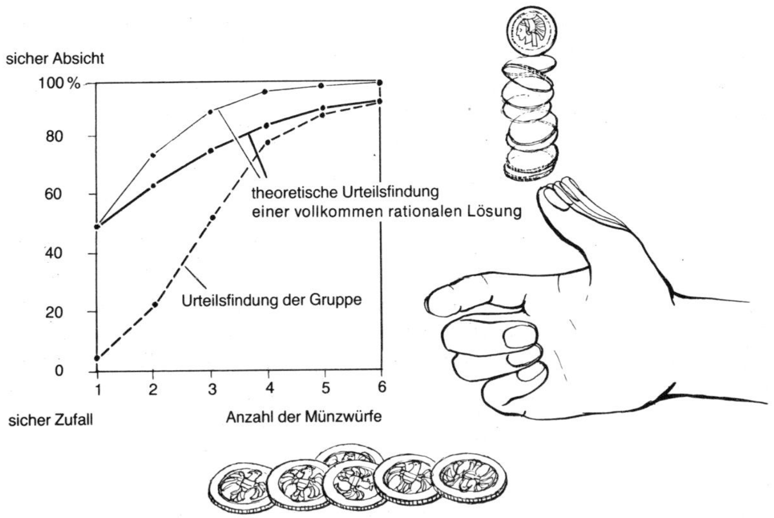

Abb. 11. *Die bedingte Entdeckung von Notwendigkeit* beziehungsweise des Vorliegens von Absicht. 109 Studenten wurde im Hörsaal ein Münzwurf-Experiment in Aussicht gestellt; und während immer nur der Adler fiel, auf welchen wir Versuchsleiter setzten, schrieben sie nach jedem Ergebnis nieder, wie sie das Experiment beurteilten. Als Vergleich dazu die Urteilsfindung einer ›vollkommen rationalen Lösung‹ (unkorrigierte Werte dünn, korrigierte Werte[65] dick eingetragen).

Ein Wahrheits- oder Gewißheitsgrad

Was sich bei solchen ›Experimenten‹ in unserer Reflexion wandelt, das ist das Maß an Wahrheit oder Gewißheit, welches wir mit unserem Urteil, mit unserer Hypothese oder Erwartung verbinden. Unsere Haltung verschiebt sich von Ungewißheit oder Ratlosigkeit in einen Zustand, von welchem aus wir bereit sind, Behauptungen aufzustellen, zu verteidigen und zuletzt sogar steigende Wetteinsätze zu riskieren. Dies ist wieder ein spiegelbildliches Verhalten zwischen unserer heuristisch-induktiven und der, schon erwähnten, formal-deduktiven Betrachtung der Wahrscheinlichkeit[63]. Wir kommen noch darauf zurück.

Der Wandel unserer Haltung läßt sich nun messen. Wir wollen jedoch nicht von einem Wahrheits-Grad sprechen. Denn Wahrheit ist als Begriff belastet; sie sieht so aus, als könne sie ohne Beobachter existieren; und sie ist als Wahrheits-Wert und logische Wahrheit in der Logistik eingenistet[64], wo sie wieder so aussieht, als könne diese Welt in wahr und falsch geteilt werden; in Wahrheit wird aber in der Logik nur die fehlerfreie Übertragung der Wahrheit beschrieben, einer Wahrheit, von der wir meinen, daß sie in Wahrheit niemand besitzt. Hier haben wir es dagegen mit der stets relativen Wahrheits-Findung irrender Subjekte zu tun, und sprechen daher besser von einem Gewißheitsgrad (G).

Verrechnet wird insgesamt ein Quotient aus der Wahrscheinlichkeit (W) möglichen Zufalls (W_Z) und möglicher Notwendigkeit (W_N), Zähler wie Nenner potenzieren sich mit der Anzahl enttäuschter Erwartungen (*e*). Der Gewißheitsgrad von Zufallserwartung (G_Z) ist dann $G_Z = W_Z^{e'}/W_N^{e}$; der Gewißheitsgrad erwarteter Absicht, Determination oder Notwendigkeit ($G_N = W_N^{e}/W_Z^{e'}$) dessen Kehrwert.

Wünscht man, wie eingangs erwähnt und wie in der Logistik und der Informationstheorie üblich, Werte zwischen 0 und 1, so schreibt man $G_Z = W_Z^{e'}/(W_Z^{e'} + W_N^{e})$ und $G_N = W_N^{e}/(W_N^{e} + W_Z^{e'})$. Dabei ist es gleichgültig, ob bei der Untersuchung einer Sequenz von Ereignissen von der Zufalls-(G_Z) der der Notwendigkeits-Erwartung (G_N) ausgegangen wird. Denn beide Ansätze sind bei völliger Ungewißheit gleich ungewiß, müssen aber in jedem Fall zum gleichen Ergebnis führen. Endlich sei erinnert, daß sich alle Wahrscheinlichkeiten (W) mit der Erfahrung gleichzeitig ändern und dem Kehrwert des erwarteten Repertoires entsprechen; und daß die Summe der enttäuschten Erwartungen von Zufall (*e*') und Notwendigkeit (*e*) der Anzahl der geprüften Prognosen, beziehungsweise der Wiederbeobachtungen in der Sequenz der Ereignisse entspricht. Nur im Falle sehr geringen Repertoires ist *e*', die Zahl der enttäuschten Zufalls-Erwartungen, auf den Wert $e'-W$ zu relativieren[65]. Im Resultat bedeutet 0,5 maximale Ungewißheit, eine Annäherung an 0 oder 1 hohe Gewißheit über das Herrschen von Zufall oder Notwendigkeit.

Erfahrung und Hypothese

Eine eindeutige Bestimmung jener Erwartungen, welche als enttäuscht zu gelten hätten, verlangt eine eindeutige Bestimmung des Inhalts der Hypothese. Nachdem nun nichts anderes in die Erwartung gegenüber einer Kette von unbekannten Ereignissen eingehen kann als die bisher mit ihr gemachte Erfahrung, definieren wir[66] im Falle der Erwartung von Notwendigkeit (G_N) die kürzeste bislang bestätigte Sequenz als Maß für die hypothetische Erwartung des Folge-Ereignisses, z. B. ›1-2-2‹ aus der Serie ›1-2-2-1-2-2-1‹. Diese Hypothese wird mit der Entwicklung der Erfahrung wechseln und zuletzt fortgesetzt bestätigt, oder aber widerlegt werden. Bei Zufalls-Erwartungen (G_Z) muß wieder die Alternative zur Erwartung von Notwendigkeit prognostiziert werden. Das bedeutet, daß das Folge-Ereignis aus der unperiodischen oder unzyklischen Fortsetzung der Reihe zu definieren ist[67].

Nun mag man sich noch vor Augen halten, daß es in der Abfolge von Bestätigung oder Enttäuschung unserer Erwartungen einerlei ist, ob die Inhalte unserer Erwartung simultan oder sukzedan, das heißt, nebeneinander oder nacheinander in Erscheinung treten. Man wird zugeben, daß etwa das gleichzeitige Fallen von zehn Adlern um nichts wahrscheinlicher sein kann als das zehnmalige Fallen des Adlers nacheinander; in der Praxis unserer Beobachtung begreifen wir jedoch die Gleichzeitigkeit koinzidierender Ereignisse als Merkmals-Reichtum, die sukzedane Koinzidenz aber als bloße Wiederholung. Beide aber, Merkmals- und Wiederholungs-Reichtum, Simultan- und Sukzedan-Koinzidenz multiplizieren einander, wenn es darum geht, Zufall und Notwendigkeit in dieser Welt zu scheiden. Wir werden im Zusammenhang mit dieser Hypothese des Ver-Gleichens (Seite 96) noch zeigen, wie außerordentlich merkmalsreich die meisten Gegenstände unserer Aufmerksamkeit sind. Wir trachten im Alltag wie in der Forschung es zudem so einzurichten, Gegenstände unseres Interesses geradezu beliebig oft wiederholbar beobachten zu können.

Mit dieser Einsicht, daß die Bestätigung der Erwartung von Simultan- und Sukzedan-Koinzidenzen gemeinsam den Gewißheitsgrad über das Herrschen von Gesetzmäßigkeit bestimmen, sind wir wieder einen Schritt weitergekommen. Dies wird sich als die Grundlage alles Vergleichens und Schließens erweisen. Wir haben damit nicht nur die Bestimmung der subjektiven Wahrheits- oder Gewißheitsgrade eingeleitet, sondern auch den Grund für eine allgemeine Theorie des Vergleichens gelegt, über welche die Wissenschaft merkwürdigerweise noch nicht verfügt. Erst die biologische Strukturforschung, die Morphologie hat sich mit seiner Erfassung versucht; im sogenannten Homologie-Theorem, für welches ADOLF REMANE[68] bereits spezielle Kriterien formulierte. Und wir werden im Rahmen der ›Hypothese vom Vergleichbaren‹ (S. 80) erkennen, daß wir hier die erste Lösung des Homologie-Problems vor uns haben.

In dieser Spiegelbildlichkeit der Simultan- und Sukzedan-Koinzidenzen liegt, wie wir noch sehen werden, auch jene nicht minder merkwürdige Unterscheidung, wie wir dort Gestalt-Gesetze, da aber Kausal-Gesetze erleben. Dies hängt mit den unterschiedlichen Kompetenzen unserer ›angeborenen Lehrmeister‹ der vorbewußten Verarbeitung von komplexeren Daten zusammen. Ihnen werden wir noch später begegnen.

Nun können wir auch endlich jene untergeordnete Bedeutung der Ausgangshypothese begründen, mit der zu beginnen war: welcher Umfang nämlich dem Spiel des Zufalls, dem Repertoire in noch unbekannten Phänomenen einzuräumen wäre. Freilich sind wir nach dem fünfmaligen Ziehen des Herz-Buben aus 32 Skat-Karten vom Herrschen einer Absicht viel überzeugter als nach dem fünfmaligen Fallen des Adlers; denn $(1/2)^5$ entspräche noch immer einer Zufalls-Wahrscheinlichkeit von 0,03125, wohingegen $(1/32)^5$, gleich $8{,}9 \cdot 10^{-16}$ schon so gut wie unmöglich ist. In der Natur haben wir es aber fast immer mit Phänomenen zu tun, die mindestens zehn Merkmale mal zehn Wiederbeobachtungen zulassen. Und deren Zufallskoinzidenz ist bei jeglicher Ausgangshypothese bereits praktisch Null. Auch wenn wir sehr großzügig der Zufallsentstehung des Einzelmerkmals eine Wahrscheinlichkeit von $1/2$ einräumen, ist die Zufallserwartung des Beobachteten ja nur mehr $(1/2)^{10 \cdot 10}$, gleich $1{,}3 \cdot 10^{-30}$, praktisch eine Unmöglichkeit. Und ab solchen Unmöglichkeiten ist es bereits gleichgültig, wie unmöglich die Unmöglichkeiten noch werden könnten. Es ist also nur entscheidend, daß diese Grundhypothese ratiomorpher Verrechnung überhaupt mit Wahrscheinlichkeiten operiert, um die Grade des anscheinend Wahren stets aus dem Test der Prognosen lernend zu entwickeln.

Heuristik und Wahrscheinlichkeit

Könnten wir den Begriffen der Umgangssprache folgen, so wäre dieser Algorithmus des Erkenntnisgewinns eine Wahrscheinlichkeits-Logik zu nennen. Aber die wissenschaftliche Logik hat sich seit GOTTLOB FREGES ›Begriffsschrift‹ von 1879, durch RUSSEL und WHITEHEAD nicht mehr als eine ›Lehre vom Denken‹ verstanden[69], sondern auf eine ›Theorie der wahren Aussageformen‹ zurückgezogen. Die Frage der Wahrheitsgewinnung ist nicht mehr ihre Sache. Die Bedingungen der zutreffenden Übertragung angenommener Wahrheit werden von ihr erforscht. Das Gebiet der Heuristik, die Erforschung der Methode des Auffindens neuer Erkenntnisse hat sie verlassen, oder will nun doch, wie es CARNAP und POPPER versuchen, über die sehr präzisen Gesetze der Wahrheitsübertragung, die sie besitzt, die Gesetze der Wahrheitsfindung begründen[70]. Sie hat die induktive Begriffslogik, den Schluß vom Speziellen auf das Allgemeine aufgegeben und sich auf die deduktive Aussagenlogik, den Schluß vom Allgemeinen auf das Spezielle reduziert, denn nur in ihr sind zwingende Schlüsse möglich. Wir dagegen haben es mit Heuristik, Induktion und Begriffsbildung zu tun und können nur im übertragenen Sinne von jener profitieren.

Heuristik, also zunächst Schaffung oder Aufdeckung von neuen Gewißheiten mittels eines Algorithmus der Wahrscheinlichkeit, ist die Methode des Lebendigen, hinauf bis zu den ratiomorphen Lehrmeistern unserer Vernunft. Wir erinnern uns, daß bis zum Erlernen der Instinkte durch das Erbmaterial und bis zum individuellen Verknüpfen koinzidierender, wir sagten bedingter Ereignisse, das Ausmaß, die Häufung oder Wahrscheinlichkeit der Koinzidenzen die Bildung der Verknüpfung lenkt. »Dagegen«, sagt KLAUS FOPPA, »scheint die Komplexität des reflektorischen Geschehens nur geringen Einfluß auf das rasche Zustandekommen beständiger konditionierter Reaktionen zu haben, da in der normalen Umwelt des Lebewesens auch komplexe Verhaltensweisen rasch und dauerhaft bedingt werden können.«[71]

In diesem generellen Zusammenhang muß man sich des Umstandes erinnern, daß es zwar die Redundanz der Erscheinungen dieser Welt ist, auf welchen der Algorithmus des biologischen Lernens beruht, aber weder das Wiedereintreten noch das Ausbleiben der Bestätigung kann zwingend erwartet werden. Die Abfolge von Bestätigungen wie Enttäuschungen kann in allen Gegenständen kreativen Lernens in dieser Natur nur die Größe einer Wahrscheinlichkeit sein. »Nicht die Tatsache«, so folgen wir KLAUS FOPPAS wichtiger Einsicht, »daß unter relativ invarianten Bedingungen gelernt wird, bedarf einer Erklärung, sondern daß trotz variabler Gegebenheiten ein Lernfortschritt möglich ist.«

Man kann auch sagen, daß die Bekräftigung stets zwei Reaktionsklassen betrifft: das Ereignis werde eintreten oder ausbleiben. Solche Untersuchungen über wahrscheinliche Bekräftigung gehen auf BRUNSWIK und HUMPHREYS (Ende der dreißiger Jahre) zurück und FOPPA konnte schon ein Jahrzehnt darauf reiches Material zum ›probabilistischen Lernmodell‹ zusammenstellen.[72]

Als typisch gilt eine Studie von GRANT, HAKE und HORNSETH, die Versuchsperso-

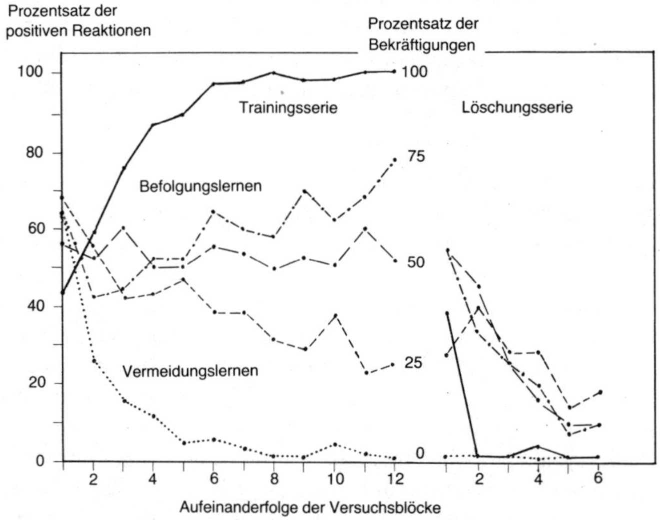

Abb. 12. *Die Wirkung von Bekräftigung und Enttäuschung* beim Lernen der Entscheidung zwischen positiven und negativen Reaktionen; in Abhängigkeit von der Versuchsdauer und von der relativen Häufigkeit der Bekräftigungen und Enttäuschungen; hier beim Aufleuchten oder Nicht-Aufleuchten einer Lampe nach dem Erscheinen eines Startlichts. Man beachte das Gleichbleiben der Ungewißheit (50%) bei gleich häufiger Enttäuschung und Bekräftigung (nach GRANT, HAKE u. HORNSETH 1951).

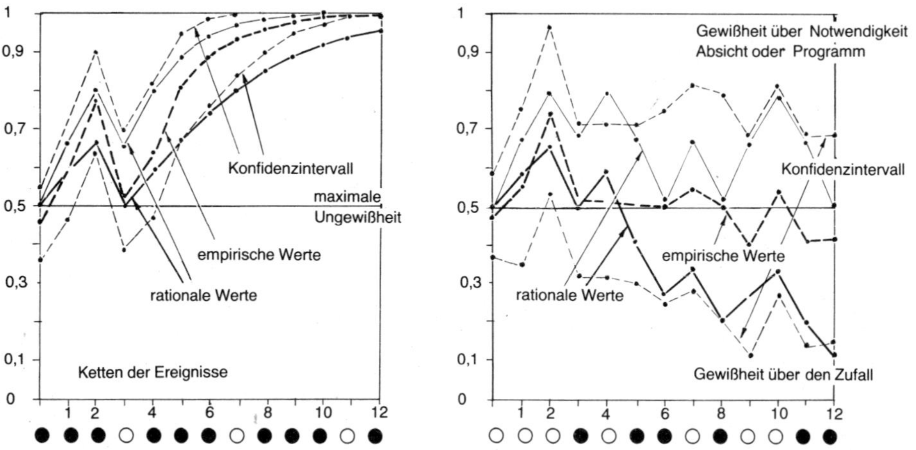

Abb. 13. *Das Wachsen der Gewißheitsgrade* bei der schrittweisen Aufdeckung eines Programms (links) und einer Zufalls-Serie (rechts); wie sie unter den Diagrammen eingetragen sind. Der Wandel der Urteile der jeweils 20 Studenten ist strichliert eingetragen (Mittelwerte dick, Konfidenzintervall dünn); der Rechenwert, als der Urteilswandel einer ›vollkommen rationalen Person‹ ausgezogen (korrigierter Verlauf dick, unkorrigierter dünn[65]; vergl. auch Abb. 11 Seite 57).

nen vor die Aufgabe stellten, die Folge des Aufleuchtens einer Lampe jeweils fünf Sekunden nach Erscheinen eines Startlichtes zu erraten[73]. Die Reaktion der Versuchspersonen paßte sich in dem uns schon bekannten asymptotischen Verlauf rasch dem steten Aufleuchten, wie dem steten Ausbleiben an (Abb. 12). Bei 25 und 75% Aufleucht-Häufigkeit paßten sie sich dieser nur langsam an. Und bei gleicher Häufigkeit von Aufleuchten und Ausbleiben blieben sie bei 50% positiver Reaktionen. Wir können auch sagen, sie blieben sich hinsichtlich der Wahrscheinlichkeit des Folge-Ereignisses am ungewissesten.

Wir selbst haben mit Experimenten fortgesetzt, in welchen die Versuchspersonen in einer Kette von Ereignissen entscheiden sollten, ob und mit welchem Grad an Gewißheit sie erwarteten, daß es sich um eine Zufalls-Serie oder aber um ein Programm, also um Absicht, Determination oder Notwendigkeit handle. Wir gingen dabei so vor, daß wir den Versuchspersonen die Kette ereignisweise verlängerten und deren Prognosen vor jeder Verlängerung in ein Formblatt eintragen ließen[74]. Diese Methode der Reihen-Fortsetzung ist dem ›nonverbalen Intelligenz-Test‹, dem analytischen von Meili wie dem Struktur-Test von Amthauer verwandt. Simon und Kotovsky untersuchten bereits die optimale Lösung und Krause das Optimum unter den verwendbaren Strategien der Problemlösung[75].

Die Formen der Heuristik

Hier interessiert an unserem Versuchsergebnis, daß man erstens keine Bedenken hatte, schon nach dem ersten Ereignis Prognosen niederzuschreiben, daß sich zweitens der Mittelwert bei Programm-Entdeckung mit abnehmender Standard-Abweichung asymptotisch dem richtigen Ergebnis nähert und daß drittens dessen Verlauf dem des vollkommen rationalen Lösungsvorgangs zwar in seinen wesentlichen Zügen folgt, aber im Wachsen der Gewißheit deutlich (signifikant) abweicht. Dies ist besonders gegenüber der Aufgabe der Fall, eine Sequenz von Ereignissen als das Produkt des Zufalls zu erkennen (Abb. 13 rechts).

Diese Empirie der Heuristik deckt damit ein Verhalten auf, welches sich symmetrisch zu jenen von der Wissenschaftstheorie bereits definierten Formen der Wahrscheinlichkeit in der Logik verhält. In diesem Prozeß des vorwissenschaftlichen Erfahrungsgewinns, der gleich dem ›erfahrungswissenschaftlichen Prozeß‹, wie wir schon von ERHARD OESER wissen, »immer zirkulären Charakter hat«, stehen sich diese Formen der Erwartung gegenüber wie Induktion und Deduktion, Heuristik und Beweistheorie, wie die Hypothese des übergeordneten Prinzips zur Prognose seiner untergeordneten Fälle[76]. Diese Symmetrie geht so weit, daß wir selbst die schon eingeführten Namen, nun für die Heuristik, verwenden können.

Am Wege zur Gewißheit beginnt die Versuchsperson in voller Unkenntnis der zu erwartenden Erfahrung mit einer rein subjektiven Wahrscheinlichkeit, die sich aus irgendwelchen Glaubensannahmen zusammensetzt, nahe der maximalen Ungewißheit. Die heuristisch-subjektive Wahrscheinlichkeit unterscheidet sich von jener in der Logik nur in einem, allerdings grundsätzlichen Punkt. Wir sind ihrer Formulierung durch FINETTI, RAMSEY und SAVAGE schon begegnet[77]. Es geht in der Heuristik der subjektiven Wahrscheinlichkeit gerade umgekehrt um den Glauben jeder Person und um »die Prinzipien, die für diesen tatsächlichen Glauben gelten.«[78] Ein wunderbares Kaleidoskop der Irrungen tritt in Erscheinung, wenn man die Versuchspersonen nach den Gründen ihrer ersten Entscheidung befragt[79].

Mit vielen Wiederbestätigungen einer Erwartung, sei es die ununterbrochene Verlängerung ›desselben‹ Programms, sei es die Zufallsverteilung der Ereignisse im Münzwurf, steigt die Gewißheit und die Prognose wird objektiver. Die Wahrscheinlichkeit, daß etwas anderes als das Erwartete eintreten würde, schwindet, die subjektiven Argumente treten zurück und es sieht so aus, als handelte es sich, unbesehen des urteilenden Subjekts um die Eigenschaften allein des Gegenstandes. Dies ist die objektive Wahrscheinlichkeit. Sie »soll eine Aussage über die Natur« einer Sache sein »und nicht von der Erwartung eines Subjekts handeln«. Soweit die Übereinstimmung mit der Logik der Beweistheorie. Dies geht auf BERNOULLI zurück, auf die Häufigkeitsinterpretation, die Theorie auf CHARLES PEIRCE, POPPER und HACKING[80]. Der Unterschied beruht allerdings darauf, daß in der Heuristik Aussagen immer von Subjekten ausgehen müssen, selbst wenn sie kaum mehr von diesen handeln.

Mit vielen Beobachtungen der Lösungsvorgänge wird deren Objektivierung erreicht. Der Algorithmus der erfolgreichsten Problemlösung wird definierbar. Dies entspricht seit KEYNES, JEFFREYS und zahlreichen Studien von CARNAP in der Logik der logischen Wahrscheinlichkeit; die Wahrscheinlichkeitsbewertung, »die eine vollkommen rationale Person vornehmen würde, die frei von Vorurteilen ist und die keine willkürlichen, unbegründeten Annahmen macht«[81]. Dieses Optimum der Prognose aus der Erfahrung haben wir bereits als eine Erwartung definiert, die mit der Wiederkehr der kürzesten, redundanzärmsten Sequenz aus der bisherigen Erfahrung rechnet. Die denkpsychologischen Ergebnisse von SIMON und KOTOVSKY, sowie von KRAUSE gehen in dieselbe Richtung[82]. Dies für die Erwartung von Notwendigkeit. Die Zufallserwartung enthält die Umkehrung. Die Übereinstimmung mit der logischen Wahrscheinlichkeit in der Heuristik ist wieder groß. Besonders wenn man in ihrer Entwicklung einen Prozeß sieht; und wenn man unter ›rational‹ erfolgreich versteht. Der Unterschied beruht allerdings darauf, daß es in der Heuristik keine vollkommen rationale Lösung geben kann. In ihr ist jede Art von Vernunft das Produkt schöpferischen Lernens, das nie abgeschlossen sein kann.

In der Heuristik jedenfalls handelt es sich stets um Urteile über Wahrscheinlichkeiten. Diese wandeln sich jedoch mit der Erfahrung von subjektiven und unvernünftigen zu objektiven und vernünftigen Strukturen der Prognose (Abb. 16, S. 74).

Ratiomorphe versus rationale Lösungsfindung

Wir verwenden die Begriffe ratiomorph und rational im Sinne unreflektierten und reflektierten Verhaltens. Wir folgen also nicht jenem Hin und Her der Wertung, den der Begriff des Rationalen in unserer Kulturgeschichte hinter sich hat – angeleitet vom Wachsen einer Bewunderung für unsere eigene Vernunft. Und wir verstehen unter unvernünftig und vernünftig die möglichen Formen dieser Vernunft nach ihren Erfolgen im Prozeß schöpferischen Lernens. Damit können wir die relative Vernunft ratiomorphen und rationalen Verhaltens vergleichen.

Wie der Vorgang der Lösungsfindung unserer Versuchspersonen (in Abb. 13) zeigte, weicht sie von dem bislang vernünftigsten Lösungsweg deutlich ab. Der Gewißheitsgrad wächst nämlich bei der Entdeckung einer Gesetzmäßigkeit rascher, bei der einer Kette von Zufallsereignissen ungleich langsamer als das vernünftigerweise geschehen kann[83]. Und es mag sein, daß die Anerkennung einer Zufalls-Sequenz ratiomorph überhaupt nur die Folge von Ermüdung ist. Aber auch dieser Hang zum Gesetzmäßigen ist ein der Denkpsychologie bereits wohlbekannter Fehler[84]. Befragt auf die Methode ihrer Lösungsfindung, machte die Mehrzahl der Versuchspersonen Angaben, welche, falls sie überhaupt eine Lösung ermöglichen, Gewißheit nur ungleich langsamer hätten erreichen lassen, als das rational möglich ist. Wir sind damit nochmals in der Annahme bestärkt, daß hier noch immer das uns schon wohl bekannte *Apriori* des ratiomorphen Wahrscheinlichkeits-Kalküls weise lenkt.

Rein rational wiederum wird die Lösungsfindung von zwei Sackgassen behindert, die sich auftun, wenn versucht wird, dem ratiomorph-intuitiven Lehrmeister zu entgehen. Rein rational kann nämlich, und zwar in unbelehrbarer Weise, Zufall für Notwendigkeit und Notwendigkeit für Zufall gehalten werden. Schon der Trick mit dem Münz-Experiment hat uns (wie man sich von Abb. 11, S. 57 erinnert) gezeigt, daß ein Teil der Versuchspersonen entweder von Haus aus an Absicht glaubt, oder aber sich auch durch viele Wiederholungen nicht von der Überzeugung abbringen läßt, daß es sich um Zufall handelt. Diese Wahrscheinlichkeits-Syndrome werden folgendermaßen rationalisiert.

Im Zufalls-Syndrom wird angegeben, daß jeder Münzwurf dieselben gleichwertigen Alternativen enthält, und daß daher jede aller möglichen Ereignisfolgen dieselbe Wahrscheinlichkeit hätte. Das zehnmalige Fallen des Adlers nicht minder wie jede der übrigen in 10 Würfen 1024 möglichen, verschiedenen Reihen. Nun ist dies auch völlig richtig. Nur in dem Augenblick, da uns Prognosen über Folgeereignisse bestätigt werden, sinkt die Wahrscheinlichkeit, daß es sich um Zufall handelt, exponentiell. Vom Zufalls-Syndrom, Absicht oder Notwendigkeit für Zufall zu halten, lebt das Wunder; vom Vorstadt-Zauberer bis zur Demagogie.

Im Notwendigkeits-Syndrom wiederum wird gesagt, daß es sich auch bei den längsten, sich nicht sequenziell wiederholenden Ketten von Ereignissen um ein beliebig langes, eben unverständliches Programm handeln könne. Auch das ist richtig. Es könnte sich um den Inhalt der Weltliteratur handeln, der in Ja-Nein-Entscheidungen codiert wurde. Hier wird wieder jene ratiomorphe Lehre übersehen, die uns rät, uns nur auf Vorhersehbares zu verlassen. Freilich wurde immer wieder Notwendiges für Zufall gehalten; die Hieroglyphen beispielsweise für Ornamente. Aber es gedeiht eben aller Wissenserwerb nur im Auffinden von Vorhersehbarem im bisher nicht Vorhersehbaren. Vom Notwendigkeits-Syndrom, Zufall für Absicht oder Notwendigkeit zu halten, lebt schon wieder das Wunder; nun vom Aberglauben wieder bis zur Demagogie.

Was aber ist damit zu erfahren? Wir erkennen, daß die Lösungs-Findung des rationalen und des ratiomorphen Apparates unterschiedlich argumentieren muß, da sie zu unterschiedlichen Lösungsverläufen und zu verschiedenen Fehlern gelangen. Die Erwartung KARL POPPERS, daß das, was logisch richtig ist, auch psychologisch richtig sein muß[85], kann nicht zutreffen. Die Logik ist ein Produkt der bewußten Reflexion, die Psyche wird sowohl rational wie ratiomorph geleitet. Der rationale und der ratiomorphe Apparat sind zwar nicht voneinander unabhängig. Sie sind jedoch unter so unterschiedlichen Kontrollbedingungen selektiert worden, daß sie gar nicht gleich operieren können. Zwar kann die rationale Vernunft eine Überwindung, eine Anpassung der Vernunft an einen erweiterten Gegenstandsbereich bedeuten; jenen nämlich, der mit der Reflexion aufgeschlossen, für welchen aber die ratiomorphe Vernunft nicht geschaffen wurde. Aber jede für sich macht im erweiterten Weltbild des Menschen mehr Fehler als sie gemeinsam machten.

Weder reicht der unreflektierte Hausverstand für die Meisterung der Probleme unseres Bewußtseins, noch reicht der reflektierende Intellekt, wird er von seinen angeborenen Lehrmeistern verlassen. Dies halten wir für einen Hauptgrund des Dilemmas der menschlichen Vernunft. Vielleicht ist es das Problem des Menschen schlechthin.

Das Lebenserhaltende der Voraussicht

Leben, ohne die Grenzen des Vorhersehbaren zu kennen, wäre unmöglich. Aller Wissenserwerb, von den einfachsten Strukturen bis zu den kompliziertesten Verhaltensmustern enthält die Grenzen des bisher als vorhersehbar Erkannten. Einem Menschen, der fortgesetzt Zufall und Notwendigkeit verwechselt, pflegt unsere Zivilisation das Überleben mit Hilfe des Irrenhauses zu gewährleisten. Auf sich selbst gestellt würde er zugrunde gehen. Ein Pantoffeltier, das darauf bestünde, das nächste Hindernis zu durchdringen, eine Zecke, die statt Buttersäure auf Formaldehyd setzt, wäre verloren, ebenso wie ein Säugetier, das auf das geprägte Feindbild vergäße. Hier überall ist das Notwendige, Gesetzmäßige aus einer Welt voll zufällig erscheinender Unvorhergesehenheit abstrahiert.

Und selbstredend setzt sich dies im individuellen Lernen fort. Die schlechte Erfahrung mit den Individuen eines Räubers, die gute Erfahrung mit sonst einem Lebensumstand kann, ja muß auf die ganze Species des Räubers und allgemein auf die Art des Lebensumstandes extrapoliert werden. Dies ist von lebenserhaltender Bedeutung; für das Tier wie für uns Menschen.

Wenn man dies anerkennt, dann mag auch die Funktion des ratiomorphen Algorithmus vom ›anscheinend Wahren‹ als begründet gelten. Die Ökonomie dieses Voraus-Urteils beruht auf der Vergrößerung der Erfolgschancen. – Dabei geht es natürlich nicht um Münzexperimente oder um das Rätseln über künstliche Ketten von Ereignissen. Es geht aber in derselben Weise darum, das Notwendige vom Zufälligen und innerhalb des Notwendigen aus der Ordnung dieser Welt das sich wiederholend Allgemeine, die Gesetzlichkeit, den Begriff, die Diagnose zu abstrahieren[86]. Die Kenntnis des Gesetzes enthält den lebenserhaltenden Wissenserwerb; seine Wiederholung gestattet das Erreichen von Gewißheit.

Der induktive Schluß

Mit dieser Einsicht stehen wir unmittelbar vor dem ehrwürdigen Problem der Induktion. Es enthält den Schluß vom Speziellen auf das Allgemeine. Und da es um das Schließen geht und zwingende Schlüsse wohl den übrigen überlegen sein müßten, wurde seine Erforschung zu einer Sache der Logik, und damit nehmen die Irrungen ihren Lauf. Und der Gegenstand verdient unsere Aufmerksamkeit. Denn zum einen ist man der Ansicht, daß alle empirische Wissenschaft, ja aller Wissenserwerb schlechthin auf induktivem Schließen beruht und sich aus dessen Berechtigung begründet. Zum anderen findet die Logik, daß der Induktionsschluß unmöglich zwingend sein kann. Berühmte Beispiele der Logik sind die Schwäne und die Raben. Wir kommen gleich auf sie zurück.

Zunächst ist aber festzustellen, daß das problematische des Induktionsschlusses von DAVID HUME schon Mitte des 18. Jahrhunderts entdeckt wurde[87]. Bereits KANT war davon beeindruckt. Die volle Tragweite und Wucht des HUMEschen Einwands, sagt WOLFGANG STEGMÜLLER, wird aber erst heute sichtbar. Und »mit jeder neuen wissenschaftlichen Entdeckung und mit jeder weiteren philosophischen Abhandlung über Induktion scheint sich die Behauptung des Philosophen C.D. BROAD zunehmend zu bestätigen: ›Induktion ist der Siegeszug der Naturwissenschaften und die Schmach der Philosophie‹; und«, setzt STEGMÜLLER fort, »da zumindest die zweite Hälfte dieser Behauptung unbezweifelbar ist«, kann man wohl fragen: »stimmt auch die erste Hälfte der BROADschen These?«[88]

Gewiß, noch heute streiten die bedeutendsten Philosophen darüber, wie das Induktionsproblem zu lösen wäre, ja ob es überhaupt zu lösen ist. Aber was hat die Naturwissenschaft beigetragen? Effektiv nichts. Man hat der Biologie zwei befremdliche Beispiele entnommen; obwohl die Biologie zur Begründung des Natürlichen Systems der Organismen allein schon fünfzig Millionen Schlüsse enthält[89]. Wie also lautet das Induktionsproblem?

Zunächst das Beispiel der Schwäne, das KARL POPPER verwendet: kann die Zahl noch so vieler weißer Schwäne, die wir (auf der Nordhalbkugel) gesehen haben, jemals den Schluß rechtfertigen, daß alle Schwäne weiß wären?[90] Die Erfahrung lehrt: dies ist nicht der Fall. Man hat im Gegenteil auf der Südhalbkugel einen Schwarzhals-Schwan und einen sogar ganz schwarzen Trauerschwan[91] entdeckt (Abb. 14). Nun können wir HUMES Einwände durch STEGMÜLLER genauer fassen: »Von welcher Art sind die Argumente, die vom Beobachteten zum Nichtbeobachteten führen?« Denn »der Gehalt der Aussage, in den wir unser angebliches Wissen über Nichtbeobachtetes mitteilen, ist nicht im Gehalt unseres Beobachtungswissens eingeschlossen.«

Nun sind die Schlüsse der Logik, wie wir uns erinnern, seit FREGE wahrheitskonservierend; denn das ganze Fach hat sich auf die Erforschung der Wahrheitsübertragung zurückgezogen. Sie können also hier keine wahrheitserweiternden Schlüsse sein. So lautet HUMES Problem der Induktion: »Gibt es wahrheitskonservierende Erweiterungsschlüsse?« Und seine »Antwort auf diese Frage lautet: Nein, so etwas

Abb. 14. *Die Arten der Schwäne;* die europäischen Arten sind jenen der Südhemisphäre (links) gegenübergestellt; dem australischen Trauerschwan und dem Schwarzhalsschwan aus Südchile und dem Feuerland (nach PETERSON, MONTFORT u. HOLLOM 1954, KLÖS u. KLÖS 1968).

gibt es nicht.«[92] Und tatsächlich ist es bei dieser Entscheidung geblieben; trotz eines beträchtlichen Schrifttums, trotz der bedeutenden Studien auch von CARNAP, von POPPER, die alle den Ausweg aus dem Dilemma suchten; denn die Naturwissenschaft ist in diesen zwei Jahrhunderten nur um so rascher vorangekommen.

Der Kreislauf des Wissensgewinns

Wir haben dementgegen die Erfahrung gemacht, daß aller biologischer Wissensgewinn auf einem Kreisprozeß beruht, hinauf bis zur Praxis des gesunden Hausverstandes. Die Teile des Kreislaufs kennen wir als Erwartung und Erfahrung. Der Hang zur Erwartung ist angeboren, die Erfahrung wird hinzugewonnen und nach Bewährung genetisch und kulturell vererbt. Der Kreisprozeß dieses Prinzips der Problemlösung ist dabei erblich, ein Erfahrungsprodukt der Evolution; ein *Aposteriori* unseres Stammes, ein *Apriori,* eine Voraussetzung für den Erkenntnismechanismus jedes Individuums. In den Bereich der Reflexion übertragen heißt Erwartung und Erfahrung soviel wie Voraussage- und Beweis-Theorie, Heuristik und Logik, Induktion und Deduktion. Und folglich liegt hier zum mindesten eine Überschätzung der Kreishälfte der Logik vor. Denn die Logik beschränkte sich ja selbst auf die deduktiven Schlüsse der Beweistheorie. Die Induktion hingegen ist Sache der Heuristik, der Voraussagetheorie (man vergleiche dazu die Abb. 29, S. 104).

Zu einem damit übereinstimmenden Ergebnis kommt auch die Theorien-Dynamik. ERHARD OESER zeigt, »daß die historische Fixierung des Induktionsproblems auf HUME unberechtigt und die systematische Trennung von Beweis und Erfindung verfehlt ist und daß das Verständnis des klassischen Induktionsproblems in der modernen Wissenschaftstheorie an einer fundamentalen Verwechslung leidet, nämlich an der Verwechslung des Induktionsverfahrens mit erkenntniserweiternden Schlüssen der Aussagenlogik.«[93] Die Erforschung der Theorie und der Geschichte unseres Wissens-Erwerbes bestätigen sich in erstaunlicher Weise.

Zwar hat, so rekapituliert OESER[94], schon ARISTOTELES die Induktion als das Gegenteil eins deduktiven, zwingenden Schlusses verstanden. Darauf stützt sich auch WHEWELL, etwa zeitgleich mit HUMES Argumenten. Aber die Wissenschaft der Moderne hat auf die Heuristik vergessen. Sie war ihr zu ungenau. Damit aber ist die Wissenschaft dem Irrtum verfallen, daß es irgendwo eine absolute Gewißheit oder Wahrheit geben müsse, von welcher aus alle anderen zwingend zu folgern wären. Diese Wahrheit mag es vielleicht geben, nicht aber für den Erkenntnisapparat der Sterblichen.

Die Vernunft der Heuristik

Wie also überwanden die Zoologen das Problem ihres beispielhaft fatalen Irrtums mit den Schwänen und welche Konsequenz zogen sie aus der Feststellung einer offenbar irreführenden Methode blinden Vermutens? Nun wird der Logiker entsetzt sein. Die Zoologen nahmen die Sache gar nicht als Problem wahr und taten, was sie in hunderttausend ähnlichen Fällen schon mit Erfolg taten: sie erweiterten die Definition der Schwäne um eine Farbe und zogen überhaupt keine Konsequenz; außer der Befriedigung, die Gänseverwandten wieder in Ordnung zu haben[95].

Was aber berechtigt zur Etablierung solcher Verallgemeinerungen? Die Antwort ist wieder trivial: die Lebenspraxis. Welches Farbmerkmal hätten sie erwarten sollen, etwa die Ausfärbung des Perlhuhns, des Tagpfauenauges oder des Veilchens? Was erwartet der Logiker, wenn er seine morgendliche Straßenbahn ankommen sieht, in ihrem Inneren? Die Merkmale des Ferienortes, des Vesuvs oder der Milchstraße? Er kann nur erwarten, was er an ihr kennt, und er muß es erwarten, weil er ansonsten nicht einmal seine Straßenbahn erkennen könnte.

Wie aber kann man den, der glaubt, den Wert seines Wissens auf zwingende Schlüsse zu bauen, überzeugen? WOLFGANG STEGMÜLLER hat diese Situation, in Anspielung auf M. BLACK, allerdings verkehrt herum, so überzeugend dargetan[96], daß ich sie im Wortlaut verkehrt herum zurückübersetze. ›Wie kann man den induktiven Logiker von seiner Einstellung abbringen? (– daß er eine Induktionsregel benützt, die wir wohl alle als absurd verwerfen würden –). Logisch widerlegen kann man seine Überzeugung, daß die von ihm befolgte Regel die wahre Induktionsregel sei, jedenfalls nicht. Man kann versuchen, ihn durch ›persuasive arguments‹ von seiner Einstellung abzubringen. Doch wir wollen voraussetzen, daß derartige Vorhaltungen, die mit den Worten beginnen: ›Ja bist du denn wahnsinnig…!‹ ihn nicht von seiner Auffassung abbringen‹. »Kann man«, fragt STEGMÜLLER aber weiter, »mit einem Erfolgsargument durchkommen?« Und hier ist unsere Antwort wieder eine Umkehrung. Sie lautet: Ja, gewiß! Die Biologen werden die folgenden hunderttausend nächst zu entdeckender Arten[97] problemlos einfügen, die zwei Millionen bekannten Arten werden weiter ihre heuristische Anpassung, die zwei Milliarden Menschen werden ihre heuristischen Lebensaufgaben ganz passabel lösen; und wir stehen nicht an zu erwarten, daß selbst die Logiker ihre Verkehrsmittel weiterhin erkennen werden, obwohl sie weiter behaupten werden, keine zwingende Voraussicht besitzen zu können.

Die biologische Vernunft dieser Heuristik ist ratiomorph gesteuert und entspringt eben ihrer lebenserhaltenden Funktion; im Antrieb wie in der Begründung. Antrieb ist der Suchmechanismus der kreativen Evolution. Wir kennen ihn von der Mutation über die Assoziationen bis zu den endogenen Suchmechanismen, die selbst wieder, nach LORENZ, HASSENSTEIN und EIBL-EIBESFELDT, von der bloßen Bewegung über Unruhe und Appetenzen bis zum Spiel, zum explorativen Verhalten und bis zur Forschung führen[98]. Reflektiv reicht er von der Angst zur Hoffnung, neutral heißt er Neugierde, in den Formen von Erwartung, Voraussicht, Idee und Hypothese. Dabei braucht im Ansatz gar nicht mehr erwartet zu sein, als ›daß sich schon etwas zeigen werde‹. Denn nichts wäre tödlicher für den Lernfortschritt, als wenn sich eben nichts zeigen würde. Wir kommen, zusammenfassend (Abb. 58, S. 178), darauf noch zurück.

Die Begründung der spezifischen Erwartung, es werde sich etwas der bisherigen Erfahrung ähnliches zeigen, ist eine zweifache. Es ist bewundernswert, daß sie STEGMÜLLER auch schon ahnt, wenn er sagt: »Ein Ausweg aus dem Dilemma« der induktiven Logik »wäre gefunden, wenn wir uns auf ein nicht logisches Prinzip, also eine *synthetische Aussage über die Welt* stützen könnten, etwa auf ein *Uniformitätsprinzip*, welches besagt, daß in der Vergangenheit beobachtete Regelmäßigkeiten auch in der Zukunft gelten werden«.[99] Auf eben diese stützen wir uns; ja alle Möglichkeit des Lebendigen stützt sich auf dieses Prinzip der Konstanzerwartung. Es steckt im Prinzip der Redundanz dieser Welt und in der Erhaltung der in ihr entstandenen Gesetzlichkeit. Eine seiner Formen ist das Aktualitätsprinzip, dessen Anwendung durch KANT und LAPLACE, durch LAMARCK, LYELL und DARWIN erst Evolution begreifbar machte.[100] Wie absurd, würde man erwarten, daß diese Welt morgen anderen Gesetzen folgen würde als jenen, welchen sie gestern gefolgt ist!

Aber die Begründung besitzt eine noch unmittelbarere Seite. ›Die Strategie der Genesis‹ hat zur Folge, daß ›Die Ordnung des Lebendigen‹ die Ordnung der Natur schrittweise kopiert.[101] Auf diese unsere Vorarbeiten zu diesem Thema kann hier nur verwiesen sein. Dieses Abbilden ist der Lernprozeß selbst und er führt, wie LORENZ, VON HOLST und TINBERGEN zeigten[102], zu Sinnen, Datenprozessoren und Weltbildapparaten, die wieder feinstens auf das abgestimmt sind, was diese Welt an konstanter Gesetzlichkeit mitzuteilen hat. Die Geschichte aller Kreatur ist auf die Weiterverwertbarkeit gemachter Erfahrung hin selektiert, selbst jede Kultur, jede Hypothese, wie OESER zeigt, hat eine ebensolche Geschichte[103].

Und der Zweck dieser Methode, die Ursache, warum sie übrig blieb, der Zweck aller Antriebe von der bloßen Bewegung bis zur Forschung und der Grund allen Nachbildens der Natur bis zu den *Aprioris* unserer ratiomorphen Welteinsicht, ist wieder das Überleben. Reflektierend ist dies derselbe Drang zur Optimierung der Orientierung, der Voraussicht und des Verständnisses dieser Welt, mit der Hoffnung auf Ruhe, Gewißheit, Ordnung und Recht.

Es ist wunderbar, was die deduktiven Wissenschaften erarbeitet haben; aber es ist furchtbar, daß sie ganze Kulturen, wenn auch nicht vorsätzlich, meinen machen, durch sie allein irgendeine Wahrheit oder Gewißheit über diese Welt gewinnen zu können.

Die Vernunft der Vorbedingungen

Unter den ornithologischen Rätseln der Logik, die von sich reden machen, ist für uns noch HEMPELS Raben-Paradoxon von gewissem Interesse. Es lautet in kurzer Fassung: »Der Satz, ›alle Raben sind schwarz‹, ist (logisch) äquivalent mit ›alles Nichtschwarze ist ein Nicht-Rabe‹, und diese letztere Aussage wird durch ein nichtschwarzes Ding, das kein Rabe ist, bestätigt, z. B. durch ein Stück weißes Papier. Da logisch äquivalente Hypothesen aber genau durch dieselben Daten bestätigt wie erschüttert werden, müßte man die unsinnige Behauptung vertreten, daß dieses weiße Stück Papier den Satz, daß alle Raben schwarz sind, bestätige.«[104] Dies zeigt, daß Erfahrungsdaten, sollte von dieser Welt die Rede sein, auch nicht isoliert betrachtet werden dürfen. ›Ein Knie, sonst nichts‹, kennt man von CHRISTIAN MORGENSTERN und bestenfalls noch von HIERONYMUS BOSCH. Die reale Welt hingegen enthält konstante Interdependenzen, und ohne diese vermöchten wir uns nichts vorzustellen, geschweige denn irgend etwas zu denken.[105] Dinge haben nicht nur Eigenschaften, sondern auch ihre Ordnung und ihren Platz.

Nur unter dieser Voraussetzung ist das nächste der ehrwürdigen Probleme, das der Begriffsbildung zu verstehen. Die uns schon bekannte Ausweichreaktion des Pantoffeltiers muß im ›Hinblick‹ auf Hindernisse, nicht auf den Konjugationspartner, der Stechinstinkt der Zecke auf Blutsaugen, nicht auf Flucht programmiert sein. Abstraktion erfüllt ihre lebenserhaltenden Zwecke nur unter der Voraussetzung von Geltungsbereichen. Da aber erfüllt sie ihn vorzüglich. Innerhalb ihrer Programme erhalten die abstrahierten Definitionen ›Hindernis‹ und ›Säugetier‹ ihren Sinn, erfüllen ihre Aufgabe. Da nun kann auf das Verläßlichste, auf das stetigste Merkmal der jeweiligen Lebensumstände, abstrahiert werden. Die Hierarchie der Instinkt-Programme (Abb. 37, S. 123) wird uns noch zeigen, zu welcher Höhe des Schichtenbaus von Voraussetzungen bereits die erblichen Betriebsanleitungen gelangen können.

Die Vorgänge der Generalisation, die in Formen der Vereinfachung, Assoziation, Abstraktion bis zu den Vorstellungen und Begriffen, Definitionen und Sätzen reichen, werden wir erst im Kapitel 3 erörtern. Sie gehören schon zur ›Hypothese vom Ver-Gleichbaren‹. Hier ist nur noch das System ihrer Voraussetzungen wichtig. So sei daran erinnert, daß das individuelle Lernen auf denselben Voraussetzungen weiterbaut. Der bedingte Lid-Reflex läßt eben nicht irgendeinen Körperteil zucken, sondern schließt an die unbedingte Bahn zum Augenlid. Bei der bedingten Futterappetenz tropft dem Hund nicht irgendeine Drüse, sondern eben die Speicheldrüse.

Und selbstverständlich bilden sich eben genauso voraussetzungsvoll unsere ins Bewußtsein reichenden Assoziationen. Was sollte jene hergestellte Korrelation zwischen jenem Start- und Kontroll-Licht (S. 60), wenn sie nicht auf die bestimmte Versuchsanordnung, sondern auf die Lichter im Fahrstuhl oder im Straßenverkehr angewendet würde? Was sollten die äußeren Merkmale der Raben, ja nur deren schwarze Farbe, wäre sie nicht auf Raben, und Raben fortgesetzt innerhalb der Rabenvögel, Vögel, Wirbeltiere, Vielzeller, Organismen vorgestellt; mit all dem Hintergrundwissen und all den hierarchischen Vorbedingungen, die dazugehören?

Je differenzierter die Gegenstände sind, auf welche Organismen zweckvoll reagieren, die sie, wie wir uns ausdrücken, begreifen, um so umfassender werden die Vorbedingungen jenes Hintergrundwissens. Um so schärfer und differenzierter müssen die Geltungsbereiche werden, innerhalb derer der heuristische Sektor der wissenserwerbenden Vernunft seinen lebenserhaltenden Funktionen entsprechen kann.

Die Notwendigkeit des Kreislaufs

Kurzum, die Beweis-Theorie der Logik kann für die Lösung der Lebensprobleme nicht mehr leisten als die Begründung von Erwartung, die Heuristik neben ihr zu leisten vermag. Wir aber haben, geblendet von der gedachten Gewißheit, die uns im künstlich isolierten Sektor der deduzierenden Reflexion möglich wird, vergessen, daß dieser erst durch den induzierenden Sektor Inhalt und Leben erhält.

»So weist bereits CICERO darauf hin«, sagt OESER, daß die Stoiker zwar die Syllogistik des ARISTOTELES »als eine ›*ars iudicandi*‹ weiter ausgearbeitet haben, während die Topik als ›*ars inveniendi*‹, als Lehre von den Anfangssätzen und Suchregeln unberücksichtigt geblieben ist. Diese Topik ist jedoch nach CICERO nicht nur nützlich, sondern auch ›*ordine naturae certe prior*‹.«[106] RAIMUNDUS LULLUS, dem Begründer der Suchregeln, scheint sie sogar wichtiger und BOLZANO setzt Topik mit Heuristik gleich und führt sie als Erfindungskunst in seiner Wissenschaftslehre fort. Die Logiker beachteten die Induktion der Begriffsbildung, wie erinnerlich, nur bis FREGE, und in neuerer Zeit ist nur mehr POLYA näher auf Heuristik eingegangen[107]. Und in den modernen Einführungen in die Philosophie und Psychologie, in die Logik oder Wissenschaftstheorie kommt sie nicht einmal mehr als Stichwort vor[108]. Und in den Naturwissenschaften ist sie überhaupt kaum vorgekommen.

Wie wunderbar vernünftig leitet uns also noch immer der ratiomorphe Apparat; leitet jener angeborene Lehrmeister, der gesunde Hausverstand die Heuristik unseres Erkenntisprozesses, da wir von Entdeckung zu Entdeckung eilen. Obwohl die Heuristik, unentdeckt oder vergessen, ja verleugnet, zweifellos aber im Kreislauf von Erwartung und Erfahrung die unentbehrliche Hälfte unserer erkenntnisgewinnenden Vernunft darstellt.

Vom Sinn und Unsinn der Wahrscheinlichkeits-Erwartung

Man wird sich nicht leicht als Freund des Vorurteils bekennen. Zu oft hat sich das Urteil im voraus als schlechthin falsch erwiesen. Was wir schätzen, ist das zurückhaltende, abwägende Urteil der Vernunft, mit all seinen an Weisheit grenzenden Qualitäten. Dennoch wären wir völlig lebensunfähig, würden wir nicht fortgesetzt jeden kleinsten Ausschnitt unseres Handelns, unserer steten, kaum wahrzunehmenden Entscheidungen durch Urteile lenken, welche, unbeirrt von den Grenzen des Bekannten, in das noch nicht Bekannte übergreifen. Die biologische Wurzel dieser Antriebe haben wir kennengelernt. Und auch im Menschen sind diese lenkenden Hirnzentren durch die klinische Psychiatrie erschlossen worden.[109] Selbst wenn wir uns mit größter Vorsicht, ja mit Skepsis und Mißtrauen einem rätselhaften, verdächtigen Gegenstande nähern, erweist sich unsere Vorstellung von durchaus unbedachten Erwartungen, von noch ganz unreflektierten Vorurteilen durchflutet, die zwar wechseln, aber niemals fehlen können, weil unser Handeln ansonsten alles verlöre, Antrieb wie Motiv, und damit Regulativ und Steuerung zugleich.

Das Unentbehrliche des Vor-Urteils

Tatsächlich ist das Vorausurteil in allen Ebenen unserer Struktur ebenso unentbehrlich wie längst etabliert, um dem Organismus die Entscheidung abzunehmen, die er durch Versuch und Irrtum niemals oder doch niemals zeitgerecht richtig treffen könnte. Das Urteil darüber, welche Stoffe unser Körper an welcher Stelle zu produzieren hätte, welche Muskel (beim Abrutschen von einer Stiegenstufe etwa) wie stark zu straffen wäre, welche Änderung des Netzhautbildes angäbe, daß etwas auf uns zustürzt[110], und bei wie vielen Enttäuschungen einer Erwartung wir mit dem Zufall, bei wieviel Bestätigungen wir aber mit dem gleichen Reagieren der Dinge zu rechnen haben, das muß auch uns Vernunftswesen abgenommen sein, wollen wir überleben. Selbst im Psychischen bedarf es des Vorurteils der ›Einstellungen‹. Der Mensch wäre ansonsten, wie HUBERT ROHRACHER sagt, »ständig der Ratlosigkeit und Unsicherheit preisgegeben, er müßte sich ununterbrochen in lange, mühsame und schwierige Überlegungen einlassen, er wüßte nicht, wo er in der geistigen Wirklichkeit steht«.[111] Ja sogar die Gesellschaft, die Zivilisation, die uns unsere Welt einrichtet, besteht wie BERGER und LUCKMANN zeigten, selbst aus einer Welt von Vorurteilen, die der einzelne zu prüfen gar nie in der Lage wäre.[112]

Die Vor-Urteile sind also ohne Zweifel eine Voraussetzung unserer Existenz. Und wo immer ihre Vorausentscheidung das Richtige mit einiger Wahrscheinlichkeit eher trifft als es das ratlose Suchen treffen könnte, wo sie Erfolg hat, das heißt, die Lebens- und Übelebensbedingungen schützt, dort wirkt sie sinnvoll. Dies ist der Zweck des Vorurteils. Wo es mit Sicherheit trifft, wirkt es wie Voraussicht, Wissen und Weisheit. Wo es nicht treffen kann, wirkt es wie Dummheit, wie der bare Unsinn.

Der Erfolg des Vor-Urteils

Der Zweck des Vor-Urteils liegt also in seiner Unentbehrlichkeit als Antrieb der Entscheidungsfindung. Der Erfolg des Vor-Urteils aber beruht auf Lernen und Erfahrung, also auf Erwerb und Besitz von Wissen. Der Wissenserwerb, die Adaptierbarkeit entspringt einmal der Ungewißheit des Versuchens in den Mutationen, in den Individuen und in den Systemen der Gesellschaft und zudem der Auslese, der Selektion des Erfolges durch die jeweils übergeordneten Bedingungen. Der Wissensbesitz beruht auf der Konservierung des Erfolgreichen durch das molekulare, das individuelle Gedächtnis und durch Tradierung[113] im Gedächtnis der Zivilisationen.

Was an diesem Prozeß befremden kann, das ist die Notwendigkeit des Zufalls. Man muß sich aber vor Augen halten, daß zwar dort, wo man schon etwas wissen kann, die Entscheidungsfindung durch Erfahrung jener durch den Zufall überlegen sein muß; daß aber umgekehrt dort, wo man nichts wissen kann, das suchende Zufallsurteil eine verläßliche Trefferchance haben wird. Denn das Urteil aus Erfahrung kann immer wieder zufällig das Zielfeld aus dem Suchfeld und damit jede Erfolgschance ausschließen. Die Beispiele sind zahlreich, die zeigen, wie oft es gerade die fachfremden Denker waren, die entscheidende Entdeckungen eingeleitet haben. Wie THOMAS KUHN zeigt, ist die wissenschaftliche Revolution stets aus einer Abkehr vom traditionellen Wissen zu verstehen.[114] Dabei muß es als gewiß gelten, daß auch die Lösungsfindung des Individuums und seiner Gesellschaft in derselben Weise überall dort, wo nichts gewußt werden kann, durch die Zufallssuche verläßlicheren Erfolg haben werde. Und man wird sich (von S. 24) erinnern, daß sich die Evolution den notwendigen Zufall im Lernen der Gene, in der Form des molekularen Zufalls, im Lernen der Gehirne aber, wie wir (S. 75) sehen werden, als Konsequenz der langen Kausalketten durch tausende neuronaler Schaltstellen erhalten hat.[115]

Bekannt ist die Erfolglosigkeit des sogenannten magischen Denkens, die vorurteilsvollen Lösungsversuche. Wir kennen dies nicht nur aus dem Alltag, sondern auch aus vielen Experimenten der Psychologie und Verhaltenslehre.[116]. Zu den einfachsten Beispielen zählt etwa die Aufgabe, die neun Punkte der Abb. 15 mit nur

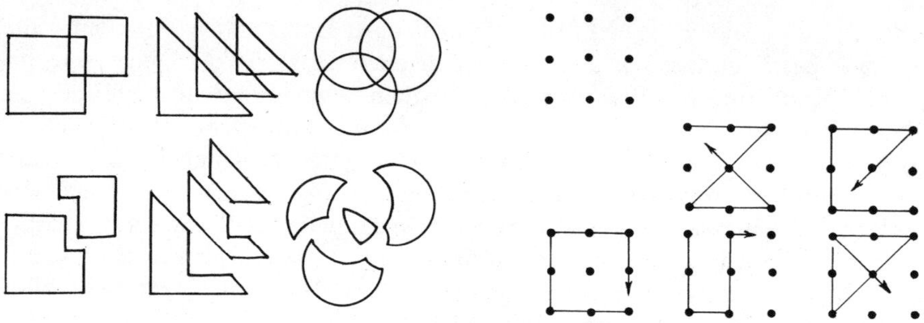

Abb. 15. *Das magische Denken* am Beispiel suggestiver Denkzwänge. Die Figuren in der linken oberen Reihe wird man als Überschneidungen deuten, und es wird mit ihrer Komplikation immer schwieriger, sie so zu sehen, wie wir sie zusammengesetzt dachten (darunter). – Die neun Punkte rechts sind durch vier Gerade in einem Zug zu verbinden. Darunter die häufigsten falschen Lösungsansätze. Sie folgen der Form, die das Quadrat suggeriert (Lösung in der Anmerkung Nr. 117 zu Kap. 2, Seite 199).

vier zusammenhängenden Geraden zu verbinden, was nur zu lösen ist[117], wenn man sich von dem Vorurteil, das die Figur nahelegt, freimacht. Ebenso scheint alle schöpferische Intuition letztlich eine Zufallsleistung des Nichtbewußten zu sein. Das vorurteilsfreie Bewußtsein hat dabei, wie auch MANFRED EIGEN und RUTHILD WINKLER zeigen, das Suchfeld dem Zufall freizugeben[118]. Es ist eben eine der fundamentalsten Voraussetzungen kreativer, neuschöpfender (fulgurierender)[119] Evolution, auf den Zufall als Generator der Variabilität nicht verzichten zu können. Dieses Grundprinzip haben wieder MANFRED EIGEN und RUTHILD WINKLER besonders klar gemacht.[120]

Der Erfolg des Zufalls

Daß der Erfolg des Zufalls in so unveränderter Weise von der Lösungssuche der Moleküle bis zu der des schöpferischen Denkens reicht, das beruht auf dem Gleichbleiben der äußeren wie der inneren Ursachen. Die äußere Ursache beruht auf demselben Wahrscheinlichkeitsprinzip der Trefferchance, welches in allen Schichten des biologischen Lernens dieselben Funktionen hat; dies ist eine Funktions-Analogie[121]. – Die innere Ursache hingegen beruht auf der erblichen Weitergabe derselben Verrechnungs-Mechanismen; denn im Algorithmus des Lernens der Moleküle erkannten wir den Lehrmeister des Lernens der Schaltungen, in beiden die Voraussetzungen der Prägung, der bedingten Reflexe und so fort. Dabei macht jede neu geschaffene Lernschichte, solange sie funktionieren muß, die Erhaltung aller tieferen unersetzbar, wie die oberen Stockwerke eines Gebäudes die Erhaltung der unteren; bis endlich alle Unterschichten die Voraussetzung der ratiomorphen, und diese zum Lernmeister der rationalen Vernunft werden müssen. Eine solche Vererbung beständiger Bauvorschriften nennt der Biologe Homologien. Sie sind im Gegensatz zu den Analogien, welche Selektionsvorschriften der Außenbedingungen folgen, das Ergebnis der Befolgung von Selektionsvorschriften, die in den Organismen selbst entstehen und mitvererbt werden[122]. Auf diese Begriffe kommen wir in Kapitel 3 zurück. Solche Funktions-Analogien auf homologer Basis kennt der Biologe zahlreich als die sogenannten Homoiologien. Es sind die funktionsgleichen Anpassungen der verwandten Strukturen: zum Beispiel die funktionelle Analogie des Flossenbaus der ins Meer zurückgewanderten Vierfüßer[123].

Der Erfolg der Selektion

Anerkennt man den Erfolg eines durch Homoiologie einheitlichen Zufallsgenerators, so sieht man doch sogleich, daß der Erfolg der Selektion vom jeweiligen Bereich der Selektion abhängen muß. Im Mechanismus der Evolution ist die Erhaltung des Zufalls zwar eine Notwendigkeit, die Begegnung mit den Notwendigkeiten der Selektion aber immer wieder ein Zufall. Die Selektionsbedingungen, welchen der Organismus unvorhergesehen begegnet, verlangen nun keineswegs die Gesetze der Welt richtig abzubilden, sondern nur eben jenen winzigen Ausschnitt aus derselben, wie er zufällig für ihn lebensbestimmende Bedeutung gewinnt. Alle Bedingungen, die außerhalb dieses Selektionsbereiches liegen, und wären ihnen noch so bedeutende Einsichten extrahierbar, bleiben unberücksichtigt und sind ratiomorph nicht einmal zu ahnen. Und das ist der Grund dafür, daß die aus dem Selektionsbereich extrahierten Weltbilder innerhalb desselben richtig sein werden, daß sie aber über den Selektionsbereich hinaus extrapoliert mit der größten Wahrscheinlichkeit falsch sein werden.[124] Die Lösung des Realitätsproblemes bereitet sich damit vor.

Der Erfolg des Wahrscheinlichkeits-Kalküls

Innerhalb des Selektionsbereichs, den die fast endlose Kette unserer Vorfahren durchlief, hat sich nun der Erfolg des Wahrscheinlichkeits-Algorithmus fest etabliert. Er besagt, wie wir ihn rational nachgezeichnet haben, daß man der Wahrheit näher kommen werde, wenn man von Hypothesen welcher Wahrscheinlichkeit auch immer ausgeht, aber jegliche Erwartung aus der Hypothese an der Erfahrung prüft und zur schrittweisen Verbesserung der jeweiligen Folgehypothese einsetzt.

Es muß also stets von einer Position ausgegangen werden, die zwar irgendeine Erwartung, aber sehr wenig Erfahrung enthält. In unserem Sprachgebrauch nennt man dies ein unbegründetes rein subjektives Vorurteil. Wir können eine solche Haltung auch an uns selbst überall dort beobachten, wo die Wünsche groß, die Kenntnisse aber verschwindend sind. Es ist rührend zu sehen, wie die subjektive, emotionelle Erwartung mit einem an Gewißheit grenzenden Gefühl über Wahrscheinlichkeiten urteilt, von welchen man objektiv nicht die geringste Ahnung haben kann. So wird man beispielsweise mit einer an Sicherheit grenzenden Wahrscheinlichkeit darauf bauen, den verlegten Schlüssel etwa im Hause, selbst am Grunde einer bestimmten Lade zu finden, obwohl es nicht einmal gewiß sein kann, ihn nur hier verlegt zu haben. Oder man wird umgekehrt mit einer an subjektive Sicherheit grenzenden Wahrscheinlichkeit das Eintreten eines Ereignisses ausschließen, etwa das eines Unfalls, obwohl man in der beabsichtigten Unternehmung keinerlei Erfahrung besitzen kann. Mir, so lautet ein solches Urteil über ein völlig unbekanntes Repertoire des Möglichen, wird schon nichts passieren. Wer dagegen für die Fülle eines solchen Repertoires als Kenner gilt, wird nun die Frage, die wir nach STEGMÜLLER formulierten[125] berechtigt finden: »Ja bist du denn wahnsinnig?« Was hier steuert, das kennen wir als Lebensfunktion, als Appetenz, Wunsch oder Hoffnung. Und wie betrüblich sich die Berechtigung der STEGMÜLLERschen Frage auch oft erweisen mag, diese Steuerung, die alle Organismenwelt fortgesetzt zu Wahrscheinlichkeits-Hypothesen über das Unbekannte treibt, ist ein Prinzip aller schöpferischen Evolution. Es ist der endogene Mechanismus der Heuristik. Wir können sie symmetrisch zur subjektiven Wahrscheinlichkeit der Logik, wie bei FINETTI, RAMSEY oder VON KUTSCHERA, die subjektive und unvernünftige Wahrscheinlichkeit der Heuristik nen-

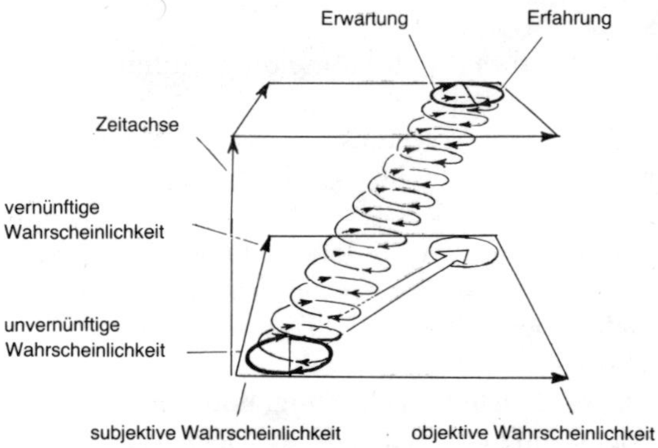

Abb. 16. *Der Wandel der Wahrscheinlichkeit* am Beispiel des Kreislaufs von Erwartung und Erfahrung. Deren Schraubenform ändert sich entlang der Zeit in dem Maße als sich mit neuer Erfahrung die Erwartung und mit gewandelter Erwartung die zu machende Erfahrung ändert. Die Erwartung entspricht dabei einer Wahrscheinlichkeit, welche bei völliger Unkenntnis von einer rein subjektiven und höchst unvernünftigen (oder unlogischen) Form ausgehen muß, die aber bei optimalem Lernerfolg, bei einer objektiven und vernünftigen (logischen) Form der Wahrscheinlichkeit anlangen kann.

nen.[126] Zwar steht sie ungeschützt dem Humbug offen, sei es dem der Götter, der Demagogen, der Gesellschaft oder der Einbildung. Dennoch steht sie, für die Eigentümlichkeit unserer Vernunft, stets am Antritt jedes Wegs zur Weisheit.

Die Notwendigkeit des Wahrscheinlichkeits-Kalküls

Der Weg nun, der von der subjektiven zur objektiven und vernünftigen Wahrscheinlichkeit [127] zurückgelegt werden kann, entspricht dem Erkenntnisgewinn, der Optimierung der Hypothese aus der steten Gegenverrechnung von Erwartung und Erfahrung. Dabei stellt sich der Grad der Objektivität und Vernunft biologisch als ein Kontinuum ohne Ende dar (Abb. 16). Anstelle also zu fragen, wie objektiv eine Wahrscheinlichkeit sein muß, um objektiv zu sein, oder wie vernünftig sie überhaupt werden kann[128], scheint die heuristische Vernunft mit Gewißheitsgraden zu operieren, wie wir sie (von S. 57) schon kennen. Und diese können zwar an absolute Gewißheit grenzen, sie aber niemals ganz erreichen. Auch die objektivste und vernünftigste Wahrscheinlichkeit reicht also nie für den zwingenden rationalen Schluß; für den Wahrscheinlichkeitsschluß des sich orientierenden Lebendigen reicht sie aber zumeist vollauf. Einer ersten Lösung des Induktionsproblems sind wir damit nahe.

Nun kann der Gewißheitsgrad, welchen wir vermeinen, hinsichtlich der Phänomene dieser Welt zu besitzen, über die bewußte Reflexion auf unsere Wahrscheinlichkeits-Erwartung zurückwirken. So erwarten wir auf dem deduktiven Weg aus der Geometrie des Würfels, daß jede seiner Seiten bei sehr vielen Würfen genau $^1/_6$ aller Ereignisse auf sich vereinen müßte. Und erfüllte sich dies nicht, so würden wir eher der Präzision der Würfelform oder der Zentrallage des Schwerpunktes mißtrauen als unserer Erwartung. Umgekehrt würden wir dem Gang der Sonne eher trauen als dem unserer Uhr. Und das, obwohl wir die Gesetze der Astrophysik rationalisieren können und wissen, daß die Sonne im Laufe von 6 oder 8 Jahrmilliarden einmal für das Leben nicht mehr aufgehen werde (weil sie, zum Riesenstern geworden, die Erde verbrannt haben wird)[129]. Die Vernunft des Lebendigen rechnet aber mit Gewißheiten in Maßen der Lebensspannen; wiewohl wir aus der Richtungslosigkeit der Wärmebewegung der Moleküle etwa errechnen können, daß der Würfel einmal überhaupt nicht fallen, sondern davonfliegen könnte (dann nämlich, wie wir bei BERNHARD BAVINK finden, wenn die ungeordnete Bewegung der Moleküle sie zufällig alle in dieselbe Richtung führt)[130]; wiewohl wir nach ROMAN SEXL errechnen, daß auch in einem physikalisch idealen Billard die siebente die achte Kugel nicht mehr treffen muß (weil die Lage-Unbestimmtheit der Oberflächenmoleküle achtmal potenziert schon so groß wie die Billardkugel selbst wird)[131]. Aber trotz des subjektiven Gefühls absoluter Gewißheit diktiert der Mechanismus der ratiomorphen Hypothese nur nach dem jeweils Wahrscheinlichsten zu handeln und diese Handlung nur so lange als begründet zu erachten, bis zureichende Enttäuschungen einer Erwartung zur Aufgabe der Hypothese und zur Formulierung einer neuen zwingen, die wiederum ein auf vermutete Gewißheit gestütztes Handeln lenkt. So als ob der in der Mikrophysik verankerte Zufall, über seine Etablierung in den Mutationen und der Freiheit des Schöpferischen infolge der langen Schaltketten in den Gehirnen, seine komplexeste Konsequenz in der Skepsis hätte, in einem steten Rest an Unsicherheit bei der ratiomorphen Verrechnung unserer Erwartungen gegenüber dieser Welt.

Die Beziehung zur rationalen Theorie

In deutlichem Gegensatz zum ratiomorphen Algorithmus des anscheinend Wahren steht der der rationalen, bewußt reflektierten Theorie des Wissensgewinns. Uns scheint es, als ob es der rational gar nicht begründbare Glaube an einen letzten Grund oder Zweck, an einen Ort absoluter Gewißheit gewesen wäre, der die Philosophie einen der Natur dieser Welt fremden Standpunkt hat einnehmen lassen. In den Kapiteln 4 und 5 werden wir dafür auch die Ursache aufzeigen.

Aber schon an dieser Stelle ist es offensichtlich, daß die reflektierende Vernunft nicht an statistischer, sondern zwingender Gewißheit interessiert war. Und eine solche war naturgemäß nur in deduktiven, mathematischen und logistischen Formulierungen zu finden. Und folglich zog sich die ›Wissenschaft vom richtigen Denken‹ auf eine Wissenschaft vom richtigen Deduzieren, die Theorie von der Wissenschaft auf eine Theorie des richtigen Beweisens zurück, und die Heuristik auf eine negative Heuristik.[132] So stellt selbst CARNAPS ganzes Kontinuum ›induktiver‹ Methoden wieder eine Prüfung in deduktiver Richtung dar;[133] etwa der Wahrscheinlichkeit einer Hypothese nach den sie stützenden Daten. Auch POPPERS Quasi-Induktion läuft in ihren konkreten Schritten in dieser Richtung. Die Wissenschaft hat den induktiven Sektor des Erkenntnisprozesses ausgeschlossen, weil sie sein vorbewußtes Wirken nicht bemerkte und sie konnte es bislang ungestraft tun, weil er hervorragend funktioniert. Wenn POPPER behauptet, es »gibt keine Induktion«[134], dann kann damit eben nur die Induktion als Verfahren der Logik gemeint sein; denn eben diese hat sich von der Heuristik zurückgezogen.

So hat die Theorie von der Wissenschaft durch ihren Rückzug auf die formale Wahrheit und den Anspruch absoluter Gewißheit die aufbauende, schöpferische Hälfte des erkenntnisgewinnenden Prozesses verleugnet, nämlich die positive Heuristik. Diese aber sind wir eben dabei als ein Prinzip, als einen Mechanismus der Evolution darzulegen; und wir haben dieselbe positive Erwartungs-Theorie aus ihr abgeleitet wie sie ERNST MACH und WHEWELL im Auge hatten und wie sie vor allem ERHARD OESER aus der ›Dynamik erfahrungswissenschaftlicher Systeme‹ rekonstruierte.[135]

Die Lösung einiger Rätsel der Vernunft

Die zentrale Frage, welche unser evolutionärer Standpunkt damit zu lösen vermag, ist die der *Apriori*, zunächst bezogen auf die Wahrscheinlichkeit. Denn, wie dies am eingehendsten KANT formuliert, wenn unsere Vernunft so eingerichtet ist, daß sie bestimmte Urteile im voraus besitzen muß, um diese Welt zu begreifen, so folgt zweierlei. Einmal zeigt es sich, daß die *Apriori* aus der Ratio allein nicht begründet werden können, weil sie deren Voraussetzung sind. Zum anderen bleibt die Frage, wie sie dann in diese hineingekommen sind VOLLMER[136] nennt dies mit STEGMÜLLER »eine Schicksalsfrage der Philosophie«. Unsere Antwort ist: die *Apriori* der rationalen Vernunft sind durch die Evolution des ratiomorphen Apparates in sie hineingekommen. Sie sind *Aposteriori*, also Erfahrungsprodukte des wissenserwerbenden Mechanismus des Lebendigen.

Die ›Hypothese vom anscheinend Wahren‹ enthält den biologischen Hintergrund der KANTschen *Apriori* der Modalität, die Erwartung, »Möglichkeit-Unmöglichkeit, Dasein-Nichtsein, Notwendigkeit-Zufälligkeit«, wie sie KANT benennt[137], in dieser Welt voraussetzen zu können. Und auch diese Hypothese konnte nur deshalb erfolgreich sein, weil sie das Prinzip von Redundanz und Interdependenz, das diese Welt enthält, nachgebildet hat.

Damit findet sich auch die 1. Lösung des Homologie-Problems; ein erster Grund für die Erfaßbarkeit der verwandtschaftlichen Ähnlichkeit der Organismen (die zweite S. 114). Umfassender aber beginnt sich das Problem der ›Kategorien‹ überhaupt zu lösen, das schon ARISTOTELES erkannte und das die ganze abendländische Philosophie durchzieht. Wir können dies aussprechen, weil wir voraussehen, in den folgenden drei Kapiteln auch die weiteren drei Kategorien KANTscher *Aprioris* zu lösen. Und wir können hier abkürzen, weil wir all das im Kapitel 6 (S. 181) zusammenfassen werden.

Hier sei nur noch daran erinnert, daß diese Lösungsmöglichkeit zuerst von KONRAD LORENZ entdeckt worden ist. Und sie wurde, wie DONALD CAMPBELL erkannte, zur Grundlage einer ›evolutionären Erkenntnislehre‹ und damit zum Ansatz alles Denkens, wie es philosophisch GERHARD VOLLMER begründet, einer ›dritten kopernikanischen Wende‹, eines naturwissenschaftlichen Denkens über die Herkunft des Denkens[138]. Es wurde zur Grundlage all dessen, was wir hier biologisch begründen.

Und endlich sei bemerkt, daß für KANT die Kategorien der Modalität am Ende seines analytischen Vorgehens stehen. Sie stehen aber in unserem synthetischen Vorgehen am Anfang.[139] Denn hier erweist sich die ›Hypothese vom anscheinend Wahren‹ als die Vorbedingung der Bildung der übrigen Hypothesen. Diese Übereinstimmung ihrer Auffindung durch die beiden gegenläufigen Vorgänge der Untersuchung ist eine frappante Bestätigung ihrer übereinstimmenden Position, wie des analytisch-synthetischen, deduktiv-induktiven Forschungsprozesses. Diese Einsicht verdanken wir unserem Seminar mit KONRAD LORENZ und ERHARD OESER. Und wir bestätigen KANT nochmals, wenn er sagt: »Die Kategorien der Modalität haben das Besondere an sich: daß sie den Begriff, dem sie als Prädikat beigefügt werden, als Bestimmung des Objects nicht im mindesten vermehren, sondern nur das Verhältnis zum Erkenntnisvermögen ausdrücken.«[140] Die Hypothese vom anscheinend Wahren ist die Voraussetzung des Erkenntnisprozesses schlechthin.

All das zählt also zum Sinnvollen des Vorurteils, welches die ererbte Hypothese vom anscheinend Wahren enthält.

Der Unsinn des Vor-Urteils

Wie wir aber schon voraussehen, der Unsinn des Vorurteils muß überall dort zu erwarten sein, wo das Urteil über den Bereich der Erfahrung, der es entwickelt hat, hinaus seine Extrapolationen versucht. Da nun beginnt der Unsinn der ›gelehrten Moleküle‹, der ›gelehrten Schaltungen‹ und selbst der gelehrten Akademien.

Wir erinnern uns nämlich, daß der ratiomorphe Algorithmus dazu führt, Gesetzmäßigkeit, wie wir uns ausdrücken, ungleich rascher als gewiß erkannt zu erachten als das, reflektierend betrachtet, gerechtfertigt erscheint. Daß aber dementgegen kein Organ ausgebildet scheint, das den Zufall unmittelbar nachzuweisen vermag. Diese Struktur der angeborenen Lehrmeister muß im Rahmen der Lebensprobleme der Tiere völlig angepaßt gewesen sein. Es genügte, ja es war weiser, mögliche Notwendigkeiten so rasch wie möglich als wahr zu nehmen. Alles Zufällige brauchte nicht gespeichert zu werden. Es war aus dem Bereich von Aufmerksamkeit und Registrierung tunlichst zu entlassen und durfte keinesfalls in das molekulare Gedächtnis eingebaut werden. Aber im Rahmen der Lebensprobleme des Menschen, die durch seine reflektierende Vernunft ungleich erweitert sind, wirkt es befremdlich, daß der gesunde Hausverstand die größte Mühe hat, den Zufall in Sequenzen von Ereignissen als solchen zu erkennen.

Wird aber umgekehrt von unserer reflektierenden Vernunft versucht, den ratiomorphen Lehrmeister auszuschalten, gewissermaßen die Lösungsfindung auf den hinzugekommenen Lebensbereich allein zu reduzieren, dann treten zwei fundamentale Irrtümer auf. Es kann rational der Zufall für Notwendigkeit und Notwendiges für zufällig gehalten werden. Beides ist im gedachten Lebensbereich des Rationalisierens begründbar. Beides wäre für den unmittelbaren Bereich der lebenserhaltenden Entscheidungen jedes Alltags katastrophal.

Es ist zu offensichtlich, daß die ratiomorphen Lehrmeister für ein erweitertes Milieu, für welches sie nicht geschaffen wurden, nicht mehr zutreffend unterrichten; und daß die rationale Reflexion, die für den Zusatzbereich konstruiert ist, für den Ausgangsbereich falsch werden kann.

Die Grenzen des Selektionsbereichs

Bei den erblichen Programmen deckt sich der Erfahrungsbereich der Lehrmeister noch mit den Grenzen des Selektionsbereichs. Im Selektionsbereich müssen sie die richtigen Vorausurteile enthalten, weil sie ein Produkt der Selektion sind. Außerhalb des Selektionsbereiches werden sie aber völlig falsch sein; und zwar wird dies um so wahrscheinlicher, je weiter extrapoliert, je weiter der Testbereich verlassen wird.

Fast erscheint es weise, daß das Vorurteil der Moleküle das Pantoffeltier in die Richtung von Säuren im Wasser lenkt, denn diese sind ein Anzeiger für die Anwesenheit von Bakterien, die ihr Futter darstellen. Dasselbe Vorurteil aber lenkt alle Pantoffeltiere bei Anwesenheit starker Säuren im Experiment in den Tod.[141] Nicht minder ist das Vorurteil der Schaltung vieler Bodentiere, das sie bei Trockenheit hinunter in die Feuchte des Bodens steuert, sehr vernünftig. Setzt aber der Sammler von Bodentieren die Erdprobe in einen Trichter (wie das die Abb. 17 zeigt) und beginnt sie von oben zu trocknen, so fallen alle Abwandernden durch den Trichtergrund in den nicht minder sicheren Tod im Sammelgefäß[142]. Bedingungen solcher Art, und wir kennen derlei auch durchaus beim Menschen[143], waren im Selektionsbereich jener Vorausurteile nie enthalten und zu rechnen war ja mit ihnen gewiß ebenso nicht.

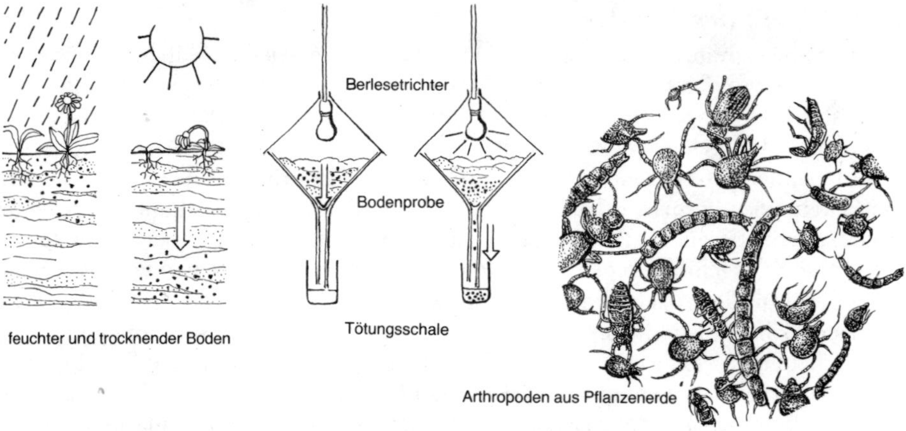

Abb. 17. *Vernunft und Unvernunft von Erb-Programmen* am Beispiel von Bodentieren. Beim Trocknen der Erde in der Natur reagieren die Tiere positiv geotaktisch und erreichen so die feuchteren Erdschichten. Trocknet man die Erdprobe über einem Gitter unter einer Lampe, dann fallen sie nach demselben Programm in den sicheren Tod im Sammelgefäß (das Beispiel einer Sammelprobe aus KÜHNELT 1961).

Dennoch nützt bereits die Natur die Grenzen der Urteilsfähigkeit des Nachbarn zum eignen Vorteil. Wir erinnern uns der Prägung der schlüpfenden Ameisen, die ihnen das Bild von ihrer Art durch jene Ameise festlegt, die bei diesem Vorgang hilft. Und prompt haben die Sklavenhalter-Ameisen jenen wunden Punkt im erblichen Vorurteil dazu benützt, um mit dem bescheidenen Aufwand der Geburtshilfe den Vorteil lebenslänglicher Sklavendienste zu gewinnen.[144] Und letzten Endes lebt ein Gutteil jenes Kreislaufs des Gefressenwerdens, den wir den Haushalt der Natur nennen, von den Mängeln in den Vorurteilen des Nachbarn. Die Voraus-Urteile sind aber notwendig, und sie werden mit den Fehlurteilen, die sie einschließen, so lange toleriert, als ihre Treffsicherheit sowohl die der anderen Vorurteile als auch die des wahllosen Suchens übertrifft.

Etwas weniger gefährdet erscheint zunächst das assoziative, das individuelle Lernen von Vorurteilen ab den bedingten Reflexen. Aber wir alle kennen schon die Schwierigkeit, einmal assoziativ gewonnene Einstellungen, wie dies HUBERT ROHRACHER zeigt[145], wieder loszuwerden, selbst wenn uns das Leben deutlich macht, daß sie falsch sind. Die Evolution des Menschen geht aber noch durch jene fundamentale Veränderung weiter, die darin besteht, individuell Gelerntes nicht mehr zur Gänze ins Grab nehmen zu müssen. Diese zweite Evolution hat ja die Vererbung des individuell Erlernten entwickelt; durch Nachahmung, Sprache und Schrift. Und damit werden wieder Vorurteile vererbt – von Mensch zu Mensch und von Generation zu Generation, die alle wieder den unentbehrlichen Vorteil des Vorausurteils innerhalb des Selektionsbereichs besitzen; die aber außerhalb dessen Grenzen wieder zum baren, erblichen Unsinn werden können.

Der Abbau des Selektionsbereichs

Mit den Verdiensten der Zivilisationen, wie sie sich nun als eine Konsequenz der zweiten Evolution entwickelt haben, sind mit den Horden, Reichen und Machtblökken neue Systembedingungen auch der Selektion entstanden. Seitdem der direkte

Kannibalismus in den Trupps des *Homo sapiens*[146] selten wurde und die Horde den Schutz des Einzelindividuums bis an die Landesgrenzen vorschiebt, tritt im Inneren der Systeme ein Abbau des Selektionsbereichs ein. Und, befördert von der ungebremsten Assoziations-Freude des Bewußtseins, können Vorstellungen von beliebiger Realitätsferne unselektiert angehäuft werden. Wenn es das Privileg des Lebens ist, den extrapolativen Unsinn entwickelt zu haben, baren Unsinn zu glauben ist jedenfalls ein Privileg des Menschen.[147]

Von all dem Unsinn, den das menschliche Reflektieren zuwege brachte, gehört in dieses Kapitel die Verwirrung der Wahrscheinlichkeit. Hier kann nun durch die Macht des durch Tradierung verankerten und aller ratiomorphen Warnung zum Trotz der Zufall für das Notwendige gehalten werden, sowie verkehrt herum; was jede andere Species sogleich vernichtet hätte.

Seit den frühesten Kulturen wird Zufälliges für Gesetzlichkeit gehalten. Von den Orakeln der Eingeweide-Schau und der Phantasterei der Astrologie[148] zieht der Unsinn über das Traumbuch und die Handlesekunst[149], da zum harmlosen Aberglauben des Bleigießens oder das Kreuzen des Wegs durch eine schwarze Katze zu fürchten, dort aber zum unheilvollen Wahrheitsanspruch des Humbugs, nach dessen Anweisung nicht nur Schicksale besiegelt und Schlachten angezettelt, sondern ganze Völker ausgerottet wurden und werden.

Und nicht minder hat man das Notwendige der Naturgesetze für zufällig gehalten; hat seit der klassischen Philosophie, hier an der Realität der Materie, dort an der Realität des Geistes gezweifelt. Man hat Kulturen, weil sie als zufällig, also zwecklos erschienen, im Namen von Zwecken eliminiert. Und durch die zweitausend Jahre unserer Geistesgeschichte zieht sich der Disput der Idealisten und Materialisten nicht nur in unversöhnlicher Weise hindurch, sondern diese halben Wahrheiten haben sich über ihre Wahrheitsansprüche und über die Machtansprüche aus den vermeintlichen Wahrheitsansprüchen zu jenen Ideologien verhärtet, deren Widersprüche heute unsere ganze Welt gefährden. Und die Selektion, die unser wartet, ist zur Kollektivselektion eskaliert, zur Sippenhaftung für kollektiven Unsinn, die dann gegen jede Humanität alle mitreißen muß, die Dummen wie die Weisen. – All das zählt zum Unsinn des Vorurteils, wo immer die Hypothese vom anscheinend Wahren die Grenzen ihrer Kontrollen unterläuft.

Wahrheit und Wahrnehmung, Verstand und Sinne, Gewißheit und Trug begleiten die ganze Geschichte der menschlichen Vernunft; als Antagonisten haben wir sie entlang des ganzen Wegs zur Erkenntnis gefunden. In der ersten wie in der zweiten Evolution sind sie die Antipoden im fundamentalsten Rechenteil unseres Weltbildapparates, in der Hypothese vom anscheinend Wahren.

3 Die Hypothese vom Ver-Gleichbaren

»So schreiben wir der Natur… eine Konsequenz, eine Regel zu, wonach wir voraussetzen, daß sie verfahren werde… und eine Metamorphose, welche die in dem Typus benannten Teile… immerfort verändert.«

JOHANN WOLFGANG VON GOETHE

»Der Mensch ist mit gewissen natürlichen Überzeugungen ausgestattet, die wahr sind, weil gewisse Gleichförmigkeiten im gesamten Universum vorherrschen und der vernünftigste Geist selbst ein Produkt des Universums ist.«

NOAM CHOMSKY[1]

Wer entschiede, wann das Ungleiche gleich oder wann dasselbe verschieden wäre; der Nachbar, die Eingebung, die Erfahrung? Und wie aber wäre einem dieser drei zu trauen, wo sie sich fortgesetzt widersprechen; was wohl gleich wäre von Geburt an, vor Gott oder vor dem Richter? Oder hat nicht zuletzt immer eine Oberinstanz, der Krieg im Sinne des Ungleichseins, die Revolution hingegen im Sinne des Gleichseins der Menschen entschieden; Reformation versus Gegenreformation, Adel gegen Proletariat, Unternehmer kontra Gewerkschaft? Und welche Instanz wäre anzurufen, da auch alle Oberinstanzen einander seit jeher widersprechen; und zwar wiederum von den Widersprüchen der Weltschöpfer und ihrer Demiurgen[2] bis zu den Widersprüchen der metaphysischen Systeme und ihrer Ideologien, den Demagogen und Ideologen unserer Tage. Entscheidet über Gewißheit nicht ausschließlich das Eingreifen des jeweils Mächtigeren?

Das Gleiche und das Ungleiche,

sei es der Dinge, der Menschen, der Ideen oder Visionen, das sind somit die nächsten Hauptfiguren jener Inszenierung, in der Akt für Akt Leben und Bewußtsein, Denken und Weltbild entstehen konnten. Auch ihr Dialog reicht durch das ganze wirre Durcheinander unserer stets unvollendeten Geschichte.

Wo also säße nun jener Grund, der den Trubel der Dinge, ihrer Zustände und Ereignisse faßlich machte? Ist die vermeintliche Idee von ihrer Faßbarkeit die Konsequenz einer Realität oder vielmehr die vermeintliche Realität eine Konsequenz der Ideen? Eine Welt aus platonischen Ideen steht nach wie vor einer Welt aus Namen entgegen[3], Vernunft gegen Erfahrung, Geist gegen Materie[4]; und als wahrscheinlich mag nur gelten, daß ohne eine geordnete Welt der Gegenstände weder eine Gewißheit über das wahrscheinlich Wahre einen Sinn hätte noch die Frage nach ihren Ursachen und Zwecken einen Inhalt haben könnte. Deshalb hat die Hypothese vom Vergleichbaren an die Wahrscheinlichkeits-Hypothese anzuschließen. Deshalb hat sie der Erkenntnisprozeß des Lebendigen auch längst entwickelt, und wiederum hat sie eine Verstrickung des Bewußtseins nach sich gezogen; und wir haben mit ihr fortzusetzen.

Wann das Ungleiche gleich wäre

Schon das Wort vergleichen enthält das Problem; nämlich das Ver-gleichen, das Gleichmachen von Ungleichem[5]. Denn es erhebt sich sogleich die Frage, was zum Gleichmachen befugte, und was beim Gleichmachen gewonnen und verloren wird. Beim Gleichmachen der Menschen beispielsweise kann man das Wesentlichste verlieren, das Menschlichste. Die Einzigartigkeit des einzelnen könnte verschwinden, das Unaustauschbare der unzerlegbaren Individualität.

Wenn das Gleiche niemals dasselbe ist

Dabei können wir selbst über das Einzigartige nur in einer Sprache verkehren, die ausschließlich aus Gleichgemachtem besteht. Nur die Eigennamen betrachten wir als ausgenommen, sowie die Eigennamen der Werke mancher Menschen. Aber selbst wenn wir MICHELANGELO BUONARROTI beschrieben oder die Sixtina, wir müßten Eigenschaften nennen, die, wenn auch vereinzelt, in vielen Renaissancemenschen oder Deckengemälden ihrer Zeit vorkommen. Selbst die Patentmeldung der einzigartigsten Erfindung muß in den Begriffen der Röhren, Ventile und Regler verfaßt werden, wie diese längst weithin unsere Welt bevölkern. Wie anders könnten wir uns auch verständigen? Alle Sprache muß aus Gleichgemachtem bestehen. Daß aber eine völlige Gleichheit mehrerer wirklicher Gegenstände in jeder Hinsicht unmöglich ist, das ist ein Grundgedanke vieler philosophischer Systeme[6]. Tatsächlich kann auch gleiches niemals dasselbe sein. Selbst im gleichen Auto derselben Serie, im gleichen Ei desselben Huhnes sind nicht zwei gleiche Atome dieselben. Auch wenn ich denselben Satz nochmals setzen lasse: Auch wenn ich denselben Satz nochmals setzen lasse; es stehen zwar die gleichen Zeichen, aber durch andere Moleküle derselben Druckerschwärze an anderer Stelle desselben Blattes; es kann gleiches niemals dasselbe sein. Und wenn der Leser meint, in einigen Stunden noch derselbe zu sein, so werden doch schon Tausende seiner Zellen abgestorben und durch andere ersetzt worden sein[7]. Schon die Philosophie der Klassik hat gewußt, daß du kein zweites Mal in denselben Fluß steigen wirst[8]. So wie die Woge alle ihre Teile austauscht solange dieselbe fortschreitet. Was also befugt uns, das niemals Gleiche gleich zu machen?

Wenn das Ähnliche keine Grenzen hat

Schwieriger noch wird die Lage, wenn wir erkennen, daß das Ähnliche keine Grenzen hat. Denn woher stammten die Grenzen etwa zwischen Staub, Sand, Kies, Steinen und Blöcken; woher jene zwischen Hütten, Häusern, Schlössern und Palästen? Wie viele Körner, fragt HASSENSTEIN, machen einen Haufen?[9] Begrenzen wir nicht nur der künstlichen Grenzen willen, einer Vorschrift unseres Denkens folgend? Zwar darf die Wissenschaft nicht zögern, die Grenzen ihrer Begriffe zu definieren[10]. Zumeist ist es aber nicht einmal klar, welches unter den vielen Maßen, die eine Ähnlichkeit enthält, von der Definition bevorzugt werden dürfte. Schon fünf Figuren mit nur zwei sich ändernden Größen, wie dies Abb. 18 zeigt, lassen bereits zehn verschie-

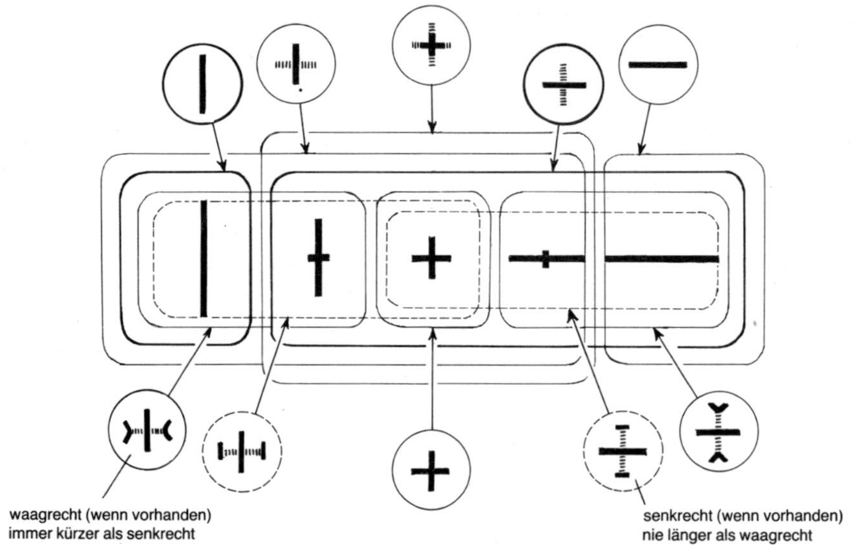

Abb. 18. *Fließende Ähnlichkeiten* und einander überschneidende ›abbildende Begriffe‹. Die mittleren fünf Figuren, mit nur zwei variierenden Merkmalen, lassen bereits zehn Einheiten oder Subfelder bestimmen (nach HASSENSTEIN 1954 u. 1976). In den Kreisen sind deren ›Typus-Merkmale‹ symbolisch dargestellt. Von solcher Art sind auch die systematischen ›Definitionen‹, sämtlich abbildende oder injunktive Begriffe.

dene wohl definierbare Einheiten bilden; ohne daß man zwischen richtigen und falschen Grenzen zu scheiden vermöchte[11]. Die natürlichen Gegenstände unserer Wahrnehmung enthalten aber immer so viele erfaßbare Größen, daß die Zahl der miteinander konkurrierenden Grenzen unübersehbar wird. Führen wir uns nicht ad absurdum, wenn wir die Grenze zwischen Hügeln und Bergen, Sträuchern und Bäumen, Schiffen und Booten scharf zu definieren trachten? Und das hat noch eine Konsequenz:

Wenn des Ungleichen viel zu vieles ist

Sind wir, wo wir doch das Induktions-Problem als Wahrscheinlichkeits-Phänomen zu lösen meinten (S. 65), dennoch wieder in Unlösbares geraten, da wir nicht wissen können, von welchen der vielen Größen des Speziellen auf das Allgemeine geschlossen werden könnte? Was, wenn das Spezielle beliebig viele Formen des Allgemeinen bilden ließe? Ist dann das Merken des Speziellen nicht die letzte Lösung?

Aber auch diese Hoffnung kann sich nicht erfüllen, weil fast immer des Ungleichen viel zu vieles ist. Allein ein Spaziergang durch die belebte Großstadt führt uns pro Sekunde 10 Menschen vor Augen, das sind in drei Stunden über 100000. Wie viele möchten wir im nachhinein beschreiben? Tatsächlich haben wir jeden einzelnen in vielen Einzelheiten erblickt, aber weniges wahr-, noch weniger zur Kenntnis genommen[12]. Und nur das Gewimmel bleibt im Gedächtnis, mit wenigen seiner Merkwürdigkeiten. Im Gedächtnis haftet nur das ihnen Gemeinsame, das Allgemeine vieler, regengetränkter, staubumwirbelter oder sommerlich leichtgekleideter Menschen. Das Allgemeine, Gleiche, mußte also zwangsläufig gebildet werden. Das Zu-Viel der Einzelnen vermögen wir gar nicht zu fassen.

Wenn das wirklich Gleiche keinen Inhalt hat

Das Schlimmste des Ungleichen aber ist es, daß das wirklich Gleiche keinen Inhalt mehr hätte. Man müßte ja jeglichen Unterschied entfernen. Zwar: wenn wir schon nicht wissen, wie wir Qualitäten vergleichen, daß Quantitäten einwandfrei vergleichbar sind, das zeigt uns wohl Metrik und Mathematik. Jedoch, sagt KONRAD LORENZ[13], »die Zählmaschine unserer extensiven Quantifikation arbeitet gleichsam wie ein Schaufelbagger, der ein Schäufelchen von irgend etwas zum vorhergehenden addiert. Wirklich stimmig und widerspruchsfrei ist ihre Arbeit nur, wenn sie leer läuft und immer nur das Wiederkehren ihrer einzigen Schaufel, der Eins, abzählt. So wie wir diese Maschine in die inhomogene Materie der außersubjektiven Wirklichkeit eingreifen lassen, geht die absolute Wahrheit ihrer Aussagen sofort verloren.« Gewißheit vom Gleichen erhalten wir also erst dort, wo das Gleiche nichts mehr enthält.

Wann also wäre das ewig Ungleiche gleich zu machen, zu ver-gleichen? Woraus sollte das Allgemeine aus dem Speziellen bestehen, wenn das Vielfältige der Qualität unbestimmt bleibt, seine Quantität aber mit wachsender Präzision seinen Inhalt verliert?

Aber all dieser Unbestimmtheit zum Trotz finden wir uns in dieser Welt ganz passabel zurecht, haben in allen Sprachen die unzähligen Gegenstände und Zustände unserer Wahrnehmung zu den hunderttausenden unserer Begriffe gleichgemacht; und zwar ohne vor Augen zu haben, wie wir dabei verfuhren. Und die Systematiker haben in derselben Weise die ungezählten Individuen der Lebewesen zu den Begriffen von zwei Millionen Arten in einem hierarchischen Begriffssystem von über fünfhunderttausend Verwandtschaftsgruppen zusammengestellt; und zwar in einer den realen Ähnlichkeiten offenbar derart entsprechenden Weise, daß dieses ›Natürliche System‹ eine der tiefsten Erkenntnisse des Menschen begründete; nämlich die Erkenntnis seiner eigenen Abstammung.

Wie groß also die Ungewißheiten unserer bewußten Vernunft dem Vorgang des Vergleichens gegenüber auch sein mögen, die nicht bewußte Vernunft muß eine Methode besitzen, der das Vergleichen völlig zutreffend gelingt. Diese ist nun aufzusuchen.

Die Erwartungen in der Datenverrechnung des Lebendigen

Keiner der niederen Organismen hat etwas lernen wollen. Weder das Coli-Bakterium, noch die Pantoffeltiere, Bodentiere oder Zecken. Wir sind gewiß, daß sie zum Lernen gezwungen wurden[14]. Was immer also ein genetisches Gedächtnis an Aufbau- und Betriebsanleitung für seinen Organismus gelernt hat, das muß an den Bedingungen, unter welchen seine Ahnen lebten, ausgebildet worden sein. Der Zufallsgenerator der Mutationen schuf die Variabilität, die Selektion wählte das jeweils Brauchbarste.

Ein solcher Mechanismus setzt wiederum voraus, daß es in der Welt der Organismen überhaupt etwas zu lernen gibt. Und was nun die Vergleichs-Hypothese betrifft, so müssen wir von der Frage ausgehen,

was es an Ähnlichkeiten zu lernen gibt

Was man von dieser Welt lernen kann, das ist ihre Ordnung. Unordnung kann man wohl, ja muß man, wie wir wissen (S. 24f.), erzeugen; aber zu lernen ist vom Chaos nichts. Und das Grundsätzlichste aller Ordnung ist die Koinzidenz von Zuständen oder Ereignissen. Das heißt, daß die meisten Dinge sich mit großer Regelmäßigkeit nur gemeinsam miteinander, nacheinander oder im Rahmen bestimmter anderer Dinge ereignen. Für den Menschen ist dies so selbstverständlich, daß er oft gar nicht mehr daran denkt, daß Blitz und Donner koinzidieren, daß auf den Felssturz Gepolter folgt, daß es Früchte nur im Rahmen der Pflanzen gibt. So beruhen die Erbprogramme der Organismen auf einer

Abstraktion von Koinzidenzen in der Natur

Die Umkehr-Reaktion des Pantoffeltieres (Abb. 4, S. 27) extrahiert aus der Fülle unbekannter Eigenschaften von Hindernissen die Koinzidenz von fester Oberfläche, ruhender Lage und begrenzter Ausdehnung. Sie sieht gewissermaßen ab von allen anderen Eigenschaften. Der nicht minder erbliche Instinkt der Zecke (S. 43) extrahiert aus den vielen ihr unbekannten Eigenschaften der Säugetiere die Koinzidenz von Buttersäure und der Temperatur von 37° C.

Übersetzt man solche Extraktions-Leistung durch die Selektion in unsere rationale Ausdrucksweise, so spricht man von der Abstraktion des Wesentlichen; man kann auch sagen, daß der Mechanismus mit der Feststellung eines Merkmales die Erwartung einschließt, auf das Zusammentreffen mit weiteren, jedoch nun ganz bestimmten Merkmalen rechnen zu können. Wir werden diese Erwartung in unserem Bewußtsein auch ganz entsprechend (S. 93) wiederfinden.

Wie Gleiches von Ungleichem getrennt wird

Entscheidend für den biologischen Mechanismus, welcher aus dieser Welt die Ordnung der Ähnlichkeiten zu abstrahieren hat, ist nun die Frage, wie man Gleiches von Ungleichem trennt. Auch hier ist die Vernunft des Lebendigen, dieser Algorithmus der Datenverrechnung, von überzeugender Einfachheit und von verblüffender Treffsicherheit. Die Methode besteht einfach darin, aus der Fülle der Eigenschaften jene zu entnehmen, die am regelmäßigsten koinzidieren. Wir können das mit der Aufgabe übersetzen, das Konstante vom Variierenden, das mutmaßlich Notwendige vom Zufälligen zu scheiden; und dieser Aufgabe muß deshalb entsprochen werden, weil die Bestimmung des Konstanten und Notwendigen von lebenserhaltender Bedeutung ist, weil sie die Wahrscheinlichkeit zutreffender Voraussicht, die Treffsicherheit des Vorausurteils also, wesentlich erhöht.

So extrahiert die Umkehrreaktion nicht etwa die stofflichen Eigenschaften der Hindernisse, den Gehalt an Silikat oder Zellulose, denn dieser kann wechseln; auch die Oberflächenstruktur wird nicht im Programm eingebaut, denn auch diese variiert von den Sandkörnern zu den Algenfäden in weiten Grenzen. Vielmehr werden Festigkeit, Größe und Ruhelage als Merkmal ins Programm genommen, denn diese Eigenschaften koinzidieren in den meisten realen Hindernissen. Noch deutlicher ist diese Vorgangsweise im Erbprogramm der Zecke. Jeder Student weiß, wie groß die Zahl der Merkmale ist, nach welchen ein Säugetier zu diagnostizieren ist; von den Haaren und Milchdrüsen bis zu den kompliziertesten Struktur-Eigenschaften des inneren Baus. Er weiß, daß die meisten Diagnose-Merkmale solche der inneren Anatomie sind; die Gliederung der Herzkammern, Gefäße, Nieren und so fort. Und er hat wohl noch deutlicher vor Augen, wie viele andere Merkmale durchaus nicht mit allen Säugern koinzidieren; seien es Krallen oder Hufe, Stoßzähne oder Geweih[15]. Was aber mit allen Säugetieren koinzidiert, das ist die Körpertemperatur und der Geruch nach Buttersäure: ein Gärungsprodukt der Talgausscheidung der Hautdrüsen. Tatsächlich ist keine einfachere und verläßlichere Definition der Landsäugetiere als mit Temperatur und Buttersäure möglich. Und ein Irrtum des Vorausurteils, daß diese Koinzidenz weiterhin mit dem Besitz von Haut koinzidieren werde, die zu durchbohren die Mundteile vorgerichtet sind, mit Haaren, an welche die Klammerbeine angepaßt sind, mit einem Blut, welches der Stoffwechsel der Zecke nicht entbehren kann, ist praktisch eine Unmöglichkeit[16].

Die Abstraktion nach dem Koinzidenzgrad

Diese wird in der nächsthöheren Ebene der Erbprogramme von den AAM, den angeborenen Auslösemechanismen, vorgenommen[17]. Sobald nämlich die Sinnesorgane eine so große Datenfülle liefern wie unser Ohr, oder in noch größerem Ausmaß unser Auge, erweist es sich als erforderlich, Reiz-Filter einzubauen, die geeignet sind, nur die einschlägige Nachricht dem für die Reaktion bereits vorbereiteten Programm zuzuleiten. So vernimmt schon das Zikaden-Weibchen, um jeden Irrtum auszuschließen, aus allem Gezirpe in ihrer Umwelt nur den Lockruf des Männchens[18].

Und wo immer nun die Sinnesdaten kompliziert und vielfältig werden, schneidet das Filter des AAM die Nachricht mit dem höchsten Koinzidenzgrad aus der Fülle des variierend Möglichen. Das beweisen besonders die Attrappenversuche[19]. Da zeigt es sich zum Beispiel, daß das Rotkehlchen beim Erkennen seiner Art von allen

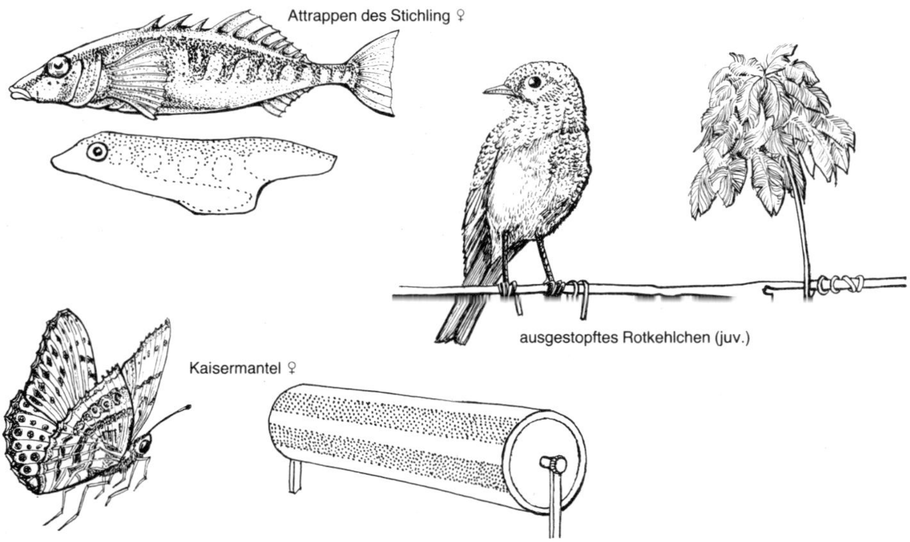

Abb. 19. *Überoptimale optische Auslöser* am Beispiel von jeweils zwei Attrappen. So wird die stark vereinfachte Nachbildung des Stichling-Weibchens mit übertriebenem laichtragenden Bauch vom Männchen der naturgetreuen vorgezogen; vom Rotkehlchen der rote Federbusch dem ausgestopften, doch nicht rot ausgefärbten Jungvogel; und das Kaisermantel-Männchen bevorzugt eine rotierende Walze mit den gelb-braunen Farben der beiden Flügelseiten vor dem normalen Weibchen (aus v. DITFURTH 1976).

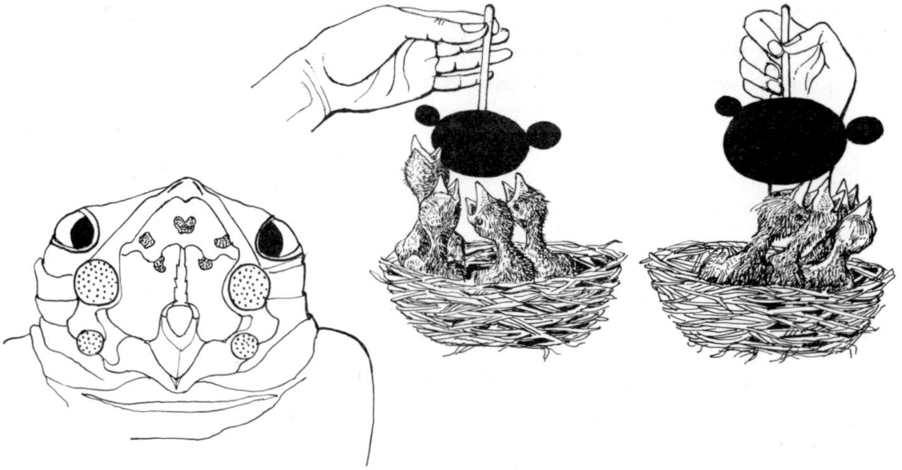

Abb. 20. *Angeborene optische Auslöser* am Beispiel von Signalen und Signalwahrnehmung bei Jungvögeln. Beim Sperren des Schnabels werden, wie hier bei einer jungen Goulds-Amadine, die schwarzen und leuchtend blauen Signale für die fütternden Eltern sichtbar. Amseljunge wiederum sperren schon bei einfachsten Attrappen, besitzen aber eine sehr genaue ›Vorstellung‹ von Proportionen, um den Kopf und nicht den Körper der Eltern anzubetteln (aus TINBERGEN u. KUENEN 1939, EIBL-EIBESFELDT 1978).

variierenden Einzelheiten absieht und lediglich auf den roten Kehlfleck reagiert. Denn es wird auch die beste Rotkehlchen-Attrappe, fehlt ihr der Fleck, nicht erkannt, ein roter Federbausch aber als Weibchen betrachtet (Abb. 19). Nicht anders beim Küken der Silbermöwe, das einen roten Stab mit weißem Ring, der dem Schnabel der Mutter ähnelt, der in allen Merkmalen ähnlichsten Mutter-Attrappe vorzieht.[20]

Diese Selektion der Merkmale nach ihrem Koinzidenzgrad wird so bedeutungsvoll, daß die Selektion schließlich dem Nachrichten-Träger selbst auffallende, artspezifische Signale appliziert. So werden die Rachen vieler Jungvögel mit höchst spezifischen und grellen Farbmustern ausgestattet, damit sichergestellt wird, daß deren Eltern mit der höchsten Treffsicherheit in die aufgesperrten Mäuler füttern (Abb. 20). Und nicht minder werden den Männchen Balz-Signale, ganzen Arten Warn-, Schreck- und Fluchtsignale[21] angefügt, um das Stetige aus dem Variierenden mit Sicherheit abzuheben. Die Konsequenz, mit welcher die Selektion dabei verfährt, läßt die enorme arterhaltende Bedeutung der Eindeutigkeit und Treffsicherheit der Vorausurteile verstehen.

Das Wahrnehmen von Gestalt

In noch komplexerer Ebene der Erb-Programme greifen solche selektionsbewährte Voraus-Urteile bereits steuernd in die Bereiche unseres Urteilens ein. Dies sind beispielsweise jene Vorurteile, welche unsere Gestalts-Wahrnehmung regeln. Und es zählt zu den Eigentümlichkeiten unseres Bewußtseins, daß sie uns, wo immer sie im voraus richtig urteilen, verborgen bleiben; daß sie erst dort, wo sie jenseits ihrer Geltungsbereiche widersprüchlich werden, als optische Täuschungen in Erscheinung treten.

So ist es in den meisten Fällen richtig, bei gegeneinander bewegten Bildausschnitten den kleineren als bewegt, den größeren als ruhend zu betrachten. So ist es sehr vernünftig, daß schon der Säugling Abwehrreaktionen zeigt, sobald ein Gegenstand, wenn auch nur in einer Filmprojektion, in scheinbarem Kollisionskurs auf ihn zuzukommen scheint. Die Reaktion kann von lebenserhaltender Bedeutung sein; und wieder nur, wenn sie im voraus urteilt. Denn im nachhinhein ist es zu spät. Ebenso zweckmäßig ist es, das was sich gemeinsam bewegt als zusammengehörig, das was als räumlich bekannt als räumlich, was räumlich entfernt als verkleinert zu erwarten, und dafür die Täuschung in Kauf zu nehmen, wenn sich scheinbar Dreidimensionales auf den zwei Dimensionen des Papiers befindet (Abb. 21 und Abb. 33, S. 111). Selbst der Zwang zur Voraus-Komplettierung nicht kompletter Wahrnehmung ist meist von lebenserhaltender Wichtigkeit. Es wird etwa für eine Gazelle so wichtig sein schon den Anblick des Schwanzes eines Löwen zur Gestalt eines ganzen Löwen zu ergänzen, daß die gelegentliche Täuschung, die dieses Vorurteil mit sich bringen kann, in der Regel weniger gefährlich ist als auf das Voraus-Urteil zu verzichten[22].

Und tatsächlich wird das Vorurteil der Gestalts-Vorausbeurteilung erst im Zivilisationsbereich ad absurdum geführt, für welchen es, wie im 3. Abschnitt dieses Kapitels zu zeigen sein wird, auch gar nicht selektiert wurde.

Über Aufwand und Erfolg

Daß sich in diesem Extraktionsprinzip gleichzeitig ein Ökonomie-Prinzip verbirgt, das werden wir bald näher untersuchen (ab S. 93). Aber schon an dieser Stelle wird klar, daß die Treffsicherheit des unvermeidlichen Vorausurteils, also der Wahr-

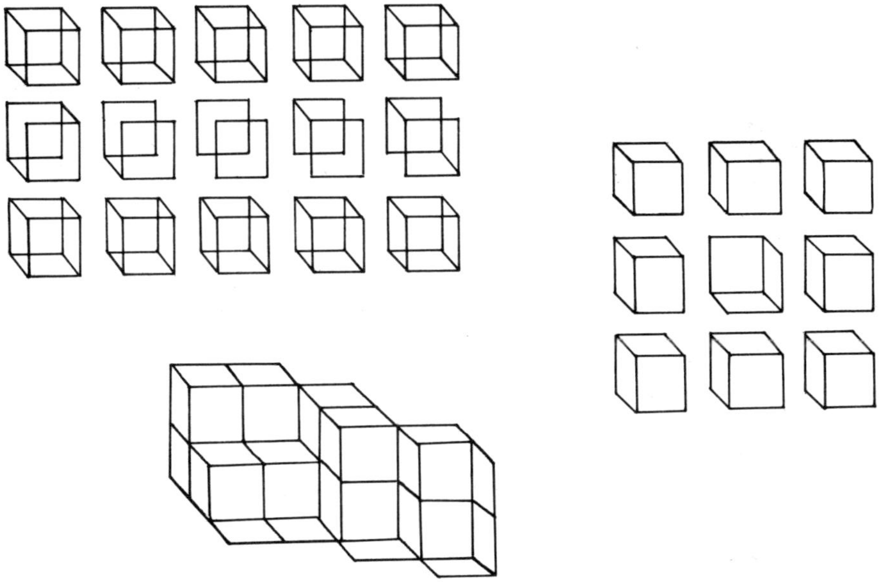

Abb. 21. *Die räumliche Interpretation von Mustern.* Die würfelähnlichen Figuren ändern stets gemeinsam die beiden möglichen Perspektiven. Entsprechend wird in der Mittelfigur der oberen Gruppe selbst jeweils eines der Quadrate schwebend erscheinen. Die Staffeln links unten erlauben zwei gleichwertige Deutungen. Und die Mittelfigur in der rechten Gruppe wird häufiger als hohler Winkel denn als Würfel erscheinen, weil die Position der umgebenden Figuren die Auslegung beeinflußt.

scheinlichkeitsgrad richtiger Voraussicht, in der Ökonomie des Lebensablaufs einen hohen Stellenwert besitzen muß. Denn das richtige Voraus-Urteil erspart ja nicht nur den Energie- und Zeitaufwand ungewissen Versuchens, mit ihm vermeidet die Art vielfach auch noch jene lebensgefährdenden Risiken, die mit planlosem Versuchen verbunden sein müssen. Aufwand und Erfolg hängen in allen Prozessen des Lebendigen eng zusammen.

Und damit erklärt sich auch die Tatsache, daß mit dem Bau von Erbprogrammen und ebenso mit den in ihnen aufgenommenen Daten äußerst sparsam verfahren wird. »Wenn man gesehen hat«, sagt KONRAD LORENZ[23], »wie Paramaecien (Pantoffeltiere) klug in der Nähe des nährenden Bakterienrasens bleiben und wie prompt ein frisch geschlüpftes Putenküken sich beim Anblick eines fliegenden Raubvogels in die nächste Deckung drückt oder wie ein junger Turmfalke, der zum ersten Mal mit Wasser in Berührung kommt, darin badet und anschließend sein Gefieder putzt, als hätte er das schon tausendmal getan, so ist man beinahe enttäuscht zu erfahren, daß«, wie wir schon wissen, »die Urtierchen sich nur nach der Säurekonzentration richten, daß das Putchen sich vor einer großen, an der weißen Zimmerdecke kriechenden Fliege genauso drückt, und daß eine glatte Marmorplatte bei dem jungen Turmfalken dieselben Bewegungsweisen auslöst wie Wasser.«

Aufwand und Gewinn spiegeln sich hier nochmals. Es ist gewiß schwierig, dem molekularen Gedächtnis Umwelt-Bilder einzuprägen. Einen Aufwand von hunderttausend Generationen und die Zeit von einer Jahrmillion mag man für den Einbau einer erblichen Erfahrung veranschlagen müssen[24]. Und es muß gefährlich sein, Einzelheiten zu programmieren, die sich in der Umwelt wieder ändern könnten. Denn es ist offensichtlich, daß das Umlernen des Falschen für das molekulare Gedächtnis mindestens so aufwendig, zeitraubend und riskant sein müßte, wie das Lernen des Richtigen[25]. Die Verrechnung von Aufwand und Erfolg ist ein Grundprinzip des Lebendigen. Das molekulare Lernen ist ihm bereits unterworfen. Ist das individuelle Lernen von diesem Prinzip befreit?

Die Abstraktion im individuellen Lernen

Wir wissen schon von der Wahrscheinlichkeits-Hypothese des Lebendigen, daß es die Langsamkeit des molekularen Lernens ist, welche die Entwicklung des individuellen Lernens gefördert haben muß (S. 28). Und zweifellos wird dieser Lernprozeß um mehrere Größenordnungen beschleunigt[26]. Aber es bleibt beim alten Prinzip. Die Abstraktion im individuellen Lernen unterscheidet sich zunächst nur durch die Speicherweise der Daten; anstelle im Genom erfolgt sie nun im Gehirn. Denn wieder wollte niemand lernen, wieder ruht das Prinzip am bedingten Reflex, auf der Koppelung oder Assoziation starr festgelegter (unbedingter) Programme und auf der Extraktion der stetigsten Koinzidenzen.

Man erinnert sich des klassischen Beispiels der PAWLOWschen Hunde (Abb. 22, man vergl. auch Abb. 8 u. 23 auf den S. 45 u. 90). Wird den Tieren wiederholt und stetig genug zum Anblick des Futters auch die Essensglocke geläutet, so trieft ihnen auch dann der Speichel, wenn einmal nur die Glocke ertönt. Assoziiert wird, was fest verbunden erscheint; und fest verbunden erscheint, was stetig koinzidiert. Denn stetig koinzidiert gewöhnlich nur das, was durch Bedingungen der Natur notwendig verbunden ist. All das hat die umfangreiche Literatur der Lernvorgänge[27] längst klargelegt. Nur dem rationalen Lernen kann es, wie wir noch sehen werden, gelingen, Zu-

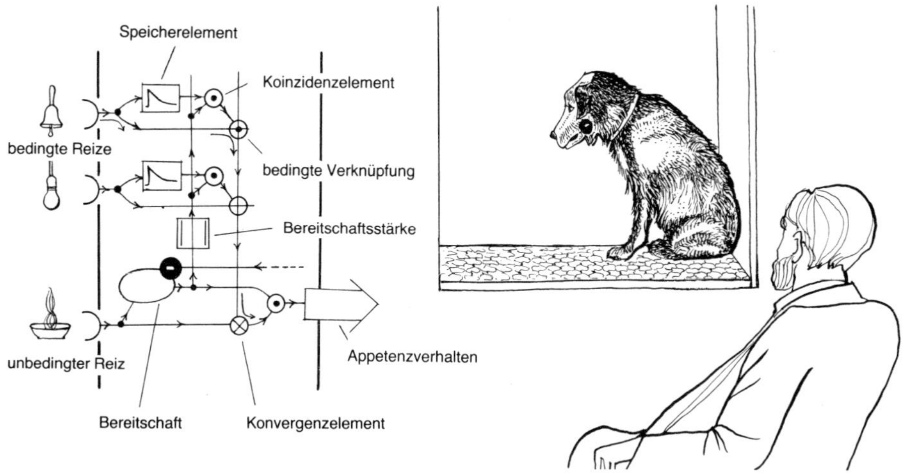

Abb. 22. *Die Schaltung einer bedingten Reaktion.* In dem idealisierten Schaltbild zeigen die Pfeile die Richtung der in den Nervenbahnen laufenden Meldungen und die Verknüpfung der bedingten Reize mit dem unbedingten Reiz. Die Änderung der Bereitschaftstärke meldet dem Lernsystem das Ereignis der ›Belohnung‹ (nach HASSENSTEIN 1973). Daneben ein Ausschnitt aus den Versuchen PAWLOVS, der die bedingte Speichelreaktion seiner Hunde noch als bedingten Reflex beschrieb (nach ALLEN 1972). Heute wissen wir, daß es sich um eine komplexere Reaktion handelt, nämlich um bedingte Appetenz.

fälliges für notwendig verbunden zu halten. Dies ist wieder eines der Paradoxa der bewußten Vernunft.

Daß Koinzidenzen gelernt werden, zeigt im Prinzip schon die einfache Versuchsbedingung der Dressur. Denn die Hunde, wie unser bedingter Lid-Reflex, assoziieren tatsächlich nur das, was der Versuchsleiter höchst absichtsvoll verbindet; wenn er darauf achtet, die Verbindung konsequent und lückenlos, ohne Irrtum oder Versäumnis wieder und wieder zu wiederholen. Dennoch assoziiert der Hund nach wenigen Koinzidenzen von Glocke und Futter noch gar nichts. Wir wissen von aller Dressur, daß die Verbindung oft, ja sehr oft aufzutreten hat[28], bevor ein Tier durch sein Verhalten zeigt, daß der Zusammenhang gebildet, die Verbindung geknüpft ist; bis das Tier, wie man in ganz zutreffender Weise zu sagen pflegt, begriffen hat (Abb. 22).

Und selbstredend geht die Verknüpfung auch wieder verloren. Es braucht nur oft genug die Glocke nicht mehr zu ertönen, um den Zusammenhang vergessen zu lassen[29]. Und in noch stärkerem Maße wirkt die Enttäuschung der Erwartung auf den Abbau des hypothetischen Zusammenhangs; wenn beispielsweise zwar die Futterglocke ertönt, der Speichel trieft, der Hund in die ganze Erregung der Futtererwartung gedrängt feststellt, daß dem Tone durchaus kein Futter folgt. Wiederholte Enttäuschung wirkt am stärksten[30]. Sie kann nicht nur Ratlosigkeit und Aufregung, sondern auch Frustration und echten Streß auslösen. Ja, wir wissen, daß Streß über die physiologischen Folgen im Körper des Organismus sogar strukturelle Veränderungen, etwa im System der inneren Drüsen, zur Folge haben kann[31].

Es steht also ganz außer Frage, daß in der Datenverrechnung bedingter Lern-Reaktionen sehr effiziente Kontrollen und zensurierende Regulative eingebaut sind, die mit Sicherheit eine Assoziation unbestimmter, selbst nur unregelmäßiger Koinzi-

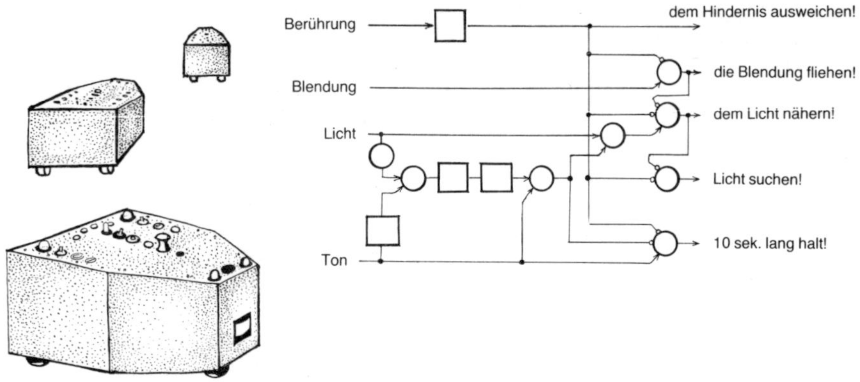

Abb. 23. ***Der bedingte Reflex in der Technik*** am Beispiel der Wiener ›künstlichen Schildkröte‹, ein Automat zur Darstellung bedingten Verhaltens. Daneben das Schaltschema des ersten Modells eines bedingten Reflex CORA (Conditioned Reflex Analogue) für die elektronische Simulation (vergl. WALTER 1951, ZEMANEK 1962, GOLDSCHEIDER u. ZEMANEK 1971).

denzen zu verhindern wissen. Auch hier reagiert der Organismus als hypothetischer Realist und nimmt die Koinzidenz nur als eine mögliche Realität. Wieder operiert sein Verrechnungsapparat mit jener doppelten Möglichkeit, die Koinzidenz könne auf Notwendigkeit oder aber auf dem Zufall beruhen. Er beruht wieder auf der Gegenverrechnung bestätigter versus enttäuschter (^{e}) Erwartungen, der Wahrscheinlichkeit (W) herrschender Notwendigkeit ($W_N{}^e$) versus herrschenden Zufalls ($W_Z{}^e$). Es ist im Prinzip dieselbe exponentielle Funktion der Wahrscheinlichkeit einer Gesetzeserwartung, einer gesetzlichen Notwendigkeit (G_N), die Erwartung und Enttäuschung schon in der Wahrscheinlichkeits-Hypothese gegeneinander verrechnet (S. 57). Der Zuwachs in der Vergleichs-Hypothese besteht nur in der Annahme, daß zudem noch mit Koinzidenzen zu rechnen wäre, daß also von einem Merkmal auch auf ein ganz anderes geschlossen werden könnte; wie vom hörbaren Glockenton auf das noch unsichtbare Futter.

Das Lernen elektronischer Automaten

Man besitzt von der Entwicklung solch nervöser Schaltkreise bereits eine ganz gute Vorstellung[32] und hat sie durch das Lernen elektronischer Automaten schon seit den 50er Jahren vorzüglich nachgebaut. Dabei ging man von elektronischen Analog- und Digital-Modellen zur reinen Rechnung der Schaltungs-Konsequenzen im Computer über[33], und das Vorliegen eines einheitlichen Prinzips ist überzeugend bestätigt worden (Abb. 23).

Freilich entwickelt sich die Verrechnung von Ähnlichkeiten aus der Assoziation von Merkmals-Koinzidenzen schon in der Ebene der Instinkte zu einer Höhe und Vollkommenheit, die von unseren Computer-Programmen noch lange nicht erreicht wird. Tatsächlich werden beim Wiedererkennen der Individuen der eigenen Art und noch weiter beim Wiedererkennen eines Einzel-Individuums ganze Muster von Merkmals-Koinzidenzen serienweise miteinander verrechnet, die Übereinstimmungs-Lücken gegen die Übereinstimmungen gesetzt, ja es werden, wie wir noch sehen werden, sogar die Übereinstimmungen graduell in ihrer Bedeutung gewichtet[34]. Kurz, der Mechanismus führt zur Leistung der Abstraktion, die darin besteht, das

Unwesentliche, das ist das Unstete, Variierende, die Erwartung Enttäuschende, vom Wesentlichen, also vom Steten, Konstanten, die Erwartung Bestätigenden abzuziehen. Das Gleichmachen im Ver-gleichen beinhaltet also den höchst berechtigten und notwendigen Vorgang, vom Untypischen, vom Unvorhersehbaren abzusehen, um die Voraussicht auf das Typische, Vorhersehbare verläßlicher zu machen; denn die Treffsicherheit der notwendigen Vorausurteile über die Dinge von Bedeutung wird durch das Herausschälen des Vorhersehbaren fortgesetzt erhöht.

Die Konstanzleistungen

Zu den allgemeinsten dieser Verrechnungen zählen die Konstanzleistungen, welche die Wahrnehmung aller Temperaturen, Helligkeiten und Farben, wie der Formen und Größen regeln. »Wir alle«, sagt KONRAD LORENZ[35], »verstehen ohne weiteres, wenn man von der Farbe eines Gegenstandes spricht, und legen uns dabei gar nicht Rechenschaft davon ab, daß dieses Ding je nach Beleuchtung völlig verschiedene Wellenlängen des Lichtes reflektiert.« Der Leser sieht diese Buchseite als weiß, selbst wenn er im roten Abendlicht oder unter einer gelben Lampe liest. »Obwohl«, so folgen wir BERNHARD HASSENSTEIN[36], »die ins Auge tretenden Meldungen diese Information gar nicht getreu, sondern je nach der Beleuchtung völlig anders, also eigentlich verfälscht in sich tragen. Trotzdem löst aber unsere Wahrnehmung die Aufgabe, die ›reine‹ Information zu gewinnen, ohne unser Zutun, ja ohne daß wir von dieser Leistung überhaupt etwas merken.«

Wir wissen heute, daß das meldende System die zu korrigierende Meldung selbst dazu verwenden kann, die Meldung zu korrigieren, indem es, in unserem Beispiel, die Durchschnittsfarbe über das ganze Gesichtsfeld gewinnt, und durch diesen Betrag jeden Einzelwert dividiert (Abb. 24). Auch dies ist ein universelles Verfahren, das tief in der Geschichte unserer frühen Vorfahren entstanden sein muß[37]. Und die Erwartung, welche diese Verrechnung enthält, setzt wiederum die reale Koinzidenz der Phänomene in dieser Welt voraus.

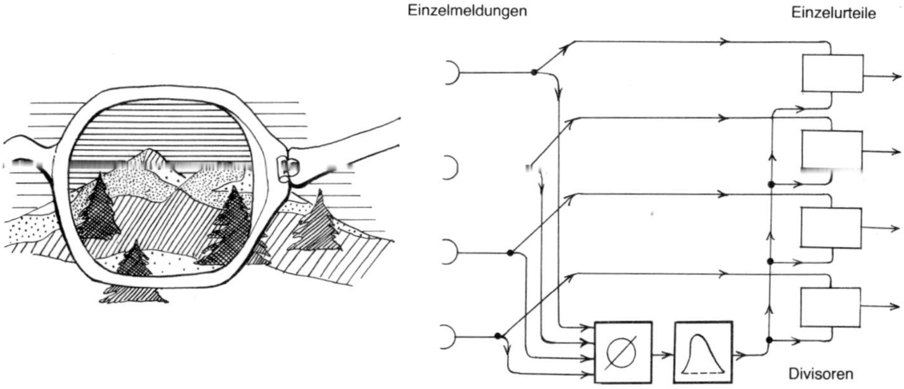

Abb. 24. *Die Invarianzleistung oder Konstanz-Wahrnehmung.* Trotz dunkler Sonnenbrille beispielsweise wird man nach kurzer Adaptierung Farben wie Helligkeiten ›richtig‹ sehen, obwohl sie verfälscht gemeldet werden. Daneben das Schaltbild, in welchem jede Einzelmeldung mit der Gesamtmeldung verrechnet wird. In dieser Form ist diese Schaltung auch schon in der Technik (einem Zeiss-Polarimeter) angewendet (nach HASSENSTEIN 1965 vergl. auch SACHSSE 1971).

Die Abstraktion der Gestalt

Die weitaus kompliziertesten Verrechnungen aber leistet die Abstraktion der Gestalt. Auch sie operiert mit dem Stetigkeitsgrad von Koinzidenzen und abstrahiert aus den höchst komplexen, hierarchischen Lagebeziehungen der Merkmale das Unstete vom Steten; sie eliminiert das sich Wandelnde und gewichtet das Kennzeichnende. Man muß sich nur vor Augen halten, wie viele Merkmale, etwa beim Netzhautbild der Umrisse ein und derselben Hauskatze verschwinden und wieder auftauchen, und in welch erstaunlichem Maße sie mit deren Haltung, mit der Perspektive und Entfernung variieren (Abb. 25). Dabei weiß man, daß das wirklich Stetige solcher Gestalt so versteckt und so schwer rational zu fassen ist, daß wir das erforderliche Hintergrundwissen noch in keinem Computerprogramm zu speichern vermöchten. Und dennoch leistet diese Verrechnung der Ergänzung, Abstraktion und Wägung unser Vorbewußtes, ebenso wie das des Affen oder des Hundes. Ja, wir haben Grund zur Annahme, daß schon Fische die Gestalt aus ihren Variationen abstrahieren.

Denn wo immer, so Konrad Lorenz[38], die Reaktion eines Organismus »auf einfache Attrappen ›hereinfällt‹, dort handelt es sich um ein Ansprechen angeborener Auslösemechanismen; wo sie nicht in dieser Weise täuschbar sind, um andressiertes Wiedererkennen der Gestalt«. Lange war man der Meinung, daß die Abstraktionsmethode des individuellen Lernens ganz anders arbeite als das abstrahierende Lernen von Koinzidenzgraden durch das molekulare Gedächtnis. Aber schon G.P. Baerends und seine Mitarbeiter[39] haben zum Beispiel am Schweinsaffen das Gegenteil wahrscheinlich gemacht. Ethologie und Gestaltspsychologie haben vielmehr ver-

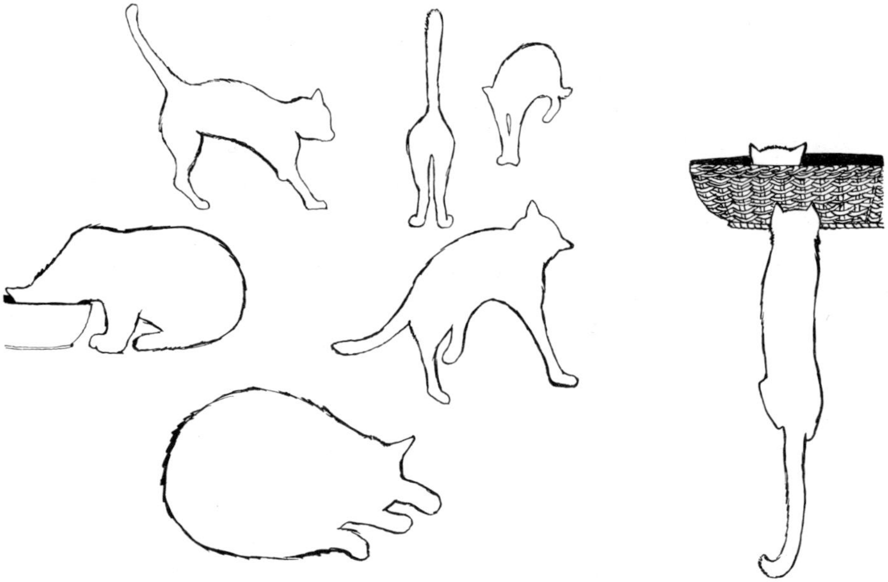

Abb. 25. *Konstanz-Wahrnehmung der Gestalt.* Obwohl die Netzhaut-Bilder von den gezeichneten Figuren in hohem Grade unterschiedlich sind, wird deren Betrachtung, durch die Abstraktion und Ergänzung in der Gestalt-Wahrnehmung, dennoch zu dem Schlusse führen, daß es sich in allen Gestalten um gleiches, ja um dasselbe handelt. Jede Darstellung erweist sich aus dem gesamten Hintergrundwissen über den Gegenstand komplettiert.

deutlicht, daß die Leistung der Abstraktion der Gestalt zum Menschen hin nur immer noch komplizierteres genauer zu wägen versteht, daß der Vorgang selbst aber dem Bewußtsein weiterhin fast ganz entzogen bleibt[40]. Und wir werden sogleich zu zeigen haben, daß auch jene uns eigene Verrechnungsweise von Ähnlichkeiten, die wir uns bewußt zu machen verstehen, mit derselben Hypothese und mit demselben Algorithmus operiert, wie wir ihn aus der Datenverrechnung des Lebendigen schlechthin kennen gelernt haben. Wir werden vielmehr erkennen, daß weder unser Weltbild mit seiner Erwartung einer Vergleichbarkeit der Dinge, noch unsere Sprache, ja nicht einmal unsere Begriffsbildung anders als auf der Grundlage dieser ratiomorphen Vergleichs-Hypothese hätten entstehen können; daß das rationale Vergleichen auf sich allein gestellt an unlösbare Probleme gerät, würde es nicht fortgesetzt von seinen nichtbewußten, erblichen Lehrmeistern belehrt und erfolgreich angeleitet.

Die Ökonomie der Erwartungen

Dieselbe Hypothese vom Vergleichen, vom ergänzenden, wägend abstrahierenden Gleichmachen des Ungleichen, können wir nun noch genauer beschreiben. Nun, da die Prozedur in die Nähe des Bewußtseins rückt, können wir ihre Komponenten, die Glieder ihres Algorithmus, mittels der Begriffe unserer eigenen Erlebnisinhalte bis in die Einzelheiten mitvollziehbar machen. Und um die Prüfung dieser Hypothese übersichtlich zu machen, können wir hier gleich mit ihr beginnen.

Die Vergleichs-Hypothese

Wir können nun sagen: *die Hypothese vom Ver-Gleichbaren enthält die Erwartung, daß das Ungleiche in der Wahrnehmung der Dinge ausgeglichen werden dürfe, und daß sich ähnliche Sachen, obwohl sie offenbar nicht dasselbe sind, auch in manchen noch nicht wahrgenommenen Eigenschaften als vergleichbar erweisen würden*: sie läßt erwarten, daß Ähnliches die Voraussicht über weitere Ähnlichkeiten zuließe.

Daß auch diese Hypothese eine Abstraktion der Grundstruktur unserer realen Welt darstellen muß, liegt auf der Hand. Man braucht sie bloß umzukehren, um zu erkennen, daß die Gegenannahme uns jegliche Orientierung in dieser Welt verwehrte, daß jeder weitere Schritt, den wir täten, ein ratloses Tappen in völliger Verwirrung wäre.

Was erwarten wir denn, wenn wir beispielsweise einen rotgelb glänzenden Apfel in einem Obstkorb wahrnehmen? Sehen wir nicht mit jenem Organ, das wir unser ›geistiges Auge‹ nennen, auch schon all das, was seine Oberfläche verbirgt; das Saftige, das Süße, das Weiß seines fruchtigen Inneren, das sich mit den Zähnen würde durchdringen lassen, oder das sich schneiden, schaben und dünsten lassen wird; das Kerngehäuse, um das herum wir nagen würden und die braunen, tropfenförmigen Kerne, die so hart und glatt sind, daß wir, preßten wir je einen geschickt zwischen Daumen und Zeigefinger, sie weit davon springen lassen könnten? Läßt uns nicht eine Druckstelle an seiner Oberfläche eine braunweiche Innenstelle, ein winziges rundes Bohrloch dagegen einen wurmförmigen Bewohner voraussehen? Kurzum, die Apfeloberfläche läßt uns alle Apfeleigenschaften erwarten, die wir kennen.

Was, wenn wir dagegen beliebiges im Inneren erwarteten, Fledermauseigenschaften, Kugelschreiber- oder Gewitter-Eigenschaften, die Merkmale der Verkehrsordnung, der Vulkane oder der Metallarbeiter-Gewerkschaft? Unsere vergleichend denkende Zivilisation steckte uns dann ins Irrenhaus; und auf uns allein gestellt gingen wir zugrunde. Ja selbst wenn wir nur offen ließen, was zu erwarten wäre, wenn wir uns dem Apfel mit Mißtrauen, mit Asbesthandschuhen oder mit der Haltung des Dompteurs näherten, ja wenn wir nur eine einzige anerkannte Apfeleigenschaft ernsthaft in Frage zögen, wir würden wunderlich, wir untergrüben unser Ansehen und selbst unsere Lebenschancen. Aus Ähnlichem auf weitere Ähnlichkeit zu schließen ist eine biologische Notwendigkeit und folglich unserer Erwartung gegenüber den Dingen dieser Welt fest eingebaut.

Der Analogieschluß

Man nennt diese Art der Schlußfolgerung den Analogieschluß und neigt dazu, das analoge Schließen, wie es schon unsere Kinder zeigen[41], als naiv zu belächeln und gering zu schätzen, weil wir der Fehler ansichtig werden, wie diese die Folge geringer Erfahrung sein müssen. Gewiß ist es naiv, das Süße der Apfel-Eigenschaften im Bällchen, das Springen unter den Bällchen-Eigenschaften in einem Apfel zu erwarten. Aber Mängel der Erfahrung bilden die Szenerie aller Erkenntnisprozesse; und es lächelt nicht nur der Fachmann von gestern über den Laien und der Fachmann von heute über jenen von gestern, sondern es lächle, wie wir hoffen, auch ein jeder morgen über seine Naivität von heute[42].

Tatsächlich ist dieses Prinzip, von wahrgenommenen Merkmals-Koinzidenzen auf die nicht wahrgenommenen zu schließen, universell so notwendig und begründet, wie wir das Schließen vom Speziellen auf das Allgemeine (von S. 65) schon kennen. Und wir begegnen dem HUME-KANT-POPPERschen Problem des induktiven Schließens nun von einer weiteren Seite; und auch die Lösung wird wieder dieselbe sein; daß nämlich die induktive Logik so wenig zwingend wie die Wahrscheinlichkeits-Heuristik höchst bewährt ist.

Die Felder der Ähnlichkeiten

Alle Erwartung und alles Vergleichen spielt sich nämlich in gedachten Feldern von Ähnlichkeiten ab, bezieht sich also stets auf eine bestimmte Gruppe von Strukturen oder Funktionen. Und die an die Gegenstände oder Vorgänge herangetragenen Erwartungen enthalten immer dreierlei; einmal, daß ihre Merkmale koinzidieren würden, sodann, daß sich ein geschlossenes Feld ergeben werde und schließlich, daß die Verbreitung ihrer Merkmale eine gemeinsame Begrenzung würde erwarten und erkennen lassen, und zwar immer wieder die wahrgenommenen Merkmale wie die zu erwartenden. Es sind das die drei Formen der Erwartung, die nur gemeinsam erlauben, Inhalt und Grenze eines Feldes von Ähnlichkeiten zu bestimmen. Denn weder scheint uns ein Inhalt ohne Grenze noch ein Feld ohne Inhalt sinnvoll.

So erwartet der Tankwart, der ein Auto abfertigt, die Füllöffnung für das Kühlwasser, die Köchin, die eine Gans zerlegt, deren Leber an ganz bestimmter Stelle, und mit der Voraussicht höchst spezieller Merkmale. Aber eben nur bei Autos und Geflügel, denn schon beim Motorrad und beim Hummer wären ihre Erwartungen anders; vom Fahrrad oder vom Pilzgericht ganz zu schweigen.

Die Verrechnung der Koinzidenzen

entspricht wieder ganz jener, die wir bereits kennen; dem Erwartungsgrad (G) des Herrschens von Notwendigkeit (G_N), ermittelt aus dem Verhältnis bestätigter versus enttäuschter (G_N^e) Voraussicht (S. 57). Erweist sich beispielsweise die Erwartung, eine frische Apfel-Oberfläche werde mit einem fruchtigen Inneren wahrscheinlich notwendigerweise (W_N) koinzidieren, sagen wir, 100mal widerspruchslos als zutreffend, so würde die Gegenannahme, es könnte sich um einen Zufall handeln, ebenso 100mal enttäuscht. Und selbst wenn wir großzügigst der Zufalls-Wahrscheinlichkeit jedesmal die Chance von $^1/_2$ einräumen, wäre die Wahrscheinlichkeit (W_Z), es könne in dieser Serie mit dem Zufall zugehen nur mehr $(^1/_2)^{100}$, gleich $1{,}3 \cdot 10^{-30}$. Die Erwartung von Notwendigkeit wird damit ($G_N = W_N/W_N + W_Z = 0{,}5/0{,}5 + 1{,}3 \cdot 10^{-30}$) so gut wie Gewißheit. Denn die verbleibende Unsicherheit steht erst 30 Nullen hinter dem Komma; sie ist nur mehr ein Quintillionstel[43].

Das Nacheinander bestätigter Voraussicht

Man kann schon an diesem Beispiel die Bedeutung der Wiederholung erkennen, die Bedeutung sukzedaner, aufeinanderfolgend vergleichbarer Ereignisse, das Nacheinander bestätigter Voraussicht. Ich will das noch deutlicher machen: nehmen wir während einer Waldwanderung einen dürren Ast wahr, der schräg über dem Weg liegt, so werden wir ihn kaum beachten und, wie wir uns ausdrücken, ihn bald wieder vergessen haben. Sehen wir aber in Abständen wieder und wieder einen Ast in vergleichbarer Lage, so wird die Erinnerung wieder auftauchen. Wir werden erleben, wie wir aufmerksam werden und uns fragen, ob sich wohl weitere solche Koinzidenzen voraussehen ließen. Der Glaube an den Zufall wird also schwinden und der Verdacht einer Absicht, die Vermutung, daß hier jemand ein Zeichen geben wollte, wird an seine Stelle treten. Und damit stellen wir eine Prognose, die die Erwartung enthält, wir würden nun in vergleichbaren Abständen vergleichbare Zeichen wiederfinden. Bestätigt sich diese Prognose keineswegs, so wird der gemutmaßte Zusammenhang verworfen und vergessen werden. Bestätigt sie sich aber von Wegbiegung zu Wegbiegung, so werden wir vom zeichengebenden Wanderer bald überzeugt sein; und unsere Aufmerksamkeit wird nach oftmaliger Bestätigung noch weitergehen zur Frage nach der Ursache, die wohl hinter diesen Zeichen stünde.

Einmalige Ereignisse erlauben uns keine Voraussicht über Neues. Denn Voraussicht beruht auf bestätigter Erwartung und diese auf der Wiederholung von Vergleichbarem. Nur bei uns schon bekannter Koinzidenz, etwa beim Bimmeln eines Glöckchens, während wir die Tür zum Krämerladen öffnen, nehmen wir sie ohne wiederholende Kontrolle als notwendig zur Kenntnis. Am Wege aller Entdeckung aber ist die Wiederholung unentbehrlich. Und die Anzahl der erforderlichen Bestätigungen hängt mit der Deutlichkeit der Koinzidenz zusammen. Der Systematiker, der eine neue Käferart studiert, kann schon nach wenigen untersuchten Individuen gewiß sein[44], daß das Grübchen am Stirnfeld kein Geburtsfehler ist, sondern zur notwendigen Ausstattung der Art gehört. »Der Verhaltensforscher wie der Arzt« dagegen weiß, sagt KONRAD LORENZ[45], daß die Koinzidenz eines »Syndroms von Krankheitserscheinungen erst dann als invariante Gestalt wahrgenommen wird, wenn die Beobachtung sehr oft, in manchen Fällen buchstäblich tausende von Malen wiederholt worden war«.

Die Erwartung von Koinzidenzen ist dabei ein von der bewußten Vernunft zwar im nachhinein beurteilbarer, aber im voraus ganz unsteuerbarer Mechanismus, ein vernunft-ähnlicher Prozeß des ratiomorphen Apparates. Macht man doch immer wieder die Beobachtung, daß einem zufällige Koinzidenzen geradezu wider Willen die Erwartung notwendigen Zusammenseins aufdrängen. Das kann sogar bei einem im Rhythmus der schlagenden Kirchenglocke im Luftzug pendelnden Fensterladen[46] ausgelöst werden, wo rational überhaupt kein Konnex zu denken ist.

Dieses Vorurteil, das in Koinzidenzen, wo immer sie auftauchen, einen notwendigen, wieder vorhersehbaren Zusammenhang erwarten läßt, ist der teilnahmslosen, erwartungslosen Verrechnung im Lebensprozeß wiederum weit überlegen: und zwar in einem Maße, daß es, fest in den ratiomorphen Programmen verankert, selbst noch die bewußte Vernunft regiert. Wir kennen das schon von unserer Haltung gegenüber dem Zufall. Und man weiß zudem von vielerlei Experimenten, daß Versuchspersonen, die vor einem Zufallsgenerator die Aufgabe übernahmen, in seinen Licht- oder Klopfzeichen eine Regelmäßigkeit zu finden, diese zumeist auch zu finden vermeinten; ja, daß sie, wurden sie über ihren Irrtum unterrichtet, oft durch lange Zeit und in affektbetonter Weise versuchen, nunmehr den Versuchsleiter vom Irrtum seiner Zufallsannahme zu überzeugen[47].

Das Nebeneinander bestätigter Voraussicht

Ganz entsprechend wird die Gleichzeitigkeit bestätigter Voraussicht verrechnet. Dieses Nebeneinander von Koinzidenzen erleben wir als Differenzierung, Komplexität oder als den Merkmalsreichtum eines Gegenstandes oder Ereignisses. Und so wie uns diese Welt eine vielfache Wiederbeobachtung ihrer Gegenstände einräumt, beschert sie uns eben auch einen erstaunlichen Merkmalsreichtum innerhalb derselben. Und es ist nicht zu bezweifeln, daß das Prinzip unserer vorbewußten Verrechnung seine Existenz diesen beiden Tatsachen verdankt. Denn so, wie wir ohne Wiederholung keine Voraussicht über gesetzliche Wiederkehr gewännen, könnten wir ohne Gleichzeitigkeit keine Voraussicht über die Zusammensetzung der Gegenstände dieser Welt gewinnen.

Dabei hat der Merkmalsreichtum zweierlei Funktionen oder Konsequenzen. Er bestimmt mit dem Wachsen seines Inhalts das Wachsen jener Grade unserer Erwartung (G_N), die wir einmal hinsichtlich der Identität eines Gegenstandes, ein andermal hinsichtlich der Identität seiner Einzelmerkmale als etwas Verschiedenes erleben. Denn freilich hängen diese Erwartungen zusammen, weil das ›was‹ des ganzen Gegenstandes vom ›wie‹ seiner koinzident wiederkehrenden Einzelmerkmale abhängt, und weil das ›wie‹ jeder Einzelheit nicht minder vom ›was‹ des Ganzen bestimmt wird. So erkenne ich einen lange nicht mehr gesehenen Straßenzug an seinen Einzelheiten wieder, die Einzelheiten aber aus ihrem Zusammenhang im Straßenzug. Und die Gewißheit (G_N) des Wiederkennens wächst mit der Anzahl der möglichen Voraussichten wie mit dem Sinken der verbleibenden Alternativen.

Wir dürfen das illustrieren: Tief unten im Tal bewegt sich etwas. Die Zahl der möglichen Alternativen ist groß, die der möglichen Voraussagen über den Gegenstand sehr gering. Im Näherkommen werden die Einzelheiten deutlicher: ein Mensch, ein Mann, ein Tourist mit Kapuze, unser Freund H. Die Zahl der Alternativen sinkt schrittweise auf Null, die Zahl der Voraussichten über die koinzidenten Merkmale steigt beträchtlich. Ganz in diesem Sinne kommt die Wissenschaft ihren

Gegenständen näher. So läßt der Erfahrungsgewinn über die stete Koinzidenz von Merkmalen in der vergleichenden Anatomie, Histologie, Cytologie und Ultrastruktur-Forschung keinen Zweifel über die Zugehörigkeit eines Gegenstandes zu den Säugetieren, zu den Nasen-Schleimhäuten, den Wimper-Epithelzellen, ja selbst zu den Wurzelsystemen der Wimpern. Und während die Alternativen schwinden, wachsen, besonders in den Biostrukturen, die möglichen Voraussichten zu Zahlen astronomischer Dimension. Ja, die Substrukturen eines einzigen Haares, das gefunden wird, lassen mit Sicherheit auf über eine Million Einzelmerkmale[48] eines Menschen schließen. Dadurch lassen sich also hunderttausend Einzelmerkmale individuell wiedererkennen und individuell benennen, die sich dann, wie die Fenster eines Hauses, die Ziegel einer Großstadt im Organismus dutzendfach bis trillionenfach wiederholen[49].

Die Verrechnung der Daten erfolgt wieder vorbewußt nach der Anzahl jener koinzidierenden Einzelmerkmale, deren Voraussicht die Erfahrung bei der Wiederbeobachtung bestätigt. Und wie beim Nacheinander bei der Sukzedan-Koinzidenz ist nun auch bei der Simultan-Koinzidenz der Wahrscheinlichkeitsgrad der Gesetzeserwartung (G_N) schon bei 10 Koinzidenzen sehr hoch, bei 100 praktisch eine Gewißheit.

Nebeneinander- mal Nacheinander-Bestätigung

In der Gesamtverrechnung multiplizieren sich schließlich Merkmale und Wiederholbarkeit der Beobachtung, simultane und sukzedane Koinzidenz, so daß schon bei Merkmalen mit selbst nur 10 individualisierbaren Untermerkmalen und einer Wiederbeobachtung in erst 10 verwandten Arten – im Falle lückenloser Bestätigung – Gewißheit der Identität gewonnen ist[50]. Seit zweihundert Jahren nennen die Mor-

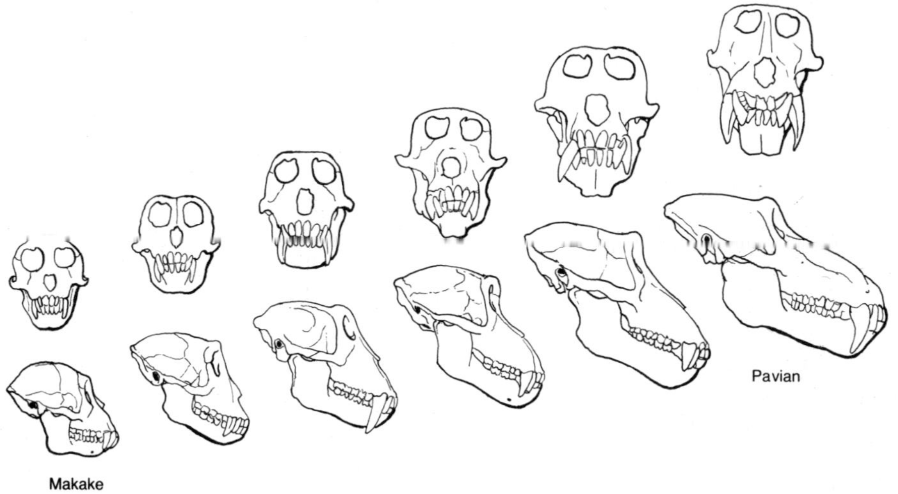

Abb. 26. *Homologie aus einem geschlossen divergenten Ähnlichkeitsfeld.* In einem solchen Beispiel verstärken sich Merkmals- und Formenreichtum im Sinne simultaner und sukzedaner Koinzidenzen und lassen über die Homologisierbarkeit der Repräsentanten des Ähnlichkeitsfeldes keinen Zweifel. Weder äußere Ursachen noch der Zufall kommen für die Erklärung der Ähnlichkeit in Betracht (nach GREGORY 1951).

phologen Merkmale identischen Ursprungs homolog[51] und begründeten mittels hunderttausender solcher entdeckter Homologien das ›Natürliche System‹ der Organismen (Abb. 26). Und doch sind wir erst heute dabei, den bislang vorbewußt verlaufenden Vorgang in seiner Wahrscheinlichkeits-Verrechnung bewußt zu machen. Ja, wir waren dabei in die Fallgruben der Vernunft geraten, wo wir unsere ratiomorphen Lehrmeister verkannten[52].

Zu alledem kommt, daß Gestalt, Form oder Struktur nicht nur aus wiederbeobachtbaren Mengen koinzidierender Substrukturen bestehen. Vielmehr zeigen die Substrukturen zudem höchst spezielle und nicht minder vorhersehbare Lagebeziehungen, also Anordnungen zueinander. Dabei herrscht nicht nur gesetzliches Nebeneinander in ein, zwei und drei Dimensionen, wie dieses unsere Zivilisation in der Anordnung etwa der Randsteine, der Dachziegel, der Ziegelstapel wiederholt; es herrscht zudem ein gesetzliches Ineinander, so wie Laden nur in Kästen, Kästen in Räumen, Räume in Häusern vorkommen, Häuser wiederum Straßenzüge und diese

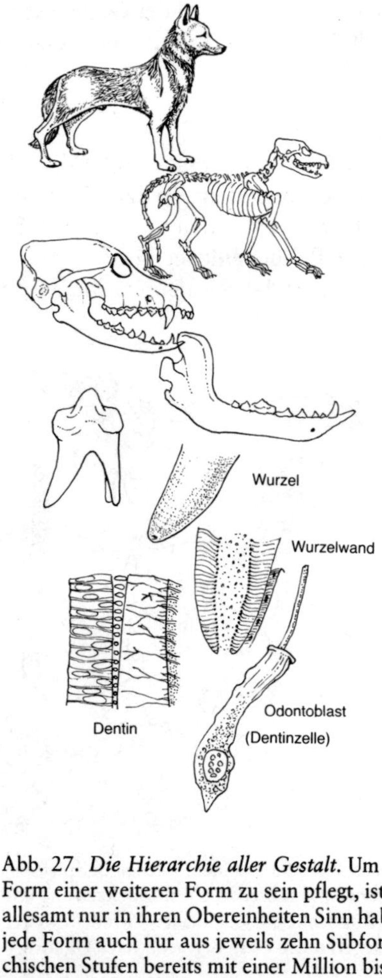

Abb. 27. *Die Hierarchie aller Gestalt.* Um in Erinnerung zu bringen, daß eine Form immer wieder die Form einer weiteren Form zu sein pflegt, ist hier jeweils eine Kette von Subeinheiten dargestellt, wie sie allesamt nur in ihren Obereinheiten Sinn haben oder in diesen zu erwarten sind. Und nimmt man an, daß jede Form auch nur aus jeweils zehn Subformen bestünde, dann haben wir es bei sechs bis neun hierarchischen Stufen bereits mit einer Million bis einer Milliarde Subformen einer Form zu tun.

die Städte zusammensetzen (Abb. 27). Dabei ist auch die Lade »nur Form des Holzes« sagt CARL FRIEDRICH VON WEIZSÄCKER[53], »aber auch Holz ist eine Form.« Substanz beispielsweise kann nicht Substanz einer Substanz, »aber Form kann Form einer Form sein.«

Die Hierarchie der Strukturen

Unsere Welt zeigt eine hierarchische Anordnung ihrer Strukturen; und diese ist von einer solchen Konsequenz, daß bestimmte Sub-Strukturen überhaupt nur in bestimmten Super-Strukturen zu erwarten sind, die selbst wieder Strukturen weiterer Superstrukturen sein müssen. So kann ein Eckzahn, den wir finden, nur Substruktur eines Kiefers, eines Schädels, des Stützapparates eines Säugetieres sein (Abb. 27); und er kann, selbst wieder eine Superstruktur, nichts anderes als Krone und Wurzel, Schmelz und Pulpa, diese Knochenzellen, Stützsubstanz, Calcium, Moleküle, Atome und diese Kern und Elektronen enthalten. Denn immer wieder bestätigt sich die Erfahrung, daß ein Zahn ohne Kiefer, ein Kiefer ohne Schädel, ein Schädel ohne Organismus so wenig funktionieren und zustande kommen kann, wie ein Zahn ohne Wurzel, ohne Pulpa, Hartsubstanz und Materie. Und wir werden noch festzustellen haben, in welch erstaunlichem Maße unsere Begriffe, und nicht nur die wissenschaftlichen, diesem hierarchischen Aufbau aller Struktur nachgebildet sind. Die Voraussicht also, die wir über eine Gestalt oder Struktur besitzen können, enthält also nicht nur Koinzidenzen von Substrukturen, sondern auch komplexe Koinzidenzen ihrer Anordnung[54].

So wie nun die Einzelstrukturen komplexe Lagegesetze enthalten, gilt dies nicht minder für ihre Ähnlichkeits-Felder, wie sie diese zu vielen zusammensetzen. Nur innerhalb niederer Komplexität und deren engsten Feldern erscheinen uns die Strukturen, die sie zusammensetzen, keine Unterschiede aufzuweisen. Das mag für die Ionen mancher Elemente und Moleküle gelten. Aber schon das Ähnlichkeits-Feld der Elemente, das periodische System, erweist sich nach den Atomgewichten, Elektronenschalen und Reaktionseigenschaften als so eindeutig strukturiert, daß jedes Mitglied seine unvertauschbare Lage einnimmt. Damit gewinnen auch die Ähnlichkeits-Felder Struktur; und diese differenzieren sich nicht nur mit der wachsenden Komplexität von den Ähnlichkeiten der Moleküle, Biomoleküle, Arten und Individuen. Sie differenzieren sich auch weiter mit ihrem Umfang und mit der Zeit[55].

Die Hierarchie der Felder der Ähnlichkeiten

Denn auch die Felder der Ähnlichkeiten erweisen sich als hierarchisch angeordnet. Sie bilden gemeinsam eine Super-Struktur. Diese beginnt sich mit den Gruppen der Elemente anzudeuten, mit den Familien der Moleküle zu entfalten[56] und führt in den Ähnlichkeits-Feldern, im Natürlichen System der Organismen von den Arten über die Gattungen, Familien, Ordnungen und Stämme bis zu den Reichen zu einem harmonischen Wandel von Millionen Einheiten. Und hier gewinnt mit wachsender Kenntnis auch jedes Feld seine unvertauschbare Lage und bietet neuerliche Inhalte der Voraussicht. Diese besteht darin, wie etwa bei der Wahrnehmung der Merkmale eines Säugers, alle Merkmale der Überkategorien, der Vierfüßer, Wirbeltiere, Chordatiere, Tiere, Vielzeller, voraussetzen und stets eine Serie der zugehörigen Unterkategorien nach Familien, Gattungen und Arten erwarten zu können.

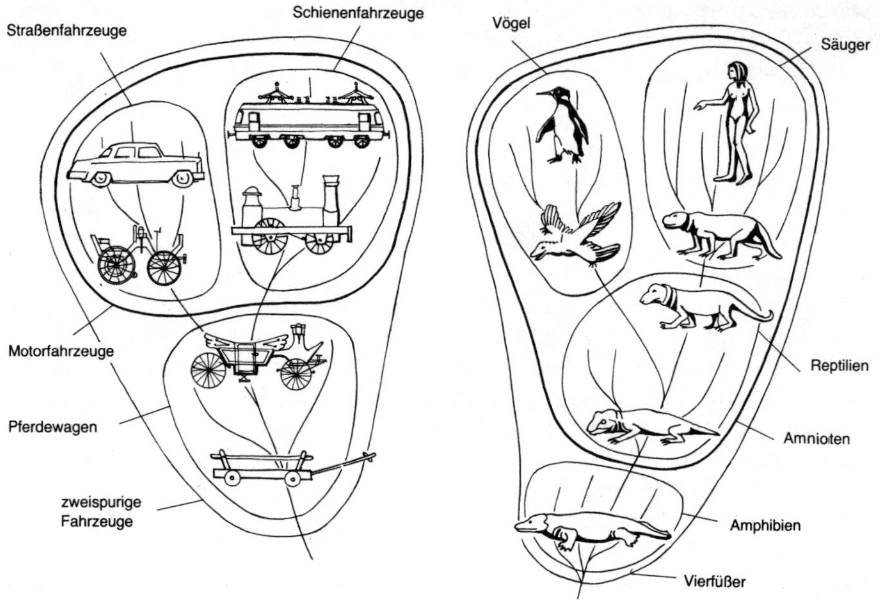

Abb. 28. *Die Hierarchie von Ähnlichkeitsfeldern.* Stets wird wechselweise die Gliederung der Ähnlichkeiten innerhalb eines Feldes aus dem gesamten Inhalt der übergeordneten Felder bestimmt, wie die Ordnung in denselben aus der Struktur ihrer Subfelder hervorgeht. Tatsächlich ist in unserem Gesamtwissen jede Erfahrung in Erfahrungen eingebettet, wie aus solchen zusammengesetzt.

Diese innere und äußere, die Struktur- und Lage-Gesetzlichkeit der Felder bietet einen weiteren, unentbehrlichen Inhalt möglicher Erfahrung. Denn so, wie die Grenzen der Felder durch die Diskontinuitäten der sich wandelnden Merkmale ihrer Gegenstände kenntlich werden, machen sich die Felder selbst nicht nur durch unterschiedliche Gegenstände, sondern auch durch die Kontinuität des Wandels ihrer Merkmale kenntlich (Abb. 28). Und wie die Schärfe einer Grenze von der Zahl der koinzidierenden Diskontinuitäten der Merkmale abhängt, bestimmt die Zahl der sich kontinuierlich wandelnden Merkmale, die Koinzidenz der Kontinuitäten also, die Einheit des Feldes. All das verdient in einem speziellen Zusammenhang der ausführlichen Darlegung[57].

Hier ist lediglich von Interesse, daß dieses Phänomen der Übergänge keine Beschränkung, sondern eine weitere Quelle für das Vorhersehbare in dieser Welt bedeutet. Vielfach sind es nur die Übergänge, deren Kenntnis uns die Zusammenhänge[58] erkennen läßt. Nie hätte die Kenntnis von Wasserstoff und Uran allein, vom Veilchen und der Kokospalme, von der Seescheide und vom Kolibri, die Ähnlichkeits-Felder der Elemente, der Blütenpflanzen und der Chordatiere entdecken lassen. So wird es auch nicht wundernehmen, wenn wir nicht nur die hierarchische Struktur der Gegenstände, sondern auch die der Ähnlichkeiten im System unserer Begriffsbildung wiederfinden werden.

Die Verrechnung der Lücken und Widersprüche

Was aber, wenn in den Merkmalen der Felder Lücken, ja Widersprüche auftreten? Dann zeigt es sich nochmals, in welchem Maße mit einer geordneten, harmonischen Welt gerechnet wird. Denn jene können ja nur im Widerspruch zu einer Erwartung, also zu einer Hypothese von den Gegenständen dieser Welt in Erscheinung treten. Zudem wird es nun besonders deutlich, wie sich der Lernvorgang aus Erwartung und Erfahrung zusammensetzt, die über Bestärkung und Enttäuschung wieder in neue Erwartung und Erfahrung einmünden.

Wenig gravierend ist es, wenn die Erfahrung zeigt, daß unsere Erwartung in einem Feld von Ähnlichkeiten Fehler enthält. Wie erinnerlich (von S. 67), finden wir uns ja sogleich bereit, etwa unsere Annahme, alle Schwäne wären weiß, zu revidieren. Und wir entsprechen diesem Lernvorgang, indem wir entweder die Position der dunklen Schwäne oder den Begriff des Ähnlichkeits-Feldes der Schwäne revidieren. Und wir tun auch dies nicht beliebig, sondern folgen der Mehrzahl der Koinzidenzen. Wir folgen, wie dies bei den Schwänen geschehen ist, der Überzahl der koinzidierenden Merkmalsdiskontinuitäten, etwa der Schnabel-, Kopf-, Hals- und Fußmerkmale, die zum Begriff der Schwäne beitragen, und revidieren unsere Erwartung, die wir nun mit ihrer Färbung verbinden.

Gravierend dagegen wäre die Erfahrung von Widersprüchen. Die Entdeckung eines sternförmigen Sterns, eines Baums mit Knochensubstanz, einer Kultur ohne Kommunikation ließe jeweils das Weltbild der Physik, der Biologie, der Sozialwissenschaften zusammenbrechen. Allein die Entdeckung einer einzigen Anti-Koinzidenz, beispielsweise das Vorhandensein eines echten Säugetierhaares bei einer Fischart, brächte das zoologische System zum Wanken[59]. So, wie schon GALILEIS Entdeckung der Jupiter-Monde, als mit der ptolemäischen Himmelsmechanik unvereinbar, das geozentrische Weltbild zum Wanken brachte[60].

Und daß all diese in die Verrechnung einbezogenen Koinzidenzen der Grenzen oder doch der Diskontinuitäten der Merkmale, die möglichen Lücken und Widersprüche wiederum mit ihren relativen Häufigkeiten verrechnet werden, das liegt auf der Hand. Die Hypothese der Wahrscheinlichkeit läuft der des Vergleichs immer voraus. Weiter aber sollen wir in diesem Zusammenhang nicht ins Detail der ›Biologie der Begriffsbildung‹[61]. Hier sei die Schilderung auf den Algorithmus, auf das Lösungsverfahren beschränkt, das wie eine allgemeine Theorie des Vergleichens auch unserem bewußtwerdenden Weltverständnis biologisch zugrunde liegt.

Ein universeller Regelkreis der Abstraktion

Für uns ist die Feststellung von Interesse, daß dem Algorithmus des Vergleichens ein Regelkreis zugrunde liegt, der ganz jenem entspricht, den wir vom biologischen Auffinden des anscheinend Wahren schon kennen. Er beruht auf der schon bekannten Wechselwirkung von Erwartung und Erfahrung. Er geht aber von der Verrechnung der Einzelkoinzidenzen zu jener ganzer Systeme von Merkmalen weiter. Dabei wird wieder das Stetige und Vorhersehbare über das Unstete und Ungewisse gemerkt, gerangt und gewertet.

Und ganz entsprechend reicht auch diese Schichte, das Abstraktionsprinzip des biologischen Wissenserwerbs, vom Lernen des Genoms über das individuelle zum Lernen der Gruppe. Und was bislang als Abstraktion, Konstanzleistung und Generalisation zu bezeichnen war, erkennen wir nun als die Grundlage der Begriffsbildung; als die heuristische Anleitung zur Formulierung jener hypothetischen Erwartungen, die wir Begriffsbestimmungen, Definitionen und Gesetze nennen.[62]

Schon bei Vögeln und Säugern nimmt die Abstraktion individuellen Lernens, wie OTTO KOEHLER sagt, die Form 'unbenannten Denkens' an. Und heute sind wir sogar über die psychogenetischen Stufen der unbenannten Begriffsbildung wohl informiert. Sie erreicht, wie wir noch sehen werden (vergl. Abb. 39, S. 125), besonders bei Primaten einen geradezu verblüffenden Umfang. Hier sei zunächst nur auf die überzeugende Zusammenfassung von BERNHARD RENSCH verwiesen, so wie darauf, daß sich durch die Studien von JEAN PIAGET ganz entsprechende Stufen in der Entwicklung der Begriffsbildung des menschlichen Kindes zu zeigen begannen.[63]

Der Übergang zu unseren eigenen Abstraktionsformen ist ein völlig gleitender. Dabei wollen wir die Unterschiede zum Überhandnehmen der reflektierenden Vernunft nicht verkleinern. So wenig, wie das HUXLEY, LORENZ oder RENSCH getan haben.[64] Es kommt uns ja gerade darauf an, durch eine Sortierung des ratiomorphen vom rationalen Verhalten, wie es BRUNSWIK unterschied, hier der unreflektierten von der reflektierten Abstraktion, die möglichen Fehler, die die beiden machen, aufzufinden.

So betrachtet stellt es sich nämlich heraus, daß dasjenige, was wir als Abstraktions-Vorgang zwar zu reflektieren vermögen, doch noch ganz überwiegend, wenn nicht ausschließlich, unreflektiert verrechnet wird. Wir heben das Produkt nur ins Bewußtsein, um es nach Gebrauch wieder ins Nichtbewußte zurücksinken zu lassen. Damit sind wir im Bereich der Denk-Psychologie, die sich unter Führung von OSWALD KÜLPE erst in diesem Jahrhundert mit KARL BÜHLER und anderen entwickelt hat, und die uns nach DUNCKER, heute vor allem durch KLIX, LÜER und DÖRNER die heuristischen Strategien des Denkprozesses formulierbar macht.[65] Dabei zeigt sich folgendes: »Entgegen der populären Meinung ist das eigentliche Denken nicht mit einem besonders hohen Grad von Bewußtsein ausgestattet; es gelangt vielmehr zu seinen Resultaten, ohne daß die einzelnen Zwischenstufen auch wirklich im Erlebnis deutlich würden. Am Ende steht dann oft das von K. BÜHLER so bezeichnete ›Aha-Erlebnis‹ des mehr oder minder plötzlichen und bisweilen ganz unvermuteten Bescheidwissens.« Experimentatoren wie PETER HOFSTÄTTER haben sogar gezeigt, »daß Versuchspersonen mitunter schon längere Zeit einen Begriff richtig verwenden, ohne ihn jedoch formulieren zu können.«[66] Es ist somit methodisch nicht nur gestattet, sondern notwendig, mit einer direkten Fortsetzung des biologischen Abstraktionsprozesses zu rechnen.

Nun ist nicht zu übersehen, daß unser menschliches Denken vom Wort und der Grammatik unserer Sprache eine Anleitung erfährt. »Es wäre aber völlig falsch anzunehmen«, sagt LORENZ, »daß diese sprachlichen Vorgänge die Voraussetzung jedes vom Handeln abgelösten Denkens seien. Weit berechtigter ist die umgekehrte Behauptung, daß das rein anschauliche Hantieren im Vorstellungsraum eine unentbehrliche Grundlage jeglicher Wortsprache bildet.« Und nach CHOMSKY bedarf auch das Universelle unserer Grammatik einer biologischen Erklärung, eines angeborenen Ursprungs. Und »man geht durchaus nicht fehl, wenn man diese Entwicklung einer ›natürlichen Selektion‹ zuschreibt«. Also, resumieren wir mit VOLLMER, ist die Anleitung eine wechselseitige[67], und Sprache und Denken bedürfen gemeinsam einer biologischen Erklärung.

Eine biologische Theorie des Vergleichens

Der Vorgang des Abstrahierens, des gedachten Gleichmachens oder Vergleichens funktioniert im Bereiche der unreflektierten Vernunft offenbar zureichend. Jedenfalls in dem Maße wir uns vergleichend in dieser Welt bislang zurechtfanden. Es findet sich aber unsere reflektierende Vernunft, wenn nicht unfähig, so doch unvorbereitet, diesen Vorgang zu erleben. Mit dem Philosophen CHRISTIAN VON EHRENFELS, der jene vorbewußten Leistungen unserer Vernunft bemerkte, entstand in der Psychologie die Annahme von ›Gestalt-Qualitäten‹ und mit ihnen die noch immer etwas unbestimmte Gestaltpsychologie[68]. Sie gelangt zu etwa einem Dutzend anerkannter Regeln der Gestaltwahrnehmung, wie der ›Übersummativität‹ oder der ›Transponierbarkeit‹. So erkennen wir etwa eine Melodie trotz ihres Transponiertseins in eine ganz andere Tonhöhe, so wie ja jede Gestalt für unser Erkennen mehr ist als die Summe ihrer Einzelmerkmale. Auch die Stagnation, die man der Gestaltpsychologie vorwirft, hängt unseres Erachtens mit ihrer Fragestellung zusammen. Sie sucht nach den gegenwärtigen anstatt nach den historisch-phylogenetischen Gründen ihrer Invarianz- und Gewichtungs-Regeln.[69] Die lebenserhaltende Vernunft dieser Regulative scheint nämlich dem Biologen durchaus verständlich.

Es ist ganz offensichtlich so, daß die Gleichzeitigkeit und das Nacheinander der Gesetzlichkeit dieser Welt nicht nur ratiomorph verschieden verrechnet wird, sondern daß uns die eine als Gestalterlebnis, das andere aber als Kausalerlebnis intuitiv ins Bewußtsein tritt. Beide Erlebnisse sind nach KANT wieder *Aprioris* für unsere reflektierende, individuelle Vernunft; die *Aprioris* der Qualität und der Relation.[70]

Beim Erfassen der Gestalts-Qualität müssen wir annehmen, daß mit jeder Wahrnehmung, und sei sie noch so fragmentarisch, die gesamte vergleichbar erscheinende Hintergrund-Erfahrung mobilisiert wird; und daß die Merkmale des Wahrgenommenen nach der in ihnen gesuchten Stetigkeit im Rahmen der möglichen Ähnlichkeitsfelder gewogen, gewichtet und ergänzt werden. Stets unter Aufsicht jener angeborenen Lehrmeister, die darauf drängen, mit einer konsistenten, redundanten Natur geschlossener, vergleichbarer Gestalten zu rechnen. Und stets bereit, alle Prognosen an der sich erweiternden Erfahrung umzuordnen, um sie sofort wieder als neue Hypothese zu exponieren.

Experimentell kennt man diesen Hypothesenwandel bereits von den begriffsbildenden Aufgaben des Klassifizierens, etwa von HOVLAND und WEISS. »Wird die Annahme« der Versuchsperson »durch die Prüfung bestätigt, ist das eine Bekräftigung der Hypothese. Sie wird beibehalten. Ist die Rückmeldung negativ (die Zuordnung war falsch)«, resumiert KLIX, »erfolgt eine Korrektur bzw. ein Wechsel der Hypothese.«[71] Auch die Strategie erfolgreicher Klassifizierungsprozesse läßt sich durch Simulation auf Rechnern darstellen. Hier sei auf HUNT, DÖRNER, KLIX und GOEDE verwiesen. Die erfolgreichen Meß-Algorithmen führen wieder über Rückmeldungen zur Gewichtung der Merkmale. Und »diese Gewichtveränderung«, sagt FRIEDHART KLIX, »spiegelt den Prozeß der subjektiven Invariantenbildung über den Reizwirkungen wieder.«[72] Ein durchgehender biologischer Algorithmus muß also vorliegen.

Wir sind darum der Ansicht, daß der Prozeß selbst von der Schärfe, vom Umfang sowie vom Abstraktionsgrad des gefaßten Begriffs unabhängig ist, und in den ›höheren‹ Begriffen nur weiter durchgeführt wird. Wie wir dies schon für die Entwicklung der Gewißheitsgrade (S. 57) zeigten, enthält auch die Heuristik des Vergleichs gleitende Gradienten der Begriffsinhalte nach dem Gewißheitsgrad, der Schärfe und nach der Größe des Feldes, für welches sie die Prognose enthalten sollen. Das Stufensystem RUDOLF CARNAPS findet hier keine Entsprechung[73].

Der Kreislauf von Erwartung und Korrektur

Ein zweites Mal erweist sich der Algorithmus biologischen Wissenserwerbs universell und zu einem Kreislauf aus Erwartung und Erfahrung geschlossen. Was er in der Entdeckung des anscheinend Wahren vorbereitet, kann er in der Entdeckung des Gleichen in einem System abgestufter Ungleichheit fortsetzen. Der eine Schenkel des Kreislaufs enthält die induktiven Prozesse der Heuristik, der andere die deduktiven Prozesse der Logik. Der eine enthält die Voraussage des Allgemeinen aus den Fällen, der andere die Kontrolle der Zugehörigkeit der Fälle aus dem erwarteten Allgemeinen. Und beide ziehen, kreisend um die Zeitachse, schraubenförmig einer Optimierung möglicher Voraussicht entgegen (Abb. 29).

Und ebenso liegt ein Kontinuum der Wissensprodukte vor, welche der Kreislauf der Umwelt durch das, was wir Vergleich und Abstraktion nennen, extrahiert. Nur die Namen dieser Extrakte wechseln. Zunächst heißen diese Erkenntisprodukte ›angepaßte Strukturen‹, dann erfolgreiche Schaltungen und Programme, Prägungen, Assoziationen, Vorstellungen, Begriffe, Definitionen und Gesetze im Prozeß der Dynamik wissenschaftlicher Theorien.

Wieder hat die Biologie in diesem Vorgang die größte Praxis. Zwei Millionen Arten plus 500 000 höhere Einheiten mal all ihrer differentialdiagnostischen Merkmale hat sie begriffen. Sie hat, wie uns die Erfahrung lehrt, diese Einheiten zunächst assoziierend aufgefunden, probeweise Vorstellungen entwickelt, diese zu Klassenbegriffen gemacht, deren Inhalte und Grenzen definiert und erwartet, daß diese Definitionen, beispielsweise der Säuger, heuristisch als eine Voraussage der Gesetzlichkeit

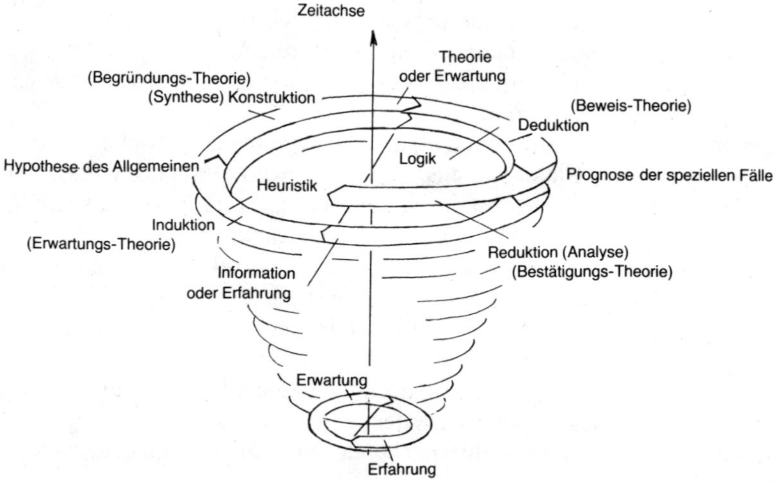

Abb. 29. *Der Kreislauf des Erkenntnisgewinns*, also des Wachsens von Wissen und Gewißheit nach ERHARD OESERS systemtheoretischem Funktions-Modell der Theoriendynamik. Die Symmetrien, die dieser Algorithmus enthält, entsprechen jenen, welche wir in der Stammesgeschichte der biologischen Erkenntnisprozesse vorbereitet fanden. Sie treten in der Ebene der Wissenschaftstheorie lediglich differenzierter hervor (nach OESER 1976; in die biologische Geschichte verlängert).

aller Säugetiere nun an der Prüfung aller Arten, auch der noch zu entdeckenden, bestätigt würde.

Und damit finden wir uns ein zweitesmal in voller Übereinstimmung mit ERHARD OESERS Kreislauf der Theoriendynamik (Abb. 29). Wir begründen aus den phylogenetischen Abläufen, warum der erfahrungswissenschaftliche Prozeß »immer zirkulären Charakter hat«[74], und die Wissenschaftstheorie begründet seine Zusammensetzung. Was wundernehmen kann, ist, daß dieser Algorithmus des Vergleichens, der eine Voraussetzung aller empirischen Wissenschaften sein muß, so spät aufgeklärt wird, obwohl er ja, wie deren Fortschritte zeigen, funktioniert haben muß.

Seine späte Aufklärung führen wir auf die Eigenart unserer reflektierenden Vernunft zurück, die etwas wie absolute Gewißheit, zum mindesten über irgendeinen Gegenstand des Denkens oder der Wahrnehmung erwartet, und mit zwingenden Schlüssen diese Wahrheit verbreiten und begründen möchte. Sie mißtraut der Unbestimmtheit der Stochastik, Wahrscheinlichkeit und der Näherungen. Sie mißtraut den Rückkoppelkreisen, den Systembedingungen der Kausalität, der Rückwirkung der Wirkungen auf ihre eigenen Ursachen. Unsere reflektierende Vernunft wünscht den Ariadnefaden einer Kette von Gewißheiten in einem mehrdimensionalen Netz der Zusammenhänge finden. Und die Wissenschaft hat sich seit der Erschütterung durch DAVID HUME von einer Wissenschaft der Wahrheitsfindung seit FREGE auf eine Wissenschaft von der Wahrheitsübertragung zurückgezogen[75]. Und während die Logik Wahrheiten überträgt, die selten von dieser Welt sind, gewinnen die Erfahrungswissenschaften Wahrheiten aus dieser Welt, die selten von jener Logik sind. Wir haben dem Prozeß der Heuristik mißtraut, ihn verdrängt und vergessen und sind nun erstaunt, daß sich weder die Induktion, noch der Fortschritt der Wissenschaften begründen läßt.

Der Wissenserwerb aber konnte fortschreiten, denn das heuristische Prinzip ist dem Lebendigen so unentbehrlich, daß es längst erblich im Vorbewußten verankert ist. Und erst als sich die reflektierende Vernunft ratlos sah, begann sie ihre Lehrmeister zu verleugnen.

Die Biologie der Induktion

Blicken wir also auf diesen Algorithmus des Vergleichens nochmals zurück. Und besehen wir die heuristische Konstruktion und die logische Kontrolle von zwei verschiedenen Seiten.

Betrachtet man den Regelkreis nach der Zeitachse, das Nacheinander der Verrechnung, so differenziert sich das Regulativ in die Doppelschleife von Erwartung und Erfahrung. Den zeitlich zurückliegenden Teil der Schleife, der den Zusammenhang von Wahrnehmung und Deutung umschließt, erleben wir als Erfahrung, den vorausgreifenden als Erwartung. Und sie bilden gemeinsam einen Regreß, der bis in die Tiefe der Geschichte der Lebens-Reaktionen verfolgt werden kann (Abb. 30). Der Ablauf ist der, daß stets die Summen der Erwartungen wie die der Erfahrungen mit jedem neuen Wahrnehmungsinhalt zusammentreten. Und dabei trifft die Verrechnung, der Vergleich der Erwartung mit der neuen Erfahrung stets auf eine Alternative. Findet sich die Erwartung bestätigt, so wird die neue Erwartung verstärkt, die Erfahrung für das spezifische Gebiet erweitert. Findet sich die Erwartung dagegen enttäuscht, so wird die Folge-Erwartung geschwächt und der Erfahrungs-Zu-

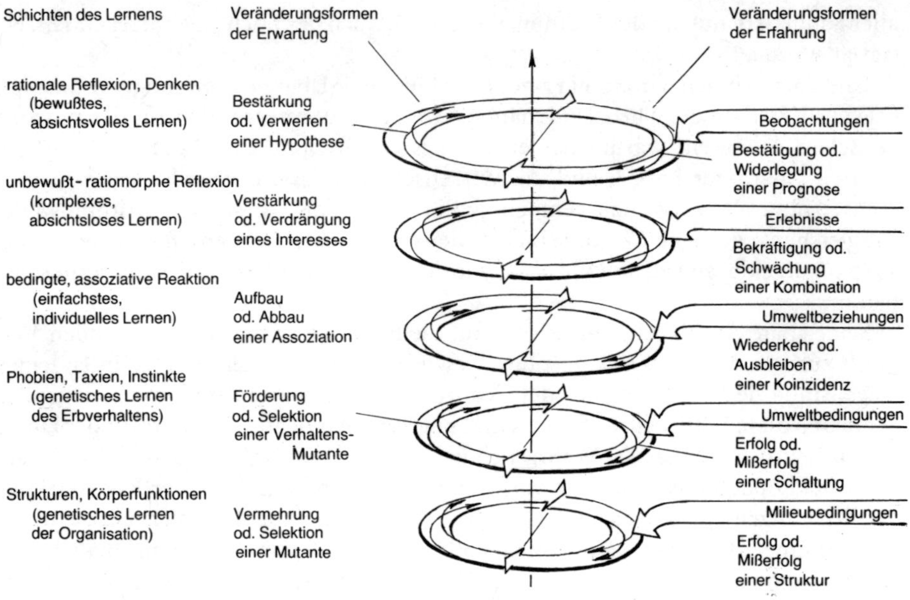

Abb. 30. *Die evolutiven Schichten des schöpferischen Lernens.* Rechts steht jeweils die gemachte Erfahrung aus der jüngsten Vergangenheit, links die daraus gewandelte Erwartung für die unmittelbare Zukunft. Die Formen der Erwartung und Erfahrung wandeln sich von Schicht zu Schicht. Das Prinzip des Algorithmus bleibt unverändert, da die Entstehung jeder Schichte den Erfolg der vorhergehenden voraussetzt (man vergleiche dazu die Abb. 29 und 58 auf den Seiten 104 und 178).

wachs ist zunächst unspezifisch, bleibt also erst in Erwartungen anderer Art einzuordnen.

Betrachtet man dagegen den Regelkreis ohne die Zeitkomponente, das Miteinander der Verrechnung der Merkmale, so differenziert sich das Regulativ hierarchisch zwischen den Gegenständen des Allgemeinen und Speziellen. Er regelt zwischen Gegenständen und ihren Merkmalen, wir sagen zwischen den Ober- und Unterbegriffen, zwischen Über- und Teilmengen, oder Super- und Subsystemen. Die Abb. 31 gibt dazu die nötige Übersicht, denn, wie man bestätigen wird, schon die Struktur unserer Sprache ist nicht sehr geeignet, die hier vorliegenden hierarchischen Modi der Verrechnung anschaulich zu machen. Daß nämlich das Spezielle ebenso der Fall des Allgemeinen ist wie das Allgemeine das Gesetz seiner Fälle (Beispiel A), das wird man noch vor Augen haben. Aber zu sehen, daß das Spezielle ebenso das Allgemeine des noch Spezielleren sowie das Spezielle des noch Allgemeineren bestimmt (B), oder umgekehrt, daß das Allgemeine gleichzeitig als das Spezielle des noch Allgemeineren sowie als das Allgemeine des noch Spezielleren bestimmt wird (C), das bedarf, wie man einräumen wird, schon einiger Aufmerksamkeit.

Um so verblüffender ist es, mit welch selbstverständlicher Sicherheit unsere vorbewußte Datenverrechnung in dieser Hierarchie operiert. Und je nachdem, wie diese Verrechnung Erfolg hat, flößt sie uns Vertrauen oder Mißtrauen gegenüber des vermittelten Erlebnisses ein.[76]

Typus und Metamorphose

Es scheint unserem Bewußtsein meist wie eine Selbstverständlichkeit, daß wir die Ähnlichkeits-Felder aus ihren Repräsentanten definieren, die Repräsentanten aber wiederum nach ihren Ähnlichkeits-Feldern selektieren; und zwar ohne daß auch nur eine dieser Kategorien vorgegeben wäre, vermögen wir den Typus, das sie Einende zu erkennen. GOETHE hat die Tiefe dieses Typus-Theorems als erster gesehen. Sein Zitat haben wir diesem Kapitel vorangestellt. Die Ursache dieser erkennbaren Ordnung nennt er esoterisch. Und dieses hat die Neoplatonisten verleitet, sich dem Typus zu verschreiben, die exakten Naturwissenschaften aber dazu, ihn als idealistisch zurückzuweisen.[77] Beides, wie wir sehen werden, ganz zu unrecht.

Die erstaunlichsten Leistungen hat hier die biologische Systematik etabliert, die den Typus jeder der Ordnungen aus ihren Familien, den Typus jeder Klasse aus ihren Ordnungen definierte[78]; ein Natürliches System von hunderttausenden Typen, von den Gattungen bis zu den Reichen[79]. Und erst nachdem das geleistet war, hat man bemerkt, nicht zu wissen, wie es geleistet wurde. Und es machte sich zum Unglück der Gedanke breit, daß dieser Vorgang, da man seine Methode nicht kannte, auch keine Methode haben könnte[80]. Der Tausendfüßer befragt, wie er denn mit so vielen Beinen liefe, vermochte, als er es nicht erklären konnte, nun nicht mehr zu laufen. So erzählt die Fabel[81]. Die Morphologie aber ist dadurch empfindlich verunsichert, ja bedroht worden, ganz aus den Wissenschaften verbannt zu werden.

Dies ist nun um so paradoxer, als es gerade die Morphologie war, die am tiefsten in das Verständnis des Vergleichens eingedrungen ist. Von GOETHE, der den biologischen Typus erkannte, bis ADOLF REMANE, der erste Regeln des Vergleichens formulierte, hat sie allein den Weg gewiesen. Und nun stellt es sich heraus, daß jene Kriterien zur Bestimmung der Wesens- oder Verwandtschafts-Ähnlichkeit, die REMANE zusammenstellte, durch den biologischen Algorithmus des Vergleichs voll bestätigt

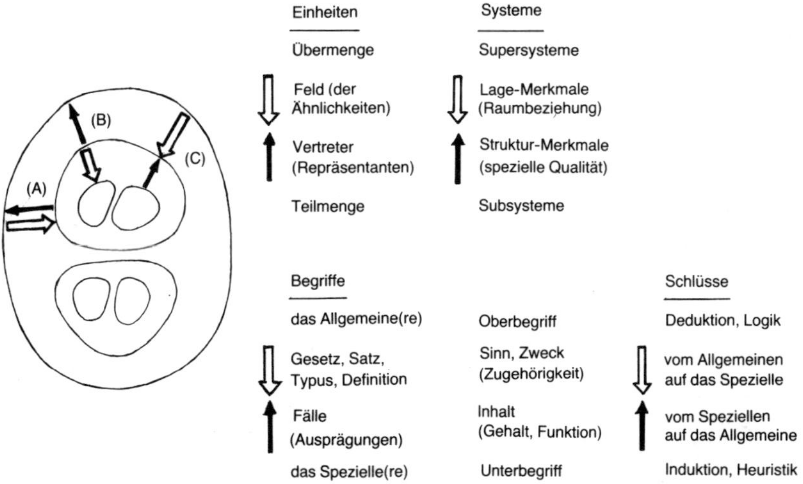

Abb. 31. *Die Regelbeziehung von Ober- und Untersystemen* ohne Betrachtung der Zeitachse. Es ergeben sich hierarchische Zusammenhänge von Über- und Unterordnungen, wir können auch sagen von Erwartung und Erfahrung, welche sich gleichermaßen in unseren Vorstellungen von der Einheit und den Systemen der Natur wie in unseren Begriffen und Schlüssen widerspiegeln. Die in (A), in (B) und (C) symbolisierten Beziehungen sind im Text formuliert (man vergleiche dazu die Betrachtung in der Zeitachse; Abb. 30, sowie Abb. 29 und 16 auf den Seiten 104 und 74).

werden. REMANES Haupt- und Hilfskriterien der Homologie entsprechen dem Neben- und Nacheinander des Informationsgewinns im Wachsen der Gewißheit.[82] Das Homologie-Theorem ist der Vorläufer unseres nun allgemeinen Vergleichs-Theorems. Dies ist seine 2. Lösung. Und unseren Weg hätten wir ohne seine Vorarbeit nicht gefunden. Das Theorem ruht in den scheinbaren Selbstverständlichkeiten unserer angeborenen Lehrmeister.

Nicht minder scheint es uns selbstverständlich, daß wir den Zweck von Strukturen jeweils aus dem übergeordneten Struktur-System, seine Funktionen aber aus seinem Inhalt, also aus seinen Subsystemen verstehen. So erkennen wir die Wirbelknochen an ihrer Lage in der Wirbelsäule, die Wirbelsäule aber an den speziellen Qualitäten ihrer Substrukturen, nämlich den Wirbeln.[83] Und das alles ist nicht deshalb hierarchisch bestimmt, weil wir die Natur in unsere zufällig hierarchischen Denkmuster zwängen, wie man vermutet hat, sondern weil ›die Ordnung des Lebendigen‹ selbst hierarchisch aufgebaut ist und die Selektion unserem ratiomorphen Apparat das adäquateste System der Verrechnung ihrer Muster aufdrängen mußte.[84] Die Kapitel 4 und 5 werden das ausführen.

Die Hierarchie der Vernunft

So kommt es, daß eine hierarchische Ordnung das ganze System der Klassenbegriffe, von der Alltagssprache bis in die wissenschaftliche Theorienbildung, beherrscht. So hat jeder dieser Begriffe, sobald wir ihn bilden können, seinen Sinn ausschließlich innerhalb der kompletten Serie seiner Oberbegriffe; und er bezieht seinen Inhalt ebenso ausschließlich aus all jenen Unterbegriffen, die er umschließt. So verliert unser Begriff des Apfels seinen Sinn, wann immer man ihn aus den Oberbegriffen der Früchte, der Fortpflanzungsorgane der Pflanzen, der Gewächse, der Organismen entfernte. So kommt es, daß alle Form und Gestalt, selbst das Sprechen und Lesen, wie uns LENNEBERG beweist (Abb. 32), hierarchisch entwickelt und hierarchisch

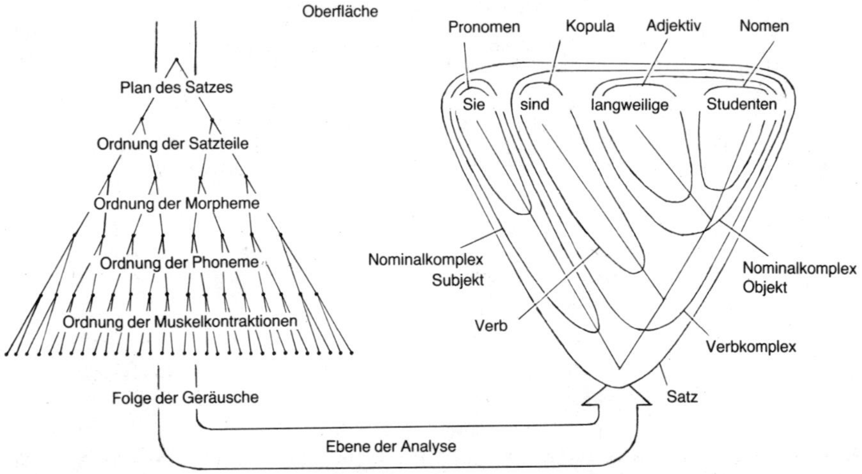

Abb. 32. *Die Hierarchie der Sprache*. In der Entwicklung des Sprechens folgen alle Entscheidungen aus Oberentscheidungen; in der Analyse wird das Ganze gespeichert, der Satz aus den Satzteilen, diese aus ihren Morphemen, weiters den Phonemen und Lautgruppen interpretiert, um aus ihnen wiederum hierarchisch den Sinn des Satzes an der Oberfläche zusammenzusetzen (nach LENNEBERG 1967).

analysiert wird.[85] In diesem Lösungsverfahren kann, wie wir nach CARL FRIEDRICH VON WEIZSÄCKER sagten, »Form die Form einer Form sein«. Und ebenso kann ein Inhalt der Inhalt eines Inhalts und ein Sinn der Sinn eines Sinns sein, und so fort.[86]

Schon im dritten nachchristlichen Jahrhundert hat PORPHYRUS die Notwendigkeit dieser Hierarchie entdeckt. Aber die Wissenschaft vom Denken hat von diesem *Arbor Porphyriana*, diesem ›Begriffsbaum‹ noch wenig geerntet.[87] Die Lehre von der Begriffsbildung hat seit langem die Ansicht vertreten, daß Begriffe mit der Zunahme ihrer Weite oder Abstraktion immer ärmer würden[88]. Dies ist nur unter der stillschweigenden Voraussetzung richtig, daß man die Begriffsdefinition aller übergeordneten Begriffe jeweils hinzudenkt[89]. Dann allerdings enthält der Begriff des Apfels mehr als der der Organismen. Summiert man aber umgekehrt alle Definitionen der Unterbegriffe, wie das die Biologie ebenso tut, dann werden die Begriffe mit ihrem Umfange reicher[90]. In Wahrheit kann man weder von den Ober- noch von den Unterbegriffen absehen, weder vom Gesetz noch von seinen Fällen, weder vom Sinn noch vom Inhalt einer Sache. Der Gehalt eines Begriffs an sich hängt vielmehr mit dem Merkmalsreichtum und mit der Schärfe seiner Definierbarkeit zusammen. Und diese werden vom Koinzidenz-Grad seiner Merkmale im Inneren des Begriffs und deren Diskontinuitäts-Graden an seinen Grenzen bestimmt; und zwar im Verhältnis zum Homogenitäts-Grad seines Merkmals-Inhalts. Mit dieser Andeutung des tieferen Zusammenhangs innerhalb der Biologie der Begriffsbildung[91] müssen wir es aber, wie schon gesagt, hier bewenden lassen.

Hier ist lediglich die Tatsache von Interesse, daß die Enden aller hierarchischen Begriffs-Serien offen sind; welche Serie man auch immer nach oben verfolgt, man endet bei Begriffen wie Zeit, Substanz, Kausalität, den uns schon von KANT bekannten *Apriori* der Vernunft. Und welcher Serie man auch in die letzte Tiefe folgt, man endet bei Begriffen wie Punkt, Eins oder Gleichheit, aus welchen sich die Axiome unserer Denk-Annahmen zusammensetzen[92].

Gewißheiten gewinnen die Serien der Begriffe nicht, wie man angenommen hat, aus ihren ersten oder letzten Gründen, sondern ganz entsprechend der OESERschen Theorien-Dynamik (vergl. S. 104) aus sich selbst. In ihrer Mitte erreichen die aus diesen Serien möglichen Voraussichten, wie auch in der Biologie, an Gewißheit grenzende Wahrscheinlichkeiten[93].

Die Ökonomie der Erwartungen

In diesen Anleitungen zur Gestaltwahrnehmung wie zur Begriffsbildung setzt sich der Prozeß der Selbst-Organisation des Lebendigen fort; und stets sind es Optimierungs-Prozesse, die auf eine Erhöhung der Voraussicht, der Trefferwahrscheinlichkeit, auf eine stete Verbesserung des Verhältnisses zwischen Aufwand und Erfolg hin selektiert werden. Man kann sie daher als Ökonomie der Erwartungen zusammenfassen. Ähnlich hat schon ERNST MACH gedacht. Sie sind das Spiegelbild einer auf dieselben Dimensionen der Zustands- oder Erfolgswahrscheinlichkeit hin selektierten Natur aus hierarchisch kompartmentierten Qualitäten. Und ebensolche Qualitäten sind die optimierten Begriffe und vorgestellten Gestalten. Das gilt für Begriff und Gestalt des Benzolrings ebenso wie für jene des Hämoglobins, der Amöbe, des Urmenschen oder der Gotik.

Man pflegt in den Naturwissenschaften nach festen Gründen und scharfen Grenzen zu suchen und meint, beide in der Quantifizierung der Qualitäten zu finden. Man kann, aber man muß sie dort nicht finden. Man kann die Qualität »Hund« auf die Quantitäten seiner Organe, Gewebe, Zellen, Ultrastrukturen, Biomoleküle, Atome und auf die mittleren Winkel und Abstände deren Quanten zurückführen. Man wird aber viel schärfer erkennen, wenn man angibt, einen Hund, einen *canis familiaris* vor sich gehabt zu haben, den schwarzen Wolfshund namens ›Rolfi‹, als er gerade einjährig war. Mißt man die Cheops-Pyramide mit dem Mikrometer, so kann man aus diesen Daten gleichermaßen nichts wie alles beliebige entnehmen[94]. Abstrahiert man jedoch alle meterweiten Zerstörungen der Zeit und vergleicht die großen Züge des Baus mit allem Wissen von den Pyramiden des alten Reiches, dann wird man die des Cheops am schärfsten fassen. »Der Gebildete treibt die Genauigkeit nicht weiter als es der Natur der Sache entspricht«, sagte ARISTOTELES.

In dieser Ökonomie der Erwartungen wiederholt sich die Struktur der offenen Systeme, der Erfolg der selbst steuernden, sich selbst optimierenden Abstraktion. Unser Bewußtsein muß ihre Algorithmen erst schrittweise entdecken, um zu denselben optimalen Gewißheiten der Abbildung dieser Welt sich selbst steuernder Systeme zu gelangen.

Vom Sinn und Unsinn der Struktur-Erwartung

Fragen wir also abschließend, was mit alldem gewonnen wäre; denn dies ist eine nützliche Kontrolle. Was wäre nun mehr gewußt, wenn man weiß, was wir hier zu wissen meinen? Wir haben festgestellt, daß in der Daten-Verrechnung des Lebendigen eine Vergleichs-Hypothese angewendet wird, welche die Annahme enthält, daß ähnliche Wahrnehmungen weitere Ähnlichkeiten der Wahrnehmung erwarten ließen, das Ungleiches in einem jeweils weiteren Sinne doch wieder vergleichbar würde, und daß alles Vergleichen ein Muster hierarchischer Kompartments ergeben werde.

Die unentbehrliche Strukturierung des Komplexen

Ein solcher Satz von Erwartungen wäre eine höchst unwahrscheinliche Sache, wenn ihm nicht ein ebensolcher Satz von Zuständen in der realen Welt entspräche. Denn er kann nur durch den Erfolg, den er der Art-Erhaltung verschafft, der Datenverrechnung des Lebendigen eingebaut worden sein. Tatsächlich zählt dieser Satz von Zuständen zur unentbehrlichen Strukturierung des Komplexen in der realen Welt. Und, wie wir einräumen, die Kenntnis der Realität dieser Strukturen hat uns überhaupt erst das Vertrauen gegeben, in den Algorithmen der Vergleichs-Hypothese selbst wieder das Selektionsprodukt realer Zustände zu erwarten.

Dabei wird man sich erinnern, daß die heute als Lehrmeinung verbreitete Evolutionstheorie des Neodarwinismus oder der Synthetischen Theorie[95] die Folgerung dieser Zustände noch nicht enthält. Soweit mir bekannt ist, hat erst meine System-Theorie der Evolution die Notwendigkeit der Etablierung ganz bestimmter Muster der ›Ordnung des Lebendigen‹ gefolgert; gewissermaßen als die Konsequenz der ›Strategie der Genesis‹[96]. Es handelt sich um die Ordnungsmuster der Norm, Interdependenz, Hierarchie und Tradierung. Hierarchie ist dabei eine spezielle Form der Interdependenz, eine wechselseitige Abhängigkeit von Zuständen also, die noch dazu ineinander verschachtelt sind. Und es sind eben diese Muster der Interdependenz und der Tradierung, die sich in den Algorithmen der Vergleichs-Hypothese abbilden. Die Annahme, daß ähnliche Wahrnehmungen die Wahrnehmung weiterer Ähnlichkeiten erwarten ließe, spiegelt die Notwendigkeit der Interdependenzen. Die Erwartung, daß alle komplexen Gegenstände im weitesten Sinne einem hierarchischen Muster von Ähnlichkeiten entsprechen werden, entspricht den geschachtelten Interdependenzen, der Naturordnung der Hierarchie.

Die Unentbehrlichkeit der Strukturerwartung

Das Vorurteil der Vergleichs-Hypothese, die Voraus-Strukturierung der Wahrnehmung, diese Voraus-Interpretation oder -Gestaltung, die sie enthält, entspricht einer Vorwegnahme der zu erwartenden natürlichen Ordnung. Die Unentbehrlichkeit der Struktur-Erwartung entspricht damit dem Selektionserfolg, also der lebenserhaltenden Bedeutung, das Zutreffende zu erwarten. Dies ist so einfach und notwendig wie das richtige Vorurteil in lebensentscheidenden Situationen der Ratlosigkeit oder dem falschen Vorurteil überlegen sein muß.

So paradox es erscheinen muß, unsere angeborenen Lehrmeister, die Vorbedingungen unserer Vernunft also, nun mit Hilfe unserer Vernunft zu entschlüsseln, so paradox ist es auch, daß uns der Sinn, welcher etwa den Voraus-Urteilen der Gestaltwahrnehmung zugrunde liegt, erst deutlich wird, sobald sich diese Vorurteile als falsch erweisen. Die ersten Aufklärungen über den biologischen Zweck der optischen Täuschungen hat schon Erich von Holst gegeben[97]. Hier können wir dies mit einem einfachen Fall belegen.

Es ist zum Beispiel äußerst zweckvoll, einen fernen Löwen nicht für einen, merkwürdigerweise, nur ameisengroßen Löwen zu halten; und es ist zweckvoll, hinsichtlich dieser lebenserhaltenden Korrektur der Perspektive gar keine Diskussion zuzulassen. So ist es dann auch kein Wunder, daß sich unsere vorbewußte Verrechnung im Falle perspektivischer Täuschungen, wie das die Abb. 33 zeigt, von der Vernunft

Abb. 33. *Die sogenannten perspektivischen Täuschungen* sind in der Natur Korrekturen von sinnvoll lebenserhaltender Funktion. Es wäre gefährlich, den Riesen oder das Hindernis in den Bildhintergründen nur deshalb zu unterschätzen, weil sie noch entfernt sind. Auf den Zeichnungen allerdings kann der Maßstab von ihrer gleichen Größe mit den Figuren im Vordergrund überzeugen (aus Hubert Rohracher 1971, E. v. Holst 1969).

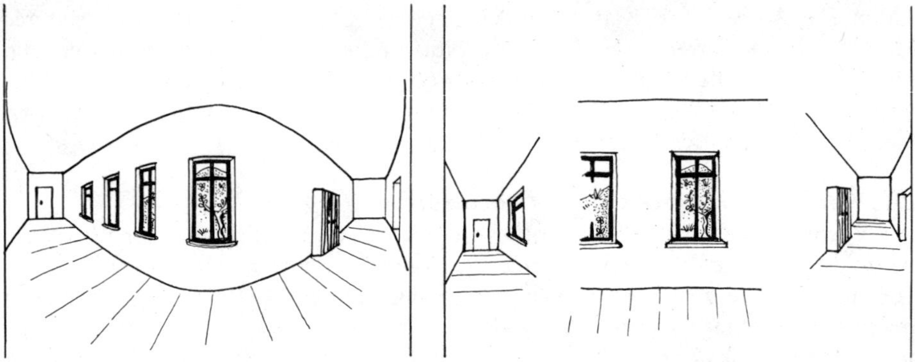

Abb. 34. *Die Korrektur der Wirklichkeit,* um sie zu sehen, wie sie ›wirklich‹ ist. Blickt man in einen Korridor von einem Ende zum anderen, so wird man die Perspektive nicht sehen wie sie sich (links) auf der Netzhaut abbildet, sondern wie sie unsere Erwartung (rechts) von den drei orthogonalen Dimensionen des Raumes interpretiert (aus v. Holst 1969).

nicht belehren läßt. So kann man sich durch Nachmessen davon überzeugen, daß die Figuren gleich groß gezeichnet sind, und dennoch wird die fernere weiterhin größer erscheinen. Ganz ähnlich ist die Korrektur zu verstehen, die unbewußt auf die scheinbare Wahrnehmung von drei orthogonalen und normal zueinanderstehenden Raumdimensionen abzielt (Abb. 34). Und nicht anders ist es schließlich mit der korrigierenden Ergänzung von Figuren. Es ist, wie erinnerlich, zweckvoll, den Schwanz eines Löwen wiederum ohne rationales Parlament sofort zum Teil eines ganzen Löwen zu ergänzen. Und es kann dann wieder nicht wunder nehmen, wenn Fallen der Bildergänzung, wie in Abb. 35, wechselweise zu einer Vase oder einem Doppelprofil zurechtgemacht werden. Es ist nur zu natürlich, daß wir auf Kunstblumen, oder im Fasching auf Eischeiben auf einem Sandwich, erweisen sie sich aus Gummi, hereinfallen, daß es uns im Wachsfiguren-Kabinett gruselt, daß ein ganzer Kinosaal voll rationaler Menschen durch eine Konstellation von Silberkörnern auf einem Plastikstreifen wechselweise zum Lachen wie zum Weinen gebracht werden kann[98].

Es ist aber nicht nur die Nachahmung der Ordnungsmuster der Natur, welche die ratiomorphe Verrechnung zu ganz konkreten Mustern zwingt. Der Erfolg des Denkens in Normen, wie der Erfolg der hierarchischen Abstraktion beruht ja selbst wieder auf jenem Zuwachs an Trefferchance, Anpassungs- oder Auffassungs-Geschwindigkeit, an Speicherungs- und Abrufe-Vorurteilen, den jene ganz universell bieten. Hierin steckt wieder das Ökonomie-Prinzip des Lebendigen, die Selektionsbedingung, mit möglichst wenig Aufwand viel an Lebens- und Überlebens-Vorteil zu gewinnen.

Der Erfolg hierarchischer Abstraktion

Schon im Treffer-Spiel des Beruferatens muß jener gewinnen, dem es am besten gelingt, die Berufe hierarchisch fortschreitend in gleiche Hälften zu teilen. Schon bei nur zweitausend einbeschlossenen Berufen ist er gegenüber demjenigen, der die Berufe einzeln ratet, bereits hundertfach im Vorteil[99]. Was Wunder also, daß die Hierarchie im System unserer Begriffe dadurch nochmals gefördert wird, daß wir uns als nachgerade prädisponiert fanden, die Hierarchie des Systems der Organismen nachzuvollziehen, ohne daß wir wissen mußten, wie uns dabei geschieht; daß sogar unser sprachlicher Ausdruck wie das Verstehen von Wort und Schrift ebenso hierarchisch aufgebaut wie hierarchisch analysiert wird. Die Laute werden aus den Silben, die Silben aus den Worten, die Bedeutung der Worte erst aus dem Satz interpretiert und selbst der Satz wird gespeichert, weil es sich erst aus dem Kontext, in dem er steht, herausstellt, wie er genau zu verstehen ist[100]. Und es ist in der Folge noch weniger zu verwundern, daß sich alle Produkte des Menschen, seine Kenntnisse, seine Geräte, seine Einrichtungen, selbst seine wissenschaftlichen Theorien und alle seine Gesellschaften hierarchisch strukturieren[101].

Eine Welt von Einsicht, Kommunikation und überindividuellem Wissen konnte durch die Algorithmen hierarchisch vergleichender Erwartungen und ihrer Regelkreise gewonnen und in eineinhalb Liter Nervenmasse untergebracht werden. Dies gehört alles zum Sinn der Struktur-Erwartung; was also erfahren ist, das ist der Grund, warum gerade dieser Algorithmus in uns eingebaut ist.

Die Lösung einiger Rätsel der Vernunft

Darüber hinaus aber ergibt sich aus der Einsicht in die die Struktur-Erwartung betreibende Vergleichs-Hypothese wiederum die Lösung einiger Rätsel der Vernunft. Schon die Biologie der ›Hypothese vom anscheinend Wahren‹ löst einige derselben. Die ›Hypothese vom Ver-Gleichbaren‹, die auf ihr aufbaut, baut an den Lösungen weiter.

Zunächst enthält die Biologie der Struktur-Erwartung die 2. Lösung des Realitäts-Problems. Die Streitfrage, ob uns die Welt nur so erscheint wie wir sie denken, weil sie uns anders als wir sie denken, nicht erscheinen kann – oder ob sie uns so erscheint wie sie ist, weil sie anders als sie ist auch nicht gedacht werden kann, hat sich gelöst. Da das Denken, welches uns real erscheint, ein Produkt der Selektion ist, kann es nicht realer sein als die Welt, die es selektierte. Ein Regelkreis verbindet zudem

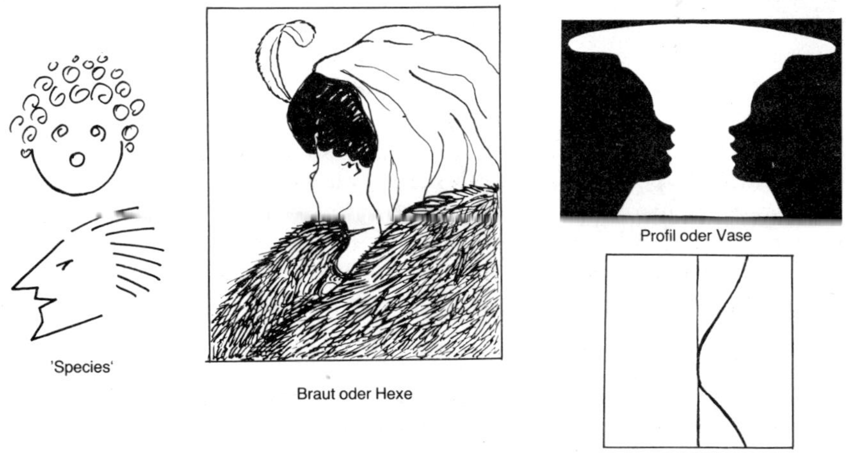

Abb. 35. *Die Interpretation von Gestalt* beruht auf der unwillkürlich gedachten Ergänzung. Zwei Figuren werden zu derselben ›Species‹, obwohl nicht eine Linie ähnlich ist. Wechselweise wird die ›Braut‹ zur ›Hexe‹ und umgekehrt; zwei Profile wechseln zur Vase und zurück (nach WELLEK 1955); und die ›Drudl‹ führen die Ergänzung ins Extrem des Witzes (›Hausfrau, die keine Hand frei hat, schließt Eiskasten‹).

Erwartung und Erfahrung zur schrittweisen Optimierung, um immer mehr von dieser Welt als real zu erwarten, was sich erfahren, und immer mehr als real zu erfahren, was sich erwarten läßt. Und damit löst sich der Streit um die Priorität von Vernunft und Erfahrung. Beide kreisen als ein gemeinsames Wendel, das so lang ist wie der Erkenntnisprozeß des Lebens alt ist: drei Jahrmilliarden.

Weiters enthält die Vergleichs-Hypothese die 2. Lösung des HUME–KANT–POPPERschen Induktions-Problems. Der Schluß vom Speziellen auf das Allgemeine ist gewiß nicht zwingend. Aber nicht nur die Wahrscheinlichkeit einer Erwartung wandelt sich quantitativ mit der Erfahrung, auch die Struktur, die Qualität der Erwartungen wird als ein biologischer Prozeß an die Realität dieser Welt herangeführt. Die Muster der realen Welt werden den Weltbildapparaten, die sie entstehen läßt, selbst appliziert.

Ferner löst die Vergleichs-Hypothese die KANTschen *Apriori* der Quantität und Qualität, der Subsistenz und Inhärenz[102]; das Problem nämlich, woraus wohl die Erwartung von Stetigkeit und Wandel, Typus und Metamorphose begründet werden könne, da sie als eine Voraussetzung jedes individuellen Erfahrungsgewinns eben der individuellen Erfahrung nicht entstammen kann. Unsere Antwort lautet wieder: diese Erwartung entspringt aus der Erfahrung der Kette der Generationen[103]. Die Ordnungsmuster der Interdependenz und Hierarchie, die alle Natur zur Realisation ihrer komplexen Strukturen enthalten muß, hat die Selektion dem Weltbildapparat in Form der Algorithmen der Vergleichs-Hypothese fest eingebaut. Und diese enthalten nun die Erwartung der Quantitäten wie der hierarchisch abstrahierbaren Qualitäten des Wandels und der Stetigkeit.

Dasselbe wird für die spezielle Problematik unserer Voraussicht biologischer Ordnung ausgedrückt, wenn wir sagen: wir erwarten in jeglicher Verwandtschaftsgruppe den Typus zu erkennen sowie seine Metamorphose. Wir schreiben der Natur »eine Regel zu, wonach wir voraussetzen, daß sie verfahren werde«, sagte GOETHE, »... sowie eine Metamorphose, welche die in dem Typus benannten Teile ... immerfort verändert«. Dies ist die Sicht, von der wir in diesem Kapitel ausgingen. Wir erwarten also zu Recht die steten Merkmale, die den Typus zusammensetzen (sie nennt der Biologe die Homologien), von allem Wandel trennen zu können. Dies enthält die 2. Lösung des Homologie-Theorems, des Rückgrats aller Erforschung von Verwandtschaft. Es erweist sich als eine ebensolche Voraussetzung unseres Erkenntnisgewinns wie die Hypothesen der angeborenen Lehrmeister unseres Denkens und wie die *Apriori* der reinen Vernunft (die 3. Lösung S. 142).

All das gehört zum lebenserhaltenden Sinn unserer angeborenen Erwartung gegenüber einer in sich vergleichbar strukturierten Welt. Und freilich folgt, wie bei jedem Urteil im voraus, der Unsinn dem Sinn des Vorurteils auf dem Fuß.

Der Unsinn des Vorurteils

Schon unsere Sprache, wenn wir mit dem harmlosen Unsinn beginnen, kann sich nur in Vergleichen zunächst oberflächlicher Art artikulieren. Da füllen die Landschaft Meeraugen und Flußarme, die Füße und Kämme der Berge, ohne daß irgend jemand damit gesehen, ergriffen, belaufen oder gekämmt würde. Da gibt es Reichs-, Adams- und Aug-Äpfel. Und selbst die Sprache der vergleichenden Anatomie steckt, wie das die ›Arme‹ der Seesterne, der ›Fuß‹ der Schnecken, die ›Bücher-Lungen‹ der Spinnen zeigen, voll der irreführenden Analogien[104]. Aber wie anders sollte ein Datenapparat wie der unsere einen auch noch so absonderlichen Organismus, eine noch so neue Erfindung anders als durch den Vergleich, also das Gleichmachen des Ungleichen der Vorstellung eines Mitmenschen vermitteln? Wir nennen ein außergewöhnliches Ereignis unbeschreiblich, um es nur um so farbiger in vergleichend gleichmachender Diktion zu beschreiben.

Hierher gehört auch die angeborene Neigung, selbst das Unstrukturierte zu strukturieren. Man denke an die Sternbilder (Abb. 6, S. 35), die, sind sie einmal gesehen, nichts mehr von ihrer Deutlichkeit verlieren, auch wenn man sich klargemacht hat, daß ihnen in der Raumordnung der Sterne nichts Reales entspricht. In derselben Weise blicken da die Berge finster, dort lacht eine Wiese und im dämmrigen Wald beginnt es von Gestalten zu wimmeln. Es entsteht eine bunte, mit Bedeutungen durchstrukturierte Welt. Und wir bedauern es, falls sie uns entschwindet.

Die Grenzen des Selektionsbereichs

Der wirkliche Unsinn des Vorurteils beginnt jedoch erst dort, wo die Grenzen des Selektions-Bereichs übertreten, die Gebiete, für welche die angeborenen Lehrmeister selektiert wurden, verlassen werden. Und am Weg zum Menschen haben wir diese Grenzen schon mehrfach überschritten. Hier beginnt das Reich der guten und der bösen Täuschungen.

Zu den guten Täuschungen wollen wir beispielsweise die angeborene Deutung zählen, daß Raum und Zeit unabhängige Größen wären, die Zeit eine lineare, der Raum drei orthogonale Achsen hätte. Die Relativitätstheorie belehrt uns über diese Täuschung. Aber der gekrümmte Raum, wie das Raum-Zeit-Kontinuum, kann nicht vorgestellt werden, oder nur in dreidimensionalen, also unzulänglichen Analogien. Unser ganzer Körper ist eben nach der euklidischen Geometrie gebaut; Auge, Hirn, Nervenleitung und Verschaltung (Abb. 36)[105]. Und für uns im kosmischen Mikrobereich selektierte Erdenwürmer ist der Irrtum auch noch gut genug[106].

Schon viel weniger gut sind jene Täuschungen, die darauf beruhen, die angeborenen Lehrmeister mißzuverstehen. Im einen Extrem enthält das Mißverständnis die Meinung, es könne, da sich die ratiomorphe Verrechnung nicht im Bewußtsein vollzieht, angeborene Lehrmeister auch nicht geben. Die Konsequenzen sind der extreme Empirismus, der Phänetismus und der Nominalismus[107]. Sie behaupten, die erfahrbare Welt bestünde nur aus Individualerfahrung und diese enthielte nur Einzelbilder, ja sogar nur unsere Namen für dieselben. Ihre Täuschung besteht jeweils darin, Erwartung, Theorie sowie Abstraktion und Synthese für eine Täuschung zu halten. Und aus diesen Täuschungen wuchert die Simplifikation der Gegenstände der Forschung und eine entmenschlichte Wissenschaft; Reduktionismus, Behaviourismus, Sozial- und Kulturdarwinismus[108]. Und das Ergebnis ist die Täuschung durch den Schein einer wissenschaftlichen Begründbarkeit eines extremen Materialismus, eines inhumanen Weltbildes.

Im anderen Extrem besteht das Mißverständnis darin, das Produkt der vorbewußten Verrechnung, da es den unmittelbarsten Erlebnisinhalt darstellt, für besonders real, ja für realer als die äußere Welt und zuletzt für das einzig reale überhaupt zu halten. Dies wird jeweils vom Rationalismus, vom Idealismus und vom Solipsismus vertreten[109]. Während wir nunmehr gerade dabei sind, unsere eigene Umwelt zu Grunde zu richten, können also, wie KARL POPPER sagt[110], die Philosophen noch immer darüber streiten, ob es diese überhaupt gibt. Und in den Himmeln platoni-

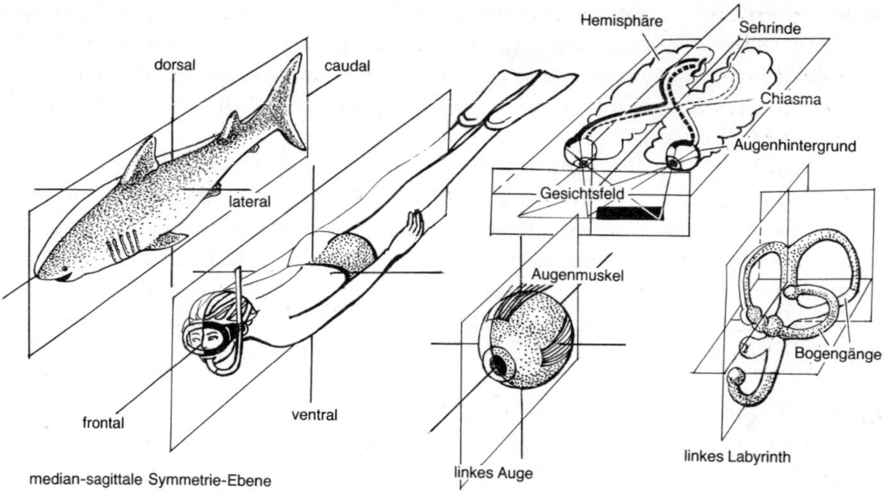

Abb. 36. *Die biologische Geometrie unseres Raumes.* Die bilaterale Symmetrie der Wirbeltiere entspricht jenen drei Achsen, welche wir als die des euklidischen Raumes als gegeben erleben. Denn nach ihr gliedert sich der ganze Körper, einschließlich des Gehirns, der höheren Sinnesorgane, der Drehachsen der Bogengänge wie der Schaltung der optischen Bahnen. Man beachte, daß beim binokulären Sehen die linken Gesichtsfelder der rechten Sehrinde zugeführt werden und umgekehrt (kombiniert nach HOCHSTETTER 1945, ABDERHALDEN 1946, ROMER 1966, HUBERT ROHRACHER 1971).

scher Ideen bleibt keine Instanz mehr, die zwischen ihren Unverträglichkeiten entscheiden könnte. Unsere Weltbilder wenden sich gegeneinander und die Täuschung ist wieder ihre wissenschaftliche Begründung.

Der Abbau des Selektionsbereichs

Das wirklich Böse der Täuschungen aber beginnt mit dem Abbau des Selektionsbereichs; dort, wo die Argumentation, der regulative Kreislauf des Erkenntisprozesses endet. Und das beschert uns die Geschichte; wo immer sich Wahrheits-, Macht- und folglich Rechts-Ansprüche mit halben und unverträglichen Wahrheiten verbinden. Da beginnt die böse Täuschung, unbewußt und bewußt, Verleitung und Manipulation.

Unsere Erfolgs-Gesellschaften haben sich für die Kultivierung der bösen Täuschung als besonders disponiert erwiesen. Sie können mit den Mitteln der Technik die alten Regulative im Menschen überrennen[111], durch Massenpolitik und Medien die unverträglichsten Einheits-Weltbilder durchsetzen, indem sie sich bewußt, oder räumen wir ein: unbewußt, in Werbung und Marketing, in Volks-Aufklärung und Propaganda wiederum der rationalen Unbelehrbarkeit der vorbewußten Lehrmeister bedienen. Und nur zu bereitwillig nehmen wir, mit unserer Erwartung einer für uns vernünftig vorstrukturierten Welt, die Prägungen auf den sogenannten Fortschritt, die Status-Symbole, den Konsum-Willen an, das exponentielle Wachstum der goldenen (stählernen) Kuh. Die halben wie die unverträglichen Wahrheiten werden im jeweils reduzierten Selektionsbereich der Ideologien zur Anmaßung wissenschaftlichen Religions-Ersatzes. Und wiederum trifft alle, die Dummen wie die Weisen, die Sippenhaftung für kollektiven Unsinn. Denn seit die Gesetzgebung den Schutz des Individuums bis an die Landesgrenzen vorgeschoben hat, setzt die Selektion der Bombenteppiche bekanntlich unterschiedslos an am ganzen Kollektiv. – All das zählt zum Unsinn des Vorurteils; nunmehr überall dort, wo die in uns verankerte Anlage zum Ver-Gleichen die Kontrollen des selbstregulativen Erkenntnisprozesses unterläuft.

Und so, wie wir es zwischen Wahrheit und Lüge fanden, finden wir nun Gleichheit und Ungleichheit als die universellen Gegenspieler dieser Inszenierung, in der uns Akt für Akt, von der Evolution der Organismen bis zu jener unserer Sozialsysteme, derselbe Antagonismus des Ver-Gleichens des Ungleichen hin und her über die Bühne dirigiert. Und wir, geben wir es zu, wieder die Komparserie dieses Welttheaters, wissen noch immer nicht, ob unsere großen Ideale der Freiheit und der Gleichheit nicht auch die Freiheit zur Ungleichheit jeder Kreatur enthalten dürfen.

4 Die Hypothese von der Ur-Sache

»So scheint es, daß die Vorstellung einer notwendigen Verknüpfung von Ereignissen ihren Ursprung in einer Häufung eintretender gleichartiger Fälle hat, in denen beständig diese Ereignisse im Zusammenhang standen.«
DAVID HUME

»Wenn auch die Axiome der Theorie vom Menschen gesetzt sind, so setzt doch der Erfolg eines solchen Beginnens eine hochgradige Ordnung der objektiven Welt voraus.« ALBERT EINSTEIN[1]

Wie tief auch die Zeugnisse in unsere Historie reichen, über eines scheint immer Gewißheit geherrscht zu haben: daß an allem, was wir beobachten, stets irgend etwas, oder besser noch, irgendwer die Schuld trage. Schon die Trennung in Himmel und Erde erklärt die frühe Kosmogenie ohne Umschweife mit der Entmannung des Uranos; durch einen Schnitt mit der geschärften Sichel, geführt von Kronos, dem erzürnten Sohn, der kurzer Hand die Umarmung des Paares trennt; und Schuld am Zorne des Kronos trägt wieder des Uranos Haß gegen seine Kinder[2].

Schuld und Sühne

bilden also die dritten Antagonisten im Schauspiel vom Werden unseres Urteilens. Sie treten zwar erst später aus der Dekoration; erst nachdem die Paare ›Wahrheit und Lüge‹ sowie das ›Gleiche und Ungleiche‹ ihren Part entwickelt haben. Aber, geben wir es zu, wie sehr fallen diese zurück, sobald es sich zeigt, um welche Gestalten sich nun die wahre Dramatik der Inszenierung entfaltet.

Gewiß ist auch, daß die Ursache, griechisch *aitia,* ursprünglich Schuld (!) bedeutet hat und daß sie, nach ANAXIMANDERS ursprünglicher Fassung, die Wirkung so herbeizöge wie die Schuld die Sühne[3]. Stets war eine Schuld zu finden. War ein Gott gekränkt, so konnte ihn das Menschenopfer besänftigen. War eine Ernte verdorben, konnte dafür eine Hexe brennen. War die Schuld auf Erden ungewiß, so stand sie in den Sternen. Und noch WALLENSTEINS »Aberglaube an die Macht der Gestirne machte ihn schließlich zum letzten großen Förderer KEPLERS, dem Begründer der neuzeitlichen Wissenschaft«[4]. Und hat nicht gerade diese Wissenschaft der Neuzeit Zug um Zug die alte animistische Erwartung[5] bestätigt, daß nichts ohne Ursache geschieht?

Soweit herrscht Einigkeit. Sobald aber gefragt wurde, wie nun Ursachen zu denken wären, woher sie kämen, allein aus welcher Richtung, ob sie eine reale Sache wären, ja selbst, ob es sie überhaupt gäbe, da überall schieden sich die Geister. Und sie blieben bis dato geschieden.

Wann das Gleiche dasselbe wäre

Niemals, so sagt die Volksweisheit, steigst du zweimal in denselben Fluß: denn gewiß, wo befände sich wohl jenes Wasser heute, in das man gestern an derselben Stelle gestiegen? Und dennoch belehrt uns die Römerkarte mit der Aufschrift *Danuvius fluvius,* daß es sich schon vor zwei Jahrtausenden um eben dieselbe Donau gehandelt hat: und das, obwohl weder die Zeichnung noch die Buchstaben ihres Namens die gleichen sind, noch weniger ihre Inseln und schon gar nicht das Wasser, das sie geführt haben mochte. Nun deutlicher: oft ähneln sich zwei Menschen aufs Haar, aber, so kann es sich zeigen, dieselben sind sie nicht. Umgekehrt wiederum gleicht ein greises Menschenbild dem des Säuglings keineswegs, obwohl wir wissen, daß es dieselben sind. Man wird zugeben, daß das ›Selbe‹ und das ›Gleiche‹ weder dasselbe noch das gleiche ist.

Freilich leiten uns ganze Serien vergleichbarer Wahrnehmungen zur Erwartung, dasselbe vor uns zu haben; aber gleichzeitig erlaubt uns die Erfahrung, tiefgreifende Metamorphosen hinzunehmen, vom Säugling zum Greis, von der Raupe zum Schmetterling oder vom Dorf zur Stadt, ohne daß selbst die radikalsten Veränderungen jene Erwartung trübten. Als dasselbe betrachten wir getrennte Wahrnehmungen dann, wenn wir vermuten, daß sie ein Prinzip oder eine Kontinuität verbindet.

Eine Hypothese zweiten Grades

Solche Prinzipien oder Kontinuitäten sind allerdings wieder nur Annahmen. Und sie erweisen sich dabei als ebenso erforderlich wie sie sich nur mehr aus einer indirekten Wahrscheinlichkeit begründen. Das zeigt sich schon, wenn wir zwei Individuen, sagen wir: zwei Heringe als Vertreter derselben Art betrachten. Nicht zwei ihrer Moleküle könnten dieselben sein; und dennoch scheint es nicht nötig, ja jenseits aller Möglichkeit, die Kette ihrer Samen, Eier und Larven durch die Generationen und Meere, bis zum fernen identischen Elternpaar zurückzuverfolgen; wie uns dies der Nachweis einer Kontinuität aus identischem Ursprung auferlegte. Schon ›dieselbe Art‹ bleibt also eine Annahme, wie das ja die Nominalisten[6] behaupten. Und tatsächlich stützt sich unsere Erwartung nunmehr auf eine Hypothese zweiten Grades, daß nämlich Gleiches sich nicht nur in gleicher Weise wiederholen werde, sondern daß Gleiches, wie wir uns ausdrücken, auch dieselbe Ursache haben werde.

Wir nehmen das immer an, ob wir nun zwei gleichlautende Telegramme erhalten, gleiche Zündhölzer aus der Schachtel oder gleiche Eier aus dem Nest nehmen. Wir rechnen damit, daß hier jeweils dieselbe Absicht, dieselbe Maschine und dieselbe Henne ihre Wirkung tat. Wir begnügen uns mit der Hypothese zweiten Grades und sind weder beim Abfassen des Telegramms noch beim Schnitt der Hölzchen oder beim Eierlegen der Henne dabei gewesen.

Selbst das Experiment kann in letzter Instanz die Hypothese nicht überbrücken. Der nächste Steinwurf wird zwar wieder einer Parabel folgen. Dieselbe Gravitationswirkung wird die Ursache sein. Aber welche Gravitonen würden das sein? Dieselben wie im letzten Steinwurf wohl nicht. Ja, wir wissen nicht einmal, ob es Gravitonen überhaupt gibt. Die Parabeln der Würfe verhalten sich zur Gravitation wie die Fälle zum Gesetz, wie die Hypothese, daß hinter gleich erwarteten Ereignissen dasselbe Prinzip zu erwarten wäre. Hypothese ruht hier auf Hypothese. Die Hypothese von derselben *causa* oder Ursache ruht auf den Hypothesen der Wahrscheinlichkeit und des Vergleichs. Näher ist der Ursache nicht zu kommen.

Der Zweifel an der Realität der Ursache

Es ist darum gar nicht zu verwundern, daß man seit DAVID HUME daran zweifelt, ob unserer Vorstellung von der Kausalität überhaupt etwas Reales in der Natur entspräche. Man kann ja nie sagen: »Wenn, oder weil die Sonne scheint, erwärmt sich der Stein«, sondern nur: »Jedesmal wenn die Sonne scheint, ist auch der Stein warm«[7]. Ein ›weil‹, so folgert HUME, ist keine Sache der Erfahrung, sondern nur der Erwartung. Und darum ist Kausalität wohl keine reale Sache, sondern ein Bedürfnis der Seele aus Gewohnheit.

KANT hat dieser Gegenstand sehr beschäftigt[8]. Denn HUME hatte gewiß recht: die Realität Kausalität kann kein reines Produkt der Erfahrung sein. Kausalität ist vielmehr, wie wir von KANT wissen, eine Voraussetzung jedes Erfahrungs-Gewinns. Sie ist wiederum ein *Apriori*, eine Vorbedingung der Vernunft. Nichts ließe sich ohne Kausalität erklären. Aber ebenso findet die Ratio nichts mehr hinter ihr, das sie als Realität begründen könnte.

Dieser Zweifel an der Realität der Ursache besaß aber schon längst einen Vorläufer: den Zweifel an der Einheit der Ursache. Schon bei ARISTOTELES findet man vier Formen der Ursache wohl getrennt; und man macht sie meist am Beispiel des Hausbaus anschaulich. Dieser bedarf erstens einer Antriebs-Ursache, der *causa efficiens*, eines Aufwandes also an Energie, an Geld oder Arbeitskraft. Zweitens ist Material nötig, die Material-Ursache oder *causa materialis*, Baumaterial; Ziegel, Zement, Balken und so fort. Drittens geht es nicht ohne einen Plan, der die Form bestimmt, die Form-Ursache oder *causa formalis*, das sind die Grund- und Aufrisse, welche die Auswahl und Anordnung der Materiale festlegen; und viertens nicht ohne eine Zweck-Ursache, eine *causa finalis*, also irgend jemandes Absicht, ein Haus zu bauen[9].

Tatsächlich, so wird man zugeben, kann keine der vier Ursachen, und bei welchem Hausbau auch immer, fehlen. Oder könnte man ein reales Haus angeben, das jemals ohne irgendeinen Aufwand, oder ohne Material, oder ohne eine wie auch immer planvolle Verteilung der Materiale gebaut worden wäre? Oder kennt man ein Haus, das ohne irgend jemandes wenn auch noch so mißverstandener oder versehentlicher Absicht hätte entstehen können? Ganz offensichtlich nicht. Selbst für den Bau des Bibers oder des Köchers einer Fliegenlarve kann keine der vier Ursachen fehlen[10].

Die Suche nach der Ur-Ursache

Warum aber sollten es gerade vier Ursachen sein? Und dieser Verunsicherung durch eine nun hypothetische und unreale und zersplitterte Ursache folgt die Spaltung unserer Ursachen-Vorstellung auf den Fuß. Sie entspringt der Suche nach der Herkunft der ersten Ursache, und sie führt zum Widerspruch der gefundenen Ur-Ursache.

Haben wir nicht stets erwartet, daß immer eine Ursache über der anderen steht, daß sich Ursachen wie die Glieder einer Kette reihen? Und mußte dann nicht ein letztes Glied, eine letzte Ursache zu erwarten sein, aus der erst alle übrigen folgen? Die Ur-Ursache wurde gefunden; doch in zweierlei unverträglicher Weise.

Zum einen wurden sich schon die frühen Exegeten[11] des ARISTOTELES einig, daß der Meister die Zweck-Ursache als die Ursache der Ursachen gemeint haben mochte.

Und in der Scholastik[12], in der die Interpretation von Texten als eine Interpretation der Welt gelten konnte, war jene Deutung bereits erhärtet. Nicht nur war Gottes allem voran gestellter Zweck offenbar, die *causae exemplares,* die zeigten, daß der tiefste Grund, nun ebenso im Diesseits der Menschheit ein Zweck sein mußte; es war ja auch zu offensichtlich, daß zuerst der Zweck den Menschen leitete, um erst in dessen Verfolgung Pläne, Geld und Baumaterial zusammenzuholen. Die Ursachen-Kette mußte in der *causa finalis,* im Zweck der Welten, im Sinn des Kosmos ihren Anfang haben, in den Absichten seines Schöpfers. Die Geisteswissenschaften wurzelten darin und sie sind den Zwecken nahe geblieben.[13]

Zum anderen entstanden die Naturwissenschaften der Moderne mit KEPLER, GALILEI und NEWTON ganz anders; bekanntlich an Gegenständen, die mit Ziel und Absicht nichts zu tun haben konnten. Auch Material und Form gingen weder in die Bewegung des freien Falls noch in die der Himmelskörper ein[14]. Zu eindeutig war nach Kräften zu fragen, nach Antrieben, die Gegenstände in Bewegung setzen. Allerdings mußte die erste Bewegung von einem herrühren, der von niemandem mehr bewegt wird. Die Philosophen kannten daher schon den ›unbewegten Beweger‹; bereits aus der Metaphysik des ARISTOTELES. Und es erwies sich nicht nur, daß die *causa efficiens* für die Beschreibung genügte, alles was geschieht, so zeigte es sich in der Folge, erwies sich als angetrieben. Die Ur-Ursache mußte die Kraft oder Energie sein. Dabei wollten die Naturwissenschaften bleiben.

Der Zweifel an der Universalität der Ursache

Kaum aber war die Spaltung dieses hypothetischen, unrealen, zerteilten Ursachen-Konzeptes zur Unverträglichkeit der Fakultäten[15] erhärtet, als es ein neuer, der bisher modernste Zweifel traf: Der Zweifel an der Universalität der Ursache überhaupt. Er hat wieder zwei Wurzeln. Beide kommen nun aus den Naturwissenschaften; die eine aus der Spaltung der Biologie, die andere aus der Physik der Quanten.

Als führende Entwicklungs-Biologen das Konzept der Antriebs-Ursache an die Phänomene der Selbstregulation der Embryonen anlegten, da erwies sich dieses als Erklärung unzureichend[16]. Die Regulative konnten nur aus einer Selbstdifferenzierung von Zielen verstanden werden. Und dies lag aber jenseits dessen, worauf sich das naturwissenschaftliche Kausalitäts-Konzept als eine anerkennbare Erklärung festgelegt hatte. Die Annahme von Lebenskräften, die nicht bloßen Ursachen folgen, wie dies schon der Vitalismus verlangte[17], schien im Bereich der komplexen Lebensvorgänge doch nicht mehr vermeidbar. Kausalität und Finalität waren nun auch hier zu Gegensätzen geworden. Aber von der generellen Unverträglichkeit von Kausalität und Finalität soll hier noch gar nicht die Rede sein. Dieser Problematik wird sich das Kapitel 5 widmen. Hier genügte es, die Verunsicherung zu sehen, die entstand.

Als mit der Entwicklung der Quantentheorie HEISENBERG die Unschärfe-Relation formulierte, wurde auch im Bereich niederster Komplexität eine, wenn auch ganz andere, Grenze des Kausal-Geschehens erkennbar. Die Bahnen der Teilchen erwiesen sich als nicht beliebig genau festgelegt. Und es zeigte sich bald, daß sich diese mikrophysikalische Unschärfe bis zur Unmöglichkeit gewisser Voraussagen in den Makrobereich des Alltags vergrößern kann[18]. Das erste Glied, nach der Version der Kette der Antriebs-Ursachen, war locker geworden, und man konnte sich fragen, was dann von der Notwendigkeit des Ursachen-Konzepts überhaupt noch zu halten wäre.

Regelt sich unser Ursachendenken von selbst?

Wo also war man hingeraten? Erweist sich die Vernunft zum Begriff des Ursachen-Zusammenhangs als nicht vernünftig genug? Oder konnte man ihn unverstanden lassen, wo für uns ein Verstehen der Welt ohne Kausalität nicht möglich ist? Verzeichnen Wissenschaft, Medizin und Technik nicht immer mehr Erfolge, obwohl wir immer weniger wissen, was Ursachen wären? Regelt sich unser Denken von selbst, ohne daß wir wüßten, wie uns geschieht? Tatsächlich muß das im Alltag wie in den Einzelwissenschaften so sein. In vielen ihrer modernen Lehrbücher kommt Kausalität gar nicht mehr vor. Wo also – das ist unsere erste Frage – steckt jenes Regulativ, das unsere Erfolge sichert, ohne daß wir etwas Sicheres über den Vorgang wüßten? Und wenn es ein solches Regulativ gibt – diese Frage ist unsere zweite Frage – wo stecken seine Fehler? Denn wo immer es nicht nur um Einzelgebiete geht, sondern um deren Zusammenhang, verwickelt uns dieses Regulativ in Widersprüche und unser Weltbild in einen Teufelskreis von Unverträglichkeiten.

Das Vorurteil der Reflexe und Reflexionen

Nach all diesem Hin und Her zwischen den Klippen der Vernunft ist es an der Zeit, zwischen den Fakten der Evolution festeren Anker zu nehmen. Auch wird der Leser fühlen, daß wir die Lösung jener Ungewißheiten zur Hand haben. Sie wären ansonsten nicht so parteilos zu schildern gewesen. Aber wir dürfen die Lösung nur schrittweise bringen, wenn wir die gegenwärtige Lage unseres Weltbildes nicht aus dem Auge verlieren wollen.

Die Folge ist, daß mancher Lösungsvorgang erst im Ganzen vollständig werden kann; daß zum Beispiel das Problem der Zweck-Ursachen erst im folgenden Kapitel 5 aufgeklärt werden darf, obwohl zu zeigen sein wird, daß Kausalität und Finalität zu Unrecht in Gegensatz gerieten, dieser also ganz zu Unrecht unser Weltbild verunsichert[19]. Hier ist mit Kausalität im Sinne der Naturwissenschaft von heute fortzusetzen, mit der Ursache des Antriebs.

Die Zeitachse des Lebendigen

Zu den fundamentalen Fakten nun, welche die Erforschung der Evolutionsprozesse aufdeckte, zählt die Erfahrung, daß alle Lebensprozesse einer Achse folgen, die wir die Zeit nennen. Man wird sich unserer Feststellung erinnern (S. 115), daß die Zeit keine notwendige oder isolierte Achse allen Geschehens darstellen muß. Die Zeit könnte sich sogar als umkehrbar erweisen[20]. Zeit wird physikalisch erst durch den Entropiesatz verbindlich, den 2. Hauptsatz der Thermodynamik. Aus seinen Konsequenzen[21] ist für uns an dieser Stelle von Bedeutung, daß dissipative Vorgänge nicht reversibel sind. Und alle Lebensprozesse sind dissipativ. Das heißt, daß bei allem Lebensbetrieb Wärme entsteht und abgestrahlt wird, daß Energie also zu jener Form zerstreut wird, aus welcher allein sie nicht mehr rückverwandelt werden kann. Und damit ist kein Lebensprozeß umkehrbar und alle Evolution folgt einer Zeitachse.

Ein Folge-Ablauf aller Reaktionen

Es gibt also in jeglichem Lebensgeschehen ein Nacheinander, ein ›wenn A, dann folgt B‹, und niemals kann aus dem Zustand B wieder der Zustand A werden. Auch aus dem Ei, das zur Henne wird, wird durch den anderen Hahn der neuen Henne wieder ein ganz anderes Ei; mögen sie sich auch gleichen wie ein Ei dem anderen. Unter diesen elementaren Bedingungen ist es geradezu trivial darzulegen, daß ein Folge-Ablauf alle Reaktionen des Lebendigen regiert. Schon die im Erbmaterial codiert vorliegende Aufbau- und Betriebsanleitung der Organismen enthält die Folge-Schaltung des ›wenn A, dann B‹. Denn sie ist aus dem ›wenn A, dann B‹ der chemischen Reaktion entstanden.

Es ist darum nicht zu verwundern, daß auch alle Beziehung zur Umwelt als solcher Folge-Zusammenhang verrechnet wird. Selbstverständlich folgt, wie wir schon (von S. 27) wissen, die Umkehrreaktion des Pantoffeltieres erst auf die Kollision, das Einbohren der Zecke erst auf die Wahrnehmung der Wärme, unser Patellar-Reflex (S. 45) erst auf die plötzliche Zunahme der Sehnenspannung. Jede andere Verrechnung führt ins Chaos und wurde darum, sollte sie von einer Mutation versucht worden sein, sogleich selektiv ausgeschieden. In noch deutlicherer Weise greifen im Fortgang der Evolution die Fernsinnesorgane dem Wenn-Dann-Zusammenhang voraus. Wie richtig setzt der Abwehr-Reflex des Säuglings (S. 87) ein, sobald sich der Kollisions-Kurs eines Gegenstandes auch nur andeutet. Wie vernünftig ordnet die Hierarchie der Instinkt-Handlungen, was nacheinander zu wirken hat. So schalten die angeborenen Auslösemechanismen etwa beim Stichling zuerst von der Wanderung zur Reviernahme, wählen dann zwischen Kampf, Balz und Nisten und erst wenn ›kämpfe!‹ zu wählen war, wählen sie zwischen Verfolgung, Biß und Imponieren (Abb. 37)[22]. Diese erstaunliche ›Vernunft‹ des erblichen Ursache-Wirkungs-Programms ist ein Spiegelbild der Kausalität in der Welt des Stichlings, eingebaut durch Versuch und Selek-

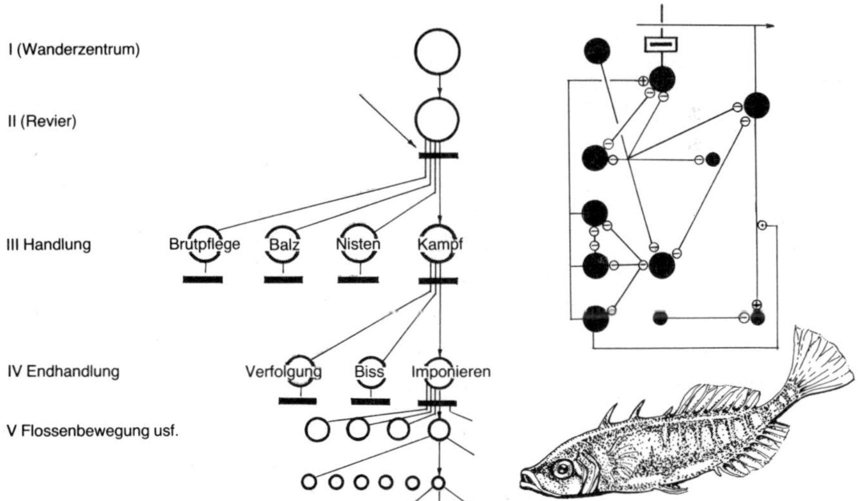

Abb. 37. *Die Hierarchie der Instinkte* zeigt das Weiterschalten der Instinkthandlungen nach den hierarchisch gerangten angeborenen Auslösemechanismen; hier am Beispiel der alternativen Handlungen und Entscheidungen bis zum Imponierverhalten des Stichlings; der Pfeil weist auf die Lage der jeweiligen Blockaden (links stark vereinfacht nach TINBERGEN 1951, rechts Schema der Verflechtung nach WICKLER u. SEIBT 1977).

Abb. 38. *Planhandeln in der Gefangenschaft* am Beispiel von Schimpansen. Das Türmen von Kisten oder das Zusammenstecken von Rohren zum Erreichen von Futter wurde schon von KÖHLER (1921) beschrieben. Das Heranholen eines Stamms zum Überklettern der Gehegemauer hat E. MENZEL im Primatenzentrum Louisiana beobachtet (aus RIOPELLE 1972).

tion. Nicht anders ist das spielende Lernen etwa der Jungdohle sogar auf die Abfolge der Möglichkeiten von Gefahr und Nutzen programmiert. Sie attakiert einen fremden Gegenstand, zum Beispiel ein unbekanntes Kissen, zuerst als Feind. Gibt sich das Kissen friedlich, so wird es als mögliche Nahrung untersucht; und erweist es sich als ungenießbar, so wird seine Zerlegbarkeit geprüft zum Eintragen als Material zum Nisten[23].

Das ›Wenn-Dann‹ des individuellen Lernens

Es ist darum auch das individuelle Lernen, beginnend mit der bedingten Reaktion, bereits auf das Nacheinander der Verrechnung vorbereitet. So wird im berühmten Hundeversuch von PAWLOV die unbedingte Appetenz ›wenn Futter‹ – ›dann trieft die Speicheldrüse‹ nur umgeleitet. Wurde, wie wir ja schon (von S. 46 u. 88) wissen, den Hunden regelmäßig zum Futter die Essensglocke geläutet, so wird allein schon ›wenn die Glocke läutet‹ auch ›dann der Speichel triefen‹. Nicht anders ›entdeckt‹ sich die Ratte den Folgezusammenhang einer Versuchsanordnung, daß beispielsweise nur dann, wenn das Signal leuchtet, die Taste zu drücken ist, und wenn sich die Taste drücken läßt, dann das Futter erscheint. Was als Kausalverhalten wirkt, ist als physiologisches Programm längst vorbereitet.

Es bedeutet von dieser Position aus nur mehr einen Schritt der Evolution, um jene Reaktionen auf die Umwelt anzuschließen, welche der Fachmann Planhandlungen, die Vorstufen der Einsicht, nennt. Hinsichtlich der neuen Leistung ist der Schritt bemerkenswert, denn er verlangt die Entwicklung dessen, was wir Vorstellung nennen, die Repräsentation des Raumes im Zentralnervensystem und damit die Möglichkeit, mit Gedächtnisinhalten, wir sagen: mit Vorstellungen zu experimentieren[24]. Dies ist zum mindesten bei Affen erreicht. Hinsichtlich der Wenn-Dann-Beziehung ändert sich dabei jedoch nicht viel mehr als die Länge der dem Tier bewältigbaren, man möchte schon sagen: übersehbaren Glieder; nur die Bezeichnung pflegt man nun zu ändern: anstelle von Wenn-Dann-Reaktion sagen wir Kausal-Verhalten.

Das ratiomorphe Kausal-Verhalten

Von Vernunft wird man noch nicht sprechen wollen. Aber vernunftsähnlich, ratiomorph[25] ist dieses Kausal-Verhalten. Das dokumentieren besonders die zahlreichen Beobachtungen und Experimente an Menschenaffen. Da werden Stöcke zu Werkzeugen zusammengesteckt, Kisten zum Erreichen von Futter getürmt, oder es wird ein Stamm herangeholt, um ihn als Kletterbaum zum Übersteigen der Einfriedung einzusetzen (Abb. 38); im Experiment hat die Schimpansin ›Julia‹ siebzehngliedrige Ursache-Wirkungs-Ketten zu meistern gelernt (vergl. Abb. 50, S. 154). Und ihre Artgenossin ›Sarah‹, der man Formsymbole mit Begriffen zu assoziieren lehrte, vermochte sogar das sehr abstrakte ›wenn – dann‹ richtig zu verwenden (Abb. 39)[26].

Als die angeborenen Lehrmeister dieses Kausal-Verhaltens haben wir die einfacheren Wenn-Dann-Programme rein physiologischer Art kennengelernt. Ihre Verlegung zu Handlungen in den Bereich der Vorstellung, was wir einsichtiges Handeln oder Denken nennen, mußte wieder durch den enormen Selektionsvorteil, den es bietet, durchgesetzt worden sein. Dieser Vorteil besteht, wie bereits POPPER und LO-

Abb. 39. *Das Verstehen der Wenn-Dann-Symbolik* am Beispiel der Schimpansin ›Sarah‹. Man lehrte das Tier Plastik-Formen mit speziellen Begriffen zu assoziieren. Angeführt sind zwei Sätze aus der ›Konversation‹ die zeigen, daß das Tier das Zeichen für ›wenn-dann‹ versteht und richtig verwendet (nach PREMACK 1971 aus RIOPELLE 1972; dazu anschauliche Überlegungen in WATZLAWICK 1976).

RENZ übereinstimmend erkannten[27] darin, bei Handlungen im Bereich der Vorstellung nicht mehr die eigene Haut riskieren, sondern nur mehr die Hypothese verwerfen zu müssen. Im Falle groben Irrtums stirbt also die Hypothese stellvertretend für ihren Besitzer. Der arterhaltende Erfolg liegt auf der Hand. Die Reflexion, das Anheben der Wenn-Dann-Programme in den Bereich der Operationen zwischen Gedächtnis-Inhalten wurde also wieder von keinem Organismus angestrebt, sondern von der Evolution durchgesetzt. Und da nun pflegen wir sie Ursache-Wirkungs-Programme zu nennen.

Wir sind den vor- oder halbbewußten Reflexionen des Menschen schon ganz nahe. Zuvor ist jedoch noch auf zwei Eigenschaften der Wenn-Dann-Verrechnung hinzuweisen. Auf der einen Seite erreicht die Verrechnung eine geradezu unglaubliche Feinheit. Das bewies zum Beispiel ›der kluge Hans‹. Das ›rechnende Pferd‹ täuschte durch Jahre nicht nur seinen Trainer, sondern auch die Skeptiker, indem es natürlich nicht rechnete, sondern vielmehr auf die unbemerkbarste Geste der Erwartung reagierte, die sein Prüfer geben mochte, sobald es die entsprechende Zahl mit Hufklopfen erreicht hatte[28]. Auf der anderen Seite war bislang nur eine kettenartige Verrechnung von Ursache-Wirkungs-Zusammenhängen festzustellen, keine andere. Dies wird uns noch ausführlicher beschäftigen.

Der Zwang zur kausalen Reflexion

Die angeborenen Lehrmeister, wie sie LORENZ nennt, die nun die vorbewußten, ratiomorphen Reflexionen des Menschen anleiten, erweisen sich rational wiederum als unbelehrbar. Sie sind darum nicht leicht zu beobachten. Aber schon als ein Zwang zur kausalen Reflexion fallen sie auf; aber naturgemäß wieder nur dann, wenn sich die etablierte Erwartung rational als Unsinn erweist. Dieser Zwang besteht darin, Koinzidenzen von Wahrnehmungen als ursächlich verknüpft zu erwarten, und zwar noch bevor die Möglichkeit eines solchen Zusammenhangs geprüft wurde. Immer wieder kann man erleben, beispielsweise kotige Tritte am Fußboden mit seinem eigenen Auftreten zu verbinden, obwohl man über trockene Wege gekommen ist. LORENZ schildert das Erlebnis, das erwähnte Pendeln eines Fensterladens mit der gerade im gleichen Rhythmus schlagenden Turmuhr ursächlich verbunden zu haben[29]. Und wer sich an solche, sich wiederholende Koinzidenzen erinnert, der wird bestätigen, wie hellwach sogleich die Aufmerksamkeit das Ereignis fokussiert und wie schleunig man sich daraufhin der rationalen Prüfung des vermeintlichen Zusammenhangs zuwendet.

Dieses Verhalten muß wieder ein Erbstück unserer Entwicklung sein; es wäre uns sonst nicht in so unbelehrbarer Dienstfertigkeit zur Hand. Und seine biologische Bedeutung ist auch für den menschlichen Bereich noch zu deutlich. Es muß ja von lebenserhaltendem Vorteil sein, wie wir das von den Koinzidenzen kennen (S. 85), auch wiederkehrende Aufeinanderfolgen sofort als notwendig verknüpft zu erwarten. Denn erstens besitzen sie meist tatsächlich einen notwendigen Zusammenhang; und zweitens muß es vorteilhaft sein, in jedem Falle zuerst mit der Möglichkeit eines Zusammenhanges zu rechnen, um sich erst in der Folge, gewissermaßen außer Gefahr, vom Gegenteil zu überzeugen. Ursachen sind darum aus unserer Erwartung gar nicht fortzudenken. Selbst in den Träumen spielen sie eine Rolle; jedoch in einer von der Realität oft ganz abgerückten Weise.

Die Lehre des exekutiven Handelns

Unter der Anleitung der angeborenen Lehrmeister entwickelte sich unsere Vorstellung von der Kausalität; und unser eigenes exekutives Handeln ist ihre Lehre. Unter Anleitung jener Lehrmeister wird selbständig gelernt. Schon bei den Vögeln und mehr noch bei den Säugern lernt das Jungtier unablässig an sich selber; der Mensch seine ganze Jugend, und mancher Mensch sein ganzes Leben lang. Und dieses Lernen aus sich heraus besteht von Anbeginn viel weniger in einem besinnlichen Betrachten der Vorgänge in der Natur, sondern ganz im Gegenteil in fortgesetzten Eingriffen in dieselbe. Es sind stets Handlungen, die das Spiel- und Neugier-Verhalten anleitet, Versuche, Übungen, Prüfungen, die selbst handelnd exekutiert werden. Vielfach geht das Üben der angeborenen Bewegungsweisen, das Erlernen ihrer möglichen Kombination unmerklich über in das Prüfen der Zustände und des Verhaltens der Gegenstände dieser Welt. Solche Prognostik förderte ihrerseits das Werden des Bewußtseins; in einseitiger Weise, wie wir (S. 187f.) sehen werden.

Es ist darum nur zu naheliegend, daß in solcher Lehre exekutiven Verhaltens zunächst etwas wie die Allgegenwart, dann etwas wie Einsicht in die Ausschließlichkeit exekutiver Kausalität die Erfahrung füllt; dies ist die Erwartung, daß Kausalität erstens nur eine Richtung haben, zweitens nur in Ketten auftreten kann.

Die Ökonomie der eleganten Lösung

Denn immer erscheint beim Setzen von Handlungen die erste Ursache man selbst zu sein. Und nur zu offensichtlich scheinen die Ursachen-Ketten von der exekutierten Handlung geradewegs wegzulaufen. Und immer sucht die Erwartung etwas wie die Ökonomie der eleganten Lösung. Ob nun die Jungdohle das Wesen eines Kissens prüft, ob das Kätzchen mit der ganzen Palette der ihm möglichen Kombinationen von Instinkt-Handlungen ein Wollknäuel durch die Stube treibt, ob der Säugling wieder und wieder das Bällchen greift und läßt und greift und wirft, ob das Kind Stunde um Stunde in der Sandkiste ›Kuchen‹ bäckt und zerstört und wiederbäckt, immer zielt der Handlungs-Ablauf auf die Erfahrung des unmittelbaren Zusammenhangs. Das Urteil soll eindeutig sein. Und der eindeutigste Zusammenhang ist gewiß der, den wir schreiben: wenn Ursache A, dann Wirkung B. Jede andere Lösungsweise machte unnötige Aufwände; und jeder Lebensprozeß wird gewertet nach dem Verhältnis von Aufwand und Erfolg. Die elegante Lösung wird darum die ökonomische sein. Sie wird gesucht, und so wird sie auch gefunden.

Daß solch ein tief verankertes Prinzip der Problem-Lösung, da unbelehrbar, wahrscheinlich noch immer ein angeborener Lehrmeister, auch noch unser rationales Verhalten beeinflußt, wird nun kaum mehr wundernehmen. ›Warum einfach‹ (spottet der Volkswitz), ›wenn's auch kompliziert geht‹. Aber auch im Betrieb der Wissenschaften meint man unter zwei gleichwertigen konkurrierenden Theorien die einfachere als die richtige betrachten zu können.

Daß dies ein grober Irrtum ist und das Konzept von der exekutiven Kausalität eine grobe Vereinfachung, das kann sich erst später herausstellen. Schon Ernst Mach war der Meinung, daß der Prozeß des Erkenntnisgewinns einem Prinzip der Ökonomie folgt[30]. Wir gäben ihm recht, hätte er sich auf den biologischen Erkenntnisgewinn bezogen. Denn wo immer jene Vorurteile der angeborenen Lehrmeister über die Gebiete hinausgreifen, für welche sie selektiert wurden, dort leiten sie zum Unsinn. Doch dies gehört bereits in das Gebiet der bewußten Reflexion des Ursachen-Zusammenhangs. Und diesem können wir uns nun zuwenden.

Das Vorurteil, stets exekutive Kausalität zu erwarten, hat die Evolution weise geleitet; bis zum Wunder der Menschwerdung. Erst gegenüber seiner Eigenschaft, zum Wunder rationaler Erkenntnis[31] zu führen, ist Vorsicht sehr am Platz.

Die Ökonomie der Vermutungen

Leben selbst, so hatten wir Ursache KONRAD LORENZ' Einsicht[32] immer wieder zu bestätigen, ist ein erkenntnisgewinnender Prozeß. Nicht nur werden etwa in der Fischform oder in der Form des Auges die Naturgesetze der Hydrodynamik beziehungsweise der Optik nachgebildet; der auf Erkenntnisgewinn selektierte Weltbild-Apparat der angeborenen Lehrmeister setzt auch in den Zentralnervensystemen schrittweise die allgemeinsten Algorithmen zur Lösung von Erkenntnisproblemen zusammen. Und in diesem erweisen sich die allgemeinsten Ordnungsmuster, die die Natur enthält, wieder aus Selektionsbedingungen abgebildet.

Was nun jene Regelmäßigkeit der Natur betrifft, die uns als das Phänomen von Ursache und Wirkung erscheint, so zeigte es sich, daß der vorbewußte Verrechnungsapparat die Erwartung enthält, mit vorhersehbaren Abfolgen von Ereignissen rechnen zu können. Es erwies sich als von lebenserhaltender Ökonomie, das eigene Verhalten nach erfahrungsbestimmten Voraus-Urteilen über die Herkunft und Zukunft von Ereignissen und Zuständen einzurichten. Hier bleibt nun zu untersuchen, wie die Verfahrensweise der bewußten Reflexion unter solcher Anleitung zu verstehen und zu begründen wäre.

Die Erwartung beständiger Folge-Ereignisse

Was Ursachen an sich eigentlich wären, das läßt sich, wie wir schon wissen, nicht genau sagen. Wir wissen nicht einmal, ob sie bloß ein Zustand unserer Erwartung sind oder ob ihnen in der Natur auch etwas Reales entspräche. Was uns jedoch die Erfahrung lehrt, das ist die tägliche Lehre, gut beraten zu sein, fortgesetzt mit Ursache-Wirkungs-Zusammenhängen zu rechnen. Und ein solches Verhalten schließt zunächst nicht mehr ein als die Erwartung beständiger Folge-Ereignisse, das heißt, mit einer wiederkehrenden Abfolge von Ereignissen oder Zuständen rechnen zu können. Man wird sich dabei an den Inhalt der Vergleichs-Hypothese (von S. 93) erinnern. Diese enthielt die Erwartung, daß die Wahrnehmung von Ähnlichkeiten die Voraussicht weiterer ähnlicher Merkmale zuließe. Was nun in der Vergleichs-Hypothese prognostiziert wurde, das waren simultane oder sukzedane Koinzidenzen von Merkmalen, wie sie in einem Gegenstande gleichzeitig oder in mehreren Gegenständen in aufeinanderfolgender Beobachtung, jedoch im Prinzip zeitgleich, zu erwarten wären. Hier aber kommt die Zeitachse hinzu. Es wird ja nun erwartet, zwar wiederum mit simultaner oder sukzedaner Beobachtung, aber nicht auf Merkmals-Koinzidenzen, sondern von diesen weitergehend auf Merkmals-Sukzessionen schließen zu können. Wir rechnen damit, in ein und demselben Gegenstand sowie in einer Menge gleicher Gegenstände, eine bestimmte sowie eine übereinstimmende Abfolge von Zuständen und Ereignissen erwarten zu können.

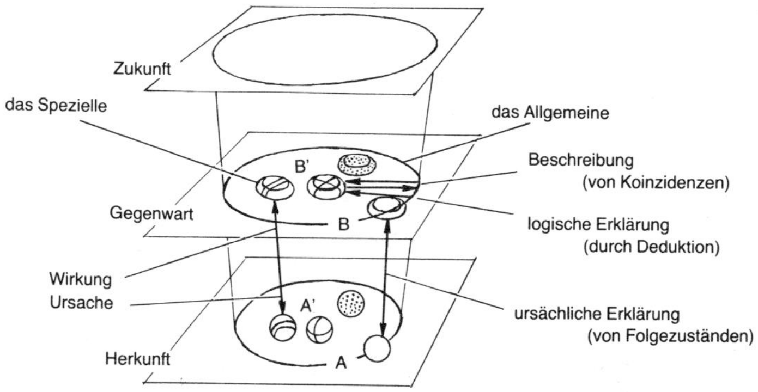

Abb. 40. *Der Zusammenhang von Erklärung und Beschreibung* und von Ursache und Wirkung. Dabei erweist sich die Beschreibung als eine Voraussetzung der Erklärung insoferne etwas über deren Geltungsbereich angegeben werden soll. Links die zeitliche Beziehung, rechts die kognitive Beziehung der Begriffe (man vergleiche dazu die Abbildungen 31 und 46 auf den Seiten 107 und 140).

Ursache und Wirkung, Grund und Folge

Und da die Zeitachse nach unseren Begriffen durch die Gegenwart geteilt ist, teilt sich auch unsere Erwartung hinsichtlich unserer Urteile. Wir erwarten einmal, ein Voraus-Urteil über die Ereignisse oder Zustände zu besitzen, die den gegenwärtigen vorausliefen, ein andermal, eine Voraussicht auf jene zu haben, die auf die gegenwärtigen Ereignisse oder Zustände folgen würden. In dieser Weise trennen wir zunächst das Kontinuum der gedachten Abfolge von Zuständen in das, was wir etwa mit Herkunft und Zukunft, mit Ursachen und Wirkungen oder als Gründe und Folgen benennen.

Unsere Erwartungen, die wir mit dem Ursachen-Begriff verbinden, schließen aber noch ein zweites ein: die Abstrahierbarkeit. Auch diese Erwartung kennen wir schon von der Vergleichs-Hypothese, und zwar wieder in ihrer zeitgleichen Form. Dort wurde erwartet, vom Speziellen auf das Allgemeine, von den Fällen eines Feldes, von den Ähnlichkeiten vieler auf die übergeordneten Eigenschaften der einen Menge schließen zu können. Eine ebensolche Erwartung finden wir hier wieder in der Zeitachse.

Bestätigt die Erfahrung mit einer uns zureichend erscheinenden Wahrscheinlichkeit, daß die allgemeinen Eigenschaften einer Menge, eines Feldes von Ähnlichkeiten, zutreffend aus seinen Fällen abstrahiert wurden, dann erwarten wir, ein neues Voraus-Urteil anschließen zu können. Bestätigt sich nämlich das Allgemeine der zeitgleichen Eigenschaften, so meinen wir das Allgemeine auch der Folge-Ereignisse oder Folge-Zustände abstrahieren zu können. Dabei besteht die Gewohnheit, die Abstraktion von Koinzidenzen eine Beschreibung – wie erinnerlich von Klassenbegriffen (S. 104) –, die Abstraktion von Folgezuständen hingegen eine ursächliche Erklärung zu nennen. In der Abb. 40 sind diese Begriffe geordnet. Beispiele werden wir zur Illustration folgen lassen. Vorerst aber noch einige allgemeine Bestimmungen dieses Vorgangs.

Beschreibung und Erklärung

Diese annehmbare, wenn auch bescheidene Distinktion zweier nacheinander formulierbarer Erwartungen lehrt uns unser ratiomorpher Weltbildapparat. Dennoch hat sie rational bis zur Vorstellung einer Unterscheidbarkeit der sogenannten beschreibenden und kausalen Naturwissenschaften weitergeführt. Eine Unterscheidung, die einen zweifachen Irrglauben nach sich zog. Zum einen hat sich die Meinung verbreitet, daß Erklärungen ohne Beschreibungen gefunden werden könnten. Wir wissen hingegen, daß die Abstraktion von Folgezuständen erst *nach* einer erfahrungsbewährten Abstraktion von Koinzidenzen Chancen auf Erfolg haben kann.

Man mag hier einwenden, daß die Erklärung auch eines Einzelereignisses durchaus möglich wäre. Beispielsweise kann man das Davonschweben eines Ballons sogleich auf seine Füllung mit einem leichten Gas zurückführen. Das gelingt aber freilich erst vor dem Hintergrund unseres Vorwissens, welches einen wenigstens ungefähren Begriff gasgefüllter Ballons beinhalten muß. Beim Davonschweben von Gegenständen, die wir nach dem Anschein ihrer Merkmalskoinzidenzen zu den Felsen oder zu den ausgestopften Vögeln gestellt hätten, wäre, wie man einräumen wird, zunächst guter Rat teuer. Freilich ist dies die erkenntnistheoretische Betrachtung. Die psychologische kann sich sogleich der Erklärung zuwenden, weil der ratiomorphe Apparat die Vergleichsbeziehungen im Nichtbewußten schnell und verläßlich herstellt. Und freilich wird dieser Weg zumeist begangen.

Zum anderen scheint man vielfach zu meinen, daß die Voraussicht über Folgezustände exakter sein könnte als jene über Koinzidenzen. Erstere wären bloß beschreibend, letztere dagegen hätten durch die kausale Fragestellung und die Prüfbarkeit durch das Experiment Zugang zu den ›exakten Wissenschaften‹. Wir wissen dagegen, daß die Erkenntnis der Koinzidenzen als Voraussetzung der Erkenntnis von Folgezuständen auch den Grad der erreichbaren Genauigkeit der Folge-Schlüsse bestimmen muß. Hier sei also klar gestellt, daß die Erklärung die Beschreibung so voraussetzt, wie die Hypothese von der Ur-Sache jene vom Ver-Gleichen.

Die Hypothese von der Ur-Sache

Diese Dritte im System der Hypothesen *enthält die Erwartung, daß ähnliche Ereignisse oder Zustände ähnliche Ereignis- oder Zustandsfolgen prognostizieren ließen; und daß (sie enthält wieder die Erwartung der Abstrahierbarkeit) ein bestimmtes Feld von Ähnlichkeiten, ein und dieselbe Menge von Ereignissen oder Zuständen, auch ein und dieselbe bestimmte Ereignis- oder Zustandsfolge vorhersehen ließe.* Und zwar eine Folge aus der Vergangenheit wie eine ebenso bestimmte in die Zukunft; deren eine wir als Grund oder Ursache, deren andere wir Folge oder Wirkung nennen. Verkürzt können wir daher sagen; *die Hypothese von der Ursache enthält die Erwartung, daß ähnliche Ereignisse oder Zustände dieselbe Ursache haben und dieselbe Wirkung tun werden.*

Diese Definition der Ursachen-Hypothese ist nun zu prüfen, anzuwenden und zu begründen. Denn in der Kürze wurde nicht mehr als eine Ableitung vorgelegt, und man wird sich fragen, was damit erreicht worden wäre.

Zunächst bestätigen wir nur David Humes Ansicht, daß Kausalität nicht mehr als eine Erwartung sein muß. Und wir bestätigen nicht minder, daß Kausalität im Sinne Kants ein *Apriori* darstellt, eine für jeden individuellen Erfahrungsgewinn notwendige Voraussetzung, welche daher aus der individuellen Erfahrung allein nicht stammen kann. Was wir jedoch nun gewinnen, das ist deren Begründung. Die Erwartung kausaler Zusammenhänge erweist sich als einer jener selektionsbewährten Algorithmen, welche die Evolution zum Zwecke einer ökonomischen Verarbeitung von Daten dem Zentralnervensystem eingebaut hat. Wie Wahrscheinlichkeit und Vergleich erweist sich auch die Kausalität gleichzeitig als ein *Apriori* der Individuen und als ein *Aposteriori*, ein Lernprodukt unseres Stammes.

Was die Weiterführung des Apriori rechtfertigt

Von diesem Gesichtspunkt aus kann man auch verstehen, was nun selbst im Bereich der bewußten Reflexion die Weiterführung dieses *Apriori* begründet. Es sind dies dieselben traditiven Ordnungsmuster[33] der realen Welt, deren Stetigkeit es gemeinsam mit der Selektion durchsetzt, die Kausalitäts-Hypothese schon in den angeborenen Lehrmeistern zu etablieren.

Man wird sich des Problems erinnern (von S. 119), daß die vorliegende Hypothese zweiten Grades erwarten ließ, daß zwei gleiche Telegramme, Zündhölzer oder Eier von derselben Absicht, derselben Maschine und derselben Vogelmutter verursacht wären. Die Begründung dieses Schlusses wird man nun sogleich erkennen, wenn man versucht, ihn umzukehren oder bloß wegzulassen.

Nehmen wir an, wir entdecken frühlings im Garten ein frisches Vogelnest; offensichtlich das einer Amsel. Ein kurzer Anstieg überzeugt uns: richtig! Vier bläulichgrüngraue, dicht rötlich gefleckte Eier; eines wie das andere; und ein (nur hier erlaubtes) kurzes Fühlen mit den Fingerrücken zeigt: alle vier noch warm. Was wäre nun zu konstruieren, wenn wir die Annahme, es wären vier Eier derselben Amselmutter, vermeiden wollen? Wir müßten einen schelmischen Vogelkenner postulieren, der uns täuschen wollte. Dieser hätte ein Amselei auf das Minutiöseste aus Gips nachahmen, auf das Täuschendste bemalen, auf unsere Entdeckung des Nestes vertrauen sowie mit unserem Anstieg und unserer Neugier rechnen müssen und er hätte, versteckt auf unser Kommen wartend, das Täuschungsei wärmen und es kurz vor unserem Eintreffen ungesehen den in Wahrheit nur drei Eiern der Amsel unterschieben müssen. Daß das in einer Zeit, in der man zum Mond und zurück reisen kann, im Bereich des Möglichen liegt, wird man zugeben. Man wird aber ebenso zugeben, daß die Wahrscheinlichkeit einer solchen Ursache der vier gleichen Eier gering ist: oder doch beträchtlich geringer als die Annahme, alle vier Eier stammten von derselben Amsel.

Von einer gleich geringen Wahrscheinlichkeit wäre auch die Annahme, man habe uns mit den in einer Zündholzschachtel so gleich aussehenden Zündhölzern irre führen wollen; und daß zu diesem Zwecke etwa der Direktor der Zündholzfabrik ebenso persönlich wie heimlich, sagen wir nach Betriebsschluß, ein Hölzchen handgeschnitzt, getaucht, getrocknet und eigenhändig in die Schachtel praktiziert hätte. Man sieht also: auf das Verhältnis der Wahrscheinlichkeiten kommt es an. Nur der Witz, ist er gut, bedient sich seiner Umkehrung[34].

Die Struktur und Komplexität der Koinzidenzen

Meist werden die Wahrscheinlichkeits-Verhältnisse der möglichen Hypothesen schon vorbewußt, ratiomorph verrechnet. Denn vielfach kommen wir gar nicht in die Verlegenheit bewußter Reflexion. Bestenfalls pflegen wir erst nach dem Auftauchen des Urteils über dieses zu reflektieren. Auch vermögen wir, wie in den obigen

Beispielen, keine Zahlen der Wahrscheinlichkeits-Verhältnisse anzugeben. Im Beispiel des Telegramms läßt sich aber auch metrisch zeigen, daß wir die Wahrscheinlichkeit einer Lösung auch reflektieren, wiederum von der Struktur und Komplexität der Koinzidenzen herleiten. Nach den Maßen der Informationstheorie[35] hätte der zweifache Erhalt des Telegramms »Gut angekommen, viele Grüße, Barbara!« für den Fall man die irrtümliche Verdoppelung des Produktes derselben Absicht annimmt, die Wahrscheinlichkeit 1. Wollte man hingegen annehmen, daß eines der beiden Telegramme nicht derselben Absicht entspränge, sondern durch den reinen Zufall verursacht worden wäre, so würde diese Wahrscheinlichkeit $(^1/_{32})^{40}$ betragen. Das ist die Zufalls-Wahrscheinlichkeit jedes Zeichens potenziert mit der Anzahl der Zeichen[36]; das ist $6{,}2 \cdot 10^{-61}$, ein Ding der Unmöglichkeit für alle Zufallsmöglichkeiten unseres Planeten.[37]

Offensichtlich wäre es in jedem unserer Beispiele absurd, nicht das Wirken desselben Vogels, derselben Maschine, derselben Absicht anzunehmen. Allein das Offenlassen dieses Urteils würde uns, und schon im Alltagsleben, jeder Hoffnung, uns in dieser Welt orientieren zu können, berauben. Es ist also nach wie vor wohl begründet, in der Mehrzahl der Fälle von dem, das als zureichend gleich erkannt wurde, hypothetisch auf das Wirken derselben Ursache zu schließen.

Ein Analogie-Schluß zweiten Grades

Wohl ist dies zunächst wieder nicht mehr als ein naiver Analogie-Schluß. Allerdings ein Analogie-Schluß zweiten Grades. Doch ist er ebenso unerläßlich wie der erste Analogieschluß der Vergleichs-Hypothese (von S. 93), an den er anschließt, und er ist wie dieser naiv nur im Sinne von natürlich und unbefangen. Nun aber, da er eine Voraussicht über die Ursache von Ähnlichkeiten enthalten soll, fanden sich neue Argumente, ihn gering zu schätzen.

Man hat es sich beim Studium von Strukturen, namentlich in der Biologie, aber auch in Disziplinen der Psychologie, Soziologie und der Sprachwissenschaft zur Gewohnheit gemacht, die ›bloßen Analogien‹ den vermeintlichen Einsichten in Wesens-Ähnlichkeit oder echte Verwandtschaft gegenüberzustellen. Und man hat diesem zum Teil praktischen Ansatz den Irrglauben unterlegt, daß mit der Kenntnis von Analogien nichts, ja schlimmer noch, nur Täuschendes zu erfahren wäre. Die bloße Analogie wurde zum Warnzeichen vor Pseudowissen und Unwissenschaftlichkeit; obwohl zugegeben war, daß an ihr nicht vorbeizukommen ist.

Mit der Lösung dieses Dilemmas hat Konrad Lorenz in seinem Nobel-Vortrag ›Analogie als Wissensquelle‹ begonnen.[38] Er stellt fest: es gibt keine falschen Analogien. Das trifft den Nagel auf den Kopf. Es kann sie so wenig geben, so setzen wir fort, so wenig es falsche Ähnlichkeiten geben kann. Falsch an einer Ähnlichkeit kann nur ihre Interpretation sein, die Hypothese zweiten Grades also, da sie der Ähnlichkeit die Erklärung hinzufügt. Stellt man fest: »Hier kommt mein Freund H.« und sofort darauf »nein, was für eine täuschende Ähnlichkeit!« so hat sich ja nicht die Ähnlichkeit geändert sondern nur ihre Erklärung, und nur diese wirkt wieder auf die Art, in der man diese Ähnlichkeit zu sehen meint, zurück.

Zwei Gradienten des Interesses

Bevor wir nun die Gründe einer Ähnlichkeit erklären, ist zunächst festzustellen, daß zwei Gradienten des Interesses die Aufmerksamkeit und unsere Bereitschaft zur Bildung einer Ursachen-Hypothese lenken. Den einen kann man einen Trivialitäts-, den anderen einen Ratlosigkeits-Gradienten nennen.

Der Trivialiltäts-Gradient zeigt, daß unser Interesse an einer Interpretation mit der Zunahme der Ähnlichkeit sinkt. Wir verhalten uns bei der Wahrnehmung fast völliger Gleichheit so, als wäre ihre gemeinsame Ursache selbstverständlich. Daß etwa zwei Mehrfarbenlithographien oder zwei Jungvögel einander gleichen wie ein Ei dem anderen, das nimmt uns wenig wunder; obwohl die meisten Menschen zugeben müßten, keine Ahnung vom Lithographieren zu haben und selbst alle Fachwissenschaft einräumen wird, keineswegs zu wissen, wie eine genetische Nachricht etwa zu einem Gefiedermuster wird. Erst wenn Ähnlichkeiten, wie zwischen Delphin und Fledermaus, zwischen *père* und *father* oder zwischen italienischer und skandinavischer Gotik bescheiden werden, erwacht unser Interesse. Und wo sie, wie zwischen Lanzettfischchen und Mensch, zwischen Persisch und Englisch schon ziemlich versteckt sind, werden sie zum Gegenstand reiner Wissenschaft. Was uns nahe liegt, ist also zunächst nicht die Bestimmung des Mechanismus der gemeinsamen Ursache, sondern richtigerweise die Frage, ob es wohl überhaupt zu begründen wäre, hinter einer bestimmten Ähnlichkeit dieselbe Ursache anzunehmen.

Der Gradient der Ratlosigkeit wiederum läßt unser Interesse am anderen Ende der Skala schwinden, dort nämlich, wo auch die Aussicht zu schwinden scheint, überhaupt eine gemeinsame Ursache finden zu können. Vor der Frage etwa, ob die vergleichbare Hantelform eines Moleküls, eines Einzellers mit jener in einem Turnsaal oder einer Galaxie dieselbe Ursache hätte, wird man ohne Bedauern resignieren.[39] Das wird gegenüber der Ähnlichkeit der Blüten- und der Quallen-Glocke (Abb. 41) oder des Gezeiten- und Menstruations-Rhythmus schon anders. Und die Frage, wie die Ähnlichkeit von Schwimmsaurier und Delphin, Maja- und Nilpyramiden zu verstehen wäre, das befaßt schon wieder die Wissenschaft. Zunächst also interessiert uns Ursache als das Gemeinsame und als lösbares Problem.

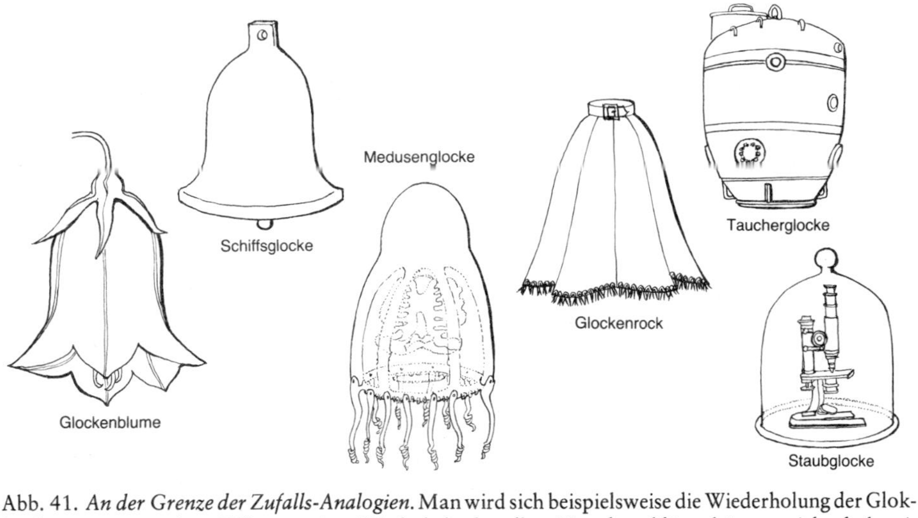

Abb. 41. *An der Grenze der Zufalls-Analogien.* Man wird sich beispielsweise die Wiederholung der Glokkenform in nur wenigen Fällen aus einer Wiederkehr derselben Ursache erklären können, vielmehr bereit sein, unterschiedlichen Ursachen zufällig dieselbe Wirkung einzuräumen.

Die Zufalls-Analogie

Scheint uns die gemeinsame Ursache einer Ähnlichkeit nicht aufschließbar, dann verhalten wir uns zunächst so, als ob es keine gäbe. Das Produkt unserer Interpretation aber nenne ich Zufalls-Analogie, und zwar deshalb, weil man offenbar meint, sich derlei durch das Wirken des Zufalls erklären zu können. Hier steht unser legitimes Interesse, uns unsere Welt zu erklären, unsere ratiomorphe Betriebsamkeit, Heil und Unheil vorhersehen zu können, dahinter; und dies führt rational zu der paradoxen Meinung, uns das, wofür wir uns keine Erklärung wissen, durch den Zufall erklärt zu haben.

Auch die von uns mit Zufalls-Analogien durchsetzte Sprache mag zur Legitimation beitragen. Wir sprechen von Stern-Fahrten, Weihnachts- und Seesternen, von Reise-, Hochspannungs- und Halb-Leitern, obwohl der Mangel an Sprossen die reale Leiter und die Sternform jeden realen Stern ausschließen sollte.

Meinen wir dagegen eine gemeinsame Ursache, also dasselbe hinter Gleichem annehmen zu müssen, so trennt sich die Möglichkeit dessen, was wir nun eine ursächliche Erklärung nennen, in zwei Positionen. Diese unterscheiden sich, wiederum merkwürdig genug, nach dem Ort, an welchem wir die im einzelnen ja noch immer unbekannte Ursache zu finden vermuten: nämlich innerhalb oder außerhalb der Gegenstände, die wir vergleichen.

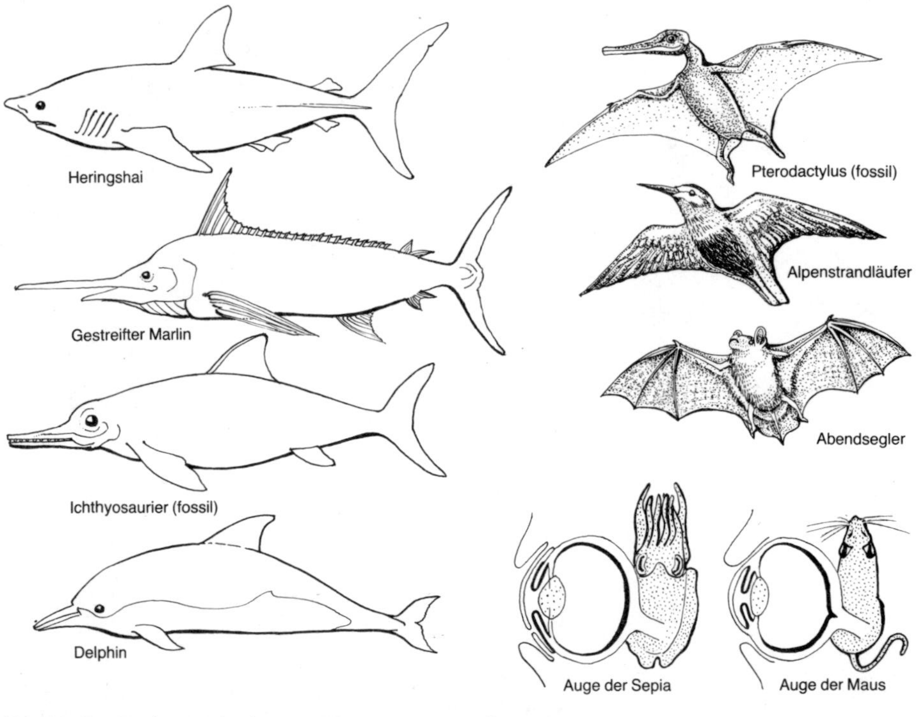

Abb. 42. *Die Funktions-Analogien* erklären wir uns aus Ähnlichkeiten, die von unterschiedlichen Formen ausgehen und welche als Reaktion auf dieselben Außenbedingungen zu verstehen sind. Hier an den klassischen Beispielen der Stromlinie und des Flügels, wie diese bei Wirbeltieren unabhängig voneinander entstanden sind, sowie am Beispiel des komplizierten Linsenauges der Tintenfische und Wirbeltiere (nach Norman u. Fraser 1963, Lorenz 1965, Osche 1972, Kurten 1974).

Die Funktions-Analogie

Jene Ähnlichkeiten, welche wir mit Ursachen als begründbar betrachten, die von außen das Gleichsein zu verursachen scheinen, nenne ich Funktions-Analogien. Damit ordnet sich der unordentliche Analogie-Begriff ohne neue Worte einführen zu müssen. Typische Funktions-Analogien sind im Organismenreiche häufig und sämtlich auf die gleiche Reaktion und Anpassung von Organismen unterschiedlicher Herkunft auf dieselbe Bedingung ihres Milieus zurückzuführen. Klassische Beispiele sind die Stromlinienform der Haie, Meeres-Saurier und Delphine, das Auge der Wirbeltiere und Tintenfische (Abb. 42), die Strauchformen von Hydropolypen- und Moostier-Kolonien und vieles andere. Noch erstaunlicher sind die Formen der Mimikry, wo räuberische Fische, um sich einzuschleichen, harmlose Putzerfische, harmlose Insekten hingegen, zum eigenen Schutz, die Form höchst wehrhafter Arten in frappanter Weise imitieren; wo selbst Heuschrecken und Schmetterlinge zur Tarnung Blätter, Orchideen-Blüten hingegen, zum Anlocken der Bestäuber, Hummelweibchen täuschend nachahmen (Abb. 43)[40].

Es ist nun wichtig einzusehen, daß einer isolierten Ähnlichkeit selbst die Lage ihrer Ursache noch keineswegs anzusehen ist; wonach sollte man auch entscheiden, ob die auffallende Ähnlichkeit etwa zweier für sich betrachteter Fische auf Anpassung oder Verwandtschaft zurückzuführen wäre. Tatsächlich kann der Schluß nur aus der

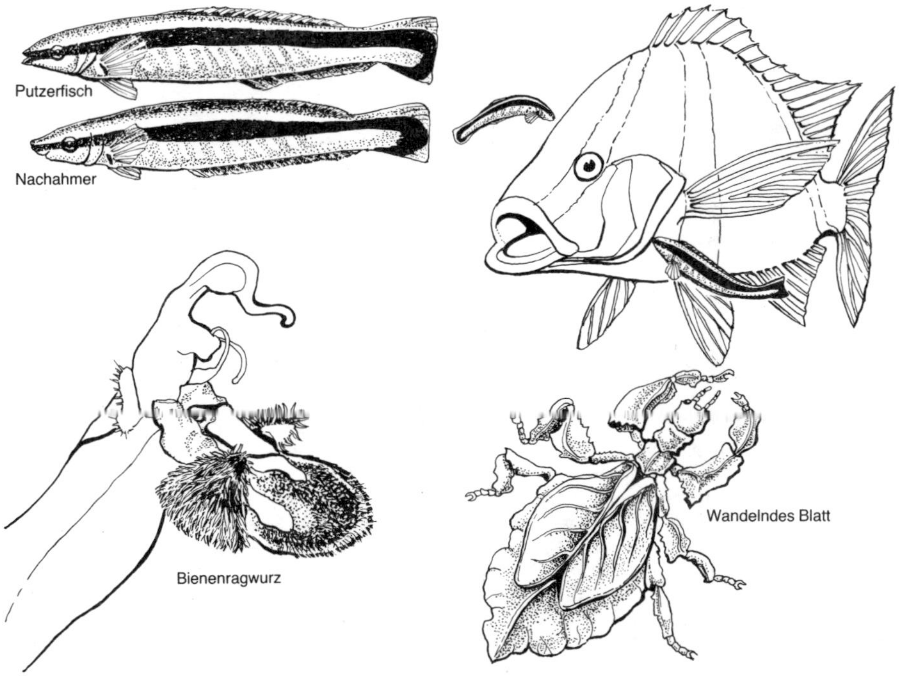

Abb. 43. *Mimikry, ein Extrem der Funktions-Analogie,* demonstriert Nachahmung und Täuschung in der Natur. Der räuberische Nachahmer des Putzerfisches beispielsweise kann sich durch seine Verkleidung bei großen Fischen einschleichen. Die Blütenlippe der Ragwurz wirkt als Bienen-Weibchenattrappe und lockt die Männchen zur Kopulation, die somit für die Bestäubung sorgen. Das ›Wandelnde Blatt‹ wiederum erweist sich als eine im Laubwerk optimal getarnte Gespenstschrecke (nach WICKLER 1968).

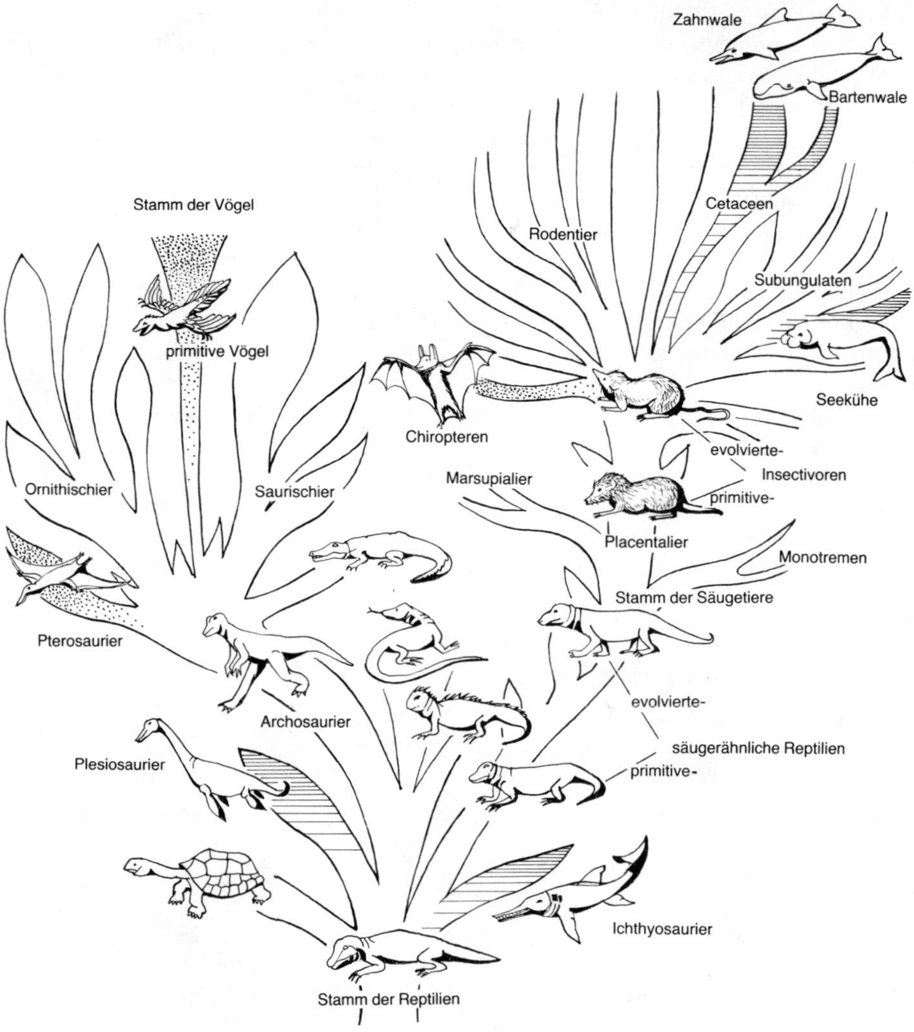

Abb. 44. *Eine disperse Lage konvergenter Ähnlichkeiten,* am Beispiel der Flug- und Wasser-Anpassungen, im Rahmen der Reptilien und Säuger. Das Feld der Ähnlichkeiten ist nach den überwiegend harmonisch-divergenten Ähnlichkeiten geordnet. Man beachte in diesem die Zufalls-Verteilung der Pterosaurier, Vögel und Chiropteren sowie die der Ichthyosaurier, Plesiosaurier, Seekühe und Cetaceen. In dem Maße diese einander jeweils ähnlicher werden als den sie verbindenden Stammformen handelt es sich um Funktions-Analogien, deren identische Ursache folglich außerhalb der Organismen liegen muß (kombiniert und vereinfacht nach Romer 1966).

Kenntnis – oder vermeintlichen Kenntnis – des ganzen Feldes von Ähnlichkeiten erfolgen, das groß genug gewählt sein muß, um zum mindesten alle Ähnlichkeitsbeziehungen zwischen den Vergleichspartnern zu enthalten.

Da zeigt es sich nun sogleich, wie etwa im Ähnlichkeitsfeld der Wirbeltiere, daß die Subfelder, welche die Stromlinien-Formen enthalten – das sind Gruppen der Knorpel- und Knochenfische, Saurier und Delphine –, sich zusammenhanglos zwischen den Fischen, Reptilien und Säugern anordnen. Sie liegen dispers, gewissermaßen offen, im harmonischen Feld der Ähnlichkeiten (Abb. 44).

Und noch eines haben die funktions-analogen Ähnlichkeiten gemeinsam: sie sind konvergent. Das heißt, je weiter ihre Repräsentanten im gemeinsamen Ähnlichkeitsfeld auseinanderliegen, um so ähnlicher werden sie sich hinsichtlich des speziell betrachteten Merkmals. So sind die hochentwickelten Haie, Schwimmsaurier und Delphine einander in der Stromlinienform viel ähnlicher als ihre jeweiligen Ahnen, die urtümlichen Fische, Reptilien und Säuger (Abb. 44 und 42).

Und nicht anders sind die Funktions-Analogien im Bereich des Verhaltens, der Sprachen und Kulturen aufzuschließen. Diese wie jene dispers-konvergenten Ähnlichkeiten sind nur zu verstehen, wenn man sie auf die Zufallsbegegnung verschiedener Binnenbedingungen mit derselben Außenbedingung zurückführt.

Homologie und Typus

In ganz derselben Weise werden jene anderen gemeinsamen Ursachen erschließbar, von welchen angenommen werden muß, daß sich der Ort, von wo aus sie wirken, innerhalb der Systeme selbst befinde; daß sie esoterisch wären, wie GOETHE sagte, systemimmanent, wie man dies heute nennt. Diese Ähnlichkeiten nennt man, seitdem es eine Wissenschaft von der Verwandtschaft der Strukturen gibt, Homologie und Typus, die Wesensähnlichkeiten.[41] Viele Millionen homologer Strukturen haben die vergleichenden Anatomen und Systematiker entdeckt und auf ihrer Grundlage zwei Millionen Arten zum Natürlichen System vereinigt. Zurückgeführt werden sie alle auf Verwandtschaft ihrer Anlagen. Dabei kommt es nicht nur darauf an, daß die Merkmale nur mit kleinen Variationen weitergegeben werden, wie man meinen möchte; sondern es kommt auch darauf an, daß die Freiheitsgrade dieser Merkmale nach bestimmten Mustern eingeschränkt sind. Dies habe ich als die Ursache der ›Ordnung des Lebendigen‹ und damit auch als den Grund der Beschreibbarkeit der Organismengruppen nachgewiesen; als ein Muster, das in Normen, Interdependenzen und Hierarchien die Zustände seiner eigenen Geschichte weitergibt.[42]

Selbstverständlich ist angesichts zweier, sagen wir ähnlicher Fische wiederum nicht zu entscheiden, ob etwa eine gleich geformte Flosse auf dieselbe Anlage oder aber auf dieselbe Anpassung zurückzuführen wäre. Denn wieder sind es die Zusammenhänge der Felder von Ähnlichkeiten, die allein darüber Aufschluß geben können.

Nun aber ergeben sich, im Gegensatz zu den Funktions-Analogien, geschlossene Felder divergenter Ähnlichkeiten (Abb. 45). Das heißt, man findet über das ganze Ähnlichkeitsfeld sowie in all seinen Subfeldern geschlossene, harmonische Änderungen oder Metamorphosen, die um so deutlicher werden, je weiter ihre Repräsentanten im Felde auseinanderliegen. Wir urteilen, wie man sich (von S. 99f.) erinnern wird, nach einem geschlossenen divergenten und hierarchisch abgestuften System von Lagestrukturen. Was zu diesem Muster beiträgt, zählt zu den homologen Ähnlichkeiten und setzt die in den Definitionen der Gruppen bestimmbaren Fixierungen und Freiheitsgrade des Typus zusammen.[43] Was sich nicht fügt, ist auf seine Zugehörigkeit zu den Zufalls- und Funktions-Analogien zu prüfen.

Nicht anders werden die Homologien des Verhaltens, der Sprachen und Kulturen bestimmt. Denn wie anders, so stellen wir nun die Gegenfrage, wollte man die Harmonie eines Feldes von Ähnlichkeiten erklären, ohne der Annahme, daß die Ursache der Ähnlichkeiten und deren Metamorphosen sich in den Systemen selbst befände und nach deren eigener Gesetzlichkeit harmonisch abgewandelt würde?

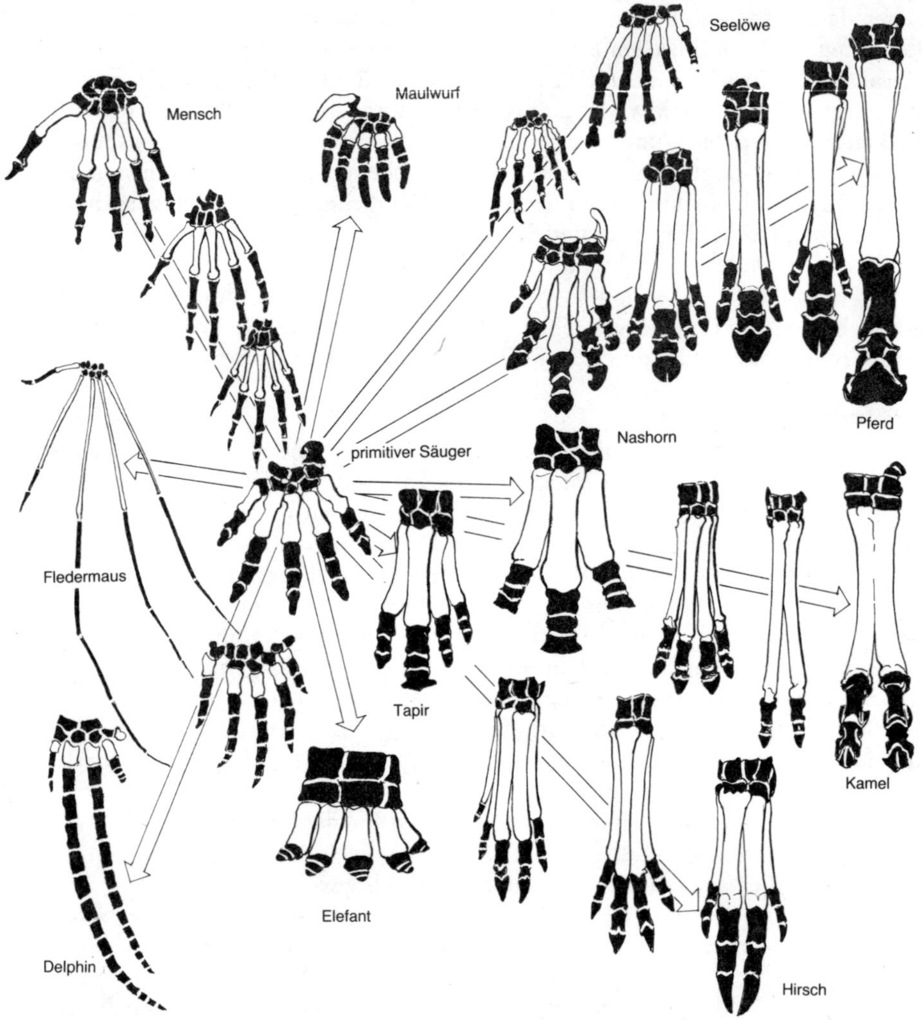

Abb. 45. *Ein geschlossenes Feld divergenter Ähnlichkeiten,* am Beispiel des linken Handskelettes einiger rezenter und fossiler Säuger. Das Feld ist in Reihen nach dem Wandel der Ähnlichkeiten geordnet. Und obwohl die Anordnung auf einer Berücksichtigung aller dem Systematiker zugänglichen Merkmale beruht, kann man feststellen, daß selbst die abgebildeten Details den allgemeinen harmonischen Divergenzen folgen. In dem Maße die Grundmuster dieser Ähnlichkeiten trotz funktionsbedingter Abwandlungen wiederkehren, handelt es sich um Homologien, deren identische Ursache nun innerhalb der Organismen liegen muß (aus Gregory 1951, Thenius u. Hofer 1960, Romer 1966).

Die dritte Lösung des Homologie-Problems

Damit lösen wir ein drittes Mal das Problem der Homologie; nun von der Lage seiner Ursache her. Wobei noch durchaus offen bleiben kann, wie diese Ursache im einzelnen zu denken wäre. Die Bestimmung des notwendigen Ortes der Ursache begründet bereits die Unterscheidung zwischen Homologie und Funktions-Analogie.

Außen- und Binnen-Ursachen

Diese Differenzierung der Ursachen in funktions-analoge und homologe haben wir der Biologie entnommen, weil sie zu deren fundamentalen Erkenntnisgrundlagen zählt und auch in ihr gelöst wurde. Ebenso ist die Unterscheidung von Funktions-Analogien und Homologien in den Sozial- und Kulturwissenschaften von der Biologie ausgegangen.[44] Will man aber verallgemeinern, um die Ursachenlage auch in den anorganischen Wissenschaften zu umgreifen, so muß man lediglich anstelle von Milieu versus Vererbung die Bedingungen, welche die jeweils übergeordneten Systeme enthalten, gegen jene setzen, welche von den Untergeordneten ausgehen. Diese Trennung entspricht jener nach Außen- und Binnen-Ursachen, der jedes komplexe System unterworfen ist. Sie entspricht auch der Zweck- und Form-Ursache, welche der Richtung nach der Material- und Antriebs-Ursache entgegenwirken. Dies werden wir in Kapitel 5 untersuchen.

Was an Außenbedingungen für das System, beispielsweise des Individuums, in der Biologie Selektions- und Anpassungsbedingung, Konkurrenz und Zuchtwahl, in Sozietät und Gesellschaft Wahl und Urteil genannt wird, nennt die anorganische Wissenschaft die Randbedingungen. Ganze Serien solcher Außensysteme wirken ursächlich auf ihre Binnensysteme: der Kosmos auf seine Galaxien, diese auf ihre Sonnensysteme, das Sonnensystem auf seine Planeten, unser Planet auf unsere Biosphäre, diese auf ihre Lebensräume, die Lebensräume auf die Arten und die Arten auf ihre Individuen; oder die Kulturen auf ihre Gruppen und diese auf den Menschen (darauf kommen wir noch zurück; vergl. Abb. 54, S. 163).

Umgekehrt wirken die Binnenbedingungen; und wir sprechen von Schicht zu Schichte von Quantengesetzen, den Gesetzen des Atombaus, der chemischen Bindungen, der Selbst-Reproduktion, der Vererbung, der Bedingungen des Stoffwechsels, der Reizleitung und der Wahrnehmung und von der Tradierung der Inhalte des Bewußtseins.[45] Die anorganischen Wissenschaften haben sich vornehmlich für die Binnen-, die Sozial- und Kulturwissenschaften für die Außen-Ursachen interessiert. Die Biologie lag stets im Übergangsfeld der beiden. Doch davon später mehr.

Was aber nun eigentlich eine Ursache wäre, wissen wir noch immer nicht. Wir können uns jedoch leicht darin bescheiden, jenes Gemeinsame, wohinter wir dieselbe Ursache vermuten, als einen ›allgemeinen Satz‹ zu beschreiben. Denn ein solcher Satz, wir nennen seine Aussage auch ein Gesetz, läßt für bestimmte Eigenschaften einer definierten Menge oder Klasse von Gegenständen oder Vorgängen Prognosen über deren Zustände zu. Und nur das ist von praktischer Bedeutung.

Eine Hierarchie von Sätzen

Eine respektable Hierarchie solch allgemeiner Sätze haben die Wissenschaften entwickelt. Dabei enthält jedes dieser Gesetze das, was wir die Erklärung seiner Fälle nennen. Beispielsweise erlauben die Fallgesetze Prognosen über alles, was im irdischen Bereich fällt. Seine Erklärung enthält ein Gesetz damit aber noch keineswegs. Als erklärt empfinden wir es, wenn es wieder gemeinsam mit weiteren zum Fall eines übergeordneten Satzes wird (Abb. 46). So erklärt das Gravitationsgesetz die Fälle seiner Gesetze der irdischen wie der Himmels-Mechanik.[46]

Und ähnlich wie in der Hierarchie der Begriffe finden wir nirgends einen Festpunkt, einen Anfang oder ein Ende. Der jeweils oberste Satz entbehrt immer, sowie er des nächst obersten Satzes entbehrt, der Erklärung; der unterste wiederum, wie

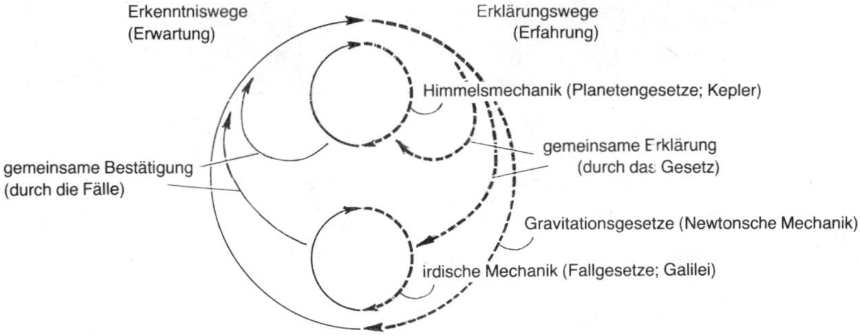

Abb. 46. *Die Hierarchie der Sätze und Gesetze*, dargestellt am Beispiel dreier Gesetze der Mechanik. Was wir als (logische) Erklärung erleben, erweist sich als die deduktive Beziehung eines, wieder durch Beschreibung gewonnenen, übergeordneten Satzes zu seinen Fällen (vgl. Abb. 40, S. 129).

er der Fälle entbehrt, entbehrt der Bestätigung. Das System der Sätze aber formt eine Hierarchie sich wechselseitig kontrollierender Hypothesen, und in seiner Mitte enthält es die größten, an Gewißheit grenzenden Wahrscheinlichkeiten möglicher Prognosen.

Und eben das ist das Entscheidende. Mit dem Wachsen der Hierarchie der Sätze wächst nicht nur das Feld der Gegenstände, in welchem Prognosen möglich werden, mit ihm wächst auch der Grad möglicher Gewißheit, sowie die Präzision der Voraussicht; während gleichzeitig die Menge dessen, was zum Besitz der Voraussicht gewußt werden muß, abnimmt.[47]

Die Ökonomie der Vermutungen

Zugegeben, unser ganzes System von Naturgesetzen mag ein System von Vermutungen sein, allerdings ein System von Vermutungen, das uns mit immer größerer Gewißheit[48] und mit immer weniger Aufwand[49] immer mehr in dieser Welt vorhersehen läßt. Dieser Algorithmus zur Erkenntnis der Natur basiert auf einer Ökonomie der Vermutungen. Er ist ein Erbe jenes Ökonomieprinzips, wie sich dieses aus den Vorurteilen der vorbewußten Reflexionen und selbst der einfachsten Reflexe und Reaktionen im Leben schon längst vor der Selektion bewährt hat.

Vom Sinn und Unsinn der Vermutungen

Nun ist wieder Abstand von den Einzelheiten des Gegenstandes zu nehmen und zu prüfen, was die Hypothese der Ursachen-Zusammenhänge in ihrer gegebenen Form an Zutreffendem und an Falschem enthält. Es ist also nochmals zu fragen, wie weit uns die angeborene Verrechnungsweise vernünftig führt oder aber in die Irre leitet. Und wir sehen schon voraus, daß dies wiederum mit der realen Struktur dieser Welt, wie mit dem Selektionsbereich in derselben zusammenhängen wird, innerhalb dessen unsere angeborenen Lehrmeister etabliert wurden.

In kurzer Fassung enthält die Hypothese von der Ursache, wie man sich (von S. 130) erinnern wird, die Erwartung, daß Gleiches dieselbe Ursache haben werde. Dies ist zunächst nicht mehr als ein Urteil im voraus. Aber dieses Vorurteil bewährt sich, wie wir gesehen haben, in einem derartigen Übermaß der Fälle, daß es jedem im Prinzipe andersartigen Urteil oder dem Urteils-Verzicht überlegen ist.

Eine Kontinuität der Wechsel-Abhängigkeiten

Da sich nun dieser Erfolg zunächst nur als ein Erfolg der Anpassung verstehen läßt, muß es im Selektionsbereich etwas geben, das in der realen Welt jenem Erfolgsrezept entspricht. Und wenn wir auch zugeben müssen, nicht wissen zu können, was eine Ursache als reale Sache eigentlich wäre, so müssen wir doch erwarten, daß eine Welt, deren Vorgänge unter der Annahme von Ursachen-Zusammenhängen vorherzusehen sind, eine Kontinuität der Wechselabhängigkeiten ihrer Bedingungen enthalten wird. Sie müssen auch in der Zeit dem Zufall entzogen sein.

Man versteht, daß sich EINSTEIN gegen den Gedanken sträubte, daß Gott würfle, daß der echte, der physikalische Zufall als ein Prinzip der Natur anerkannt werden sollte.[50] Auch scheint es zunächst befremdlich, daß die Gesetze dieser Welt vom Zufall ausgelesen werden.[51] Bis man bemerkt, daß Er, würfelte Er nicht, keine Welt baute, die freie Entscheidungen enthält, sondern eine deterministische Maschine und den Menschen als Automat. »Gott würfelt also?« schließt MANFRED EIGEN, »Gewiß! Doch er befolgt auch seine Spielregeln.«[52]

Die Unentbehrlichkeit der Ursachen-Erwartung

Diese Regeln, wie sie in der kosmischen und chemischen Evolution, in den Evolutionen der Organismen, Sozietäten und Kulturen entstehen, werden unverbrüchlich mit den Gegenständen, an welchen sie entstanden, durch die Zeit gereicht. Die Physik kennt Erhaltungssätze[53], die Biologie die Vererbung, die Sozial- und Kulturwissenschaft die Tradierung. Und die Universalität dieser Konstanz oder Weitergabe der Wechselbedingungen zwischen den Gegenständen muß die Ursache des KANTschen *Apriori* der Kausalität sein; eine Vorbedingung der Naturerkenntnis. Und durch die Lebensvorteile, die ihre Anwendung bietet, muß sie durch die Selektion zur Unentbehrlichkeit der Ursachen-Erwartung geworden sein. Und da die Gegenstände dieser Welt eine hierarchische Anordnung zeigen, so läßt sich verstehen, daß auch das, was wir ihren Wechselbeziehungen an Ursachen- und Gesetzes-Zusammenhängen, an Sätzen und Erklärungen extrahieren, hierarchische Struktur annimmt.

Doch schon an dieser Stelle muß der Strom der Bewunderung für unsere eigene, so treffliche Anpassung an die Natur unterbrochen werden. Die Einsicht in die Hierarchie der Naturgesetze, wie sie die Wissenschaften entwickelt haben, geht bereits über das, was unsere angeborenen Lehrmeister an ›gesundem Hausverstand‹ vorbereiteten, hinaus. Hier hat schon großteils unsere bewußte Reflexion das Feld übernommen. Das ist noch anders, wenn wir uns klar machen, wie wir uns Kausal-Zusammenhänge selbst vorstellen.

Da zeigt es sich, daß wir Ursachen noch immer, und ganz bevorzugt, in einer Richtung und im komplexen Falle in einer Kette wirkend ›sehen‹. Freilich sind die Regelkreise in der Natur entdeckt und in der Steuerungs-Technik nachgebildet worden.[54] In der Regel aber sind wir doch überzeugt, Anfang und Ende eines Ursachen-Zusammenhangs zu überblicken. Zeigt uns nicht schon das Fallenlassen eines Gegenstandes, wo der Ablauf beginnt und endet? Machen uns nicht bereits Billardkugeln klar, wie eindeutig sich die Wirkungen einer Ursache verketten? Ist nicht schon jedes Schulexperiment geeignet gewesen, uns Anfang und Ende der Wirkungsketten zu demonstrieren? Lacht man nicht zu Recht über den bekannten Psychologen-Witz von der Labor-Ratte, die sich vor ihrer Nachbar-Ratte in der Dressur-Schachtel brüstet, sie habe ihren Versuchsleiter nun wirklich konditioniert:

Denn jedesmal, wenn sie die Taste drücke, werfe er ihr Futter herein. Wir lachen, weil wir meinen, daß nicht die Ratte, sondern nur der Versuchsleiter die Ursache der Wirkungen sein kann (vergl. die Lösung in Abb. 47, S. 144). Ganz offensichtlich bestätigt alle Kausal-Erfahrung das Weltbild der materialistischen Naturwissenschaften und deren Errungenschaften bestätigen die Richtigkeit unserer Sicht.

Da beginnt, so wird man ahnen, wieder eine neue Welt der Irrungen. Aber bevor wir diese darlegen, seien noch die Leistungen der Hypothese von der Ur-Sache zusammengefaßt; gewissermaßen die Weisheit, die Vernunft, mit welcher sie das reflektierende Bewußtsein belehrt.

Die Lösung einiger Rätsel der Vernunft

Zunächst enthält die Ursachen-Hypothese die 3. Lösung des Problems der Realität. Wir denken die Welt nicht nur deshalb in Ursachen-Zusammenhängen, weil wir sie nicht anders denken können; sondern wir denken sie nach Ursache und Wirkung, weil die Natur selbst jene Wechselabhängigkeit, die sie etabliert, mit ihren Gegenständen konserviert; und weil die Selektion ein Äquivalent dieses Zusammenhangs bereits unserer vorbewußten Datenverarbeitung applizierte. Und so kann der Lehrmeister nicht weniger real sein als das uns so real erscheinende Denken.

Ferner enthält die Hypothese jeweils die 3. Lösung des HUME-KANT-POPPERschen Induktionsproblems, sowie des Homologieproblems. Was das Induktions-Problem betrifft, so begründet sich aus dem Wahrscheinlichkeits-Schluß von den speziellen Erscheinungen auf das Allgemeine ihrer Eigenschaften nun auch der Wahrscheinlichkeits-Schluß vom Speziellen auf das Allgemeine der Folge-Erscheinungen. Es erweist sich die Erwartung als begründet, daß ein Ähnlichkeitsfeld nunmehr von gleichen Änderungen der Ereignisse oder Zustände sehr wahrscheinlich auch auf dasselbe der gemeinsamen Abfolge, auf dasselbe ihrer Herkunft und Zukunft schließen ließe. Das ist es, was wir als dasselbe von Grund und Folge, als dieselbe logische oder aber ursächliche Erklärung des Gleichen erleben.

Was die 3. Lösung des Homologie-Problems betrifft, so führt der Schluß ebenso vom Gemeinsamen der zeitgleichen organismischen Ähnlichkeiten zur Zeitfolge, zum Gemeinsamen ihrer Folge-Zustände. Dabei ergibt schon der Erkenntnisweg nach der Struktur der Ähnlichkeitsfelder zweierlei Orte der Ursachen. Die dispers-konvergenten Teile der Felder lassen im Erklärungsweg auf das Zusammentreffen mit denselben Außenursachen, die harmonisch-divergenten Ähnlichkeitsfelder dagegen auf die Weitergabe derselben Binnenursachen schließen. Das ist es, was wir in Funktions-Analogie und Homologie sortieren; welche wir uns dort aus derselben Anpassung, ja aus derselben Anlage erklären.

Das alles wurzelt ein drittes Mal in der Lösung KANTscher *Aprioris;* diesmal in jenen, die KANT als Kausalität und Dependenz und mit der Alternative von Zufall und Notwendigkeit ausschreibt.[55] Zweifellos: die Erwartung einer kausal interpretierbaren Welt muß die Voraussetzung, ein *Apriori,* für den Erkenntnisgewinn jedes Individuums sein. Ebenso gewiß ist sie aber ein Erfahrungsprodukt der Kette von Generationen, ein *Aposteriori* des Lebendigen als erkenntnisgewinnender Prozeß. Und der Regreß muß so alt sein wie die Zeitfolge biologischer Reaktionen. Das alles zählt zum Sinn der hierin weise wirkenden Hypothese.

Der Unsinn der Vermutungen

Jede angeborene Hypothese, von der einfachsten Reaktion auf Umwelt-Reize bis zu den elaborierten Anleitungen durch unsere vorbewußten Lehrmeister, hat jedoch Grenzen ihrer wahrscheinlichen Richtigkeit. Da es stets Urteile im voraus sind, können sie nur in jenem Gegenstandsbereich, unter dessen Druck sie von den Evolutions-Mechanismen versucht, selektiv erprobt und fest eingebaut wurden, hohe Aussicht haben, zuzutreffen. Je weiter sich die Voraus-Urteile von diesem Bereich entfernen, um so vorurteilsvoller müssen sie werden. Der Unsinn des Vorurteils beginnt stets an den Grenzen des Selektionsbereichs; der Unsinn der Vermutungen also nicht minder. Ein drittes Mal bestätigt sich diese Erfahrung.

Der Unsinn in der Anleitung durch unsere angeborenen Lehrmeister wurzelt dabei nochmals darin, daß die Evolution des reflektierenden Menschen die Grenzen dessen, was unsere noch vorbewußt handelnden Vorfahren erkennen und lösen mußten, längst hinter sich gelassen hat. Hier sind das jene Grenzen, innerhalb derer Kausalität noch ungestraft als ein exekutiver Ketten-Zusammenhang und die einfachste Erklärung noch als die beste angenommen werden konnte.

Wir wissen aber heute längst, daß in dem ungleich weiteren Bereich, in welchem wir Menschen handeln und unsere Handlungen verantworten sollten, die Kausalzusammenhänge ein Netzwerk bilden; und daß in diesem Netz nur die allernächsten Verknüpfungen, gewissermaßen die Fadenstücke je einer Masche, eine gerichtete, lineare Kette von Ursachen und Wirkungen enthalten können. Wir konnten auch feststellen, daß das Erkennen dieser Fadenstücke für die Problemlösung unserer tierischen Vorfahren völlig zureichte. Was aber noch festzustellen bleibt, das sind die Mängel, die harmlosen und die bösen Täuschungen, die eine nunmehr unzutreffend enge und rational nur schwer belehrbare Kausal-Vorstellung für uns Menschen bereit hat.

Der Hang zur einfachen Lösung

Schon die Rückwirkung der Wirkung auf ihre Ursache scheint in unserer vorbewußten Erwartung nicht zur Verrechnung vorgesehen. Das ist um so merkwürdiger, als die Rückverrechnung, beispielsweise der Wirkung der Motorik auf das verursachende Individuum, längst zu einem unentbehrlichen Prinzip der Datenverrechnung geworden ist. Dieses Reafferenz-Prinzip[56] informiert auch uns stets darüber, ob wir etwa selbst mit der Bank wackeln oder aber gemeinsam mit ihr gewackelt werden. Die Verrechnung von Kraft und Gegenkraft, sei es beim Laufen, Schütteln oder Werfen hat lebenserhaltende Bedeutung. In unseren rationalen Operationen aber wird sie nur zu leicht übersehen; verdeckt offenbar durch den angeborenen Hang zur einfachsten Lösung.

Zu gerne beschreiben wir zum Beispiel den Mond als um die Erde kreisend und erklären dies aus seiner geringeren Masse; obwohl wir wissen, daß er ohne Masse nicht um uns kreisen könnte, mit Masse aber auch auf ein Kreisen der Erde wirken muß; daß Gravitation eine Wechselbeziehung ist und diese schon in den Gezeiten der Meere sichtbar wird.

Was, so würde man sich auch fragen, sollte die Rückwirkung auf mich sein, wenn ich die Ursache des Zuklappens dieser Seite bin? Diese Rückwirkung auf die Ursache zeigt tatsächlich erst ein Gedanken-Experiment. Welche Verwirrung würde entstehen, wenn es sich herausstellte, daß sich das Buch plötzlich nicht mehr bewegen läßt, daß meine Kräfte und die all meiner herbeigerufenen Freunde es nicht mehr aus seiner Lage zu bringen, geschweige denn zu schließen vermöchten. Solch ein physikalisches Wunder wäre sensationell und würde Schlagzeilen machen. Die Rückwirkung, die wir übersehen, erscheint bescheiden. Aber sie besteht in der Bestätigung einer elementaren Erwartung, daß nämlich das Buch bei einer bestimmten Handlung zuklappen werde. Die fortgesetzte Bestätigung unserer trivialsten Erwartungen wird übersehen; obwohl sie verstärkend und bestärkend die Grundlage allen Lernens, all unserer Orientierung und unseres ganzen Weltverständnisses ist.

Obwohl also die Reafferenz[57], hier die Rückmeldung der Wirkung zu ihrer Ursache, wie ERHARD OESER in seiner ›Dynamik erfahrungswissenschaftlicher Systeme‹ zeigt, als ein Erfordernis des Erkenntnisgewinns bis in die Theorie der Wissenschaften reicht, im Vorbewußten des sogenannten ›gesunden Hausverstandes‹ ist sie nicht vorgesehen. Schon im Rechenvorgang ist diese Rückverrechnung der Wirkung auf die Ursache durch ihr unbestimmtes Ende mühsam und entmutigend; und mancher wird zugeben, unter der Zinseszinsrechnung gestöhnt zu haben. Selbst unsere Sprache behindert durch ihre lineare Struktur die Beschreibung in sich zurücklaufender Wirkungsketten.[58] Nur der Witz profitiert ungeschmälert aus dieser Diskrepanz zwischen der Wirklichkeit und unserer Anlage.[59]

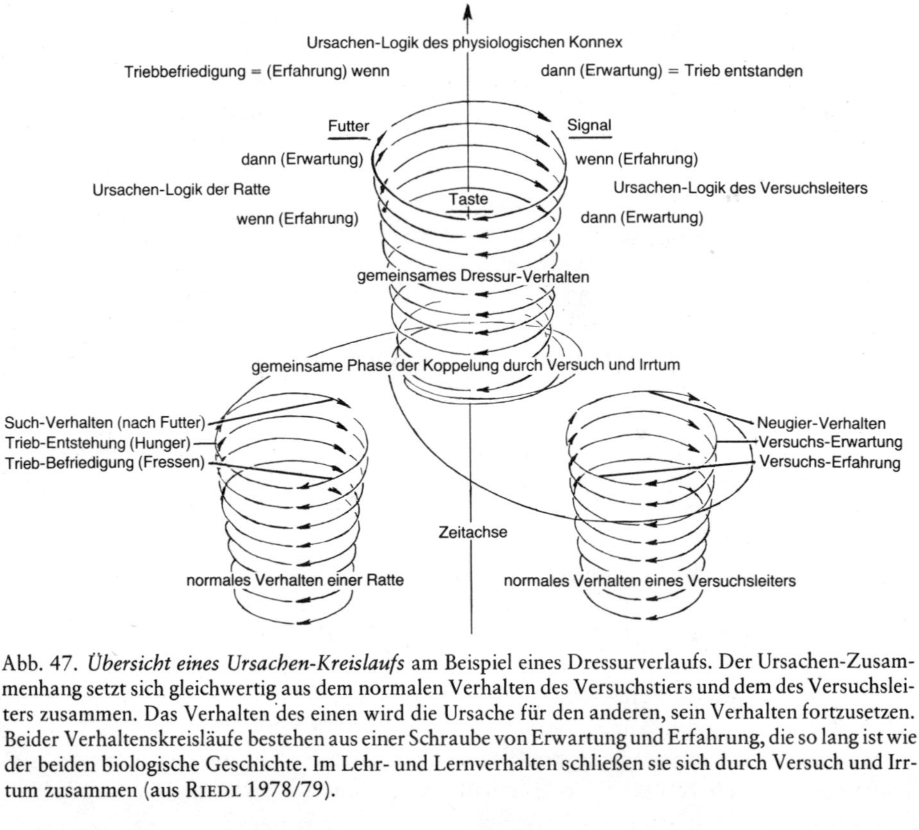

Abb. 47. *Übersicht eines Ursachen-Kreislaufs* am Beispiel eines Dressurverlaufs. Der Ursachen-Zusammenhang setzt sich gleichwertig aus dem normalen Verhalten des Versuchstiers und dem des Versuchsleiters zusammen. Das Verhalten des einen wird die Ursache für den anderen, sein Verhalten fortzusetzen. Beider Verhaltenskreisläufe bestehen aus einer Schraube von Erwartung und Erfahrung, die so lang ist wie der beiden biologische Geschichte. Im Lehr- und Lernverhalten schließen sie sich durch Versuch und Irrtum zusammen (aus RIEDL 1978/79).

Die Welt der Täuschungen

Jenseits der linearen Wenn-Dann-Zusammenhänge beginnt für uns bereits eine Welt der Täuschungen. Schon der Psychologenwitz von der Labor-Ratte (von S. 141) hat uns getäuscht. Es ist nämlich viel weniger komisch, daß sich die Ratte für die Ursache des Zusammenhangs hält. Viel komischer ist es, daß sich auch der Versuchsleiter – wie es ihm alle, die über die Ratte lachten bestätigen – für die alleinige Ursache halten kann. Denn natürlich bilden die Verhaltensweisen jeder Dressur einen Kreisprozeß, und jeder Teilnehmer ist die Ursache des Verhaltens des anderen (Abb. 47). Letztlich stellt auch die Dressur die Schraube eines langen Regresses dar, der, wie man zugeben wird, nur mit großem Wortreichtum unserer linearen Sprache ganz zu beschreiben wäre. Tatsächlich schließen sich in der Dressur nur die natürlichen Verhaltenskreisläufe von Versuchsleiter und Versuchstier zusammen.

Da es nun aber zu den bekannten Eigenschaften des Spaßes zählt, da aufzuhören, wo es ernst wird, kann man erwarten, daß auch das Komische unserer exekutiven Kausalvorstellung durchaus Grenzen findet. Es endet naturgemäß dort, wo es um unsere eigenen Interessen geht: beispielsweise endet das Komische vor dem Konflikt gegenüber Umwelt- und Lebensqualität, den wir uns mit den Erfolgszivilisationen bereitet haben.

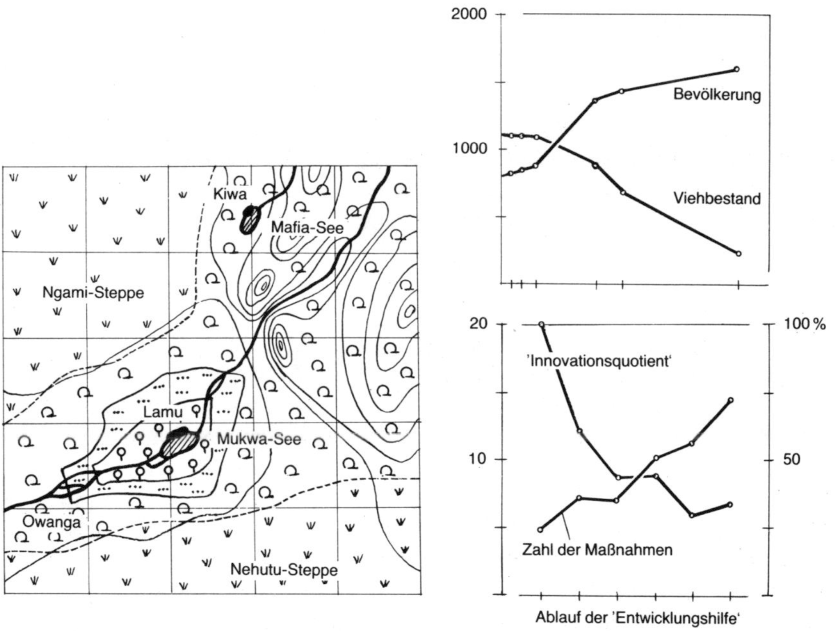

Abb. 48. *Fehlleistungen aus exekutiver Kausalerwartung,* am Beispiel der Katastrophen in DÖRNERS ›Tana-Land‹. 12 intelligenten Fachstudenten wurde die Aufgabe gestellt, die Lebensbedingungen in dem fiktiven Land (links) zu verbessern. Alle Konditionen des Landes waren bekanntgegeben, durften variiert werden und wurden im Computer simuliert. Es zeigte sich, »daß die Probanden fast ausnahmslos das ursprünglich stabile Gefüge... zerstörten und dadurch häufig katastrophale Zustände schufen«. Rechts Beispiele der Durchschnittswerte der ungünstigen Entwicklungen und Eingriffe (nach DÖRNER u. REITHER 1978, p. 527).

JAY FORRESTER, dem wir bekanntlich die erste fundamentale Prognose zu den Wachstumskonsequenzen des technokratischen Weltsystems verdanken, sagt bereits: »Es ist mein Grundthema, daß der menschliche Verstand nicht dazu geschaffen ist, das Verhalten von Sozialsystemen zu verstehen.«[60] Und bestätigt uns nicht das kopflose Hin und Her der Weltgeschichte, das Tappen der Sozial- und Wirtschafts-Politik, ja die Wirrnis der Weltnachrichten Tag für Tag, daß unser Verstand zum Überblick der hier herrschenden komplexen, nicht linearen, mehrfach-verstärkten Kreisläufe[61] tatsächlich nicht geschaffen ist? »Die Erklärung der auftretenden Unregelmäßigkeiten«, so versichert uns auch ein Fachmann wie JOHN GALBRAITH, »wuchsen sich fast schon zu einem selbständigen Berufszweig aus, der mit seiner Mischung aus Vernunft, Weissagung, Beschwörung und gewissen Elementen von Zauberei bestenfalls in den primitiven Religionen eine Parallele findet.«[62]

Es kann darum nicht wunder nehmen, daß uns das Umweltproblem entgleitet, daß wir selbst die längeren unter den linearen Zusammenhängen in der Biosphäre erst an Hand jener Zerstörungen kennenlernen, die wir selbst angerichtet haben.[63] Wir besitzen heute schon experimentelle Forschungen (Abb. 48), die uns zeigen, »Wie Menschen eine Welt verbessern wollten und sie dabei zerstörten.«[64] Und zwar deshalb, wie DÖRNER fand, weil die Versuchspersonen in linearen Ursache-Wirkungs-Ketten denken und die Vernetzung der Ursachen und damit die Nebenwirkungen ihrer Maßnahmen ungenügend und verspätet zur Kenntnis nehmen. Vielleicht ist es, wie FRIEDRICH VON HAYEK darlegt, der individuellen Vernunft sogar prinzipiell verwehrt, jene des ihm übergeordneten Sozialsystems zu verstehen[65].

Es steht außer Frage, daß wir eben dabei sind, den Fallstricken einer Kausalvorstellung zu erliegen, die der Verantwortung, die wir Menschen uns heute im Ursachen-Zusammenhang der Natur anmaßen, längst nicht mehr gewachsen ist. Die Methoden des Unterrichts und der Aufklärung aber haben das noch nicht wahrgenommen. Man wird vielleicht auch diese Zusammenhänge erst aus denselben irreparablen Schäden zur Kenntnis nehmen, die wir mit ihnen anzurichten eben dabei sind.

Das Böse der Täuschung

Diese Täuschungen mögen schon böse genug sein. Man darf aber nicht übersehen, daß das Böse der Täuschung eine tiefere Wurzel hat. Es beginnt überall dort, wo sich die Täuschung nicht nur mit unseren Einzelinteressen verbindet, sondern mit den Machtinteressen der Gesellschaft; wo immer der Einzelgänger durch die Konformisten, die Minorität durch die Majorität, der Markt durch die Industrie, die Masse durch den Demagogen und dieser ganze Reigen von der Ideologie manipuliert wird. Die fast hypnotische Kraft, welche die Täuschung von der einfachsten Lösung enthält, und jene von der exekutiven, linearen Kausalität, macht die Ursachen-Vorstellung zu einem besonders geeigneten Angelpunkt unserer Konflikte. Hier sei unter den vielen, zum Teil schon wohlbekannten Folgen[66] nur noch einer besonders gefolgt.

Die Wurzel des Konfliktes steckt wieder in den wissenschaftlichen Weltbildern, in jenem Spannungsfeld, in welchem diese zwischen Mythos und Vernunft, Metaphysik und Experimentierkunst entstanden sind. Denn schon »von der Reinigung des mythologischen Weltbildes ausgehend, erfolgt die immer feinere Differenzierung der Denkmittel und damit auch der Wissenschaften.«[67] So alt aber wie diese Differenzierung unserer Versuche, die Ursachen-Zusammenhänge dieser Welt zu ergründen, so alt scheint auch der Konflikt zu sein, in welchen uns der Hang zur einfachen Lösung gebracht hat. Denn, soweit wir das zu rekonstruieren vermögen, schon mit dem Werden des Bewußtseins[68] mußte klar geworden sein, daß die Ursachen von zweierlei Seiten auf uns zukommen. Und es ist darum kein Wunder, daß die Formen der Ursachen schon die ältesten Philosophen reflektieren.[69]

Und da unsere angeborenen Lehrmeister die einfache, exekutive Lösung suggerieren, nimmt es weiters nicht wunder, daß, wie man sich erinnert, die Ur-Ursache nicht nur sogleich gesucht, sondern auch bald gefunden wurde. Die Scholastik des Mittelalters fand sie in der *causa finalis* und begründete die Philosophie des Idealismus; die Mechanik fand sie zur Renaissance in der *causa efficiens* und begründete den Materialismus der Naturwissenschaften. Die Trennung der Wissenschaften in die des Geistes und der Materie war vollzogen. Und mit ihr, sagt KONRAD LORENZ, »wuchs eine Trennmauer empor, die den Fortschritt der menschlichen Erkenntnis gerade in jener Richtung hemmte, in der er am nötigsten gewesen wäre.«[70]

Die Doppelseitigkeit von Subjekt und Objekt und die Zweiseitigkeit der Ursachen wurden nicht Teil unseres Weltverständnisses. Vielmehr begannen zwei halbe Erklärungen und mit ihren Wahrheitsansprüchen zwei halbe Wahrheiten zur Grundlage zweier unverträglicher Ideologien zu werden. Und da, wie sie uns vorreden, es nur eine wahre Wahrheit geben kann, wurde da der HEGELsche Idealismus, dort – das ganze auf den Kopf gestellt – der dialektische Materialismus zur absolutistischen Welterklärung. Und man ließ eine jede einsickern, in alle Doktrinen, von der Elementarschule bis in jene der Staatsraison.

Ja, man hat all diese soziale Utopie zugelassen, obwohl sie unsere Welt in Blöcke gespalten, obwohl sie sich anschicken, diese Welt zu ruinieren und obwohl außer den heiligen Hainen der Fiktionen keine Instanz mehr zu finden war, die entscheiden hätte können, welche dieser unverträglichen Wahrheiten nun die wahre Wahrheit enthalten könnte.

Mit der Erkenntnis unserer angeborenen Lehrmeister scheint wieder die Instanz auffindbar, die auch zwischen den Unverträglichkeiten von Materialismus und Idealismus den biologischen Hintergrund ausleuchten kann. Der Lösung dieses Problems wollen wir uns nun zuletzt zuwenden.

5 Die Hypothese vom Zweckvollen

»Eine inkonsistente Theorie kann nicht ganz richtig, aber eine konsistente Philosophie kann sehr wohl völlig falsch sein.«
BERTRAND RUSSELL

»Den reinen Unsinn zu glauben ist ein Privileg des Menschen.«
KONRAD LORENZ[1]

Wie in einem Spiegelbild zur Ursachen-Hypothese können wir noch ein zweites Mal feststellen: wie tief auch die Zeugnisse in unsere Historie reichen, über eines scheint immer Gewißheit geherrscht zu haben: daß hinter allem, was ist, stets irgendein Zweck oder eine Absicht verborgen läge. Ja man wird sich (von S. 118) erinnern, daß *aitia,* der ältestbekannte Vorläufer unseres Ursachen-Begriffs, ursprünglich ›Schuld‹ bedeutete und damit dem absichtsvollen Handeln näher stand als einer physikalischen Bedingung; und daß die Ursachen der ältesten Kosmologien nur aus den Zielen absichtsvoll handelnder Weltschöpfer und Demiurgen bestanden.

Sinn und Unsinn

sind damit das vierte und letzte Antagonistenpaar in jener biologischen Szene, das dem Werden unseres Erkenntnis-Apparates zugrunde liegt. Das Sinn- und Zweckvolle steht dabei der Zweck- und Sinnlosigkeit zunächst überall dort gegenüber, worin wir selbst uns verwickelt meinen. Unter ihrer Anleitung beurteilen wir den Sinn der Eigentümlichkeiten unseres Körperbaus, unserer Handlungen, den Sinn unseres Daseins, unserer Gesellschaft und der Welt, in der wir leben, und nennen das unsere Urteils-Kraft. Die Geschichte dieses Antagonismus von Sinn und Unsinn ist jener von Schuld und Sühne sehr verwandt; das betrifft ihren biologischen Hintergrund ebenso wie die Evolution ihres Bewußtwerdens und ihr Schicksal im Werden der Kultur. Wie die Ursachen-Hypothese setzt auch die Sinn-Hypothese das Vorauswirken der Hypothese von der Wahrscheinlichkeit und vom Vergleichen voraus. Und dennoch sind in unserer Vorstellung Zweck und Ursache selbst wieder zu einem Gegensatz geworden. Eine ›Anthropologie der Metaphysik‹ wird uns (S. 158) darüber hinaus zeigen, daß die Konsequenzen der Sinn-Hypothese überhaupt zu den ältesten Regungen der menschlichen ›Seele‹ zählen. Und vielleicht hat das, was die meisten Menschen eben unter der Seele des Menschen verstehen[2], mit dem Bewußtwerden, mit der Sinn-Hypothese, in der Vorstellung vom Zweckvollen einen Vorläufer.

Tatsächlich geht noch immer jede Glaubensvorstellung der Menschen, die einfachste wie die erhabenste, von den Zwecken absichtsvoller Schöpfer aus. Und erst die materialistische Kosmologie der Moderne hat ihnen eine aus Materie und Antriebsursachen bestehende Vorstellung gegenübergestellt. Aber wir brauchen die Frage nach den Ursachen nur vor den Urknall[3] der modernen Kosmologie zu verlegen, um uns sogleich in Glaubensvorstellungen wiederzufinden. Selbst mancher Agnostiker wird zugeben müssen, sich in solcher Lage nach dem Zweck des Urknalls gefragt zu haben. – Sogar unser Alltagsdenken hält sich immer noch an die ›Schuld der Ursachen‹: wenn wir uns etwa fragen, was nun wieder die ›Schuld‹ hätte[4], daß unser Wagen nicht startet, damit aber nur die Funktionen der Zündung meinen oder die des Vergasers.

Nun mag der Leser die Weite dieser Sinn-Vorstellung zugeben. Er wird sich aber fragen, was an solchen philosophisch-metaphysischen Urteilen mit dem Handwerkzeug der Biologie zu klären wäre. Es sind nun aber gerade die Biowissenschaften, die fortgesetzt mit dem doppelten Grund aller Kreatur, da aus Antriebs-Ursachen, dort aus Zwecken konfrontiert sind. Von ihnen kann also am ehesten eine objektive Bestimmung des Zwecks erwartet werden. Und im Gegensatz zur rationalen Fassung des Zwecks, die ein Problem heraufbeschwor, welches wiederum die Realität, Herkunft und Faßbarkeit des Begriffs in eine unentscheidbare Kontroverse verstrickt, werden wir aus der Evolution der Organismen die Notwendigkeit auch der Zweck-Hypothese wie bisher als arterhaltendes Prinzip begründen.

Wann das Zwecklose einen Zweck erhält

Die Eigenschaft der Zwecke war schon der Antike bekannt; daß nämlich der Zweck, sagen wir: jeder zweckvollen Struktur oder Form, erst aus der übergeordneten Form zu begründen ist. So ist der Zweck etwa eines Schlosses im Versperren der Tür, der Zweck der Türe im Schließen des Hauses, und der des Hauses in seinen Funktionen für den Menschen begründet, auf ein Ziel hingezogen.

Wenn die Herkunft der Zwecke unbestimmbar ist

In derselben Weise sind nun die Zwecke eines Menschen aus seiner Gruppe, die der Gruppe aus der Gesellschaft, der Menschheit, dem Kosmos herzuleiten. Und somit bleibt stets ein letzter Zweck unbegründet; es sei denn Er, Gott, begründet sich selbst. Daher ist die Herkunft aller Zwecke entweder rational unbegründet oder aber unzugänglich.[5] Sie kann nur und muß daher geoffenbart werden.

Ist aber Naturerkenntnis das einzige Objekt realer Wissenschaft, der Verstand des Menschen aber zur Erkenntnis überirdischer Finalität nicht geeignet, so wäre, wie schon Johannes Scotus meint[6], Finalität real wohl gar nicht gegeben. Die erste Kluft ist entstanden.

Wenn der Zweck nur eine Idee ist

Demgegenüber macht uns Kant den Umstand einsichtig, daß Kausalität allein die Natur nicht hinreichend erklären kann. Man müsse daher nicht nur nach den Ursachen, sondern auch nach den Zwecken fragen. Zweckmäßigkeit erweist sich aber für Kant keineswegs als ein nachweisbarer Bestandteil der Natur, sondern vielmehr als eine Idee, etwas wie ein Regulativ der menschlichen Urteilskraft.[7] Eine zweite Spaltung erweist sich damit als längst vollzogen. Sie hat sich mit dem Werden der Naturwissenschaft in der Renaissance und der Abtrennung des Zwecks von der Ursache[8] vorbereitet. Die Ursache ist nun ein *Apriori* der Erfahrung, der Zweck eine Idee der Urteilskraft. Und für den deutschen Idealismus wurde diese Idee, bei KANT noch ein Endpunkt der Reflexionen, verkehrt herum zum Ausgangspunkt aller Überlegungen. Bei HEGEL ist sie endlich die Sache selbst.[9]

Wenn der Zweck den Ursachen widerspricht

Solcher Einfluß konnte auch an der Naturwissenschaft nicht vorbeigehen. Und es war, allem voran, die erstaunliche Regulationsfähigkeit der Keime und Embryonen, die einer Kausalerklärung zu widerstehen schien. HANS DRIESCH postulierte folglich eine Lebenskraft, im Sinne der klassischen Entelechie als etwas, das ›sein Ziel in sich selbst trägt‹. Es entstand der Vitalismus.[10] Und Philosophen wie BERGSON erweiterten dies zu einem *élan vital,* einer der ganzen Natur zugrunde liegenden, aber verstandesmäßig keineswegs erfaßbaren Zielstrebigkeit.[11] In einem gewissen Sinn nimmt schließlich TEILHARD DE CHARDIN ein in sich getragenes Ziel für den ganzen Kosmos an. Nun ist nicht nur der Endzweck unbestimmbar, der ganze Weltenzweck ist entweder eine bloße Idee oder verstandesmäßig nicht faßbar.

Die Ziel-Ursache blieb final oder teleologisch; die Richtungen und Zwecke der Gegenwartsereignisse wie aus der Zukunft lenkend: ein Gegensatz der Kausalität.

Man wird verstehen, daß das Gros der Naturwissenschaften dieser Diskussion ferne stand. Mochte sich der Zweck verhalten wie immer. Sie selbst erklärten die Welt aus der Antriebs-Ursache, aus der für sie allein gültigen Form der Kausalität.

Wenn der Zweck nur eine Beschwichtigung ist

Anders der dialektische Materialismus. Er war von HEGEL ausgegangen, und dessen dialektischem Weltzusammenhang. Er hatte diesen nur materialistisch umgestülpt, indem er ihn, wie man sich wörtlich ausdrückte, direkt auf den Kopf gestellt hat. Damit war zwar der Final- in einen Kausal-Zusammenhang umdirigiert und verschwunden, der Mensch aber blieb mit seinen offensichtlichen Zwecken allein. Denn wollte man sich dem Makel idealistischer Verfehlung nicht aussetzen, so mußte der Zweck auf die menschliche Welt beschränkt und schon im Verhalten der Tiere unter Anführungszeichen gesetzt werden. Das hat schon KARL MARX in seinem Vergleich von Baumeister und Biene dekretiert.[12] Der Zweck erschiene erst aufgrund des Setzens von Zwecken durch den Menschen, meint V. I. LENIN, und wir erfahren: »die Zwecksetzung ist eine Erscheinungsform der Aktivität, der Freiheit, des schöpferischen Charakters des Bewußtseins.«[13]

Dies ist nun eine schwache Position. Wenn nämlich die Existenz des Zwecks von der freien Zwecksetzung und diese von der Freiheit des Menschen abhängt, so fällt sogar sein Zweck mit seiner Freiheit. Folglich würden überall dort, wo an des Menschen Freiheit gezweifelt werden kann, auch seine Zwecke zur Fiktion; zur Lebenslüge, zum zweifelhaften Zweck, zweckloses Leben zu begründen.

Als verstandesmäßig nicht faßbare Idee unbestimmbaren Endes und zweifelhaften Anfangs ist der Zweck für die Vernunft Ursache einer nicht endenden Kontroverse. Für das Leben dagegen ist er das Fundament.

Das Vorurteil über die Bedingungen

Um es gleich vorwegzunehmen: in der Geschichte der Natur entsteht das, was wir als Zweck erleben, als eine Ursache. Wir können darum aus der Sicht der Biologie sogleich und getrost von einer Final-Ursache sprechen. Sie steht zwar der Antriebs-Ursache, also der Ursache im konventionellen Sinn der Naturwissenschaften so gegenüber, wie der Plan eines Hauses dem Kapital oder die Arbeitskraft der Bauführung gegenübersteht. Aber sie wird sich als ein ebenbürtiges Glied systembedingten, funktionalen Ursachen-Zusammenhangs erweisen. Allerdings, wie wir sehen werden, im teleonomischen, nicht im teleologischen Sinn.

Die Naturgeschichte der Wechselbedingungen

Tatsächlich ist diese Perspektive so alt wie die Ursache als Problem. Schon die klassische Fassung, wie man sich (von S. 121) erinnern wird, stellt die *causa efficiens* der *causa finalis* gegenüber. Und erst in der weiteren Entwicklung hat unsere Bevorzugung linear exekutiver Kausalität und einfacher Lösungen den Zusammenhang entzweit. Der Zusammenhang wurde erst zwischen den Mühlblöcken des Materialismus und Idealismus aufgerieben, weil sie behaupten, die Welt da nur aus den Antrieben, dort nur aus den Zielen erklären zu können und erklären zu dürfen. Erst in jüngster Zeit, also nach zweitausendjähriger Reibung, seitdem die Zusammensetzung der Welt zu einem hierarchischen System von Ganzheiten nicht mehr zu leugnen war, mit MAX PLANCK, WERNER HEISENBERG und CARL FRIEDRICH VON WEIZSÄCKER, mit PAUL WEISS, LUDWIG VON BERTALANFFY, mit DONALD CAMPBELL und KONRAD LORENZ[14] wird der Begriff der Final-Ursache wieder gerechtfertigt. Da schließt auch unsere Überlegung an. Die ›Strategie der Genesis‹[15] ist es sogar, nach welcher Antriebs- und Zweck-Ursache einander wechselseitig bedingen.

Das Leben auf unserem Planeten beginnt mit der Einrichtung, ja verdankt sein Dasein überhaupt einer solchen Wechselbeziehung. Das war, wie wir heute wissen, vor dreieinhalb Milliarden Jahren, als die Oberfläche der Planetenkruste, auf etwas unter 100° Celsius abgekühlt, die Urmeere sammelte. In sie wurden jene wechselwirkenden energiereichen Verbindungen, die fortgesetzt in den ungeheuren Schwefelwasserstoff-Methan-Wasserdampf-Gewittern synthetisierten, eindestilliert.[16]

Die Naturgeschichte der Zwecke

Hier beginnt nun die Naturgeschichte der Zwecke. Es zeigte sich nämlich, wie das MANFRED EIGEN überzeugend darlegt, daß ohne die Schaffung einer Wechselbedingung, einer gegenseitigen Förderung der Moleküle in dieser heißen Suppe, Leben hätte nicht entstehen können, mit dieser Wechselbeziehung Leben aber entstehen mußte.[17] Es waren die Moleküle der Kernsäuren entstanden, Desoxyribonuclein-Säuren, die zum Träger der Erb-Information wurden. Es waren unter vielerlei anderen Molekülarten auch Enzyme entstanden, Eiweißmoleküle, die zum Träger der Lebensprozesse wurden. Aber die Kernsäure-Ketten konnten ohne den Schutz der Enzyme nicht lange, nicht informationsreich genug werden. Und die Enzyme hatten ohne Träger ihrer Aufbau-Anleitung eine zu geringe Zufalls-Chance gebildet zu werden. Der Selektions-Erfolg der Moleküle ließ das Zusammentreffen einer wechselseitigen Förderung von Kernsäuren und Enzymen zu den Kreisläufen der

Hyperzyklen zusammentreten und diese damit aller anderen Molekül-Organisation davonwachsen. Nun erst erfolgte ihr Zusammenschluß zu Proto-Zellen.

Die Kernsäuren wären ohne Zweck geblieben; allein, sie besaßen nun den Zweck, den Bau des Organismus anzuleiten. Die Eiweiß-Moleküle wären nicht minder ohne Zweck; allein, sie gewannen den Zweck, die Vervielfältigung ihrer Erbanlagen zu sichern. Der Kreislauf zwischen Ei und Henne hatte begonnen. Jedes für sich ohne Zweck, aber Zwecke füreinander. Denn nichts anderes ist dem Ei eingebaut als das Ziel, eine Henne zu werden; und zu keinem anderen Ziele gipfelt das ›freie‹ Hühnerleben als neuen Eiern den Weg in die Hühnerwelt zu eröffnen.

Die Organisation der Zwecke

Innerhalb von Ei und Huhn aber entfaltet sich, zwischen dem kleinsten Teil und dem Ganzen, eine gewaltige Hierarchie von Zwecken. Alle Organisation unseres Huhns ist von der Selektion dahin gerichtet, den Überlebens-Bedingungen der Hühnerwelt zu entsprechen. Man kann auch sagen, das Milieu selektiert als eine übergeordnete Bedingung, was an Gesamteigenschaften eines Huhns in seinem Rahmen Bestand haben kann. Bedarf dieser Sub-Rahmen ›Huhn‹ zu seiner Erhaltung zeitweise des Fliegens, so wird sein Flügel gefördert. Diese weitere Sub-Rahmenbedingung ›Flügel‹ bestimmt die Erhaltung des Flugmuskels, dessen Fasern und so fort, bis zu deren kontraktilen Molekülen (Abb. 49). So hat das Myosin-Molekül den Zweck, die Muskelfaser, diese den Muskel, der Flugmuskel den Flügel zu bewegen, und der Flügel des Huhns hat den Zweck, es durch die Luft flüchten zu lassen, damit es, wie wir uns ausdrücken, seinen gesamten Hühnerzweck sicherer erfüllte.

Die ganze tausendfältige Hierarchie der Lebensstrukturen mit ihren ineinander geordneten Funktionen ist, für den Biologen unverkennbar, eine ebensolche Hierarchie von Zwecken, die sämtlich darauf selektiert sind, den Erhaltungs-Bedingungen

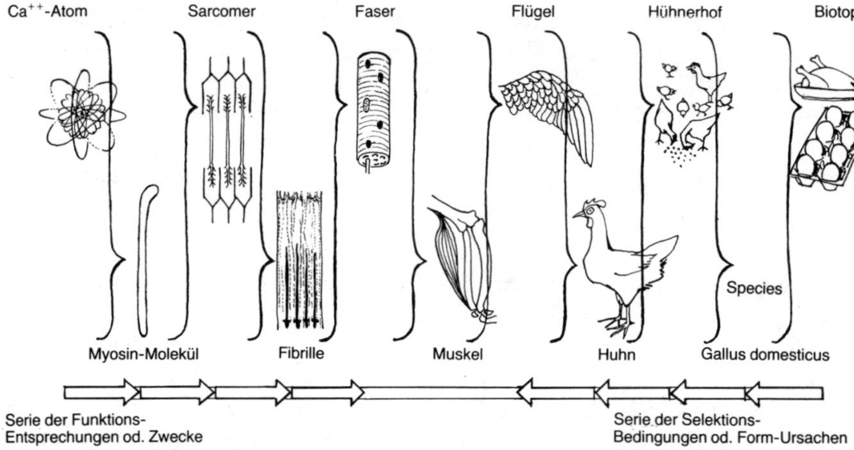

Abb. 49. *Aus der Hierarchie der Zwecke* eine vereinfachte Serie am Beispiel der Hühner. Das jeweilige Obersystem (rechts) enthält die Selektions-, Form- oder Funktions-Bedingungen für sein nächstes Untersystem (links), von welchen Untersystemen in der Abbildung immer nur eines weiter verfolgt wird. Jedes funktionsgerechte Untersystem empfinden wir als zweckvoll und erklären den Zweck aus seiner Funktion im Obersystem; vom Zweck der Hühner für unsere Küche hinunter bis zum Zweck eines Ca^{++}-Atoms in der ›Ca-Pumpe‹ zum ›Ruderschlag‹ der Molekül-Querbrücken, welcher die Ursache der Verkürzung des Muskels ist.

des jeweils nächsthöheren Rahmens zu entsprechen. Es zeigt sich eine, dem Sprachgebrauch fast zuwiderlaufende Gemeinsamkeit von Zweck und Organisation. Das gilt für die Henne wie für das Ei[18], wie für beide zusammen; für Hahn plus Henne, für eine Hühnerpopulation, wie für die Erhaltung ihrer ganzen Species. Der Zweck entspricht der Erfüllung einer Oberfunktion.

Die Subfunktion für eine Oberfunktion

Nun könnten unsere Kritiker sagen, daß alles, was bislang an biologischen Zwecken angeführt wurde, eben nur ein Zweck im anthropomorphen, übertragenen Sinne wäre; da man ja nicht erwarten könne, daß es die Absicht des Hühnerflügels sein könne, sein Huhn damit fliegen zu lassen. Es bleibt also zu untersuchen, ob zwischen der Erfüllung einer Funktion für eine Oberfunktion, worauf die selektionsbestimmte Differenzierung biologischer Organisation beruht, und der Selbstzielsetzung des Menschen eine Beziehung besteht.

Dazu ist zunächst zum Verhalten weiterzugehen. Das Radnetz einer Spinne, die Waben eines Bienenvolkes sind Produkte des Verhaltens. Die Zielsetzung ist unverkennbar. Aber wer hat das Ziel gesetzt? KARL MARX hat seinerzeit behauptet: nicht die Biene.[19] Wir wissen es heute: Die Selektion hat das Ziel gesetzt. Und diese operiert zwischen zwei Antagonisten; zwischen den mutativen Möglichkeiten, gewissermaßen den ›aufs-grade-Wohl-Kreationen‹, welche die Organisation des Systems ›Biene‹ zuläßt auf der einen Seite, und auf der anderen den immer neuen Angeboten zur Optimierung der Lebens-Bedingungen, welche das Obersystem ›Milieu der Bienen‹ bietet. Und freilich wird die neue Aufgabe auch nicht in der Vorstellung der Biene gespeichert, sondern in ihrem Erbmaterial. Und dies wird, so können wir annehmen, bei allen Instinkt-gelenkten Selbst-Zielsetzungen so sein; auch bei den kompliziertesten Instinkt-Hierarchien höherer Organismen.

Am Weg zur Selbst-Zielsetzung im Bewußtsein eines Organismus bleibt eines erhalten: der Antagonismus zwischen den Möglichkeiten und den Anforderungen zwischen Unter- und Obersystem. Doch müssen wir noch durch zwei Stockwerke der Differenzierung. Zunächst ins Stockwerk des individuellen Lernens. Es beginnt mit der bedingten Reaktion. Der Leser wird sich dabei zunächst der Futterglocke von PAWLOVS Hunden (von S. 89) erinnern und daran, daß das individuelle Lernen auf Assoziation und auf einer Neukombination unbedingter Reflexe beruht. Und wir haben gefunden, daß die Programme, nach welchen persönliche Erfahrung gesammelt werden kann, wie wir das besonders von Jungtieren (S. 124) kennenlernten, selbst wieder zweckvoll gereiht sind. Nun werden schon dem Individuum Lern-Ziele gesetzt, wenn auch noch unter strenger Anleitung durch die Erbprogramme.

Die Selbst-Setzung der Ziele

Das Stockwerk des Bewußtseins erreichen wir dort, wo bei höheren Organismen sichtbar wird, daß sie beginnen, Lösungen im gedachten Raum zu suchen. KONRAD LORENZ hat den biologischen Hintergrund dieses Bewußtwerdens aufgedeckt, ›Die Rückseite des Spiegels‹[20] also, der den Organismus auch bei geschlossenen Augen die Welt seiner Erfahrungen reflektieren läßt. Er hat damit die Bedingungen und Etappen der Evolution auch unseres Bewußtseins[21] dargelegt. Ein gleitendes Feld von Übergängen erhellt; sowie eine Verselbständigung der Verrechnung unter Anleitung durch das ganze Schichtensystem erblicher Lehrmeister.

Da zeigt es sich, daß spätestens bei Primaten das Ziel bereits im gedachten Raum selbst gesetzt und auch die Lösung in ihm gefunden werden kann. Aus den vielen Beispielen, wie sie Bernhard Rensch zu den Planhandlungen stellt, möge eines dies illustrieren.[22] Der Kapuzineraffe ›Pablo‹ holt eines seiner Spielzeuge, den Handgriff eines Tennisschlägers, faßt ihn mit dem Wickelschwanz, steigt spontan das Käfiggitter hinauf, steckt ihn zwischen Sitzbrett und Futternapf und versucht, in einer energetisch besonders günstigen Stellung und vom langen Hebelarm aus, den Napf loszubrechen (Abb. 50). Dieses »selbst erfundene Spiel stellt eine typische Planhandlung mit Werkzeuggebrauch dar«.[23] Aber auch in freier Natur kennt man selbsterfundenen Werkzeuggebrauch. So verwenden Schimpansen Zweige, die sie zurechtbeißen und entblättern, um Termiten aus dem Bau zu holen (Abb. 51); oder sie zerkauen Blätter, um, wie mit einem Schwamm, Wasser aus kleinen Baumhöhlen einzuholen.[24]

Zwischen dem Zusammenhang von Funktion und Oberfunktion einerseits und der Selbst-Setzung von Zielen andererseits besteht also mehr als nur eine Beziehung. Der eine enthält die Anleitung des anderen; und sie repräsentieren ein ihnen gemeinsames Prinzip der Evolution. ›Selbst‹ bedeutet dabei, daß außer dem Antagonismus zwischen dem kreativen Subsystem und seinem Obersystem niemand sonst beteiligt ist. ›Ziel‹ bedeutet, daß die Funktion eines Untersystems, eines Organs, einer Handlung für die eines Obersystems, eines Organismus, einer Möglichkeit im Milieu ausgewählt wird. Nur die Benennung dieses Mechanismus der Zuführung ist verschieden. Wir sprechen von Selektion, Auswahl oder Entscheidung. Je nachdem, ob der Ausschluß des Ungeeigneten vom Milieu am Erbmaterial, oder vom Individuum an seinem Milieu vorgenommen wird, oder aber vom Individuum an seinen Reflexionen über dieses Milieu.

Abb. 50. *Planvoller Werkzeug-Gebrauch in der Gefangenschaft.* Rechts der Kapuzineraffe ›Pablo‹ beim Versuch, seinen Futternapf loszubrechen, links die Schimpansin ›Julia‹ beim Öffnen einer Serie von Kisten, welche jeweils ein ganz anderes Werkzeug zum Aufschließen der folgenden enthielten; diese Werkzeuge sind oben aufgereiht (nach Döhl 1966, Rensch 1973).

Abb. 51. *Planhandeln mit Werkzeug-Gebrauch in der Natur.* Hier wird von einem Schimpansen ein geeignetes Ästchen gebrochen, zurechtgebissen und in die freigekratzte Öffnung eines Termitenbaus eingeführt, um die Termiten, die sich daran festbeißen, herauszuziehen und abzulecken (nach Photos in VAN LAWICK-GOODALL 1967).

Eine Vorurteilskraft

Ein solcher Übergang ist nun nicht nur entlang der Achse der Evolution ein gleitender. Auch in jedem Individuum gehen diese Elemente der Entscheidungsfindung ineinander über. Und sie alle enthalten ein Voraus-Urteil besonderer Art. Ein Vorurteil, welches die Erwartung enthält, daß sich eine Funktion stets als die Teil-Funktion einer Ober-Funktion bewähren werde. Nennen wir dieses eine Vor-Urteilskraft. Und veranschaulichen wir ihre Schichten, sowie die Anleitung unter der diese entstehen, am Beispiel der Organisation des Menschen.

Es steht zum Beispiel außer Frage, daß an unseren Myosin-Molekülen[25] unter ›Anleitung‹ der Oberfunktion, der Muskelfasern so lange herumexperimentiert wurde, bis ihre parallele Anordnung und ihre gleichzeitige Kontraktion den maximalen Erfolg brachte. Nicht anders werden die Muskeln einer Extremität unter Anleitung ihrer gemeinsamen Oberfunktion so lange gewandelt, bis ein Optimum an antagonistischer Position erreicht ist, sie etwa in Beuger und Strecker sorglich differenziert sind. Wobei das dazwischentretende Obersystem sich aber nur aus den vorhandenen Untersystemen zusammensetzen kann. Der Vorgang sieht jedoch dann so aus, als zielten die Muskeln etwas an, ja als wollten sie dieses Funktions-Ziel erreichen.

Der Patellar-Reflex[26] wiederum steht unter der Anleitung unserer Gesamtbewegung. Er strafft die Strecker-Muskulatur automatisch und in dem Maße, wie die Sensoren in der Sehne an der Kniescheibe eine Zunahme der Zugspannung melden. Und er trägt dazu bei, daß wir, ohne daran denken zu müssen, zu gehen vermögen. Wieder sieht die Entwicklung dieses unbedingten Reflexes so aus, als hätte er kein anderes Ziel als unseren aufrechten Gang im Auge. In Wahrheit wurde er nicht minder unter Anleitung dieser Oberfunktion selektiert.

Die Schichten der Anleitung

Daß sich ganze Hierarchien reflektorischer Verhaltensmuster individuell lernen lassen weiß jeder, der zum Beispiel aufmerksam das Radfahren erlernte. Hier lenkt der Wunsch zur Beherrschung einer Tätigkeit das Lernen unserer ganzen statisch-optisch-motorischen Verrechnung. Während des Lernvorgangs wird noch ängstlich ein Gutteil des Bewußtseins von den verschiedensten Fehlermeldungen aus der Wahrnehmung überschwemmt; bis mit dem erreichten Ziel, sicher zu fahren, alle Subfunktion in die nichtbewußten Schichten der Verdrahtung versunken sind. Und daß auch dieses Ziel nur zwischen den Antagonisten unseres Körperbaus und einem Fahrrad-positiven Milieu zu erreichen ist, liegt wieder auf der Hand. Weder würde sich uns potentiellen Radfahrern dieses Ziel in einem Baumkronen-Milieu eröffnen, noch würde es sich auch inmitten einer Radfahrervereinigung ihrem Droschkenpferde setzen. Oder wenn es sich theoretisch setzte, einem Momente wilder Kreativität folgend, die Selektion würde die Zielbahn schon im Startfeld vernichten.

Wie nun, wenn es das Ziel ist, euklidische Geometrie zu lernen?[27] Eine zur Gänze nach drei Raumachsen gebaute Zivilisation und ihre Anforderungen leiten an; und ein in denselben drei Raumachsen wahrnehmendes und verrechnendes Auge und Hirn, von drei in den drei Raumachsen liegenden Bogengängen bestätigt, läßt dem spielend, ja automatisch folgen. Die Automatik ist erblich vorbereitet; sie durchzieht angesichts des Neuen in den Lernsituationen das Bewußtsein und versinkt wieder in der Routine; oder taucht automatisch wieder auf, wenn wir uns etwa, nachdem wir viermal in einer unbekannten Stadt rechtwinkelig rechts abgebogen, entgegen unserer Erwartung doch nicht am selben Platze zurückgefunden.

Nun können wir auch die ›Selbst-Zielsetzung‹ zu einem Hausbau nahtlos anschließen. Wieder gehen in die Realisation des Zieles alle Schichten unserer Organisation ein. Wieder sind im Obersystem, in unserer Gesellschaft, sämtliche Anleitungen von den Materialien, Professionisten, Maklern, Notaren bis zu den Bauordnungen, öffentlichen Meinungen, Krediten und Standard-Symbolen vorbereitet; und wieder sind im Untersystem, im Kopf des Bauherrn, die Entscheidungen über Bewohnerzahl, Kapital, Ort, Lage, Stil und Raumfunktionen längst vorweggenommen. Und von der Passung dieser Ober- und Untersysteme hängt es überwiegend ab, ob das Mögliche ein Haus wird oder ob es ein Luftschloß bleiben muß. Der Freiraum dessen, was sich in den uns gebotenen Zielfeldern realisieren kann, ist tatsächlich minimal.

Nun soll nicht der Eindruck entstehen, daß am freien Willen gezweifelt, einem Mangel an Zielen das Wort geredet oder gar das Besondere des Bewußtseins geleugnet würde. Die kleine Freiheit dessen, was wir als Selbstentscheidbarkeit erleben ist aber kein Privileg unserer Species. Sie ist das kreative Prinzip der Evolution. Nur heißt dieses zuerst Mutation, dann Assoziation und zuletzt Willensentscheidung. Und es erhält die kreative Freiheit jeder ihrer Schichten.

Was nun das Bewußtsein betrifft, so ist auch dieses ohne Grenzen verwoben, ja erst ermöglicht durch alle tieferen Schichten, von der unter- oder vorbewußten, der nichtbewußten Reflexion, über die bedingten und unbedingten Reflexe bis zu den elementarsten Reaktionen des Lebendigen. Die Reflexion, die Reaktion des Lebens auf die Welt, zeigt Stufen in der Evolution und Schichten in den Individuen. Aber beide sind ohne Grenzen und sie folgen alle dem zweiten, dem kognitiven Prinzip der Evolution.

Das Zielsetzen der Evolution

Auch an Zielen mangelt es nirgends im Organischen; nur sind die Ziele stets vom Obersystem und nur ihre Erreichbarkeit vom Untersystem her bestimmt. Für Arten und Individuen bestimmt das Ziel das Milieu; und die Population oder das Individuum kann es erreichen oder nicht. Unser menschliches Milieu wird von unserer jeweiligen Kultur, Zivilisation, Politik, Ideologie und Religion bestimmt. Und diese definieren so gut wie alle Ziele, und nur manches wird von manchem Individuum erreicht. Selbst die Größten und Freiesten unter uns sind in ihren selbstgesetzten Zielen nur wenig über die Ziele ihrer Zeit hinausgelangt[28] – ihre Ziele setzt die Evolution mit den jeweiligen Obersystemen, und die erfolgreichsten Schritte ihrer Untersysteme sind immer klein.

Die Erwartung im Bewußtsein

Kehren wir also zu jenem Voraus-Urteil zurück, das die Abstimmung der organischen Organisation anleitet. Wir stellten fest, daß es etwas wie die Erwartung enthält, daß sich jede Funktion wohl als Teilfunktion einer Oberfunktion bewähren werde. Damit sind wir in unserem Schichtenvergleich schon so weit gegen den Bereich des Bewußtseins vorangekommen, daß nun die Frage dringend wird, wie sich jene Erwartung im Bewußtsein übersetzt. Und wir können dabei wiederum annehmen, daß auch hinsichtlich dieser Erwartung die Verrechnungsweise des Bewußten den uralten Prinzipien, auf welchen es aufbaut, folgen könnte.

Ein viertes Mal ist also zu fragen, wie sich unsere bewußte Urteilsfindung, nunmehr gegenüber unserem Erleben oder Empfinden der Zwecke verhält. Und wir können ein viertes Mal untersuchen, ob diese spezielle Art der Urteilsfindung auch in ihren Wunderlichkeiten aus einer Anleitung durch jene angeborenen Lehrmeister verstanden werden könnte. Und wieder liefert unsere eigene Geschichte vom Urmenschen bis zur Theorie der Wissenschaft der Moderne ein reiches Material.

Eine Ökonomie der Seele

Nichts deutet darauf hin, daß irgendein Organismus sich seiner selbst bewußt werden wollte. Vielmehr erinnern wir uns (von S. 29), daß es die außerordentlichen, lebenserhaltenden Vorteile eines Operierens im gedachten, im zentral repräsentierten Raume sein mußten, die das Bewußtsein durchsetzten, sobald die Voraussetzungen zu seiner Schaffung zusammentrafen. Diese umwälzende Möglichkeit, nunmehr im Raume des Gedächtnisses Erfahrung gegen Erfahrung zu setzen, erwies sich dabei jedenfalls nach der Art, in der Erfahrungen gegeneinander verrechnet werden, als wohl vorbereitet. Wir fanden, daß eine Wahrscheinlichkeits-Hypothese Zufall und Notwendigkeit sortiert; daß auf dieser eine Vergleichs-Hypothese aufbaut, die Ungleiches vom Gleichen trennt; und wir fanden schließlich eine Kausalitäts-Hypothese etabliert, die, als eine Hypothese zweiten Grades, auf beiden fortsetzend zur Annahme leitet, daß hinter Gleichem etwas stünde, was wir uns als eine Kette derselben Ursachen vorstellen.

Eine Rationalisierung der Ursachen-Richtung

Diese nach dem Wenn-Dann-Prinzip operierende, exekutive Ursachen-Verrechnung unserer angeborenen Lehrmeister mußte dem Bewußtwerden, unserem Erleben der Ursache, Pate gestanden haben. Jener exekutive Algorithmus also, welchen die Selektion für die Ursachen-Verrechnung im nichtbewußten Zentral-Nervensystem als den ökonomischsten Lösungsweg fest programmierte, hatte nun die Problemlösungen in einer Erlebniswelt anzuleiten, der, wie wir nun wissen, die eindimensionale Kausalität nicht gerecht werden kann. In einem mehrdimensionalen System von Ursachen mußte die Aufgabe, deren scheinbar einzig gültige Dimension aufzufinden, eine Rationalisierung der Ursachen-Richtung zur Folge haben.

Aus welcher Richtung aber kommen, oder in welche Richtung laufen nun die Ketten der Ursachen? Auf der einen Seite mußte es dem erwachenden Bewußtsein deutlich werden, daß die Ketten der Ursachen an den selbst exekutierten Handlungen beginnen und von diesen fortziehen; vom Aufnehmen zum Werfen des Steins, über dessen Flug und sein Niederpoltern, zum Aufscheuchen einer Vogelschar, endend beim Niederschweben einiger verlorener Federn. Auf der anderen Seite mußte schon dem Frühmenschen klar werden, daß Ursachen jenseits des ihm Begreiflichen beginnen, an ihn heranziehen, um an ihm selbst zu enden; das Nahen eines Unwetters, einer Flut, eines Steines, der nun auf ihn geworfen wurde. Und mußte es nicht nahe liegen, das Erleben der eigenen Absicht mit den ihre Exekution begleitenden Folgen nun auch als fremde Absicht hinter jenen Ereignissen zu vermuten, denen er sich unterworfen fand? Mußte nicht, ähnlich den erlebten Zwecken seiner eigenen Handlungen, hinter den Unwettern, Fluten, Jahreszeiten, hinter allem Werden und Vergehen jemandes Zweck oder Absicht als eine letzte, ja jenseits der Welt als eine allerletzte Ursache stehen?

Eine Anthropologie der Metaphysik

Wir erinnern uns, daß das, was hier wie eine Anthropologie der Metaphysik klingt, reichlich dokumentiert ist. Nicht nur hat der Ahne unseres Wortes Ursache, das griechische *aitia,* ›Schuld‹ bedeutet; schon die ältesten erhaltenen Kosmogonien haben mit Zorn und Verfolgung höchst absichtsvoller Weltschöpfer begonnen (S. 118). Noch älter sind die eiszeitlichen Dokumente der Höhlen-, Schädel- und Bärenkulte. Wenn schon der Neandertaler meinte, daß nach dem Tod noch etwas geschehe (Abb. 52), oder glaubte, wie das noch heute Völker der Arktis tun, daß der Bär eine Art Mittler zwischen dem Menschen und den die Welt beherrschenden Geistern wäre, so fand er sich bereits auf der Suche nach ihren metaphysischen Ursachen.[29] Die Angst, sagt Lukrez, war die erste Mutter der Götter. Der Glaube, die Delegierung von Absichten in das Reich jenseits der möglichen Erfahrung, war wohl des Bewußtseins früheste geistige Regung. Die Universalität der *re-ligio* hat ihren tiefen und unersetzbaren Grund.

Selbstredend bleibt diese Auslegung übergeordneter Ursachen biologisch nicht unverstärkt. Ganz im Gegenteil. Es muß immer wieder von lebenserhaltender Bedeutung gewesen sein anzuerkennen, mit all seinen Unterfunktionen selbst nur Funktion einer ganzen Serie von Oberfunktionen zu sein. Tatsächlich ist diese Erwartung durch die Organisation der Zwecke im Organischen, wie wir sahen, längst vorbereitet. Sie ist nur deren rationale Interpretation. Und wie dort bestimmt auch da der Lebenserfolg die Unterordnung des Individuums unter die übergeordneten

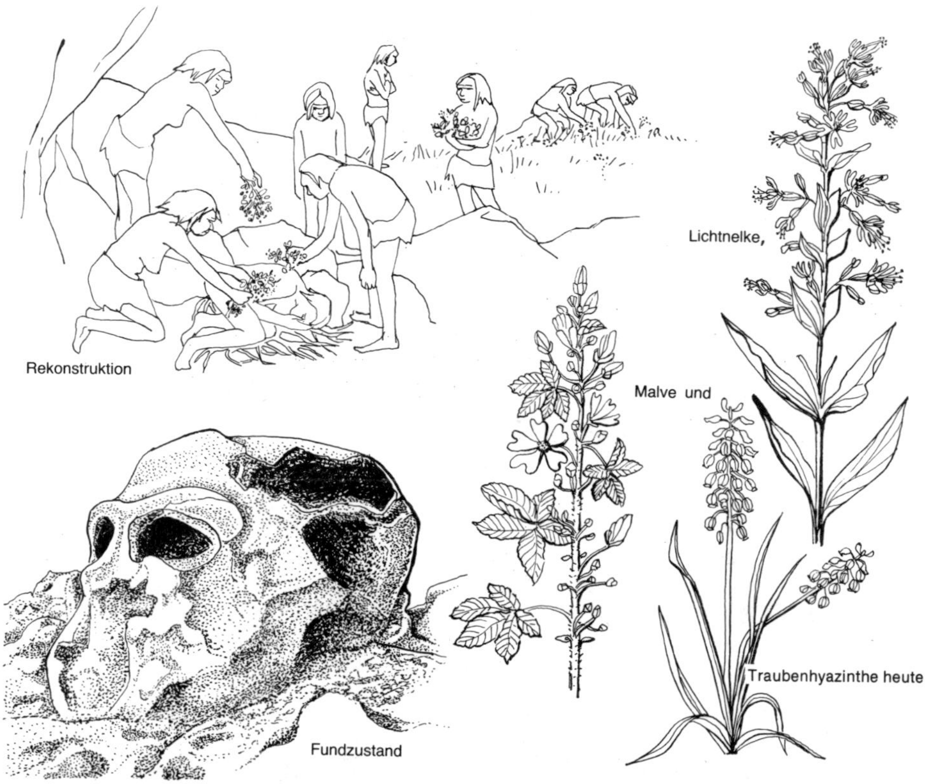

Abb. 52. ***Frühe metaphysische Zweck-Vorstellung*** am Beispiel der Neandertaler. 1960 fand RALPH SOLECKI in der Shanidar-Höhle (Zagros-Gebirge, Irak) Neandertaler. ARLETTE LEROI-GOURHAN (Paris) machte die Analyse der Bodenproben. Dabei fanden sich so dichte Mengen der Pollen von Malven, Lichtnelken und Traubenhyazinthen, daß an deren reichlicher Beigabe bei der Bestattung vor 60.000 Jahren nicht zu zweifeln ist. Waren sie als Heilkräuter beigegeben, wie manche im Irak noch heute für Umschläge und Medikamente verwendet werden? Oder waren es schon jene Motive, die uns heute veranlassen, Blumen auf ein Grab zu legen? (nach SOLECKI 1971, CONSTABLE 1973).

Funktionen des Geschlechterpaares und weiters unter die der Gruppe; die Unterordnung der Gruppe unter das Räuber-Beute-System, wie es die Beschwichtigungs-Zeremonien dort des Fruchtbarkeits- und des Schädelkultes – da des Bärenkultes, wenn auch in wunderlicher Weise, rationalisieren. Von den Höhlenmalereien bis zu den Mythologien wird uns gezeigt, wie das sich differenzierende Bewußtsein meint, mit den Oberfunktionen des Jagd- und des Gruppen-Glücks, der Wetter- und Jahreszeiten besänftigend verhandeln zu können.[30]

Die Hypothese von den Zwecken

Diese letzte im System der Hypothesen *enthält die Erwartung, daß die Funktionen ähnlicher Systeme als Subfunktionen desselben Obersystems verstanden werden dürfen.* Wir können auch sagen: *daß gleiche Strukturen demselben Zwecke entsprechen oder genügen werden.* Es scheint beispielsweise zu genügen, die Funktion irgendeiner Schere einmal erkannt zu haben, um denselben Zweck auch bei nur annähernd ähnlichen Strukturen, der Draht-, Lichtputz-, Krabben- oder Block-Schere geradezu zwangsläufig erwarten zu müssen. Daß dies in Analogien, wie in der Beinschere, im Scherengitter und Scherenschnabel unsere Sprachen füllt, wird man vor Augen haben. Denn es mischen sich Analogien nach der Form und nach der Funktion. Und man hat die Zwangsläufigkeit solcher Erwartung ähnlich dem ›magischen Denken‹ auch in ihren Fehlleistungen untersucht.[31] Wir werden gar nicht irre in unserer Erwartung, daß jegliches Gelenk, jeglicher Schlauch einer Subfunktion des Bewegens und Leitens in einem Obersystem zu entsprechen hätte, daß der Muskel im Bein, das Bein im Individuum, das Individuum in der Sozietät seinen Zweck erfüllte. Und zwar noch bevor wir über die Sache reflektieren.

»Wir haben also einen Begriff von einer Teleologie der Natur, und zwar *a priori*«, stellt schon IMMANUEL KANT fest, »und die Möglichkeit *a priori* einer solchen Vorstellungsart, welche doch noch keine Erkenntnis ist, gründet sich darauf, daß wir in uns selbst ein Vermögen der Verknüpfung nach Zwecken *(nexus finalis)* wahrnehmen.«[32] Es sei jedoch nicht übersehen, daß dieses *Apriori* der Zweck-Hypothese auf einer höheren Stufe der Evolution entstanden ist. Konnten wir zu dem Schlusse kommen, daß die Hypothesen der Wahrscheinlichkeit, des Vergleichens und der Ursachen schon vom Erbmaterial unseres Stammes erlernt wurden, so setzt die Hypothese von den Zwecken, wenn auch unter Anleitung der angeborenen exekutiven Kausalitäts-Hypothese, eine Ahnung des ›Ich‹ voraus; nämlich ein Urteil über die Richtung, aus welcher die Ursache auf uns selber wirkte. Ganz entsprechend finden wir dieses *Apriori* nicht unter KANTS *Apriori* der reinen Vernunft, sondern in der Kritik der Urteilskraft entwickelt.[33]

Wie die Zwecke entstehen

Entscheidend für uns wird nun die Frage, woraus Zwecke hervorgehen. Denn die Final-Ursache ist stets ein »Fremdling in der Naturwissenschaft« gewesen[34] und ein solcher bis heute geblieben.[35] Und so wird es zum Prüfstein für die Realität der Zwecke, wenn man in der Sprechweise des naturwissenschaftlichen Materialismus fragt, woher denn die Zwecke kämen. Einmal findet die Naturwissenschaft keinen Hinweis darauf, daß Zwecke vor den Schöpfungen der Evolution hätten existieren können. Ein andermal zeigt die kosmische und chemische, die biologische wie die kulturelle Evolution die Chronologie eines Schichtenbaus, in dem die Komplexität der Welt Schicht auf Schichte von den Quanten über die Atome, Moleküle, Biomoleküle und Individuen zu den Sozietäten und Kulturen folgerichtig zunimmt (Abb. 53). Und nur der extreme Idealismus konnte, etwa mit HEGEL, annehmen, daß das jeweils noch nicht existente Komplexere die Zweckursache zur Schaffung seiner vorhergehenden Schichte sein konnte. Wie also konnten die Zwecke vor den Gegenständen entstehen, die sie erfüllen?

Die Lösung ist einfach und zwingend: die neuen Zwecke entstehen immer zwischen dem Teil und dem Ganzen. Was immer an lebendigen Zwecken die Struktur der Organismen differenziert hat, was immer im Laufe von drei Jahrmilliarden an zweckmäßigen Zellen, Geweben, Organen, an Taxien, Trieben und Instinkten entstanden ist, es entstand als eine neue Zwischenschichte zwischen den Funktionen der Art und den Molekülen ihrer Erbprogramme. Und stets ist der oberste Zweck derselbe: die Erhaltung der Art. Und von ihm aus laufen die Ketten der Zweck-Ursachen form- und funktionsbestimmend in jedes Bein einer Krabbe, in deren Schere, deren Muskel, dessen Fasern und deren Myosin-Moleküle. Man wird sich an das Beispiel

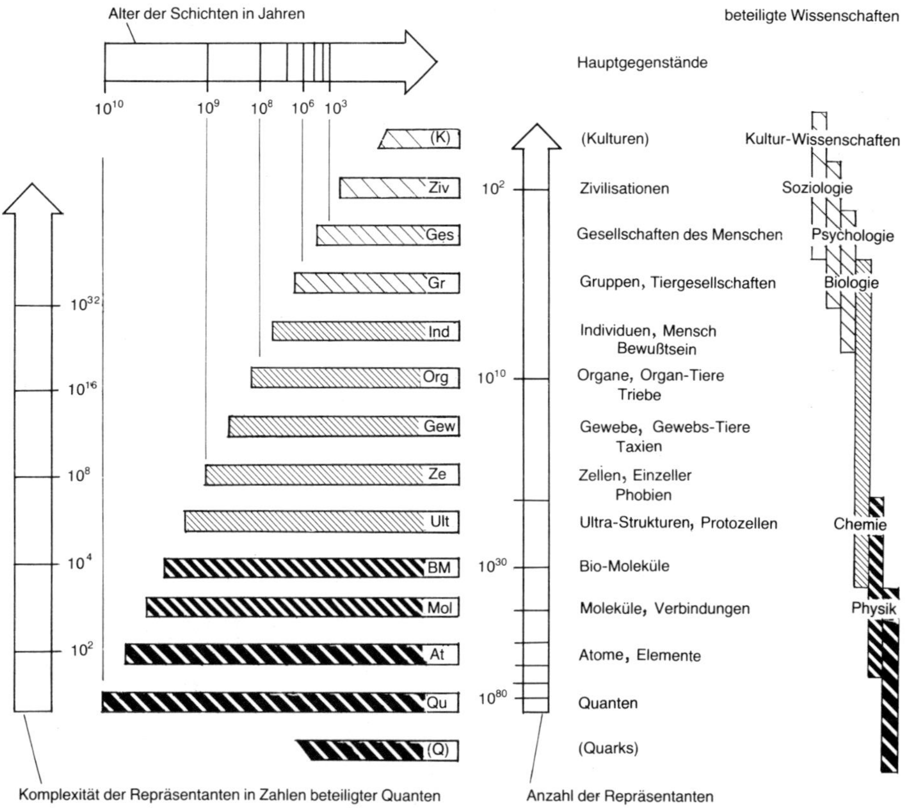

Abb. 53. *Der Schichtenbau der realen Welt,* stark vereinfacht auf ein Dutzend Schichten mit annähernd gleichem Abstand ihrer wachsenden Organisation. Die Pyramide ergibt sich aus dem Alter der Schichten und der Komplexität sowie der Zahl der Repräsentanten (nach RIEDL 1978/79).

vom Huhn (S. 152) erinnern. Der Mechanismus, der dies durchsetzt, ist uns bekannt. Erbänderungen sorgen fortgesetzt für Variation, und die Selektion sorgt für die Auswahl des Erfolgreicheren, Ökonomischeren, der schließlich wie weise erscheinenden Lösungen. Die Ursachen wirken jedoch von den Oberschichten, letztlich von der Arterhaltung, die wie ein Ziel in all jener Kreatur erhalten ist, die bislang vor der Selektion bestanden hat. »Daher spricht man in der Teleologie« naturwissenschaftlich, wie auch das schon KANT vorwegnimmt, »ganz recht von der Weisheit, der Sparsamkeit, der Vorsorge, der Wohltätigkeit der Natur, ohne dadurch aus ihr ein verständiges Wesen zu machen.«[36]

Die Zweck-Ursache als das Einende der Form-Ursachen

Wenn nun diese Final-Ursachen von Schicht zu Schichte insoferne gleichbleiben, als der gemeinsame Zweck immer nur der Erfolg des Überlebens ist, in den formenden Bedingungen, welche die Selektion durchsetzt, unterscheiden sie sich. Selbstverständlich sind die Funktions- und Formbedingungen, welche die Selektion aus den Erfordernissen des Überlebens der Krabbe ihren Extremitäten verschreibt andere als die Funktions- und Formbedingungen, welche die Extremität der Schere, die Schere dem Muskel und so fort bis zum Myosin-Molekül auferlegt. Die gemeinsame Zweck-Ursache ist nur das Einende aller Form-Ursachen des Lebendigen. Wo die Form-Ursachen von Schicht zu Schicht wechseln, zieht im Organischen die Zweck-Ursache einheitlich durch. Gemeinsam ist den beiden allerdings die Richtung ihrer Wirkung. Bei beiden steckt die Ursache in den Bedingungen der Oberschichte und in beiden tut sie ihre Wirkung in der jeweiligen Unterschicht. Der ersten Lösung eines alten Erkenntnisproblems sind wir damit sehr nahe.

»Die Welt« so wird KANT von R. EISLER kommentiert, »ist so eingerichtet, daß die in ihr waltenden Kräfte und Gesetze zu einer zweckmäßigen Entwicklung führen.«[37] Und »zu den Maximen der Vernunft gehört, daß selbst dasjenige, was die deutlichste Beziehung auf Zwecke enthält, doch nach der Ordnung der Natur entstanden sei.«[38] Nur ob der *nexus finalis* ein objektives Prinzip der Natur wäre, das läßt KANT offen. »Wir wissen nicht, ob er bloß ein vernünftelnder und objektiv leerer« Begriff sei;[39] »ein subjektives Prinzip der Vernunft für die Urteilskraft, welches als Regulativ (nicht konstitutiv) für unsere menschliche Urteilskraft ebenso notwendig gilt, als ob es ein objektives Prinzip wäre.«[40]

Ob Form-Ursachen ein Prinzip der Natur sind

Nachdem wir aber die Beziehung zwischen Final- und Form-Ursachen auffanden, können wir weiter fragen, ob Form-Ursachen ein Prinzip der Natur sind. Dabei finden wir: Form-Ursachen enthalten in der ganzen Natur jene einschränkenden Voraussetzungen, welche die jeweiligen Obersysteme den Erhaltungsbedingungen der in ihnen möglichen Untersysteme auferlegen. Das Prinzip ist einheitlich, nur seine Namen wechseln mit den Schichten, zwischen welchen wir seine Wirkung beobachten. In den anorganischen Wissenschaften nennt man sie die Randbedingungen (Abb. 54), in der Biologie spricht man von Selektion, Konkurrenz und Zuchtwahl der Individuen und von der Adaptierung ihrer Organisation, im Verhalten, in Zivilisation und Kultur dagegen von Wahlentscheidung, Urteil und Vernunft.

Nun ist an der Realität des Prinzips nicht zu zweifeln. Denn nur zu eindeutig bestimmen die Randbedingungen des Kosmos die Form seiner Galaxien, diese ihre Sonnensysteme, diese ihre Planeten, die Planeten die in ihnen möglichen Verbindungen, diese die Auswahl ihrer Atome und jedes Atom die Zahl der austauschbaren Quanten. Und auch all diese Bildungen sind Einschübe der Differenzierung, zwischen dem Ganzen des Kosmos und seinen kleinsten Teilen, den Quanten (Abb. 54). – Schiebt sich zwischen einem Planeten und der auf ihm möglichen Oberfläche und Atmosphäre die Schichtengruppe des Lebendigen ein, so verlängert sich die Hierarchie der Form-Ursachen noch beträchtlich. Denn es selektiert das Milieu die Arten, in diesen konkurrieren und wählen die Individuen, und die Form-Bedingungen der Individuen bestimmen die adaptive Organisation der Organe, diese die Gewebe, die Gewebe die Zellen, die Zellen ihre Biomoleküle, hinunter bis zur letzten lebensnotwendigen Wasserstoff-Brücke eines Moleküls im molekularen Faden der Erb-Information. – Schiebt sich zwischen Milieu und Art das Schichtpaket der Sozietät ein, so wählt diese ihre Gruppen und diese die in ihr tolerierten Individuen und so weiter. – Dies setzt sich fort bis in die Schichten-Differenzierung der Kulturen, in die Wahlentscheidungen, die sogenannte Vernunft, nunmehr nach deren Gesetzen.

Die objektive Wirkung der Form-Ursache besteht also in sämtlichen Schichten der

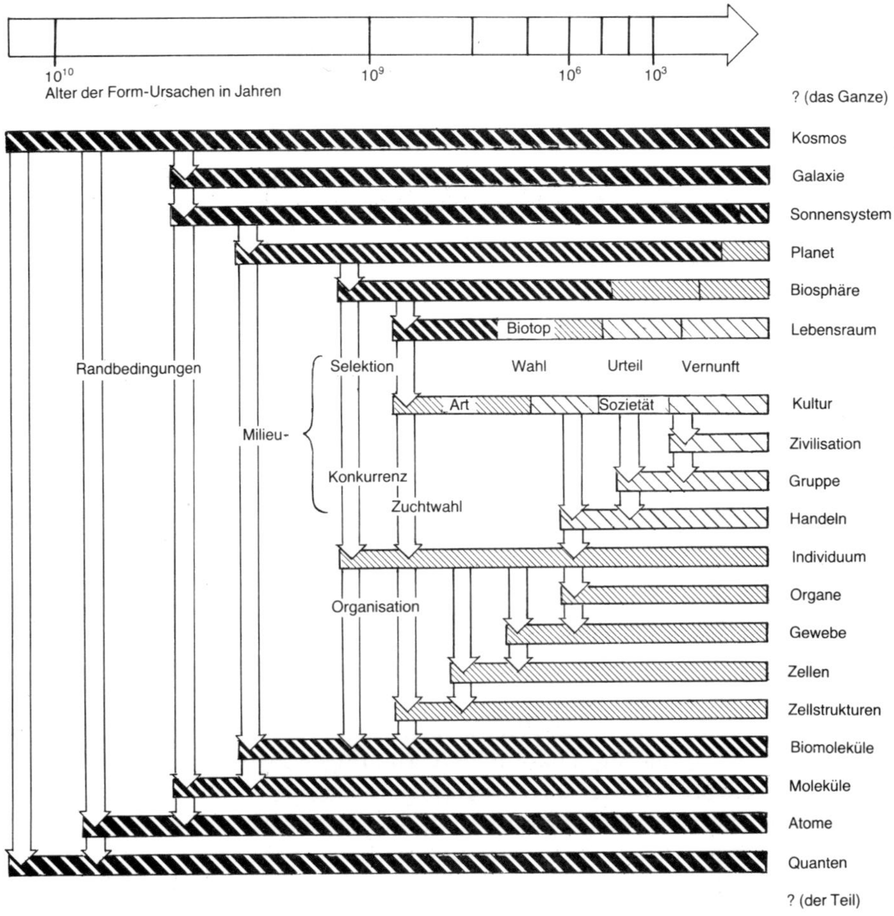

Abb. 54. *Die Entwicklung der Form-Ursachen* im Zusammenhang mit der Evolution des Schichtenbaus der realen Welt (vergleiche Abbildung 53); geordnet nach dem Alter und der Komplexität der Schichten. Von Interesse ist die Entwicklung zwischen dem ›Teil‹ und dem ›Ganzen‹, die schrittweise Differenzierung der Formbedingungen und der Wechsel unserer Begriffe für dieselben von den ›Randbedingungen‹ bis zur ›Vernunft‹ (nach RIEDL 1978/79).

realen Welt in der Beschränkung der möglichen auf die beständigsten Untersysteme unter den Erhaltungsbedingungen ihres jeweiligen Obersystems. Dies ist die erste Lösung des Problems, und es zeigt sich, wie es die idealistische Philosophie verlangt, daß Ursachen tatsächlich vom Ganzen auf seine Teile wirken. Umgekehrt also, als es die materialistische Welterklärung zulassen will. Dies ist schon für KANT »eine ganz andere Art von ursprünglicher Kausalität«, die für ihn noch so aussieht, als ob der Natur »ein architektonischer Verstand zum Grunde liege.«[41]

Die Grenzen der Zwecke

Wie sehr nun auch im Organischen unsere Begriffe von den Zweck- und Form-Ursachen parallel laufen und einander bestimmen, an den Grenzen des Organischen liegen für unser Gefühl auch die Grenzen der Zwecke. Diese lassen sich leicht auffinden, indem wir das, was wir unter den Form-Ursachen noch als einen Zweck empfinden durch die Schichten der realen Welt verfolgen.

Der Zweck unserer absichtsvollen Handlungen erscheint uns als evident. Verfolgen wir die Schichten aufwärts und fragen nach unserem eigenen Zweck als Individuum, so bedarf es schon einiger Reflexion, um ihn zu bestimmen. Wir sind nun Teil der Menschheit. Fragt man nach deren Zweck, so werden wir unsicher oder bedürfen der Anleihen in Bereichen jenseits der Erfahrung. Die Menschen sind nun fraglos ein Subsystem der Biosphäre, dieses ein Subsystem des Planeten und weiter des Sonnensystems. Aber schon an der Biosphäre, oder längstens an unserem Planeten hat unser Zweck-Begriff geendet.

Das Hindurchreichen der Zwecke

Hinunterzu verfolgen wir zwar die Zwecke bis zum letzten für den Lebenserfolg erforderlichen Molekül und seiner Quanten. Aber das Wassermolekül, das uns mit seiner Verdunstung an der Haut noch zweckvoll kühlte, hat für uns seinen Zweck verloren sobald es davonschwebt. Und nicht minder gewinnt für unseren Begriff auch das köstlichste Wasser erst seinen Zweck, wenn es seine lebenserhaltenden Funktionen aufnimmt, etwa wenn es ein Durstender entdeckt und ihm zustrebt. Wir finden in den unteren Schichten ein Hindurchreichen der Zwecke. Sie entstehen, indem sie Funktionen für das Lebendige aufnehmen und geben sie ab, sobald sie diese verlassen. Beide Grenzen sind ›vernünftelnd‹, von unseren Mutmaßungen bestimmt und wandeln sich mit unseren Kenntnissen und Neigungen.

Die Zweck-Vorstellung hängt also offenbar von unserer Meinung ab, ob, wie wir vermuten möchten, eine Subfunktion mit vernünftigen Erfolgschancen in der Lage wäre, den Lebensbedürfnissen ihres Obersystems zu genügen. So kommt es, daß wir selbst die elementarste Lebensfunktion, etwa die Wassersuche des Verdurstenden für zwecklos erachten, wenn wir der Meinung sind, daß er keine Chance hat Wasser zu finden. Und so kommt es, daß wir die Zwecke aller Zahnräder, Wellen und Transmissionen selbst in einer zwecklosen Maschine erkennen, weil die Absichten und der Erfolg ihres Erbauers deutlich sind.

Der Zweck als Ehrentitel

Der Zweck ist also ein achtungsvoller Titel für das durchreichend Gleichbleibende jener Form-Ursachen, von welchen wir meinen, sie im Vergleich zur Erfüllung unserer eigenen Lebensfunktionen und Absichten sehen zu können. Ähnlich dem Begriff der Harmonie, welcher eine Ehrenbezeugung vor jenen Proportionen darstellt, die wir als angenehm erleben. Zweck wie Harmonie entspringen einer Bewunderung für uns selbst. »Zwecke«, sagt KANT, »haben eine gerade Beziehung auf die Vernunft, sie mag nun fremde oder unsere eigene Vernunft sein. Allein, um sie auch in fremde Vernunft zu setzen, müssen wir unsere eigene wenigstens als ein Analogon zum Grunde legen; weil sie ohne diese gar nicht vorgestellt werden können.«[42]

Für unsere Ableitung der *a priori-* aus der *a posteriori-*Erfahrung unserer angeborenen Lehrmeister ist der Zweck bereits ein Analogie-Schluß dritten Grades. Wir schlossen vom Ähnlichen auf das Gleiche der Struktur, weiters vom Gleichen auf dasselbe der Ursache, und wir schließen hier nochmals weiter von gleichen Subfunktionen auf dieselbe Oberfunktion.

Freilich ist auch dieser Analogieschluß, wie jedes Vorausurteil am Beginn der Erfahrung so naiv, aber auch ebenso lebensnotwendig wie seine Vorgänger. Er fördert durchaus unsere Erhaltungsbedingungen, wenn wir uns beispielsweise der vermeintlichen Wut des Feldwebels, des Stieres, des aufgestöberten Wespenschwarmes sofort und ohne Grübelei zu entziehen trachten; indem wir uns lediglich von einer Analogie, von den Folgen, die unsere eigene Wut haben könnte, leiten lassen.

Wie aber nun auch immer die Zweck-Ursache ein Ehrentitel für einen zunächst naiven Analogieschluß, noch dazu dritten Grades, sein mag, es besteht ein Bereich in der realen Welt, dem sie ganz entspricht. Sie entspricht dem Einenden aller Form-Ursachen für den uns so wichtigen Bereich des Lebendigen.

An dieser Stelle müssen wir etwas von unserem Gegenstand zurücktreten, um eine Perspektive nachzuholen, die schon am Beginn unserer Untersuchung der Ursachen auftauchte, die wir aber erst jetzt zu begründen vermögen.

Materialismus und Idealismus

Schon am Beginn der Ursachen-Diskussion (S. 120) begegneten wir dem ungelösten Problem einer Welt aus vier Ursachen; beziehungsweise, wir begegneten einem Lösungsversuch (S. 121), der darin bestand, unter allen Ursachen die Ur-Ursache finden zu wollen. Man wird sich erinnern, daß diese Bemühung in die Unverträglichkeit von Materialismus und Idealismus mündete, in einen Widerspruch unseres Weltbildes, den zweitausend Jahre Kulturgeschichte nicht, und bis dato nicht behoben haben. Diesen können wir nun beheben.

Wir kommen nämlich zur Einsicht, daß im Netzwerk funktioneller Kausalzusammenhänge, bezieht man es auf den Schichtenbau der realen Welt, tatsächlich gegenläufige Ursachen-Richtungen real existieren. Solange wir der ›Hypothese von der Ur-Sache‹ ganz allgemein folgten, schlossen wir uns vorwiegend dem herkömmlichen materialistischen Konzept der Naturwissenschaften an, das seit GALILEI und NEWTON die Antriebs-Ursache, die *causa efficiens*, als die einzig wissenschaftlich faßbare Ursache betrachtet. Aber sobald wir Gegenstände höherer Komplexität erreichten war es bereits nötig, nach Außen- und Binnen-Ursachen zu unterscheiden, von denen es sich zeigte (S. 139), daß sie einander entgegenlaufen. Mit der ›Hypothese vom Zweckvollen‹ entwickelten wir nun die naturwissenschaftliche Begründung der Zweck- aus der Form-Ursache, der *causa finalis* aus der *causa formalis*, die, ein ›Fremdling‹ in unseren Naturwissenschaften, stets eine Säule der Geisteswissenschaften und das Kausalkonzept der idealistischen Welterklärung gebildet hat.

Nun finden wir die vier Formen der Ursache (Abb. 55) in einem symmetrischen Verhältnis zueinander: *causa efficiens* und *materialis* wirken aus den tiefen Schichten aufwärts, *causa finalis* und *formalis* aus den oberen Schichten abwärts durch den Bau der realen Welt.[43] Und während sich die Material- und Form-Ursachen von Schicht zu Schichte ändern, ziehen die Antriebs-Ursache als Kräfte, die Final-Ursache, jedenfalls im Organischen als Zwecke, unverändert durch diese hindurch.

Indeterminismus und Determinismus

Bilden die vier Ursachen, wie wir dies ableiten, ein wechselabhängiges System, so klärt sich mit ihm ein zweites, ebenso altes Problem; die Unverträglichkeit von Indeterminismus und Determinismus. Man wird sich (von S. 121) erinnern, daß die Zweifel an der lückenlosen Gesetzlichkeit der Welt dem materialistischen Weltbild der Na-

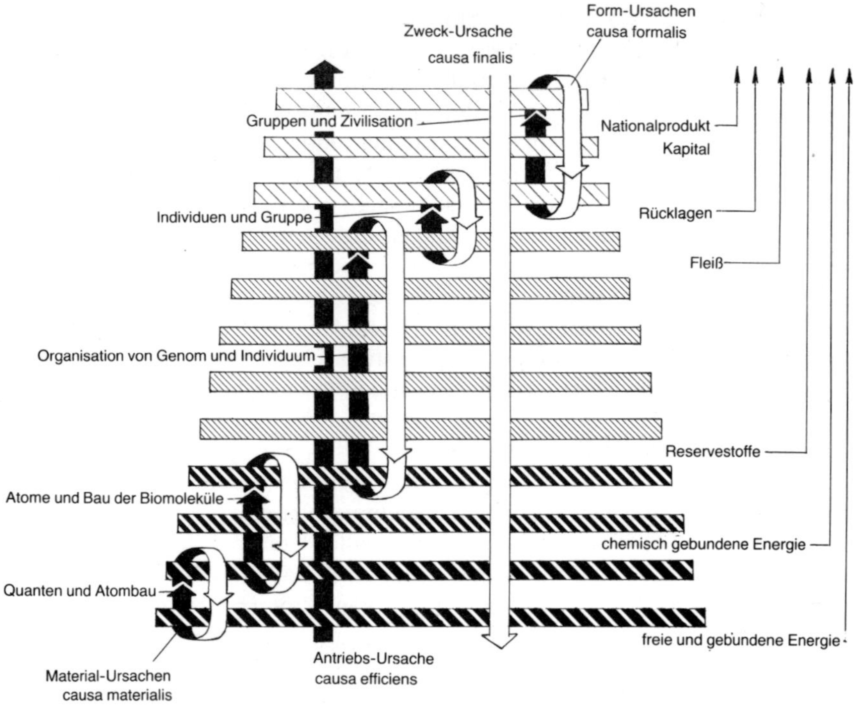

Abb. 55. *Die vier Formen der Ursachen* in ihrer Lage zum Schichtenbau eines Individuums und seiner Zivilisation. Die Kreisläufe der Material- und Formursachen ändern sich von Schicht zu Schicht. Die Zweck- und Antriebsursachen reichen dagegen unverändert durch den ganzen Schichtenbau hindurch; einige Schreibungen der Antriebs-Ursache, der Formen von Energie, sind eingetragen (nach RIEDL 1978/79; man vergleiche auch die Abbildungen 53 und 54).

turwissenschaft entspringen; daß der reale Zufall in der Schichte der mikrophysikalischen Vorgänge entdeckt wurde; und daß sich diese Indetermination in den Makrobereich unserer Welt verlängern kann. Hält man sich vor Augen, daß die gesamte Kreativität der Evolution des Organischen darauf zurückzuführen ist, daß sich die Organismen in den Zufalls-Mutationen des Erbmaterials den mikrophysikalischen Zufall erhalten haben, dann scheint alles Lebendige indeterminiert. Und da der Zufall das Gegenteil des Zwecks ist, meinten Materialisten wie JACQUES MONOD, der Mensch möge endlich begreifen, daß er in dieser Welt weder Sinn noch Zweck haben kann.[44] Unverträglich damit ist aber allein schon unser Erleben des Zwecks, unser Gefühl, daß das nicht stimmen kann.

Umgekehrt läuft die Deutung des Idealismus, der vom obersten Weltenzweck eines Schöpfers ausgehen muß. Von hier aus wird alle Evolution zur deterministischen, zwangsläufigen Konsequenz einer umfassenden Absicht. So haben es Idealisten, wie zuletzt TEILHARD DE CHARDIN, abgeleitet.[45] Unverträglich damit ist es wiederum, daß eine von Anfang an determinierte Welt keinen Raum für das Schöpferische, die Verantwortlichkeit und für eine Voraussetzung des freien Willens läßt, was auch den Idealisten nicht entgangen ist.[46]

Unsere Lösung ist ein Weltbild, in dem Determination, Gesetzmäßigkeit durch den Zufall entsteht, indem der notwendige, schöpferische Zufall in die Falle zufällig sich bildender Notwendigkeit geht. »Gott würfelt nicht!« hat, wie wir wissen, ALBERT EINSTEIN wiederholt gesagt. Er würfelt, sagt heute MANFRED EIGEN, »aber er befolgt auch seine Spielregeln!«[47] Jene, die er im Antagonismus zwischen Sinn und Freiheit erwürfelt. Hier dürfen wir diesem Gegenstand nicht weiter folgen. Er ist nur eine der weiteren Konsequenzen unserer ›Biologie der Erkenntnis‹. Sie bildet aber eine Grundlage zur Erkenntnis dieser ›Strategie der Genesis‹, die ich an anderer Stelle ausführlich beschrieb.[48] – Wir haben uns vielmehr auf die Frage zu konzentrieren,

wie der Zweck einen Sinn bekommt

und zwar in dem naturwissenschaftlichen Sinn einer echten Zielbildung, eines in die Zukunft weisenden Richtungssinns, also auf das Problem der Teleonomie realer Prozesse. Damit, falls wir uns nicht vorsehen, so resümiert WOLFGANG STEGMÜLLER, »betreten wir einen ebenso altehrwürdigen wie fast undurchdringlichen philosophischen Urwald.«[49] Die teleologische Erklärung hat ja eine Ziel-Ursache im Auge; und »was in einer solchen Erklärung geschieht ist nichts Geringeres, als daß ein gegenwärtiges Geschehen durch Bezugnahme auf künftige Zustände und Vorgänge erklärt wird.«[50] Tatsächlich sind in der Zukunft wirkende Ziel-Ursachen gar nicht in unserem Sinn. Denn was wir an Form- und Zweckursachen aufdeckten, unterscheiden sie sich ausschließlich in der Wirk-Richtung im Schichtenbau der Komplexität, nicht aber in der Zeit-Richtung von den Ursachen der Antriebe und Materiale. Das ist entscheidend. Wir sprechen von Teleonomie.

Das Zusammenwirken der beiden, der Binnen- und Außen-Ursachen, fördert einen biologischen Lernprozeß besonderer Art. Im Erbmaterial, so zeigt das Phänomen von Homologie und Typus, wird nicht nur die Erfahrung, die mit dem Milieu gemacht wird, eingebaut, sondern es wird auch die Erfahrung aus den Zwecken der eigenen Organisation fest im Programm aufgenommen. Der Umstand, daß wir unzweideutige Einheiten, wie Käfer, Farne oder Säugetiere definieren können und stets bestätigt finden, also ›die Ordnung des Lebendigen‹, das ist auf diesen Lernprozeß zurückzuführen. Unter jenem Titel[51] habe ich diesen Vorgang fachlich begründet. Er verlangt eine zu technische Darstellung, um ihn hier ganz aufzurollen. Für unsere Frage aber, wie der Richtungs-Sinn in den Ablauf der Evolution kommt, genügt die Einsicht in folgenden Zusammenhang.

Die im Erbmaterial codierten Aufbau- und Betriebs-Anleitungen bleiben voneinander nicht unabhängig. Im Gegenteil. Die Selektion muß vielmehr jene Mutanten auslesen, bei welchen zufällig Wechselwirkungen zwischen solchen Erb-Nachrichten entstanden, die für Bauteile codieren, welche in gleicher Weise funktionell zusammenhängen; und zwar aufgrund deren wesentlich erhöhter Anpassungs-Geschwindigkeit.[52] Damit lernt das Erbmaterial aus dem Erfolg seines Produktes eine spezielle Logik oder Grammatik, die mit zunehmender Komplikation, mit zunehmender funktioneller Verantwortung nicht mehr ersetzt und immer weniger verändert werden kann. Die Grundmerkmale aller Verwandtschaftsgruppen werden ein für allemal fixiert. Wir besitzen damit

die vierte Lösung des Homologie-Problems,

nunmehr die funktionelle Begründung der Entwicklung des Typus und der Baupläne der Organismen. Das ist der Grund, warum die Begriffe der Systematik reale Naturdinge beschreiben. Das ist die Ursache dafür, daß ein Säugetier ein Säugetier bleiben muß, daß die Adaptierbarkeit des Säuger-Bauplans keinen Vogel und keine Fische zu bilden mehr zuläßt, obwohl die Selektion durch das Milieu bei der Fledermaus und beim Delphin seit hundert Millionen von Jahren dies durchzusetzen versuchte.

Nun ist aber die Fixierung einer Gruppe von Merkmalen, die Festlegung einer systematischen Einheit, kein singuläres Ereignis. Vielmehr werden Schicht auf Schicht Merkmalsgruppen unwiderruflich determiniert. So ist im Erbmaterial beispielsweise des Menschen Stufe für Stufe die mögliche Adaptierbarkeit auf die Merkmale der Tiere, der Vielzeller, der Bilateral- und Körperhöhlen-Tiere, der Chordatiere, der Wirbeltiere, Vierfüßer, Säuger, Placentalier, Primaten,[53] auf die der Gattung *Homo* und der Art *Homo sapiens* eingeengt. Eine ganze Hierarchie von Vorschriften streckt die Kurve der Variabilität immer mehr in die Zeitachse (Abb. 56). Es entstehen die hohlen Kurven der Systematik[54].

Solche Stammbaum-Kurven, deren Streckung wir durch Fossilien über mindestens fünfhundert Jahrmillionen dokumentiert sehen, lassen nun gewisse Prognosen auch über die Zukunft zu. Wir sind zu der Annahme gezwungen, daß sie sich in ähnlicher Weise in die Zukunft verlängern werden. Jede andere Erwartung wäre unbegründet. Und damit verbinden sich die Phänomene von

Orthogenese, Richtungs-Sinn und Teleonomie

Die Orthogenese beschreibt den Umstand, daß die Bahnen der Evolution eine Richtung genommen haben.[55] Der Richtungs-Sinn ist die erste Konsequenz daraus. Er enthält die Extrapolation der eingeschlagenen Richtung in die Zukunft. Er läßt voraussehen, was den evolvierenden Systemen in der Zukunft möglich, welches Zielfeld ihnen offen geblieben ist. Und dies ist wieder eine biologische Konsequenz der Teleonomie. Es existiert für jede Evolutions-Bahn etwas wie ein Ziel, ein Zielfeld in der Zukunft. Welches letztlich darin besteht, daß es immer unwahrscheinlicher wird,

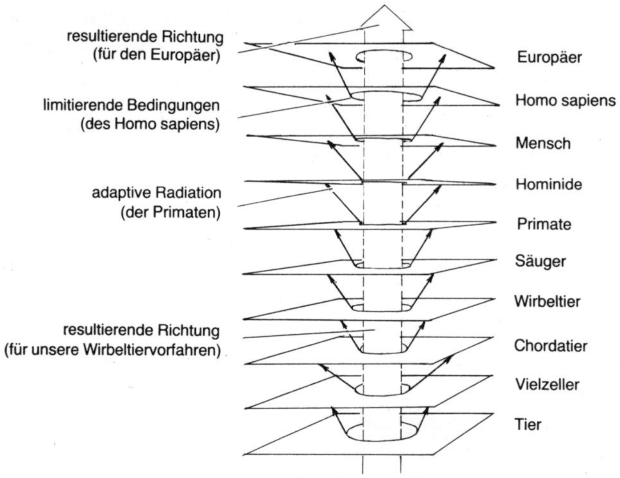

Abb. 56. *Die Ursache des Richtungshaften in der Evolution.* Ein hierarchischer Schichtenbau von Randbedingungen engt in jeder Evolutionsbahn die adaptive Radiation (die sich ausbreitenden Möglichkeiten durch Anpassung an die neuen Milieus) und in jeder Schichte wieder ein; so daß auch unsere Bahn, ohne daß sie von vornherein gezielt sein mußte, letztlich ein bestimmtes Ziel erhält.

Fixierungen zu überwinden, je weiter übergeordnet das fixierte System gerangt ist. So wird die Grenze der Art immer wieder, die der Gattung und Familie immer seltener, die der Ordnung und Klasse kaum oder nie mehr durchbrochen.[56]

Dabei ist es nun entscheidend einzusehen, daß hier nichts teleologisch aus der Zukunft in die Gegenwart wirkt, daß kein Naturgesetz zu finden ist, das etwas beabsichtigt oder ein Ziel im Auge hätte. Es sind die wechselwirkenden Einschränkungen durch die Material- und Form-Ursachen, welche die sich entwickelnden Systeme in den ihnen verbleibenden Erhaltungsmöglichkeiten oder Zwecken fortgesetzt in eine Richtung lenken. Der Richtungs-Sinn entsteht mit einer Häufung dieser Zwecke selbst. Er ist das Produkt zahlloser Zufälle und, in der Folge, deren Festlegung zu Notwendigkeiten. Man kann also die Richtung, welche die Bahn einschlägt, einen Zufall nennen. Jede fixierte Bahn aber zielt schließlich, wenn auch ungeplant, so doch mit Notwendigkeit auf ein sehr bestimmtes Zielfeld. Und diese Einhaltung der Bestimmung eines Zwecks ist es, welche ihn aus seinen sonst so wechselvollen Bestimmungen zur Würde dessen erhebt, was wir als Sinn erleben.

Für die Zukunft des Menschen bedeutet das, daß er sich nie mehr den Lebensgesetzen des Wirbeltieres, des Säugers, des Sozialverbands, der verbalen Kommunikation, der Reflexion wird entziehen können. Er hat keine Möglichkeit mehr seine Überlebens-Chance etwa durch eine Verlegung seines Skeletts nach außen, durch Eierlegen, durch solitäre Lebensweise, ja nicht einmal mehr durch das Einstellen jeder Mitteilung oder alles Denkens zu vergrößern. Seine Überlebens-Chancen liegen nur mehr in einer erfolgreichen Adaptierung seiner Hand, seiner Sprache und seiner Vernunft. Und es ist interessant festzustellen, wie sehr dieses verbliebene Zielfeld, dieser Richtungssinn, einer Entfaltung von Geschicklichkeit, Verständigung und Verstehen mit dem übereinstimmt, was wir als unseren eigenen Sinn zu verstehen meinen.

Die Ökonomie der Seele

Wenn wir also, zusammenfassend, zu dem Schlusse kommen, daß die Rationalisierung der in unserem Stamme vorbereiteten Hypothese von Sinn und Zweck einer Ökonomie im Haushalt unserer Seele entspricht, begründet sich dies in drei Ebenen:

Erstens enthält die Zweck-Ursache die Erwartung, daß die meisten Funktionen des Organischen, somit auch die meisten unserer Handlungen, Subfunktionen der Funktion eines weiterhin übergeordneten Systems sein werden. Wie könnte ich »nach der eigentümlichen Beschaffenheit meines Erkenntnisvermögens«[57] mich auch anders zu meinen Handlungen entschließen, wenn ich nicht, wie auch immer undeutlich, ja unter Umständen fälschlich, der Annahme wäre, daß sie zum Nutzen einer nächsthöheren Lebensfunktion gesetzt wären?

Zweitens enthält die Zweck-Hypothese die Anerkennung einer ganzen Hierarchie von Zwecken. Sie geht parallel mit einem Stufen-System von Form-Ursachen, welche sämtlich die Erhaltungs- oder Überlebens-Bedingungen derselben Hierarchie realer Systeme bestimmen. Das durchlaufend Einende dieser Bedingungen erleben wir, im Mittelbereich, als den Zweck der Dinge. Und da wir kein Organ dafür besitzen, die Enden dieser Hierarchie der Zweck-Ursachen zu erleben, sind wir, wie ja im Erleben jedes Ursachen-Zusammenhangs auf die relativen Gewißheiten in seiner Mitte angewiesen. Wie könnten wir leben, wenn wir nicht meinten, wenn auch unbestimmt, vielleicht sogar fälschlich, daß letztlich doch auch alle unsere weiteren Lebensfunktionen Funktionen noch weiterer Funktionen wären; wenn wir nicht meinen dürften, den Zweck unserer Handlungen aus dem Lebenszweck und diesen, da er schwer erkennbar, wenn nicht im Zirkelschlusse wiederum aus den Zwecken unserer Handlungen, doch ganz allgemein aus der Hierarchie der Zwecke begründen zu können?

Und drittens kann man mit dem Bewußtmachen des Schichtenbaus der Zwecke wahrnehmen, daß mit ihm Richtungs-Sinn und Ziele der Evolution entstehen, und daß diese unseren Überlebens-Chancen noch offenen Zielfelder auffallend mit dem übereinstimmen, was uns selbst, wenn auch vage und in zunehmendem Maße verunsichert, als des Menschen Sinn zu verbleiben scheint. Und da nur wenige unter uns Menschen, wie es den Anschein hat, ihr Leben als sinnvoll zu betrachten vermögen ohne jeweils noch einen weiteren Sinn ihrer individuellen Existenz anzunehmen; und da uns dieser Sinn durch die Widersprüchlichkeit der Ideologien und deren unverträgliche Rechtsansprüche subjektiv immer ungewisser wird; so mag weiterhin zur Ökonomie unserer Seele die Einsicht beitragen, daß die Evolution den objektiven Sinn von uns allen mit uns selbst entwickelt hat.

Vom Sinn und Unsinn der Zwecke

Es wäre nun höchst oberflächlich zu meinen, daß die in uns vorbereitete Zweck-Hypothese nur zum Guten wirkte. Wir haben auch schon zu viel von der Ambivalenz aller Errungenschaften der Evolution erfahren, um dies unbesehen zu erwarten. Und es wäre wenig verantwortungsvoll hier zu schließen. Man wird auch schon voraussehen, wo der Unsinn dieses vierten Voraus-Urteils über unsere Welt beginnen wird; nämlich wieder an den Grenzen des Prüfbaren, an den Grenzen der Selektion. Denn selbstredend kann ein Voraus-Urteil, das, wie wir wissen, in Unkenntnis des Weltganzen zum Zwecke des Erkenntnisgewinns in dieser Welt entwickelt werden mußte, nur für jenen Bereich richtig werden, in welchem es fortgesetzt geprüft wurde. Im Selektionsbereich wird es zum weisen Lenker. Jenseits desselben wird es zum baren Unsinn, systematisch zur Irreführung und absichtsvoll verwendet zum Betrug.

Die Differenzierung der Abhängigkeiten

Die Hypothese von den Zwecken enthält, wie man sich (von S. 159) erinnern wird, das Voraus-Urteil, daß hinter den Funktionen gleicher Systeme dieselbe bestimmte Funktion gegenüber demselben Obersystem zu erwarten wäre; daß gleiche Strukturen denselben Zweck haben würden. Untersuchen wir also zuerst ihre Erfolge:

Im Nichtbewußten, beim Erkenntnisgewinn des Ratiomorphen, leitet diese Hypothese zur Weisheit, mit einer prognostizierbaren Differenzierung der Abhängigkeiten zu rechnen. Es entsteht in den Organismen eine ungeheure Hierarchie der Subfunktionen und Substrukturen der Zwecke. »Dies ist der Begriff von einer Zweckmäßigkeit der Natur... wie der von der Struktur der Augen und Ohren, von der aber«, wie es IMMANUEL KANT noch auslegen mußte, »was Erfahrung betrifft, es keine weitere Erkenntnis gibt, als was EPIKUR ihm zugestand, nämlich daß, nachdem die Natur Augen und Ohren gebildet hat, wir sie zum sehen und hören brauchen, nicht aber beweiset, daß die sie hervorbringende Ursache selbst die Absicht gehabt habe, diese Struktur dem genannten Zweck gemäß zu bilden.«[58] Nun aber wissen wir, daß die Natur zwar keine Absichten gehabt hat, daß sie aber unter allen Zufalls-Versuchen fortgesetzt jene auslesen mußte, deren Substrukturen sich als Funktionen der Oberfunktion, nämlich der Arterhaltung bewährten. Dabei läßt sich nicht einmal sagen, daß es der Zweck der Natur gewesen wäre Arten zu erhalten. Aber selektionsgemäß blieben eben nur jene erhalten, die selbst wieder als Funktion der nächsten Oberfunktion, den im Milieu gegebenen Erhaltungs-Bedingungen entsprachen. Die Zwecke entstehen eben mit ihren Systemen.

Zwecke sind damit Ausleseprodukte der Lebensfunktionen von Subsystemen im Rahmen der Erhaltungs-Bedingungen ihrer jeweiligen Obersysteme; sie sind das durchgehend Einende einer ganzen Hierarchie von Form-Ursachen, eingeschaltet zwischen dem Teil und dem Ganzen; der Erhaltung des Individuums, der Art, der Sozietät und ihrer Kultur. Dabei zählt es zur ›Strategie der Genesis‹[59], daß selbst der Träger der weiterzugebenden Erfahrung, dies ist das Erbmaterial, nicht nur den Gesamtzweck, sondern die ganze Hierarchie ihre Zwecke erlernt.

Die Anerkennung unserer differenzierten Abhängigkeit

Dieselben Erhaltungs-Bedingungen der Differenzierung leiten die Rationalisierung der Zwecke an. Bewußt erleben wir sie dann als die Anerkennung unserer differenzierten Abhängigkeit von übergeordneten Form-Ursachen. Und diese Anerkennung ist wiederum von lebenserhaltender Bedeutung. Dabei läßt sich, entgegen der Auffassung des dialektischen Materialismus, kein Gegensatz finden zwischen Baumeister und Biene.[60] Diese Auslese der Subfunktionen unter Anleitung der Oberfunktionen, ob wir diese nun schichtweise Randbedingungen nennen, Selektion, Zuchtwahl, Urteil oder Vernunft, ist für das Biomolekül, die Körperfunktion, das genetisch, reflektorisch oder rational lernende Individuum dasselbe. Alle anerkennen als eine Voraussetzung der Erhaltung ihrer Existenz das Wirken übergeordneter Ursachen; das Wirken einer *causa formalis* und *finalis*, welche zwar keineswegs aus der Zukunft in die Gegenwart, jedoch den Antriebs- und Material-Ursachen entgegen, vom Ganzen gegen seine Teile wirken.

In der Anerkennung der Zwecke ist nur jene Ahnung einer mehrseitigen Kausalität vorbereitet, wie sie sich gegen die Widersprüchlichkeit unserer angeborenen Hypothese von der exekutiven Ur-Sache, unserem Erleben mitteilt. Keine Handlung, kein Lebensplan, keine Gruppe oder Kultur könnte überleben, die nicht anerkennt, Subfunktion einer Oberfunktion zu sein. Allein die Umkehrung der Zweck-Hypothese zeigt ihre weise, lebenserhaltende Anleitung. Nähmen wir bloß an, daß hinter Ähnlichem zunächst einmal grundverschiedene Zwecke zu erwarten wären, unsere Erfolgs-, selbst unsere Lebens-Erwartung würde sich drastisch reduzieren. CERVANTES hat uns dies schon durch Sancho Pansa wissen lassen.

Wir haben zu lernen, die zwei Seiten der Ursachen zu vereinen. »Die Möglichkeit einer solchen Vereinigung zweier ganz verschiedener Arten von Kausalität« so folgen wir IMMANUEL KANT »begreift unsere Vernunft nicht; sie liegt im übersinnlichen Substrat der Natur«[61]; so, setzen wir fort, wie der vierdimensionale Raum, oder das Kontinuum von Raum und Zeit. Seit ARISTOTELES und EPIKUR ist diese Frage offen. Dabei ist es zwei Jahrtausende geblieben. Noch für NICOLAI HARTMANN liegen Kausal- und Finalnexus zu weit auseinander, um die aufsteigende Überlagerung der Determination direkt an ihnen zu zeigen. »Was dazwischen liegt, läßt sich strukturell nur erraten.«[62] Nur die Ahnung der mehrseitigen Ursache ist unserem Empfinden vorbereitet, ihre rationale Begründung ist Sache der Wissenschaft. Das Werden ihrer Mehrseitigkeit lehrten uns nun die Mechanismen der Evolution.

Die Lösung einiger Rätsel der Vernunft

Damit finden wir ein viertes Mal die Lösung einiger Rätsel der Vernunft. Im Zentrum steht dabei die Einsicht in die Gleichberechtigung beider Ursachen-Richtungen und die Erkenntnis, daß jede für sich sehr vieles, aber keinesfalls alles zu erklären vermag. Weder das materialistische noch das idealistische Konzept ist als ausschließliche Erklärung vertretbar. Auch das hat schon KANT ausgesprochen.[63] Was aber bei ihm noch als ein *Apriori,* da der reinen Vernunft, dort der Urteilskraft, nicht hinterfragbar blieb, das haben wir als *Aposteriori,* aus dem Erkenntnisprozeß der Evolution begründet.

Erweisen sich Materialismus und Idealismus als halbe Wahrheiten, so erweisen sich ihre naturwissenschaftlichen Konsequenzen, der Reduktionismus und der Vitalismus, als ebenso unbegründet. Die Reduktionisten irren in der Meinung, alle Ursachen auf die der nächst niederen Schichte zurückführen zu können. Die Vitalisten irren in der Annahme, Ursachen, die aus der Zukunft wirken, annehmen zu müssen.

Anerkennt man die Wirkung der Form-Ursachen, dann gewinnt man die 4., die funktionale Lösung des Homologie- und Typus-Problems. Der Typus begründet sich dann aus jenem Lernprozeß des Erbgutes, das angeleitet ist vom Anpassungs-Erfolg der Funktionen seiner eigenen Produkte. Die Folge ist eine kausale Begründung des Natürlichen Systems der Organismen, der Orthogenese, des Richtungs-Sinns der Evolution und ihrer Zielfelder. Die Teleonomie der Evolutionsbahnen erweist sich als die Folge und nicht als die Ursache ihres Richtungs-Sinns.

Und zuletzt folgt daraus, daß diese Welt weder bar der Harmonie noch von prästabilisierter Harmonie sein kann. Sie ist von poststabilisierter Harmonie. Ihre Entwicklung stabilisiert sich selbst. Sie ist weder ganz deterministisch noch indeterminiert, ihre Produkte weder prädestiniert noch wahllose Ergebnisse des Zufalls. Sie sind prädisponiert, zu neuer Gesetzmäßigkeit zusammenzutreten. Wo immer die Evolution Neues schafft, enthält diese Welt notwendig den Zufall der schöpferischen Freiheit, und sie führt diesen in die Falle zufälliger Notwendigkeit, Prädisponiertes zu neuer Gesetzlichkeit, zu neuem Richtungs-Sinn ihrer Bahnen. Sinn und Freiheit sind die sich wechselseitig bedingenden Antagonisten der Strategie der Genesis.

Der Glaube reinen Unsinns

Diesen Chor verheißungsvoller Lösungen dürfen wir aber nicht verklingen lassen, ohne uns jenes gerüttelt Maß an Unsinn vor Augen zu stellen, das nicht minder eine Konsequenz des Voraus-Urteils über die Zwecke ist. Der Unsinn beginnt, wo Extrapolationen zum reinen Vorurteil werden, wo sie die Grenzen des Überprüfbaren verlassen. Und es stellt sich nochmals heraus: »der Glaube reinen Unsinns«, wie es schon KONRAD LORENZ sagte, »ist ein Privileg des Menschen«.[64] Diese interessante Tatsache erklärt sich daraus, daß auch die scheinbar unsinnigsten Verhaltensweisen der Tiere nie eines gewissen Maßes an Richtigkeit entbehren, denn sie sind alle nur Extrapolationen erlernter, biologischer Vernunft. Die Unvernunft, daß sich beispielsweise Insekten an der Fensterscheibe zu Tode brummen, daß Bodenorganismen, wie (von S. 77) erinnerlich, der Todesfalle des Berlese-Trichters allesamt nicht zu entrinnen vermögen, das ist darauf zurückzuführen, daß ihre Erbprogramme den im Selektionsbereich höchst lebenserhaltenden Schluß eingebaut bekamen, daß man im Falle versperrter Wege mit größter Gewißheit in der Richtung des Lichtes, im Falle bedrohlicher Trockenheit in der Richtung tieferer Bodenschichten sein Heil findet.

Dies kann bei den Zweckvorstellungen des Menschen ganz anders sein. Die Zwecke, die er für ein Verständnis seiner Unterordnung in der Natur zu benötigen meint, wandern meist gänzlich in ein Ideenreich jenseits der Möglichkeiten seiner Kontrollen. Und hier blüht ihm folgerichtig ein Reich der Demiurgen, Hexen und Gespenster; aus dem idealistischen Hochmut, in der ganzen Welt die Zwecke seiner Art zu sehen, die ganze Teufelei zunächst des Aberglaubens.

»Das spekulative Interesse der Vernunft«, sagt KANT, »macht es notwendig, alle Anordnung in der Welt so anzusehen, als ob sie aus der Absicht einer allerhöchsten Vernunft entsprossen wäre.«[65] Es ist das eine »faule Vernunft«, fährt er fort. Dieser dienen alle »oft nur von uns selbst gemachten Zwecke dazu, es uns in der Erforschung der Ursachen recht bequem zu machen, nämlich... sich geradezu auf den unerforschlichen Ratschluß der höchsten Weisheit zu berufen.«[66]

Der kollektive Unsinn und die Kollektivschuld

Nun mag uns der individuelle Unsinn noch nicht sehr berühren. Der Nachbar mag seine Ängste, wie er es für ratsam hält, mit den Schädeln erlegter Höhlenbären, mit Poseidon, zürnenden Engeln oder mit dem ›Großen Bruder‹ verrechnen[67], der, wie er überzeugt ist, ihn immer sieht. Es stellt sich jedoch heraus, selbst Unsinn ist im Bereich des Menschen meist ein Sozialprodukt, es ist ein kollektiver Unsinn. Wer auch immer den Individual-Unsinn der Nachbarn den schöpferischen Kräften der einzelnen zuschreiben möchte, er wird zugeben müssen, daß man ihm gegenüber der Ahnung einer gewissen Unsicherheit nicht entbehrt; daß die Feststellung Gleichgesinnter nichts Alarmierendes, sondern, ganz im Gegenteil, etwas Bestätigendes an sich hat. Dies wird von dem Wunsche diktiert zu verstehen und verstanden zu werden und angeleitet aus den Fundamenten unseres Weltbildapparates, der uns sagt, daß die Zahl der Bestätigungen einer Erwartung etwas mit ihrer Richtigkeit zu tun haben müsse.

Der Preis für die Geborgenheit im kollektiven Unsinn ist, nach den Evolutionsgesetzen, allerdings der der Kollektivschuld, also für den Unsinn der ganzen Gruppe mitbezahlen zu müssen. Das kontrollierende Regulativ, das im Falle des individuellen Unsinns noch als Belehrung wirken kann, wird beim kollektiven Unsinn zur Sippenhaftung. Und da, weil ja irgend jemand wissen muß, was die wahren Ziele und Weltabsichten der Menschheit sein müssen, nunmehr die Gruppe weiß, was die wahre Wahrheit ist, werden nun höchst einvernehmlich entweder die Gefolge der Könige lebendig begraben,[68] Menschenherzen geopfert, Hexen verbrannt oder aber Könige und Aristokraten unter das Fallbeil geschafft.

Die Irreleitung durch die Metaphysik

Nun mögen uns, Schreiber wie Leser, da wir auch noch Vergasungen und Zerbombungen überlebten, selbst die Spielformen des kollektiven Unsinns als bloße Dunkelphasen der Weltgeschichte erscheinen, zumal uns schon das Geschichtsbuch davon zu überzeugen versuchte, daß die Mehrzahl ihrer Schlachten wohl doch zu einem gewissen Wohle der Menschheit geschlachtet worden wären. Wenn auch dies noch so sein solle, so möge man sich nur in der nächsten Konsequenz menschlichen Unsinns die Irreführungen der Metaphysik vor Augen nehmen. Die Metaphysik, zunächst nicht mehr als eine werktechnische Bezeichnung[69] wurde schon durch den Neoplatonismus[70] zu einer Wissenschaft vom Erfahrungs-Jenseitigen, Übersinnlichen; einem Wissen, das niemand prüfen kann. Und sie ist durch die beiden Jahrtausende unserer Kulturgeschichte eine Hauptdisziplin der Philosophie geblieben, die Wissenschaft von dem, was man nicht wissen kann. Nun sind wir mit den Metaphysikern darin einig, daß Metaphysik ein notwendiger Antrieb ist. Wir stellten aber fest, daß dies auf einer der Eigentümlichkeiten unseres Weltbildapparates beruht, indem wir uns veranlaßt fühlen, für die Gründe des Seins, des Seienden, des Wesens der Welt fortgesetzt noch deren übergeordnete Gründe zu suchen. Wir geben auch zu, daß sich dort eine bunte Welt erfahrungs-jenseitiger Zwecke annehmen läßt. Wir stellen aber gleichzeitig fest, daß wir folglich auch keiner Instanz mehr vertrauen können, die auch dort noch zwischen Wahrem und Falschem unterscheiden wollte. Im Streitfall ist sie ein miserabler Richter.

Die böse Täuschung durch die Ideologie

Nun wäre zwar auch die bunteste Welt pluralistischer Meinungs-Vielfalt kein Grund zur Besorgnis. Grund zur Besorgnis ist vielmehr der Wahrheitsanspruch selbst der unverträglichsten metaphysischen Systeme, und die wissenschaftliche Legitimation, welche sie mit ihren falschen Gewißheiten über das, was man nicht wissen kann, den Ideologen geliefert haben. Ideologie, zunächst ein Modewort der Aufklärung, nach KARL MARX jene festgewordenen Denkformen, in welchen sich eine Gesellschaftsordnung begründet[71], entsteht, sobald sich mit jenen ›Gewißheiten‹ über irgendwelche Menschheits-Zwecke politische Ansprüche, letztlich Machtansprüche verbinden.

Da nun wandelt sich der bloße Irrtum zur bösen Täuschung. Die Hypothese von den Zwecken, zunächst jenseits der Kontrollen ein Born der Irrungen, wird zur Handhabe der demagogischen Methode. Der Humbug wird zum Betrug, sobald es sich nämlich erweist, daß die Förderung und im Bedarfsfall die Durchsetzung des Humbugs zur Mobilisierung der Affekte, allein schon zur Schaffung eines Feindbildes zum Zwecke des Herrschens, als politisches Instrument erfolgreich wird.[72]

Da nun tritt die Tiefe der eingewurzelten Erwartung allgemeiner Zwecke, die Verunsicherung unserer individuellen Vorstellung eines gemeinsamen Sinns, die Lenkbarkeit der Kollektiv-Seele und die Waschbarkeit des Gehirns der Abweichler nochmals zutage. Und die evolutive Kontrolle jener Widersprüche, die Selektion des Falschen, welche schon im kollektiven Unsinn der Gruppe stets mit Pech und Schwefel exekutiert wurde, wird zur Auseinandersetzung der Weltmächte, zur Sippenhaftung für eine Kollektivschuld, die nun plötzlich alle tragen sollen.

Wir haben in unseren angeborenen Lehrmeistern und in ihrer Folge in dem, was wir den gesunden unreflektierten Hausverstand nennen, schon zum vierten Mal eine unentbehrliche Anleitung zum möglichen Erfahrungsgewinn aufgefunden. Und wir wissen, daß er uns im Bereiche der natürlichen Kontrollen wie weise lenkt, uns aber jenseits derselben fortgesetzt in Schwierigkeiten bringt. Zwar sind alle Lehrmeister in einem Milieu und für eine Weltkenntnis etabliert worden, welchen sie optimal entsprechen. Sie bleiben für unser eigentümliches Erkenntnisvermögen auch eine Voraussetzung jedes Erkenntnisgewinns. Aber in dem Maße uns unser Gehirn in die Lage brachte, aus jenem simplen Milieu unserer Stammes-Vorfahren herauszutreten, in dem Maße hätten wir ihm seine eigenen, arterhaltenden Kontrollen anlegen müssen; und diese Korrektive sind nun nur mehr Erkenntnis und Humanität.

6 Von den Lösungen und deren Konsequenzen

»Die evolutionäre Erkenntistheorie vollzieht... eine echte kopernikanische Wende.«
GERHARD VOLLMER

»In diesem Modell gibt es keinen absoluten Anfang... es gibt keine ersten Tatsachen und keine letzten Gründe.« ERHARD OESER[1]

Hier fassen wir unseren Gegenstand zusammen. Als geraffte Übersicht für jene, die rasch ins Bild kommen wollen; aber auch als Überblick über Position, Ergebnis und Konsequenz dieser Studie.

Was wir vorlegten ist eine Theorie, gewonnen aus den Mitteln der Biologie, die versucht, den Vorgang der Erkenntnis als eine Verfahrensweise zu verstehen, welche alles kreative Lernen vom Wissensgewinn der ersten Lebensstrukturen bis zu unserer bewußten Reflexion umfaßt. Wir suchten die stammesgeschichtlichen Grundlagen unserer Vernunft. Der Zweck dieser Untersuchung ist eine nähere Bestimmung des Menschen, des Sinns und Unsinns seiner Möglichkeiten.

Angeregt wurde die Studie durch die Einsicht der Erkenntnislehre, daß die menschliche Vernunft sich aus sich selbst allein nicht begründen kann und die Einsicht der Ökologie, daß es Konsequenzen eben dieser Vernunft sind, welche bereits unsere Existenz gefährden. Ermöglicht wurde sie durch die Einsicht der Evolutionstheorie in das Werden der Ordnungsmuster der realen Welt und in die Kontinuität jenes Mechanismus, der aus dieser Ordnung fortgesetzt Wissen gewinnen kann. Dieser muß uns also besonders beschäftigen.

Wie die Biologie die Vernunft belehrt

Was die Erkenntislehre allein nicht vermag, das vermag die Biologie. Sie kann dem Beobachter den Standort außerhalb der untersuchten Gegenstände geben. Sie untersucht (Abb. 57) das Werden der Ordnungsmuster, das Werden der an ihnen entwikkelten Lern-Mechanismen und der Lernergebnisse von der Information der Biomoleküle, der Biostrukturen, bis zu jener der Verhaltensweisen. Und obwohl alles dies sich als Voraussetzung für die Entstehung unserer bewußten Vernunft erweist, liegt es doch als Gegenstand außerhalb derselben und läßt sich daher objektiv und vergleichend untersuchen.

Damit gelingt die Trennung objektiver und subjektiver Erkenntnisstrukturen, die Begründung der Übereinstimmung zwischen Natur- und Denkmuster, »die Formu-

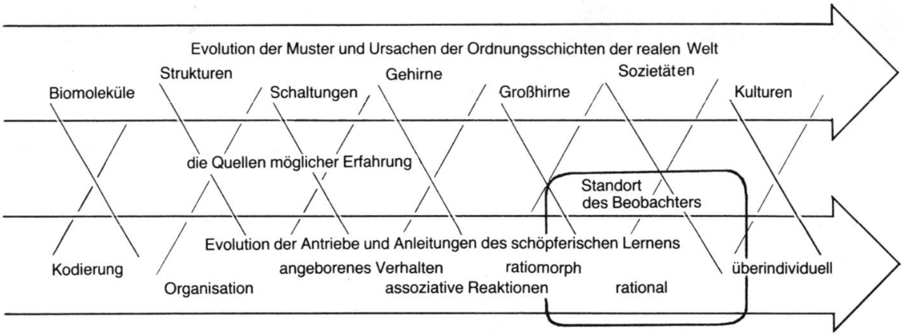

Abb. 57. *Die Position der evolutionären Erkenntnistheorie,* dargestellt am Standpunkt des beobachtenden Subjekts gegenüber den objektiven Gegenständen der Evolution. Der Standort des Beobachters deckt sich nur zum Teil mit den Gegenständen des Erkenntnisprozesses. Die außerhalb liegenden Teile der Lernprodukte sowie die ganze Lernmatrix selbst, die Ordnungsschichten, aus denen Gesetzlichkeit lernend extrahiert wird, liegen im Bereich objektiver Naturwissenschaft.

lierung empirisch prüfbarer Hypothesen über die angeborenen Erkenntnisstrukturen und von Hypothesen über ihre phylogenetische Entwicklung.«[2] Und eben dies wird vom Ausbau der evolutionären Erkenntnislehre zu einer vollständigen Theorie gefordert.

Und da dieser Standpunkt außerhalb der Vorgänge liegt, die unsere Vernunft ausmachen, läßt sich auch objektiv feststellen, was an ihnen das Vernünftige ist und unter welchen Bedingungen sie in die Irre leiten. Und da man die Evolution auch dieser Bedingungen verfolgen kann, bis sie unserer bewußten Reflexion gegenüberstehen, so läßt sich auch die interessante Frage beantworten, was an unserer Vernunft das Unvernünftige wäre.

Was die Biologie zu lösen vermag

Eine Theorie muß zunächst mit der Erfahrung aus dem von ihr beanspruchten Geltungsbereich übereinstimmen. Sonst wäre sie widersprüchlich. Diese ›Stimmigkeit‹, so meinen wir, belegen die Kapitel 2 bis 5. Sie enthalten in typischen Beispielen die Gegenstände der Erfahrung, auf welche sie sich beziehen soll. Eine Theorie ohne erweiterte Erklärung wiederum hätte keinen Wert. Wir stellen also zusammen, was sie zu lösen vermag. Und schließlich verlangen wir, mit KARL POPPER[3], daß unsere Theorie an der noch zu kommenden Erfahrung scheitern können muß; sie wäre sonst nicht prüfbar. Daher ordnen wir ihre Gegenstände nach den Problemen, für welche sie die Lösungen bietet.

Beginnen wir mit einer knappen Übersicht des Problems der Erkenntnis und der Struktur der Theorie.

Das Trilemma der Erkenntnis

Wahrnehmung, Schließen und Meditieren, Intuition und Offenbarung sollen zur Erkenntnis führen. »Wie aber steht es mit der Sicherheit unserer Erkenntnis? Kann man alle oder wenigstens einige Erkenntnisse beweisen? Das Begründungspostulat, nach dem alle Behauptungen bewiesen werden sollen, führt in eine dreifache Sackgasse, die HANS ALBERT treffend das ›Münchhausen-Trilemma‹ genannt hat«. »Man hat nämlich«, so folgen wir GERHARD VOLLMER, »nur die ›Wahl‹ zwischen (a) einem infinitiven Regreß, bei dem man auf der Suche nach Gründen immer weiter zurückgeht, (b) einem logischen Zirkel, wobei man auf Aussagen zurückgreift, die ihrerseits schon als begründungsbedürftig aufgetreten waren, (c) einem Abbruch des Verfahrens.«[4] Der Regreß kann kein Ende finden, der Zirkel kann keine Erfahrung bringen, der Abbruch endlich enthält das Eingeständnis der Unmöglichkeit, die Vernunft aus sich selbst zu begründen.

Gibt es also keine Erkenntnisse, die an sich gewiß wären? Jahrhundertelang war man überzeugt, es müsse den archimedischen Punkt absoluter Gewißheit geben. DESCARTES beispielsweise suchte ihn in der Evidenz des Bewußtseins, PASCAL in den Sätzen der Geometrie. Heute wissen wir, alle und jeder Theorie »zugrunde liegenden Begriffe und Grundgesetze«, wie es ALBERT EINSTEIN etwas spitz formuliert, »sind freie Erfindungen des menschlichen Geistes«. Selbst die Sätze der Mathematik, insoferne sie sich »auf die Wirklichkeit beziehen, sind... nicht sicher, und soferne sie sicher sind, beziehen sie sich nicht auf die Wirklichkeit.«[5] Es kann also Gewißheit an sich nicht geben.

Dieser Einsicht entspricht auch unser Modell. Jenen archimedischen Punkt gibt es nicht. Selbst für die Sätze der Logik muß gelten, was EINSTEIN von jenen der Mathematik sagt. Sie könnten die Wahrheit nur dann übertragen, wenn man sie hätte.[6] Ist also die Sackgasse, in die die Lehre von der Erkenntnis geriet, zu Ende?

Tatsächlich ist hier kein Ende. Im Gegenteil, die Lehre von der Erkenntnis wird von unserem Standpunkt gesehen selbst zu einem Abschnitt des biologischen Erkenntnisprozesses und sie hat die Schraubenstruktur unseres Modells, wenn auch in Stücken, vorhergesehen. Der Regreß ist nämlich fast unendlich. Seit $3{,}5 \cdot 10^9$ Jahren wird von Strukturen mit einem Alter von $1{,}2 \cdot 10^{10}$ Jahren gelernt.[7] Der Kreislauf aus Erwartung und Erfahrung wäre ein Zirkel, würde nicht mit jeder Erfahrung auch die Erwartung verändert und umgekehrt. Und nicht minder muß die Rückverfolgung der Lernstrukturen jeweils dort abgebrochen werden, wo diese ihren Gegenstand nicht mehr enthalten: etwa des Systems des Bewußtseins im Nerven, des der Reizleitung im Stofftransport, der der Vererbung in chemischen Reaktionen. Das Ende der methodischen Reduktion muß jeweils an jenen Stellen liegen, wo die Fulguration zu neuen Systemgesetzen führte.

Die Evolution der Vernunft

Wir betrachten die Auswahl jener Entscheidungen als vernünftig, welche zur Erhaltung und Verbesserung der Lebensumstände beiträgt. Um solcherart Vernunft zu schaffen, bedarf es einer Variation etablierter Entscheidungen und einer steten Auswahl der geeigneten. Dies beginnt in der Natur mit den Mutations- und Selektions-Prozessen; wie MANFRED EIGEN zeigt, mit dem ersten Kreislauf zwischen molekular codierter Bauanleitung und der Selektion ihres Produktes, wenn dieses die Vermehrung seiner Anleitung selbst wieder fördert.[8] Dieser Kreislauf zwischen Versuch und Urteil läßt sich nun bis dorthin verfolgen, wo wir ihn als Kreislauf zwischen Erwartung und Erfahrung bewußt miterleben. Er stellt einen Algorithmus dar; also einen zyklischen Prozeß, der durch die Wiederkehr bestimmter Vorgänge und durch eine begrenzte Zahl von Zyklen durch Optimierung zur Lösung eines Problems führt.[9]

Die Evolution dieses Algorithmus besteht nun darin, daß Lernschichte auf Lernschichte aufbaut und das Funktionieren der einen die Voraussetzung zur Bildung der Folgeschichte ist. Dabei wird das Prinzip des Algorithmus unter Anleitung der Vorausschichte kopiert und lediglich die Mittel, die Funktionen seiner Teile, werden verfeinert.

Etwas schematisch lassen sich in diesen Kreisläufen sechs Teile durch die ganze Evolution verfolgen. Drei auf der Seite der Erwartungen, drei auf der Seite der Erfahrungen (Abb. 58). Alle sechs repräsentieren stets das Lernergebnis des ganzen Kreislaufs aus den Erfolgen aller vorausgegangenen Schichten. Zwischen den Schichten liegen zudem Übergänge. Diese sind im Diagramm der Abb. 58 nicht aufgenommen. Die sieben Schichten entsprechen aber etwa Stufen der Evolution, wie sie mit der Zelle, Nervenzelle, dem Gehirn oder Bewußtsein erreicht wurden.

Die Erfahrungs-Inhalte werden dabei mit den wachsenden Möglichkeiten des Systems differenzierter. Und die Erfahrungsweise reicht von der bloßen Mehrung-

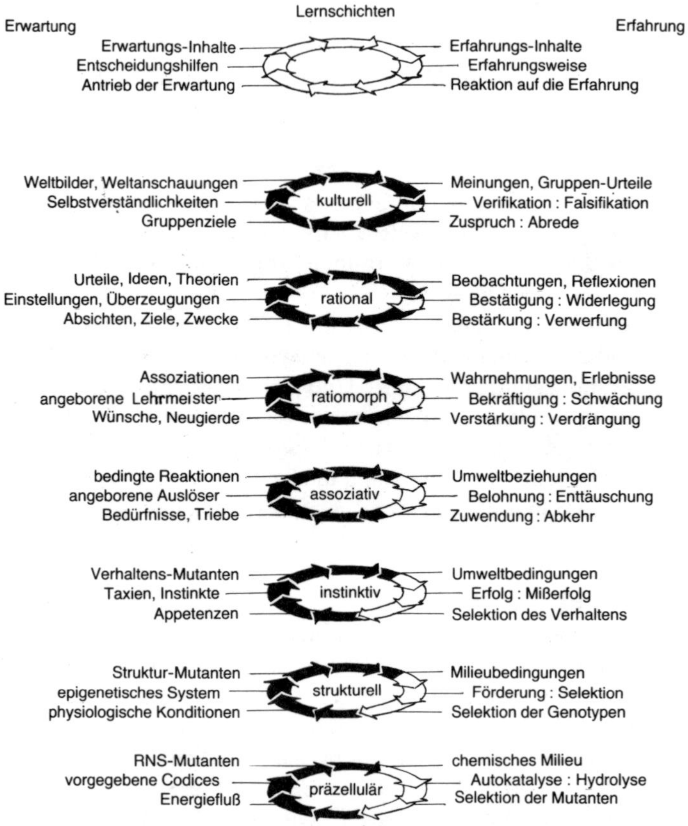

Abb. 58. *Die Evolution des Lern-Algorithmus.* Links sind die drei auf die Erwartung, rechts die auf die Erfahrung bezogenen Teile angeschrieben. Die beiden Pfeile in der Mittelachse stehen jeweils für jene Information, die der lernenden Individualität von außen (oberer Pfeil) und von innen verfügbar wird. Die endogenen (in das lernende System aufgenommenen) Anteile sind schwarz ausgewiesen. Man beachte ihre Zunahme im Evolutionsprozeß (und vergleiche die Abb. 29, 30 und 59 auf den Seiten 104, 106 und 187).

Minderung bis zur Verifikation-Falsifikation. Nicht minder die Reaktion auf die Erfahrung. Dasselbe gilt für die Antriebe dessen, was wir summarisch Erwartung nennen; von den energetischen und einfachsten physiologischen Konditionen der Lebenserhaltung zu dem, was wir als Absichten und Ziele erleben. Von Interesse sind ferner die Entscheidungshilfen; denn mit zunehmenden Möglichkeiten des Systems würde die Zahl der Entscheidungsmöglichkeiten uferlos. Und ein Lernmechanismus, der für seine schöpferischen Schritte den Zufall nicht entbehren kann, darf auch das Repertoire des Zufalls nicht ausufern lassen.[10] Denn die Trefferchance des Zufalls entspricht bei Chancengleichheit stets dem Kehrwert der Anzahl an Möglichkeiten. Folglich werden die Suchfelder möglichen Erfolgs schrittweise durch die genetischen Codices, das System der Genwechselwirkungen, die Hierarchie der Instinkte, angeborene Auslösemechanismen, Vorurteile und Einstellungen, hinauf bis zu den sogenannten Selbstverständlichkeiten auf das eingeengt, was wir als Urteil und Überlegung empfinden. Und ganz entsprechend differenzieren sich die Erwartungsinhalte von den einfachsten Mutationen bis zu unseren Ideen und Weltbildern.

Dabei erhält sich die Evolution der Vernunft entlang ihres ganzen Wegs auf der Seite der Erwartung die schöpferische Freiheit des echten physikalischen Zufalls. Während über die Erfahrung jeder Kenntisgewinn durch Vererbung oder Tradierung dem Gesamtsystem aus Erwartung und Erfahrung erhalten werden kann. Dabei versteht es sich, daß das Lernergebnis in einer Extraktion der Gesetzlichkeit aus der realen Welt besteht, und daß es nur dort richtig werden kann, wo die Erfahrung die Erwartungen fortgesetzt korrigiert, also innerhalb des Selektionsbereichs.

Dieser Mechanismus enthält die Geschichte des Oeserschen Modells bis in den Bereich der Dynamik der wissenschaftlichen Theorien in all seinen Punkten. Er hat »keinen absoluten Anfang«, enthält »keine ersten Tatsachen und letzten Gründe«, hat den Charakter »der Rückwirkung«, erlaubt »keine absolute Verifikation« sondern, wie Erhard Oeser darlegt, »nur Zustandsänderungen, die sich in einer ständigen Umkonstruktion der Theorie (der Erwartungs-Inhalte) äußern, die notwendig auf möglichst hohe Stabilität (Überlebens-Wahrscheinlichkeit) tendiert.« Er ist ein irreversibler Prozeß mit gleichwertigen Teilen, der auf Informationsverdichtung und Anpassung, das heißt Übereinstimmung mit derselben Welt abzielt, die diesen Mechanismus selegiert.

Die Geschichte dieser Erkenntnis ist dagegen vergleichsweise kurz. Whewell scheint einer der ersten gewesen zu sein, der die induktive Phase als den Schrittmacher der Entwicklung von Erkenntnis betrachtete. »Den letzten Schritt zu einer anschaulichen Modellvorstellung«, so folgen wir Oeser, »haben dann schließlich Volkmann, Mach und Ostwald vollzogen, wenn sie diesen ›selbstregulierenden‹ Prozeß als ›Zirkulation‹ oder ›Kreislauf‹ mit ›rückwirkender Verfestigung‹ charakterisiert haben.«[11]

Das Problem der Realität

Die Voraussetzung solch eines Algorithmus des Erkenntnisgewinns ist eine gesetzliche Welt mit hoher Redundanz. Also eines Ordnungsmusters, in dem sich Gesetzlichkeit in vergleichbarer Anwendung wiederholt. In einer Welt ohne Ordnung, selbst in einem Kosmos redundanzloser, reiner Gesetzlichkeit,[12] wäre mit ihm nichts zu lernen. Aber eben diese Ordnung, die ihre hohe Redundanz, ihre Normen in interdependenten und hierarchischen Mustern erhält, vererbt und tradiert, scheinen alle Wissenschaften zu entdecken.[13] Das Problem der Realität der Welt stellt sich nun ganz anders dar.

Wir können KANT und POPPER nochmals zustimmen, welche es einen Skandal nennen, daß die Philosophie das Problem nicht zu lösen vermag. Auch machen wir, wie DONALD CAMPBELL sagt, »gar keinen Versuch, den schlüssigen (und folglich unwidersprochenen) Solipsismus zu widerlegen. Seine logische Unwiderlegbarkeit wollen wir anerkennen.«[14] Seine Widerlegung durch das Leben, dessen Evolution und unser Nachdenken über diese liegt aber auf der Hand. Wenn wir uns selbst, samt unserem Erkenntnisapparat, nicht anders verstehen können als das Produkt einer Evolution, welche nur an der Ordnung der Welt lernen konnte, dann kann diese um nichts weniger real sein als der Solipsist die Realität seines Denkens einschätzen mag.

»Schon daß wir existieren und uns fragen können, wie sich unser Schluß auf Regelmäßigkeiten in der Natur rechtfertigen läßt,« sagt S. C. PEPPER, »ist die überwältigende Rechtfertigung für unseren Glauben an diese... Wenn unsere Umwelt diese Regelmäßigkeiten nicht besäße, wären wir nicht hier, um solche Fragen zu stellen.«[15] Schon »der Affe, der keine realistische Wahrnehmung von dem Ast hat, nach dem er sprang, war bald«, wie GEORGE GAYLORD SIMPSON bemerkt, »ein toter Affe – und gehörte daher nicht zu unseren Urahnen.«[16] »Wer auf Grund seiner falschen Erkenntniskategorien eine falsche Theorie über die Welt macht«, so HANS MOHR, »der ginge im ›Kampf ums Dasein‹ zugrunde – jedenfalls zu jener Zeit, als die Evolution der Gattung *Homo* vonstatten ging.«[17] Unser Erkenntnisvermögen ist eine Anpassung an die Gesetzlichkeit der Welt, sagt BERNHARD RENSCH, »das Korrelat«, nach SACHSSE, »des Konstanten in der Umwelt.« Und »wenn auch die Axiome der Theorien vom Menschen gesetzt sind, so setzt«, nach EINSTEIN, »doch der Erfolg eines solchen Beginnens eine hochgradige Ordnung der realen Welt voraus.« Somit liegt »eigentlich nichts besonders Bemerkenswertes in unserer Fähigkeit, richtige Voraussagen über die Regelmäßigkeiten in unserer Umwelt zu machen. Könnten wir es nicht, so wären wir nicht hier«, wie wir PEPPER bestätigen, »um unseren Irrtum zu bemerken.«[18]

Es steht also gar nicht mehr zur Frage, wie gewiß die Realität dieser Welt wäre, sondern wie gewiß die Erkenntnisse wären, die wir ihr extrahierten. Denn tatsächlich können wir nur vermuten. Aber manche unserer Vermutungen treffen in einem Maße zu, daß man einen Mann auf den Mond setzen und wieder seiner Familie zurückbringen kann. Die Gewißheit ist freilich nie absolut, für die Lebensspanne unserer Kulturen aber meist sicher genug.

Selbst der Gegensatz Monismus-Dualismus[19] verliert seinen Kern. Da es sich herausstellt, daß der Geist an den Gesetzen der Materie entwickelt wird, kann die Trennung oder Verschmelzung der beiden sehr wohl nur die Grenzen unserer Vorstellung von ihnen beinhalten; ganz so, wie uns Raum und Zeit als zweierlei erscheinen.

Das Problem der Induktion

Es kann, so belehrt uns die Logik, wahrheitserweiternde Schlüsse nicht geben. Die Wahrnehmung noch so vieler weißer Schwäne läßt niemals zwingend – induktiv – schließen, daß deshalb alle weiteren Schwäne weiß sein müßten. »Die Tragweite und Wucht des HUMEschen Arguments ist immer und immer wieder unterschätzt worden.«[20] Darin ist WOLFGANG STEGMÜLLER gewiß zuzustimmen; ja, wir sind der Meinung, daß sich auch aus noch so vielen Schlüssen, etwa vom Allgemeinen auf das Spezielle, ein Schluß vom Speziellen auf das Allgemeine zwingend nicht begründen läßt. »Der Schritt ins Unbekannte kann nicht anders als blind geschehen«, sagt DONALD CAMPBELL, »und ist er schrittweise getan, dann deutet das auf nichts anderes als auf ein Wissen, das eben schon gewonnen war.«[21] Logik kann eben Wahrheit, so sie welche hat, nur übertragen; erweitern kann sie diese nicht.

Wir fanden nun, daß das induktive Verfahren mit formaler Logik nichts zu tun hat. Und zwar deshalb nicht, weil sich die wissenschaftliche Logik, die als eine ›Lehre vom richtigen Denken‹ begann, sich als formale Logik auf eine Lehre von den Prinzipien des richtigen ›Argumentierens‹ zurückgezogen hat,[22] auf das Reich der Deduktion, wo zwingende Schlüsse eben möglich sind. Die Logik hat seit FREGE die Heuristik verbannt, die phantasievolle, unpräzise Schwester, und sucht mit der Präzision der verbliebenen Formalismen deren Phantsie zu ersetzen. Das eben ist nicht möglich. Der induktive Schluß ist kein wahrheits-erweiternder, er ist ein erwartungs-erweiternder Schluß. Deshalb läßt er sich auch in der formalen Logik nicht finden.

Schon die Antriebe dieser Erwartung gehen eben nicht auf die Vernunft der Logik zurück (sie beginnen sogar stets subjektiv und unlogisch), sondern auf das Drängen des Lebendigen: Auf Absichten, Ziele und Wünsche (wie aus Abb. 58 auf S. 178 erinnerlich), Neugierde, Appetenzen, also endogene Konditionen. Das aber hat schon DAVID HUME geahnt: »Es entspricht mehr der gewöhnlichen Weisheit der Natur, einen so notwendigen Geistesakt durch einen Instinkt (!) oder eine mechanische Tendenz sicherzustellen.«[23] Und die entstehenden Begriffe sind ohne zwingende Notwendigkeit, »vielmehr«, sagt ALBERT EINSTEIN, »eine freie Schöpfung des menschlichen (oder tierischen [!]) Geistes.«[24]

Und freilich bedarf jede Erwartung fast immer einer Korrektur an der Erfahrung. Gewiß erwiesen sich manche Schwäne als schwarz. Aber dies ist schon wieder der nächste Teil im Kreislauf. Die Unruhe des Lebendigen, das Leben selbst, ist strukturierte Erwartung. Es würde sonst nichts erfahren. Leben ist, wie DONALD CAMPBELL sagt, hypothetischer Realist.

Selbst der Determinismus-Indeterminismus-Streit[25] löst sich. Denn da das Lebendige stets der schöpferischen Freiheit des induktiven Vermutens bedarf, um dieser Welt ihre Gesetzlichkeit zu extrahieren, ist an seiner indeterministischen Komponente auch nicht mehr zu zweifeln.

Das Problem der Apriori

»Die Frage, ob es synthetische Urteile *a priori* gibt, ist«, so resumiert (wie von S. 76 erinnerlich) WOLFGANG STEGMÜLLER, »eine Schicksalsfrage der Philosophie.«[26] Seitdem ARISTOTELES über das, ›was man auf der Agora, dem Richtplatz vorbringt‹ reflektierte, blieb die Herkunft der Begründung dieser Kategorien unseres Denkens, über das Wo und Wann, Quantität und Qualität, über Relation, Was und Wesen, unerklärt. Und KANT analysiert sie kritisch als die notwendigen Vorbedingungen jeder möglichen Erfahrung. So können sie aus der Erfahrung des Menschen nicht begründbar sein. Das Fundament alles Wissenerwerbs blieb unbestimmbar;[27] ja ungewiß, denn wie wäre ein Erkenntnisvorgang zu begründen, der von Haus aus der Erkenntnis bedarf, um Erkenntnis zu schaffen?

Die Lösung brachte erst die Lehre von der Evolution, am profundesten durch KONRAD LORENZ; und damit die Grundlagen zur evolutionären Erkenntnis-Lehre und die Möglichkeit dieses Buches. »Unsere vor jeder individuellen Erfahrung festliegenden Anschauungsformen und Kategorien«, sagt LORENZ, »passen aus ganz denselben Gründen auf die Außenwelt, aus denen der Huf des Pferdes schon vor seiner Geburt auf den Steppenboden, die Flosse des Fisches, schon ehe er aus dem Ei schlüpft, ins Wasser paßt.«[28] Die Kategorien sind also gewiß *a priori* für jedes Individuum, sie sind aber zugleich *a posteriori*, durch Erfahrung erworbene Kenntnis seines Stammes.

Dies ist aber auch die Lösung, die selbst KANT schon vermutete. Bereits in seiner Dissertation fragt er sich, ob unsere Begriffe von Raum und Zeit »angeboren oder erworben seien«. Und auch nach den großen kritischen Werken resumiert er: »Es muß aber doch ein Grund dazu im Subjekt sein... und dieser Grund wenigstens ist angeboren«.[29] Die Lösung lag geradezu in der Luft; und DONALD CAMPBELL hat dreißig Autoren aufgespürt, die dasselbe dachten; MACH und BOLTZMANN, – SPENCER, MILL, PEPPER und POPPER, – PIAGET, BERTALANFFY, SIMPSON und WADDINGTON, – LÉVI-STRAUSS, CHOMSKY und LENNEBERG seien genannt.[30]

Die Entwicklung der Evolutionstheorie und der evolutionären Erkenntnislehre, wie sie GERHARD VOLLMER zusammenstellt, hat es uns schließlich ermöglicht, die KANTschen *Apriori* systematisch zu lösen. Wir haben sie als ein System von Hypothesen, welche die Evolution den Weltbildapparaten ihrer Geschöpfe einbaute, aus der Geschichte der Organismen abgeleitet.

Und damit löst sich auch der Rationalismus-Empirismus-Streit.[31] Die Rationalisten haben recht, daß es ohne Vernunft keine Erfahrung geben kann. Den Empiristen stimmen wir darin zu, daß jegliche Vernunft auf Erfahrung beruhen muß. Der Rationalismus überschätzt die angeborene Erfahrung, der Empirismus die individuell erwerbbare. In ihrer Unverträglichkeit irren sie beide.

Die Kontroverse: Ursache – Gestalt

Der modernen Wissenschaft ist es widerfahren zu meinen, daß die Erforschung der Ursachen zum wahren Kern ihrer Sache, die der Gestalt aber nicht eigentlich zu ihrer Familie gehörte. Nun wissen wir, daß Ursachen- und Gestalts-Erlebnisse zweierlei Kategorien entspringen, ja, wie wir von R. W. SPERRY und JOHN ECCLES noch erfahren werden,[32] nach den Hemisphären unseres Gehirns getrennt. Wir erkennen, daß die synthetische Gestaltsverrechnung in der rechten, ›stummen‹ Hemisphäre steckt, deren Vorgänge unbewußt verlaufen, um erst die Resultate dem Bewußtsein zu liefern. Das analytische Ursachenerlebnis kommt aus der linken, ›lauten‹ Hemisphäre und ist der bewußten Mitverrechnung leichter zugänglich. Daher besitzen wir schon längst Mathematik, formale Logik und ein Kausalitäts-Theorem. Ein allgemeines Vergleichstheorem dagegen aber hatten wir erst hier zu entwickeln. Unsere Wissenschaften besaßen ein solches noch nicht.

Und wo man sich mit den Prinzipien des Vergleichens versuchte, wie in der Morphologie von GOETHE bis ADOLF REMANE, wurde der Vorgang daher als ›deutscher Idealismus‹ aus den Naturwissenschaften fortgetan[33] und die Morphologie verfiel. Ihr Homologie-Theorem wurde abgetan, das Typus-Konzept verworfen. Ihre Anwendungs-Gebiete, erst die vergleichende Anatomie, dann die Systematik wurden grob zurückgesetzt, die ganze Wahrheitsfindung der schwellenden Mehrheit der Kausalforscher den experimentellen, ›exakten‹ Wissenschaften überlassen.[34]

Dabei hoffte schon LORENZ, es würde niemand »die engen Beziehungen leugnen wollen, die zwischen den hier besprochenen Leistungen gestaltender Wahrnehmung und echter Begriffsbildung bestehen.« Denn »dieser Vorgang«, setzt Vollmer fort, »ist nichts anderes als eine vorbegriffliche Abstraktion.«[35] Zudem konnte die Ursache von Typus und Homologie, Goethes ›esoterisches Prinzip‹, aus den ›Systembedingungen der Evolution‹ verstanden, sowie die Ursache der Gestaltwahrnehmung geklärt, und somit als fundamentale Quelle wissenschaftlicher Erkenntnis, im Sinne Lorenz', begründet werden.[36] Jahrhunderte vorbewußt richtiger Erkenntnis der Morphologen sind rehabilitiert; und das vornehmste Theorem des Menschen, das ganz in ihr wurzelt – die Erkenntnis seiner eigenen Herkunft.

Zu alledem haben wir nachgewiesen, daß die Gestalterkenntnis *vor* der Ursachenerkenntnis liegen muß; die Hypothese vom Ver-Gleichen *vor* der Hypothese von den Ur-Sachen. Denn worauf sollte sich die Einsicht in eine Ursache beziehen, wie dächte man sie reproduzierbar, wäre davor nicht schon erkannt worden, mit den gleichen Gegenständen zu verfahren? Freilich kann der Experimentator den zuvor erforderlichen Vergleich den Verrechnungsleistungen seines ratiomorphen Apparates überlassen. Fast alle tun das. Aber er soll nicht meinen, daß er ohne Gestalterkenntnis schließen könnte, oder daß seine Schlüsse gewisser sein könnten als deren Prämissen.

Damit sind wir auch der Lösung der Materialismus-Idealismus-Kontroverse in der Nähe. Im nächsten Problem aber wird sie noch deutlicher. Wir werden sie dort besprechen.

Die Kontroverse: Kausalität – Finalität

Anaxagoras fand die materialistische Weltdeutung, zu Recht, unbefriedigend und setzte ihr ein sinn- und zweckgerichtetes Weltgeschehen entgegen.[37] Aristoteles formulierte darauf viererlei Ursachen. Seine Exegeten nahmen aus diesen die *causa finalis* heraus und erhoben sie, zu Unrecht, zur Ur-Ursache. Die Wissenschaft aber, seit Galilei und Newton, konnte damit, zu Recht, nichts anfangen und fand die Ur-Ursache, zu Unrecht, in Aristoteles' Antriebs-Ursache, in den Kräften. Seither ist die Welterklärung gespalten. Wer sich naturwissenschaftlich fühlt, erklärt sie materialistisch-kausal, wer sich über diesen fühlt, erklärt sie teleologisch, idealistisch-final. Und dabei ist man im wesentlichen geblieben. Selbst Nicolai Hartmann, der der Lösung besonders nahe war, hat der scheinbare Gegensatz von Kausalnexus und Finalnexus die Lösung zuletzt verwehrt.[38]

Das Mißverständnis wurzelt wie wir sahen darin, daß unser gesunder Hausverstand zu vereinfachte Vorstellungen von den Ursachen ererbte. Dieses späteste *Apriori*, das der Zwecke, behandelt auch Kant erst in seiner Kritik der Urteilskraft.[39] Uns lenkt die Anschauung, daß Ursachen in exekutiven Ketten verliefen, und, noch schlechter, daß Zwecke aus der Zukunft wirkten. Einmal, weil wir den Ursache-Wirkungs-Zusammenhang an der Exekution unserer eigenen einfachsten Handlungen erlernen, ein andermal, weil wir die Effektuierung eines Zwecks in der Zukunft mit seinen Prämissen verwechseln, die durchaus in der Gegenwart liegen.

Dagegen fanden wir, daß Ursachen funktionell vernetzt sind und daß der Unterschied von Antriebs- und Zweck-Ursachen nur darin besteht, daß erstere von den niederen in die höheren Komplexitätsschichten wirken, letztere umgekehrt von den höheren in die niederen; wie wir das schichtweise als Selektion, Zuchtwahl, Wahl, Urteil und Vernunft erleben.[40] Sie sind allesamt vernetzt. Wir haben unsere Welterklärung zu sehr vereinfacht. »Wir treiben zu leichtes Spiel«. Das aber wußte schon Nicolai Hartmann.

Und damit löst sich auch die Materialismus-Idealismus-Kontroverse; so sehr, so fürchterlich sie uns auch im Kleide der Ideologien unsere Geschichte durchfurchte. Jedes dieser Weltbilder enthält nur die halbe Wahrheit, beansprucht aber über das Ganze der anderen zu richten. Tatsächlich aber wirken die Ursachenbezüge materialistisch hinauf, wie idealistisch hinunter, durch die Komplexitätsschichten der realen Welt; dialektisch, wenn man so will.[41] Und darum ist auch der dialektische Materialismus ein Widerspruch in sich selbst. Denn entweder anerkennt er auch den Hinunterlauf der Ursachen, dann ist seine Philosophie dialektisch; oder er anerkennt diesen nicht, dann ist sie materialistisch.

Was die Konsequenzen der Lösungen sind

Bislang war zusammenzufassen, was unsere Theorie an Lösungen vorlegt. Gewissermaßen eine Pflichtübung dessen, der erwartet, man möge den Wert seiner Theorie an ihrem Erklärungswerte deutlich sehen. Daher haben wir dort die Lösungen vorgelegt, wo Philosophie und Wissenschaftslehre die offenen Probleme des Erkenntnisvorgangs schon säuberlich definierten: in den Problemen des Trilemma, der Realität, der Induktion und der Kategorien, sowie in den Kontroversen um Gestalt und Finalität. Und wir haben in geziemlicher Bescheidenheit angemerkt, daß so manches Problem, dessen Lösung wir präsentieren, so alt ist wie die ganze Philosophie.

So sollte man denn auch hier schließen, gäbe es da nicht noch eine Zahl weiterer Probleme unserer Vernunft. Sie unterscheiden sich von den genannten dadurch, daß sie noch wenig formuliert sind. Aber dies sind sie nicht deshalb, weil sie von geringerem Gewicht wären. Sie sind sogar, wie man heute sagt, die für unser Leben relevanteren. Sie sind deshalb unformuliert, weil sie erst durch unsere Lösungen richtig greifbar werden.

Nun hat die evolutionäre Erkenntnislehre bis zu dieser Grenze der Einsicht auch schon bedeutende Vertreter gewonnen; seit den Vierzigerjahren, da LORENZ den Hintergrund der *Apriori* entdeckte. In den Fünfzigern V. BERTALANFFY und CAMPBELL; in den Sechzigern CHOMSKY und FURTH, MOHR, PIAGET und RENSCH; und in den Siebzigern LENNEBERG und MONOD, POPPER und OESER, SHIMONY und VOLLMER.[42] Hier aber gehen wir noch einen Schritt weiter; also zu den Konsequenzen der Lösungen. Und der vertrauensvolle Leser sei darum gewarnt. Wir untersuchen, was an der Vernunft das Unvernünftige wäre; und zwar wieder von außen, vom Standpunkt der Biologie.

Damit gelangen wir zu Urteilen über die Wechselwirkung bewußter und nichtbewußter Vorgänge. Und zwar von ganz anderer Seite als FREUD, der dem Naturwissenschaftler fremd, JUNG, der ihm ferne ist und ERICH NEUMANN, der uns schon näher kommt mit der Ansicht, das Ichbewußtsein hätte in der Ontogenie des Kindes ähnliche Stadien »zu durchschreiten, welche innerhalb der Menschheit die Entwicklung des Bewußtseins bestimmt haben.« Wie dem auch sei; wir bleiben am objektivierbaren Weg der Biologie, wie ihn KONRAD LORENZ eingeschlagen hat.[43]

Über die Heimat der Gewißheit

»Die wissenschaftliche Erkenntnis«, sagte ROMAN SEXL, »ist die Überwindung des ratiomorphen Apparates«.[44] So ist es; mit allem Für und Wider. Das sorglich reflektierende Bewußtsein beginnt über seine Lehrmeister zu urteilen. Und, so werden wir sehen, es wird gleichermaßen unvernünftig, wenn es diesem Hintergrund ganz vertraut wie auch dann, wenn es diesen ganz verleugnet. So hat die Wissenschaft, wie erinnerlich, jahrhundertelang jenen archimedischen Punkt der absoluten Gewißheit gesucht, triumphiert, wenn sie einen zu fassen glaubte, verzweifelt, wenn er sich ihr entzog; während die Menschen, die unwissenschaftlichen wie die wissenschaftlichen, jenseits von Triumph und Verzweiflung ihre Kinder zeugten, erzogen und ihre Anliegen weiterreichten, bevor sich ihre Lebenskreise schlossen.

Heute weiß auch die Wissenschaft, daß nichts mit absoluter Gewißheit zu wissen ist. Und nicht mehr muß uns ›das Herz verbrennen‹.[45] Gewißheit ist ein Anspruch des Lebens und daher nur in Lebens-Spannen sinnvoll. Freilich könnte dieses Buch sich plötzlich auf den absoluten Nullpunkt abkühlen und mit relativistischer Geschwindigkeit an die Decke fliegen.[46] Und dennoch kann die Menschheit auf die Dauer ihres Planeten darauf vertrauen, daß ihr dies nie widerfahren werde. Freilich sind wir auch von Grenzen des Erkenntnisvermögens umgeben, durch die Grenzen der Sinne, sagt HUME, die des Verstandes, folgert KANT, der Gehirnleistungen fügt HUBERT ROHRACHER hinzu, des Geistes schließt CHOMSKY.[47] Die Optimierung unseres Erkenntnisvermögens findet stets seine Obergrenze, sie ist im Kreis unserer Lernbedingungen eingefangen (vergl. Abb. 58, S. 178); selbst in den Inhalten unserer Erwartungen. Was für ein Vermessen wäre es, wollte sich die Zecke die Blutgefäße eines Säugetieres vorstellen, der Polizeihund die internationale Rauschgift-Szene oder wir uns die Gesetze jenseits dieses Kosmos. Alle Erkenntnis ist nur am Maß ihrer Kreatur zu verstehen und kann nur ihr gemäß sein. Und »wie weit die Erkenntnis der Menschen auch hinter einer universalen oder vollkommenen Erfassung dessen, was es auch immer sei, zurückbleiben mag, so sind ihre wichtigsten Interessen doch dadurch gewahrt, daß das Licht, das sie haben ausreicht, um ihnen... zu einem Einblick in ihre Pflichten zu verhelfen.« Dies aber wußte schon JOHN LOCKE.[48]

Auch was wir als den Gewißheitsgrad, da einer Beobachtung, dort einer Erklärung erleben, findet sich eingenistet in der Mitte jener weitläufigen Hierarchie von Koinzidenzen, die wir Erfahrungen, Erfahrungs-Sätze oder Natur-Gesetze und ihre Fälle nennen. Nach unten bedürfen wir möglichst vieler Fälle und weiterer Subfälle dieser Fälle, um uns sicher zu fühlen; nach oben der übergeordneten Sätze, um die Sache als gewiß erklärt zu empfinden. Die umfassendsten Sätze entbehren immer der Erklärung, da sie natürlich wieder nur Koinzidenzen beschreiben. Wie nachweislich aber auch alle Welterkenntnis ein System von Theorien darstellt, welches sich nur aus sich selbst stabilisieren kann, unserem Gefühl nach werden wir Menschen wohl immer weiter den Hain absoluter Gewißheit suchen. Wir bewegten uns sonst nicht mehr im Erkenntnisprozeß des Lebendigen.

Über Atavismen und Emanzipation der Vernunft

Die Vernunft des Menschen bedarf, gerade in der Szene der Zivilisation, sowohl ihrer angeborenen Lehrmeister als auch ihres bewußt reflektierenden Überbaus. Sie bedarf eines Zusammenwirkens der ratiomorphen und rationalen Leistungen. Jede für sich macht katastrophale Fehler. Diese Behauptung, sollte sie kühn erscheinen, ist nur scheinbar kühn, denn sie läßt sich leicht belegen.

Wie wir sahen, kann kein Wissen weitergehen als sein Gehalt an Erfahrung reicht. Und gleichzeitig muß es auf jenem Vorwissen ruhen, auf dem es entstanden ist. Das

Weltbild jeder Kreatur vermag nur in jenem Selektionsbereich zutreffend zu werden, innerhalb dessen seine Hypothesen fortgesetzt scheitern oder sich bewähren können. Gleichzeitig aber kann kein Weltbild-Apparat ohne seinen Vorgänger entstehen, und jede Erweiterung des Lebensbereichs zwingt das Weltbild samt seinem Apparat zu Extrapolationen ins Ungewisse.

In der ersten Evolution, da noch allein das Erbmaterial lernte, war der Prozeß so langsam, daß die Weltbilder der Tiere alle richtig wurden. So klein der Bereich dieser Welt auch sein mag, der für sie relevant ist. In der zweiten Evolution, welche Erfahrung nun durch Sprache und Schrift tradiert, wird der Vorgang um mehrere Größenordnungen beschleunigt. Der relevante Bereich dehnt sich. Die angeborenen Lehrmeister sind bald überfragt. Die Selektion setzt entsprechend eine raschere Form der Fehlerselektion durch: die bewußte Reflexion. Und diese läuft Gefahr, sich von ihrer Unterlage abzuheben.

Dann aber scheinen die alten Lehrmeister unserer Vernunft ganz überfragt. Ihr alleiniger Rat wird in der technisierten Erfolgs-Zivilisation schon zum Anachronismus. Er ist für deren Probleme ja nicht gemacht. Dieser angeborene Ratgeber wurde für ein primitives Wirbeltier, dann für Säuger und Trupps großer Affen selektiert. Und nun sucht er, wie erinnerlich, Gesetzlichkeit, wo keine ist, Gestalt, wo es keine geben kann, findet Notwendigkeiten schneller als das möglich ist, kann den Zufall an sich nicht erkennen, staut Aggressionen, bleibt auf optische Hemmungsmechanismen angewiesen, drängt zwischen Schutz- und Freiheits-Bedürfnissen hin und her, sieht Ursachen in Kettenform, erwartet, deren Anfänge finden zu können, rechnet kaum mit Rückkoppelung aber durchaus damit, daß Ursachen aus der Zukunft wirken könnten. Er wird zu einem Atavismus der Vernunft. Sein Lernen, meinen wir mit BERTRAND RUSSELL, hat »vor 500 000 Jahren aufgehört. Seit damals hat der angeborene Verstand nur wenig – wenn überhaupt – zugenommen.«[49] Soweit die Mängel des Atavismus; auf die der emanzipierten Vernunft kommen wir (S. 188) noch zurück.

Über den Erkenntnisprozeß und die Hemisphären

Die Entwicklung des Menschen wurde mit der bewußten Reflexion bewerkstelligt. Diese galoppiert nun ihren Lehrmeistern davon. Sie nimmt zwar vieles wahr; zum wenigsten aber ihren eigenen Hintergrund. Und wo er auftaucht schämt man sich seiner; und er wird verdrängt; freilich nur wieder aus dem Bewußtsein, denn er ist erblich. Versuchen wir eine Erklärung dieser Spaltung.

Rationalisiert wird aus der Schraube des Erkenntnisprozesses nur die logisch deduktive Hälfte. Denn diese liegt, merkwürdigerweise, gemeinsam mit den drei Teilen der Sprachrinde in der linken Hemisphäre unseres Gehirns. Und, noch merkwürdiger, nur diese besitzt eine vollständige Verbindung mit unserem Bewußtsein. Diese logisch-deduktive Hälfte des Erkenntnisprozesses wird nun mit dem Bewußtsein weiterentwickelt. Die linke Hirnhälfte entwickelt also ihre verbalen und analytischen Fähigkeiten; wie die Neurophysiologie entdeckte, in einer sequenzlogischen, arithmetischen, computerartigen Weise. Unter den beteiligten Autoren seien besonders GAZZANIGA, SPERRY und WALSH hervorgehoben.[50] Die Menschen formen aus diesem deduktiven Teil Arithmetik, formale Logik und Computertechnik. Die Wissenschaftstheorie[51] differenziert ihn in Beweis- und Bestätigungs-Theorie, mit der Abfolge von Deduktion, Prognose und Reduktion. Diese Differenzierung des Erfah-

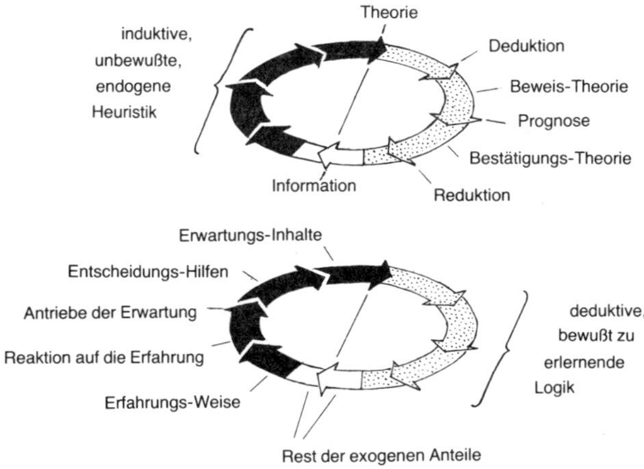

Abb. 59. *Die Differenzierung der ratiomorphen und rationalen Anteile* unserer Lernanleitung. Die Leistungen des nichtbewußten, endogen-erblichen, ratiomorphen Apparates stehen ganz auf der induktiven, synthetisch-heuristischen Seite des Algorithmus; die des bewußten, individuell-erlernten, rationalen Apparates (soweit sie ungeteilt anerkannt werden) stehen auf der deduktiven, analytisch-logischen. Auffallend ist auch die weitgehende Verselbständigung des Kreisprozesses gegenüber dem kleinen exogenen Rest der von außen erforderlichen Information (man vergleiche die Abb. 29 und 58 auf den Seiten 104 und 178).

rungs-Halbkreises des Erkenntnisprozesses ist gegenüber seinen Lehrmeistern fast eine Neubildung durch die bewußte Vernunft (Abb. 59) und diese wiederum diktierte die Entwicklung der Zivilisation.

Dagegen gehören die alten, endogenen Hauptteile des Kreislaufs, wie aus Abbildung 58 (S. 178) erinnerlich, fast ganz zur induktiven, heuristischen Hälfte. Sie bleiben im Dunkeln des Nichtbewußten. Und diese synthetisch gestaltenden Fähigkeiten der Erwartungs-Hälfte unseres Erkenntnisvorgangs stimmen nun in einem Maße mit dem nonverbalen, synthetisch-holistischen Raum-Verständnis überein, mit den muster-, musik- und gestalt-verstehenden Leistungen der rechten Hemisphäre, daß sie in dieser liegen werden. Und eben diese Hirnhälfte besitzt keine vollständige Verbindung zum Bewußtsein (Abb. 60). Nichts ist von seiner Differenzierung miterlebbar. Nichts wurde nachvollzogen. Im Gegenteil, die Zivilisation drängte den Holismus aus der Biologie, die Ganzheit aus der Psychologie und die Heuristik aus der Logik. Und die Neurologen sprachen von einer leeren und sprechen noch immer von der untergeordneten Hemisphäre.

Warum sich nur eine unserer Hemisphären mit dem Bewußtsein verbindet, das ahnen wir erst. R. Sperry vermutete bereits eine Komplementarität, eine Arbeitsteilung der Leistungen und John Eccles und andere sind ihm darin gefolgt.[52] Wie aber sollen wir die unsymmetrische Beziehung zum Bewußtsein verstehen? Wir vermuten darum zudem einen Zusammenhang zwischen dem frühen Bewußtsein und seinen sich rasch entwickelnden deduktiv-kontrollierenden Aufgaben. Diese neuen Aufgaben des Menschen mußten (wie von S. 127 erinnerlich) mit der Beobachtung des eigenen Handelns verbunden sein; mit dem exekutiven Lernen zunächst an den Handlungen selbst, dann an den Vorstellungen von diesen und zuletzt an der Kommunikation über solche Vorstellungen, also an der Sprache. In dem sich schnell vergrößernden

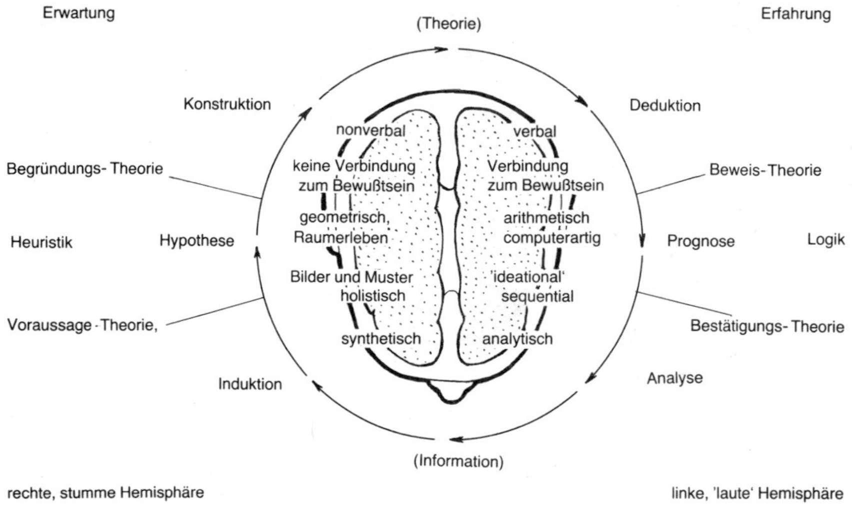

Abb. 60. *Die Parallelität der Hemisphären- und Erkenntnis-Funktionen* des menschlichen Gehirns. Die komplementären Funktionen unserer Gehirn-Hemisphären sind nach den Erfahrungen der Neuropsychologie eingetragen (nach Levi-Agresti u. Sperry 1968, aus Eccles 1975), die komplementären Leistungen des Erkenntnisprozesses nach den Erfahrungen mit der Dynamik wissenschaftlicher Theorienbildung (nach Oeser 1976 und den Ergebnissen unserer evolutionären Untersuchung). Man überzeuge sich von dieser weitgehenden Übereinstimmung (und vergleiche dazu die Abb. 59, 58 und 29 auf den Seiten 187, 178 und 104).

Raum des Relevanten konnte die deduktive, kontrollierende Vorsicht wahrscheinlich den selektiven Vorrang beanspruchen.

Wie das sich auch einmal klären wird, die bewußte Vernunft sucht sich nun, frei von ihren angeborenen Lehrmeistern zu bewegen und gerät damit in die seltsamsten Widersprüche.[53] Einmal verwendet sie die anachronistischen Anleitungen und extrapoliert sie in den Widerspruch einer kausal-exekutiven versus final-exekutiven Welterklärung. Ein andermal sucht sie sich ganz zu emanzipieren und bringt sich in die Lage, ihre Erkenntnis nicht zu begreifen, die Realität der Welt nicht begründen zu können, ja elementarer noch: sie bringt es dazu, den echten Zufall für Notwendigkeit halten zu können und umgekehrt. Diese bewußte, deduktive Vernunft würde sogar ihren Träger lebensunfähig machen, setzte sich nicht doch im Katastrophenfall, mit Hilfe einer vorübergehenden Verwirrung der Ratio, der gesunde Hausverstand immer wieder belehrend durch. Dies sind die Mängel der emanzipierten Vernunft. Den reinen Unsinn zu glauben ist also tatsächlich das Privileg des Menschen.

Über die Kunst in der Wissenschaft

»Die Erfahrung zeigt deutlich, daß zwei Kategorien von Menschen bestehen, die sich sehr stark voneinander unterscheiden: Künstler und Denker«. So schon der große Physiologe Pawlov. »Die Künstler«, fährt er fort, »begreifen die Wirklichkeit in ihrer Ganzheit als lebendes, unteilbares Wesen. Die Denker sezieren die Realität und zerteilen sie bis in ihre Einzelheiten. Später setzen sie Stück um Stück zusammen und suchen ihr Leben einzuhauchen«. Konrad Lorenz hat dann beim Studium der Gestaltwahrnehmung festgestellt, daß sich eine synthetische, in Bildern erlebende Begabung von einer überwiegend logisch-analytischen unterscheiden läßt. Und heute ist dies auch schon wiederholt bestätigt.[54] Sehr wahrscheinlich liegt eine unterschiedliche Präferenz der Hemisphären vor. Und wir können LORENZ nur bestätigen, daß diese Begabungs-Differenzen vielfach so deutlich sein können, daß die komplementären Probanden einander nicht mehr verstehen; selbst ein tief wurzelndes, gegenseitiges Mißtrauen kann dann zutage treten.

Unsere Zivilisation hat jedoch in dieser Sache reinen Tisch gemacht. Sie hat den Konsens gebildet, den logisch rationalen Leistungen einen ganz anderen Wert einzuräumen als jenen der bloßen Dichter, Träumer und Phantasten. Und sie konnte dies schon deshalb, weil, wie wir von J. BOGEN, von WLADIM DEGLIN und anderen wissen, die Dominanz einer Hemisphäre nicht nur angeboren ist, sondern auch durch Erziehung verstärkt werden kann. Unsere Welt ist daher – wie jeder weiß – eine der Vernunft, in ihr hat es darum mit Vernunft zuzugehen, und diese ist, wie das Bewußtsein lehrt, auf Logik, Kalkulation und Berechnung gegründet. Und da man nicht wüßte, was sonst man fördern sollte, bilden diese die Hauptgegenstände aller Unterrichtung. Der wirkliche Drill, selbst gegen so manche tief menschliche Neigung, sitzt in den deduktiven Fächern. Wo wäre Mathematik kein Hauptgegenstand? Wo bildet die Deduktion aus den Gesetzen der lateinischen Grammatik nicht das Übergewicht über den synthetischen Weisheiten der klassischen Dichtkunst? Man finde ein Gymnasium von heute, in dem Kunst und Musik, sogar Biologie, nicht zu Nebengegenständen herabgesetzt wären. Wo wäre Kreativität, Empfinden und Erleben ein Gegenstand der Lehre? Zeigt nicht die Vernunft unserer Tage, daß es hier weder formulierbare Aufgaben noch Pflichten gibt?[55]

Und wie geht es an den hohen Schulen weiter? In allen Wissenschaften werden die Analysen gelehrt und geprüft. Denn wie sollte synthetisches Denken gelehrt und geprüft werden? Hingegen hat jener Konsens der Vernunft eine weitere Wertskala etabliert, die nun von den bloß beschreibenden über die experimentellen zu den exakten Wissenschaften führt; zur *ultima ratio* der axiomatisch deduktiven Systeme, die, wenn sie absolut gewiß sind, mit dieser Welt ebenso gewiß nichts mehr zu tun haben. Die Forschungsförderung wird gezwungen, das mitzumachen.[56] Der bunte Hintergrund der Welt verliert sich, Bildung wird zur Ausbildung und Ausbildung zum Training.[57] Selbst die messende Beurteilung menschlicher Intelligenz reduziert sich bedarfsgemäß auf verbale Quickheit und Rechen-Geschicklichkeit. Denn wie sollte man auch das Produkt aus Kreativität und Motivation messen?

Eine unmittelbare Konsequenz dieser achtbaren Einrichtungen ist das Fehlen jeder Übereinstimmung zwischen Schul- und Lebenserfolg. Auf sie folgt bald das ›hohe Lied‹ des Spezialisten mit tiefer Abneigung gegen Umdenken und Innovation, und ein Bildungstyp, den der Volksmund, schon weniger achtungsvoll, seine ›Fachidioten‹ nennt. Und wo solch eine Gruppe dominiert, etabliert sich, aus bereits vertiefter Unsicherheit, die Entlastung von individueller Verantwortung mittels einer Wahrheitsfindung durch den Mehrheitsbeschluß. Und man endet mit Entscheidungen, die, wie wir von DÖRNERS Experimenten[58] oder von den Abendnachrichten wissen, zum Ruin aller komplexen Systeme führen müssen. Die Kunst hat die Wissenschaft verlassen. Sie läuft sogar Gefahr, sich selbst zu verlassen.

Über Sippenhaftung und kollektiven Irrtum

Dies ist der Punkt, an dem wir, gottlob, den einzelnen von den aufgezählten Bedenklichkeiten entlasten können. Die Wissens-Soziologie belehrt uns nämlich, daß selbst die Vernunft als ein Produkt des Kollektivs verstanden werden muß. Wir einzelnen treiben ›zu leichtes Spiel‹ ja nicht nur deshalb, weil uns dieses unsere Anlagen lehren, sondern mehr noch, weil alle Welt um uns herum dasselbe Spiel treibt und Abweichler seit eh und je exemplarisch bestraft werden. Die notwendige Stabilität einer Kultur beruht auf Konsens und darauf, daß sich dieser gegen jede mögliche Widerlegung immunisiert.[59]

Nun erst wird die Wirkung übersichtlich, welche entstehen muß, wenn das Kollektiv angeborene Lehren in Lebensbereiche extrapoliert, für welche diese einfach nicht geschaffen sind. Allein die Bevorzugung der einfacheren Lösung, der exekutiven Kausalität mit Anfang und Kettenform, welche auch noch Finalursachen als Gegensatz betrachtet, muß zu einer kollektiven Fehleinschätzung der Menschenwelt führen. Diese irrige Vereinfachung äußert sich dann konsequent und einheitlich in den Anwendungsformen des ontologischen Reduktionismus und im *tabula rasa*-Standpunkt gegenüber allen Lernvorgängen.[60] Und wenn man sich noch vor Augen hält, daß die Erwartungs-Inhalte auf die Erfahrungs-Inhalte wirken, diese über Erfahrungsweise und die Reaktion auf dieselbe, weiter auf die Antriebe der Erwartung, auf die Entscheidungshilfen und wieder zurück auf die Erwartungs-Inhalte selbst – dann wird man verstehen, wie schwer es sein muß, aus fixen Erwartungen auszubrechen. Dem Kollektiv scheint dies überhaupt unmöglich. Die Folge ist, daß sich jene Anwendungsformen des ontologischen Reduktionismus gegenseitig stützen und unverwundbar machen: Positivismus, Sozial-Darwinismus, Behaviorismus, Phenetik und dogmatische Genetik in gleicher Weise.[61]

Solch kollektiver Irrtum ist nun keineswegs die Sache weltfremder Disputation. Er ist vielmehr eine Konsequenz der Erfolge unserer erfolgreichen Zivilisationen und wirkt, zu ihrer Theorie stilisiert, auf sie zurück. Und nun folgt, daß man die Rückwirkungen der Industrie auf den Markt, der Politik auf den Wähler, des Marktes auf Kapital und Rüstung und zurück auf die Industrie nicht sehen will: obwohl uns dies FORRESTER, GALBRAITH und JOUVENEL, SCHUHMACHER und viele andere bereits eindringlich expliziert haben.[62] Man erfährt, daß die Industrie nur vom Wachsen, ›Power‹ (Energie, Macht oder Kapital) nur von Vergrößerung, die Ideologie nur von ihrer Ausbreitung leben kann. Und man weiß, daß das kein gutes Ende nehmen kann. Nun beginnt man Alternativen zu suchen. Und man wundert sich, daß sie sich, wenn man überhaupt welche findet, meist als nicht anwendbar erweisen.

So wird also mit irreversibler Prägung operiert, mit Status und Konsum, Fahnen und Uniformierung, Beschwörung und Orakeln, mit Manipulation und Feindbildern, hin bis zur Gehirnwäsche; der höchsten Form solcher »Perversion zwischenmenschlicher Lernprozesse«, wie das FRANZ SEITELBERGER überzeugend formuliert.[63] Und das Milieu wird dem Menschen entsprechend reduziert und zubereitet, um alles das zuzulassen; zu einer Art Kultur-Parasitismus, in dem naturgemäß vermeintliche Sicherheit auf Kosten individueller Freiheit und Lebensquantität auf Kosten seiner Qualität ins Kraut schießt.[64]

Nun haben wir Biologen gar keine Sorge, daß die Biosphäre sich nicht wieder selbst regulierte. Sie ist noch mit allen Arten, die ausuferten, zurechtgekommen. Sie hat sie selektiert. In Sozialverbänden von dem Ausmaß unserer Zivilisation selektiert sie aber nicht ungeeignete Individuen. Sie selektiert die ungeeigneten Zivilisationen. Dabei scheint das Wachsen der Reiche in der Weltgeschichte, und bis zu jenen Größen, an welchen sie wieder zugrundegehen, die Folge rationaler Extrapolation zu sein: das Überleben des einzelnen aber, im Chaos des Zusammenbruchs, die Folge seiner ratiomorphen Leistungen. Und darin steckt die Sippenhaftung, die jeder von uns für den kollektiven Unfug unserer Ratio schon längst übernommen hat.

Über einen naturwissenschaftlichen Humanismus

Dies war nun jener Punkt der Zivilisations-Betrübnis, mit dem heute viele ihren Gegenstand beschließen. Wir tun das, wie zu sehen, noch nicht. Als Biologen wissen wir zwar, daß sich unser Großhirn gerade wie jene Extremorgane entwickelt hat, die bislang noch all ihre Besitzer ins Grab gebracht haben. Wir wissen aber auch, daß unser Extremorgan einen gewissen Vorteil genießt. Und diesen mag es zu nützen gelten: Es kann sich selbst wahrnehmen.

Damit sind wir zurück beim tieferen Zweck dieses Buches. Es geht wieder um den Menschen und um seine nähere Bestimmung; nicht nur um einen akademischen Disput, sondern um ein tieferes Verständnis für unsere Herkunft und mögliche Zukunft; also um eine verbesserte Voraussicht des uns Möglichen und Unmöglichen. Gewiß mag dieser Zweck nur der bloßen Neugierde entsprungen sein. Aber diese kann zu einem Teil jenes Wissensgewinns führen, dessen Lauf wir eben beschrieben. Dem Biologen erscheint dieser Schritt der Biologie wie die Fortsetzung jenes Vorgangs des Erkenntnisgewinns, in dem alles Lebendige, solange es lebt, in steter Bewegung befangen ist; in einer ruhelosen Suche nach etwas mehr Überschau und Voraussicht; mit dem unerreichbaren Ziel der Ruhe und Gewißheit. Und so ist der Zweck ein ebenso natürlicher wie menschlicher; verstehen, erklären zu können, warum uns diese Vernunft oft so übel mitspielt. Es ist also die zweite der Pflichtübungen dieses zusammenfassenden Kapitels. Es soll uns nützen, dem Vernünftigen in unserer Vernunft nützlich zu werden. Wieviel wäre damit erreicht! Die evolutionäre Erkenntnislehre kann zu einem Überbau über den Überbauten des schöpferischen Lernens werden; eine Fortsetzung der Evolution des Evolutionsprozesses.[65]

Dieser Anspruch, zu erfahren, woran wir wären, ist gewiß legitim und ein Anspruch der Humanität. Er führt uns aber auch über Hürden, wie sie VOLLMER ›die kopernikanischen Wenden‹ nannte, die, während sie wendeten, das Gegenteil der Humanität zur Folge hatten; die Wende des KOPERNIKUS um GALILEI, die zweite mit DARWIN um ERNST HAECKEL.[66] Dies möge einer dritten, mit Vernunft, erspart bleiben. Nicht minder nämlich ruht Humanität auch in einer ganz anderen Einsicht. Wir entnehmen diese ALBERT SCHWEITZER und wandeln sie zu unserem Gegenstand: ... ›daß wir Leben sind, das Gewißheit sucht, neben anderem Leben, das auch Gewißheit sucht.‹[67]

Solche Forderungen der Humanität wurden bereits von Strömungen beansprucht, die man als politischen und philosophischen Humanismus kennt. Hegelianer formulierten ›einen geschichtlichen Prozeß der Vernunft zur Freiheit‹; JULIAN HUXLEY einen ›evolutionären Humanismus‹; Papst PAUL VI. forderte in ›*Populorum progressio*‹ einen Friedens-Humanismus der Völker und Gesellschaft.[68] Diesem Gedanken einer zweiten Aufklärung, einer Befreiung von Manipulation und Verführung durch Einsicht und Wissen, fühlen wir uns verwandt.

Das allerdings taten auch schon MARX und der ›Monisten-Bund‹ und SARTRE.

Und der humanistische Sozialismus wurde zum Revisionismus und so, nach MAO TSE-TUNG, wieder zum Symbol für ›permanente Revolution‹. Wir schätzen darum unseren naturwissenschaftlichen Standpunkt, das Objektivitätspostulat und den Anspruch, an der Erfahrung scheitern zu können. Die Humanitas, wie wir sie verstehen, soll dem Menschen helfen, sich frei zu machen, selbst wider Materialismus und Idealismus. Sie soll ihm seine natürlichen Ansprüche vor Augen führen, trotz, ja gegen all die halben Wahrheiten der Ideologien, gegen die Manipulation durch die Technokratie und gegen alle Unverträglichkeit ihrer Rechtsansprüche. Wir sind überzeugt, daß zuletzt nur die objektive Erkenntnis des Menschen anerkannt werden kann; und als jene versöhnliche Instanz, die, wie so nötig, angerufen werden kann, wenn die Ideologien streiten.

Anhang

Anmerkungen

Zur Einführung

1 Zitiert aus P. WEISS (1971; p. 231).
2 Über die diesbezügliche Eigenart der Philosophie schreibt Brockhaus: »Philosophie als solche ist nicht vorgegeben, sondern bringt jeweils ihren Begriff selbst hervor. Dies bewirkt eine Vielzahl von unterschiedlichen ›Definitionen‹... in Gestalt der verschiedenen Philosophien... Keine von ihnen hat sich als in allen Teilen beständig erwiesen.«
3 Man vergleiche G. VOLLMER (1975; p. 183).
4 Diese sind besonders in den Schriften von K. LORENZ (1965, 1973) und I. EIBL-EIBESFELDT (1978) übersichtlich dargestellt.
5 Zur Orientierung über diese Entwicklungen greife man für den präbiotischen Bereich zu M. EIGEN & R. WINKLER (1975), für den Bereich der Sprachentwicklung zu N. CHOMSKY (1970) oder E. LENNEBERG (1972), für den kulturellen Bereich zu I. EIBL-EIBESFELDT (1970) oder O. KOENIG (1970), für die Technik I. RECHENBERG (1973), sowie für die Wissenschaftsentwicklung zu TH. KUHN (1967), E. OESER (1976), oder K. POPPER (1973).
6 Die »Philosophie zoologique« von LAMARCK erschien 1809, LYELLS »Principles of geology« 1830 und »On the origin of species« von DARWIN im Jahre 1859.
7 Siehe Glossar!
8 Es handelt sich hierbei um das erkenntnistheoretische Induktionsproblem (vgl. Glossar), auf das in den folgenden Kapiteln noch ausführlich zurückzukommen sein wird. Die erste wesentliche Formulierung dieser Problematik erfolgte durch D. HUME im Jahre 1748.
9 In P. WEISS (1971; p. 231).
10 Die wichtigsten Werke, welche die wissenschaftliche Erfahrung in diesem Gebiet zusammenfassen sind: I. EIBL-EIBESFELDT (1978), K. FOPPA (1965), E. v. HOLST (1969), F. KLIX (1976), K. LORENZ (1965, 1973, 1978), I. PAWLOV (1972) und B. RENSCH (1973).
11 R. RIEDL (1975).
12 Wobei nun in dem vorliegenden Band gezeigt werden kann, daß wir in den angeborenen Denkmustern die KANTschen Aprioris wiederfinden, was damals (z. B. in R. RIEDL, 1975) noch nicht so deutlich sichtbar wurde.
13. M. EIGEN & R. WINKLER (1975).
14 E. SCHRÖDINGER (1951).
15 J. PIAGET (1973, 1974).
16 K. LORENZ (1973) und I. EIBL-EIBESFELDT (1978).
17 N. CHOMSKY (1970) und E. LENNEBERG (1972).
18 O. KOENIG (1970, 1975).
19 R. RIEDL (1976).
20 Bekanntlich sprach S. FREUD vom ›Unbewußten‹ und C. JUNG vom ›kollektiven Unbewußten‹. Bis zu welchem Grad diese Vorstellungen mit jenen in unserem Band zusammentreffen, wäre eine Untersuchung wert.
21 E. BRUNSWIK (1955).
22 Nämlich 1941 in der Arbeit über »Kants Lehre vom Apriorischen im Lichte gegenwärtiger Biologie«.
23 D. CAMPBELL (1966).
24 K. POPPER (1973).
25 E. OESER (1976).

26 D. CAMPBELL (1966).
27 G. VOLLMER (1975).
28 Der Begriff geht in diesem Zusammenhang auf L. v. BERTALANFFY (1955) zurück.
29 R. KASPAR: »Einführung in die biologische Erkenntnislehre« (1977), bei der Hochschülerschaft der Universität Wien als Skriptum herausgegeben. Siehe auch R. KASPAR (1979).

Zu Kapitel 1 (»Von Biologie und Erkenntnis«)

1 Zitiert nach K. POPPER (1974; p. 44) und W. STEGMÜLLER (1971; p. 13).
2 Diese wurde im Jahre 1809 veröffentlicht. Eine einführende Übersicht in die historischen Hintergründe gibt z. B. S. MASON (1974).
3 Nachzuschlagen in den lesenswerten »Pleasures of philosophy« von W. DURANT (1953).
4 Diese Auffassung der Wahrheit als Übereinstimmung zwischen dem Denken und der Realität entspricht dem theoretischen Wahrheitsbegriff, welcher zur Gruppe der attributiven Wahrheitsbegriffe zählt; dieser kann die Gruppe der substantivistischen Wahrheitsbegriffe (»Wesen der Wahrheit«) gegenübergestellt werden. Man orientiere sich darüber z. B. bei A. DIEMER & I. FRENZEL, Ed. (1967; p. 329).
5 Aus der Abhandlung »Über den menschlichen Verstand« zitiert, welche 1690 als »Essay concerning human understanding« erschien.
6 Eine einführende Übersicht über die Philosophie des Positivismus und Neopositivismus geben A. DIEMER & I. FRENZEL, Ed. (1967; pp. 262–280). Eine kurze Charakterisierung findet sich im Glossar.
7 PARMENIDES, um 540 v. Chr. in Elea geboren, gehörte mit ZENON und MELISSOS zur Schule der Eleaten. Von seinem Lehrgedicht »Über die Natur« sind 155 Hexameter erhalten. Den Anfang aller Erkenntnistheorie bildet der erste Teil dieses Lehrgedichtes (»Von der Wahrheit«), in dem er ein Modell des Subjekt-Objekt-Verhältnisses konzipierte, welches thematisch bis zur Gegenwart gültig ist.
8 In K. LORENZ (1973; p. 10).
9 So sollte das Subjekt objektiv, das Objekt aber subjektiv gesehen sein.
10 Damit schuf DESCARTES eine in der Philosophiegeschichte wesentliche Grundlegung der Erkenntnistheorie. Sie stellt einen jener Versuche dar, zu einem gewissermaßen unbezweifelbaren Anfang erkenntnistheoretischer Überlegungen zu finden.
11 Man vergleiche vielleicht dazu je ein Schlüsselwerk dieser Philosophen: AUGUSTINUS (354–430): »De civitate Dei. Der Gottesstaat« in 22 Büchern, 428 vollendet; F. SCHELLING (1775–1854): »Ideen zur Philosophie der Natur«, 1797; G. HEGEL (1770–1831): »Phänomenologie des Geistes«, 1806.
12 Seit den Kommentaren des BOETHIUS (480–525) wurde jeder scholastische Philosoph in gewisser Weise zum Exegeten des ARISTOTELES. Es mußte der scholastischen Philosophie, zu deren Hauptanliegen es gehörte, die Offenbarung mittels der Vernunft zu begründen, nur zu nahe liegen, gerade die Zweck-Ursache als erstrangig zu betrachten, weil damit die Vorstellung eines zielgerichteten, prädestinierten Schöpfungsgeschehens als Konsequenz »natürlicher Ursachenzusammenhänge« interpretiert werden konnte.
13 Aus dem von J. W. v. GOETHE (1790) konzipierten Typus-Begriff entwickelte sich die sogenannte idealistische Morphologie, welche im Typus einer Art, Gattung, Familie usw. ein Urbild ähnlich den platonischen Ideen verstand. Die heutige Biologie vermag den Typus jedoch als eine in genetischen Beziehungen liegende Realität zu erfassen. Man orientiere sich darüber bei B. HASSENSTEIN (1951), A. REMANE (1971), R. RIEDL (1975) und R. KASPAR (1977).
14 In der Vorrede zur »Kritik der reinen Vernunft«.
15 Der Solipsismus stellt erkenntnistheoretisch eine radikale Konsequenz des Idealismus dar, indem der Solipsist nur noch sein eigenes Denken für wirklich, alles andere aber für eine Einbildung hält. In einer sozial orientierten Ausprägung vertrat den Solipsismus z. B. M. STIRNER (1861).
16 Zitiert nach K. POPPER (1974; p. 44).
17 Diese Position vertrat beispielsweise J. LEDERBERG (1963) im Symposion der CIBA-Foundation.
18 So war es für die Theologen eines der zentralen Probleme, die menschliche Freiheit mit der göttlichen Vorherbestimmung in Einklang zu bringen, ein Problem, um dessen Lösung besonders AUGUSTINUS rang und das noch im Mittelalter die Kirchenväter beschäftigte. Papst INNOZENZ III. (1198–1216) fand ähnlich wie THOMAS VON AQUIN darin eine Lösung, daß sie alles als Sünde bezeichneten, was gegen die Überzeugung geschieht. Man vergleiche z. B. R. ZORN (1952).
19 So etwa in dem Werk von J. DE LAMETTRIE »L'homme machine« aus dem Jahre 1747.
20 Nämlich durch die Enteckung der Unbestimmtheit im Verhalten der Elementarteilchen im subatomaren Bereich. Die Konsequenzen diskutiert z. B. W. HEISENBERG (1969).
21 Dies kann etwa dadurch geschehen, daß eine Veränderung in der Erbsubstanz (eine Mutation) durch den atomaren Zufall auftritt und sich diese Änderung des Genoms im Wandel eines Merkmals auswirkt.
22 Man informiere sich etwa in seinem Werk »Der Mensch im Kosmos« (1959).
23 So schreibt z. B. J. MONOD: »Er [der Mensch] weiß nun, daß er seinen Platz wie ein Zigeuner am Rande des Universums hat, das für seine Musik taub ist, gleichgültig gegen seine Hoffnungen, Leiden oder Verbrechen.« (1971; p. 211).

24 Man vergleiche dazu auch R. RIEDL (1976; p. 300). Zitiert aus W. DURANT (1953; p. 16).
25 Dieser Gegenstand wird in D. HUMES Werk aus dem Jahre 1748 diskutiert: »An enquiry concerning human understanding«.
26 Hauptsächlich in den Schriften »Kritik der reinen Vernunft« (1781) und »Kritik der Urteilskraft« (1790).
27 In: B. RUSSELL: »History of western philosophy« (1961). Zitiert aus K. POPPER (1974; p. 17).
28 Über die Philosophie von R. CARNAP orientiere man sich bei P. L. SCHILPP, Ed. (1963). Eine einführende Übersicht zum Induktionsproblem gibt z. B. W. STEGMÜLLER (1971).
29 K. POPPER begründet seinen Standpunkt in der Arbeit »Vermutungswissen: Meine Lösung des Induktionsproblems«; abgedruckt in K. POPPER (1974; pp. 13–43).
30 Zitiert aus A. DIEMER & I. FRENZEL, Ed. (1967; p. 169).
31 Nachzuschlagen in E. OESER (1976).
32 So vor allem in der »Rückseite des Spiegels« (1973). Das Thema wird auch ähnlich in R. RIEDL (1976) diskutiert.
33 Diese Tatsache haben besonders P. BERGER & TH. LUCKMANN (1969) sowie P. WATZLAWICK (1976) sehr anschaulich dargestellt.
34 Dafür findet man zahlreiche Beispiele in P. WATZLAWICK (1976).
35 Etwa in H. ALBERT (1968; p. 13).
36 Zitiert aus K. POPPER (1974; p. 40–41).
37 Zu näheren Informationen greife man zu F. KLUGE (1967[20]).
38 Da aber auch heute Unterschiedliches darunter verstanden werden kann, berufen wir uns auf die Aussage in der Brockhaus-Enzyklopädie, welche einen repräsentativen Querschnitt vermittelt.
39 Der Begriff »Zweck« wird hier nicht philosophisch-teleologisch, sondern ursächlich verstanden! Darauf werden wir besonders in Kapitel 5 zurückkommen.
40 Man vergleiche E. SCHRÖDINGER (1951).
41 Für den Fachmann in M. EIGEN & P. SCHUSTER (1977) nachzuschlagen; eine allgemein verständliche Einführung geben M. EIGEN & R. WINKLER (1975).
42 Dieses Prinzip hat M. EIGEN (1976) mathematisch als Entstehung von Information formuliert. Evolutionstheoretisch als Entstehung lebendiger Ordnung wurde es von R. RIEDL (1975) abgeleitet. Eine kurze Zusammenfassung findet man bei R. KASPAR (1978).
43 Eine Klärung dieser (scheinbaren) Tautologie findet man, auf den molekularen Bereich bezogen, bei M. EIGEN & R. WINKLER (1975). Für den Biologen besteht eine solche Tautologie freilich nicht, da er den Selektionswert oder die ›Fitness‹ nicht bloß am Überleben des Organismus mißt.
44 Zitiert aus P. WEISS (1971; p. 231).
45 Man vergleiche GOETHES »Wär' nicht das Auge sonnenhaft, die Sonne könnt' es nie erblicken.« Verse, die fast wörtlich auf PLOTIN (3. Jhdt. n. Chr.) zurückgehen, den Begründer der neuplatonischen Schule.
46 Über die Hintergründe dieses Gedankens orientiere man sich etwa bei I. FETSCHER: »Geschichtsphilosophie«, in A. DIEMER & I. FRENZEL, Ed. (1967; p. 84). I. KANT schrieb darüber in seinem Werk »Idee zu einer allgemeinen Geschichte in weltbürgerlicher Absicht« (1784).
47 So etwa in dem bekannten Werk »Le contract social. Der Gesellschaftsvertrag«, 1762.
48 Zitiert aus I. KANT (1784).
49 Man vergleiche E. SCHRÖDINGER (1951).
50 Nachzuschlagen bei K. LORENZ, in P. WEISS (1971).
51 Siehe K. LORENZ (1973).
52 Siehe Glossar!
53 Siehe Glossar!
54 Wenn man die durchschnittliche Lebensdauer einer Art mit 10^6 Jahren rechnet. Man vergleiche E. MAYR (1967).
55 Auf solche Fehlleistungen werden wir in den jeweils letzten Abschnitten der Kapitel 2, 3, 4 und 5 zurückkommen.
56 Diese Verhältnisse hat besonders K. LORENZ (1973) ausführlich beschrieben.
57 In diesem Zusammenhang vergleiche man P. FEYERABEND (1970), TH. KUHN (1967), E. OESER (1976) und K. POPPER (1973, 1974).
58 Im einzelnen wird dies von I. EIBL-EIBESFELDT (1978) und K. LORENZ (1963) beschrieben.
59 Zitiert aus der Vorlesung von K. LORENZ an der Universität Wien im Winter-Semester 1976.
60 Aus F. DESSAUER (1958).
61 »Candide ou l'otimism« von J. VOLTAIRE (1759) war als Verhöhnung von G. LEIBNIZ' »Essais de théodicée sur la bonté de dieu, la liberté de l'homme et l'origine du mal« (1710) gedacht.
62 Man orientiere sich darüber z. B. bei H. HERMES (1961); ›Algorithmus‹ siehe Glossar.
63 Dieses Ordnungskonzept sowie die Methode, dem Ordnungsphänomen erkenntnistheoretisch näherzukommen, werden in R. RIEDL (1975, besonders Kapitel I) entwickelt; zusammengefaßt in R. KASPAR (1978).
64 Aus B. RUSSELL (1967).
65 Es handelt sich dabei um Argumente, welche das sogenannte Realitätspostulat unterstützen; vgl. G. VOLLMER (1975; pp. 35–39).
66 Die Bezeichnung ›Hypothetischer Realismus‹ ist zuerst von D. CAMPBELL (1959) und K. LORENZ (1959) verwendet worden.
67 Zitiert aus G. VOLLMER (1975; p. 35).
68 Die Positionen der verschiedenen Formen des Realismus hat wieder G. VOLLMER (1975) sehr übersichtlich zusammengestellt.

69 Einzelheiten dazu schlage man bei E. BRUN (1912) nach.
70 Die philosophische These »Natura non facit saltus« geht in dieser Form als Ausdruck des Kontinuitätsprinzipes auf J. FOURNIER (1613) zurück und wurde später besonders von LEIBNIZ, LINNÉ, GOETHE und SCHOPENHAUER übernommen.
71 In seiner Schrift »What is life?« (1944); deutsch 1951.
72 Für den Fachmann zuletzt in M. EIGEN & P. SCHUSTER (1977) dargestellt; allgemeinverständlich wird die Theorie des Hyperzyklus von M. EIGEN & R. WINKLER (1975) sowie von P. SCHUSTER (1972) beschrieben.
73 Das bekannte Beispiel eines unbedingten, direkten Reflexes ist der sog. Patellarsehnenreflex. Ein plötzlicher Zug (oder Druck) auf das Kniescheibenband löst eine Zuckung des vierköpfigen Oberschenkelmuskels aus. Der Reflex wird klinisch zur Prüfung des Lendenmarks herangezogen. Seine biologische Bedeutung liegt in der raschen Anpassung der Kontraktionen der Beinmuskulatur an die Bewegungen beim Gehen.
74 Siehe R. RIEDL (1976).
75 Dieser Standpunkt wurde von der amerikanischen Psychologenschule des Behaviourismus eingenommen, z. B. von J. B. WATSON (1930) oder B. SKINNER (1973). Er bietet nicht nur keine Erklärung, sondern ist schlechthin falsch.
76 Nimmt man etwa beim Hund zwischen Innenohr, Gehirn und Muskulatur der Speicheldrüse nur 16 Schaltstellen an, so ergeben sich bereits 16! (16 faktorielle) Permutationsmöglichkeiten, das sind rund $2 \cdot 10^{13}$, also 20 Billionen. Damit reichte die ganze Lebensdauer eines Hundes (etwa $3 \cdot 10^{8}$ Sekunden) nicht aus, auf diese Weise auch nur eine einzige Assoziation richtig durch den Zufall zu treffen.
77 Siehe K. LORENZ (1973).
78 In dem gleichnamigen Buch (1976) hat H. v. DITFURTH die Naturgeschichte des Bewußtseins dargestellt.
79 G. VOLLMER (1975; p. 55) hat aus der Geschichte der Philosophie verschiedene erkenntnistheoretische Erklärungen unserer Vorstellung von der Dreidimensionalität des Raumes zusammengestellt.
80 Eine Übersicht über optische Täuschungen findet man z. B. in R. GREGORY (1972).
81 Man vergleiche dazu R. RIEDL (1976).
82 Zuerst in E. BRUNSWIK (1955).
83 Die wichtigsten Schriften dazu sind N. CHOMSKY (1970) und E. LENNEBERG (1972).
84 Auf diesen Umstand hat vor allem A. GEHLEN vielfach hingewiesen, etwa in der Arbeit von 1940.
85 Siehe K. LORENZ (1959).
86 Zitiert aus K. POPPER (1974; p. 85).
87 Zitiert aus K. POPPER (1974; p. 75).

Zu Kapitel 2 (»Die Hypothese vom anscheinend Wahren«)

1 Zitiert nach K. POPPER (1974; p. 15). Das Zitat von G. LEIBNIZ bezieht sich auf die Formulierung von J. LOCKE (1690): »Nichts ist im Verstand, was nicht zuvor in den Sinnen war«. LEIBNIZ gab diese Antwort in seiner Arbeit von 1704.
2 ›Wahrheit und Lüge‹ gehört zu den ältesten Märchen, das in zahlreichen Fassungen überliefert wurde: chinesisch, tibetanisch oder hebräisch, seit dem 12. Jahrhundert in Europa. Man vergleiche A. WESSELSKI (1947).
3 Über das Gilgamesch-Epos orientiere man sich in populärer Form bei C. CERAM (1949) oder H. SCHMÖKEL (1966).
4 Man erinnere sich des Panoramas philosophischer Meinungen und Positionen aus dem Kapitel 1.
5 In »Faust I«, Vers 364. SOKRATES sagt in der »Apologie«: »Ich scheine um dieses wenige also doch weiser zu sein, daß ich, was ich nicht weiß, auch nicht glaube zu wissen.« (Siehe PLATON, Apologie; 21d).
6 Siehe Glossar (›Idealismus‹).
7 So wie sich ja überhaupt der Solipsismus selbst widerlegt, sobald er vertreten wird. Denn sind die Menschen, die der Solipsist von seiner Anschauung überzeugen will, nicht Produkt seines Geistes?
8 In W. JAMES (1907). Siehe dazu W. CORTI, Ed. (1976).
9 Dies ist das Problem der Berechtigung induktiver Schlüsse. Darauf wird noch ausführlich zurückgekommen.
10 A. EINSTEINS inzwischen berühmt gewordene Antwort auf die probabilistische Deutung subatomarer Phänomene war: »Aber Sie können doch nicht glauben, daß Gott würfelt!« (Siehe A. EINSTEIN, M. BORN; 1969).
11 Siehe I. KANT (1781).
12 Dieses Beispiel verwendete K. POPPER (1973).
13 Siehe R. RIEDL (1976).
14 Die aristotelische Logik findet sich im »Organon«; siehe auch G. FREGE (1879).
15 Hierbei handelt es sich um das Lac-Operon. Weitere Einzelheiten dazu findet man außer bei J. MONOD (1959) in dem Lehrbuch von C. BRESCH & R. HAUSMANN (1972).
16 Das hat besonders K. LORENZ (1973; p. 67) anschaulich dargestellt.
17 Eine erste Vorstellung von den Zeitmaßen der Evolution bekommt man, wenn man sich die Erhaltungsdauer angeborener Merkmale vor Augen führt; diese beträgt im Durchschnitt 10^5 bis 10^8 Jahre, bei den ›lebenden Fossilien‹ noch länger. Man vergleiche R. RIEDL (1975; p. 168 ff.).
18 Dieser Vorgang wird in seinen Einzelheiten von B. HASSENSTEIN (1973) und K. LORENZ (1973, 1978) geschildert.
19 Siehe I. PAWLOV (1972). Dabei ist zu beachten, daß das von PAWLOV konditionierte Verhalten kein bloßer be-

dingter Reflex ist, sondern eine bedingte Appetenz, denn der Hund reagiert mit seinem gesamten Futterbettelverhalten, sofern er nicht für Versuchszwecke festgebunden ist. Der bedingte Reflex (Speichelsekretion) ist nur eine Komponente dieses Verhaltens.

20 Dieser Begriff geht auf N. HARTMANN (1964) zurück. Man versteht darunter die hierarchische Ordnung der Komplexitätsschichten der realen Welt von den Quanten über Biostrukturen bis zu den höchsten Kategorien. Dabei wirken Kausalbeziehungen sowohl auf die komplexeren als auch auf die einfacheren Schichten (R. RIEDL; 1976, 1978/79). Eine höhere Kategorie ist in ihrer Gesamtheit aber stets etwas qualitativ anderes als die Summe ihrer Elemente, da mit jeder neuen Integrationsstufe auch neue Systemgesetze entstehen.

21 In K. LORENZ (1943, 1973).

22 Zur Orientierung greife man zu K. LORENZ (1973; pp. 106–113). Der Begriff der ›Prägung‹ wird im Glossar erläutert.

23 Man vergleiche dazu die Einzelheiten in K. LORENZ (1973) oder in I. EIBL-EIBESFELDT (1978). Eine ausführliche Darstellung des Prägungsphänomens gibt E. HESS (1975).

24 Zum Begriff des Algorithmus (siehe Glossar!) vergleiche man beispielsweise H. HERMES (1961).

25 Man vergleiche dazu den Heuristik-Begriff der Erkenntnislehre (siehe Glossar!)

26 Zitiert aus I. KANT (1783).

27 In W. WICKLER (1968). Siehe auch Glossar (›Mimikry‹)!

28 In ST. VOGEL (1978).

29 Siehe P. KUYTEN (1962).

30 In D. GRANT & L. SCHIPPER (1952).

31 In K. FOPPA (1965).

32 Dieses hat W. CRAIG (1918) zuerst beschrieben. Eine einführende Übersicht gibt I. EIBL-EIBESFELDT (1978).

33 Zitiert aus B. HASSENSTEIN (1973; p. 207, 209, 210). Ein kybernetisches Schaltschema bedingter Reaktionen gibt B. HASSENSTEIN (1973; p. 207).

34 In P. WATZLAWICK (1976).

35 Denn schon die ältesten Wirbeltiere sind aus dem Silur (vor etwa $5 \cdot 10^8$ Jahren) bekannt.

36 In E. BRUNSWIK (1955). Siehe auch Glossar!

37 In der Hauptsache deshalb, weil es durchaus noch nicht gelungen ist, alle Variablen unter Einschluß ihrer natürlichen Wechselabhängigkeiten zu definieren.

38 Über Alter und Zeitdaten der Menschwerdung orientiere man sich bei M. EDEY (1973).

39 Siehe A. KOESTLER (1966).

40 Dieses schöpferische Moment in der wissenschaftlichen Forschung wird beispielsweise dann deutlich, wenn einem die Lösung eines komplexen Problems plötzlich »aufgeht« (man beachte die Feinfühligkeit, mit der die Sprache diesen Vorgang bezeichnet!), wobei man zuerst noch gar nicht rational weiß, wie die Lösung konkret aussehen wird.

41 Die Rolle der Gestaltwahrnehmung bei diesen Prozessen hat K. LORENZ (1959) deutlich hervorgehoben.

42 Dies hat ja schon die psychoanalytische Forschung von S. FREUD und C. JUNG geahnt.

43 Siehe D. CAMPBELL (1966).

44 Dieser Ausdruck ist so zu verstehen, daß das erkennende Subjekt ja einen ›Spiegel‹ darstellt, in dem sich die Inhalte von Wahrnehmung und Denken abbilden. Der zentralnervöse Mechanismus, der diese Abbildung ermöglicht, ist dann des ›Spiegels‹ Rückseite. Siehe K. LORENZ (1973) und R. KASPAR (1979).

45 Dieser spezielle Problemlösevorgang ist im Glossar näher erklärt.

46 Weitere Einzelheiten zu diesem Gegenstand findet man besonders in R. RIEDL (1975, 1976).

47 Diese Axiome (siehe A. KOLMOGOROW, 1933) lauten: 1. Jedem Ereignis A wird eine Zahl P (A), seine Wahrscheinlichkeit zugeordnet, wobei $O \leq P(A) \leq 1$ ist; 2. $P(E) = 1$, d. h. die Wahrscheinlichkeit des sicheren Ereignisses ist 1; 3. Schließen sich die Ereignisse $A_1, A_2 \ldots A_n$ gegenseitig aus, dann ist die Wahrscheinlichkeit, daß entweder A_1, oder A_2, oder... A_n eintritt, gleich der Summe der Einzelwahrscheinlichkeiten:

$$P(A_1 \cup A_2 \ldots \cup A_n) = \sum_{i=1}^{n} P(A_i)$$

48 Siehe F. RAMSEY (1931) und B. FINETTI (1970).

49 Zitiert aus F. v. KUTSCHERA (1972; Bd. 1, p. 46).

50 Zitiert aus F. v. KUTSCHERA (1972; Bd. 1, p. 47).

51 In E. OESER (1976); man vergleiche dort besonders Band 3, p. 119.

52 Die Einzelheiten finden sich bei I. KANT (1781).

53 Dies ist im einzelnen in der »Kritik der reinen Vernunft« begründet.

54 In I. KANT (1781).

55 So beispielsweise in K. LORENZ (1941, 1973) und D. CAMPBELL (1974).

56 Eine wissenschaftstheoretische Begründung dieser Aussage gibt K. POPPER (1973, 1974).

57 In E. BRUNSWIK (1934), K. LORENZ (1973), G. VOLLMER (1975).

58 Siehe T. BAYES (1908). Man vergleiche dazu auch die Übersicht in E. OESER (1976; Bd. 1, p. 55f.).

59 In R. RIEDL (1975).

60 Die Einzelheiten zum WEBER-FECHNER'schen Gesetz sind in jedem Lehrbuch der Psychologie oder Sinnesphysiologie nachzulesen. Man orientiere sich etwa bei HUBERT ROHRACHER (1971).

61 Siehe T. STOPPARD (1967).

62 Dieses Experiment wurde mehrmals mit etwa 150 Studenten durchgeführt. Es wurde vereinbart, daß der Versuchsleiter auf ›Adler‹ setzte, die ganze Gruppe aber auf ›Zahl‹, wobei zwei zusammengeklebte Münzen verwendet wurden, die bei jedem Wurf ›Adler‹ zeigten. Der Schwindel (also das Ausbleiben der erwarteten Zufallsverteilung) wurde stets schon beim vierten oder fünften Ereignis erkannt. (Man lasse sich nicht durch die anscheinende Trivialität solcher Experimente täuschen, denn unser erster Eindruck, daß dies ›ja ohnehin klar sei‹, zeigt ja gerade, wie tief die Erwartung bestimmter Wahrscheinlichkeiten in unserem Denkapparat verankert ist. Diese Erwartungen sind deshalb aber keineswegs selbstverständlich!)

63 Siehe F. RAMSEY (1931) und B. DE FINETTI (1970). Eine zusammenfassende Übersicht gibt F. v. KUTSCHERA (1972; Bd. 1).

64 Für die Logik prägte G. FREGE den Begriff des Wahrheits-Wertes, der sich nur auf den Umstand bezieht, ob ein Satz oder eine Aussage innerhalb eines bestimmten Sprachsystems wahr oder falsch ist. Die logische Wahrheit eines Satzes bezieht sich auf die Korrektheit seiner formalen Struktur innerhalb eines gegebenen Kalküls. Logisch wahre Sätze können auch inhaltlich (faktisch) falsch sein, wie etwa der Satz: Wenn einige Insekten Wirbeltiere sind, dann sind einige Wirbeltiere Insekten.

65 Diese Relativierung der Zahl der realen Enttäuschungen berücksichtigt den Umstand, daß im Falle von Zufallsereignissen eine relative Zahl von W Fällen allein durch den Zufall richtig erraten wird. Dies ist bei einem Repertoire von 2 unerläßlich, kann aber schon ab einem Repertoire von 3 oder 4 praktisch vernachlässigt werden.

66 Zu dieser genaueren Betrachtung des ratiomorphen Wahrscheinlichkeitskalküls hat besonders die Mithilfe von GÜNTER WAGNER entscheidend beigetragen.

67 Dies ist im Falle eines Repertoires von 2 besonders einfach. Bei einem Repertoire > 2 gibt es mehrere Möglichkeiten, die Serie unperiodisch fortzusetzen. Unter den möglichen Ereignissen ist dann jenes zu wählen, das unter diesen bislang am seltensten aufgetreten ist.

68 In A. REMANE (1971). Unter ›Wesensgleichheit‹ wird dabei in der Biologie die Homologie (siehe Glossar!) von Strukturen verstanden.

69 Man vergleiche G. FREGE (1879) und B. RUSSELL & A. WHITEHEAD (1910/13). Eine einführende Übersicht findet man in A. DIEMER & I. FRENZEL, Ed. (1967).

70 Man vergleiche die Zusammenfassungen in R. CARNAP (1976) oder K. POPPER (1973), die Details der Problematik im Kontext mit dem Induktionsproblem gibt W. STEGMÜLLER (1971).

71 Zitiert aus K. FOPPA (1965; p. 19), man vergleiche auch L. PICKENHAIN (1959).

72 Siehe E. BRUNSWIK (1934), L. HUMPREYS (1939) und die Übersicht in K. FOPPA (1975).

73 In D. GRANT, H. HAKE & I. HORNSETH (1951).

74 Dabei handelt es sich um zufällige oder determinierte Serien von jeweils 2–4 möglichen Ereignissen. Es sollte geprüft werden, wie groß die Erfahrung werden muß, um Zufall oder Absicht eindeutig zu erkennen. Die Versuche wurden von CLAUDIA ROHRACHER im Rahmen einer Laborstudie in meinem Institut durchgeführt.

75 Man vergleiche H. SIMON & K. KOTOVSKY (1963). Eine Übersicht über die psychologischen Tests gibt R. BRICKENKAMP (1975), zur Lernpsychologie siehe K. FOPPA (1975) und K. JOERGER (1976) sowie W. KRAUSE (1970) und F. KLIX (1973).

76 Siehe E. OESER (1976; Bd. 3, p. 118 sowie das Schema auf p. 119).

77 In F. RAMSEY (1931), B. DE FINETTI (1970) und L. SAVAGE (1967).

78 Genau die umgekehrte Definition der subjektiven Wahrscheinlichkeit gibt F. v. KUTSCHERA (1972; Bd. 1, p. 47).

79 Dabei können diese Gründe, wie sich bei unserem Experiment im Hörsaal zeigte, sich auf Tradition, soziale Einstellung, auf die Universität, auf die Person des Versuchsleiters oder auf bloße Affekte beziehen.

80 Siehe K. POPPER (1973), I. HACKING (1965). C. PEIRCE, gesammelt in C. HARTSHORNE & P. WEISS.

81 Zitiert aus F. v. KUTSCHERA (1972; Bd. 1, p. 123) nach R. CARNAP (1962).

82 Siehe H. SIMON & K. KOTOVSKY (1963) und W. KRAUSE (1970).

83 Das Wachsen der Gewißheit liegt zwischen den korrigierten und den unkorrigierten Rechenwerten. Das bedeutet, daß die Wirkung der Bestätigung zwar kalkuliert, die Bestätigung aus Gründen des Zufalls (e'-W) anstelle von (e') aber nur ungenügend berücksichtigt wird. Folglich wird die Gewißheitsfindung bei Gesetzlichkeit überschätzt, jene bei Zufall aber unterschätzt.

84 Siehe R. RIEDL (1976) oder im einzelnen A. BAVELAS (1957).

85 Siehe beispielsweise K. POPPER (1974).

86 Daher ergibt sich die Formulierung der Ordnung als Gesetzmäßigkeit mal ihrer Anwendung; siehe R. RIEDL (1975, 1976).

87 So hat D. HUME (1748) beispielsweise geschrieben: »Ich wage es, den Satz als allgemeingültig und keine Ausnahme duldend hinzustellen, daß die Kenntnis dieser Beziehung [von Ursache und Wirkung] in keinem Falle durch Denkakte a priori gewonnen wird, sondern ausschließlich aus der Erfahrung stammt.« Da also nach HUME vom Beobachteten zum nicht Beobachteten *kein logischer Weg* führt, kann es keinen korrekten Schluß geben, der mehr Wahrheit enthält als seine Prämissen. Und eben das ist das Induktionsproblem (Siehe Glossar!).

88 Zitiert aus W. STEGMÜLLER (1971; p. 13).

89 Diese Zahl ergibt sich aus 2 Millionen bekannter Arten plus etwa 500000 systematischen Kategorien, multipliziert mit ihren im Durchschnitt 20 diagnostischen Merkmalen.

90 Dieses Beispiel findet man in K. POPPER (1973).

91 Abbildungen des Trauerschwanes *(Cygnus atratus)* und des Schwarzhalsschwanes *(Cygnus melanocorphyrus)* findet man beispielsweise in B. GRZIMEK (1968; Bd. 7) sowie in Abb. 14, Seite 66.

92 Zitate aus W. STEGMÜLLER (1971; p. 16 und 17).

93 Zitiert aus E. OESER (1976; Bd. 3, p. 68).
94 In E. OESER (1976; Bd. 3, p. 71 f.). Dort findet der interessierte Leser auch weiterführende Literatur.
95 Die Schwäne gehören zur Familie der *Anatidae* (Gänseverwandte) und stellen die Unterfamilie der *Cygninae* (Schwäne) dar.
96 Die folgenden Zitate sind eine Umkehrung von W. STEGMÜLLER (1971; p. 19). Es handelt sich um eine Anspielung auf eine Regel der Voraussicht von M. BLACK (1954).
97 Man darf damit rechnen, daß noch etwa 2 Millionen Arten besonders im Bereich der niederen Organismen zu entdecken sind (siehe R. RIEDL, 1970).
98 Siehe B. HASSENSTEIN (1973), I. EIBL-EIBESFELDT (1978) und K. LORENZ (1973, 1978).
99 Zitiert aus W. STEGMÜLLER (1971; p. 17; Hervorhebungen im Original).
100 Unter dem Aktualitätsprinzip versteht man das Operieren mit der Annahme, daß die gegenwärtig feststellbaren Gesetzmäßigkeiten in der Natur in der Vergangenheit nicht prinzipiell anders waren. Zur Anwendung dieses Prinzips siehe I. KANT (1755), P. LAPLACE (1796), J. DE LAMARCK (1809), CH. LYELL (1830) und CH. DARWIN (1859).
101 Siehe R. RIEDL (1975, 1976).
102 In K. LORENZ (1943, 1973), E. v. HOLST (1969) und N. TINBERGEN (1951).
103 Siehe E. OESER (1976; Bd. 3).
104 Zitiert aus C. HEMPEL (1945).
105 Neben den köstlichen Gedichten von CH. MORGENSTERN hat vor allem H. BOSCH in vielen seiner Bilder die Auflösung natürlicher Interdependenzen dargestellt, in ›Organismen‹, die sich beispielsweise aus Merkmalen von Reptilien, Würmern, Schmetterlingen, Vögeln und Säugern zusammensetzen. Auch hier zeigt sich aber, daß eine *völlige* Auflösung von Interdependenzen nicht einmal gedacht werden kann. (Siehe auch R. RIEDL; 1975, p. 222 ff.).
106 In E. OESER (1976; Bd. 3, p. 75). ›Ars iudicandi‹ bedeutet die ›Kunst des Urteilens‹, unter der ›ars inveniendi‹ versteht man die Kunst des *Findens* neuer Erkenntnisse. Diese letztere ist »ordine naturae certe prior«, also »nach der Ordnung der Natur sicher vorrangig«; ›Syllogistik‹ und ›Topik‹ siehe Glossar.
107 Die historischen Hintergründe und Zusammenhänge dazu schildert E. OESER (1976; Bd. 3).
108 Man vergleiche dazu P. HOFSTÄTTER (1972), T. HERRMANN et al. (1977), A. DIEMER & I. FRENZEL (1967) und F. v. KUTSCHERA (1972).
109 Einen ausführlichen Überblick darüber gibt A. MARFELD (1973).
110 Sehr anschauliche Modelle der Mechanismen solcher Verrechnungen findet man bei B. HASSENSTEIN (1965).
111 Siehe HUBERT ROHRACHER (1965; p. 7), im weiteren Zusammenhang auch R. RIEDL (1976; p. 235).
112 Über diese »gesellschaftliche Konstruktion der Wirklichkeit« orientiere man sich bei P. BERGER & TH. LUCKMANN (1969).
113 Das Phänomen der Tradierung in der Zivilisation unter biologischen Gesichtspunkten haben besonders K. LORENZ (1973) und O. KOENIG (1970, 1975) dargestellt.
114 Siehe TH. KUHN (1967).
115 Dies wird ausführlich in R. RIEDL (1976; p. 205 f.) geschildert.
116 Siehe beispeilsweise E. DE BONO (1975).
117 Zur Lösung dieser Aufgabe muß man über das Quadrat, welches die Figur suggeriert, hinausgehen:

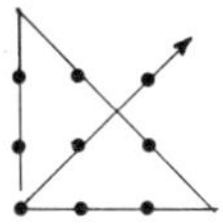

118 Siehe M. EIGEN & R. WINKLER (1975) bzw. R. RIEDL (1976).
119 Zur Fulguration siehe Glossar!
120 In M. EIGEN & R. WINKLER (1973/74, 1975).
121 Siehe Glossar (›Ähnlichkeitsfeld‹).
122 Siehe Glossar (›Homologie‹).
123 Homoiologe Ähnlichkeiten sind etwa die Fischform und der Flossenbau beim Hai, Schwertfisch, einem primitiven Amphib, Ichthyosaurier und Delphin, oder die Arthropodenskelette bei Spinnen und Krebsen, die *Crista sagittalis* (Scheitelkamm) bei Gorilla und Hyäne. Es handelt sich dabei um analoge Bildungen auf der Basis homologer Strukturen.
124 Siehe R. RIEDL (1976) oder K. LORENZ (1973).
125 Nach W. STEGMÜLLER (1971).
126 Siehe F. v. KUTSCHERA (1972), wo auch weitere einschlägige Literatur zu finden ist.
127 Eine Explikation dieser verschiedenen Wahrscheinlichkeitsbegriffe geben beispielsweise R. CARNAP (1959), F. v. KUTSCHERA (1972), E. OESER (1976) und W. STEGMÜLLER (1973).
128 Man vergleiche dazu R. CARNAP (1959).
129 Eine Einführung in die Astrophysik gibt H. STÖRIG (1972).
130 In B. BAVINK (1930; p. 189). Eine solche Berechnung, die PERRIN für einen Ziegelstein durchführte, ergibt für solch ein Ereignis eine Wartezeit von $[10^{10}]^{10}$ Jahren (eine Zahl mit 10 Milliarden Stellen!).
131 Die mathematische Begründung dieses Sachverhaltes findet man bei R. SEXL (1979).
132 Siehe E. OESER (1976; Bd. 3).
133 In R. CARNAP (1952).

134 Man vergleiche dazu K. Popper (1973; p. 14). Auch die von Popper vorgeschlagene Methode der ›Quasi-Induktion‹ löst das Problem nicht, da sie wieder nur aus deduktiven Falsifikationsversuchen besteht und die Frage, ***wie man zu einer neuen Hypothese kommt,*** nicht beantworten kann.
135 Siehe E. Mach (1905), W. Whewell (1860) und E. Oeser (1976).
136 In G. Vollmer (1975: p. 126).
137 In I. Kant (1781).
138 Siehe K. Lorenz (1941, 1943), D. Campbell (1959) und G. Vollmer (1975).
139 Man vergleiche dazu R. Riedl (1975, Kapitel I und 1976, Kapitel 3).
140 In I. Kant (1781).
141 Siehe K. Lorenz (1973; p. 79).
142 Dieser Berlese-Trichter wird von Bodenbiologen schon lange Zeit als ebenso einfaches wie wirkungsvolles Sammelgerät benützt.
143 Einige Fälle dieser Art hat beispielsweise H. v. Ditfurth (1976) genannt; so ist es höchst sinnvoll, daß Energiespender süß und angenehm schmecken, jedoch gefährlich, wenn dieselbe Geschmacksempfindung durch Bleiacetat und andere Gifte ausgelöst wird.
144 Siehe I. Eibl-Eibesfeldt (1978).
145 In Hubert Rohracher (1965).
146 Über die menschliche Frühgeschichte orientiere man sich etwa bei G. Constable (1973).
147 Dies hat K. Lorenz mehrfach betont.
148 Man denke beispielsweise an Keplers Dienste für Wallenstein (siehe E. Oeser; 1971).
149 Die schon auf das 15. Jahrhundert (1448, J. Hartlieb) zurückgehende Chiromantie ist seit dem 19. Jahrhundert als Chirologie in Anwendung und heute etwa in den USA ein weitverbreiteter Berufszweig (die ›Palmists‹).

Zu Kapitel 3 (»Die Hypothese vom Ver-Gleichbaren«)

1 Zitiert aus J. W. v. Goethe (1790), nach der Weimarer Ausgabe II, 13; p. 212. In den »Morphologischen Schriften« hat Goethe die entscheidende Leistung des Vergleiches, nämlich die Erkenntnis von Wesensähnlichkeiten, für die Phänomene des Typus und der Metamorphose als erster erkannt. Das zweite Zitat ist aus N. Chomsky (1970; p. 158).
2 Eine fachliche Darstellung bei H. Schwabl (1958).
3 Man vergleiche dazu die Diskussion um Nominalismus und Idealismus (siehe Glossar!).
4 In den Positionen von Rationalismus und Empirismus (siehe Glossar!).
5 Auch in anderen Sprachen wird das Wort ähnlich gebildet, so beispielsweise im lateinischen com-parare = zusammenstreben, gleich bereiten. Im Griechischen wird das Adverb »gleich« (ὁμοῖος) direkt in das Verbum verwandelt, nämlich ὁμοιόω = gleichmachen, vergleichen.
6 Der Ursprung dieses Gedankens liegt in dem sogenannten Indiszernibilienprinzip von Leibniz, nach welchem Objekte erst im Falle ihrer völligen Ununterscheidbarkeit identisch wären.
7 Zu den wesentlichen Eigenschaften des Lebendigen als offenes System gehört es, daß bei Erhaltung der Form die Elemente ständig ausgestauscht werden. So werden etwa sämtliche Blutzellen im Laufe von etwa drei Monaten durch neue ersetzt.
8 Diese antike Lehre von der ewigen Bewegung ist besonders bei Heraklit ausgedrückt, dem das Wort zugeschrieben wird: πάντα ῥεῖ (alles fließt).
9 Dies war der Titel eines Vortrages von B. Hassenstein, in dem die Problematik der abbildenden Begriffe diskutiert wurde. Siehe B. Hassenstein (1954).
10 So kann man etwa innerhalb der Sedimente Grenzen ziehen, indem man eine mittlere Korngröße definiert: Sand mit 0,02–2 mm ∅, Schluff mit 0,02–0,002 mm ∅ und Ton mit weniger als 0,002 mm ∅.
11 Darauf hat B. Hassenstein (1954) hingewiesen.
12 Diese Phänomene sind aus der Psychologie von Wahrnehmung und Gedächtnis bekannt; übersichtlich dargestellt werden sie beispielsweise in K. Foppa (1975) und F. Klix (1976).
13 In K. Lorenz (1959; p. 131).
14 Einzelheiten zu diesem Thema schlage man bei R. Riedl (1976; besonders in Kap. 8) nach.
15 So findet man beispielsweise Krallen bei etwa 50% der Säugetiere und Stoßzähne nur noch bei etwa 0,1% (bei Elefanten und Narwalen).
16 Es müßte schon der große Zufall eintreten, daß sich zum Beispiel unter einer wartenden Zecke gerade ein Eber an einem Stein gerieben hatte, welchen die Sonne eben auf genau 37° C erwärmt hat.
17 Die historische Entwicklung dieses Begriffs (siehe Glossar!) beschreibt W. Schleidt (1962). Eine Übersicht und weiterführende Literatur findet man bei I. Eibl-Eibesfeldt (1978).
18 Die Einzelheiten dazu schildert I. Eibl-Eibesfeldt (1978).
19 Diese haben etwa N. Tinbergen und I. Eibl-Eibesfeldt durchgeführt. Die experimentellen Ergebnisse schildert I. Eibl-Eibesfeldt (1978).
20 Die ersten Untersuchungen führten D. Lack (1943) am Rotkehlchen und N. Tinbergen (1963) an der Silbermöwe durch.

21 Zur Übersicht greife man wieder zu I. EIBL-EIBESFELDT (1978).
22 Die Physiologie dieser Wahrnehmungsleistungen hat besonders E. v. HOLST (1969) aufgeschlüsselt.
23 In K. LORENZ (1973; p. 80f.).
24 Nämlich entsprechend dem Merkmalswandel im morphologischen Bereich; siehe E. MAYR (1967).
25 Dies ist an allen Verhaltensweisen ersichtlich, die sich einer neuen Milieusituation noch nicht angepaßt haben. Besonders deutlich wird das beim Menschen selbst, bei dem die kulturelle und soziale Evolution der Entwicklung seiner angeborenen Reaktionsweisen davonläuft.
26 Während sich nämlich eine kulturelle Neuschöpfung praktisch sofort ausbreitet, sind für das molekulare Lernen die Mutationsrate (10^{-4} bis 10^{-6}), die Erfolgswahrscheinlichkeit (10^{-2} etwa) und die Generationsfolge maßgebend.
27 Man vergleiche beispielsweise K. FOPPA (1965), L. PICKENHAIN (1959), G. RAZRAN (1930) oder W. THORPE (1963).
28 So können für die Ausbildung eines bedingten Reflexes (siehe Glossar!) bis zu 100 Wiederholungen (›reinforcements‹) erforderlich sein. Man vergleiche P. HOFSTÄTTER (1972), zur Abhängigkeit der Konditionierung von experimentellen Bedingungen K. FOPPA (1965; p. 35).
29 Eine Übersicht zur Psychologie von Gedächtnis und Vergessen findet man bei P. HOFSTÄTTER (1972).
30 Weiterführende Literatur in P. HOFSTÄTTER (1972).
31 Schon nach zwei Tagen intensiven Stress unter einem dominierenden Artgenossen ließen sich beispielsweise bei Tupajas deutliche pathologische Veränderungen an der Niere nachweisen; siehe D. v. HOLST (1969). Zu den vielen Arbeiten über Stress beim Menschen vergleiche man etwa P. BOURNE (1969) oder H. SELYE (1957).
32 Zusammenfassend dargestellt in F. KLIX (1976; p. 370).
33 Ein generelles Schema des Lernprozesses gibt F. KLIX (1976; p. 352; vgl. dort besonders Kap. 6).
34 Es handelt sich dabei um einen wechselseitigen Optimierungsprozeß, den D. CAMPBELL (1966) als »pattern matching« bezeichnete.
35 In K. LORENZ (1973; p. 159).
36 In B. HASSENSTEIN (1965; p. 108).
37 Diese Leistungen beruhen auf dem Reafferenz-Prinzip (siehe Glossar!), das zuerst von E. v. HOLST & H. MITTELSTAEDT (1950) dargestellt wurde. Eine einführende Übersicht gibt B. HASSENSTEIN (1965).
38 Siehe K. LORENZ (1954).
39 Dargestellt in G. BAERENDS, K. BRILL & P. BULT (1965).
40 Das hat besonders K. LORENZ klargemacht. Man vergleiche auch die Arbeiten der Gestaltpsychologie, beispielsweise W. KÖHLER (1971).
41 Umfangreiches Material dazu liefert die ›genetische Erkenntnistheorie‹ von J. PIAGET (1973, 1974). Eine Einführung in dieses Gebiet gibt H. FURTH (1972).
42 Denn auch kein geringerer als MAX PLANCK pflegte zu sagen: »Was kümmert mich mein Geschwätz von gestern!« Wiewohl es einen in der Regel dorch irgendwie kümmert, bleibt das tägliche Aufgeben irgendeiner Lieblingshypothese, wie KONRAD LORENZ sagt, ein gesunder Morgensport.
43 Demgegenüber bedenke man, daß der Kosmos »erst« seit etwa 10^{17} Sekunden besteht; es wären also in unserem Fall pro Sekunde 10^{14} Versuche erforderlich.
44 Die biologische Systematik operiert hier mit den sogenannten Hilfskriterien der Homologie, welche A. REMANE (1971) aufgestellt hat. Die logischen Zusammenhänge innerhalb der Morphologie formulierte R. RIEDL (1975).
45 In K. LORENZ (1973; p. 162).
46 Von dieser Beobachtung hat K. LORENZ in unserem Seminar in Altenberg erzählt.
47 Die Untersuchung geht auf A. BAVELAS (1957) zurück.
48 Vergleiche dazu R. RIEDL (1975; besonders p. 53 und 54).
49 Ein größeres Säugetier besitzt beispielsweise 10^7 identische Haare, 10^{13} rote Blutzellen, 10^{16} Chromosomen (in allen Zellen) oder 10^{27} Stickstoffatome. Dieses Phänomen der Redundanz (siehe Glossar!) natürlicher Ordnung wird in R. RIEDL (1975) ausführlich behandelt.
50 Wenn jedes Einzelmerkmal die Chance von $1/2$ hat (d. h. es könnte nur eine Alternative geben), so ist die Wahrscheinlichkeit, eine Struktur mit 10 Merkmalen zufällig zu erhalten $(1/2)^{10}$, also 1/1024. Die Chance, diese Struktur durch Zufall bei 10 Arten wiederzufinden, beträgt dann $[(1/2)^{10}]^{10}$, d. h. etwa $1{,}3 \cdot 10^{-30}$. Ihre Homologie ist daher so gut wie absolut gewiß. (Diese Überlegungen gelten für divergente, kontinuerliche Ähnlichkeitsfelder [siehe Glossar!]).
51 Wobei diese Erkenntnis homologer Strukturen auf dem Vergleich von Ähnlichkeiten in harmonischen Feldern (siehe Glossar!) beruht. Ihre Erklärung durch identischen Ursprung erfolgt im nachhinein. Die Morphologie verwendet dabei den Homologiebegriff seit GOETHE. Die näheren Zusammenhänge und ihre logische Struktur erläutern A. REMANE (1971) und R. RIEDL (1975).
52 Eine Beispiel dafür bieten die Versuche der »Numerical Taxonomy« (R. SOKAL & P. SNEATH; 1963) auf das Homologie-Konzept und auf die Wägung der Merkmale zu verzichten. Mit dieser Problematik hängt auch die Diskussion um die Realität des Natürlichen Systems (siehe Glossar!) zusammen. Man vergleiche dazu die Lösung dieser Kontroverse in R. RIEDL (1975), bezogen auf das Typus-Problem in R. KASPAR (1977).
53 In C. F. v. WEIZSÄCKER (1971; p. 361).
54 Dies entspricht in der biologischen Strukturforschung dem Struktur- und Lagekriterium der Homologie, dargestellt bei A. REMANE (1971) und R. RIEDL (1975; p. 60).
55 Wobei man in Parenthese bedenken mag, daß derartige Differenzierungen vielfach von einer Gleichheit der Elemente ausgehen. Das machen stark hierarchisch strukturierte Systeme stets deutlich, wie etwa bei der Karriere vom

Rekruten zum General.

56 Beispielsweise bei den Elementen die Halogene (7. Gruppe), bei den Molekülen die Säuren oder die Hämoglobine.

57 Eine zusammenfassende Studie über die »Biologie der Begriffsbildung« ist eben in Arbeit (R. RIEDL und R. KASPAR).

58 In der biologischen Strukturforschung handelt es sich dabei um das Übergangskriterium der Homologie (R. RIEDL; 1975, p. 60).

59 Auch diesem Umstand trägt die Strukturforschung in den Antikoinzidenzkriterien der Homologie Rechnung; siehe A. REMANE (1971) und R. RIEDL (1975).

60 Die historischen Zusammenhänge dazu sind beispielsweise bei J. HEMLEBEN (1969) nachzulesen.

61 Man vergleiche dazu Anmerkung Nr. 57 oben.

62 In diese Reihe ließen sich auch die ›Sätze‹ der formalen Logik stellen. Nun hat sich diese aber seit FREGE auf den deduktiven Bereich des Denkens und Schließens zurückgezogen, also auf eine Beweistheorie, die mit der Findung dessen, von dem deduziert wird, nichts zu tun hat. Wir sprechen daher im heuristischen Bereich der Induktion und Voraussagetheorie besser von Definitionen und Gesetzen.

63 Die ersten Arbeiten dazu publizierten O. KOEHLER (1941) und J. PIAGET (1946), man vergleiche auch J. PIAGET (1974) oder die Übersichten von B. RENSCH (1973) und H. FURTH (1972).

64 In J. HUXLEY (1929), K. LORENZ (1943, 1965, 1973) und B. RENSCH (1973).

65 Eine Übersicht findet man in HUBERT ROHRACHER (1971; p. 349f.), T. HERRMANN et al. (1977; p. 92f.); dort entnehme man auch die weitere einschlägige Literatur.

66 Zitiert aus P. HOFSTÄTTER (1972; p. 89 und 91).

67 Zitiert aus K. LORENZ (1943; p. 343), N. CHOMSKY (1970; p. 138). Eine Übersicht gibt G. VOLLMER (1975).

68 Über die Gestaltpsychologie orientiere man sich bei CH. v. EHRENFELS (1890), M. WERTHEIMER (1925), K. KOFFKA (1950) oder A. WELLEK (1953).

69 Ähnliches muß schon F. KLIX (1976; p. 283) bemerkt haben, wenn er eine »Verflechtung mit phylogenetisch vorgeformten Reizverarbeitungsprozessen« in Betracht zieht.

70 Man vergleiche dazu die Kategorien-Tafel in der »Kritik der reinen Vernunft«, B 105.

71 Zitiert aus F. KLIX (1976). Die Originalarbeiten stammen von C. HOVLAND (1952) und C. HOVLAND & W. WEISS (1953).

72 Man vergleiche dazu D. DÖRNER (1967), K. GOEDE & F. KLIX (1972) und E. HUNT (1962). Das Zitat ist aus F. KLIX (1976).

73 In R. CARNAPS Theorie der Induktion spielen drei Begriffs-Stufen eine besondere Rolle: die klassifikatorischen Begriffe, die komparativen Begriffe und die theoretischen Begriffe, bei denen allen es sich aber wieder um deduktiv-logische Formen handelt.

74 In E. OESER (1976; Bd. 3, p. 118).

75 Man erinnere sich daran, daß DAVID HUME 1748 auf die Problematik des induktiven Schlusses aufmerksam machte und GOTTLOB FREGE 1879 die Induktion bereits aus den Methoden der Logik ausschloß.

76 Schon 1959 erkannte K. LORENZ den Unterschied zwischen dem vorwiegend analytischen und dem synthetisch denkenden, gestaltserlebenden Menschen. Er erwartete, daß ihr Mißtrauen gegeneinander auf ihre Unfähigkeit zurückzuführen sei, gleiche Erlebnisse zu empfangen. Mit der Entdeckung der verschiedenen Funktionen der Hirnhemisphären hat die Neurophysiologie diese Annahme bestätigt. Man vergleiche J. ECCLES (1975) und die Ausführungen im Kapitel 6 des vorliegenden Bandes.

77 ›Esoterisch‹ wurde nach dem neueren Wortgebrauch als ›geheimnisvoll‹ gedeutet. Es bedeutete jedoch im Gegensatz zu exoterisch ›im System begründet‹. Und ›systemimmanent‹ nennen wir heute (R. RIEDL, 1975) die Ursache des Typus. Vgl. R. KASPAR (1977) und die Kritik bei B. HASSENSTEIN (1951, 1958).

78 In diesem Zusammenhang ist vom morphologischen Typus die Rede (im Unterschied zum systematischen).

79 Dieser ganze Bereich biologischer Strukturforschung ist in der Literatur von GOETHE bis REMANE ausführlich dokumentiert.

80 Dieser Vorwurf wurde von der »Numerical Taxonomy« erhoben (R. SOKAL & P. SNEATH, 1963).

81 Gemeint ist die berühmte Fabel vom Tausendfuß und der Spinne. Die Spinne, die die erstaunliche Harmonie in der Bewegung der Beine des Tausendfußes neidisch bewundert, fragt diesen, wie er es wohl mache, daß er gerade immer das 161. Bein streckt, während er das 162. Bein vom Boden abhebt usw. Der Tausendfuß hält an und versucht, diesen Bewegungsablauf zu beschreiben, doch gerät er sofort in ein heilloses Durcheinander mit seinen vielen Beinen und vermag nun gar nicht mehr zu laufen – was die Spinne höchst erfreut. Die Fabel zeigt sehr schön unsere eigene Erfahrung, daß der Versuch, einen unbewußt ablaufenden Vorgang zu rationalisieren, meist dazu führt, daß dieser stillgelegt wird. Ein sicheres Mittel, vom Fahrrad zu fallen, ist ja, angestrengt darauf zu achten, nicht herunterzufallen.

82 Man vergleiche J. W. v. GOETHE (1790), A. REMANE (1971) sowie die fachlichen Details in R. RIEDL (1975, 1976).

83 Die Kriterien der Lage und der Struktur (A. REMANE; 1971) ergeben damit ein gemeinsames Lage-Struktur-Kriterium der Homologie (R. RIEDL; 1975, p. 69f.).

84 Siehe R. RIEDL (1975).

85 Siehe E. LENNEBERG (1972).

86 So hat auch der Inhalt des Begriffs ›Säugetier‹ nur im Inhalt des Begriffes ›Wirbeltier‹ eine Bedeutung; der Sinn der Krabbenschere hat nur im Sinn der Lebensfunktionen von Krabben eine Bedeutung.

87 Eine Übersicht gibt W. STROMBACH (1970).

88 So etwa R. CARNAP (1976).

89 Man definiert so beispielsweise die Beuteltiere als ›Säugetiere mit embryonal angelegtem Coracoid, einem Paar

ossa marsupialia...‹ etc. Die Entscheidung, ob Umfang und Inhalt von Begriffen positiv oder negativ korrelieren, hängt davon ab, ob man den Begriff extensional (als Summe seiner Merkmale) oder intensional (nach seiner Bedeutung) auffaßt.

90 Dies ist bei der extensionalen Bestimmung der Fall.

91 Dazu Anmerkung Nr. 57 dieses Kapitels.

92 Man betrachte beispielsweise folgende Begriffsserie: Atlas – Halswirbelsäule – Wirbelsäule – Stützapparat – Organismus – Art – Tierreich – Biosphäre – Erde – Sonnensystem – Kosmos – Materie – *Substanz*. Oder: Atlas – Gelenksfläche – Dreieck – Gerade – *Punkt*.

93 Beispielsweise bei einer Struktur aus 10 Submerkmalen bei 10^4 Arten mal 10^7 Individuen mal 10^9 Generationen. Die Zufallswahrscheinlichkeit beträgt bei einem Repertoire von jeweils 2 Alternativen $(1/1024)^{20}$, also ca. 10^{-60}.

94 Was aus solchen Maßen der Cheops-Pyramide alles zu entnehmen ist, hat beispielsweise DÄNIKEN mit unfreiwilliger Komik vor Augen geführt.

95 Die wichtigsten Vertreter der Synthetischen Theorie sind TH. DOBZHANSKY (1951), J. HUXLEY (1942), E. MAYR (1967), B. RENSCH (1954) und G. SIMPSON (1964).

96 Siehe R. RIEDL (1976).

97 In E. v. HOLST (1969). Dort wird vor allem darauf hingewiesen, daß es sich primär um Verrechnungsmechanismen handelt, welche durch die Anatomie des Auges bedingte perspektivische Verzerrungen ausgleichen sollen.

98 Weitere Beispiele gibt E. v. HOLST (1969).

99 Wer ziellos ratet, müßte im Durchschnitt etwa 1000 Fragen stellen, wer hierarchisch vorgeht, kommt mit höchstens 11 Fragen aus ($2^{11} = 2048$).

100 Das hat besonders E. LENNEBERG (1972) anschaulich dargestellt.

101 Wobei besonders in den Sozialwissenschaften eine Kontroverse über die Notwendigkeit der Hierarchie in Gesellschaften besteht (›klassenlose Gesellschaft‹ usw.). Dieses Thema wird beispielsweise in R. RIEDL (1976; Kapitel 9) behandelt.

102 Siehe KANT: »Kritik der reinen Vernunft«.

103 Dies wurde ausführlich zuerst von K. LORENZ (1941) begründet, zusammenfassend in K. LORENZ (1973).

104 Der Analogiebegriff wird im Glossar erläutert!

105 Bereits die Körpersymmetrien sind ein Produkt der Evolution, wobei von der Radiärsymmetrie (z. B. *Hydrozoa*) über die Disymmetrie (z. B. *Ctenophora*) zur Bilateralsymmetrie (z. B. *Vertebrata*) die symmetrischen Bauteile von vielen über vier auf zwei abnehmen. Korrespondierend nehmen die Raumachsen von einer über zwei zu drei zu. Dem wird in der Entwicklung der Bogengänge bei den Wirbeltieren entsprochen (vgl. Abb. 36, Seite 116).

106 Denn bei den uns erreichbaren Geschwindigkeiten und Distanzen ist beispielsweise die Einsicht in einen mehrdimensionalen Raum nicht nötig.

107 Empirismus und Nominalismus werden im Glossar erläutert. Der Phänetismus entstammt der »Numerical Taxonomy« und ist eine Anwendung des Nominalismus auf die biologische Strukturforschung.

108 Eine kurze Charakterisierung von Reduktionismus und Behaviourismus findet man im Glossar. Zum Sozialdarwinismus vergleiche man H. KOCH (1973).

109 Siehe Glossar!

110 In K. POPPER (1974; p. 44).

111 So etwa durch die Ausschaltung der angeborenen Tötungshemmung bei Verwendung von Fernfeuerwaffen. Diese Problematik hat K. LORENZ (1963) behandelt.

Zu Kapitel 4 (»Die Hypothese von der Ur-Sache«)

1 Zitiert aus D. HUME (1748) und nach J. WICKERT (1972; p. 119f.).

2 Man vergleiche dazu W. STAUDACHER (1942).

3 Eine allgemeine Orientierung dazu gibt das »Fischer-Lexikon«, Band 11 (Philosophie); siehe A. DIEMER & I. FRENZEL, Ed. (1967).

4 Dieses Zitat und die historischen Hintergründe findet man in E. OESER (1971; p. 93).

5 Als Animismus (von lat. *anima* = Seele) bezeichnet man die Vorstellung von der Beseeltheit aller Erscheinungen, wobei diese ›Seelen‹ auch ursächlich für alles Geschehen verantwortlich sind.

6 Siehe Glossar!

7 DAVID HUME hat das Prinzip der Kausalität im Gegensatz zu I. KANT nicht als *Apriori* der Erkenntnis aufgefaßt, sondern unsere Vorstellung von der notwendigen Verknüpfung zweier oder mehrerer Ereignisse als Folge eines (individuellen) Gewöhnungsprozesses beschrieben. Aus der Wahrnehmung des Nacheinander *(post hoc)* könne man logisch nicht auf eine ursächliche Abhängigkeit *(propter hoc)* schließen.

8 Er schrieb beispielsweise in den »Prolegomena«: »Ich gestehe frei: die Erinnerung des DAVID HUME war eben dasjenige, was mir vor vielen Jahren den dogmatischen Schlummer unterbrach« (A 7ff.), und in der »Kritik der reinen Vernunft« bezeichnet er HUME als einen der großen »Geographen der menschlichen Vernunft«.

9 Das Ursachenkonzept des ARISTOTELES findet man in seiner »Metaphysik«.

10 Dieser Umstand wird in R. RIEDL (1978/79) ausführlich dargestellt. Die ›Absicht‹ beim Bau des Bibers oder der Köcherfliegenlarve sowie bei allen lebendigen Strukturen ist genetisch festgelegt und entspricht den Anforderungen der Formal- und Finalursachen, wie an der genannten Stelle eingehend gezeigt wird.
11 Damit sind jene Philosophen gemeint, die ihre Studien hauptsächlich als Interpretationen aristotelischer Schriften verstanden.
12 Siehe Glossar!
13 Der Unterschied zwischen Natur- und Geisteswissenschaften wird ja vielfach auf deren methodische Differenzen zurückgeführt, wobei eben die sogenannte ›historische Methode‹ sich auf das verstehend-hermeneutische Erfassen bezieht. Man vergleiche auch E. WENTSCHER (1921).
14 Es hatte jedoch schon THEOPHRASTOS, ein Schüler des ARISTOTELES, den Primat der *causa efficiens* hervorgehoben, aber erst in der neuzeitlichen Naturwissenschaft vollzog sich die konsequente Umorientierung der Fragestellung, indem die Frage nach dem »Warum?« durch die Frage nach dem »Wie?« ersetzt wurde. Man vergleiche dazu H. SACHSSE (1967).
15 Diese Trennung in Geistes- und Naturwissenschaften wurde besonders von W. DILTHEY (1933) bewirkt, während andererseits W. WINDELBAND (1894) eine Präzisierung des Begriffs der Naturwissenschaft versuchte.
16 Man vergleiche aus der Entwicklungsphysiologie A. KÜHN (1965) oder F. BALTZER (1955). BALTZER stellt fest, daß bei den Vorgängen der Ontogenie »noch eine andere und uns noch ganz unbekannte Form von Determination im Spiel wäre, ein spezieller *Nexus organicus*« (im Sinne N. HARTMANNS).
17 Zum Vitalismus vergleiche man H. DRIESCH (1909) und die Charakterisierung im Glossar.
18 Folgende Beispiele mögen dies illustrieren. In einem mathematisch idealen Billard mit acht, jeweils ein Meter voneinander entfernten Kugeln kann prinzipiell nicht vorhergesagt werden, ob die siebente Kugel noch die achte treffen werde (wenn die erste gestoßen wird). Die quantentheoretische Unbestimmtheit der Oberflächenmoleküle überschreitet nämlich, achtmal potenziert, den Durchmesser einer Billardkugel. Oder: Wird eine Mutation durch einen Quantensprung verursacht, so wirkt dieses Zufallsereignis bis in die phänotypische Veränderung eines Merkmals.
19 Man denke an die zahlreichen, einander jeweils widersprechenden Positionen im Vitalismus und Mechanismus, bei denen jeweils nur eine Ursachenform als existent postuliert wird. Selbst bei N. HARTMANN (1964) werden Kausalität und Finalität als Gegensätze aufgefaßt. Zum Kausalproblem vergleiche auch R. KASPAR (im Druck für 1980).
20 So kann man beispielsweise ein Antiteilchen mathematisch so beschreiben, als ob es sich von der Zukunft in die Vergangenheit bewegte. Denn die Einführung einer Zeitrichtung wird erst relevant, wenn es sich um so große Mengen von Teilchen handelt, daß Ordnungs- und Unordnungsprozesse eine Rolle spielen. Man vergleiche z. B. E. LÜSCHER (1978).
21 Der Entropiebegriff wird im Glossar erläutert.
22 Diese Zusammenhänge hat N. TINBERGEN (1951) dargestellt. Eine Übersicht gibt I. EIBL-EIBESFELDT (1978).
23 Siehe K. LORENZ (1973; p. 196f.).
24 Diesen Weg von der Raumpräsentanz zum begrifflichen Denken hat besonders K. LORENZ verschiedentlich beschrieben, zuletzt in (1973; Kap. 7). Man vergleiche auch die Beiträge in H.-W. KLEMENT (1975).
25 Der Ausdruck ›ratiomorph‹ wurde zuerst von E. BRUNSWIK (1955, 1957) verwendet. Siehe Glossar!
26 Die Einzelheiten dazu werden von B. RENSCH (1965) besprochen.
27 In K. LORENZ (1973) und K. POPPER (1974).
28 Dieses Pferd des Herrn W. v. OSTEN erregte 1904 in der ganzen Welt großes Aufsehen. Ähnliche ›Fähigkeiten‹ hatten auch die Pferde von K. KRALL, die verschiedene Buchstaben lesen und Kubikwurzeln ziehen konnten. Amüsante Schilderungen geben B. GRZIMEK in H. FRIEDRICH (1968; pp. 53–63) und P. WATZLAWICK (1976).
29 Sehr aufschlußreiche Untersuchungen zur Verknüpfung von Ursache und Wirkung hat auch die Psychologie durchgeführt (A. MICHOTTE, 1966).
30 In E. MACH (1905). Im Zusammenhang dargestellt von E. OESER (1976; Bd. 3, p. 110).
31 Von diesem Wunder spricht auch K. POPPER im Vorwort zur »Objektiven Erkenntnis« (1974).
32 K. LORENZ in P. WEISS (1971; p. 231).
33 Diese werden detailliert in R. RIEDL (1975; Kapitel VII) dargestellt.
34 Darauf beruht ja unter anderem die psychologische Wirkung des Witzes, wie S. FREUD (1958) feststellte.
35 Der Informationsgehalt des Telegramms ließe sich in ›bit‹ (digitale Ja/Nein-Entscheidung) angeben, wobei die Anzahl an bit dem nötigen Aufwand entspricht, jedes verwendete Zeichen aus einem gegebenen Repertoire zu codieren.
36 Wenn das Repertoire aus 32 Zeichen besteht (Buchstaben, Interpunktionen und Spatien), so enthält jedes gesendete Zeichen die Information von 5 bit ($2^5 = 32$). Die Wahrscheinlichkeit, es richtig durch den Zufall zu treffen, beträgt daher $2^{-5} = 1/32$. Diese Zahl potenziert sich mit der Menge der gesendeten Zeichen.
37 Denn in den 10^{17} Sekunden, seit denen der Kosmos existiert, wären pro Sekunde 10^{44} Versuche nötig gewesen, um dieses Telegramm durch den Zufall entstehen zu lassen.
38 In K. LORENZ (1974a). Man kann beispielsweise in Verwechslung der Ursachenrichtung einen strombetriebenen Kompressor für ein von einem Kolbenmotor betriebenes Stromaggregat halten oder eine Flußmühle für ein verankertes Flußfahrzeug mit Heckschaufelrädern.
39 Siehe Glossar (›Analogie‹)!
40 Das Phänomen der Mimikry (siehe Glossar!) hat zuletzt W. WICKLER (1968) ausführlich dargestellt.
41 Für die Biologie wurde der Homologiebegriff (siehe Glossar!) von OKEN eingeführt, der Typusbegriff von GOETHE.
42 In R. RIEDL (1975).
43 Damit ist wieder (vgl. Kapitel 3) der morphologische Typus gemeint.
44 Für die Kulturethologie hat dies O. KOENIG (1970) am Beispiel der Uniformentwicklung gezeigt, I. EIBL-EIBESFELDT

(1978) hat die Zusammenhänge übersichtlich gemacht.

45 Einzelheiten dazu vergleiche man in R. RIEDL (1978/79).

46 Die wissenschaftstheoretischen Zusammenhänge schildert E. OESER (1978).

47 Das haben schon M. PLANCK und E. MACH betont. Man vergleiche dazu E. OESER (1976; Bd. 3, p. 121).

48 So steigen mit zunehmender Erfahrung die Wahrscheinlichkeitsgrade unserer Voraussichten bis zu astronomischen Zahlen; für die Homologie der Wirbelsäule etwa beträgt die Zufallswahrscheinlichkeit $10^{-30\,000}$.

49 Denn auch die formale Einfachheit der Sätze nimmt zu, wie etwa in der Beziehung $E = m \cdot c^2$.

50 Die Bedenken A. EINSTEINS gegen das probabilistische Konzept der Quantentheorie sind im Briefwechsel mit M. BORN nachzulesen (A. EINSTEIN, M. BORN; 1969).

51 Dies wird in R. RIEDL (1976) für alle Komplexitätsschichten gezeigt.

52 In M. EIGEN & R. WINKLER (1973/74:, p. 113).

53 So etwa die Erhaltungssätze der Masse, der Energie, des Impulses oder des Massenmittelpunktes.

54 Eine Reihe von Beispielen dafür gibt B. HASSENSTEIN (1965). Die »künstliche Schildkröte« wäre eine Anwendung dieser Regeltechnik (H. ZEMANEK; 1968).

55 Siehe KANT: »Kritik der reinen Vernunft«, B 105 (die Tafel der Kategorien).

56 Siehe Glossar!

57 In E. OESER (1976; Bd. 3, p. 27f.).

58 Dies wird deutlich, wenn man beispielsweise versucht, eine kompliziertere Maschine zu beschreiben, wo jedes Element nur im Gesamtzusammenhang zu verstehen ist, dieser aber erst nach der Beschreibung aller Elemente einsichtig werden kann.

59 Zahlreiche Beispiele findet man bei S. FREUD (1958).

60 Zitiert aus P. WEISS (1971; p. 82). J. FORRESTER entwickelte das erste Computer-Modell zur Darstellung der weltweiten Grenzen des Wachstums.

61 Derartige Kreisläufe treten stets dort auf, wo die Wirkungen einer Ursache über das Gesamtsystem auf diese Ursache wieder zurückwirken.

62 In J. GALBRAITH (1970; p. 11).

63 So stellte sich beispielsweise heraus, daß der Rückgang der Rentiere in Lappland auf die Erhöhung der Schlote in England zurückzuführen ist oder die Dezimierung der antarktischen Pinguine durch zu hohe DDT-Gaben in Nordamerika mitverursacht wurde.

64 Man vergleiche dazu D. DÖRNER (1975). Siehe auch D. DÖRNER & F. REITHER (1978).

65 Man konsultiere F. v. HAYEK (1952 und 1979).

66 Das Problem hat für unsere Zeit K. LORENZ (1974c) vorzüglich dargestellt. Sehr empfehlenswert sind in diesem Zusammenhang A. HUXLEY (1966) oder G. ORWELL (1949). Um eine Lösung dieses weltweiten Problems bemühten sich unter anderem B. DE JOUVENEL (1970) und E. SCHUMACHER (1973).

67 Zitiert aus H. SCHWABL (1958).

68 Die Naturgeschichte des Bewußtseins ist bei K. LORENZ (1973), H. v. DITFURTH (1976) oder R. RIEDL (1976) nachzulesen.

69 Bereits die sogenannten Vorsokratiker beschäftigte das Problem der ›eigentlichen‹ Ursache aller Erscheinungen; THALES fand sie im Wasser, ANAXIMENES in der Luft, HERAKLIT im Feuer, ANAXIMANDER im ›Unbegrenzten‹ (ἄπειρον), PARMENIDES im ›Sein‹. ARISTOTELES schließlich sprach von mehreren Ursachen.

70 In K. LORENZ (1973; p. 29).

Zu Kapitel 5 (»Die Hypothese vom Zweckvollen«)

1 Zitiert aus B. RUSSELL (1961; p. 592) und K. LORENZ (mündlich).

2 Umgangssprachlich und wissenschaftlich wird der Begriff ›Seele‹ vielfach auf die menschliche Seele beschränkt. Dies zurecht, wenn damit das reflektierende Selbstbewußtsein gemeint ist, welches entwicklungsgeschichtlich mit dem Menschen aufgetreten sein dürfte.

3 Unter dem ›Urknall‹ versteht man in der Astrophysik jenes Ereignis, mit dem die Existenz des Universums begonnen hat (vor etwa 17 Milliarden Jahren). Zur Orientierung greife man zu H. STÖRIG (1972) oder S. WEINBERG (1977).

4 Dabei ist interessant, daß es von der Bewertung der Umstände abhängt, wie eine Ursache aufgefaßt wird und daß eine Übertragung (im Sinne einer moral-äquivalenten Beurteilung) auf Gegenstände erfolgt, so als ob diese einen freien Willen hätten.

5 Eben diese Unzugänglichkeit des Zweckes veranlaßte schon ARISTOTELES, das zweckgerichtete Geschehen durch eine innere ›Entelechie‹ zu interpretieren, die aber ebenso wie der Zweck selbst schwer faßlich scheint. In der Folge wurde der Entelechie-Begriff besonders vom Vitalismus (siehe Glossar!) wieder aufgenommen, nachdem er zuvor bereits in der durch das Christentum geprägten mittelalterlichen Philosophie eine zentrale Rolle spielte. Hier wurde die Entelechie mit der *causa prima,* also mit Gott gleichgesetzt.

6 JOHANNES DUNS SCOTUS (um 1270–1308) war Franziskaner an der Grenze zwischen Hoch- und Spätscholastik.

7 In der Schrift »Über den Gebrauch teleologischer Prinzipien in der Philosophie« (1788) schrieb I. KANT: »... daß es in der Natur Zwecke geben müsse, kann kein Mensch a priori einsehen.«

8 Wie schon im Kapitel 4 ausgeführt wurde, verzichtete man mit dem Beginn der modernen Naturwissenschaft auf

den Zweck deshalb als Erklärungsmittel, weil, wie es schien, für die physikalischen Phänomene (etwa der irdischen und der Himmelsmechanik) die Frage nach der *causa efficiens* ausreichte.

9 Siehe etwa G. HEGEL (1806).

10 Siehe Glossar!

11 H. BERGSON hat dies besonders in seinem Hauptwerk »Schöpferische Entwicklung« (1912) eingehend dargestellt.

12 Eine vergleichende Übersicht zu diesem Thema findet sich in C. KERNIG (1968).

13 Zitiert nach BORZENKO (1963) aus C. KERNIG (1968; Bd. 2, p. 510). Siehe auch H. HÖRZ und Č. NOWIŃSKI (1979)

14 So beispielsweise in L. v. BERTALANFFY (1968), W. HEISENBERG (1966 bis 1976). K. LORENZ (1973), M. PLANCK (1965), P. WEISS (1971) und D. CAMPBELL (1974a).

15 Siehe R. RIEDL (1976).

16 Dieser Gegenstand wird auch in R. RIEDL (1976; Kapitel 4) behandelt; aus der einschlägigen Fachliteratur empfiehlt sich M. CALVIN (1969), C. PONNAMPERUMA (1972) und H. UREY (1952).

17 Diese Theorie des sogenannten ›Hyperzyklus‹ (siehe Glossar!) wird von M. EIGEN & R. WINKLER (1975) und P. SCHUSTER (1972) dargestellt.

18 Diese Wechselwirkung von Zweck und Organisation hat auch ihre Entsprechung in den genetischen Mustern, im epigenetischen System und in den Funktionszusammenhängen der Induktion; (alle Termini werden im Glossar erläutert!).

19 Man vergleiche C. KERNIG (1968).

20 In K. LORENZ (1973).

21 Wie K. LORENZ dargestellt hat, entwickelte sich das bewußte, reflektierende Denken ausgehend von einfachen Reaktionen wie Taxis und Instinkt (siehe Glossar!) über die »teleonome Modifikation des Verhaltens« und die Dressur durch Belohnung, schließlich über Begriffsbildung, Einsicht und Neugierverhalten zur Nachahmung und Tradition, woraus sich das Bewußtsein als komplexes, auch überindividuelles Phänomen ergab. Eine zusammenfassende Darstellung findet man auch in R. RIEDL (1976; Kapitel 8), gesammelte Beiträge in H.-W. KLEMENT (1975).

22 In B. RENSCH (1973).

23 Zitiert aus B. RENSCH (1973; p. 202).

24 Dieses und zahlreiche ähnliche Beispiele findet man in J. v. LAWICK-GOODALL (1971).

25 Das Muskelgewebe setzt sich aus Fibrillen zusammen, die aus Actin- und Myosinmolekülen bestehen. Letztere bilden zu je 400 Molekülen eine Myosinprotofibrille.

26 Siehe Kapitel 1 (Anmerkung Nr. 73).

27 Dabei bedenke man, daß auch diese nur ›beschränkt gültig‹ ist, nämlich in einem mittleren, biologisch relevanten Bereich.

28 So erweist sich jede große, neue Kunstschöpfung trotz ihrer Einmaligkeit als ›Kind ihrer Zeit‹. Was wäre ARISTOTELES ohne PLATON oder LEONARDO DA VINCI ohne die Renaissance? Wir alle stehen auf den Schultern unserer Ahnen.

29 Solche in die Urgeschichte menschlicher Kultur fallende Umstände schildert beispielsweise K. NARR (1961).

30 Einen Überblick gibt die populäre Darstellung von T. PRIDEAUX (1973).

31 Die Fähigkeit, über die Vorurteile dieses ›magischen Denkens‹ hinwegzukommen, untersucht die Psychologie bei verschiedenen Problemlösungsaufgaben. Ein Beispiel: Zwei gleichzeitig nicht ergreifbare herabhängende Seile sollen mit den Händen ergriffen werden. Die Lösung besteht darin, daß man ein Seil um seinen Drehpunkt schwingen läßt, das andere ergreift und es festhält, bis man das zurückschwingende Seil ebenfalls fassen kann; vgl. F. KLIX (1976; p. 656).

32 Zitiert aus I. KANT (1804).

33 So schreibt I. KANT (in der »Kritik der reinen Vernunft«): »Das Wesentlichste und Wichtigste ... ist aber, daß der Begriff der Endursachen in der Natur, welcher die teleologische Beurteilung derselben von der nach allgemeinen, mechanischen Gesetzen absondert, ein bloß der Urteilskraft und nicht dem Verstande oder der Vernunft angehöriger Begriff sei.«

34 Man vergleiche dazu die »Kritik der Urteilskraft« (§ 72).

35 Noch bei N. HARTMANN (1951) oder J. MONOD (1971) sind Final- und Kausalbetrachtung schwer vereinbar. Allerdings vertreten C. F. v. WEIZSÄCKER, K. LORENZ, L. v. BERTALANFFY u. a. gegenteilige Auffassungen.

36 Zitiert aus der »Kritik der Urteilskraft« (§ 68).

37 Zitiert aus R. EISLER (1930; p. 623).

38 Zitiert aus R. EISLER (1930; p. 626).

39 Zitiert aus »Kritik der Urteilskraft« (§ 72–74).

40 Zitiert aus »Kritik der Urteilskraft« (§ 76).

41 Zitiert aus »Kritik der Urteilskraft« (§ 71).

42 Zitiert aus I. KANT (1788).

43 Dieser Gegenstand wird ausführlich in R. RIEDL (1978/79) dargestellt.

44 Man vergleiche Kapitel 1 (Anmerkung Nr. 23).

45 Diese Position hat P. TEILHARD DE CHARDIN (1959) aus seiner Sicht dargestellt.

46 Wie bereits in Kapitel 1 (siehe Anmerkung Nr. 18) ausgeführt, war es stets eines der zentralen philosophischen Probleme, die Determiniertheit der Welt mit der Freiheit des Menschen in Einklang zu bringen.

47 Diese Auseinandersetzung war der Grund, warum sich EINSTEIN von der Kopenhagener Deutung der Quantentheorie zurückzog. Das Zitat aus M. EIGEN & R. WINKLER (1973/74; p. 113).

48 In R. RIEDL (1976; besonders Kapitel 3).

49 In W. STEGMÜLLER (1969; p. 518).

50 Zitiert aus W. STEGMÜLLER (1969; p. 519).
51 Siehe R. RIEDL (1975).
52 So beispielsweise, wenn die Ausbildung zweier zusammengehöriger Gelenkflächen genetisch gekoppelt wird. Müßte jede Mutante ›warten‹, bis sich der andere Knochen entsprechend verändert, wäre für die Evolution ein millionenfacher Aufwand erforderlich. Man vergleiche dazu R. RIEDL (1975, 1976, 1977) oder R. KASPAR (1978).
53 Die *Bilateria* sind Tiere mit einer Symmetrie-Ebene, also alle mit Ausnahme der Einzeller, Hohltiere und Schwämme. Eine sekundäre Umbildung zeigen beispielsweise die Seesterne. Unter Körperhöhlentieren versteht man jene, die eine sogenannte sekundäre Leibeshöhle, ein *Coelom,* aufweisen. Die *Plancentalier* sind eine Unterklasse der Säugetiere. Die *Primaten* (Herrentiere) sind eine Ordnung der *Placentalier,* nämlich jene, zu der auch der Mensch gehört.
54 Eine nähere Erläuterung dazu gibt E. MAYR (1970).
55 Das Phänomen der Orthogenese wird ausführlich in R. RIEDL (1975; besonders p. 318f.) beschrieben.
56 So hat beispielsweise ein extremer Parasit aus der Gruppe der *Cirripedia,* die *Sacculina,* ihre Unterklasse nicht verlassen. Selbst der Urvogel *Archaeopteryx* hat mit allen seinen Abkömmlingen, den Vögeln, die Überklasse der *Sauropsiden* und den Unterstamm der Vertebraten nicht verlassen.
57 Siehe »Kritik der Urteilskraft« (§ 75).
58 Zitiert aus I. KANT (1804).
59 Siehe R. RIEDL (1976).
60 Man vergleiche Anmerkung Nr. 13 (Kapitel 5).
61 In KANT: »Kritik der Urteilskraft« (§ 81).
62 Siehe N. HARTMANN (1964; p. 507).
63 Zum Beispiel in KANT: »Kritik der Urteilskraft« (§ 72–74).
64 K. LORENZ (mündlich).
65 Zitiert aus R. EISLER (1930; p. 628).
66 Zitiert aus R. EISLER (1930; p. 628).
67 Zu diesem Thema ist die Lektüre von G. ORWELL (1949) sehr empfehlenswert.
68 Wer sich darüber in einer lebensnahen, hervorragenden Darstellung orientieren mag, greife zur »Kulturgeschichte der Menschheit« von W. und A. DURANT (1960).
69 Bei ARISTOTELES wurden die Werke, die nach jenen »Über die Natur« geschriebenen standen, als die »Meta-Physischen« bezeichnet, als die »Nach der Natur«.
70 Der von PLOTIN (205–270) begründete Neuplatonismus erlebte seine Blüte bis zum Mittelalter, die Tradition setzt sich aber bis zur Anthroposophie von R. STEINER fort.
71 Siehe K. MARX & F. ENGELS (1846).
72 Dieser Mechanismus der sozialen Konstruktion von Wirklichkeiten ist bei P. BERGER & TH. LUCKMANN (1969) oder P. WATZLAWICK (1976) nachzulesen.

Zu Kapitel 6 (»Von den Lösungen und deren Konsequenzen«)

1 Zitiert aus G. VOLLMER (1975; p. 172) und E. OESER (1976; Bd. 3, p. 119).
2 Forderungen aus G. VOLLMER (1975; pp. 185–186). Man vergleiche dort auch die ausführliche Behandlung der verschiedenen Schwerpunkte der evolutionären Erkenntnistheorie. Eine Übersicht gibt auch F. WUKETITS (1978).
3 Man orientiere sich über diese Forderung eingehender in K. POPPER (1973, 1974).
4 In H. ALBERT (1968; p. 13), zitiert aus G. VOLLMER (1975; p. 25).
5 Man erinnere sich an die Lösung von DESCARTES: »Cogito, ergo sum« (1641); vergleiche auch B. PASCAL (1645), A. EINSTEIN (1972; p. 115 und 119). Im Zusammenhang damit steht auch das Beispiel von K. LORENZ (1959), daß der Mechanismus des Zählens wie die Schaufel eines Baggers fungiere und im Grunde nur dann richtig ist, wenn der bloße Leerlauf gezählt wird. Sobald reale Gegenstände zusammengezählt werden, ist die Aussage $1 + 1 = 2$ unrichtig, da die Gegenstände niemals identisch sind.
6 Denn, wie wir schon erwähnten, die logische Wahrheit einer Aussage ist keinerlei Garantie für ihre faktische Wahrheit.
7 Dies ist das Alter des Lebens auf der Erde sowie das Alter des Kosmos.
8 Siehe M. EIGEN & R. WINKLER (1975).
9 So gibt es etwa den Algorithmus, der für jede Division wiederkehrende Rechenschritte vorsieht, mit denen diese beliebig genau ausgeführt werden kann. Das Gleiche gilt für den Vorgang des Wurzelziehens usw.
10 Dies ist für den biologischen Bereich in R. RIEDL (1975), für das Evolutionsphänomen im allgemeinen in R. RIEDL (1976) ausgeführt.
11 Die ersten Zitate sind aus E. OESER (1976; Bd. 3, p. 119f.). Dort möge man die ausführliche Darstellung und wissenschaftstheoretische Begründung nachschlagen. Das letzte Zitat ist aus E. OESER (1979; p. 24). Man vergleiche auch W. WHEWELL (1840; Teil I, p. 26), W. OSTWALD (1898; p. 31), P. VOLKMANN (1913; p. 26) und E. MACH (1921; p. 260).
12 Ein solcher redundanzloser Kosmos würde jede Form einer bestimmten Gesetzlichkeit nur ein Mal enthalten, wodurch sie (für uns) jedoch nicht vom Zufall unterscheidbar wäre. Ordnung aber setzt sich stets aus Gesetzesgehalt und Anwendung (Redundanz) zusammen (siehe R. RIEDL; 1975).

13 Man vergleiche wieder R. RIEDL (1975, 1976) sowie H. SACHSSE (1967).
14 In D. CAMPBELL (1974; p. 418).
15 In S. PEPPER (1958; p. 106).
16 In G. SIMPSON (1963; p. 84).
17 In H. MOHR (1967; p. 21).
18 Die letzten Zitate sind aus B. RENSCH (1968; p. 232), H. SACHSSE (1967; p. 32), A. EINSTEIN (1972; p. 119f.) und S. PEPPER (1958; p. 106).
19 In diesem Streit geht es um die Frage, ob dem Materiellen und dem Geistigen ein gemeinsames Prinzip zugrunde liege (Monismus), oder ob es sich um zwei grundlegend verschiedene Erscheinungsformen des Realen handle, die nicht ineinander überführbar sind (Dualismus). Siehe dazu auch B. RENSCH (1968) und R. KASPAR (1980a). Wir folgen auch dem von J. ECCLES noch vertretenen Dualismus durchaus nicht.
20 Zitiert aus W. STEGMÜLLER (1971; p. 18).
21 Aus D. CAMPBELL (1974; p. 422).
22 Nach W. STEGMÜLLER (1974; p. 1 und 2).
23 In D. HUME (1748). Zitiert nach G. VOLLMER (1975; p. 6f.).
24 Aus A. EINSTEIN (1972; p. 115 und 119). Man beachte hier vor allem, daß EINSTEIN auch die *Tiere* einschließt.
25 Eine Erläuterung dieser Begriffe schlage man im Glossar nach.
26 Zitiert aus W. STEGMÜLLER (1954; p. 535).
27 Der Ausdruck »Kategorie« stammt aus der Rechtslehre und bedeutete die Anklage ›auf dem Richtplatz‹ (κάτ' ἀγορᾷ; kat' agora). Er wurde dann von ARISTOTELES in die Philosophie übernommen, und zwar im Sinne eines Denkprinzipes, wie es dann später von I. KANT in den sogenannten kritischen Schriften eingehend behandelt wurde.
28 Dieses Zitat ist aus K. LORENZ (1941; p. 99), jener Arbeit, in der zum ersten Mal eine evolutionistische Interpretation der KANTschen *Aprioris* erfolgte. Übrigens war K. LORENZ zu dieser Zeit Ordinarius in Königsberg auf dem Lehrstuhl von I. KANT!
29 Zitiert aus I. KANT (1770; § 5) und (1790a; 1, Abs. C). Dazwischen erschienen die großen kritischen Schriften (1781, 1790).
30 Die Darstellung von D. CAMPBELL (1974; p. 441f.) ist auch in dieser Hinsicht eine Fundgrube wertvoller Aufschlüsse.
31 Eine Erläuterung dieser Begriffe findet man im Glossar. Man vergleiche auch die Ausführungen zu diesem Thema in Kapitel 1.
32 Siehe J. ECCLES (1975) und dort die weiterführende Literatur.
33 Siehe J. W. v. GOETHE (1790) und A. REMANE (1971). Zur Kritik an der Morphologie vergleiche man B. HASSENSTEIN (1951, 1958), zur Diskussion um den Ideen-Begriff in der Morphologie siehe R. KASPAR (1977).
34 Das grundlegende Problem für die Morphologie besteht nämlich in dem Umstand, daß sie nicht in der Lage war, die *Methode* ihres Vorgehens zu schildern. Einen ersten Lösungsansatz findet man in R. RIEDL (1975) sowie zum Vergleichstheorem in R. RIEDL (1976). Eine umfassende Darstellung des Gegenstandes der Begriffsbildung ist in Vorbereitung (R. RIEDL & R. KASPAR: »Biologie der Begriffsbildung«).
35 Zitiert aus K. LORENZ (1943; p. 322) und G. VOLLMER (1975; p. 105).
36 Zur Ursache von Homologie und Typus siehe R. RIEDL (1975), zur Gestaltwahrnehmung K. LORENZ (1959).
37 ANAXAGORAS, ein antiker griechischer Naturphilosoph, lebte von 488-428 v. Chr.
38 Man vergleiche N. HARTMANN (1964; z. B. p. 507f.).
39 Siehe dazu das Zitat in Anmerkung Nr. 33, Kapitel 5.
40 Dieser Gegenstand wird außer in den Kapiteln 4 und 5 des vorliegenden Bandes in R. RIEDL (1978/79) ausführlich behandelt.
41 Hier ist mit dialektisch diese wechselseitige Beziehung der Ursachen und Wirkungen gemeint. Davon zu unterscheiden ist die Auffassung im dialektischen Materialismus, der insoferne nicht ›dialektisch‹ ist, als er ja nur eine Ursachenkomponente, nämlich die vom Einfachen zum Komplexeren berücksichtigt.
42 Diese Sortierung in die vier Dekaden bezieht sich auf die jeweiligen Erstausgaben der einschlägigen Werke. Soweit es möglich war, haben wir aber im Literaturverzeichnis allgemein bevorzugt jüngere Ausgaben angeführt, um dem Leser bei der weiteren Orientierung behilflich zu sein. An der gegenwärtigen Stelle handelt es sich um folgende Arbeiten: K. LORENZ (1941), L. v. BERTALANFFY (1955), D. CAMPBELL (1959), N. CHOMSKY (1970), H. MOHR (1967), J. PIAGET (1974), B. RENSCH (1968), E. LENNEBERG (1972), J. MONOD (1971), K. POPPER (1974), E. OESER (1976), A. SHIMONY (1971) und G. VOLLMER (1975).
43 Siehe S. FREUD (1940), C. JUNG (1954); das Zitat ist aus E. NEUMANN (1974; p. 7). Im besonderen vergleiche man den Ansatz in K. LORENZ (1973).
44 In einem der gemeinsamen Seminarien an der Universität Wien (1977) über evolutionäre Erkenntnistheorie.
45 Man wird sich erinnern, daß GOETHE seinen Faust ob dieser Einsicht verzweifeln ließ; vgl. Faust I, Vers 165.
46 Man vergleiche dazu die Anmerkung Nr. 130 in Kapitel 2.
47 Die entsprechenden Stellen finden sich in D. HUME (1748), I. KANT (1781; B. 180), HUBERT ROHRACHER (1953; p. 8), N. CHOMSKY (1973; p. 18).
48 Zitiert aus der Einleitung zu J. LOCKE (1690).
49 Aus B. RUSSELL (1963; p. 7).
50 Siehe M. GAZZANIGA (1970), R. SPERRY (1970a, 1970b), sowie die neuere Übersicht in K. WALSH (1978).
51 So vor allem E. OESER (1976; Bd. 3).
52 Eine Übersicht gibt J. ECCLES (1975).

53 Zu den vielen aufschlußreichen Beispielen (an verstecktem Orte) sei auf die Dissertation von HARALD ROHRACHER (1948) verwiesen.
54 Man vergleiche zu I. PAWLOV, die Zusammenfassung von W. DEGLIN (1976) und den in vieler Hinsicht aufschlußreichen Aufsatz von K. LORENZ (1959).
55 Das Verhältnis der Unterrichtsstunden von Mathematik plus Latein zu Zeichnen plus Musik ist an österreichischen Gymnasien wie 2:1. Noch deutlicher wird der Unterschied, vergleicht man die Zahl der Lehr- mit jener der erwarteten Übungsstunden nach der Schule.
56 Die entsprechenden Zahlen sind z. B. den Jahresberichten der Deutschen Forschungsgemeinschaft zu entnehmen, die jährlich als ›Tätigkeitsbericht‹ (Bd. 1) und als ›Programme und Projekte‹ (Bd. 2) erscheinen.
57 Es ist aber erfreulich, feststellen zu können, daß einige wenige bildungsfördernde Institutionen diesen Niedergang bereits wahrnehmen. Beispielsweise hat die »Studienstiftung des deutschen Volkes« (Bad Godesberg) den Aufsatz von H.-R. DUNCKER (1978) zum Anlaß für multidisziplinäre Besprechungen verwendet.
58 Man vergleiche D. DÖRNER & F. REITHER (1978), sowie im vorliegenden Band Kapitel 4, Seite 145 und die Abbildung 48.
59 Die sozialpsychologischen Nachweise findet man bei P. BERGER & TH. LUCKMANN (1969) und bei P. WATZLAWICK (1976), jene für die Immunisierung wissenschaftlicher Theorien bei H. ALBERT (1968) und K. POPPER (1974); eine allgemeine Übersicht findet sich in R. RIEDL (1976).
60 Wie erinnerlich behauptet der ontologische Reduktionismus, jedes komplexere Phänomen sei *nichts anderes* als die Wechselwirkung seiner einfachsten Subsysteme (siehe Glossar!). Der sogenannte ›tabula-rasa‹-Standpunkt geht davon aus, daß das Gehirn bei der Geburt eine ›leere Tafel‹ sei, so daß jeglicher Denkinhalt ein Produkt persönlicher Erfahrung sei (siehe Glossar, ›Empirismus‹).
61 So reduziert der Positivismus (siehe Glossar!) die Erkenntnistheorie, ja die ganze Philosophie auf die formale Logik und Logistik, der Sozial-Darwinismus die Biologie auf eine mißverstandene Selektionstheorie, der Behaviourismus (siehe Glossar!) die Psychologie auf die Statistik von Reaktionen, die Phänetik reduziert die Morphologie auf das Zählen von Merkmalen und die dogmatische Genetik erlaubt keine Rückwirkung der Phäne auf die Gene, was im chemischen Sinne richtig, sonst aber falsch ist; denn wie sollten die Gene ohne Rückwirkung etwas lernen?
62 Es wird behauptet, daß diese Sicht absichtsvoll verhindert wird, obwohl sie uns die Fachleute bereits wohl definiert haben. Man vergleiche J. FORRESTER (1971), J. GALBRAITH (1970), B. DE JOUVENEL (1970) und E. SCHUMACHER (1973).
63 Siehe F. SEITELBERGER (1975; p. 9).
64 Diese Parallele zum Parasitismus im Tierreich ist in R. RIEDL (1976) ausgeführt.
65 Für die Technik ist dies schon formuliert worden (I. RECHENBERG, 1973).
66 Zur Übersicht über die Zeitströmungen um G. GALILEI und E. HAECKEL vergleiche man J. HEMLEBEN (1964 und 1969). Die vergleichende Problematik der drei kopernikanischen Wenden in R. RIEDL (1979).
67 Nach dem bekannten Wort von A. SCHWEITZER: »Ich bin Leben, das leben will, neben anderem Leben, das auch leben will.«
68 Wir beziehen uns beispielsweise auf A. RUNGE. Man vergleiche J. HUXLEY (1964).

Glossar

Der Pfeil → bedeutet Verweis auf weitere im Glossar erläuterte Begriffe.

Ähnlichkeitsfeld. Unter einem Ä. ist ein von seiner Umgebung abgrenzbarer Bereich von Organismen oder Gegenständen zu verstehen, die eine bestimmte Gruppe von Merkmalen gemeinsam besitzen. Es kann sich dabei um ein harmonisches Ä. handeln wie im Falle → homologer Merkmale (›die Säugetiere‹), um ein dispers-harmonisches Ä. wie im Falle funktionsanaloger Merkmale (→ Analogie) (›die Flügel im Tierreich‹) oder um ein disperses Ä. wie im Falle zufallsanaloger Merkmale (→ Analogie) (›die glockenförmigen Gegenstände‹). Siehe auch Abb. 26, 41 und 42 auf den Seiten 97, 133 und 134.

Algorithmus. Als A. wird ein durch Regeln festgelegter Rechenvorgang aufgefaßt, der durch zyklisch wiederkehrende Operationen die Lösung einer bestimmten Klasse von Problemen ermöglicht (z. B. der GAUSS'sche A. zur Lösung linearer Gleichungssysteme). Dabei führt eine geringe Anzahl von Operationen durch oftmalige Wiederholung zur Optimierung einer Lösung, wie etwa bei der Division. Daneben bedeutet der A. in der Logik ein spezielles Verfahren zur Ermittlung der Werte berechenbarer Funktionen. Hier wird er also im Sinne eines Entscheidungsverfahrens verstanden. Überall dort, wo im vorliegenden Band vom A. die Rede ist, handelt es sich um die zuerst genannte, allgemeinere Bedeutung.

Analogie. Unter einer A. versteht man in der biologischen Strukturforschung jene Form von Ähnlichkeit, die aufgrund unabhängiger Anpassung an gleiche Umweltbedingungen entsteht. Die Ursache analoger Ähnlichkeit liegt daher nicht in den Systembedingungen der Strukturen selbst, sondern außerhalb dieser. In der Biologie sind z. B. die Flügel eines Insekts, eines Flugsauriers und eines Vogels analog. Man unterscheidet zudem zwischen Funktions- und Zufallsanalogie (→ Ähnlichkeitsfeld). Siehe dazu auch Abb. 41 und 42, Seite 133 und 134.

Analogieschluß. Stets wenn aus der Erfahrung bestimmter Gegenstände mit bekannten Eigenschaften auf andere ähnliche Gegenstände mit teilweise nicht bekannten Eigenschaften geschlossen wird, liegt ein A. vor. So beispielsweise, wenn aufgrund des eigenen Erlebens auch höheren Tieren ein subjektives Empfinden zugesprochen wird. Dieser A. ist jedoch höchstens in dem Sinne ungerechtfertigt, als auch die Annahme subjektiver Erlebnisse beim Mitmenschen ›ungerechtfertigt‹, d. h. nicht beweisbar ist. Der A. ist jedoch wie die → Induktion nicht erfahrungs-, sondern erwartungserweiternd. Ein A. liegt auch z. B. dann vor, wenn wir zwischen gleichen Buchdeckeln den gleichen Inhalt erwarten.

Angeborener Auslösemechanismus (AAM). Jeder motorischen Antwort eines Organismus auf die Reize seiner Umwelt ist ein physiologischer Mechanismus vorgeschaltet, der die Funktion eines Reizfilters ausübt. Er ist mit einem Schloß vergleichbar, welches nur auf ganz bestimmte Schlüssel (-reize) anspricht. Diesen reizfilternden Mechanismus bezeichnet man als AAM. Bei der Zecke *(Ixodes rhicinus)* genügt die Wahrnehmung von Buttersäure und 37° C zur Auslösung der Stechreaktion, ein Beispiel dafür, daß die Information, die der AAM enthält, äußerst vereinfacht und schematisiert ist.

A posteriori. Der Ausdruck heißt übersetzt ›vom späteren her‹. Unter einer Erkenntnis a posteriori wird jene verstanden, welche erst aufgrund von Erfahrung im Nachhinein zustandekommt. Es wird damit der Unterschied zu jenen Erkenntnissen artikuliert, die schon vorhanden sein müssen, damit Erfahrung möglich werde. → a priori.

Appetenzverhalten. → Instinkt.

A priori. Der Ausdruck heißt übersetzt ›vom früheren her‹. Er bezeichnet in der Erkenntnistheorie jene Erkenntnisse, die dem erkennenden Subjekt vor jeder Erfahrung gegeben sein müssen. Apriorische, also evidente Einsichten sind für den Menschen etwa die Dreidimensionalität des Raumes, die Kategorie der Kausalität, der Zeit etc. Die biologische Erkenntnislehre vermag das (für das Individuum) Apriorische als → a posteriori für seinen Stamm zu interpretieren, denn zweifellos ist etwa die Annahme von nur drei Raumdimensionen das Ergebnis eines phylogenetischen Erfahrungsgewinns und in diesem Sinne nicht ›absolut evident‹.

Assoziation. → bedingter Reflex.

Axiom. Jede Wissenschaft beruht auf bestimmten Annahmen oder Voraussetzungen, deren Gültigkeit aus ihr selbst nicht erklärt werden kann. Wenn etwa die euklidische Geometrie davon ausgeht, daß die kürzeste Verbindung zweier Punkte eine Gerade ist, so kann dieser Grundsatz aus der Geometrie nicht abgeleitet werden. Solche nicht mehr begründbare, letzte Voraussetzungen einer Wissenschaft nennt man Axiome. Die gesamte Rechtsprechung z. B. beruht auf dem A., daß es einen freien Willen und eine persönliche Verantwortung gibt.

Bedingter Reflex. Jeder Reflex eines Organismus besitzt einen dem natürlichen Milieu entsprechenden unbedingten Auslöser; Beleuchtungswechsel verändert die Größe der Pupillen usw. Wird nun wiederholt jeweils kurz vor dem natürlichen Reiz (A) ein beliebiger anderer (B) gesetzt, so entsteht eine Assoziation zwischen den beiden Reizen (B–A), so daß schließlich der erste Reiz (der bedingte Auslöser) genügt, um den Reflex ablaufen zu lassen. Diesen bezeichnet man dann als bedingten Reflex; B–A–Reflex führt zu B–Reflex. Siehe auch Abb. 22 und 23, Seite 89 und 90.

Behaviourismus. Der B. ist eine vor allem in Amerika vertretene Psychologenschule, deren Programm es ist, sich bei der Erforschung von Verhaltensweisen auf das Zählen und Messen des ›Beobachtbaren‹ zu beschränken. Sie beruht in ihren theoretischen Konzepten im Wesentlichen auf der Reflexlehre und leugnet die Existenz angeborener Verhaltensweisen im Sinne von → Instinkten. Der Fehler dieser Position liegt in der offenkundig irrigen Meinung, daß der Reflex das einzige Element tierischen und menschlichen Verhaltens wäre.

Deduktion. Die D. ist ein formal-logisches Schlußverfahren, welches mittels bestimmter Regeln den Wahrheitsgehalt von allgemeinen Aussagen auf andere, spezielle Aussagen überträgt. Ein Beispiel für den einfachsten Fall eines deduktiven Schlusses wäre:

(a) alle Logiker schließen deduktiv
(b) N.N. ist ein Logiker
———
(c) N.N. schließt deduktiv

(a) und (b) stellen dabei die Prämissen dar, (c) ist die Konklusion, die hier (im Unterschied zur → Induktion) den Rahmen ihrer Prämissen nicht überschreitet.

Determinismus. Der D. bezeichnet eine weltanschauliche Grundeinstellung, welche eine eindeutige ursächliche Bestimmtheit jeglicher Ereignisse postuliert. Der Zufall wird im D. subjektivistisch aufgefaßt, nämlich bedingt durch die mangelnde Einsicht in die Ursachenzusammenhänge. In der Physik vertrat den D. beispielsweise ALBERT EINSTEIN, in der Biologie vertritt ihn unter anderem BERNHARD RENSCH. Siehe dazu auch → Indeterminismus.

Empirismus. Die erkenntnistheoretische Position des E. legt die Grundlage aller Erkenntnis in die Wahrnehmung und Erfahrung des Subjektes. Daraus entstand vielfach der sogenannte ›tabula-rasa-Standpunkt‹, welcher jegliches Wissen und Denkvermögen erst der individuellen Erfahrung zuschreibt. Die Sinne als einzige Erkenntnisquelle sind schon in dem aristotelischen Satz formuliert: »Nihil est in intellectu quod non prius fuerit in sensu« (»Nichts ist im Verstand, was nicht zuvor in den Sinnen war«). Siehe dazu → Rationalismus.

Entropie. Der von R. CLAUSIUS 1865 eingeführte Begriff der E. (S) bezeichnet die Zustandsgröße eines thermodynamischen Systems. Sie ist zu berechnen, indem man das System aus einem beliebigen Anfangszustand in reversibler Weise in einen anderen Zustand überführt, dabei die zugeführte Wärme ($\delta Q_{rev.}$) bestimmt, sie durch die absolute Temperatur (T) dividiert und alle Quotienten summiert. In Formeln ausgedrückt: $S - S_o = \int \delta Q_{rev.}/T$ oder $dS = \delta Q_{rev.}/T$. Für irreversible Prozesse gilt entsprechend: $dS > \delta Q_{irr.}/T$. Die E. kann man sich veranschaulichen, wie E. SCHRÖDINGER sagte, durch die am Schreibtisch langsam entstehende Unordnung, wenn nicht fortgesetzt aufgeräumt wird.

Epigenetisches System. Unter dem e. S. versteht man in der Biologie die Gesamtheit aller regulativen Wechselwirkungen im Genom einer biologischen Einheit (z. B. Art, Familie etc.). Es handelt sich dabei um ein dynamisches Ordnungsprinzip, welches unter anderem bewirkt, daß während der Embryonalentwicklung phylogenetisch ältere Zustände rekapituliert werden. Da es im Laufe der Evolution jede Erfahrung des Genoms in sich aufnimmt, beinhaltet es seine eigene Geschichte. Die Möglichkeit atavistischer Rückschläge ist ein Beleg dafür.

Evolutionäre Erkenntnislehre. Im Gegensatz zu den verschiedenen philosophischen Erkenntnistheorien versucht die e. E. die Mechanismen der Erkenntnis unter dem Gesichtspunkt ihrer Stammesgeschichte zu untersuchen. Sie unterscheidet sich damit prinzipiell von den traditionellen Positionen, da sie einen Standpunkt außerhalb des Subjektes einnimmt und verschiedene Erkenntnismechanismen vergleichend erforscht. So vermag sie eine Reihe von Problemen, die auf der Ebene der Vernunft alleine nicht lösbar sind, objektiver darzustellen, was wir in diesem Band ja versuchten.

Fulguration. Der Terminus F. wurde von KONRAD LORENZ in die Biologie eingeführt. Wir verstehen darunter das Phänomen des Zusammenschlusses zweier oder mehrerer Systeme zu einer neuen Einheit, die nun qualitativ andere Eigenschaften aufweist als ihre Elemente. So entsteht z. B. das Echoloten aus der Vereinigung von Ultraschall-Ruf und der Fähigkeit, diese Frequenzen akustisch zu verrechnen. In der Evolution des Lebendigen entstehen fortgesetzt neue Systemgesetzlichkeiten; so ist die Qualität des spezifisch Menschlichen durch eine Synthese zwischen Raumvorstellung, Greifhand, Aufrichtung, Neugierverhalten und Sprachentwicklung entstanden. Leben selbst ist eine spezifische Systemgesetzlichkeit, die in keiner seiner chemisch-physikalischen Eigenschaften alleine enthalten ist.

Heuristik. Im Gegensatz zur (deduktiven) Logik versucht die H. eine Methodik zu entwickeln, welche die Suche nach brauchbaren Hypothesen erleichtert. Ihr Vorgehen ist daher im wesentlichen → induktiv. Die H. hat grundsätzlich zwei Aufgaben zu lösen: 1. Das Problem der Hypothesenbildung mittels bestimmter ›Suchregeln‹ und 2. das Problem der Hypothesenbewertung, welches durch formalisierbare Methoden behandelt werden kann. Bei der Hypothesenbildung ist der Zufall insoferne beteiligt, als die erwartete Gesetzmäßigkeit aus der bisherigen Erfahrung allein nicht begründet werden kann.

Homologie. Der Ausdruck H. steht für jene Form biologischer Ähnlichkeit, welche durch dieselbe Gesetzmäßigkeit → epigenetischer Systeme begründet ist. Sie unterscheidet sich von der → Analogie dadurch, daß bei ihr die Ursache der Ähnlichkeit in den Systemen selbst liegt. Homolog sind beispielsweise die Skelettstrukturen der Vorderextremitäten von Wal, Vogel, Fledermaus, Pferd und Mensch. Die homologe Ähnlichkeit bleibt trotz unterschiedlicher Milieuanforderungen erhalten. Erkannt wird die H. aus divergenten, harmonischen → Ähnlichkeitsfeldern. Siehe auch Abb. 26, Seite 97.

Hyperzyklus. In der präzellulären Phase der Evolution bestanden zunächst unabhängig voneinander kurze Ketten von Kernsäuren und verschiedene Proteine. Jede Kernsäure stellte dabei einen kleinen, selbstreproduktiven Zyklus dar (Positiv ⟷ Negativ), bis mehrere solche Zyklen, funktionell durch Proteine gekoppelt, sich zu einem H. zusammenschlossen. Aus dieser kooperativen Wechselwirkung zwischen ›Legislative‹ (Kernsäure) und ›Exekutive‹ (Protein) soll nach der Theorie von MANFRED EIGEN der genetische Code hervorgegangen sein, indem es dadurch möglich wurde, zureichend lange Nukleinsäureketten zu bilden und gleichzeitig die Fehlerhäufigkeit zu senken.

Hypothetischer Realismus. Die → evolutionäre Erkenntnistheorie beruht unter anderem auf dem Wissen, daß unser Erkenntnisapparat selbst ein Ding der realen Wirklichkeit ist, an die er im Laufe der Evolution angepaßt wurde. Daraus folgt die entscheidende Hypothese, daß dem, was uns unser Erkenntnisapparat über die Welt mitteilt, etwas Wirkliches entspricht. Diese Position des h. R. unterscheidet sich jedoch vom naiven Realismus durch die Einsicht, daß eine objektive Erkenntnis nur durch die Kenntnis der Gesetzlichkeiten des Weltbildapparates selbst zu erlangen ist. (Darunter sind jene physiologischen Mechanismen zu verstehen, die der Erkenntnisgewinnung dienen.)

Idealismus. Die erkenntnistheoretische Position des I. nimmt an, daß die Außenwelt nicht unabhängig vom erkennenden Subjekt existiert, sondern nur als Gegenstand möglicher Erfahrung. Davon zu unterscheiden ist der transzendentale I. IMMANUEL KANTS, welcher eine jenseits und unabhängig von der Erfahrung bestehende Wirklichkeit postuliert (nämlich im ›Ding an sich‹). Die logische Konsequenz idealistischer Erkenntnistheorie wäre der Solipsismus, welcher nur noch dem Einzelsubjekt Realität zuspricht und jede andere Erfahrung als Produkt dessen Einbildungskraft interpretiert. Zudem werden die Ursachen meist nur durch die causa finalis erklärt.

Indeterminismus. Unter dem I. wird jene weltanschauliche Grundeinstellung verstanden, welche von dem Postulat ausgeht, daß der Geschehensablauf der Natur prinzipiell akausale Elemente enthält, daß es also den ›objektiven‹ oder ›realen‹ Zufall gibt. Unterstützt wird diese Anschauung vielfach durch jene Interpretation quantenphysikalischer Prozesse, welche von der Tatsache, daß bei bestimmten Ereignissen eine Ursache nicht festgestellt werden kann, darauf schließt, daß eine solche Ursache auch nicht vorliegt oder nicht vorliegen kann. Siehe auch → Determinismus.

Induktion (in der Embryologie). Die während der ontogenetischen Ausbildung eines Organismus durch chemische Stoffe erfolgende Informationsübertragung zwischen zwei Geweben wird als I. bezeichnet. So überträgt der Augenstiel an die Kopfhaut die Information zur Linsenbildung und die Linse die Information zur Einstülpung des Augenstieles. Die Induktionsstoffe müssen in großen Gruppen gleich sein, wie zuerst die Transplantationsversuche von SPEMANN gezeigt haben. Das Induktionsmuster für die Augenbildung gilt beispielsweise für den ganzen Unterstamm der Wirbeltiere.

Induktion (im Erkenntnisprozeß). In der Erkenntnistheorie spricht man stets dann von einem induktiven Schluß vom Speziellen auf das Allgemeine, wenn aufgrund bestimmter Einzelerfahrungen auf eine allgemeine Aussage geschlossen wird, welche in ihrem Gehalt den Umfang der Prämissen übersteigt. Damit ist die I. kein logischer, sondern ein heuristischer Prozeß, da der logische Schluß definitionsgemäß über den Rahmen seiner Prämissen nicht hinausgehen kann. I. liegt beispielsweise vor, wenn von einer Tierart einige Exemplare seziert werden und daraus die Anatomie für alle Individuen dieser Art beschrieben wird. Es sind alle Naturgesetze induktiv gewonnen. Überprüft werden sie mittels der → Deduktion. Der Schluß mittels I. ist nicht erfahrungs-, sondern erwartungserweiternd.

Instinkt. Unter einem I. oder einer arteigenen Triebhandlung versteht man eine erblich festgelegte Bewegung, deren Antrieb endogen (ohne Auslösung durch äußere Reize) produziert wird. Die Instinktbewegung selbst wird durch einen → angeborenen Auslösemechanismus (AAM) in Gang gesetzt und läuft stets in ihrer artspezifischen Weise ab. Fehlt jeglicher Auslöser, so schreitet die Schwellenerniedrigung so lange fort, bis es zu einer sogenannten Leerlaufbewegung kommt, die Instinktbewegung also ohne Bezugsobjekt abläuft. In vielen Fällen ist der I. mit einem vorhergehenden Appetenzverhalten verbunden, einer Suche nach dem biologischen Auslöser.

Kategorie. Der Ausdruck K. geht auf ARISTOTELES zurück. Bei KANT sind die K. »logische Bedingungen der Erfahrung«, also jene Denkprinzipien, die eine geordnete Anschauung im Bewußtsein ermöglichen. Die Zahl der K. wurde je nach Autor verschieden angegeben. Beispiele für K. wären Quantität, Qualität, Relation, Zeit, Raum oder Kausalität. Die K. sind von der Vernunft selbst nicht ableitbar und daher → a priori gegeben.

Kinesis. Der Ausdruck bedeutet ›Bewegung‹. Es handelt sich um eine einfache Reaktionsweise, die schon bei Einzellern auftritt. Sie bewirkt, daß der Organismus seine Lokomotion beschleunigt, sobald er in ungünstige Milieubedingungen gerät, sie im günstigen Milieu jedoch verlangsamt. Die Richtung der Bewegung wird dabei nicht beeinflußt. Die K. tritt außer bei Einzellern bei manchen Asseln auf, eine analoge Verhaltensweise gibt es bei Säugern, etwa bei grasenden Wiederkäuern. Ein Pilze suchender Mensch verhält sich bekanntlich in ähnlicher Weise. Siehe auch Abb. 4, Seite 27.

Konstanzleistungen. Um in sich geordnete Wahrnehmungsinhalte und eine Orientierung in Raum und Zeit besonders bei höheren Organismen zu ermöglichen, sind hochkomplizierte Verrechnungsmechanismen im Zentralnervensystem und in den Sinnesorganen erforderlich. Die von ihnen bewirkten K. erlauben es beispielsweise, einen vor dem Auge bewegten Gegenstand stets als denselben zu erkennen, obwohl er aufgrund seiner Bewegung eine große Zahl verschiedener Netzhautbilder erzeugt. Eine andere K. läßt uns z. B. einen weißen Gegenstand trotz verschiedenster Beleuchtungen stets in derselben Farbe erleben. Siehe auch Abb. 24 und 25, Seite 91 und 92.

Lamarckismus. In der von J. B. DE LAMARCK (1809) begründeten Evolutionstheorie wird angenommen, daß individuell erworbene Modifikationen auf das Erbmaterial wirkten und so unmittelbar auf die nächste Generation übertragen würden. Diese Vorstellung wurde aufgegeben seit man erkannt hat, daß eine chemische Rückwirkung vom Phän auf das Gen nicht möglich ist. Hingegen darf nicht übersehen werden, daß eine stochastische Rückwirkung über eine Veränderung der Zufalls-Chancen von Mutanten tatsächlich möglich ist. Damit wirkt aber nicht das Milieu, sondern die Organisation des Organismus auf das Erbgut zurück.

Leerlaufbewegung. → Instinkt.

Materialismus. Als M. bezeichnet man jene philosophische Position, welche den Urgrund alles Wirklichen in der Materie annimmt. Die Grundlagen wurden im antiken Hylozoismus (Belebtheit der Materie) gelegt, die Fortentwicklung erfolgte über den klassischen M. (z. B. LAMETTRIE) zu einem naturwissenschaftlichen M. (z. B. HAECKEL) und dem sogenannten dialektischen M. (z. B. MARX). Die Charakterisierung der zahlreichen materialistischen Positionen hängt von dem mit ihnen verbundenen Materie-Begriff ab. Im allgemeinen gilt, daß auch der M., sobald er die Frage nach der ›Urwirklichkeit‹ beantworten will, als metaphysisch bezeichnet werden muß; ›die Materie‹ ist nicht minder metaphysisch als ›der Weltgeist‹. Die Ursachen werden im M. meist nur durch die causa efficiens erklärt.

Metaphysik. Jede philosophische Position oder Einstellung, die sich auf Behauptungen beruft, deren Wahrheitsgehalt mit keiner Methode überprüfbar ist, kann als M. bezeichnet werden. In der Neuzeit wurde die M. die Wissenschaft von den Voraussetzungen der Erfahrung (DESCARTES), bei KANT »die Vollendung aller Kultur der menschlichen Vernunft«. In der Gegenwart wurden, ausgehend vom → Positivismus, zahlreiche Versuche unternommen, metaphysische Fragen aus der Wissenschaft zu eliminieren, indem man sie als Scheinprobleme bezeichnete (z. B. CARNAP, WITTGENSTEIN). Es scheint hingegen kaum ein Gebiet menschlicher Tätigkeit zu geben, in dem metaphysische Komponenten fehlen. Jede → induktive Hypothese oder Erwartung geht über den reinen Erfahrungs-Bereich hinaus.

Mimikry. Unter M. wird jene Extremform der → Analogie verstanden, bei der die Individuen einer Art jene einer anderen Art in ihrer Erscheinung bis auf Einzelheiten genau nachahmen. Die nachahmende Art genießt dabei den Vorteil, ihren Konkurrenten jene Merkmale ›vorzutäuschen‹, welche die nachgeahmte Art tatsächlich besitzt. So ahmt etwa der Säbelzahnschleimfisch einen Putzerfisch so täuschend nach, daß er für einen Putzer gehalten wird und so anderen Fischen Stücke aus den Flossen herausbeißen kann. Siehe auch Abb. 43, Seite 135.

Natürliches System. Man versteht in der Biologie unter einem N. S. jene Klassifikation von Organismen, die deren natürliche, phylogenetische Verwandtschaft wiedergibt. Es wird nicht zum ausschließlichen Zweck der Orientierung entworfen (künstliches System, z. B. LINNÉ), sondern entsteht durch vergleichende Beurteilung → homologer und → analoger Merkmale. Die Findung des N. S. erfolgt also durch die Erkenntnis determinierter Ähnlichkeiten, erklärt werden diese Ähnlichkeiten aus natürlicher Verwandtschaft. Siehe auch Abb. 44, Seite 136.

Nominalismus. Die alte philosophische Streitfrage, ob dem Allgemeinen in gleicher Weise Realität zukomme wie dem Speziellen (dem konkreten Einzelding), erfuhr ihren Höhepunkt in der → Scholastik im sogenannten Universalienstreit. Jene Position, die behauptet, dem Allgemeinen sei nur hinsichtlich der Namen, die wir den Dingen geben, reale Existenz zuzusprechen, bezeichnet man als N. Die Frage wird für die Biologie unter anderem dort interessant, wo das Problem, ob der → Typus einer Art, Gattung etc. ebenso real existiere wie die betreffenden Einzelindividuen, zu beurteilen ist.

Optimierung. → Algorithmus.

Ordnung. Im physikalischen Sinne läßt sich der Ordnungsbegriff aus der → Entropie herleiten. Bedeutet diese die atomare Unordnung eines Systems, so besteht die Negentropie (Ordnung) nach SCHRÖDINGER in deren Umkehrung:

$$N = k \cdot \log D^{-1}$$

(k = Boltzmann-Konstante; D = atomare Unordnung). Für den biologischen Bereich erweist sich jene Beschreibung der O. als am günstigsten, welche sie als Produkt aus Gesetzesinhalt eines Systems mal dessen Anwendung betrachtet. Das Ausmaß der Ordnung erhöht sich damit sowohl mit der Zunahme an Gesetzlichkeit als auch an → Redundanz.

Orthogenese. Als O. bezeichnet man die geradlinige, in Trends verlaufende Entwicklung → transspezifischer Evolutionsprozesse. Die Ursache der Orthogenese liegt einerseits in den inneren Systembedingungen der Organismen selbst (→ epigenetisches System) und andererseits in einer relativen Konstanz der entscheidenden Umweltbedingungen. Das bekannteste Beispiel einer orthogenetischen Entwicklung ist die Evolution des Pferdes.

Phobie. Eine Reihe niederer Organismen beantwortet das Auftreten ungünstiger Milieubedingungen mit einer stereotypen Abwende-Reaktion, die als Ph. bezeichnet wird. Eines der bekanntesten Beispiele ist die phobische Reaktion von *Paramaecium*. Die Menge an Information, welche die Ph. enthält, geht über jene der → Kinesis insoferne hinaus, als der Organismus auch etwas über die Richtung erfährt, in der sich das ungünstige Milieu befindet. Sie enthält jedoch keine Information darüber, in welcher Richtung günstige Umstände zu suchen wären. Siehe auch Abb. 4, Seite 27.

Positivismus. Eine philosophische Haltung kann positivistisch genannt werden, wenn sie sich die Behauptung zugrunde legt, daß die wahre Quelle menschlicher Erkenntnis nur das Gegebene ist (die ›positiven Tatsachen‹). Als Begründer des modernen P. kann DAVID HUME gelten, wesentliche Beiträge leisteten auch die französischen ›Enzyklopädisten‹ (z. B. D'ALEMBERT). Mit zunehmender Konzentration auf sprachliche und logische Probleme entstand der Neopositivismus, der die entscheidenden Anregungen vom Wiener Kreis erfahren hat (z. B. SCHLICK, CARNAP, GÖDEL). Großen Einfluß übte zudem LUDWIG WITTGENSTEIN aus. Zu bedenken ist dabei jedoch, daß kein Erkenntnisgewinn ohne Erfahrung → a priori und ohne jenseits der Erfahrung liegende Erwartungen möglich ist; vgl. → Metaphysik.

Prägung. Unter einer P. versteht man jenen besonderen Fall eines Lernvorganges, bei dem der Lerninhalt nur während einer kurzen Phase der Entwicklung aufgenommen werden kann und fortan in irreversibler Weise erhalten bleibt. Manche Organismen lernen durch P. das Bild ihrer Eltern oder Geschlechtspartner. Der ihr zugrundeliegende physiologische Mechanismus ist für jeden Lerninhalt offen, weshalb prägungsfähige Organismen sehr leicht für experimentelle Zwecke auf den Menschen geprägt werden können. Ebenso wird der Mensch selbst z. B. auf die Bedingungen seiner Zivilisation geprägt. Siehe auch Abb. 9, Seite 47.

Prästabilisierte Harmonie. Das Phänomen einer geordneten Welt wirft stets die Frage nach der Ursache dieser Ordnung auf. Dabei behaupten verschiedene philosophische Positionen besonders im Anschluß an LEIBNIZ, daß sich die Harmonie in der Natur aus einem präexistenten Plan ableiten ließe, in dem die später entstandenen Ordnungsformen schon vorgegeben wären. Die Harmonie zwischen den Elementen einer Ganzheit würde daher nicht mit dem System entstehen, sondern sei lediglich Ausdruck jener p. H. eines umfassenden Weltplanes. Die Gegenauffassung sieht die Harmonie mit den Systemen selbst entstehen.

Ratiomorpher Apparat. Sämtliche Erkenntnisleistungen des Menschen kommen durch jenen physiologischen Mechanismus des Zentralnervensystems zustande, den man als kognitiven Apparat bezeichnet. Die dem Bewußtsein und der Selbstreflexion zugänglichen Leistungen bilden dabei das System der rationalen Vernunft. Als r. A. bezeichnet man hingegen jene Verrechnungsmechanismen, welche als stammesgeschichtliche Vorläufer die funktionellen Voraussetzungen der Vernunft darstellen. Es handelt sich dabei um jene unbewußt ablaufenden Erkenntnisleistungen, die unter dem Gesichtspunkt von vier Hypothesen im vorliegenden Band behandelt werden.

Rationalismus. Im Gegensatz zum → Empirismus postuliert der R. die wahre Grundlage aller Erkenntnis nicht in der Sinneswahrnehmung, sondern im Verstand. Da das Zeugnis der Sinne durch vielerlei Täuschungen beeinträchtigt sein kann, könne nur die rationale Vernunft mit ihren → apirorischen Anschauungs- und Denkformen eine Gewähr für wahre Erkenntnis geben. Der R. erlebte seine Blüte im 17. Jahrhundert mit DESCARTES, PASCAL, SPINOZA und LEIBNIZ.

Reafferenz-Prinzip. Die orientierte Bewegung im Raum setzt die Fähigkeit voraus, die Sinneswahrnehmungen, die z. B. durch Eigenbewegung entstehen, von jenen zu unterscheiden, die von einer Änderung in der Umwelt hervorgerufen werden. Die Verschiebung eines Gegenstandes auf der Netzhaut kann von einer aktiven Bewegung des Auges oder von der Bewegung des Gegenstandes selbst herrühren. Das R.-P. erlaubt es, dies zu unterscheiden: Mit dem motorischen Impuls, der das Auge bewegt, wird gleichzeitig eine entsprechende Meldung ›mit umgekehrtem Vorzeichen‹ in das Verrechnungszentrum geleitet, wo sie mit der Eingangsnachricht (der Information von der Netzhaut) verglichen wird. Sind beide Meldungen gleich groß, werden sie ausgelöscht und der Gegenstand erscheint trotz Verschiebung auf der Netzhaut in Ruhe. Auf dem R.-P. beruht u. a. auch die Farbkonstanz (→ Konstanzleistungen).

Reduktionismus. Man versteht unter dem R. die erklärende Zurückführung eines Phänomens auf die Gesetzlichkeiten seiner Einzelelemente. So versucht man beispielsweise physiologische Erscheinungen durch die Gesetze der ihnen zugrunde liegenden Chemie zu erklären. Ein solcher methodischer R. ist die Grundhaltung jeder Naturwissenschaft. Der ontologische R. jedoch begeht den Fehler zu behaupten, ein Phänomen sei ›nichts anderes als‹ das Resultat der Wechselwirkungen seiner Elemente. Er verwechselt damit Methode und Wirklichkeit. So besteht Wasser zweifellos aus H und O, obwohl seine Eigenschaften qualitativ andere sind als jene der beiden Elemente.

Redundanz. Es ist eine wesentliche Voraussetzung für das Erkennen von Gesetzmäßigkeit, daß diese wiederholt auftritt. Der Begriff der R. bezeichnet dabei jenen Teil einer Nachricht, der im Prinzip weggelassen werden könnte, ohne deren Informationsgehalt zu schmälern. So sind z. B. bei dem vorliegenden Buch (Auflage N Stück) N-1 Exemplare redundant, da diese seinen Informationsgehalt nicht vergrößern. Überall dort, wo ein Information empfangendes System Voraussicht besitzt, ist die gesendete Information redundant.

Scholastik. Als S. wird jene Periode in der Geschichte der Philosophie verstanden, die etwa mit den Kirchenvätern (z. B. AUGUSTINUS) um 500 n. Chr. begann und sich bis in das 14. Jahrhundert (z. B. DUNS SCOTUS) erhielt. Ihre von der christlichen Theologie geprägte Philosophie war eine *ancilla theologiae,* also eine ›Magd der Theologie‹; sie sah ihre Hauptaufgabe darin, die Glaubensinhalte (etwa Gottesbeweise etc.) mit rationaler Vernunft zu umkleiden. Im Mittelpunkt der scholastischen Weltanschauung stand die auf Gott gerichtete universelle Zweck- und Zielhaftigkeit des Menschen und der Welt.

Simultankoinzidenz. Bei der Wahrnehmung bzw. Erkenntnis von → Ähnlichkeitsfeldern ist es notwendig, daß verschiedene Merkmalskonstellationen miteinander verrechnet werden. Dabei geht es im Prinzip um eine Analyse der Merkmalskoinzidenzen. Unter diesen bedeutet die S. dasjenige, was man auch als Merkmalsreichtum bezeichnet; es sind also jene Strukturen, die in den Gegenständen eines Ähnlichkeitsfeldes stets gleichzeitig wahrnehmbar sind. So ist etwa der zweite Halswirbel beim Menschen stets an bestimmten simultan auftretenden Merkmalen erkennbar. Siehe auch Abb. 27, Seite 98.

Sophisten. Als S. werden eine Gruppe vorsokratischer Philosophen bezeichnet, die zum ersten Mal einer breiten Öffentlichkeit (gegen Bezahlung) Philosophie vortrugen. Sophist (σοφιστής) bedeutet ›Meister im Wissen‹ bzw. ›Gelehrter‹. Der bedeutendste S. war PROTAGORAS (»Der Mensch ist das Maß aller Dinge«), der von 480 bis 411 v. Chr. lebte. Aus ihrer fundamentalen Kritik erwuchs schließlich ein allgemeiner Skeptizismus, der oft zu leeren Wortgefechten und eloquenten Trugschlüssen (Sophismen) führte.

Solipsismus. → Idealismus.

Sukzedankoinzidenz. Wie schon bei der → Simultankoinzidenz erwähnt, handelt es sich auch bei der S. um eine Voraussetzung der Erkenntnis von Ähnlichkeitsfeldern. Hier handelt es sich um die nacheinander feststellbaren Merkmale eines Feldes, etwa des zweiten Halswirbels bei allen Säugetieren. Insgesamt beruht die Verrechnung und Gewichtung von Merkmalen auf dem Produkt aus Simultan- und Sukzedankoinzidenzen, also Merkmalsreichtum mal Zahl der Individuen, Arten etc., bei denen eine Struktur zu finden ist. Siehe auch → Redundanz und Abb. 11, Seite 57.

Syllogistik. Die S., vom griech. συλλέγω (= zusammenrechnen), ist eine von ARISTOTELES systematisch begründete Schlußlehre. Es wird dabei von zwei Prämissen auf die Conclusio geschlossen, wobei die möglichen Grundformen der Prämissen ›allgemein bejahend‹ (a), ›allgemein verneinend‹ (e), ›partikulär bejahend‹ (i) oder ›partikulär verneinend‹ (o) sein können.

Synthetische Theorie. Unter der S. T. versteht man die heute allgemein von der Wissenschaft anerkannte Evolutionstheorie. Sie beruht im wesentlichen auf der Selektionstheorie CHARLES DARWINS, beinhaltet aber zusätzlich die nach DARWIN bekanntgewordenen Gesetze der Mutationstheorie (Neodarwinismus), der (molekularen) Genetik und der Populationsdynamik.

Taxis. Als T. wird eine gerichtete Bewegung im Raum bezeichnet, bei der der Organismus sich ohne Versuch und Irrtum auf die günstigste Raumrichtung einstellt. Dabei ist das Ausmaß des Winkels, in dem sich das Tier dem Reiz zuwendet, von demjenigen abhängig, den die Richtung des eintreffenden Reizes mit der Körperlängsachse bildet. Viele → Instinktbewegungen (etwa die Eirollbewegung von Vögeln) sind mit Taxien eng verbunden.

Teleologie. Die Frage nach der Ursache der zahlreichen zweckgerichteten Vorgänge im Lebendigen wurde von philosophisch eingestellten Biologen oft durch das ›immanente‹ Prinzip der T. ›erklärt‹. Da aber die Annahme übernatürlicher Eigenschaften für eine Realwissenschaft wertlos ist, die Zielhaftigkeit des Lebendigen jedoch offen zu Tage liegt, spricht man heute lieber von Teleonomie. Damit soll zum Ausdruck kommen, daß auch Zwecke im lebendigen Geschehen einer naturwissenschaftlichen Analyse zugänglich sind. Die beiden Ausdrücke unterscheiden sich etwa so wie die Astronomie von der Astrologie. Der dialektische Materialismus beschränkt die T. auf den Bereich des menschlichen Handelns.

Teleonomie. → Teleologie.

Topik. Die T. ist ein Teil des aristotelischen *Organon*, in dem die Lehre von den Wahrscheinlichkeitsschlüssen behandelt wird. Sie »verfolgt die Aufgabe, eine Methode zu finden, nach der wir über jedes aufgestellte Problem aus wahrscheinlichen Sätzen Schlüsse bilden können und... in keine Widersprüche geraten« (ARISTOTELES).

Transspezifische Evolution. Der stammesgeschichtliche Prozeß läßt sich in die Evolutionsvorgänge innerhalb einer Art und jene von den Gattungen bis zu den Reichen einteilen. Letztere werden als t. E. bezeichnet. Bei dieser handelt es sich z. B. um die Phänomene der → Orthogenese, der Bildung von → Typen, der Nichtumkehrbarkeit evolutiver Prozesse, des Parallelismus in der Entwicklung verschiedener Gruppen etc. Die Kausalanalyse der t. E. steht vor dem Problem, die Entwicklungsgesetze der Stammbaumverzweigung und die Ordnung in der Entwicklung großer systematischer Einheiten zu erklären.

Typus. Als T. einer natürlichen Verwandtschaftsgruppe verstehen wir die Gesamtheit der sie kennzeichnenden → homologen Merkmale. Der morphologische T. setzt sich demnach aus den Homologa und ihren Trends, deren Lagestruktur, Metamorphosen und Koinzidenzen zusammen. Er ist daher diagrammatisch schwer darzustellen, da er eine dynamische Zeitgestalt ist. Nichtsdestoweniger ist er jedoch ebenso real wie die ihn bildenden Strukturen.

Vitalismus. Historisch ist der V. aus jenen philosophischen Lebenstheorien entstanden, die glaubten, ein immaterielles ›Lebensprinzip‹ ableiten zu können. Der neue V. (HANS DRIESCH) ist als Reaktion auf den simplen mechanischen → Materialismus des 19. Jahrhunderts entstanden und manövrierte sich durch diese Gegenüberstellung in eine ebenso unhaltbare Position. Denn die angenommene Lebenskraft, ›*élan vital*‹, erklärt das Lebendige ebensowenig wie ein ›*élan locomotif*‹ die Funktion einer Dampfmaschine erklären würde, sagt JULIAN HUXLEY.

Weltbildapparat. → Hypothetischer Realismus.

Zufall. → Determinismus, → Indeterminismus.

Literaturverzeichnis

ABDERHALDEN, E. (1946): Lehrbuch der Physiologie. Wien: Urban und Schwarzenberg.
ALBERT, H. (1968): Traktat über kritische Vernunft. Tübingen: Mohr.
ALLEN, T. (1972): The marvels of animal behavior. New York: National Geogr. Soc.
ASTER, E. v. (1975): Geschichte der Philosophie. Stuttgart: Kröner.
AUGUSTINUS, A. (428): De civitate Dei. Deutsch: Der Gottesstaat. Salzburg (1951–1953): Müller.

BAERENDS, G., K. BRILL und P. BULT (1965): Versuche zur Analyse einer erlernten Reizsituation bei einem Schweinsaffen. Z. Tierpsychol. (22): 394–411.
BALTZER, F. (1955): Finalisme et physicisme. Actes Soc. Helvétique Sci. Naturelles (135): 92–99.
BAVELAS, A. (1957): Group size, interaction and structural environment. 4th Conf. on Group Proc. New York: Jos. Macy Jr. Found.
BAVINK, B. (1930[4]): Ergebnisse und Probleme der Naturwissenschaften. Eine Einführung in die heutige Naturphilosophie. Leipzig: Hirzel.

BAYES, T. (1908): Versuch zur Lösung eines Problems der Wahrscheinlichkeitsrechnung. Leipzig: Engelmann.
BERGER, P. (1977): Einladung zur Soziologie. München: Deutscher Taschenbuch Verlag.
BERGER, P. und T. LUCKMANN (1969): Die soziale Konstruktion der Wirklichkeit. Eine Theorie der Wissenssoziologie. Frankfurt/M.: Fischer.
BERTALANFFY, L. v. (1955): An essay on the relativity of categories. Philos. of Science (22): 243–263.
BERTALANFFY, L. v. (1968): General system theory. Foundation, development, application. New York: Braziller.
BLACK, M. (1954): Problems of analysis. London: Routledge and Kegan.
BOLZANO, B. (1929–1931): Wissenschaftslehre I–IV. Leipzig: Meiner.
BOURNE, P. (1969): The psychology and physiology of stress. New York: Academic Press.
BRESCH, C. und R. HAUSMANN (1972): Klassische und molekulare Genetik. Heidelberg – New York: Springer.
BRICKENKAMP, R. (1975): Handbuch psychologischer und pädagogischer Tests. Göttingen–Toronto–Zürich: Verlag für Psychologie.
BRUN, E. (1912): Zur Psychologie der künstlichen Allianzkolonien bei den Ameisen. Biol. Zentralbl. (32): 308–322.
BRUNSWIK, E. (1934): Wahrnehmung und Gegenstandswelt. Psychologie vom Gegenstand her. Leipzig–Wien: Deuticke.
BRUNSWIK, E. (1939): Probability as a determiner of rat behavior. J. exp. Psychol. (25): 175–197.
BRUNSWIK, E. (1955): »Ratiomorphic« models of perception and thinking. Acta psychol. (11): 108–109.
BRUNSWIK, E. (1957): Scope and aspects of the cognitive problem. In J. Bruner et al. (Ed.): Contemporary Approaches to cognition. Cambridge: Harvard University Press.

CALVIN, M. (1969): Chemical evolution, molecular evolution towards the origin of living systems on the earth and elsewhere. Oxford: Claredon Press.
CAMPBELL, D. (1959): Methodological suggestions from a comparative psychology of knowledge processes. Inquiry (2): 152–182.
CAMPBELL, D. (1966): Pattern matching as an essential in distal knowing. New York: Holt, Rinehart and Winston.
CAMPBELL, D. (1974): Evolutionary epistemology. In: P. Schilpp (Ed.), 1974: The library of living philosophers. Vol. 14 I. und II.: The philosophy of Karl Popper, Vol. I: 413–463. Lasalle: Open Court.
CAMPBELL, D. (1974a): ›Downward causation‹ in hierarchically organised biological systems. In: F. Ayala and Th. Dobzhansky (Eds.), Studies in the philosophy of biology. London: MacMillan.
CARNAP, R. (1945): The two concepts of probalitity. Philos. and Phenom. Res. (5): 513–532.
CARNAP, R. (1952): The continuum of inductive methods. University of Chicago: Chicago Press.
CARNAP, R. (1959): Induktive Logik und Wahrscheinlichkeit. Bearbeitet von W. Stegmüller. Wien: Springer.
CARNAP, R. (1962): The aim of inductive logic. In: E. Napel, P. Suppes und A. Tarski (Eds.): Logic, Methodology and Philosophy of Science. Proceedings of the 1960 International Congress, Stanford (Calif.): 303–318.
CARNAP, R. (1976^3): Einführung in die Philosophie der Naturwissenschaften. München: Nymphenburger.
CARNAP, R. und R. JEFFREY (1971): Studies in inductive logic and probability. Bd. I. Berkeley–Los Angeles–London.
CERAM, C. (1949): Götter, Gräber und Gelehrte. Roman der Archäologie. Reinbek: Rowohlt.
CHOMSKY, N. (1970): Sprache und Geist. Frankfurt/M.: Suhrkamp.
CHOMSKY, N. (1973): Über Erkenntnis und Freiheit. Frankfurt/M.: Suhrkamp.
CIBA Foundation Symposia, (Ed.), (1963): Man and his future. Amsterdam: Excerpta medica.
CONSTABLE, G. (1973): Die Neandertaler (aus: Die Frühzeit des Menschen). Nederland, B. V.: Time-Life.
CORTI, W., (Ed.), (1976): The philosophy of William James. Hamburg: Meiner.
CRAIG, W. (1918): Appetites and aversions as constituents of instincts. Biol. Bull. Woods Hole (34): 91–107.
CROSBY, E., C. T. HUMPHREY und E. LAUER (1962): Correlative anatomy of the nervous system. New York: Macmillan.

DE BONO, E. (1975): Der Denkprozeß. Was unser Gehirn leistet und was es leisten kann. Reinbek: Rowohlt.
DEGLIN, W. (1976): Unsere zwei Gehirne. UNESCO-Kurier; 17, (1): 4–32.
DESCARTES, R. (1641): Meditationen über die Erste Philosophie. Stuttgart (1971): Reclam.
DESSAUER, F. (1958): Naturwissenschaftliches Erkennen. Frankfurt/M.: Knecht.
DIEMER, A. und I. FRENZEL, (Eds.), (1967): Philosophie. In: Das Fischer Lexikon, Bd. 11. Frankfurt/M.: Fischer.
DILTHEY, W. (1933): Einleitung in die Geisteswissenschaften. Stuttgart: Teubner.
DITFURTH, H. v. (1976): Der Geist fiel nicht vom Himmel. Die Evolution unseres Bewußtseins. Hamburg: Hoffmann und Campe.
DOBZHANSKY, TH. (1951): Genetics and the origin of species. New York: Columbia University Press.
DÖHL, J. (1966): Manipulierfähigkeit und ›einsichtiges‹ Verhalten eines Schimpansen bei komplizierten Handlungsketten. Z. Tierpsychol. (23): 77–113.
DÖRNER, D. (1967): Problemlösen als Informationsverarbeitung. Stuttgart–Berlin–Köln–Mainz: Kohlhammer.
DÖRNER, D. (1975): Wie Menschen eine Welt verbessern wollten und sie dabei zerstörten. Bild d. Wissensch. (2): 48–53.
DÖRNER, D. und F. REITHER (1978): Über das Problemlösen in sehr komplexen Realitätsbereichen. Zeitschr. f. experimentelle und angewandte Psychologie, 25 (4): 527–551.
DRIESCH, H. (1909): Philosophie des Organischen (2 Bde). Leipzig: Engelmann.
DUNCKER, H. (1978): Das Denken in komplexen Zusammenhängen und die Fähigkeit zu kreativem Handeln. Jahresbericht d. Studienstiftung d. deutschen Volkes 1977. Bonn: Studienstiftung: 26–46.
DURANT, W. (1953): The pleasures of philosophy. An attempt at a consistent philosophy of life. New York: Simon and Schuster.
DURANT, W. und A. DURANT (1960): Kulturgeschichte der Menschheit (32 Bde). Lausanne: Rencontre.

ECCLES, J., (Ed.), (1966): Brain and conscious experience. Heidelberg: Springer.
ECCLES, J. (1975): Das Gehirn des Menschen. München–Zürich: Piper.
EDEY, M. (1973): Vom Menschenaffen zum Menschen (aus: Die Frühzeit des Menschen). Nederland, B. V.: Time-Life.
EHRENFELS, CHR. v. (1890): Über Gestaltsqualitäten. Vierteljahresschrift wissensch. Philosophie (**14**): 249–292.
EIBL-EIBESFELDT, I. (1970): Liebe und Haß. Zur Naturgeschichte elementarer Verhaltensweisen. München–Zürich: Piper.
EIBL-EIBESFELDT, I. (1975): Krieg und Frieden aus der Sicht der Verhaltensforschung. München–Zürich: Piper.
EIBL-EIBESFELDT, I. (1978^5): Grundriß der vergleichenden Verhaltensforschung. München–Zürich: Piper.
EIGEN, M. (1971): Selforganization of matter and the evolution of biological macromolecules. Naturwiss. (58): 465–522.
EIGEN, M. (1976): Wie entsteht Information? Ber. Bunsenges. physik. chem. (**80**): 1059–1081.
EIGEN, M. und R. WINKLER (1973/74): Ludus vitalis. In: H. v. Ditfurth (Ed.): Mannheimer Forum 73/74: 53–140.
EIGEN, M. und R. WINKLER (1975): Das Spiel. Naturgesetze steuern den Zufall. München–Zürich: Piper.
EIGEN, M. und P. SCHUSTER (1977): The hypercycle. A principle of self-organization. Naturwiss. (**64**): 451–565.
EINSTEIN, A. (1972): Mein Weltbild. Frankfurt–Berlin–Wien: Ullstein.
EINSTEIN, A. und M. BORN (1969): Briefwechsel 1916–1955. München: Nymphenburger.
EISLER, R. (1930): Kant-Lexikon. Hildesheim–New York (1972): Olms.
ESCHER, M. (1975): Graphik und Zeichnungen. München: Moos.

FEYERABEND, P. (1970): Against method. An anarchistic theory of knowledge. In: Minnesota Studies in the Philosophy of Science, Bd. IV. Winokur; Minneapolis.
FEYERABEND, P. (1978): Der wissenschaftstheoretische Realismus und die Autorität der Wissenschaften. Braunschweig-Wiesbaden: Vieweg.
FINETTI, B. DE (1937): La prévision: ses lois logiques, ses sources subjectives. Annales d l'Inst. Poincaré (7): 93–158.
FINETTI, B. DE (1970): Teoria delle Probabilità (2 Bde). Turin.
FOPPA, K. (1964): Probabilistische Lernmodelle. In: Bergius, R., (Ed.): Handbuch der Psychologie, Bd. I,2. Halbband: 617–640. Göttingen: Hogrefe.
FOPPA, K. (1965): Lernen, Gedächtnis, Verhalten. Ergebnisse und Probleme der Lernpsychologie. Köln: Kiepenhauer und Witsch.
FORRESTER, J. (1971): Behavior of social systems. In: P. Weiss, (Ed.): Hierarchically organized systems in theory and practice: 81–122. New York: Hafner.
FREGE, G. (1879): Begriffsschrift. Darmstadt (1971): Wiss. Buchgesellschaft.
FREUD, S. (1940): Vorlesungen zur Einführung in die Psychoanalyse. Frankfurt/M. (1977): S. Fischer.
FREUD, S. (1958): Der Witz und seine Beziehungen zum Unbewußten. Frankfurt/M.: Fischer.
FRIEDRICH, H., (Ed.), (1968): Mensch und Tier. Ausdrucksformen des Lebendigen. München: Deutscher Taschenbuch Verlag.
FURTH, H. (1972): Intelligenz und Erkennen. Die Grundlagen der genetischen Erkenntnistheorie Piagets. Frankfurt/M.: Suhrkamp.

GABRIEL, G., (Ed.), (1971): Gottlob Freges Schriften zur Logik und Sprachphilosophie. Hamburg: Meiner.
GALBRAITH, J. (1970): Die moderne Industriegesellschaft. München–Zürich: Droemer Knaur.
GAZZANIGA, M. (1970): The bisected brain. New York: Appleton-Century-Crofts.
GEHLEN, A. (1940): Der Mensch. Seine Natur und seine Stellung in der Welt. Berlin: Junker und Dünnhaupt.
GOEDE, K. und F. KLIX (1972): Lernabhängige Strategien der Merkmalsgewinnung und der Klassenbildung beim Menschen. In: F. Klix, W. Krause, und H. Sydnow, (Eds.): Kybernetik-Forschung, Zeichenerkennung und Klassifizierungsprozesse in biologischen und technischen Systemen. Berlin.
GOETHE, J. v. (1790): Morphologische Schriften. Weimar: Böhlau.
GOLDSCHEIDER, P. und H. ZEMANEK (1971): Computor; Werkzeug der Information. Berlin–Heidelberg–New York: Springer.
GRANT, D., H. HAKE und J. HORNSETH (1951): Acquisition and extinction of a verbal conditioned response with differing percentages of reinforcements. J. exp. Psychol. (**42**): 1–5.
GRANT, D. und L. SCHIPPER (1952): The acquisition and extinction of conditioned eyelid responses as a function of the percentage of fixed-ratio random reinforcements. J. exp. Psychol. (**43**): 313–320.
GREGORY, R. (1972): Auge und Gehirn. Frankfurt/M.: Fischer.
GREGORY, W. (1951): Evolution emerging. A survey of changing patterns from primeval life to man. New York: MacMillan.
GRELLING, K. (1935): Wahrscheinlichkeit von Hypothesen. Erkenntnis (5): 168–170.
GRZIMEK, B., (Ed.), (1968): Grzimeks Tierleben. Enzyklopädie des Tierreiches. München–Zürich: Kindler.

HACKING, I. (1965): The logic of statistical interference. Cambridge: Cambridge University Press.
HARRIS, N. (1970): Die Ideologien in der Gesellschaft. Eine Untersuchung über Entstehung, Wesen und Wirkung. München: Beck.
HARTMANN, N. (1951): Teleologisches Denken. Berlin: De Gruyter.
HARTMANN, N. (1964^3): Der Aufbau der realen Welt. Berlin: De Gruyter.

HARTSHORE, C. und P. WEISS, (Eds.), (1931–58): Collected papers of Charles Sanders Peirce. Cambridge: Harvard University Press.

HASSENSTEIN, B. (1951): Goethes Morphologie als selbstkritische Wissenschaft und die heutige Gültigkeit ihrer Ergebnisse. Neue Folge d. Jahrb. d. Goethe-Gesellschaft, (12): 333–357.

HASSENSTEIN, B. (1954): Abbildende Begriffe. In: Verh. dtsch. Zool. Ges. 1954: 197–202.

HASSENSTEIN, B. (1958): Prinzipien der vergleichenden Anatomie bei Geoffroy Saint-Hillaire, Cuvier und Goethe. Act. Coll. int. Strasbourg. Publ. Fac. lettr. (137): 155–168.

HASSENSTEIN, B. (1965): Biologische Kybernetik. Heidelberg: Quelle und Meyer.

HASSENSTEIN, B. (1969): Biologie des Lernens. In: Der Lernprozeß. Willmann-Institut: 107–136. Freiburg: Herder.

HASSENSTEIN, B. (1973): Verhaltensbiologie des Kindes. München–Zürich: Piper.

HASSENSTEIN, B. (1974): Lern- und Spielverhalten. In: K. Immelmann, (Ed.): Verhaltensforschung; Grzimeks Tierleben, Ergänzungsband. München–Zürich: Kindler.

HASSENSTEIN, B. (1976): Injunktion. In: J. Ritter und K. Gründer (Eds.): Historisches Wörterbuch der Philosophie, Bd. 4: 367. Basel–Stuttgart: Schwabe.

HAYEK, F. v. (1952): The sensory order. An inquiry into the foundations of theoretical psychology. London: Routledge and Kegan.

HAYEK, F. v. (1979²): Mißbrauch und Verfall der Vernunft. Ein Fragment. Salzburg: Neugebauer.

HEGEL, G. (1806): Phänomenologie des Geistes. In: G. Hegel: Ges. Werke, Bd. 9. Hamburg (1979): Meiner.

HEINROTH, K. (1974): Die Geschichte der Verhaltensforschung. In: K. Immelmann, (Ed.): Verhaltensforschung; Grzimeks Tierleben, Ergänzungsband. München–Zürich: Kindler.

HEISENBERG, W. (1966): Das Naturbild der heutigen Physik. Reinbek: Rowohlt.

HEISENBERG, W. (1969): Der Teil und das Ganze. München–Zürich: Piper.

HEISENBERG, W. (1976³): Schritte über Grenzen. Gesammelte Reden und Aufsätze. München: Piper.

HEMLEBEN, J. (1964): Ernst Haeckel in Selbstzeugnissen und Bilddokumenten. Reinbek: Rowohlt.

HEMLEBEN, J. (1969): Galileo Galilei in Selbstzeugnissen und Bilddokumenten. Reinbek: Rowohlt.

HEMPEL, C. (1945): Studies in the Logic of Confirmation (I), Mind (54): 1–12, 97–121.

HERMES, H. (1961): Aufzählbarkeit, Entscheidbarkeit, Berechenbarkeit. Berlin–Göttingen–Heidelberg: Springer.

HERRMANN, T., P. HOFSTÄTTER, H. HUBER und F. WEINERT, (Eds.), (1977): Handbuch psychologischer Grundbegriffe. München: Kösel.

HESS, E. (1959): Imprinting. Science (130): 133–141.

HESS, E. (1975): Prägung. Die frühkindliche Entwicklung von Verhaltensmustern von Tier und Mensch. München–Zürich: Kindler.

HOCHSTETTER, F. (1945¹⁹): Toldts Anatomischer Atlas. Wien: Urban und Schwarzenberg.

HOFSTÄTTER, P. (1972): Psychologie. In: Das Fischer Lexikon, Bd. 6. Frankfurt/M.: Fischer.

HOLST, D. v. (1969): Sozialer Stress bei Tupajas *(Tupaja belangeri)*. Die Aktivierung des sympathischen Nervensystems und ihre Beziehung zu hormonal ausgelösten ethologischen und physiologischen Veränderungen. Z. Vergl. Physiol. (63): 1–58.

HOLST, E. v. (1969): Zur Verhaltensphysiologie bei Tier und Mensch. Gesammelte Abhandlungen. München–Zürich: Piper.

HOLST, E. v. und H. MITTELSTAEDT (1950): Das Reafferenz-Prinzip. Naturwiss. (37): 464–476.

HOLTON, G. (1979): Einstein's model for constructing a scientific theory. In: P. Aichelburg und R. Sexl (Eds.): Albert Einstein – His influence on physics, philosophy and politics: 109–136. Braunschweig–Wiesbaden: Vieweg.

HÖRZ, H. und C. NOWIŃSKI (Eds.), (1979): Gesetz–Entwicklung–Information. Zum Verhältnis von philosophischer und biologischer Entwicklungstheorie. Berlin: Akademie-Verlag.

HOVLAND, C. (1952): A communication alalysis of concept learning. Psychol. Rev. (59): 461–472.

HOVLAND, C. und W. WEISS (1953): Transmission of information concerning concepts through positive and negative instances. J. exp. Psychol. (45): 175–182.

HUME, D. (1748): Eine Untersuchung über den menschlichen Verstand. Stuttgart (1967): Reclam.

HUMPHREYS, L. (1939): Generalization as a function of method of reinforcement. J. exp. Psychol. (25): 361–372.

HUNT, E. (1962): Concept learning. New York–London: MacMillan.

HUXLEY, J. (1929): Biology of the human race. In: H. Wells, J. Huxley and G. Wells, (Eds.): The science of life. New York.

HUXLEY, J. (1942): Evolution, the modern synthesis. New York: Harper and Row.

HUXLEY, J. (1964): Der evolutionäre Humanismus. München: Beck.

HUXLEY, A. (1966): Brave new world revisited. London: Chatto and Windus.

JEFFREYS, H. (1939): Theory of probability. Oxford: Oxford University Press.

JOERGER, K. (1976): Einführung in die Lernpsychologie, Freiburg–Basel–Wien: Herder.

JOUVENEL, B. DE (1970): Jenseits der Leistungsgesellschaft. Elemente sozialer Vorschau und Planung. Freiburg/Br.: Rombach.

JUNG, C. (1954): Von den Wurzeln des Bewußtseins. Zürich–Stuttgart: Rascher.

KANT, I. (1755): Allgemeine Naturgeschichte und Theorie des Himmels, oder Versuch von der Verfassung und dem mechanischen Ursprunge des ganzen Weltgebäudes nach Newtonischen Grundsätzen abgehandelt. Abgedruckt in I. Kant, Werkausgabe; Bd. I. Frankfurt/M. (1977): Suhrkamp.

KANT, I. (1770): Von der Form der Sinnes- und Verstandeswelt und ihren Gründen. Abgedruckt in: I. Kant, Werkausgabe Bd. V. Frankfurt/M. (1977): Suhrkamp.
KANT, I. (1781): Kritik der reinen Vernunft. Abgedruckt in: I. Kant, Werkausgabe, Bd. III und IV. Frankfurt/M. (1977): Suhrkamp.
KANT, I. (1783): Prolegomena zu einer jeden künftigen Metaphysik, die als Wissenschaft wird auftreten können. Abgedruckt in: I. Kant, Werkausgabe, Bd. V. Frankfurt/M. (1977): Suhrkamp.
KANT, I. (1784): Idee zu einer allgemeinen Geschichte in weltbürgerlicher Absicht. Abgedruckt in: I. Kant, Werkausgabe, Bd. XI. Frankfurt/M. (1977): Suhrkamp.
KANT, I. (1788): Über den Gebrauch teleologischer Prinzipien in der Philosophie. Abgedruckt in: I. Kant, Werkausgabe, Bd. IX. Frankfurt/M. (1977): Suhrkamp.
KANT, I. (1790): Kritik der Urteilskraft. Abgedruckt in: I. Kant, Werkausgabe, Bd. X. Frankfurt/M. (1977): Suhrkamp.
KANT, I. (1790a): Über eine Entdeckung, nach der alle neue Kritik der reinen Vernunft durch eine ältere entbehrlich gemacht werden soll. Abgedruckt in: I. Kant, Werkausgabe, Bd. V. Frankfurt/M. (1977): Suhrkamp.
KANT, I. (1804): Welches sind die wirklichen Fortschritte, die die Metaphysik seit Leibnizens und Wolff's Zeiten in Deutschland gemacht hat? Abgedruckt in: I. Kant, Werkausgabe, Bd. VI. Frankfurt/M. (1977): Suhrkamp.
KASPAR, R. (1977): Der Typus – Idee und Realität. Acta biotheoretica (26), 3: 181–195.
KASPAR, R. (1978): Die Geschichtlichkeit lebendiger Ordnung. Biologie in unserer Zeit (2): 42–47.
KASPAR, R. (1980): Die Evolution erkenntnisgewinnender Mechanismen. Biologie in unserer Zeit (im Druck).
KASPAR, R. (1980a): Kritische Anmerkungen zum panpsychistischen Identismus von Bernhard Rensch. Phil. Nat. (im Druck).
KASPAR, R. (1980b): Naturgesetz, Kausalität und Induktion. Ein Beitrag zur Theoretischen Biologie. Acta biotheoretica (im Druck).
KAULBACH, F. (1968): Philosophie der Beschreibung. Köln–Graz: Böhlau.
KERNIG, C., (Ed.), (1968): Sowjetsystem und demokratische Gesellschaft. Eine vergleichende Enzyklopädie. Bd. 2. Freiburg–Basel–Wien: Herder.
KEYNES, J. (1921): A treatise on probability. London–New York: MacMillan.
KLEMENT, H.-W. (Ed.), (1975): Bewußtsein; Ein Zentralproblem der Wissenschaften. Baden-Baden: Agis.
KLIX, F. (1976): Information und Verhalten. Kybernetische Aspekte der organismischen Informationsverarbeitung. Bern–Stuttgart–Wien: Huber.
KLIX, F. und K. GOEDE (1968): Struktur- und Komponentenanalyse von Problemlösungsprozessen. Zeitschrift für Psychologie (174).
KLÖS, H. und U. KLÖS (1968): Gänseverwandte. In: B. Grzimeks Tierleben, Bd. VII: 269–275.
KLUGE, F. (1967[20]): Etymologisches Wörterbuch der deutschen Sprache. Berlin: De Gruyter.
KOCH, H. (1973): Der Sozialdarwinismus. Seine Genese und sein Einfluß auf das imperialistische Denken. München: Beck.
KOEHLER, O. (1941): Vom Erlernen unbenannter Anzahlen bei Vögeln. Naturwiss. (29): 201–218.
KOENIG, O. (1970): Kultur und Verhaltensforschung. Einführung in die Kulturethologie. München: Deutscher Taschenbuch Verlag.
KOENIG, O. (1975): Urmotiv Auge. München–Zürich: Piper.
KOESTLER, A. (1966): Der göttliche Funke. Der schöpferische Akt in Kunst und Wissenschaft. Bern–München–Wien: Scherz.
KOFFKA, K. (1950): Principles of Gestalt psychology. London–New York: Harcourt.
KÖHLER, W. (1921): Intelligenzprüfungen bei Menschenaffen. Berlin: Springer.
KÖHLER, W. (1971): Die Aufgaben der Gestaltpsychologie. Berlin–New York: De Gruyter.
KOLMOGOROW, A. (1933): Grundbegriffe der Wahrscheinlichkeits-Rechnung. Berlin: Springer.
KRAUSE, W. (1970): Untersuchungen zur Komponentenanalyse in einfachen Problemlösungsprozessen. Zeitschr. f. Psychol. (177): 199–249.
KUHN, TH. (1967): Die Struktur wissenschaftlicher Revolutionen. Frankfurt/M.: Suhrkamp.
KÜHNELT, W. (1961): Soil biology; with special reference to the animal kingdom. London: Faber and Faber.
KUMMER, B. (1959): Bauprinzipien des Säugerskelettes. Stuttgart: Thieme.
KURTEN, B. (1974): Die Welt der Dinosaurier. Frankfurt/M.: Fischer.
KUTSCHERA, F. v. (1972): Wissenschafts-Theorie, I und II; Grundzüge einer allgemeinen Methodologie der empirischen Wissenschaften. München: Fink.
KUYTEN, P. (1962): Verhaltensbeobachtungen an der Raupe des Kaiseratlas. Entomol. Z. (72): 203–207.

LACK, D. (1943): The life of the robin. Cambridge: Cambridge University Press.
LAMARCK, J. (1809): Zoologische Philosophie. (Hrsg. von H. Schmidt). Übersetzung von »Philosophie zoologique«; Leipzig (1909): Kröner.
LAMETTRIE, J. DE (1747): L'homme machine. Deutsch: Der Mensch eine Maschine. Leipzig (1969): Dürr.
LAPLACE, P. DE (1796): Exposition du système du monde. Paris (1835): Bachelier.
LAPLACE, P. DE (1812): Théroe analytique des probalitités. Paris: Bachelier.
LAVICK-GOODALL, J. VAN (1971): Wilde Schimpansen. Reinbek: Rowohlt.
LEIBNIZ, G. v. (1704): Neue Abhandlungen über den menschlichen Verstand. Frankfurt/M. (1961): Insel.
LEIBNIZ, G. v. (1710): Essais de théodicée sur la bonté de dieu, la liberté de l'homme et l'origine du mal. Deutsch: Die Theodizee. Leipzig (1879): Deutsche Buchhandlung.

LENNEBERG, E. (1972): Die biologischen Grundlagen der Sprache. Frankfurt/M.: Suhrkamp.

LEVY-AGRESTI, J. und R. SPERRY (1968): Differencial percentual capacities in major and minor hemispheres. Proc. Nat. Acad. Sci. U. S. (**61**): 1151.

LOCKE, J. (1690): Versuch über den menschlichen Verstand. Hamburg (1976): Meiner.

LORENZ, K. (1941): Kants Lehre vom Apriorischen im Lichte gegenwärtiger Biologie. Blätter für Deutsche Philosophie (15): 94–125.

LORENZ, K. (1943): Die angeborenen Formen möglicher Erfahrung. Z. Tierpsychol. (5): 235–409.

LORENZ, K. (1954): Morphology and behavior patterns in allied species. New York: 1st Conf. on Group Proc. Jos. Macy Jr. Found: 168–220.

LORENZ, K. (1959): Gestaltwahrnehmung als Quelle wissenschaftlicher Erkenntnis. Zeitschr. f. exp. u. angewandte Psychol. (**4**): 118–165.

LORENZ, K. (1963): Das sogenannte Böse. Zur Naturgeschichte der Aggression. Wien: Borotha-Schöler.

LORENZ, K. (1965): Über tierisches und menschliches Verhalten. Aus dem Werdegang der Verhaltenslehre, (2 Bde.). München–Zürich: Piper.

LORENZ, K. (1965a): Darwin hat recht gesehen. Pfullingen: Neske.

LORENZ, K. (1971): Knowledge, beliefs and freedom. In: P. Weiss, (Ed.): Hierarchically organized systems in theory and practice. New York: Hafner.

LORENZ, K. (1973): Die Rückseite des Spiegels. Versuch einer Naturgeschichte menschlichen Erkennens. München–Zürich: Piper.

LORENZ, K. (1974a): Analogy as a source of knowledge. In: Les Prix Nobel en 1973. The Nobel Foundation 1974: 176–195.

LORENZ, K. (1974b): Das wirklich Böse. Involutionstendenzen der Kultur. In: O. Schatz: Was wird aus dem Menschen? Graz–Wien–Köln: Styria.

LORENZ, K. (1974c): Die acht Todsünden der zivilisierten Menschheit. München–Zürich: Piper.

LORENZ, K. (1978): Vergleichende Verhaltensforschung. Grundlagen der Ethologie. Wien–New York: Springer.

LOVINS, A. (1978): Sanfte Energie – Das Programm für die energie- und industriepolitische Umrüstung unserer Gesellschaft. Reinbek: Rowohlt.

LUKASIEWICZ, J. (1935): Zur Geschichte der Aussagenlogik. Erkenntnis (5): 112

LÜSCHER, E. (1978): Pipers Buch der modernen Physik. München–Zürich: Piper.

LYELL, CH. (1875): Principles of geology. London: Murray.

MACH, E. (1905): Erkenntnis und Irrtum. Leipzig: Barth.

MACH, E. (1910): Die Leitgedanken meiner naturwissenschaftlichen Erkenntnislehre und ihre Aufnahme durch die Zeitgenossen. Physik. Zeit. (**11**): 599–606.

MACH, E. (1921[8]): Die Mechanik in ihrer Entwicklung. Leipzig: Barth.

MARCH, A. (1948): Natur und Erkenntnis. Die Welt in der Konstruktion des heutigen Physikers. Wien: Springer.

MARFELD, A. (1973): Kybernetik des Gehirns. Ein Kompendium der Grundlagenforschung. Reinbek: Rowohlt.

MARX, K. und F. ENGELS (1846): Die deutsche Ideologie. Abgedruckt [Auszug] in: K. Marx, F. Engels, Ausgewählte Werke in 6 Bänden. Berlin/Ost (1977): Dietz.

MASON, S. (1974): Geschichte der Naturwissenschaft. Stuttgart: Kröner.

MAYR, E. (1967): Artbegriff und Evolution. Hamburg-Berlin: Parey.

MAYR, E. (1970): Population, species and evolution. Cambridge: Belknap, Harvard University Press.

METZGER, W. (1963[3]): Psychologie. Die Entwicklung ihrer Grundlagen seit der Einführung des Experiments. Darmstadt: Steinkopff.

MILL, J. (1872): System der deduktiven und induktiven Logik. Braunschweig: Vieweg.

MOHR, H. (1967): Wissenschaft und menschliche Erkenntnis. Freiburg: Rombach.

MONOD, J. (1959): Biosynthese eines Enzyms. Angewandte Chemie (71): 685–691.

MONOD, J. (1971): Zufall und Notwendigkeit. Philosophische Fragen der modernen Biologie. München–Zürich: Piper.

NARR, K. (1961): Urgeschichte der Kultur. Stuttgart: Kröner.

NEUMANN, E. (1974[2]): Geist und Psyche. Ursprungsgeschichte des Bewußtseins. München–Zürich: Kindler.

NORMAN, J. und F. FRASER (1963): Riesenfische, Wale und Delphine. Hamburg–Berlin: Parey.

OESER, E. (1971): Kepler. Die Entstehung der modernen Wissenschaft. Göttingen: Musterschmidt.

OESER, E. (1974): System, Klassifikation, Evolution. Wien–Stuttgart: Braumüller.

OESER, E. (1976): Wissenschaft und Information. Systematische Grundlagen einer Theorie der Wissenschaftsentwicklung (3 Bde.). Wien–München: Oldenbourg.

OESER, E. (1979): Wissenschaftstheorie als Rekonstruktion der Wissenschaftsgeschichte. Fallstudien zu einer Theorie der Wissenschaftsentwicklung. Band I. Metrisierung, Hypothesenbildung, Theoriendynamik. Wien–München: Oldenbourg.

ORWELL, G. (1945): Animal farm. A fairy story. Aylesbury: Hunt Barnard Printing.

ORWELL, G. (1949[20]): Neunzehnhundertvierundachtzig. Ein utopischer Roman. Zürich: Diana.

OSCHE, G. (1972): Evolution; Grundlagen–Erkenntnisse–Entwicklungen der Abstammungslehre. Freiburg–Basel–Wien: Herder.

OSTWALD, W. (1898): Das physikalisch-chemische Institut der Universität Leipzig und die Feier seiner Eröffnung. Leipzig.

PASCAL, B. (1645): De l'ésprit géometrique. Deutsch: Vom Geiste der Geometrie. Darmstadt (1948): Claassen und Würth.
PAWLOV, I. (1972): Die bedingten Reflexe. München–Zürich: Kindler. [Nachdruck]
PENFIELD, W. und L. ROBERTS (1959): Speech and brain mechanisms. Princeton N. J.: Princeton University Press.
PEPPER, S. (1958): The sources of value. Berkeley–Los Angeles: California University Press.
PETERSON, R., G. MONFORT und P. HOLLOM (1954): Die Vögel Europas. Hamburg–Berlin: Parey.
PIAGET, J. (1946): La formation du symbole chez l'enfant. Imitation, jeu et rève, image et représentation. Neuchâtel: Delachaux et Niestlé.
PIAGET, J. (1973): Einführung in die genetische Erkenntnistheorie. Frankfurt/M.: Suhrkamp.
PIAGET, J. (1974): Biologie und Erkenntnis. Über die Beziehungen zwischen organischen Regulationen und kognitiven Prozessen. Frankfurt/M.: Fischer.
PICKENHAIN, L. (1959): Grundriß der Physiologie der höheren Nerventätigkeit. Berlin: Volk und Gesundheit.
PITTENDRIGH, C. (1958): Adaption, natural selection and behavior. In: A. Roe and G. Simpson, (Eds.): Behavior and Evolution: 390–416. Yale: Yale University Press.
PLANCK, M. (1965): Determinismus oder Indeterminismus? Leipzig: Barth.
PLATON: Apologie. In: Platon. Sämtliche Werke, Bd. 1. Reinbek (1968): Rohwohlt.
PLATZECK, E. (1962–1964): Raimundus Lullus. Düsseldorf: Schwann.
POLYA, G. (1966): Vom Lösen mathematischer Aufgaben. Basel–Stuttgart: Schwabe.
PONNAMPERUMA, C. (1972): The origins of life. London: Thames and Hudson.
POPPER, K. (1957): The propensity interpretation of the calculus of probability and the quantum theory. In: S. Körner and M. Price (Eds.): Observation and Interpretation. Proceedings of the 9th Symposium of the Colston Research Society: 65–70. New York–London: Butterworths Scientific Publications.
POPPER, K. (1973[5]): Logik der Forschung. Tübingen: Mohr (Siebeck).
POPPER, K. (1974[2]): Objektive Erkenntnis. Ein evolutionärer Entwurf. Hamburg: Hoffmann und Campe.
POPPER, K. (1975): The rationality of scientific revolutions. In: R. Harré, (Ed.): Problems of scientific revolution: progress and obstacles to progress in the sciences. The Herbert Spencer lectures 1973. Oxford: Carlendon Press: 72–101.
PREMACK, D. (1971): Language in Chimpanzee? Science (172): 808–822.
PRIDEAUX, T. (1973): Der Cro-Magnon-Mensch (aus: Die Frühzeit des Menschen). Nederland, B. V.: Time-Life.

RAMSEY, F. (1931): The foundations of mathematics, and other logical essays. London–New York: MacMillan.
RAZRAN, G. (1930): Conditioned responses in animals other than dogs. Psychol. Bull. (30).
RECHENBERG, I. (1973): Evolutionsstrategie. Stuttgart–Bad-Cannstatt: Frommann.
REMANE, A. (1971[2]): Die Grundlagen des natürlichen Systems, der vergleichenden Anatomie und Phylogenetik. Königstein/Taunus: Koeltz.
RENSCH, B. (1954): Neuere Probleme der Abstammungslehre. Stuttgart: Enke.
RENSCH, B. (1965): Homo sapiens. Göttingen: Vandenhoeck und Ruprecht.
RENSCH, B. (1968): Biophilosophie. Stuttgart: G. Fischer.
RENSCH, B. (1973): Gedächtnis, Begriffsbildung und Planhandlungen bei Tieren. Hamburg–Berlin: Parey.
RIEDL, R. (1970[2]): Fauna und Flora der Adria. Hamburg–Berlin: Parey.
RIEDL, R. (1975): Die Ordnung des Lebendigen. Systembedingungen der Evolution. Hamburg–Berlin: Parey.
RIEDL, R. (1976): Die Strategie der Genesis. Naturgeschichte der realen Welt. München–Zürich: Piper.
RIEDL, R. (1977): A systems-analytical approach to macro-evolutionary phenomena. The Quarterly Review of Biology (52): 351–370.
RIEDL, R. (1978/79): Über die Biologie des Ursachen-Denkens. Ein evolutionistischer, systemtheoretischer Versuch. In: H. v. Ditfurth, (Ed.): Mannheimer Forum 78/79: 9–70.
RIEDL, R. (1979): Die kopernikanischen Wenden. Auseinandersetzungen im abendländischen Weltbild. In: H. Huber und O. Schatz (Eds.): Glaube und Wissen; Bericht über das Münchner Symposium 1978. Wien–Freiburg: Herder.
RIOPELLE, A. (1972): Learning how animals learn. In: The marvels of animal behavior. Washington: Nat. Geographic. Soc.
ROHRACHER, HARALD (1948): Die Einstellung zum Abstammungsproblem und zur psychophysiologischen Abhängigkeit. Wien: Dissertation.
ROHRACHER, HUBERT (1965): Steuerung des Verhaltens durch Einstellung. In: H. Hekhausen (Ed.): Bericht über den 24. Kongreß der Deutschen Gesellschaft für Psychologie. 1–9.
ROHRACHER, HUBERT (1971[10]): Einführung in die Psychologie. Wien–München–Berlin: Urban und Schwarzenberg.
ROMER, A. (1966): Vergleichende Anatomie der Wirbeltiere. Hamburg–Berlin: Parey.
ROTHACKER, E. (1930[2]): Einleitung in die Geisteswissenschaften. Tübingen: Mohr (Siebeck).
ROUSSEAU, J. (1762): Du contrat social, ou principes du droit politique. Deutsch: Der Gesellschaftsvertrag. Zürich (1946): Pegasus.
RUSSELL, B. (1961): History of Western philosophy. London: Allen and Unwin.
RUSSELL, B. (1963): Hat der Mensch noch eine Zukunft? München–Zürich: Kindler.
RUSSELL, B. (1967): Probleme der Philosophie. Frankfurt/M.: Suhrkamp.
RUSSELL, B. und A. WHITEHEAD (1910–1913): Principia Mathematica I/III. Cambridge: Cambridge University Press.

SACHSSE, H. (1967): Naturerkenntnis und Wirklichkeit. Braunschweig: Vieweg.
SACHSSE, H. (1968): Die Erkenntnis des Lebendigen. Braunschweig: Vieweg.
SACHSSE, H. (1971): Einführung in die Kybernetik; unter besonderer Berücksichtigung von technischen und biologischen Wirkungsgefügen. Braunschweig: Vieweg.
SAVAGE, L. (1954): The Foundations of Statistics. New York.
SAVAGE, L. (1967): Implications of personal probalitity for induction. Journal of Phil. (**64**): 593–607.
SCHELLING, F. (1797): Ideen zur Philosophie der Natur. In: F. Schelling, Werke; 1. Erg. Bd. München (1959): Beck.
SCHILPP, P. (1963): The philosophy of Rudolf Carnap. Lasalle (Illionois): Open Court.
SCHLEIDT, W. (1962): Die historische Entwicklung der Begriffe »Angeborenes auslösendes Schema« und »Angeborener Auslösemechanismus«. Z. Tierpsychol. (**19**): 697–722.
SCHMÖKEL, H. (1966): Das Gilgamesch-Epos. Stuttgart: Kohlhammer.
SCHRÖDINGER, E. (1951): Was ist Leben? München: Leo Lehnen.
SCHUMACHER, E. (1973): Small is beautiful. A study of economics as if people mattered. London: Blond and Briggs.
SCHUSTER, P. (1972): Vom Makromelekül zur primitiven Zelle. Die Entstehung biologischer Funktion. Chemie in unserer Zeit (**6**): 1–16.
SCHWABL, H. (1958): Weltschöpfung. In: Paulys Realencyklopädie der klassischen Altertumswissenschaften. Suppl. Bd. **9**: 1–142. Stuttgart: Druckenmüller.
SEITELBERGER, F. (1973): Das Bild des Menschen in der Sicht der Hirnforschung. Österr. Akademie d. Wiss.; math.-naturwiss. Kl., Sb. Abt. I, Bd. **181**: 38–50.
SEITELBERGER, F. (1975): Gehirn und Umwelt. Österr. Ärztezeitung 30, (**19**): 1–10.
SELYE, H. (1957): Streß beherrscht unser Leben. Düsseldorf: Econ.
SEXL, R. (1979): Irreversible Prozesse. In: Physik und Didaktik. Bamberg: Bayrischer Schulbuch-Verlag.
SHIMONY, A. (1971): Perception from an evolutionary point of view. J. Philosophy (**68**): 571–583.
SIMON, H. and K. KOTOVSKY (1963): Human acquisition of concepts for sequential patterns. Psychol. Review 70 (7): 534–546.
SIMPSON, G. (1963): Biology and the nature of science. Science (**139**): 81–88.
SIMPSON, G. (1964): Organisms and molecules in evolution. Science (**146**): 1535–1538.
SKINNER, B. (1973): Jenseits von Freiheit und Würde. Reinbek: Rowohlt.
SNEATH, P. und R. SOKAL (1973): Numerical taxonomy. The principle and practice of numerical classifikation. San Francisco: Freeman.
SOKAL, R. und P. SNEATH (1963): Principles of numerical taxonomy. San Francisco: Freeman.
SOLECKI, R. (1971): Shanidar; the first flower people. New York: Knopf.
SPERRY, R. (1970a): Perception in the absence of the neocortical commissures. In: Perception and its disorders. Res. Publ. A. R. N. M. D. (The Association for Research in Nervous and Mental Disease) Bd. **48**.
SPERRY, R. (1970b): Cerebral dominance in perception. In: F. Young and D. Lindsley (Ed.): Early experience in visual information processing in perceptual and reading disorders. Washington: Nat. Acad. Sci.
STAUDACHER, W. (1942): Die Trennung vom Himmel und Erde. Tübingen: Bölzle.
STEGMÜLLER, W. (1954): Der Begriff des synthetischen Urteils a priori und die moderne Logik. Z. philosoph. Forschung (**8**): 535–563.
STEGMÜLLER, W. (1969): Probleme und Resultate der Wissenschaftstheorie und analytischen Philosophie. Berlin–Heidelberg–New York: Springer.
STEGMÜLLER, W. (1971): Das Problem der Induktion: Humes Herausforderung und moderne Antworten. In: H. Lenk, (Ed.): Neue Aspekte der Wissenschaftstheorie: 13–74. Braunschweig: Vieweg.
STEGMÜLLER, W. (1973): Personelle und statistische Wahrscheinlichkeit. Heidelberg–New York: Springer.
STEGMÜLLER, W. (1974): Das ABC der modernen Logik und Semantik. Der Begriff der Erklärung und seine Spielarten. Berlin–Heidelberg–New York: Springer.
STEGMÜLLER, W. (1975): Hauptströmungen der Gegenwartsphilosophie (2 Bde.). Stuttgart: Kröner.
STIRNER, M. (1866): Der Einzige und sein Eigentum. Stuttgart: Reclam.
STOPPARD, T. (1967): Rosenkranz und Güldenstern. Schauspiel. Reinbek: Rowohlt.
STÖRIG, H. (1972): Knaurs moderne Astronomie. München–Zürich: Droemer-Knaur.
STROMBACH, W. (1970): Die Gesetze unseres Denkens. Eine Einführung in die Logik. München: Beck.

TEILHARD DE CHARDIN, P. (1959): Der Mensch im Kosmos. München: Beck.
TEMBROCK, G. (1963): Grundlagen der Tierpsychologie. Berlin: Akademie-Verlag.
THENIUS, E. und H. HOFER (1960): Stammesgeschichte der Säugetiere. Eine Übersicht über Tatsachen und Probleme der Evolution der Säugetiere. Berlin–Göttingen–Heidelberg: Springer.
THORPE, W. (1963): Learning and instinct in animals. London: Methuen.
TINBERGEN, N. (1951): The study of instinct. London: Oxford University Press.
TINBERGEN, N. (1963): The Herring Gull's world. London: Collins.
TINBERGEN, N. und D. KUENEN (1939): Über die auslösenden Reizsituationen der Sperrbewegung von jungen Drosseln (*Turdus m. merula* L. und *T. e. ericetorum* Turton). Z. Tierpsychol. (3): 37–60.

UREY, H. (1952): The planets. Chicago: University of Chicago Press.

VOGEL, S. (1975): Mutualismus und Parasitismus in der Nützung von Pollenträgern. Verh. Dtsch. Zool. Ges.; 102–110.

VOGEL, S. (1978): Evolutionary shifts from reward to deception in pollen flowers. In: A. J. Richards (Ed.); The pollination of flowers by insects. Linn. Soc. Symp. Ser. (6); 89–96.
VOLKMANN, P. (1913^2): Einführung in das Studium der theoretischen Physik. Leipzig–Berlin: Teubner.
VOLLMER, G. (1975): Evolutionäre Erkenntnistheorie. Stuttgart: Hirzel.
VOLTAIRE, J. (1759): Candide ou l'optimism. Paris: Miret.

WADDINGTON, C. (1954): Evolution and epistemology. Nature (173): 880–881.
WALSH, K. (1978): Neuropsychology. Edinburgh-New York: Livingstone.
WALTER, W. (1951): A machine that learns. Scientific American 185 (2): 60–63.
WATSON, J. B. (1930): Der Behaviorismus. Stuttgart: Deutsche Verlags Anstalt.
WATSON, J. D. (1977^3): Molecular Biology of the Gene. London–Amsterdam–Ontario–Sidney: Benjamin.
WATZLAWICK, P. (1976): Wie wirklich ist die Wirklichkeit? Wahn, Täuschung, Verstehen. München–Zürich: Piper.
WEINBERG, S. (1977): Die ersten drei Minuten. Die Entstehung des Universums. München–Zürich: Piper.
WEISS, P. (Ed.), (1971): Hierarchically organized systems in theory and practice, New York: Hafner.
WEIZSÄCKER, C. v. (1971): Die Einheit der Natur. München: Hanser.
WEIZSÄCKER, C. v. (1977): Der Garten des Menschlichen. Beiträge zur geschichtlichen Anthropologie. München–Wien: Hanser.
WELLEK, A. (1955): Ganzheitspsychologie und Strukturtheorie. Bern: Francke.
WENTSCHER, E. (1921): Geschichte des Kausalproblems in der neuen Philosophie. Leipzig: Meiner.
WERTHEIMER, M. (1925): Drei Abhandlungen zur Gestalttheorie. Erlangen.
WESSELSKI, A. (1947): Deutsche Märchen vor Grimm. Wien: Rohrer.
WHEWELL, W. (1840): Geschichte der inductiven Wissenschaften. Stuttgart: Hoffmann'sche Verlagsbuchhandlung.
WHEWELL, W. (1858): Novum Organon Renovatum. London: Parker and Son.
WHEWELL, W. (1860): On the philosophy of discovery. London: Parker and Son.
WHITEHEAD, A. (1929): The function of reason. Deutsch: Die Funktion der Vernunft. Stuttgart (1974): Reclam.
WICKERT, J. (1972): Albert Einstein. Reinbek: Rowohlt.
WICKLER, W. (1968): Mimikry; Nachahmung und Täuschung in der Natur. München–Zürich: Kindler.
WICKLER, W. und U. SEIBT (1977): Vergleichende Verhaltensforschung. Hamburg: Hoffmann und Campe.
WINDELBAND, W. (1894): Geschichte und Naturwissenschaft. Rektoratsrede an der Universität Straßburg.
WUKETITS, F. (1978): Wissenschaftstheoretische Probleme der modernen Biologie. Berlin: Duncker und Humblot.

ZEMANEK, H. (1964): Lernende Automaten. In: K. Steinbuch (Ed.): Taschenbuch der Nachrichtenverarbeitung: 1418–1480. Berlin–Göttingen–Heidelberg: Springer.
ZEMANEK, H. (1968): Die künstliche Schildkröte von Wien. Radio-Magazin mit Fernseh-Magazin (9): 275–278.
ZIMMERMANN, W. (1953): Evolution: Die Geschichte ihrer Probleme und Erkenntnisse. Freiburg: Alber.
ZORN, R. (1952): Das Problem der Freiheit. München: Isar.

Autorenregister

Abderhalden, E. 116
Albert, H. 22, 177, 195, 207, 209
Alembert, J.-B. le Rond 213
Allen, T. 47
Amthauer, R. 61
Anaxagoras 183, 208
Anaximander 118, 205
Anaximenes 205
Aristoteles 18, 20, 42, 67, 70, 76, 110, 120f., 171, 181, 183, 194, 203–208, 212, 215
Augustinus, A. 18, 194, 214

Bacon, F. 20
Baerends, G. 92, 201
Baltzer, F. 204
Bavelas, A. 198, 201
Bavink, B. 75, 199
Bayes, Th. 56, 197
Berger, P. 71, 195, 199, 207, 209
Bergson, H. 150, 206
Bernoulli, J. 62
Bertalanffy, L. v. 151, 184, 193, 206, 208
Black, M. 67, 199
Boethius 194
Bogen, J. 189
Boltzmann, L. 182, 213
Bolzano, B. 70
Bono, E. de 199
Born, M. 196, 205
Bosch, H. 69, 199
Bourne, P. 201
Bresch, C. 44, 196
Brickenkamp, R. 198
Brill, K. 201
Broad, C. D. 65
Brun, E. 196
Bruno, G. 15
Brunswik, E. 13, 35, 50, 60, 102, 193, 196ff., 204
Bühler, K. 102
Bult, P. 201

Calvin, M. 206
Campbell, D. 13f., 31, 52, 54, 76, 151, 180ff., 184, 193, 195, 197, 200ff., 206, 208
Carnap, R. 21, 59, 62, 66, 75, 104, 195, 198f., 202, 212
Cellarius, A. 35
Ceram, C. 196
Cervantes, M. 171
Chomsky, N. 13, 36, 80, 102, 182, 184f., 193, 196, 200, 202, 208f.
Cicero, M. T. 70
Clausius, R. 211
Constable, G. 159, 200
Corti, W. 196
Craig, W. 49, 197
Crosby, E. 45

Däniken, E. v. 203

Darwin, Ch. 12, 25, 68, 191, 199, 214
Deglin, W. 189, 209
Descartes, R. 17f., 177, 194, 207, 212, 214
Dessauer, F. 30, 195
Diemer, A. 17, 194f., 198f., 203
Dilthey, W. 204
Ditfurth, H. v. 47, 85, 196, 200, 205
Dobzhansky, Th. 203
Döhl, J. 154
Dörner, D. 102f., 145f., 189, 202, 205, 209
Driesch, H. 150, 204, 215
Duncker, H.-R. 102, 209
Durant, A. 207
Durant, W. 15, 194f., 207
Duns Scotus, J. 149, 205, 214

Eccles, J. 182, 187f., 202, 208
Edey, M. 197
Ehrenfels, Chr. v. 103, 202
Eibl-Eibesfeldt, I. 13, 68, 86, 193, 195, 197, 199ff., 204
Eigen, M. 13, 24, 33, 72, 141, 151, 167, 177, 193, 195f., 199, 205ff., 211
Einstein, A. 40, 118, 141, 167, 177, 180f., 196, 205, 207f., 210
Eisler, R. 162, 206f.
Engels, F. 39, 207
Epikur 20, 170f.
Escher, M. 34

Fechner, T. 56
Fetscher, I. 195
Feuerbach, A. 39
Feyerabend, P. 29, 195
Finetti, B. de 26, 53, 73, 197f.
Foppa, K. 49, 60, 193, 197f., 200f.
Forrester, J. 146, 190, 205, 209
Fournier, J. 196
France, A. 38
Fraser, F. 134
Frege, G. 42, 59, 65, 70, 105, 181, 196, 198, 202
Frenzel, I. 17, 194f., 198f., 203
Freud, S. 13, 51, 184, 193, 197, 204f., 208
Friedrich, H. 204
Frisch, K. v. 50
Furth, H. 184, 201f.

Galbraith, J. 146, 190, 205, 209
Galilei, G. 19f., 101, 121, 165, 183, 191, 209
Gauss, F. 209
Gazzaniga, M. 186, 208
Gödel, K. 213
Goede, K. 103, 202
Goethe, J. W. v. 19, 25, 80, 107, 114, 137, 182f., 194, 195f., 200ff., 204, 208
Goldscheider, P. 90
Grant, D. 49, 60, 197f.
Gregory, R. 196
Gregory, W. 97, 138
Grzimek, B. 198, 204

Hacking, I. 62, 198
Haeckel, E. 191, 209, 212
Hake, H. 60, 198
Hartlieb, J. 200
Hartmann, N. 171, 183, 197, 204, 206ff.
Hartshorne, C. 198
Hassenstein, B. 50, 68, 81f., 89, 91, 194, 196f., 199–202, 205, 208
Hausmann, R. 44, 196
Hayek, F. v. 146
Hegel, G. 18, 147, 150, 160, 194, 206
Heinroth, K. 47
Heisenberg, W. 40, 121, 151, 194, 206
Hemleben, J. 202, 209
Hempel, C. 68, 199
Heraklit 200, 205
Hermes, H. 195, 197
Herrmann, T. 199, 202
Hess, E. 47, 197
Hochstetter, F. 26, 116
Hofer, H. 138
Hofstätter, P. 102, 199, 201f.
Hollom, P. 66
Holst, E. v. 68, 111f., 199, 201
Hornseth, I. 60, 198
Hörz, H. 206
Hovland, C. 102f., 202
Hume, D. 20, 65ff., 105, 118, 120, 130, 180f., 185, 193, 195, 198, 202f., 208, 213
Humphrey, T. 45
Humphreys, L. 60, 198
Hunt, E. 103, 202
Huxley, A. 205
Huxley, J. 102, 191, 202f., 209, 215

Innozenz III., Papst 194

James, W. 40, 196
Joerger, K. 198
Jeffreys, H. 62
Jouvenel, B. de 190, 205, 209
Jung, C. 13, 51, 184, 193, 197, 208

Kant, I. 19, 21, 23, 26, 30, 36f., 40, 54, 65, 68, 76, 101, 103, 109, 114, 120, 130, 141, 149f., 160–164, 170–173, 180, 182, 185, 193, 195ff., 199f., 203, 205–208, 211f.
Kaspar, R. 14, 193ff., 197, 201f., 204, 207f.
Kepler, J. 118, 121, 200
Kernig, C. 206
Keynes, J. 62
Klement, H.-W. 204, 206
Klix, F. 102f., 193, 198, 200ff., 206
Klös, H. 66
Klös, U. 66
Kluge, F. 195
Koch, H. 203
Koehler, O. 102, 202
Koenig, O. 13, 193, 199, 204
Koestler, A. 51, 197
Koffka, K. 202
Köhler, W. 124, 201
Kolmogorow, A. 197
Kopernikus, N. 191
Kotovsky, K. 61f., 198
Krall, K. 204
Krause, W. 61f., 198
Kuenen, D. 86
Kühn, A. 204
Kuhn, Th. 29, 71, 193, 195, 199
Kühnelt, W. 78
Külpe, O. 102
Kummer, B. 26
Kurten, B. 134
Kutschera, F. v. 53f., 73, 197ff.
Kuyten, P. 48, 197

Lack, D. 200
Laplace, P. de 68, 199
Lamarck, J. de 12, 15, 68, 193, 199, 212
Lamettrie, J. de 194, 212
Lauer, E. 45
Lavick-Goodall, J. v. 155, 206
Lederberg, J. 194
Leibniz, G. 30, 38, 195f., 200, 213
Lenin, V. I. 150
Lenneberg, E. 13, 36, 108, 184, 193, 196, 202f., 208
Leonardo da Vinci 206
Leroi-Gourhan, A. 159
Levi-Agresti, J. 188
Lévi-Strauss, C. 182
Linné, C. v. 196, 213
Linné, C. v. 196, 213
Locke, J. 16, 185, 196, 208
Lorenz, K. 11ff., 17, 21, 25ff., 29, 31, 33, 36, 41, 46, 51, 54, 68, 76, 83, 88, 92, 95, 102, 125f., 128, 132, 134, 147f., 151, 153, 172, 181–184, 188f., 193–197, 199–208f., 211
Luckmann, Th. 71, 195, 199, 207, 209
Lüer, G. 102
Lukrez 158
Lüscher, E. 204
Lyell, Ch. 12, 68, 193, 199

Mach, E. 75, 109, 127, 179, 182, 200, 204f., 207
Mao Tse-Tung 192
Marfeld, A. 199
Marx, K. 19, 39, 150, 153, 174, 191, 207, 212
Mason, St. 194

Mayr, E. 195, 201, 203, 207
Meili, R. 61
Meister Eckart 23
Melissos 194
Menzel, E. 124
Michelangelo Buonarroti 81
Michotte, A. 204
Mill, J. 182
Mittelstaedt, H. 201
Mohr, H. 180, 184, 208
Monod, J. 20, 166, 184, 194, 196, 206, 208
Montfort, G. 66
Morgenstern, Ch. 69, 199

Narr, K. 206
Neumann, E. 184, 208
Newton, I. 19, 121, 165, 183
Norman, J. 134
Nowiński, Č. 206

Oeser, E. 13, 21, 29, 54f., 62, 66ff., 70, 75f., 104f., 109, 144, 175, 179, 184, 188, 193, 195, 197–199f., 202–205, 207f.
Oken, L. 205
Orwell, G. 205, 207
Osche, G. 134
Osten, W. v. 204
Ostwald, W. 179, 207

Parmenides 17, 20, 38, 194, 205
Pascal, B. 177, 207, 214
Paul VI., Papst 191
Pawlov, I. 46, 49, 89, 124, 188, 193, 196, 209
Peirce, C. 62, 198
Pepper, S. 180, 182, 208
Perrin, J. 199
Peterson, R. 66
Piaget, J. 13, 102, 182, 184, 193, 201f., 208
Pickenhain, L. 49, 198, 201
Planck, M. 151, 201, 205f.
Platon 18, 20, 196, 202, 206
Plotin 195, 207
Polya, G. 70
Ponnamperuma, C. 206
Popper, K. 13, 15, 19, 21, 23, 29, 36, 38, 59, 62, 64ff., 75, 115, 125, 180, 184, 193–198, 200, 203f., 207ff.
Porphyrus 109
Premack, D. 125
Prideaux, T. 206
Protagoras 214
Pyrrhon 20

Raimundus Lullus 70
Ramsey, F. 53, 62, 73, 197f.
Razran, G. 201
Rechenberg, I. 193, 209
Reither, F. 145, 205, 209
Remane, A. 59, 107f., 182, 194, 198, 201f., 208
Rensch, B. 102, 154, 180, 184, 193, 202ff., 206, 208, 210
Riedl, R. 144, 161, 163, 166, 193–209
Riopelle, A. 124f.
Rohracher, C. 198
Rohracher, Harald 209
Rohracher, Hubert 71, 78, 111, 116, 185, 197ff., 202, 208
Romer, A. 116, 136, 138
Rousseau, J. 26, 30, 36
Runge, A. 209
Russell, B. 21, 31, 39, 59, 148, 186, 195, 198, 205, 208

Sachsse, H. 91, 180, 204, 208
Sartre, P. 191
Savage, L. 62, 198
Schelling, F. 18, 194
Schilpp, P. 195
Schipper, L. 49, 197
Schleidt, W. 200
Schlick, M. 213
Schmökel, H. 196
Schopenhauer, A. 196
Schrödinger, E. 13, 24, 26, 32, 193, 195, 211
Schuhmacher, E. 190, 205, 209
Schuster, P. 195f., 206
Schwabl, H. 205
Schweitzer, A. 191, 209
Seibt, U. 123
Seitelberger, F. 190, 209
Selye, H. 201
Sexl, R. 75, 184, 199
Shimony, A. 184, 208
Simon, H. 61f., 198
Simpson, G. 180, 182, 203, 208
Skinner, B. 196
Sneath, P. 201f.
Sokal, R. 201f.
Sokrates 15, 39, 196
Solecki, R. 159
Spemann, H. 212
Spencer, H. 182
Sperry, R. 182, 186, 187f., 208
Spinoza, B. de 214
Staudacher, W. 203
Stegmüller, W. 15, 21, 65, 67f., 73, 76, 167, 180f., 194f., 198f., 206f.

Steiner, R. 207
Stirner, M. 194
Stoppard, T. 56, 197
Störig, H. 35, 199, 205
Strombach, W. 202

Teilhard de Chardin, P. 20, 150, 166, 206
Thales 205
Thenius, E. 138
Theophrastos 204
Thomas von Aquin 194
Thorpe, W. 201
Tinbergen, N. 68, 86, 123, 199, 200, 204

Uexküll, J. v. 55
Urey, H. 206

Vogel, S. 48, 197
Volkmann, P. 179, 207
Vollmer, G. 14, 31, 76, 102, 175, 177, 182ff., 191, 193, 195ff., 200, 202, 207f.
Voltaire, J. 30, 195

Waddington, C. 182
Wagner, G. 198
Wallenstein, A. 118, 200
Walsh, K. 186, 208
Walter, W. 90
Watson, J. D. 44, 196
Watzlawick, P. 50, 125, 195, 197, 204, 207, 209
Weber, G. 56
Weinberg, S. 205
Weiss, P. 151, 193, 195, 198, 204ff.
Weiss, W. 202f.
Weizsäcker, C. F. v. 36, 99, 109, 151, 201, 206
Wellek, A. 113, 202
Wertheimer, M. 202
Wesselski, A. 196
Whewell, W. 67, 75, 179, 200, 207
Whitehead, A. 59, 198
Wickert, J. 203
Wickler, W. 48, 123, 135, 197, 204
Windelband, W. 204
Winkler, R. 72, 193, 195f., 199, 205ff.
Wittgenstein, L. 212
Wuketits, F. 207

Zemanek, H. 90, 205
Zenon 194
Zorn, R. 194

Sachregister

Abbau des Selektionsbereichs 79, 116
abbildende Begriffe 82
Abbruch des Verfahrens 177
Abendsegler 134
Aberglauben 29
Abstraktion 69
Abstraktion der Gestalt 92f.
Abstraktion des Wesentlichen 84
Abstraktion, hierarchische 112
Abstraktion im individuellen Lernen 102
Abstraktion von Folgezuständen 129
Abstraktion von Koinzidenzen 84, 129
Abwehrreflex 123
adaequatio mentis et rei 40
Adaptierung 162
adaptive Radiation 168
Aha-Erlebnis 36, 102
Ähnlichkeit 84, 102, 132f., 135
Ähnlichkeit, divergente 138
Ähnlichkeit, konvergente 136
Ähnlichkeitsfeld 94, 97, 99, 106, 136f., 209
Ähnlichkeitsfelder, Hierarchie der 100
Aktualitätsprinzip 68, 199
Algorithmus 12f., 31, 35, 48, 50, 52, 55, 59, 62, 84, 93, 101, 103f., 105, 107, 113, 140, 158, 177ff., 179, 207, 209
Algorithmus der Wahrscheinlichkeit 60
Algorithmus, Lern- 178
Allgemeine, das 82, 106
allgemeines Vergleichstheorem 108
Alpenstrandläufer 134
Amnioten 100
Amsel 86, 131
Analogie 72, 119, 160, 165, 209
Analogie als Wissensquelle 132
Analogie, bloße 132
Analogie, Funktions- 72, 134f., 137ff., 142, 209
Analogieschluß 94, 132, 164f., 210
Analogie, Zufalls- 133f., 209
analytischer Intelligenztest 61
ancilla theologiae 214
angeborener Auslösemechanismus 27, 32f., 85, 123, 179, 210
angeborene Lehrmeister 33f., 126f.
Angewöhnung 46
Animismus 203
Anpassungsbedingung 139
Anschauungsformen 21, 214
Anthropologie der Metaphysik 158
Anthroposophie 207
Antikoinzidenz 101
Antikoinzidenzkriterien der Homologie 202
Antriebsursache 139
Aposteriori 55, 66, 76, 131, 142, 172, 182, 210
a posteriori-Erfahrung 164
a posteriori-Wahrscheinlichkeit 53
Appetenz 68
Appetenz, bedingte 49, 89, 197
Appetenz, unbedingte 124
Appetenzverhalten 49f., 212
Apriori 14, 21, 54, 63, 66, 68, 76, 103, 109, 114, 120, 130, 131, 141f., 150, 160, 172, 181–184, 193, 208, 210
a-priori-Wahrscheinlichkeit 21, 53, 164
Arbor Porphyriana 109
Archaeopteryx 207
Archosaurier 136
ars iudicandi 70
ars inveniendi 70
Assoziation 69, 153, 210
Astrologie 79
Atavismus der Vernunft 185
Attrappen 85
Attrappenversuche 85
Aufklärung 174, 191
Auge 25
Aussagenlogik, deduktive 59
Außen-Ursache 139, 165
Auslöser, optische 85, 86
Axiom 109, 210

Bärenkult 15f.
Bartenwale 136
bedingte Appetenz 49, 89
bedingte Reaktion 46, 89, 124, 153, 197
bedingter Reflex 28, 33, 197, 201, 210
Befolgungslernen 60
Begriff 125, 130, 202f.
Begriffe, abbildende 82, 200
Begriffe, Grenzen der 81
Begriffe, Klassen- 104, 108, 129
Begriff, klassifikatorischer 202
Begriff, komparativer 202
Begriff, theoretischer 202
Begriffsbildung 36, 59, 69f., 93, 100, 109, 183, 206
Begriffsbildung, unbenannte 102
Begriffslogik, induktive 59
Begriffsserie 203
Begriffssystem, hierarchisches 83
Begründungspostulat 176
Begründungs-Theorie 104
Behaviourismus 115, 190, 196, 203, 209f.
Behaviouristen 37
Bekräftigung 60
Berlesetrichter 78, 200
Beschreibung 129f., 140
Bestätigung 140
Bestätigungs-Theorie 104, 186
Beweis-Theorie 62, 66, 69, 104, 186, 202
Bewußtsein 16, 28f., 33, 51, 80, 147, 153, 156, 177, 184, 186, 196, 205f.
Bienenragwurz 135
Bilateria 207
Bilateralsymmetrie 203
Billard, ideales 75
Binnenbedingung 139
Binnen-Ursache 139, 165
Biologie 15
biologische Strukturforschung 14, 59
Bleigießen 79
bloße Analogie 132
Bodenorganismen 172
Bodentiere 77
Bogengänge 116, 203
Boten-RNS 44

Canis familiaris 110
causa efficiens 19, 120f., 147, 151, 165f., 204, 206
causae exemplares 19, 121
causa finalis 18, 120f., 147, 151, 165f., 171, 183
causa formalis 120, 165f., 171
causa materialis 120, 166
causa prima 205
Cetaceen 136
Cheops-Pyramide 203
Chirologie 200
Chiromantie 200
Chiropteren 136
Coelom 207
Coli-Bakterium 43

Deduktion 54, 62, 66, 181, 186, 210
deduktive Aussagenlogik 59
Definition 202
Delphin 134
Demagogie 63
Denken 17, 80
Denken, magisches 71f., 160, 206
Denken, unbenanntes 102
Denkmuster 13, 175, 193
Denkpsychologie 63, 102
Dentin 98
Dependenz 142
Determinismus 19, 22, 165, 181, 210
deutscher Idealismus 182
Diagnose-Merkmale 84
dialektisch 184, 208
dialektischer Materialismus 147, 150, 171, 184, 208, 212
differentialdiagnostisches Merkmal 104

Differenzierung der Abhängigkeiten 170
Dilemma der Vernunft 16, 21, 36, 64
dissipative Vorgänge 122
Disymmetrie 203
divergente Ähnlichkeiten 138
dogmatische Genetik 190, 209
Drahtkantenwürfel 34
Dressur 28, 89
Drudl 113
Dualismus 180, 208

Eingeweideschau 79
Einsicht 206
Einstellungen 71, 78
élan vital 150, 215
elektronische Automaten 90
Empirismus 20, 22, 115, 182, 200, 203, 210
Endursache 167
Entelechie 150, 205
Entropie 211
entropiemindernde Prozesse 24
Entropiesatz 24, 122
Entwicklungsphysiologie 204
epigenetisches System 206, 211
Erbkoordination 45
Erbprogramme 88
Erfahrung 14, 20, 22, 66, 80, 105, 113, 181
Erhaltungssatz 141
Erkenntnis 15f., 25, 174f., 177
Erkenntnis der Gestalt 183
Erkenntnis-Gewinn 12
Erkenntnislehre 16
Erkenntnis-Mechanismus 12
Erkenntnis, objektive 192
Erkenntnistheorie 194
Erkenntnistheorie, evolutionäre 14, 23, 76, 176, 181f., 184, 191, 207, 211
Erkenntnistheorie, genetische 201
Erkenntnis, Trilemma der 22
Erkenntnisweg 140
Erklärung 129f., 139
Erklärung, logische 129, 140, 142
Erklärungsweg 140
Erklärung, ursächliche 129, 142
erste Evolution 28, 186
Erwartung 66, 68, 105, 113, 181
Erwartungsgrad 95
Erwartungs-Theorie 104
esoterisch 107, 137, 183, 202
Ethologie 92
euklidische Geometrie 115, 156, 210
Evolution, fulgurierende 72
Evolution, intraspezifische 12
Evolution, Kontinuum der 13
Evolution, transspezifische 12, 215
evolutionäre Erkenntnistheorie 14, 23, 76, 176, 181f., 184, 191, 207, 211
evolutionärer Humanismus 191
Evolutions-Theorem 12
exekutive Kausalität 127f., 151, 190
exekutives Handeln 127
exoterisch 202
exploratives Verhalten 68
Extrapolation 77
extremer Idealismus 39

Falsifikation 179
Falter 48, 85
faule Vernunft 37, 173
Feld von Ähnlichkeiten 94, 97, 99, 106, 136f., 209
Finalität 19, 121f., 149f., 183, 204
Finalnexus 171, 183
Finalursache 151, 160, 162, 204
Fitness 195
Folge-Schaltung 123
Form 99
formale Logik 36
Formbedingung 161
Formursache 139, 162f., 169, 204
freier Wille 156, 166, 210
Freiheit 19, 150, 167, 172, 190, 194, 206
Friedens-Humanismus 191
Frustration 47, 89
Fulguration 72, 177, 211
Funktions-Analogie 72, 134f., 137ff., 142, 209
Funktionsbedingung 161

Gallus domesticus 152
Gehirnwäsche 190
Geist 14, 17, 22, 80
Geisteswissenschaft 121, 204
Generalisation 69
Gesetz 202
Gesetzlichkeit 186
Gestalt 34f., 98, 182, 186
Gestalt, Abstraktion der 92, 93
Gestalterkenntnis 183
Gestalterleben 51, 103
Gestalt-Gesetz 59
Gestalt, Hierarchie der 98
Gestalt, Interpretation von 113
Gestaltsqualität 103
Gestaltspsychologie 92, 103, 201
Gestaltwahrnehmung 86, 92, 103, 109, 111, 183, 197
Gestreifter Marlin 134
Gewißheit 17f., 39, 41, 56, 65, 80, 105, 184f., 191, 198
Gewißheitsgrad 57f., 63, 74, 185
Gewöhnung 46
Gilgamesch-Epos 38, 196
Gleichheit 81, 109
Glücksspiel 56
Goulds-Amadine 86
Gravitation 143
Gravitonen 119
Grenze des Selektionsbereiches 77, 115, 143
Grenzen der Begriffe 81
Grenzen der Vernunft 24
Grenzen der Zwecke 24, 164

Handlesekunst 79
Harmonie 164, 172
Harmonie, poststabilisierte 172
Harmonie, prästabilisierte 19, 172, 214
Häufigkeitsinterpretation 53, 62
Hausverstand 23, 36, 40, 64, 174, 183, 188
Hegel'sche Linke 39
Hemisphären 116, 182, 186f., 189
Hemisphärenfunktionen 188
Hemmungs-Mechanismen 29
Heringshai 134
Herkunft der Zwecke 149
Heuristik 48, 54, 59, 61ff., 66f., 70, 73, 75, 103ff., 181, 187, 197, 211
Heuristik, negative 75
Heuristik, positive 75
heuristische Wahrscheinlichkeit 54, 73
Hierarchie 110f., 114
Hierarchie der Ähnlichkeitsfelder 100
Hierarchie der Gestalt 98
Hierarchie der Instinkte 33, 123, 179
Hierarchie der Sprache 108
Hierarchie der Zwecke 152, 169
hierarchische Abstraktion 112
hierarchisches Begriffssystem 83
Himmelsmechanik 12
Hintergrundwissen 36, 69, 92
Hirnhemisphären 202
historische Methode 204
Höhlenkultur 158
Höhlenmalerei 159
Holismus 187
Homoiologie 72f., 199
Homologie 72, 97f., 108, 114, 137ff., 142, 167, 183, 198, 201, 211
Homologiebegriff 204
Homologie-Problem, Lösungen des 76, 108, 114, 138, 142, 167, 172
Homologie-Theorem 59, 108, 182
Homo sapiens neandertalensis 50
Humanismus, evolutionärer 191
Humanismus, Friedens – 191
Humanismus, naturwissenschaftlicher 191
Humanismus, philosophischer 191
Humanismus, politischer 191
humanistischer Sozialismus 192
Humanität 14, 174, 191
Hyperzyklus 33, 196, 206, 211
Hypothesen 68
Hypothese vom anscheinend Wahren 53
Hypothese vom Vergleichbaren 93
Hypothese von der Ur-Sache 130
Hypothese von den Zwecken 159
Hypothesenwandel 103

hypothetischer Realismus 31, 52, 90, 195, 211

Ichthyosaurier 134, 136
Idealismus 18, 22, 115, 147, 150f., 160, 165f., 172, 183f., 192, 194, 200, 211
Idealismus, deutscher 182
Idealismus, extremer 39
Idealismus, transzendentaler 211
Idealisten 79
idealistische Morphologie 194, 202
Idee 14, 17f., 22, 68, 80, 116, 150
Ideenlehre 202
Idee, platonische 194, 202
Ideologie 18, 22, 79, 116, 146f., 157, 170, 174, 184, 190, 192
Immunisierung von Theorien 209
Indeterminismus 20, 22, 165, 181, 211
Indiszernibilienprinzip 200
Individualität 81
individuelles Lernen 28, 33, 45, 64, 88, 124, 153
Induktion, embryologische 212
Induktion, erkenntnistheoretische 21, 54, 59, 62, 65 ff., 105, 180, 202, 212
Induktionsproblem 21, 32, 65, 94, 114, 142, 180, 193, 195, 198
Induktionsproblem, Lösung des 74f., 114, 142, 180
Induktionsregel 67
induktive Begriffslogik 59
induktive Logik 21, 32, 94
infinitiver Regreß 177
Information 26, 195, 214
Informationstheorie 132
Inhärenz 114
Insectivoren 136
Instinkt 206, 212
Instinktbewegung 27
Instinkte, Hierarchie der 33, 123, 179
Instinkthandlung 123, 127
intellectus 23
Intelligenz-Test, analytischer 61
Intelligenz-Test, nonverbaler 61
Interdependenz 69, 76, 110, 114
Interpretation von Gestalt 113
Intraspezifische Evolution 12
Intuition, schöpferische 72
Invarianzleistung 91

Kaiseratlas 48
Kaisermantel 85
Kategorie 76, 181f., 197, 208, 212
Kategoriensystem 14
kausale Reflexion 126
Kausalerlebnis 103
Kausalgesetz 59
Kausalität 14, 20f., 105, 109, 120–123, 127, 130f., 141ff., 149f., 158, 171, 183, 203
Kausalität, exekutive 127f., 151, 190
Kausalität, lineare 146
Kausalitätstheorem 182
Kausalketten, lange 71
Kausalnexus 171, 183
Kausalproblem 204
Kausalverhalten 124f.
Kinesis 27, 33, 212
Kirchenväter 20, 194, 214
Klassenbegriff 104, 108, 129
klassifikatorischer Begriff 202
klassischer Materialismus 212
Knochenbalken 26
Koinzidenz der Kontinuitäten 100
Koinzidenzen 42
kollektives Unbewußtes 193
Kollektivschuld 173f.
Kollektivselektion 79
Kolmogorow-Axiome 53
komparativer Begriff 202
Konklusion 210
Konkurrenz 139, 162
Konstanz der Natur 32
Konstanzleistungen 91, 212
Kontinuum der Evolution 13
Kontinuum induktiver Methoden 75
konvergente Ähnlichkeit 136
kopernikanische Wenden 191, 209
Korrektur der Wirklichkeit 112
Kosmogonie 118, 158
Kosmologie 149
Krabbe 160
Kräfte-Trajektorien 26
Kreativität 189
Kreislauf des Wissensgewinns 66
Kriterium der Antikoinzidenz 202
Kriterium der Lage 201
Kriterium der Lage-Struktur 201
Kriterium der Struktur 201
Kriterium des Überganges 202
kritischer Realismus 31
Kultur 157
Kulturdarwinismus 115
Kulturethologie 204
Kultur-Parasitismus 190
Kunst 188f.

Lac-Operon 196
Lactose 43
Lactose-Moleküle 44
Lagegesetz 99
Lagekriterium der Homologie 201
Lage-Struktur-Kriterium der Homologie 201
Lamarckismus 212
Laplace'scher Geist 20
lebende Fossilien 196
Lebensprinzip 215
Lebensqualität 145, 190
Leerlaufbewegung 212
Lehrmeister, angeborene 33f., 126f.
Lern-Algorithmus 178
Lernen, individuelles 28, 33, 45, 64, 88, 124, 153
Lernen, molekulares 88
Lernen, rationales 88
Lernen, Schichtenbau des 32
Lernen, schöpferisches 29, 31, 106
Lernmodelle, probabilistische 60
Lerntempo 28
Lichtnelke 159
Lid-Reflex 45, 49, 69
lineare Kausalität 146
Logik 42, 65f., 104, 181, 189
Logik, formale 36
Logik, induktive 21, 32, 94
Logik, Wahrscheinlichkeits- 59
logische Erklärung 129
logischer Zirkel 177
logische Wahrheit 198
logische Wahrscheinlichkeit 62
Logistik 54, 57, 62
Lösung, die einfache 143
Lösung, die elegante 127

Magisches Denken 71f., 160, 206
Malve 159
Materialismus 19, 22, 115, 147, 151, 165, 172, 183f., 192, 212
Materialismus, dialektischer 147, 150, 171, 184, 208, 212
Materialismus, klassischer 212
Materialismus, naturwissenschaftlicher 212
Materialisten 79
Materialursache 139, 169
Materie 14, 17, 22, 80
Maus 134
Marsupialier 136
Mechanismus 204
Merkmalsdiskontinuität 101
Merkmalsreichtum 51, 58, 96, 109, 214
Merkmals-Sukzessionen 128
Metamorphose 106, 114, 119, 137, 200
Metaphysik 15, 18, 21, 146, 173f., 212
methodischer Reduktionismus 214
Mimikry 135, 213
Mittelalter 207
Modalität 54, 76
molekulares Lernen 88
Monismus 180, 208
Monisten-Bund 191
Monotremen 136
Morpheme 108
Morphologie 59, 107, 182, 201, 208
Morphologie, idealistische 194, 202
morphologischer Typus 215
Münchhausen-Trilemma 177
Münzwurf-Experiment 56
Mutation 48, 194
Mythologie 159
Mythos 146

Nachahmung 48
naiver Realismus 31
Naturgeschichte der Zwecke 151
Naturgesetz 19, 25, 140f., 169, 185
Natürliches System 19, 83, 99, 107, 137, 172, 201, 213
Naturmuster 13, 175
Naturwissenschaft 121, 204
naturwissenschaftlicher Humanismus 191
naturwissenschaftlicher Materialismus 212
Neandertaler 158
negative Heuristik 75
Negentropie 213
Neodarwinismus 110
Neopositivismus 194
Neugierde 68
Neugierverhalten 28, 127, 206
Neuplatonismus 173, 207
Neuplatonisten 107
Nexus finalis 160, 162
Nexus organicus 204
Nominalismus 115, 200, 203, 213
Nominalisten 119
nonverbaler Intelligenztest 61
Norm 110
Notwendigkeit 29, 40, 52, 54, 63, 77, 90, 95, 142, 169, 186, 188
Notwendigkeit des Zufalls 71
Notwendigkeits-Syndrom 63
Numerical Taxonomy 201ff.

Oberfunktion 153, 155
Obersystem 107, 171
Objekt 17f., 22, 147
objektive Erkenntnis 192
objektive Wahrscheinlichkeit 62, 74
Objektivitätspostulat 192
Odontoblast 98
Ökologie 175
Ökonomie des Vorurteils 55
Ökonomie-Prinzip 127
ontologischer Reduktionismus 190, 209, 214
Operatorgen 44
Optimierung 41, 68, 213
optische Auslöser 85, 86
optische Täuschung 86, 111, 196
Order-on-Order-Prinzip 13, 32
Ordnung 24, 31, 41f., 84, 179, 195, 207, 213
Ordnung als Gesetz mal Anwendung 31
Ordnung des Lebendigen 167
Organon 215
Ornithischier 136
Orthogenese 168, 172, 207, 213

Palmists 200
Pantoffeltier 27, 43, 77, 84, 88, 123
Papagei 50
Paramaecium 213
Parmenides-Modell 17
partielle Isomorphie 14
Patellar-Reflex 123, 155
pattern matching 201
Phänetik 190, 209
Phänetismus 115, 203
Philosophie 11, 15, 193
Philosophie, scholastische 194
Philosophie zoologique 193
philosophischer Humanismus 191
Phobie 27, 213
Phoneme 108
Physik 24
physikalischer Zufall 20
Placentalier 136, 207
Planhandeln 124f., 154f.
platonische Idee 194, 202
Plesiosaurier 136
Polarimeter 91
Politik 157
politischer Humanismus 191
positive Heuristik 75
Positivismus 190, 194, 209, 213
poststabilisierte Harmonie 172
Postulat der Objektivität 15
Prägung 27, 46f., 116, 190, 197, 213
Prämissen 210
prästabilisierte Harmonie 19, 172, 214
Primaten 207
probabilistische Lernmodelle 60
Problem der Realität 31, 113, 142, 179f.
Prognose 186
Proto-Zellen 152
Pterodactylus 134
Pterosaurier 136
Putzerfisch 135, 213

Qualität 83, 103, 114
Quanten 40
Quantengesetze 139
Quantentheorie 121, 205
Quantifizierung der Qualitäten 109
Quantität 83, 114
Quasi-Induktion 75, 200

Raben-Paradoxon 68
Radiärsymmetrie 203
Randbedingung 139
Ratio 23
ratiomorph 63, 204
ratiomorpher Apparat 13, 35, 50ff., 64, 70, 76, 96, 184, 187, 213
ratiomorphes Wahrscheinlichkeits-Kalkül 63
rational 63
rationale Person 57
rationales Lernen 88
Rationalismus 20, 22, 115, 182, 200, 214
Ratlosigkeit 39
Ratlosigkeits-Gradient 133
Ratte 141, 144
Reafferenz 144
Reafferenz-Prinzip 143, 201, 214
Reaktion, bedingte 46, 89, 124, 153, 197
realer Zufall 166, 211
Realismus, hypothetischer 31, 52, 195, 211
Realismus, kritischer 31
Realismus, naiver 31
Realität 14, 17, 22, 188
Realität der Zwecke 160
Realitätspostulat 195
Realitätsproblem 31, 113, 142, 179f.
Realitätsproblem, Lösung des 73f., 113, 142, 179f.
rechnendes Pferd 126
Reduktion 186
Reduktionismus 19, 115, 172, 203
Reduktionismus, methodischer 214
Reduktionismus, ontologischer 190, 209, 214
Redundanz 42, 48, 68, 76, 179, 201, 214
Reflex, bedingter 28, 33, 197, 201, 210
Reflex, Lid- 45, 49, 69
Reflex, Patellar- 123, 155
Reflex, unbedingter 33, 45, 196
Reflexion 126, 156, 176, 186
Reflexion, kausale 126
Reflexlehre 210
Regreß, infinitiver 177
Regulatorgen 44
Reihen-Fortsetzung, Methoden der 61
Reizfilter 27, 85, 210
Relation 103
Relativitätstheorie 115
Religion 157
Renaissance 147, 150
Repertoire des Zufalls 53
Repressormolekül 43f.
Reptilien 136
Revisionismus 192
Revolution, wissenschaftliche 71
Richtungssinn 168f.
Rodentier 136
Rotkehlchen 85
Rückseite des Spiegels 52
Rückwirkung 143

Säbelzahnschleimfisch 213
Sacculina 207
Säugetiere 85, 136
Schädelkult 158
Schichtenbau der realen Welt 46, 161
Schichtenbau des Lernens 32
Scholastik 17, 19, 23, 121, 147, 214
scholastische Philosophie 194
Schöpferische, das 166
schöpferische Intuition 72
schöpferisches Lernen 29, 31, 106
Schulphilosophie 36

Schwäne 65f., 101, 180, 199
Schwarzhalsschwan 65, 198
Schweinsaffen 92
Seekühe 136
Seele 205
Sein 17
Selbstregulation 121
Selbst-Reproduktion 139
Selbst-Zielsetzung 156
Selektion 29, 162
Selektionsbedingung 139
Selektionsbereich 73
Selektionsbereich, Grenzen des 77, 115, 143
Selektionsprinzip 25
Selektion vernünftiger Weltbilder 27
sensatio 23
Sensitivierung 46
Sepia 134
Signal 27, 33, 86
Simultan-Koinzidenz 58f., 96f., 214
Sinn 20, 29, 166f., 169f., 172
Sippenhaftung 79, 117, 173f., 181, 190
Sittich 50
Sixtina 81
Skepsis 75
Skeptiker 20
Sklavenhalter-Ameisen 32, 78
Solipsismus 19, 115, 180, 194, 196, 211
Solipsist 39
Sophismen 214
Sophisten 18, 20, 214
Sozialdarwinismus 115, 190, 209
Sozialismus, humanistischer 192
Sozialpsychologie 22
Spezielle, das 82, 106
Spiel 28
Spiel-Verhalten 127
Sprache 28, 187
Sprache, Hierarchie der 108
Sternbilder 115
Stetigkeit 48
Stichling 85
Stochastik 105
Stoiker 70
Stopper-Gene 44
Strategie der Genesis 41
Stress 89, 201
Strukturforschung, biologische 14, 59
Strukturgene 44
Strukturkriterium der Homoligie 201
Struktur-Test 61
Subfunktion 153
Subjekt 17f., 22, 147
subjektiver Wahrscheinlichkeits-begriff 53f.
subjektive Wahrscheinlichkeit 55, 52, 74
Subjekt-Objekt-Verhältnis 194
Subsistenz 114
Substanz 99, 109
Subsystem 171
Subungulaten 136
Suchregeln 70, 211
Sukzedan-Koinzidenz 58f., 95f., 215
Syllogistik 70
Synthetische Theorie 110, 203, 215
Systemgesetze 197, 211
Systemimmanenz 137, 202

tabula-rasa-Standpunkt 33, 190, 210
Tana-Land 145
Täuschblumen 48
Tausendfuß und Spinne 202
Taxis 27, 206, 215
Technokratie 192
Teleologie 19, 150f., 160f., 215
Teleonomie 151, 167f., 172, 215
theoretischer Begriff 202
Theorie des Vergleichens, allgemeine 58
Theorien-Dynamik 66, 104f., 109
Topik 70, 215
Tötungshemmung 203
Tradierung 71, 110, 139, 141, 199
Tradition 206
Transspezifische Evolution 12, 215
transzendentaler Idealismus 211
Traubenhyazinthe 159
Trauerschwan 65, 199
Trauma 46
Traumbuch 79
Triebhandlung 27, 212
Trilemma der Erkenntnis 22
Trivialitäts-Gradient 133
Tupajas 201
Typus 19, 107, 114, 137, 167, 172, 183, 200, 202
Typus-Begriff 194, 204
Typus-Konzept 182
Typus, morphologischer 215
Typus-Problem 201

Übergangskriterium der Homologie 202
Übertragung der Wahrheit 57, 59, 105
Umkehrreaktion 27, 84, 123
unbedingte Appetenz 124
unbedingter Reflex 33, 45, 196
unbenannte Begriffsbildung 102
unbenanntes Denken 102
unbewegter Beweger 121
Unbewußtes 193
Unbewußtes, kollektives 193
unendlicher Regreß 22
Uniformitätsprinzip 68
Universalienstreit 213
Universalität der Ursache 121
unmögliche Figuren 34
Unschärfe-Relation 121
Unsinn, der bare 29, 79
Untersysteme 107
unvernünftige Wahrscheinlichkeit 74
Urknall 149, 205
Ursache 18, 118f., 139, 141, 148, 150f., 182, 205
Ursache, Außen- 139, 165
Ursache, Binnen- 139, 165
Ursachenerkenntnis 183
Ursachenkreislauf 144
Ursachenrichtung 204
ursächliche Erklärung 129
Urteil 139, 162
Urteile im voraus 31
Urteilskraft 14, 21, 148, 150, 160, 162, 172, 183
Ur-Ursache 120f., 147, 165, 183

Vererbung 139, 141
Vergleichstheorem, allgemeines 108
Verhaltensforschung 12
Verhältnis der Wahrscheinlichkeiten 131
Verifikation 179
Vergleichstheorem 182, 208
Vermeidungslernen 60
Vernunft 11, 14, 20, 22–25, 29, 31, 34, 76, 80, 83, 103, 105, 111, 113f., 123, 142, 146, 150, 162, 164, 171ff., 175f., 184f., 187, 189, 191, 194, 214
Vernunft als Privileg des Menschen 23
Vernunft, Atavismus der 185
Vernunft des Lebendigen 37
Vernunft, Dilemma der 16, 21, 36, 64
Vernunft, faule 37, 173
Vernunft, Grenzen der 24
vernünftige Wahrscheinlichkeit 74
Verstand 185
vier Formen der Ursachen 166
Vitalismus 121, 150, 172, 204, 206, 215
Vögel 136
vollkommen rationale Lösung 57, 63
Voraussagetheorie 66, 202
Voraussicht 68
Voraus-Urteile 78
Vorsokratiker 17, 19, 205
Vorurteil 32, 70f.
Vorurteil der Moleküle 43f.
Vorurteil, Ökonomie des 55
Vorurteilskraft 155

Wägung der Merkmale 201
Wahl 139
Wahlentscheidung 162
Wahrheit 15, 38, 57, 177, 181, 194
Wahrheit, logische 198
Wahrheitsbegriffe 194
wahrheitserweiternde Schlüsse 65
Wahrheitsfindung 105
Wahrheitsgewinnung 59

Wahrheitsübertragung 57, 59, 105
Wahrheits-Wert 198
Wahrscheinlichkeit 21, 32, 35, 40f., 46, 51, 53, 76, 129
Wahrscheinlichkeit, Algorithmus der 60, 79
Wahrscheinlichkeit, a posteriori 53
Wahrscheinlichkeit, a priori 21, 53, 164
Wahrscheinlichkeit der Heuristik 54, 73
Wahrscheinlichkeit der Koinzidenzen 42
Wahrscheinlichkeiten, Verhältnis der 131
Wahrscheinlichkeit, logische 62
Wahrscheinlichkeit, objektive 62, 74
Wahrscheinlichkeit, subjektive 55, 62, 74
Wahrscheinlichkeit, unvernünftige 74
Wahrscheinlichkeit, vernünftige 74
Wahrscheinlichkeit, Wandel der 74
Wahrscheinlichkeits-Algorithmus 73
Wahrscheinlichkeits-Begriff 199
Wahrscheinlichkeits-Begriff, subjektiver 53f.
Wahrscheinlichkeits-Heuristik 94
Wahrscheinlichkeits-Kalkül, ratiomorphes 63
Wahrscheinlichkeits-Lernen der Assoziationen 47
Wahrscheinlichkeits-Logik 59
Wandel der Wahrscheinlichkeit 74
Wandelndes Blatt 135
Weltbild 80
Weltbildapparat 68, 114, 128, 173, 182, 211
Weltbild der Zecke 43
Wenn-Dann-Symbolik 125
Werkzeuggebrauch 154
Wiener Kreis 213
Wille, freier 156, 166, 210
Wirbelsäule 108
Wirklichkeit 177
Wissenschaft 188f.
wissenschaftliche Revolution 71
Wissenschaftstheorie 21, 105
Wissensgewinn, Kreislauf des 66
Wissens-Soziologie 190

Zahnwale 136
Zecke 43, 84, 123, 210
Zeiss-Polarimeter 91
Zeit 109, 122
zentral repräsentierter Raum 34
Zielsetzung 153
Ziel-Ursache 150, 167
Zikaden 85
Zirkel, logischer 177
Zirkelschluß 22
Zivilisation 157
Zuchtwahl 139, 162
Zufall 20, 29, 40f., 52, 54, 63, 77, 90, 95, 141f., 169, 179, 186, 188, 198, 208, 211, 215
Zufall, atomarer 194
Zufall, Notwendigkeit des 71
Zufall, physikalischer 20
Zufall, realer 166, 211
Zufall, Repertoire des 53
Zufalls-Analogie 133f., 209
Zufalls-Generator 24, 29
Zufalls-Serie 61
Zufalls-Syndrom 63
Zweck 14, 18, 24, 148, 151f., 164, 166, 169, 183, 195, 205f.
Zwecke, Grenzen der 24, 164
Zwecke, Herkunft der 149
Zwecke, Hierarchie der 152, 169
Zwecke, Naturgeschichte der 151
Zwecke, Realität der 160
Zweckmäßigkeit 25, 170
Zweckursache 139, 165, 194
Zweckvorstellung 159, 164
zweite Evolution 28, 30, 78, 186

Raum für Notizen

Raum für Notizen

Raum für Notizen

Raum für Notizen

Raum für Notizen

Raum für Notizen

Raum für Notizen

Rupert Riedl
Die Strategie der Genesis

Naturgeschichte der realen Welt. Mit 106 Zeichnungen von Smoky Riedl.
2. Aufl., 8. Tsd. 1980. 381 Seiten. Geb.

»... ein höchst anregendes Buch und im Anschluß an Jacques Monod, Konrad Lorenz und Manfred Eigen ein weiteres Werk über das Evolutionsproblem, das die Debatte zu dieser fundamentalen Frage weiter anregen wird ...«
Frankfurter Allgemeine Zeitung

»... ein faszinierendes Weltbild ..., das Riedl durch eine Überfülle an Material und Gedanken illustriert hat ... in kritischer Distanz zu jenen halben Wahrheiten, die Natur- und Geisteswissenschaften so oft in Gegensatz gebracht haben.« Schrifttumsspiegel

»Das alles macht Riedls Inszenierung über sechs Schöpfungstage hinweg großartig, farbig und gerissen ... Es ist wunderbar, was das Bewußtsein Arm in Arm mit der Sprache alles möglich machen kann.« Welt des Buches

»... auffallend ist die Selbstverständlichkeit der Erhellung von Zusammenhängen, die noch vor kurzem jedem Erklärungsversuch trotzten ... Das ganze Gebäude strebt dem Rang einer ›abgeschlossenen Theorie‹ entgegen ... auf jene Folge revolutionärer Geburten neuer umfassender Theorien.«
Die Weltwoche

»Damit sind ganz wesentliche Grunderkenntnisse zur Hand ..., gleichzeitig die Lösung einer ganzen Reihe erkenntnistheoretischer Grundfragen.« Und »aus allen Kapiteln spricht der erfahrene Forscher«. Excerpta Botanica

Piper

Von Prof. Dr. Rupert Riedl erschienen ferner:

Die Ordnung des Lebendigen

Systembedingungen der Evolution

1975. 372 Seiten mit 317 Abbildungen und 7 Tabellen. Balacron gebunden DM 98,–.

„Die ‚Ordnung des Lebendigen' ist zweifellos eines der bedeutendsten Werke der Modernen Biologie... Das Potential des Werkes, insbesondere sein heuristisches, ist unschätzbar; die Konsequenzen sind gegenwärtig noch nicht abzusehen."
Bild der Wissenschaft

„Das Buch ist ein Meilenstein in der Geschichte des biologischen Denkens und der Schlußstein im Gewölbe der Evolutionstheorie."
Säugetierkundliche Mitteilungen

Biologie der Meereshöhlen

Topographie, Faunistik und Ökologie eines unterseeischen Lebensraumes. Eine Monographie. 1966. 636 Seiten mit 350 Abbildungen, davon 22 farbig auf 16 Farbtafeln, und 30 Tabellen. Leinen DM 198,–. Studienausgabe: Kartoniert DM 68,–.

„Es ist wahrhaft erstaunlich, welche Fülle an wissenschaftlichen Ergebnissen, welche Vielfalt an neuen Ausblicken durch diesen Forschungszweig eröffnet wird."
Annalen des Naturhistorischen Museums

„In seiner ökologischen Gesamtschau bildet es ein Musterbeispiel biologischer Analyse." Zentralblatt für Geologie und Paläontologie

„Ein Markstein der modernen Unterwasserforschung." Universum

Fauna und Flora der Adria

Ein systematischer Meeresführer für Biologen und Naturfreunde. In der Gemeinschaft von 20 Wissenschaftlern aus dem In- und Ausland bearbeitet und herausgegeben von Prof. Dr. Rupert Riedl. 3., neubearbeitete Auflage. 1981. In Vorbereitung.

„Für jeden, der sich mit der Fauna und Flora des Mittelmeeres beschäftigt, ist der ‚Riedl' inzwischen ein Begriff. ... das Standardwerk und unentbehrliches Hilfsmittel geworden." Archiv für Hydrobiologie

„Wie aus einem Guß. ... ein ausgezeichneter Leitfaden der systematischen Meeresbiologie."
Verhandlungen der Zoologisch-Botanischen Gesellschaft

"This represents an excellent introduction... It should be on the desk of every student of marine biology."
Scientia

Berlin und Hamburg

PAUL PAREY